将军山

霄白城 著

作家出版社

图书在版编目（CIP）数据

将军岸 / 霄白城著. -- 北京：作家出版社，2019.5
ISBN 978-7-5212-0538-1

Ⅰ．①将… Ⅱ．①霄… Ⅲ．①长篇历史小说 – 中国 –
当代 Ⅳ．①I247.5

中国版本图书馆CIP数据核字（2019）第093214号

将军岸

作　　者：霄白城
责任编辑：兴　安
书名题字：霄白城
装帧设计：意匠文化·丁奔亮
出版发行：作家出版社有限公司
社　　址：北京农展馆南里10号　　　　邮　编：100125
电话传真：86-10-65067186（发行中心及邮购部）
　　　　　86-10-65004079（总编室）
E-mail:zuojia@zuojia.net.cn
http://www.zuojiachubanshe.com
印　　刷：中煤（北京）印务有限公司
成品尺寸：170×240
字　　数：500千
印　　张：30.5
版　　次：2019年9月第1版
印　　次：2019年9月第1次印刷
ISBN 978-7-5212-0538-1
定　　价：78.00元

作者简介

霄白城，1983年8月出生，现居北京，电视媒体人，自称职业猫奴。喜好古典诗词，诗宗老杜，文宗大苏，工作之余，潜心于长篇小说写作，推崇文不幻不文，寻求简古、自然的文字风格。爱藏书、藏石、弹琴、访友。

目 录

引　子　　　　001

1　风云变　　　001

2　铁鞭将　　　010

3　流离苦　　　019

4　故园非　　　026

5　大宗师　　　034

6　江山易　　　041

7　读书人　　　049

8　白鹿楼　　　060

9　论名剑　　　068

10　求不得　　　076

11　江南客　　　085

12　霹雳手　　　093

13　诛魂散　　　100

14　鹿角剑　　　106

15　无极图　　　113

16　凤小盈　　　123

17　大孤镇　　　133

18　初相见　　　139

将军岸

19　龙门血　　　　　148

20　并肩行　　　　　156

21　灵鹤洞　　　　　165

22　旧时事　　　　　170

23　念清清　　　　　178

24　英雄骨　　　　　184

25　烟雨岛　　　　　190

26　杏花台　　　　　198

27　萧墙乱　　　　　207

28　叶别离　　　　　216

29　弹剑笑　　　　　225

30　权与谋　　　　　233

31　斗白猿　　　　　242

32　梦里人　　　　　249

33　相思雨　　　　　258

34　百花堂　　　　　267

35　神卫军　　　　　275

36　再相逢　　　　　284

37　大变故　　　　　294

38　兵马司　　　　　302

39　定巧计　　　　　308

40　别离歌　　　　　317

41　杀人剑　　　　　324

目　录

将军岸

目 录

42　孤城恨　　　331

43　恩义绝　　　340

44　白玉澶　　　350

45　琉璃梦　　　356

46　新掌门　　　362

47　龙象出　　　375

48　江南会　　　381

49　悲与喜　　　392

50　沧海劫　　　399

51　将军令　　　406

52　从军行　　　415

53　金陵泪　　　423

54　风尘近　　　436

55　风流侠　　　443

56　山河烈　　　451

57　颠倒梦　　　460

58　辞丹墀　　　466

　　后　记　　　475

将军岸

引 子

"咯吱——"

木门终于开了。

石屋里迈出两个人，前一人头戴儒巾，目光深沉似夜，他年岁不老，胡子却白得像瓦片上的雪，硬邦邦的棉布袍子浆洗得发白，还散着皂角的味道；后面的是个小男孩，七八岁，眼神清如湖水，在晴雪闪映下，透彻如琉璃。儒冠书生面色不大好看，身子骨却很硬朗，枯如虬枝的手攥着一册泛黄的书。

"出来了，出来了！"屋外老柏树下一个虬髯大汉在低呼，他有点紧张，扭脸向身后马队吱地打个长哨，"围住——"銮铃响起，百余名白袍大汉驱马兜个半圆，雪团一样裹住石屋，为首那个虬髯大汉脸上的疙瘩绷得如城门上的铜钉，眼珠子像嵌入铜板的黑玛瑙。"铮！铮！铮！"他弹着手中狼牙长刀，冲书生叫了起来，"铁靖，大周无德，气数已尽，如今便是太公姜尚再世，鬼谷王禅复生，使出通天之智，也无力回天。你现在伤到这步田地，还打算向谁效力？"一个短胡子白袍客催马过来，接过话头："铁靖先生，你也是响当当的人物，只要交出东西，另投明主，自然不误前程，倘若执迷不悟，阎王面前可没放回的鬼，青石镇就是你葬身之处。"

"哈哈哈哈！"一阵苍烈笑声从铁靖喉咙冲出，如长杵击钟，震荡霄云，几片雪扑簌簌从檐上落下，百十匹马被惊得"嗒嗒"后退，喷着鼻儿，嘶嘶低鸣。须臾，铁靖先生止笑，他涨红了脸，手捂胸口猛咳几声，忽一张嘴，一口血喷落阶上，如片片桃花，男孩吓了一跳："铁靖叔叔，你怎么啦？"铁靖拭拭嘴角，抚着男孩的头笑了笑："不碍事！霄儿，人生如梦，坎坷不平，艰难险阻所在皆是，圣人云：仁者不忧，知者不惑，勇者无惧。今后你一定要多加刻苦，常怀勇毅之心，千万莫辱没了你先祖威名，记住了么？"男孩"嗯"了一声："记住了。""好孩子！"铁靖铁块一样的脸仰向霄云，忽长声吟诵，作起诗来——

> 七年碧血染边图，白马将军壮骨枯。
> 一片青蓑辞凤阙，江山原本是江湖！

一诗作罢，铁靖又仰天高呼："陪陵兄，天心飘渺，世事无常，你我终究凤愿难偿，奈何？奈何？"几声呼唤好似惊雷，震得周遭的人心头直跳。

"霄儿，"铁靖低下头，对男孩说道，"倘你一觉醒来寻不见叔叔，千万别难过，要把自己看作……看作大人，好生照顾自己，这世上，好人坏人不易分清，你要时时留意，处处小心。"俯身又在男孩耳边轻念几句，随后问："可记下了？"

"记下了！"男孩点了点头。

"好。"铁靖将那册书放入袖中，眼中闪过一丝暖意，"我教你背的那节文章还记得么？"男孩道："记得，那是铁靖叔叔最喜爱的文章。"

"背来听听。"

"嗯。"男孩下意识挺直了脊背，朗声念起来：

"秦王怫然怒，谓唐雎曰：'公亦尝闻天子之怒乎？'唐雎对曰：'臣未尝闻也。'秦王曰：'天子之怒，伏尸百万，流血千里。'唐雎曰：'大王尝闻布衣之怒乎？'秦王曰：'布衣之怒，亦免冠徒跣，以头抢地尔。'唐雎曰：'此庸夫之怒也，非士之怒也。夫专诸之刺王僚也，彗星袭月；聂政之刺韩傀也，白虹贯日；要离之刺庆忌也，苍鹰击于殿上。此三子者，皆布衣之士也，怀怒未发，休祲降于天，与臣而将四矣。若士必怒，伏尸二人，流血五步，天下缟素……'"

"住嘴！"虬髯大汉暴喝，一振狼牙长刀，扯开嗓门，"姓铁的，你当这是学堂么？老子寻你几个月，不是听小崽子背书的，给句痛快话，东西交还是不交？"铁靖先生睨他一眼："急什么？你也算成名高手，到手的鸭子，怕飞了不成？等着，这就拿给你们……"左手忽弹，点了男孩脑后"风池穴"，男孩眼前一黑，昏了过去，铁靖将他揽在怀里，从袖中慢慢拿出一个七寸见方、镶嵌轮螺伞盖花罐鱼长八宝鎏金玉函——雪光下，八宝玉函金光流动，铁靖托函在手："你们瞧仔细了！"一按钮簧，"咯吱吱——"函盖开启，一枚半环形玉玦渐渐显露出来。

这块绝非寻常美玉，它白如冰雪，光润无瑕，灵透至极。虬髯大汉和一群骑客们先是紧揽丝缰，木雕泥塑般瞧了半晌，继而左顾右盼，马蹄"嗒嗒"乱响，随即挥舞手臂，不住地欢叫："是孤城玦！是孤城玦！"铁靖先生看着，不由一阵苦笑，忽举起玉玦，仰天长诵："宝玦初至，五内震骇，我问佛陀，何去何来?"口中喃喃念道："佛告文殊师利：譬如三千大千世界，所有草木丛林、稻麻竹苇、山石微尘。一物一数、作一恒河。一恒河沙、一沙一界。一界之内、一尘一劫。一劫之内，所积尘数，尽充为劫……"声毕，他立起眉头，瞪圆眼睛，狠咬舌尖，一股鲜血冲出口齿，喷在孤城玦上，殷红血滴霎时沁入，孤城玦瞬间射出七彩光柱，直冲苍霄。

刹那间，青石镇如梦如幻，远空响起悦耳鸣声，千万只瑞鸟流云一样飞来，仿佛锦带，绕着光柱盘旋；光柱下，骏马不再嘶鸣，瞳孔中恍惚映出夕阳的颜色；高坐雕鞍的骑客都呆呆发愣，好似踏入玉虚幻境，神奇、宁静、美妙。

忽然，七彩光柱陡然而下，光芒如羽箭，四周疾射，所到之处，骑客们纷纷栽落马下，捂着眼四下翻滚，哀号惨烈，如在无间地狱；骏马四蹄翻仰抽搐悲鸣，瑞鸟散开似烟花绽放；雪地间，铁靖昂立石阶，如幽燕老将纵声长笑，笑着笑着，戛然而止，瘦硬身躯直直倒地，压在了孤城玦与昏迷的男孩身上。

光灭了，白色的青石镇静得再没一丝声音。

1 风云变

"皇——上——驾——到！"

一声落定，一名凤冠霞帔、璎珞生华的女人在几名太监拥簇下缓缓走来。这女人约莫二十余岁，容貌秀美，体态娇柔，玉手牵个孩童。孩童年纪虽小，却龙冠珠履，玉带黄袍，正是半年前刚登基的后周小皇帝柴宗训，那美貌少妇便是周世宗柴荣的遗孀、当今太后符氏。符太后扫了一眼金殿下木立的几位大臣，不由叹口气，费力地将小皇帝按在龙座上，有些厌倦地说："列位卿家，元日佳节，朝廷给假，枢府封印，你们不在家中欢聚，到宫里做什么？"丹陛下，一位紫袍玉带、相貌清瘦的大臣清了清嗓子，出班沉沉说道："老臣范质，启奏太后、皇上：老臣刚刚接到真、定二州八百里加急的边报，奏说北汉国主刘钧狼子野心，约辽兵寇边，犯我大周，欲报夺国之恨、杀子之仇，声势极盛，请朝廷火速发兵御敌！"举手呈上边报，太监接来递给符太后，符太后展开一瞧，果然事态严重，一时不知所措："这……范相，你是先帝托孤大臣，社稷栋梁，朝廷股肱，如今皇上冲龄践祚，国事至此，还需范相来拿个主意！"

"老臣遵旨。"范质身为宰执，此刻如沐春风，一板一眼地说，"此事倒也不难，老臣以为，兵来将挡，水来土掩，朝廷应即刻旨令兵部，调遣河北各镇精兵猛将，组成北征大军，驱敌于三关之外。"

"范相所言极是。不知北征大军该以何人为帅？"

"老臣思量，殿前都点检赵匡胤，世受皇恩，忠勇绝伦，老臣举荐赵匡胤为北征元帅，河北各镇诸将，悉归赵匡胤调遣，统一事权，定保我大周社稷无虞。"

"好，就依范卿所奏，大小事宜卿自行处置便是。"

"臣定当竭忠尽智，鞠躬尽瘁，死而后已。"

"好，好，如此哀家就放心了。今日就议到这里吧！"说完，符太后便拉着小皇帝，起身往后宫去了。范质春风满面，离开金銮殿，径直去兵部坐镇，亲拟征调命令。调令写罢，范质高坐白虎案前，唤来一名主事，沉着嘴角说："北境事急，你速持旨意前往都点检赵太尉处，叫他旨到即行，明日点兵，后日发兵，不得有误。"兵部主事双手捧过圣旨，满脸堆笑："相爷放心，卑职一定替相爷把事办好。"范质面色一沉，斥道："胡说，你是替朝廷办事，何言本相？"兵部主事赶忙垂笑："是是，相爷教训的是。相爷乃一代贤相，这朝廷的事，就是相爷的事，卑职为相爷鞍前马后，是前世修来的福分……"

"好了，这些话不要再说了！你呀你，教你办正事，偏来许多废话，快去传旨吧，如若误了大事，唯你是问！"范质又训斥了一番，兵部主事急忙弓腰："相爷息怒，卑……卑……小的遵命，小的这就去办！"麻利地退出堂门，飞也似的跑出兵部。范质望着兵部主事远去的身影，得意地点点头，起身离开白虎案，踏出门来，眼瞧天边夕阳沉沉欲坠，他似乎听见了相府暖阁中的莺歌燕舞之声。范质捻着泛银光的胡子，微笑着唤来轿夫，匆匆回了相府。

夜幕下，一座阔大的宅第伫立朱雀桥边。

宅子正门挂着两盏大灯笼，红通通的烛光照着新纹画的桃符，吉祥喜庆。在这座大宅后院，有间僻静内室，室内亮着灯，一名头戴幞头、身穿锦绵直裰的魁梧汉子，正坐在朱漆条案旁，奋着浓眉擦拭手中一条龙纹镔铁大棍。这魁梧汉子生得方面大耳，最奇的是他的一双眼睛，鹰一样不怒自威，烛光之下炯炯有神。

"二将军，兵部派人传旨来了。"一个老家人在门外禀报。

"哦？知道了！"魁梧汉子回应了一声，神色动了动，起身将蟠龙大棍立在墙角，正正幞头，撩袍襟，迈虎步，走向正堂。正堂灯火通明，宰相范质派来的那名兵部主事正傲然坐在椅上，慢慢啜饮着茶。听见脚步声，兵部主事抬头一瞧，眼角立刻飞出鱼尾纹，倏地起身作揖："卑职拜见大人。哎呀，赵大人这年过得好呀，才几日未见，愈发神武了，真叫卑职敬慕得很！"魁梧汉子浅浅一拱手："哪里，过誉了。"

兵部主事顿觉气氛尴尬，咳了一下，回身托起圣旨，勉强笑了笑："大人，卑职此次是专程给赵大人传旨来的，赵大人……"未待兵部主事将话讲完，那魁梧汉子便拦腰说了句："好，有劳了。"也不多说，撩衣跪倒，"臣赵匡胤接旨。"

赵匡胤生于后唐明宗天成二年，其父是三朝大将赵弘殷，赵匡胤降生时，洛阳夹马营赤光绕空，其身异香经宿不散，被人唤作"香孩儿"。赵匡胤自小练就好武艺，一条蟠龙大棍使得出神入化，后投入周世宗柴荣帐下，屡立奇功。一次周世宗柴荣北征归来，途中偶得一方直木，上面刻着"点检做天子"五个字。柴荣甚惊，回到开封，立即罢免了当时殿前都点检张永德，改用赵匡胤。柴荣驾崩后，朝廷又加封赵匡胤为归德军节度使兼检校太尉，仍任殿前都点检，掌管中央禁军。

这会儿，兵部主事见赵匡胤神色冷淡，不由在心里哧哧骂起来："摆什么鸟架子，你再神气，不也在爷脚下跪着！"想罢扬起眉毛展开圣旨，"奉天承运皇帝诏曰：贼兵入寇，边关告急，钦命归德军节度使、检校太尉、殿前都点检赵匡胤为元帅，会军北征，石守信、王审琦、韩重赟、刘廷让、张令铎、张光翰、赵彦徽、杨光义、李处耘等各镇诸将，悉归调遣，旨到速行，祃纛兴师，逐队出发，不得有误。钦此！"

"臣遵旨。"赵匡胤接了圣旨，无心搭理兵部主事，叫管家招待，自己回到内宅，将圣旨反复阅了几遍，沉思片刻，呵笔蘸墨，连连写了几封密信，随后唤来几名心腹，拿禁军令牌快马连夜送信出城。心腹人一走，赵匡胤又将老家人叫来："你速往赵先生、苗先生和三将军家，就说：'天寒矣，将军请喝酒！'务必速来。"老家人应诺，急匆匆出去。一切安排妥善，赵匡胤独自来到天井，北风呼啸，残雪飘飞，他抬头凝望满天彤云，口中若有所语，神色一阵忧虑又一阵欢喜。

大年初三，滴水成冰。开封城内，百姓们一来怕冷，二来忌讳赤口，都躲在家里不去拜年；开封城外，却是又一番景象。开封城北四十里有座桥，名叫陈桥。陈桥是座小桥，桥旁有一处沟通南北、承连千里的驿站，名字叫作陈桥驿。

黄昏，寒风中的陈桥驿有些孤单，灰突突的门楼压着厚厚积雪，蓬草挤出瓦当瑟瑟摇晃。屋檐下，一高一矮两个老驿兵抱着木杆枪，正倚在掉了漆的门柱上打瞌睡。忽然，"呼隆隆……呼隆隆……"一阵阵闷雷般响动从远处传来，"扑簌"一块雪壳滑下青瓦，拍在矮个老兵脸上，矮个老兵打个激灵，搓了搓脸睁开双眼，"啊？"他不由瞳孔大张：一队黑压压的人马，彤云一样涌向陈桥驿。矮个老兵赶紧爬起，推搡着高个老兵，高个老兵没精打采揉了揉眼，正要骂，一见眼前情形，也醒了十分。

"嗒嗒嗒嗒……"

驿门外蹄声急响，一身黑黝黝铁叶子甲衣的军校打马奔来，在门前一声轻喝。铁甲马前蹄高刨，拧着脖子斜身蹿了几步，嘶鸣方止。铁甲军校挥马鞭向前一点："钦命北征大元帅宪驾亲临，速速开门候驾！"

两个老兵惊得一路小跑打开驿门，乖乖恭立，就像两根拴马石。没多时，十几万戟刀纵横、雄壮威武的铁甲军齐齐压近了陈桥驿，似乎每人吹口气，便能叫小小的陈桥驿荡然无存。临近驿站，掌令旗官将赤色令旗当空一举，铠甲声、马蹄声戛然而止，几十匹骏骑向驿门踏雪奔来。两个老兵偷眼细瞧，当中簇拥着一匹极神俊的大白马，马上高坐之人，头上金盔缨翅飞红，披着兽面连环黄金锁子甲，大有龙虎之势。两个老兵心头怦怦直跳，赶紧跑过去，冲金甲将军跪地磕头："小的恭迎大帅宪驾。"

金甲将军尚未说话，左面呼地蹿出一名骑着大黑马的铜甲青面汉子，青面汉子手中马鞭向下一挥："你两个狗东西也配迎接帅驾？驿丞何在？"两个老兵吓得浑身抖动，磕头磕得满脸泥雪，高个老兵颤颤回答："驿……驿丞大人正……正在守岁，只吩咐了小的们在此老实值班。"

"呸，狗杂碎！"青面大汉迎面啐了一口痰，"屁大的官，也敢称呼大人？这老倌儿统领馆驿，关节之时，不老老实实在这里当差，竟他娘的擅离职守，怠慢帅驾，回头再找老倌儿算账，今天老子先收拾了你们这两只老狗！"举鞭便打。

"彦昇住手！"金甲将军一声沉喝，好像半空响个霹雳。金甲将军浓眉微挑，冲青面大汉板起面孔："他二人都是奉命行事，你如何与他们去计较这些？"转目看了看两名老兵："起来吧，整理下馆驿，天色不早，本帅今日暂借这里宿营。"

"谢大帅，谢大帅！"老驿兵慌忙爬起，奔向正堂，进了屋，高个老兵偷问："哥哥，这位大帅便是殿前都点检赵太尉吧？"矮个老兵一咧嘴："不是赵太尉还会是谁？"高个老兵嘀咕起来："唉！你瞧人家赵太尉，虽说位高权重，却比他手下那黑将军和善得多。"矮个老兵用手捅他一下："行了行了，这年头，要不想早死，就少说两句。"高个老兵吓得一缩脖，赶忙仔细清理馆驿。

时间不大，陈桥馆驿收拾完毕。赵匡胤下了马，掸了掸战袍，回身对阶下众将说道："诸位弟兄，大军暂驻陈桥驿，你们各回本部，休息一晚，明日再行。"众将拱手："谨遵帅命！"铁甲叮当声中离大堂而去。

赵匡胤进了正堂，解开黄金甲、赤缨盔，危坐椅上，神色凝重。这时，随军侍从端来个木盘，里面放着一盏白露茶，还有一碟桂花糕、一碟糯米糍团、一碟馅顶皮酥、一碟灵沙果饼四样糕点。赵匡胤端起茶盏，轻轻摇了摇绿莹莹的茶汤，望着杯中起伏的茶叶，目光变得愈加凝重。他观了半晌，幽幽一叹："沉浮兴衰，天道所指，焉能袖手无为？"举杯将茶一饮而尽，开口唤道："速去前军请苗先生过来。"

说起这苗先生，姓苗名训，字光义，为人有异能，精通武学，又是术数奇才，晓天文星象，识卜相占候，能料风云雷雨、国家灾祥，江湖人称"神相无敌"苗光义。当年，这位苗道长曾隐于洒金桥，卖卦相面，坐诊看病，后得遇赵匡胤，见赵匡胤紫面丰颐，不同常人，一谈之下，大为投机，相见恨晚，便跟随赵匡胤来到归德军，军中上下都对他礼敬有加，尊称他为苗先生。

不多时，堂外进来一名羽士，头戴莲花道冠，身穿青蓝道袍，手拿银丝拂尘，足蹬白袜云鞋，长髯凤目，飘然若仙。赵匡胤一瞧，正是苗训，起身相迎。二人落座，竟都默不作声，只顾饮茶。一盏饮罢，赵匡胤终于开了口："苗先生，本帅已下令各军就驿下营，明晨再进，其余诸事，便要有劳先生了！"说着抱一抱拳，苗训道长微微一笑："明公放心，一切交由贫道，大事必成。"放了茶盏，当下起身离开帅堂。

　　苗训未回本部，只径直来到辕门之外，手打拂尘，仰望晚霞云气，过了良久，忽听后面有人高声问："苗先生，天色不早，不在帐中安歇，在这里望什么？"苗道长回头一瞧，来人身材高大，目光明亮，正是赵匡胤麾下亲将楚昭辅，"原来是楚将军，"苗道长一笑，将银丝拂尘向西一指，扬声说道："楚将军，你瞧，那颗将落的夕阳下，是不是还有一颗太阳？"

　　楚昭辅远眺，天边一轮残阳将落，不远处一大团云中又射出赤红霞光，景象确是不俗，他点点头："果然奇异。敢问先生，这天兆主何吉凶？"

　　苗道长神色凝重，一字一句地说："董仲舒《春秋繁露》中说：'天地之物有不常之变者谓之异，小者谓之灾，灾常先至而异乃随之。灾者，天之谴也；异者，天之威也。'"一见楚昭辅双目怔怔，似乎没大听懂，苗道长呵呵一笑："楚将军，你是赵公爱将，既问到这里，贫道也不妨与你明言。早在一年前，世宗皇帝班师时曾偶得一木牌，上刻'点检做天子'这一句谶言，而这几日，京城里又盛传出一句话：'将以出军之日，策点检为天子。'全城百姓无人不知晓。非但如此，元日前，京畿天降大雪，元日一过，上空又出现两颗太阳，种种星相天象，皆改朝换代之兆！"说到这里，苗道长又向天空一指："楚将军请看——那先湮没的日光，预兆的便是当今朝廷天数已尽，后出现的日光，便印证天数当归于我点检赵公。上天降此祥兆，意在告知我等，点检赵公便是真龙天子，改朝换代、重整乾坤就在今日！"

　　"果真如此？"楚昭辅沉吟片刻，未敢多问，告别苗训，匆匆奔回军营，没多久，苗训的话就像烽火一样，一传十，十传百，不消两个时辰，满营兵将尽皆知晓，霎时军心摇动，议论纷纷。苗训见了，心下大喜，从自己帐中拿了一个黄布包袱，踏夜色来到江宁节度使高怀德帐中，一进大帐，但见石守信、王审琦、韩重赟、刘廷让、张令铎、张光翰、赵彦徽、杨光义、李处耘等一干猛将俱都在座。这些人早年曾追随赵匡胤出生入死，如今都成一方镇帅。

　　高怀德见苗训进来，当即迎过去，语气有几分激动："苗道长，时机如何了？"苗训将手中明黄布包往高怀德手中一放，加快了语速："天机已现，军心已动，策立之事，当先与三将军说明仔细，再做举动！"高怀德点头："好，照道长说的做。"举起明黄布包，喊了一嗓子："兄弟们，走，去找三将军！"

三将军是赵匡胤的同胞三弟赵匡义。赵匡义这个人，龙行虎步，雄姿伟貌，城府极深，从军以来，颇得众将信任。此时，赵匡义正在帐里挑灯夜读，忽听外面脚步嘈杂，随后拥进来一群将军，为首的正是高怀德。

赵匡义十分诧异："诸位将军深夜来此，不知何事？"

高怀德大步上前，凝眉道："三将军，咱们虽是异姓，却都好比亲兄弟一家人，兄弟我就不跟你绕弯子了，我等众将俱已商定，打算拥立大帅为皇帝！三将军，你是大帅亲兄弟，也视我等为亲兄弟，我等前来，就是想听一听你的看法！"

赵匡义缓缓放下手中书卷，沉吟道："怀德，你这些话非同小可，关乎众将身家性命，不可乱开玩笑。"赵匡义这人说话素来不带情感，听不出是褒是贬。高怀德当胸抱拳，神色慨然："怀德生性愚笨，不懂什么玩笑话，我等兄弟十几年来杀敌保国，舍生忘死，即便不图安享荣华富贵，也想落个青史留名。可如今，金殿上的那小皇帝只有八岁，幼弱无能，不知朝政，我等如何为他出生入死，他也不会记得，到头来却是'前人耕来后人饵'，叫他人坐享其成呐！"话音未落，右侧闪过一人，那人豹头燕颔，虎背熊腰，举手投足气势凶猛，张开嗓子高喊起来："高大哥说得极是！他娘的，这年岁没守好，老子却憋了口鸟气，我王彦昇这颗脑袋是为大丈夫生的，怎叫一个娃娃拿着去耍？老子死了也不痛快！诸位哥哥，你们说是不是？"

"极是！极是！"

"老子也早憋了一口鸟气！"

"兄弟们早该说个明白，奈何拖到今日！"

"三将军，"高怀德接着说道，"你自是知晓，咱点检大哥夹马营出生时，天降祥兆，先帝在时，也有了'点检做天子'的谶言，如今，天上双日同现，又添吉兆，我等何不应天顺人，立点检大哥为天子？征北也好，伐南也罢，一同打下大好河山，即便血洒疆场、马革裹尸，我也心甘情愿！"

赵匡义听了这些话，默然片刻，只说了句："有些话，说出容易，做着难，且先与赵普先生计议，再行定夺。"众将听要找赵先生来议事，互相看了看，都点头称是，急派人连夜去请。

时间不大，一人走进大帐。众将一瞧，来者眉目清秀，面白须长，方巾直裰，丝鞋净袜，举手投足十足儒雅书生，正是赵普。赵匡义忙将赵普让到身边坐下，叫人端茶，寒暄几句，便叫高怀德把众将来意说与赵普。赵普听完高怀德的话，捻髯笑了笑，不多说话，只简单吐出了个"好"字，重又端起茶盏，不紧不慢地啜饮，未再说一字。赵普虽一向寡言少语，可如今竟一言不吭，众将不由张飞抓糍子——大眼瞪小眼，没了主意。王彦昇实在耐不住，头一个开了口："赵先生，火烧屁股的时候，你……你喝的哪门子茶？倒给大家指条明路！你若真好这一口，回头等大事办完，俺老王将东京城所有茶楼包下来，让你喝个够，如何？"

"不错！"韩重赟在旁接过话来："赵先生是点检臂膀，六军智囊，眼下非常之时，众将就看你的计议如何了！"

"赵先生，我等俱都坦诚相见，你又何必顾虑重重？"

"有何疑虑，赵先生也不妨直说！"

高怀德、石守信等将也坐立不住，各相开口，只盼着赵普能为大家说个见解来，唯独赵匡义微合双目，不发一言，只静静倾听。

"好！"这时，赵普又沉沉吐出一个字，持了持飘带，环视众人半晌，将茶盏往桌上一拍，忽地站起身，正色道："赵太尉对大周赤胆忠心，天下皆知！你们此番计议谋国之事，太尉尚蒙在鼓里，若贸然提出，太尉非但不会同意，也绝不会赦免你等，一旦事发，尔等众人可要个个落得万劫不复、诛灭九族的下场，诸位可还心甘情愿么？"声音并不大，却如同震雷，使方才喧嚷的大帐骤然安静许多。赵普手捻长髯，淡淡一笑，又坐下来继续喝那半盏余茶。

半晌，忽然，大将石守信霍然站起，面冷如铁，"啪啪"拍案，高喝："诸位！诸位！为大将者，要有骨气！此事既已计划出来，便有如覆水难收，无有退路。我等心意已决，便不该再畏首畏尾，太尉若真不受策，六军决亦难使向前！"

"对！正是如此！"高怀德喝了一声，一旁王审琦也撩袍起身："石将军说得对，大丈夫行非常之事，必当勇往直前。赵先生，我等众人拼却身家性命不要，也要轰轰烈烈干场大事业，这才不枉来人世一遭！"话一出口，韩重赟、刘廷让、李处耘等大将也纷纷起身，高声应和，一时间，大帐内烛火摇动，豪气浮横。

"好！好！"这回，赵普竟连说两个好字。

他"咯棱"放下茶盏，冲众将一拱手："诸位将军坦诚相见，肝胆照人，不让古之豪杰壮士！既如此，我赵则平又怎能不推心置腹，与众位将军说个明白？"说话时，起身向帐外挥手一指："方今天下，刀兵四起，王道废弛，危亡之祸不隧而发。我大周本当励精图治，匡国安民，统御万方，成就霸业，这才不负上天眷命。然而，眼下大周非但未能如此，却落得个妇幼坐朝，庸朽掌政，致使主少国疑，臣民不信，四境临敌，八方扰攘，落得个城堕宇裂，天人共怨，这怎不叫天下英雄愤慨？"

大帐中愤愤之声顿起。

缓了缓，赵普又提高声音："自古以来，国难岁凶之时，上天必降圣主，履至尊，扫六合，伸张大义以安天下，恕赵普不才，环顾当世，能担此大任者唯点检一人而已！想我点检赵公，天纵雄姿，神武大略，虎视龙骧，威望素著，此番，倘若亲提龙虎之师，吟鞭南指，回马开封，大位唾手可得！然后遵行王道，挥师荡平四国三镇，上安天命，下达民心，内外咸服，四海归一。那时，我等身为佐命元勋，必以不世之功，名刻汗青，享千秋之誉！如此即便历尽艰辛、抛颅洒血也在所不惜，正如审琦将军适才所言，不枉大丈夫世间走这一遭！诸公，于国、于己、于今天、于未来，夫复何虑？"

赵普这番陈辞，听得王彦昇喜不自胜，浑身汗毛都精神起来，他挑起大拇指，咧嘴大笑："他娘的，赵先生就是赵先生，要么不讲话，讲出来，便是极好的话。众位哥哥还等什么？寻真龙天子去！"石守信等人听了，齐呼："走，走，寻真龙天子去！"赵匡义望了赵普一眼，赵普微微点头。赵匡义威然起身，也加重了语气："以往大帅与匡义在谈及古人之时，大帅曾说过：'大唐李靖、郭子仪，皆出儒生，而立大功。'如今，赵先生以儒士之身，尚有涤荡天下、重整乾坤之豪情，匡义身为武将，岂能自甘其后？况昭昭天意，更不敢违背。兄弟们，随我去找大帅，成不世之功！"卷袖大步当前，带着众将奔赴赵匡胤驿堂。

天白蒙蒙冷得厉害。赵匡义与一干将领来到正堂门前，也不通报，十几个人同声争呼万岁。守门的兵卒见这阵势，吓得连忙摇手禁止："各位将军，你们要做什么？大帅尚未起床，请勿惊扰，请勿惊扰。"王彦昇冲过去一脚将兵卒踹个跟斗："滚开！今日要策大帅为天子，你小子竟敢挡路！"踏过去，伸手还要打，高怀德一拦："办正事要紧！"扯着王彦昇，跟赵匡义、赵普一同拥进正堂。

堂内，卧榻之上，赵匡胤半倚半靠，宿醉初醒，一见扑进这么多人，赵匡胤探身忙问："怎么？可有紧急军情？"

赵匡义垂首，平静地说："并无军情，一切安好。"

赵匡胤问："那你们这是做什么？"

赵匡义霍然抬头："众将决议，今日欲立兄长为皇帝！"

赵匡胤猛地坐起："三弟，你胡说什么！"

赵匡义道："乾坤大计，事关生死，岂敢乱讲？"

赵匡胤大睁鹰目："你……你们好大的胆！先帝视本帅如同亲生兄弟，本帅岂可妄行大举，夺他柴氏江山？"

赵匡义踏前一步，正色道："太祖姓郭，先帝姓柴，本非正朔，如何夺不得？况且前者'点检做天子'，囊木应谶，昨日两日重光，上天又降征兆，足见兄长天命所归。方今天下纷争，兄长若不顺天而行，难道要将大好河山送与佞臣小人么？"

赵匡胤跳下木榻，连连摇手："不可！不可！万万不可……"石守信、王审琦等将领未等赵匡胤说完，呼啦围上来，纷纷拔出佩刀，石守信大呼："六军无主，我等发誓要愿拥戴太尉为皇帝，太尉如若不从，陷我等于何地？与其叫周家诛了九族，不如今日死在兄长面前！"赵匡胤发怔，高怀德快步向前，抖开手中黄布包，取出一件黄袍，一下披到赵匡胤身上，赵普、赵匡义与众将一见，立刻跪倒一片，齐声高呼："吾皇万岁、万岁、万万岁！"赵匡胤鹰目微合，仰面良久，长叹一声："我赵匡胤世受国恩，如今……如今却被你们逼迫到这个地步，真是愧对先帝！愧对先帝！"赵普忙道："明公不必自责，明公天命攸归，苍生所系，若再推让，反致上违天命，下失人心！"赵匡胤思虑片刻，睁开眼睛，沉沉一叹："也罢，只好依则平先生之言了！"话一出口，众将欢呼而起，簇拥黄袍加身的赵匡胤来到堂外。

大将楚昭辅早已召集北征将士列队帐前，白雪下，铁甲钢刀，银枪画戟，相映生辉。赵匡胤纵身上马，一揽缰辔，按剑察军。满营将士拔节挺立，情绪高昂。赵匡胤心如海涛，巡视半晌，高声道："汝等既拥我为帝，我有号令，汝等能严从否？"众将齐呼："誓死效忠皇上！"赵匡胤将手一挥，呼声顿止。赵匡胤振声说道："传令：稍时进京，太后幼帝乃我先主，你等不得冒犯！朝廷大臣与我同肩，你等不得欺凌！国家府库、士庶人家，你等不得侵扰！从命必赏，违命必诛！"

"誓随天子，无命不从！誓随天子，无命不从！"

一时间，十几万将士呼声如滚雷四起，惊天动地。

赵匡胤环视片刻，掣出两只令箭，高唤："楚昭辅、潘美！"

"臣在！"楚、潘二人甲胄铮铮，应声出列。

赵匡胤道："你二人即刻先入京师，授意群臣，安慰家人，打点城中一切，迎我大军入城。"随后又掣出两只令箭："王彦昇、杨光义！"

"末将在！"王、杨二人应声出列。

赵匡胤道："我命王彦昇为前部正印先锋，杨光义为副先锋，领铁骑军三万，先行开拔，分兵三路，钳控京城东、西、南三处要口，但凡京畿重地，无本帅旨令，不得放行，直至我大军到来！"众将领命，策马统兵出了辕门。赵匡胤高坐雕鞍，眉宇凝威，又做了些部署，随后，南望开封，沉吟片刻，拔剑向天一指："三军听令，随本帅入京！"

"呜——"士卒憋红了脸吹起牛骨号角，铁甲銮铃响彻四野。

2 铁鞭将

男孩终于醒了，日光照得他有些目眩。

他坐直身子，揉了揉眼，一瞧，石屋没了，老柏也没了，铁靖叔叔也不见踪影，这根本不是青石镇，他赶紧爬起，往身后看，"啊"地叫了一声，背后，一个陌生的汉子像夜猫一样正盯着他。这人手里攥一柄钢刀，脸活像块枯树皮，从眉头到嘴角横着两条刀疤，卷边的毡帽沾满油泥，衣甲残破不堪，倒似个破落军官，男孩盯着刀，心头怦怦直跳，扭头四下看，茫茫雪野，哪有铁靖叔叔一点影子？

"铁靖叔叔，你在哪？"男孩大哭。

朔风肆意卷起团团干枝枯叶，裹挟着男孩的哭声在雪尘中飞舞。那个破落军官看了半晌，森森一笑："娃娃，你铁靖叔叔已经死了，今后你就跟着俺，到叔这来。"

"你瞎说，铁靖叔叔不会死！"男孩喊了一嗓子。

"嘿嘿，骗你做什么？告诉你，你铁靖叔叔与那帮汉子同归于尽了。你瞧，他要不死，这孤城玦怎会在俺手里？"军官说着，从腰间布口袋掏出一个如冰似雪的宝贝，男孩一眼就认出——正是孤城玦，他的心像挨了一锤："铁靖叔叔真的死了么……这个人是谁？他抢了我们的孤城玦，一定不是好人……"男孩不安，小手像风中的树枝在抖，半晌，忽然向军官身后一指："铁靖叔叔没死，他不就在那里么？"军官一颤，按刀回头，白皑皑一片雪野，哪有半个人影？转回时，男孩已跑出了七八丈远，军官大怒："小王八羔子，耍老子！"将孤城玦塞进腰袋，大步追去。他毕竟是壮汉，一个韶年小童如何逃得脱？转瞬赶上，"噗"地揪住男孩脖领，像捉小鸡一样凌空提了起来："你长翅膀了？还能飞不成？"男孩疼得一边踢腿，一边大喊："大坏蛋，放开我！"军官冷笑："娃娃人虽小，鬼点子却多，这劲头与你老爹倒也相似。"

"你……你认得我爹爹？"男孩有些发愣。

"当然是认得！"军官一双黄眼珠子闪了闪，将男孩放在地上，手扣住他胳膊，笑呵呵地说，"俺与你爹爹、你铁靖叔叔同在大周东路军，指挥使白重赞白大帅帐下效命，同袍同泽，可都是出生入死的好兄弟！"

"真的么？"

"句句都真，骗你娃娃做甚。"

"你没瞎说？"

"不信？那俺来问，你这娃娃姓李是不是？"

"是！"男孩惊讶地点了点头。

"这就对了，告诉叔叔，你叫啥？"

"我叫李清霄！"男孩挺着胸脯回答。

"你爹爹是白马将军李稷李陪陵，对不对？"

"嗯！"李清霄又点了点头。

"哈哈，这就是喽！想当年，高平之战那会儿，世宗皇帝御驾亲征，赶上两军对垒，谁料大周西路军主将樊爱能、何徽两个龟蛋临阵脱逃，害得三军大乱。危急当口，幸亏你爹爹李陪陵白马银枪，挺身而出，率二十八壮士冒箭石冲入敌阵，在万军中枪挑北汉大将张元徽，杀得北汉皇帝只带了百十个人狼狈脱逃。陪陵将军这一仗反败为胜，救驾有功，打得漂亮，当真英雄了得。大周将士，上至元帅先锋，下至火头马夫，但凡提起白马将军来，没有不挑大拇指的！"李清霄听得眼圈不觉湿润起来，不再挣扎，军官松了口气，撒了手，横过银闪闪的钢刀，叮叮当当一阵扣弹，"当年俺就凭这把刀，与你爹爹纵横沙场，并肩杀敌，亲兄弟一般，你说你该不该叫我声叔叔？"李清霄使劲点点头，心想："原来我错怪这位叔叔了。"正要开口，忽然瞥见那刀面上刻着三个字——"杨虎子"，李清霄一呆，不由后退一步："你……你叫杨虎子么？"

军官一怔："乖侄儿，问这个做什么？"

李清霄大声问："你……你是不是叫杨虎子？"

军官道："咋？你听过叔叔的名头？"

李清霄惊得又退了三步，忽地转身拔腿就跑，这一下弄得杨虎子犯了愣，连忙招手："乖侄儿，跑什么？不像话！"几个跳纵，如半截黑塔拦在前面，一把揪住李清霄，"还没叫叔叔，急着跑什么？"李清霄开始猛烈地扭动肩膀，拼命喊："放开我！你不是我爹爹朋友，你是大叛贼，是大坏蛋，是我家的仇人！"

杨虎子脸上刀疤簇在一起，啪地吐了口痰，扯着脖子说："这是谁他娘的胡说八道？杨叔叔可是你爹最要好的朋友，哪些龟蛋编造的混账话？你可千万别信！"李清霄扬手舞臂使劲挣扎："铁靖叔叔不会骗我的！"

"铁靖？他和你说啥？"杨虎子恶狠狠地问。

"铁靖叔叔说你是个大叛贼！要不是……要不是你这大叛贼贪生怕死，那些契丹兵就不会过河来，我爹爹也不会中埋伏……就是你，是你害死我爹爹！铁靖叔叔叫我永远记住'杨虎子'这个大坏蛋！"李清霄发疯地喊，泪水滑过，浑然不觉。

"哈哈哈哈……"杨虎子狰狞大笑，"他娘的，曹阿瞒遇蒋干——倒了大霉。小崽子，你对这鸡零狗碎的屁事竟知道得一清二楚。也罢，既然你知晓了原委，老子也不费心思了！"伸手拍了拍腰间布袋，"如今孤城玦在老子手上，你只要乖乖听话，告诉老子孤城玦的神通，说出法力神诀，老子便放了你，咋样？"

"我什么也不知道！"李清霄快要挣断自己的脖子。

"我他妈打死你！"杨虎子双目圆睁，正要发作，忽转念，"不对，这小崽子不假思索，一口回绝，恰恰是知道神诀的！"灵机一动，伸手从怀里掏出个油纸包，拆开，拿出一大块酱红油香的熟牛肉，在李清霄面前晃了晃，"饿坏了吧？这肉好吃，要不要？"李清霄猛地冲那块熟牛肉吐了口痰："狗才吃你的东西！"杨虎子一愣，忍了忍火气，"乖娃娃，这玉玦也好，神诀也罢，都是大人的东西，不能拿来当饭吃，你个娃娃要它又做啥？只要你把神诀告诉叔叔，叔叔不但放了你，还叫你天天都有肉吃！"又递过牛肉，李清霄"啪"地将那块牛肉打落在地："大坏蛋，我什么都不会和你说！"杨虎子大怒："操你奶奶的！小王八，别他妈的敬酒不吃吃罚酒！告诉你，老子杀人就像屠猪宰狗！"踏前一步，猛地将李清霄提在空中："到底说不说？"

"我不说！"

"叫你他娘的嘴硬！"

"啪！""啪！""啪！"杨虎子狠狠扇了李清霄三个耳光。

"说不说？"

"不说……"鼻血和声音一道涌出来，从李清霄的下巴流到脖颈，血淋淋一片，他恍惚着，想叫声爹爹，哪里寻得见？想叫娘亲也难以听闻，他张大嘴巴，口里含着血水，呜咽，又忍住，咬着牙说："我……我要回家……"

"回家？好，老子这就他妈送你回家！"杨虎子甩手将李清霄摔到雪中，跳过去踩住他肩头，钢刀一立，"噗"地插在李清霄面前，"小王八，老子没耐心，你再敢说个不字，老子一刀下去，叫你李家断了香火！"

李清霄侧过头，紧闭嘴唇，一声不发。杨虎子气得大叫，拽起李清霄头发，左右开弓，连扇七八个耳光，打得李清霄浑然像个血球。杨虎子仍不解气，足足打骂了半个时辰，忽见李清霄一动不动了，杨虎子猛地醒过神："不妙！小崽子不会死了吧？"伸指一探李清霄鼻息，尚存热气，只是晕过去了，杨虎子这才放心，"好他妈险！这要弄死了，老子到哪去寻神诀？没了神诀，孤城岂不成了废物？"他嘟嘟囔囔，撕下一块布条封上李清霄的嘴，又从腰间扯下条大麻袋，将李清霄像死狗一样塞进去，扎紧袋口，用手拍了拍："小王八，你便是只鹰隼，老子自有法子熬你，迟早叫你说出神诀来。"说着哈哈大笑，脸上扭动的刀疤活像两条蠕动的蛆虫，笑了一阵，反手背上麻袋，哼着曲，沿车辙向前方的开封城走去。

杨虎子背着大麻袋钻进开封城时，快要日上三竿了。

他又冷又饿，想找个落脚地，喝口酒，吃口肉，暖暖身子，便提了提麻袋，压紧毡帽，绕市坊，穿窄巷，抻脖子四处瞧，终于在北街角处瞧见个粗瓦低檐的老面馆，门前望竿上挑个褪色的青布旆子，门口挂着油腻腻的棉布帘，看样子在营事。

杨虎子大喜，几步奔过去，一掀起门帘子——"一条龙啊、一锭金啊！""七个巧啊，日他娘啊……""老孙头仗着会生丫头，还盼着当国丈爷哩，我看留给卢大人才是正途，哈哈！"一阵杂七杂八的喧哗声，伴着一股子煮面的热雾、呛鼻的油烟，扑面而出。只这一阵子热腾腾的风，便将人身上裹来的寒气驱散些许。杨虎子翻眼打量，老面铺堂屋不算小，只是有些简陋，白墙灰剥落，被油烟熏得黑腻腻一层。店内几无空座，灰长袍、黑短衫、打尖行脚的食客欢声笑语。柜台上的掌柜是个干巴老头，正噘着嘴清算账目，算盘珠子拨得噼啪直响，老头左手边是个油乎乎的赭色大木柜，放着烧鸡、炙鸭、猪头肉、酱牛肉，还有刚熬好的胡辣汤和新烤熟的羊角腰子，用白纱布遮着；右手边则是个四角镶铜的大酒柜，飘出烈酒的味道。风雪之日，要一壶烧酒、几斤熟肉，外加两碟小菜，再来一碗油泼臊子面，倒也快意无比。杨虎子想到这里，肚子咕噜噜敲鼓，他略扫一眼，门口有张放酱油坛子的小桌，位置促狭，无人愿坐，杨虎子不在意，大步过来，将大麻袋"噗通"往地上一撂，扬手召唤："小二！小二！"

店小二乍见杨虎子衣着容貌，吓了一跳，赶紧过来："客爷，有啥盼咐？"杨虎子咽了口唾沫，吧嗒着嘴说："一壶茶、一坛老酒、半拉熏猪脸、二斤酱牛肉、一只烧鸡，嗯，外加一大碗油泼臊子面，快快快！"店小二脸上赔着笑，心里却直打鼓："这家伙这副面孔，不是刀客，便是匪盗，还是伺候他快吃快走得好！"赶紧去准备。

酒肉都是现成的，没半盏茶工夫，油泼臊子面也出了锅。店小二一路小跑端了来，笑呵呵地给杨虎子点个头："客爷，都齐了，请你老慢用。"

杨虎子满心欢喜，撸起袖口抄起烧鸡先啃了半只，又咬了几口猪头肉，跟着举酒坛喝了一大口，接着吸溜了两口面条，方觉散了寒气，十分舒坦，又抓了几片酱红的牛肉塞在嘴里大嚼，正嚼着，忽想起一事，连忙回身，将脚下大麻袋解开，伸手拽出早已昏迷的李清霄。李清霄满脸血污，如死人一般，吓得周围几桌食客"呼喇"站起后退，目光瞥来，叽叽喳喳议论个不停。

"妈的！"杨虎子腰刀"咯棱"往桌上一放，豹子般的眼神盯着那些食客："瞅他娘个啥？这又不是死人！都他娘的识相点，别自寻麻烦！"那几桌食客哪敢再瞧，咧着嘴，哈着腰，嘻嘻挤着笑，又乖乖坐好，胆大些的继续埋头啃着馒头、喝着胡辣汤，胆小的已悄悄结账溜出去，并无一人理会那孩子的死活。这一下倒叫杨虎子大为得意，他放宽了心，唰地扯下李清霄嘴上布条，举起油乎乎的巴掌，啪啪拍了两下李清霄的脸："醒醒！醒醒！别给老子装死！"

"呃——"李清霄喉咙动了一下，慢慢睁开浮肿的大眼睛，紫红色的嘴唇干得像发了霉的橘子皮，一动，钻心地疼。杨虎子见李清霄好歹没死，舒了口气，回手倒了碗茶，撬开李清霄的嘴，直直灌下去，嘟囔着说："再怎么说，老子与你老子都曾在一个军帐下卖过命，你小王八要是死了，老子我可对不起你老子。"

一旁的几个看客听杨虎子老子来老子去地绕，竟觉得有趣，停下筷子偷眼去看，寻个乐子。李清霄茶水进肚，咳了几下，缓上口气，杨虎子一笑："小王八命还挺大，经得住这番折腾。"将剩下的那大半碗油泼臊子面"咣当"扔在李清霄面前，"吃吃吃，吃完了好办正事！"李清霄身子无力，头脑尚清楚，扭着脸既不说话也不动筷，杨虎子气得要发作，却怕李清霄这小身子骨再也经不住打，只好忍了，将筷子塞过去："叫你吃你就吃，老子……老子保证，今后不问便是。"听杨虎子如此一说，李清霄提了提精神，一下抱过那碗臊子面，顾不得红油汤汁滚烫，狼吞虎咽吃了起来，一边吃，一边想："管他说得是真是假，我先吃得饱饱的，等有了力气，趁坏蛋不留意，说不定还能逃出去！"转眼间，一碗面吃得精光，将空碗往前一递："我还要！"

"啥？"杨虎子摸了摸下巴，有几分诧异。

"没吃饱，再要一碗！"李清霄道。

"小王八羔子！"杨虎子将黄泥酒坛咣当往桌子上一蹾，他之前半坛子酒下肚，这会儿已有醺醺醉意，听了李清霄这话，心头莫名计较起来，瞪起了眼珠子骂道：

"方才问你小王八话你不吭气，吃了老子的面倒是来了劲头，吃那么多做什么？老子的钱即便是大风刮来的，也要花给听话的狗，你知不知道？"正骂得过瘾，但见店小二从旁打个招呼，怯生生端来一碗油泼臊子面，满脸赔笑："好汉，你老消消火，掌柜的瞧这娃娃可怜，特地……特地叫小的送这碗面给他，不……不要钱的。"

"去你妈的！"杨虎子反手一个耳光，抽在店小二的脸上，汤碗碎了一地，店小二捂着脸跟跄着跑开，杨虎子气不打一处来，斜眼大叫："少……少他娘多管闲事，咋？老子吃饭你要钱，小崽子吃饭就不要钱？他是你祖宗？"回头一指李清霄，"想吃饱是么？那就乖乖听老子的话，管叫你有吃不完的山珍海味！"抬手搂起黄泥酒坛，仰脖一饮而尽，一张麻脸涨得活像块猪肝，随即咣当摔碎酒坛，晃晃悠悠站起身，一脚踢开凳子，噗地拎起李清霄，眯缝着眼，嘴里吐着酒气："跟……跟……跟老子回去……"也不付账，打着酒嗝，跨出店门，嘴里仍旧骂个不停，"你……你这小王八，面也吃了，力气也有了，别……别他娘的再指望老子背你！"

起风了，天越发寒冷。街边，小贩缩着脖，忙着收摊，行人三五成群，望家而返。杨虎子扯着李清霄离开老面馆，晃悠悠没走多远，忽听有人大喊："闪开闪开！范公子回府，都给我闪开！"伴着车夫高呼，一辆雕花嵌铜的舆厢马车飞驰而来，拉车的马皮毛黑亮，像焗了油，行人慌忙躲开，杨虎子也打个激灵，酒醒了三分，赶紧拽住李清霄街边站定，原本还算热闹的街市瞬间安静许多，宽宽的街上，只剩一个披着猩红棉布斗篷、斜挎牛皮大酒囊的高大汉子踏雪缓行。那车夫牛皮马鞭甩得噼啪直响，得意洋洋正驾车飞驰，猛地瞧见路中那个汉子，一惊，急忙用力勒住缰绳。

"吁——""咯吱吱——"

雕花马车拧着劲响了几声，在离红斗篷汉子不到两丈处停下。

"直娘贼，奶奶的！"车夫擦了擦头上的汗，跳将起来，竹梢鞭杆一指高大汉子，"狗东西，你他娘的是腿瘸了？眼瞎了？还是耳朵聋了？没听见老子喊话？寻死不成？"披斗篷的高大汉子猛然转过脸，车夫一怔，不由咽了口唾沫，这大汉相貌好威严——长眉好似两锭松烟墨，直直刻在黑沉沉的脸上，宽宽的下巴生了层青硬的胡子茬，眼睛比黑豹的还亮。黑面大汉盯了车夫一眼，也不说话，耷拉着眼皮继续前行。车夫顿时气不打一处来，"啪"地一挥鞭子："喂！老子问你话，你他娘的混大块肉，不应个声，放个屁？"正张牙舞爪叫嚣，只见马车锦布窗帘一动，里面探出半个圆乎乎的头来，瞥了一眼，淡淡一笑："别废话，撞过去。"

"哈哈，好嘞。"车夫叫了一声，来了劲头，"范公子，你瞧好咯！"他撅起屁股高挥臂膀，啪的一鞭，大黑马裹着寒风冲过去。"哎哟！哎哟！"两旁揣着袖子的围观者惊呼阵阵，心中都想：活该这黑厮倒霉，碍了范公子的车驾，此番命没了！哪知，路中黑面大汉见马车奔来，也不惊慌，只踮脚一闪，轻松避开马头，右臂呼地电出，"嘭——"铜铸似的手抓住朱漆车辕，单臂发力，朱漆车辕被拉得咯吱吱直响，黑面大汉低喝一声："停下！""咯噔噔……"大车轮几阵闷响，碾得雪尘飞起，左右晃了几下，竟被黑面大汉生生拉住。黑面大汉大怒，沉声道："天子脚下，一个车夫也敢横行无忌，好生地霸道，可知晓王法么？"

一听"王法"二字，车夫反倒来了精神头，立刻梗起脖子："哈哈，直娘贼，你说得好，明白告诉你，我家范老爷就是王法！直娘贼，你瞧清楚了，看看啥是王法！"啪——马鞭甩着响抽向黑面大汉。黑面大汉浓眉轩扬，左手疾挥，"噗"地抓住鞭梢："我倒真想知道，是哪个范老爷？"车夫原怯了三分，如今听黑面大汉一问，不禁又壮起胆子，大声说："还有谁？当然是当朝首相范质范大人！如今车里坐的，便是我家范相爷螟蛉义子，识相的你赶快滚开，还能留条命，要是惊扰了我家公子，你……你便是有一千颗脑袋瓜子，也不够我家公子砍的！"

黑面大汉手上青筋渐渐凸起，沉沉道："范相爷乃是三朝元老，本是百官的表率，却不想调教出你们这样败类！我等将士在外出生入死，莫非是要养活你们这群蛀虫？"话音一落，左臂一动，"呼"地将车夫摔了出去，右拳同时扬起，"砰——"铜锤一样的拳头狠狠地砸中马头。大黑马仰天嘶鸣，后腰一塌栽倒在地，口鼻鲜血四流，抽搐了几下，断了气，"啊呀——"范公子吓得大叫，扑腾腾往厢后缩，战战栗栗地问："谁？谁？你……你是谁？"黑面大汉卷着猩红披风，缓缓走过来："回去问问你干爹，当年瓦桥关，是谁血溅征袍，击退了契丹十二刀盟和几万铁甲狼兵！"

"呼——呼——"黑面大汉跟着连击两拳。

"咯嚓嚓……"松木舆厢被震得粉碎。

范公子缩在兽皮软毯上抖成个肉团，早顾不得脸面，跪在车上，屁股撅得像一架鼓："好汉爷，好汉爷，本公子……不不，小的、小的不该惹怒好汉爷，好汉爷大人有大量，别、别杀小的……"雨点般磕起头来。黑面大汉冷冷一笑："贪生怕死的孬种，不值得脏我铁鞭将的拳头！"啐了一口，刚要离开，忽然，一个声音在身后响起："大侠救命！大侠救命！"黑面大汉回头一瞧，喊话的是个六七岁的娃娃。

这娃娃正是李清霄，原来，李清霄见这个黑面大汉不怕官家公子，武功也厉害，想必就是铁靖叔叔常说的大侠客，眼下自己落入坏人手里，若不求这位大侠出手，就来不及了，这才使出浑身力气大喊。他这一嗓子，刺入长空，倒吓得杨虎子像囫囵吞了两个生鸡蛋。在杨虎子心中，围观的闲人再多，也不过乌合之众，他自不惧，可眼前这黑面大汉身手不凡，杨虎子却忌惮三分，他没想到李清霄有胆子呼救，这会儿后悔又慌神，"噼啪"扇了李清霄两个耳光："操你娘的，不想活了么？"

然而，虎豹之驹，虽未成纹，已有食牛之气；凤鸾之雏，即使幼弱，早生飞天之姿！李清霄乃白马将军之子，本是虎驹鸾雏，此刻，他睁圆了眼睛，对准杨虎子的左腕猛地咬下去，"喀哧——"牙齿直入皮肉，腕上血涌而出，杨虎子疼得大叫，陡然松手。李清霄趁隙蹿出，与此同时，回手一拽，"嗖——"杨虎子腰间包着孤城块的布袋被李清霄扯下来，接着拼命向黑面大汉跑去，杨虎子啊呀一声："小王八羔子，老子撕碎了你！"刚赶出几步，忽见黑影一闪，那个黑面大汉已拦在面前。

"站住！你是谁，为何难为这孩子？"黑面大汉问。

"船多不碍路，不干你的事！老子杀人如剪草！"杨虎子吐了口痰。

"好大口气，"黑面大汉哈哈大笑："可惜京师重地，正干我的事。"

"你？你是谁？！"杨虎子心里犯了嘀咕。

"归德军东班头领，呼延赞！"黑面大汉吐字如刀。

"呼延赞？哈哈哈哈……"杨虎子反倒一阵大笑，"狗屁，老子以为你是哪根葱，不过是个小小的东班头领，少他妈废话。"他一放宽心，酒劲发了作，铮地拔刀出鞘，向前一指，"趁军爷心情好，不想死就他妈滚开！"

呼延赞一笑："死倒想过，却没死成。"杨虎子踏足向前："好！好！真他妈是个硬棍儿，那老子成全你！"刀刀寒光闪闪，斜削呼延赞脖颈。呼延赞沉着眼皮，不以为意，向左一侧身，右手忽出，"呼喇"一声，从披风后抽出一条十三节水磨八棱钢鞭，黑沉沉一根虎尾相似。呼延赞持鞭在手，反手一拍，"噹"地砸在杨虎子刀面上，这一下力贯千斤，杨虎子哪吃得消，"啊呀"一声，钢刀飞出三五丈远，劲力撞来，杨虎子脚下不稳，退出五六步，右手虎口当下裂个大口子，鲜血直流。杨虎子没料到呼延赞有如此神力，方才的酒劲惊得半点也不剩了。

未等杨虎子醒过神，呼延赞突一进身，手中单鞭已顶住了杨虎子的喉咙，凉得像快冰坨。杨虎子面如土色，惊恐得睁大眼睛，脸上两条粗陋的刀疤如被针刺痛的蛆虫，不停地颤抖："大……大侠……不不，军爷，军爷，有、有话好好说……"

"我只问你，为何要难为这孩子？"

"这……这……"杨虎子说起话来含着骨头露着肉，有些犹疑，忽觉脖子一痛，呼延赞手中的八棱钢鞭险些要戳断他的喉咙，杨虎子惊恐万状，扑通跪倒在地，连连说道，"军爷饶命，小的说，小的说，那娃娃方才抢走的，不是寻常之物，它是……它是……"呼延赞见他仍旧吞吞吐吐，长眉一立："是什么？说！"

"是孤城玦！"

"孤城玦？"呼延赞惊得脚下一动，忙回首，哪还有李清霄的影子？他惊惑交加，转过头来，目光刀芒似的盯着杨虎子："当真？"杨虎子声音发颤："小的哪敢欺瞒军爷……"呼延赞沉了半晌，冲杨虎子说道："这件事前因后果，你原原本本说清楚，倘有半点隐瞒——"呼延赞右足一踏，只听"喀嚓"一声，脚下裹着泥雪的青石方砖登时碎成七八块，"我就叫你像这方砖一样，粉身碎骨！"杨虎子骇得犹如木雕泥塑，三魂丢了两魂，趴在地上磕头："一定，一定！军爷……你可知那娃娃的父亲是谁？"

"谁？"

"彰义军节度使白重赞帐下，李稷李陪陵！"

"白马将军李陪陵？"呼延赞有些吃惊，杨虎子点点头："半年前，世宗皇帝北伐契丹，一路所向披靡，兵不血刃连下三关三州一十七县，正准备乘胜取幽州，不想在瓦桥关病龙台身染恶疾，只好驻军不前，契丹人知道了这个消息，大喜过望，便……"说到这，杨虎子脸上的肌肉跳了几下，将头低了几分，接着说，"契丹人乘人之危，偷渡拒马河，袭击瓦桥关，围攻霸州，想一举夺回三关，直驱武遂城……"呼延赞一摆手，紧锁眉头："这些事我都知晓，不必说了，陪陵将军便是从武遂城去解霸州之围时，遭契丹人埋伏，身中狼牙箭，重伤不治！陪陵将军为国捐躯，固令人起敬，但这与孤城玦有何关联？"

3 流离苦

"军爷有所不知……"

杨虎子心中有鬼，吞吞吐吐："当时陪陵将军身中七箭，箭深入骨，是小的与将军义弟铁靖先生一同救他到一处废庙，可……可那几箭伤得太重，大罗神仙也束手无策。陪陵将军临死前，交给铁靖先生一件东西，就是……就是孤城玦，他说孤城玦具有神通，千万不可落在契丹人手里，叫我俩务必杀出重围！说完这番话，陪陵将军便……便撒手去了……"杨虎子跪在地上，假意抹了抹泪，"小的本当要去杀契丹人为将军报仇，可铁靖先生说孤城玦干系重大，不可轻易犯险，我二人只好趁夜冲出包围，哪知回京路上走漏消息，引来追杀，铁靖先生为护孤城玦周全……被他们杀死了！"

"铁靖先生死了？"

呼延赞愕然半晌，叹道："铁靖先生儒而任侠，呼延久闻大名。十年前，太白山群英会，他吟诗舞剑，技惊四座，博得响当当'书剑儒侠'的名号，可叹竟落得这样结局！"忽心念一闪，凝眉问，"既然废庙中只有你和陪陵将军、铁靖三人在场，这消息是如何走漏的？"杨虎子一颤，忙道："小的……小的也不知，常言道：世上没有不透风的墙。或许是陪陵将军之前曾与别人提及过孤城玦，如今陪陵将军一死，他们搜不见宝物，便顺藤摸瓜找到了俺们。"呼延赞面冷如石："你是陪陵将军部下，为何将军家的小公子会如此怕你？还唤我救他性命？"杨虎子叹气指了指脸上的两道粗疤："小的与小公子只是半路相遇，也是从死人堆里救他出来，想是小公子见我模样丑陋，当我是坏人，可……可小人这刀疤又不是父母生的，也是为国征战才落得这步田地！小的……小的不过是想护好孤城玦，完成陪陵将军遗愿罢了！"

呼延赞半信半疑，但也无从查证，便冷哼一声："但愿你说的都是真话，倘若欺瞒了，哼哼——"呼延赞退了两步，反手一鞭落下，"喀嚓——"范府大马车碗口粗细的榆木车轴被震为两段。杨虎子吓得一缩头，又发了一阵毒誓，便风一样跑远了。呼延赞倒心乱如麻，口中轻轻念道："孤城幻影，山海之涯。灵台方寸，可敌天下。可惜大周气数已尽，纵有此宝，又有何用？"他声音微颤，摘下牛皮酒囊，仰头喝了一大口酒，猛烈咳了几下，便紧了紧猩红绵布斗篷，急匆匆向内城走去。

　　石街如冰，枯叶与雪片四下飘零，冷风如刀，溜着地皮使劲往人裤筒里灌。逃出虎口的李清霄顾不得冷，只觉得离杨虎子愈远，愈是安全，他留了个心眼，不走大路，专拣窄街曲巷，左穿右穿，拼命狂奔，不知跑了多久，直跑得腿脚发软，肺里像炸开一般，实在跑不动了，扑通倒在一面墙角下，大口喘气，喘了一会儿，肚子又开始"咕噜噜"乱叫，他四处张望，斜街路口有家包子铺，李清霄便爬起来晃悠悠走过去。

　　这包子铺只一间门面，门前戳了根杯口粗黄油油、亮光光的老竹竿，上面挂块红里泛黑的枣木招牌，厚厚的油泥裹着"李记包子"四个字。枣木牌下放口大铁锅，几只老柳木编成的大笼屉整整齐齐地摞在铁锅上，顶头是个满打补丁的竹篾盖子，咝咝冒着白气，迎风飘出阵阵肉香。李清霄呆呆地望着这个"李"字，眼泪在眼眶里打转。

　　"哎哟，谁家的孩子，大冷天站这干啥？"

　　一个大嗓门嚷过后，伴着噔噔的脚步声和一股子葱姜作料的气味，棉布门帘"呼喇"撩开，从铺子里面踏出来个身材结实的女人，这女人双手油渍，扎着半身花布油裙，端一屉刚包好的肉包子，冲着蒸笼旁的李清霄大声嚷嚷："要买包子么？咋不喊人？瞧瞧你，脏得不像话，大过年的，你爹娘干啥去了？也不给你换身新衣裳！"刚说话，铺子里跟着踏出来一只小黄狗，在主人旁翘着尾巴，抻着脖子冲李清霄一通狂吠。李清霄吓得退了两步，依旧一言不发，只死死地盯着那摞冒着热气的笼屉。

　　"问你话咋不吱声？"包子铺老板娘放大了嗓门，"不买包子一边玩去，别耽误俺干活！"她一面吼着，一面熟练地挪动那摞大笼屉。

　　"大婶，我饿了……"

　　"饿了咋不回家？"

　　"我……我没有家，爹娘和铁靖叔叔都死了……大婶，我好饿……"

　　"啥？"包子铺女老板焦黄的脸僵住了，"唉，"她叹了口气，满拧的眉头渐渐松开，声音也小了，"没事没事，"用花布围裙擦了擦油乎乎的手："挺好的孩子，咋就……唉！这年月，兵荒马乱的，俺这个开包子铺的又能咋办呢？只盼老天爷早日降个贤王圣主，怜贫济困，让天下早点儿太平起来……"老板娘一边絮叨着，一边拿过黄草纸，麻利地包起刚蒸好的四个大肉包子，塞在了李清霄手上，大着嗓门说，"到一边吃去吧，别在门口挡着，俺还要做生意！"说话时，一脚将小黄狗踢进门。

"谢大婶！谢大婶！"李清霄使劲作揖，捧着肉包子跟跟跄跄跑向远处，寻个干净巷口，坐下来，咬开黄草纸，带着纸屑大口吃起了包子，刚吞了两个，眼前忽然围拢了几双小脚，李清霄抬头去看，五个年龄大些的孩子正低头看着他，中间一个胖男孩个子最高，瞅了李清霄半天，撇着嘴角问身边几个孩子："这小叫花子外乡来的？"

"外乡来的！"

"上个月还有个外乡的小叫花子，更黑些，被俺们赶跑了。"

"这个白脸的小叫花子不知啥时混进来的！"

胖男孩听了，点点头，踱着小方步，冲李清霄大声道："小叫花子臭烘烘的，脏得要命，这是俺摆花灯的地方，你快滚开！"抬脚"噗"地踢飞了李清霄剩下的两个包子，李清霄惊得倚墙站了起来："我不是小叫花子，你干什么欺负人？"胖男孩猛地推搡了一下李清霄："欺负你又能怎的？"一脚踹过去，正踢到李清霄装着孤城块的布口袋，胖男孩被硌了一下，不禁吃了一惊，"难道这口袋里有银子？"胖男孩一阵子暗喜，一指布口袋："把口袋摘下来，小爷瞧瞧！"

李清霄赶紧捂住布口袋："我的东西干什么要给你看！"

"不给？"胖男孩一挥手，"啪——"李清霄重重挨了他一个耳光。

这一下众孩子都来了劲头，一齐起哄："打得好，打得好。小花子，没爹娘，祖祖辈辈穷命郎；穷命郎，臭又脏，吃了剩饭喝馊汤！打死这个穷花子！"李清霄一下紧咬牙关，攥紧了小拳头："我先祖是大唐的开国元勋，我爹爹也是天下最了不起的大英雄，不许你们这样骂他！"

"骂又怎的？快把布口袋拿来！"胖男孩拧眉去抓，李清霄死死攥住，大吼："不要碰它！"猛地向前一扑，将胖男孩撞了个大趔趄，胖男孩一愣："小王八，出手打你小爷？看不揍扁你！"扑上来一个照面便将李清霄压在身下，胖男孩吐了口唾沫，"小王八，小叫花，你爹是狗熊才对！"挥起小拳头砰砰砸下去，捶得李清霄口鼻涌血。李清霄浑然不顾，一手抓紧布口袋，一手撕扯胖男孩的前襟："我先祖是大唐开国功臣，我爹爹是天下最了不起的英雄！"

周围的孩子听不懂他在说什么，只看得兴起，大声欢叫："使劲打！使劲打！"胖男孩打了一阵，也有些累了，喘了口气："小王八真禁揍，小爷再问一遍，你给不给？不给掐死你！"李清霄使足力气扯着胖男孩的衣襟，开口大骂："去你妈的！"胖男孩一怔，恼羞成怒："小爷爷掐死你这没爹没娘的小叫花！"双手扣住李清霄脖颈用力下按。李清霄"呃"了一声，脑袋陷入雪壳中，身子不停扭动。胖男孩手上又加了些力，李清霄嘴唇发青，眼睛一翻，小手渐渐从胖男孩的衣襟上松了下来。旁边的孩子们一阵欢呼，将泥雪纷纷踢在李清霄身上，正踢得过瘾，忽听一个细小声音传来："爹爹，他们在欺负人，你快去帮帮他！"又听一个大人笑着说："丫头有了长进，晓得路见不平拔刀相助了。"话音落时，开口高喝："住手，全都住手！放开他！"

　　众孩童吓了一跳，回头去瞧，街边走来个长袍细髯的中年人，手里拉着个四五岁的小女孩，胖男孩以为是李清霄来了帮手，急忙撒手，喊道："快跑！"起身时，顺手拽下李清霄腰上的布口袋，一溜烟钻进了巷子。

　　中年人与小女孩快步走到近前，李清霄仰面躺在雪中，满脸血渍，被掐得已没了动静。小女孩向后退了退，不知是害怕还是可怜，泪汪汪地说："爹爹，他……他不会是死了吧？"中年人蹲下身，轻搭李清霄的腕脉，长出了口气："无碍，只是背过了气。"说着用掌在李清霄胸口缓缓揉推，过了片刻，李清霄"呃"地咳了几下，慢慢撩开眼皮，小女孩乐得直拍巴掌："太好了，他醒了！"俯身用力去扶。李清霄挣扎坐起，低头一瞧，目瞪口呆，孤城玦不见了，赶紧四下一阵乱翻，使劲在雪里扒拉，哪有孤城玦半点影子？他直直地张开嘴巴，可嗓子已嘶哑了，哭不出声来。

　　小女孩瞧他举动奇怪，用绣花衣袖擦了擦他额上的泥雪，轻轻问："怎么了？丢东西了么？你叫什么名字呀？他们为什么要打你？你的家在哪呀？"一连串的问话李清霄好像一句也没听见，他低着头，一声不吱，泪珠与血渍混在一起。小女孩不知所措："你怎么不说话？要不……要不我告诉你我的名字，你也告诉我你的名字，这样好不好？"李清霄抬起头瞥了她一眼，小女孩眼睛很大，项上还戴了一枚圆杏大小的九瓣莲花白玉吊坠，花瓣相依，每瓣中间都刻着个小字，十分精妙。

　　一瞧这女孩的容装举止，李清霄将头压得更低了。

　　"爹爹，他怎么不说话？"小女孩有点着急。

　　"想是怕生。"中年男子说。

　　"翎儿怎么不怕生？"小女孩眨眨眼问。

　　"呵呵呵，"中年男子笑了笑："你是金枝玉叶的大小姐，从小到大，都是别人怕你，你哪里会怕别人？"

"爹爹，翎儿看他这么可怜，要不带他回咱家吧。"小女孩说。

"傻丫头，"中年男子抚了抚她的头，"这里是开封，咱家在江南，两地千里之隔，倘若真是把他带回去，过后万一他爹娘寻他不见，如何是好？"

"可是，他们说他是小叫花子，没有爹娘……"小女孩垂眉难过。

"人人都有自己的爹娘，许是就在附近。"

"那咱们就送他回家吧。"小女孩伸手去拉李清霄，中年男子一把将她拉过来："爹爹不是不想帮他，只是这次还要拜访你曹叔叔，谈紧要的事，耽搁久了不便，翎儿乖，咱们抓紧赶路。"转身看了看李清霄，微微一笑，"孩子，快回家去吧，别让你爹娘担心。"说完，长袖一舒，拉着小女孩向城东走去，小女孩蹙着眉头，每走几步，便回头瞧瞧雪地上的李清霄。李清霄见她像一抹红云渐渐消失，心中伤痛至极，忽地大大张开了嘴巴，想是要喊他们回来，却生生忍下，想要大声哭出来，却又抿住嘴唇，泪水在眼眶里直打转，他慢慢爬起，缩着手将胖男孩踢到墙边的两个包子捡了回来，轻轻擦了擦上面的雪，小心翼翼地用黄草纸重新包好，塞进自己的怀兜里。

嗖——呼呼呼呼——大风骤起，扫过长街，灌进李清霄的脖子，刀一样刮着皮肉。李清霄的小手几乎冻僵，他一瘸一拐挪到了墙角，蜷缩成团，听着远处"噼噼啪啪"的爆竹声，泪水一下涌了出来："我先祖是大唐开国功臣，我爹爹是天下最了不起的英雄……我先祖是大唐开国功臣，我爹爹是天下最了不起的英雄……"

李清霄流着泪，缩在墙角里，反复念着这句话，风越刮越大，他的声音却越念越小，仿佛就要睡着了，忽然，李清霄的耳边响起一个苍迈的声音："娃儿，快醒一醒，千万别睡去。"李清霄迷蒙中抬起头，面前不知何时站着个白眉道人，长眉清目，一袭白布道袍，风吹丝绦飘如云烟，好像个老神仙。这时，白眉道人脱下道袍，裹在李清霄身上，卷起衣袖轻轻抹去李清霄眼角上的泪："娃儿，你方才念的是什么？你的先祖是大唐的开国元勋么？"李清霄冰冷的身体终于有了些暖意，他不再哆嗦，看着白眉道人呆呆瞅了半晌，清声道："对，我先祖是大唐开国功臣，他是大唐的卫国景武公，我爹爹是白马将军，铁靖叔叔说，他们都是天下最了不起的大英雄！"

"唔？卫国景武公？"白眉道人微微一惊，"原来你是大唐李卫公之后，你铁靖叔叔说得不错，李卫公的确是天下第一等的大英雄！"

"道爷爷，你也知道我先祖的事迹么？"李清霄一下子兴奋起来。

"嘿嘿，大唐三原李药师，文韬武略冠绝当时，他出将入相，功高华夏，泽被后世，道爷爷自是仰慕得很呐！还有你的爹爹白马将军李陪陵，当年白马银枪，二十八骑退万敌，阵斩敌酋张元徽，也是名扬天下的英雄好汉，只是可惜……"白眉道人长叹一声，抚了抚李清霄面颊上的瘀伤，替他拭去了血渍，"娃儿，你也莫要太过难过，宝剑锋从磨砺出，梅花香自苦寒来。当年你先祖李卫公披荆斩棘，备尝艰辛，历经无数挫折，才得以辅佐高祖、太宗皇帝打下万里国姓江山，位列人臣之极。"

"道爷爷，什么是国姓啊？"

"国姓么，便是皇帝姓什么，这个国家便姓什么。"白眉道人一字一句地说，"当年大唐开国皇帝叫李渊，因此他的国家便与你一样，也姓这个'李'字，如今到了大周天下，那位皇帝姓柴，所以这大周便姓柴。除了中原之外，四周的那些个国家也都如此，北汉国主姓刘，南平国主姓高，吴越国主姓钱，后蜀国主姓孟，这刘、高、钱、孟便都是他们国的国姓。"

"道爷爷，那你又姓什么呀？"李清霄津津有味地问。

"你问我？"白眉道人顿了顿，回答，"道爷爷么……俗家姓陈。"

"姓陈？"李清霄若有所思地问："道爷爷，如今这天下有姓陈的皇帝么？"

"这……"白眉道人听了，哈哈大笑："你问得道爷爷好生难过！"

"为什么难过？"李清霄好奇地问。

"呵呵呵……"白眉道人笑了笑，用手指点了点李清霄的鼻子，"因为道爷爷不如你这娃儿金贵，自李唐以来，这天下还未出过一个陈姓皇帝，可怜哦可怜。"说着，将长须哈哈大笑起来。李清霄见白眉道人亲和有趣，也跟着咯咯笑了，浑然忘了方才的苦痛。白眉道人见李清霄笑得开心，俯下腰摸着李清霄的小脸，见这孩子眉如初月，眼如清湖，耳厚而修长，鼻高而不见孔，雪月疏星闪映之下，形体清澈犹如琉璃，白眉道人心下喜爱，慈然问道："娃娃，你叫什么名字？"

"回道爷爷，我叫李清霄。"

"李——清——霄——"白眉道人缓缓念着，"自我道祖李耳以降，天下始有李姓，昔年竹林名士嵇中散有诗云：'羽化华岳，超游清霄。云盖习习，六龙飘飘。'你不但姓李，且名里还有'清霄'二字，看来啊，你这孩子与我道家有缘，要不然，你也不会被老道撞见。"说着，双手抚着李清霄的肩头，"娃儿，老道打算收你做个小徒，从今以后，跟老道入山门，居洞府，一起生活，你可愿意？"李清霄蓦然愣住了，半晌，终于哇地哭了出来，哭得撕心裂肺。白眉道人弯了眼角笑着，又替李清霄擦擦眼泪："莫哭，莫哭，好孩子，告诉老道，愿不愿做我的徒儿？"

"愿意!"李清霄高兴得不得了,一边抽泣,一边跪在雪地上,使劲磕了三个头,清声道,"徒儿给师父磕头!"说话时,连忙伸手入怀,拿出那两个早已焐得温热的肉包子,往白眉道人面前一递,"师父,包子给你吃,可好吃了。"白眉道人心头一紧,将李清霄紧紧搂在怀里:"好徒儿,师父不吃,留给你吃。"把两个包子又塞入李清霄的怀兜,李清霄扭脸问:"师父,咱们一会儿去哪?回家么?"

白眉道人略一沉吟,没有马上回答,而是轻轻叹道:"七日前,为师曾夜观天象,见五星连珠聚于昴、毕二宿,一连数夜,累累大明,此象一出,说明老丘夷门之地必出真龙天子,为师又以梅花易数演算,推算出今日便是真龙天子定叠天下之时,届时世道升降,否泰推移,必将群星聚汇,各显神威。这本属好事,然而,天道下济而光明,地道卑而上行,新君虽然可敬,旧主亦是可怜,所以,师父今日赶到开封,为的便是要到大周皇宫里走一遭,办一件要紧的事,等这事办完,师父便带你回家。"白眉道人说的这些话,李清霄似乎都没听懂,只觉师父脸色凝重,他便不去问了,白眉道人也不细说,挥袖抱起李清霄,沙沙踏着雪壳,衣袂迎风向皇城走去。

4 故园非

皇宫里。

隆冬的风，像冰削成的箭。

年轻的符太后听完宰相范质的奏报，脸吓得雪一样白，她的声音有些发抖："范……范卿，前日你力举赵匡胤统军北征，说得好好的，却如何生出这般变故？我……我周室两朝天子，都待他不薄，他为何要造反……"话语至此，便说不下去，玉眸微垂，扑簌簌地流下泪来。

范质像被灌了一碗黄连汤，说不出得苦，他连连叩拜："赵匡胤背弃君恩，犯上作乱，老臣荐人不当，罪该万死！太后勿慌，臣这就去找赵匡胤，以大义规劝，叫他迷途知返。"符太后听罢，不再多说，只抱着小皇帝在那悲泣。范质无奈，只好退出寝宫。刚出宫门，一眼瞧见右仆射王溥正在宫外搓手徘徊，范质急忙过去："王相在此做甚？"王溥面白如纸："正等范相出来，商议如何处置兵变之事！"范质捶了捶手心："仓促遣将，竟致此变，皆我等辅臣之过，如何是好？"正悔痛时，忽听背后有人高喝："叛军将到，二位相爷身为宰揆，不去朝堂主持大计，怎么在此叙谈？"

范质、王溥扭脸去瞧，从宫门处奔来两人，前面的人穿着绛红袍，身材高瘦，长方脸宛如青石城砖，棱角分明，满脸胡茬就如城砖上的草，正是检校太尉、侍卫亲军马步军都指使韩通。韩通身后跟着个倒提长枪的黄脸汉子，黄脸汉子双目狭长，身材魁梧，乃是韩通麾下侍卫军龙捷马军总教头柳龄鹤。柳龄鹤祖籍河南洛阳，人称"神枪王"，七十二路紫金陀龙枪使得出神入化，与祖籍山西潞州的侍卫军虎捷步军总教头"铁刀王"霍风谷，并称"北刀南枪"，同在马步军都指使韩通帐下效力。

范质、王溥遭韩通训斥，都红了脸，范质倒背着手问："但不知韩太尉有何救国良法？"韩通大声说："兵来将挡，水来土掩，朝中尚有左右禁卫军，调兵之权在韩某手中，我已传令侍卫司和府兵去登陴御守。周边藩镇，河南卢多逊大人、潞州李筠大人皆有钱粮军马，眼下当入宫请旨，快马出京传檄各路藩镇，速令勤王，倘若他们率牙军星夜前来，协力讨伐，何愁叛逆不平？"

王溥在旁连连摇头："不行，不行，韩太尉，你思虑固然周到，奈何远水不解近渴，倘若禁军尽皆登陴御守，而地方援兵又未及时赶到，如何是好？"

韩通双目圆睁，举手向天一指："顾虑千寻，不如做事一件！但有一线生机，也不能坐以待毙。二位相爷若是胆怯，大可回府躲避，我韩通自去找太后、皇上，请旨调军！"也不等范、王二人说话，叫着柳龄鹤，抬腿向宫中奔去。

范质、王溥望着韩通、柳龄鹤的背影，心涌如涛，静立了片刻，王溥忽问："范相，你畏死否？"范质神色一呆，冷风吹来，他长须微动，凝望眼前的白玉栏、红椒墙、琉璃瓦，清癯的面孔显得更为憔悴，喉咙像被糊上了一层黄纸："老夫枯骨一具，死何足道？只是……"他喉咙越来越紧，声音低了下来，顿了顿，眼皮微垂，"只是老夫实不忍因一己之名节，连累举家之老小！"

王溥长叹，缓缓抱拳："难得范相坦诚相见，其实范相所虑，亦是王某所虑。遥想少时读史之时，每见那一班临国难而不为死节之臣，王某甚为不耻，只觉得他们有辱圣贤，愧对君恩，哂笑之余，常深以为戒，然而……然而如今事到临头，一想自己妻儿老幼、满门上下几十口人，王某……王某这腰板却也硬不起来了……"

"王相不必多说了，"范质摆摆手，"顺天者生，逆天者死，求死易，求生难，你我……好自为之吧！"回望冷森森的宫殿，仿佛又老了十岁，再不发一言，与王溥匆匆跨出宫门，乘上紫金大轿，各自回府去了。

二人刚离去不久，宫外呼声大作，朱雀门外，潮水一样闯进数千铁骑，将皇城团团围住。为首的青面大将，骑着大黑马，腰悬长剑，手托一柄九尺凤嘴刀，正是赵匡胤帐下先锋都统领王彦昇。王彦昇身边还有三个人，一个莲冠道袍，长髯凤目，正是道长苗光义；一个青袍青甲，高大威严，手托破阵刀，背背十三节水磨八棱钢鞭，乃是一入开封城便搭救过李清霄的铁鞭英雄呼延赞；另一位身穿白袍白甲，相貌雄奇，则是武成军节度使王审琦麾下第一猛将高琼。

王彦昇望着眼前千檐万簇、金碧辉煌的皇城，高举马鞭，冲苗训等哈哈一笑："苗先生，弟兄们，小皇帝的窝就在眼前，咱们一鼓作气端了它，迎接大帅登基坐殿，咱们可就是开国功臣了！"苗训、呼延赞颔首不语，高琼则哈哈大笑："彦昇将军说得好，末将盼这一天许久了！"回头冲本部铁甲骑兵高呼，"弟兄们，一会儿攻城，要拿出咱们武成铁军的血性，给咱镇帅争口气！"武成铁骑"哗哗哗"以刀拍甲，虎狼一样欢呼号叫。呼声未止，忽听前面"萧萧"嘶鸣，从皇城内闯出两匹枣红马，王彦昇定睛远瞧，认得马上二人，正是检校太尉韩通和龙捷马军总教头柳龄鹤。

"呔！"王彦昇大喝，催马向前，"韩太尉，你是来迎接新天子的么？"韩通驭马盘旋，扬鞭喝问："你是什么东西？此乃大周天下，哪里来的新天子？"

王彦昇虎目圆睁："大周气数已尽，改朝换代的时候到了。韩太尉，你要不识好坏，便只能给那未断奶的小皇帝殉葬了！"韩通也瞪起眼珠，点指王彦昇、高琼等人："叛臣贼子，你们吃着朝廷俸禄，不思报国，却大逆不道，起兵造反，已属十恶不赦！明白告诉你，勤王之兵即将赶到，你们若能迷途知返，我念赵匡胤于国有功的分儿上，还可奏请皇上免尔等一死，否则必祸灭九族，国所难容！"

"姓韩的，少废话！"高琼在一旁高喝，"你他娘的貂蝉唱小曲——真是有声有色，俺高琼这便替王将军取了你这颗脑袋，也好向大帅请功！"说着扑棱棱抖起掌中虎头湛金枪。韩通一见，仰头大笑，嗖地从背后掣出日月双刀："你一个只字不识的莽夫，也敢在此横行？怕你污了我的双刀！"正要迎战，却听身旁柳龄鹤大声道："大哥且住，杀鸡焉用牛刀，小弟来会会这厮！"柳龄鹤手托金錾陀龙枪，双脚一磕马肚，挡在韩通前面，枪尖一点高琼："姓高的，我柳龄鹤不敢比十三太保李存孝，不过要于千军之中取你首级，也非难事！"

柳龄鹤的本事，高琼早已晓得，当年周太祖郭威亲征兖州之时，柳龄鹤在韩通帐下效命，曾马踏七里寨，孤身入敌营，于数千军中枪挑"阎昆仑"慕容彦超，威震三军，由此坐上了龙捷马军总教头之位。

想起这些事，高琼不免忌惮三分，将马轻退半步。王彦昇瞧出苗头，一振凤嘴刀，冲柳龄鹤道："柳教头，俺老王知道你的本事，可人外有人，天外有天，柳教头可认得这二位吗？"说着回指苗训、呼延赞。

柳龄鹤眼皮撩也未撩："柳某不认得。"

王彦昇哼哼一笑："柳教头久行江湖，这'神相无敌'苗道长和'铁鞭王'呼延赞的名头，柳教头不会没听过吧？"

"神相无敌"和"铁鞭王"名号出口，韩通、柳龄鹤耳边仿佛响了一声雷。"神相无敌"苗光义不但相术天下一绝，亦是江湖武学大家，"太上拂尘功"享誉已久，而"铁鞭王"呼延赞天生异禀，更是名将呼延琮之子，儿时得道家大宗师传授了尉迟忠武公的"七十二路神鞭诀"，呼延赞苦练二十年，终得大成，手中十三节水磨钢鞭，纵横江湖，罕有对手，鞭法当世第一。然而，呼延赞虽骁勇，可年少时太过耿直，不善钻营之道，故虽为将门之后，却不得朝廷重用，湖海漂泊，少有军功，直到赵匡胤执掌禁军时，才招他至麾下，提拔为骁骑兵东班头领。

苗光义、呼延赞二人虽名震江湖，却军功微末，未列朝堂，故而韩通、柳龄鹤此前从未见过，如今狭路相逢，韩、柳皆暗道不妙。这时，只见苗道长在马上一扬拂尘："柳教头，你号称'神枪王'，却不知比嵩阳'一字项王枪'李继思如何？"

"一字项王枪"李继思乃是项王枪的名家，以外家功夫见长，擅使镔铁大枪，"一字摔枪式"天下一绝，被誉为江湖中使枪的第一高手。直到七年前，李继思在嵩阳县太室山建造项王庄，勾结官府，大肆圈地，糟蹋良女，横霸嵩阳县，为所欲为，百姓苦不堪言，正赶上呼延赞游走江湖路过嵩阳县，得知了当地百姓的疾苦，一怒之下，单鞭直闯太室山，一十二鞭打死李继思，踏平项王庄，威震天下。

往事犹在眼前，柳龄鹤心有余悸，他的陀龙枪法虽说出类拔萃，但自知并非李继思对手，眼下又如何敌得过"铁鞭王"呼延赞？更何况还有"神相无敌"苗光义在场！想到此处，柳龄鹤陀龙枪不由回撤了半尺，凝眉不语。

王彦昇见了，哈哈一笑："柳教头，实话告诉你，眼下开封城内外九门，都在我家大帅手中，你要是……要是……欸？赵先生那句话怎么说的？"他摸着脑门想了一下："对了对了，你要是知天命、识时务、明事理、晓进退，弃暗投明，辅佐新天子，也算你是一位开国元勋，凭你柳教头的本事，想必前程在我老王之上，那时候又岂会只做一个小小的马军教头？如今苗道长、铁鞭王都在此，身后还有八千铁甲骑兵，你们便是插翅也难飞，这生死两条路，柳教头可要掂量仔细了……"

"王贼住口！"韩通喝断王彦昇的话，扭头冲柳龄鹤一扬刀，"二弟，休被这厮蛊惑，疾风劲草，板荡诚臣，大丈夫即便一死，也不做贰臣贼子！"

王彦昇不搭理韩通，仍对柳龄鹤说："柳教头，是与不是，一念之差，一念之差，天壤之别，一念是荣华富贵，一念是万劫不复，你可想好了，姓韩的可是个薄情寡恩之辈，你追随他这许多年，终究不过是个跟班的，岂会有前途？"

"二弟，休听挑拨，先取了这厮首级！"

韩通这一嗓子喊出，倒叫柳龄鹤的脸色越来越难看，他眉头拧在一起，咬了牙，"扑棱"振开手中紫金陀龙枪，点指王彦昇："我柳龄鹤今天就要替天行道！"不料"道"字一出口，蓦地陡转陀龙枪，金风劈响，竟直奔韩通心口刺来，韩通大惊，他万没想到柳龄鹤会做如此举动，眼下变生肘腋，全然避开已然不能，只得尽力侧身。

"噗——"二尺长的陀龙枪头直直戳入韩通左肩。

韩通大叫，血涌如泉，忙弃右手刀，砰地抓住枪头，眼睛快要瞪出了血："二弟，你疯了不成？"柳龄鹤脸上的肉动了动，双臂加力，"霍"地抽出金錾陀龙枪，血从韩通肩头冲出，韩通晃了几晃，疼得险些栽落马下。这时，柳龄鹤绷着嗓子说："韩大哥，你休怪我，大周气数已尽，小弟不想逆天行事，白白丧了大好之身！"

"龄鹤，我……我以亲兄弟待你，你……你反倒害我？"

"亲兄弟？韩大哥，事不能光说在嘴上，你待我等如亲兄弟，可何曾真如兄长般待我等？你可知弟兄们背后都叫你什么？"

"叫什么？"

"叫你韩瞠眼！"

"狗日的！你们这群忘恩负义的王八羔子，敢在背后嚼舌根！"韩通大怒，气血上涌，伤口钻心地疼，只得咬牙忍住。柳龄鹤冷笑："此时此刻你尚对我这副模样，还说待我如亲兄弟？韩通——"柳龄鹤声音暴涨，"你刚愎自用，有勇无谋，但有不顺意之事，便对我等大发淫威，何曾反思自己举动？你看重的只是你自己，哪有我们这些兄弟？"韩通牙咬得咯咯直响："柳龄鹤，知人知面不知心！韩某本以为你是个英雄，不想却是个贪生怕死、阳奉阴违的鼠辈！韩某今日虎落平阳被犬欺，只怪自己有眼无珠！你要韩某这颗脑袋投名请功么？拿去便是！"话音甫落，"嗖——"从鹿皮囊中掣出四柄飞刀，闪电般打向柳龄鹤、苗道长、呼延赞、高琼四人，这一招是声东击西，韩通飞刀打出，这边双腿就势一夹马肚，骏马前蹿，左手刀直奔王彦昇面门砍去。王彦昇见刀来得甚急，不及掣刀招架，只得使个铁板桥，后脑贴向马股，韩通的刀"嗖"地从他面门掠过，两旁军士惊得一阵慌乱，韩通再次声东击西，马不收势，抖缰冲过人群，朝外城驰去。王彦昇气得哇哇大叫，柳龄鹤急忙高喊："王将军，韩通入宫前，已将门客、府兵都调往外城驻守，家中空虚，此番他定是返宅保全家小去了，斩草务必除根，千万不能给韩通留喘息之机！"

"好！"王彦昇大喜，"依柳教头之言，去韩宅擒杀韩通，大帅面前，有你一份功劳。"顺过刀杆，"啪"地一抽大黑马的后臀，大黑马厉声嘶鸣，扬开四蹄，一阵风似的奔向韩宅。韩通一贯喜好豢养江湖豪客，苗训担心韩宅另有名堂，放心不下，当下叫上高琼、呼延赞，点五百铁骑，由柳龄鹤开路，往韩宅而去。

且说韩通冲出王彦昇的铁甲军，果如柳龄鹤所说，并未出城，而是直奔家邸。

不到一炷香时候，家宅已到，大门虚掩，韩通心急如焚，跳下枣红马，纵进门内，只见老管家韩福正带着小少爷在院中清扫积雪，韩通神色怆然，大步奔过去，从怀中掏出一枚双龙鎏金令牌，往韩福手里一塞，大声道："叛军已打入京城，你拿上禁军金牌，与子逸乔装改扮，多带盘缠，选快马从后门速走！"

韩福拿着金牌，双手发抖，他见韩通满身是血，已然呆了一半，颤颤地问："老爷……发生了什么事？我和子逸少爷走了，老爷怎么办？你身上这伤……"过去要查看韩通伤口，韩通一把将他推开："不用管我！我要效法田横，毕其功于一役！你莫再啰嗦，快去准备，只有把子逸带出城，我才无后顾之忧，快走！"

"是……是……"韩福哆哆嗦嗦刚一转身，猛听见门外马蹄声大起，有人高呼："韩瞠眼，老子看你往哪里走！"话音一落，王彦昇提着凤嘴刀，跨马直穿正门，一见韩通正在院中，身边还站着一老一小，除此之外，别无旁人，王彦昇大喜，用刀一指："姓韩的，你敬酒不吃吃罚酒，今天你就是变成了鸟，也飞不出这开封城！"韩通额角青筋暴起："狗贼来得倒快，本督怕你不成？"忍着肩痛，左手刀当胸一横，"先宰了你，再取赵匡胤狗头！"

"好好！"王彦昇哈哈大笑，反手将凤嘴刀往得胜钩一挂，飞身跳下马，铮的一声拔出腰间三尺青锋，抖开了架势，"韩瞠眼，你好大本事，老子'王剑儿'的名头，也不是江湖朋友白送的，来，叫你尝尝老子剑上的手段！"一抖手，长剑青光晃晃，直刺韩通心口，韩通忍痛，沉腕翻刀，格开这一剑，反手单刀自下而上斜撩过去，王彦昇侧身避开，长剑斜刺韩通右肋，韩通赶紧收刀格剑，不料王彦昇长剑陡转，直削韩通手腕，一来韩通身上有伤，二来此刻心慌神乱，撒手不及，左腕当即被王彦昇削中，一阵绞痛，鲜血涌出，单刀"当啷"落地。

"爹爹……"躲在廊下的小少爷韩子逸惊呼起来，正要奔过去，却被韩福紧紧抱住："少爷，你打不过那人的呀，咱们快走……"

"放开我，我要救爹爹……"韩子逸尖叫，不依不饶。韩通强忍剧痛，使足力气，冲王彦昇连拍八掌，回头冲韩福大喝："还愣着做甚？快走……"他这一分神，王彦昇的长剑拦腰削了过来，韩通耳听金风破空，还未来得及转头，王彦昇剑似疾风，"喀嚓"一声，将韩通削作两截，鲜血水一样泼出，满地白雪化作红泥。

韩福瞧得真切，吓得双腿像两根面条，软塌塌半步也迈不出，王彦昇杀得性起，一跃跳到廊下，反手一剑，"哧——"韩福人头落地，尸体栽倒，韩子逸跟着摔在血水中。一刹那，韩子逸闻到了从未闻过的腥恶之味，一入肺腑，再也散之不去，他仰面朝天，不发一声，狼一样死死盯着王彦昇。王彦昇不知为何，觉得脊背一阵发凉，他定了定神，忽地仰天狂笑："操你奶奶，还挺横，看你横还是老子横！"举剑正要下剁，忽听身后有人大喊："王将军，剑下留人！"王彦昇回头一瞧，喊话的是"铁鞭王"呼延赞，紧跟身后的还有"神相无敌"苗道长、金枪大将高琼、"神枪王"柳龄鹤三人，四个人进院看见韩通尸首，或忧或喜，神色不一。

"王将军！"呼延赞当先开了口，"咱们临行之时，大帅有言在先，入京时不得滥杀无辜，王将军，既然这韩太尉已死，咱们就不可再大开杀戮了！"

"欸，呼延将军此言差矣，"王彦昇挥着手打断了呼延赞的话，"韩通这个狗东西，不识时务，拒抗天兵，本将军此番宰了他，也是为了给大帅扫清障碍，哪里算得是滥杀无辜？"呼延赞凝眉道："将军话虽有理，可眼下这孩童终究无辜，应手下留情才是，大帅登基在即，将军倘杀此子，传出去怕有损天子爱民的名声！"

"这个么……"王彦昇皱了皱眉，转眼看了看苗道长、高琼、柳龄鹤三人，问道，"苗先生，二位将军，你们以为如何？"

苗道长仿佛没听见，只目不转睛地盯着血水里的韩子逸。

柳龄鹤低着头，轻咳一声："常言道，斩草要除根。"

高琼踏前一步："不错！杀一个是杀，杀两个也是杀，这小子的爹死在咱们手里，留着他终究是个祸患，要是不杀，你我今后寝食难安！"

呼延赞一阵冷笑："高将军，言重了，谅他一个娃娃，能起多大风浪？莫说你我是百战之将，纵使一介书生，想必也不会叫一个娃娃吓乱了阵脚。"

高琼听出呼延赞话中有讥讽之意，手中金枪"噗"地一戳："呼延赞，你这是啥意思？当自己是活菩萨而我等都是吃人的魔头？你这是妇人之仁！"

王彦昇在旁摆摆手："好了好了，别争了，都是自家兄弟，何苦为一个小崽子伤和气？"扭头冲苗道长一拱手，"苗先生，你快拿个主意吧！"

苗道长手捻长髯，半晌不语，面上也看不出悲喜，只顾盯着韩子逸，忽然，他仰头一叹，冷沉沉吐出句话："此子……断不可留！"

呼延赞大惊："苗道长，出家人慈悲为怀，岂可……岂可见死不救？"

苗道长面沉似水："呼延将军莫急，你仔细瞧瞧，这孩童左掌上，是个什么东西？"说着，缓缓向韩子逸左掌一指，呼延赞顺指头一瞧，韩子逸左掌正中，赫然有个黄豆大小的黑痣，呼延赞不解："一颗黑痣而已，道长问这个做什么？"

苗道长一甩拂尘："无上天尊！此子命犯天煞孤星！"

"天煞孤星？"呼延赞、王彦昇、高琼、柳龄鹤四人不约而同呼了一声，苗道长继续沉声说道："诸位将军请看，此子面相殊异于常人，他鼻如剑锋，山根尖细，中有竖纹，颧高而显骨，再加上其掌心黑痣，五者俱全，正是世间少有的天煞孤星之相！更兼此子眉骨甚为突出，眼大且多寒芒，正应七杀星入命，七杀星为孤克刑杀之星宿，司权柄，主肃杀，而天煞孤星又是紫微斗数之劫煞，这两种命相集于此子一身，贫道平生仅见，此子若是不除，待他长大，必是阴鸷嗜杀、冷暴无义之人，到那时节，必将搅乱尘世，给身边之人带来灾祸，届时，你我悔之晚矣。"

"这……道长此话当真？"呼延赞不大敢相信。

"人命关天，贫道岂会戏言？"苗道长闭上眼睛。

"哈哈哈，呼延兄，"王彦昇一振长剑，"苗先生神相无敌，连赵先生都夸他是袁天罡、李淳风再世，既然苗先生都如此说，你该不阻拦了吧？"高琼兴冲冲接过话："呼延兄弟偏爱理闲事，俺就说这小子留不得，苗先生话说到这个分儿上，还婆婆妈妈弄个啥?!"一抬脚，"咯棱"弹起虎头湛金枪，跳过去，一枪戳向韩子逸心口。忽然，猛地传来一声厉响，一块黑筒瓦从东厢屋脊砸来，"当啷——"砸中高琼的枪杆，力道奇大，震得高琼两臂酸麻，九尺长的虎头湛金枪把握不住，"噗噜噜——"翻转着飞出，枪身触地，铮铮作响，高琼一下子呆住了。

5 大宗师

"嗖——"

一人如羽箭疾下。

他灰巾蒙面，手提单刀，足尖着地时，抓起韩子逸掠过高琼，飞上西屋脊。这几下兔起鹘落，高琼、王彦昇等人还未弄明白，蒙面人已点瓦腾空、穿檐走脊向城西奔去。众人这才醒过神来，王彦昇大喊："快追，别留下祸根！"第一个跳上屋脊追下去，高琼、柳龄鹤随后跟上，苗道长摇头哀叹："为苍生计，贫道也由不得了。"腾身冲了过去，呼延赞终究放心不下，倒提水磨钢鞭紧跟在后。

众人当中，唯苗道长轻功造诣最高，不到一盏茶工夫，已然赶上，沉声一喝："何方好汉，留下来！"左足踢起一块青瓦片，箭一样射向蒙面人，蒙面人听脑后疾风甚劲，暗惊："竟有高人！"来不及细想，反手挥刀，背后一旋，"铮棱棱"磕飞瓦片，手腕却被震得发麻，脚下不由慢了几分，就这么一眨眼的工夫，苗道长已跃到蒙面人面前，蒙面人一怔，退半步，横刀问："阁下何人？"苗道长打个稽首："贫道苗训。"蒙面人又退半步："'神相无敌'苗光义？"抱紧韩子逸道，"苗道爷，出家人以善为首，为何要对一个孩童下杀手？"

苗道长一叹："此子并非寻常孩童，他命犯天煞七杀，贫道不得已为之。"蒙面人一愣，这个工夫，呼延赞、柳龄鹤、王彦昇、高琼四人都纷纷赶至，将蒙面人围在当中，高琼开口大骂："王八羔子，你是谁？找死的么？"

"哼哼！"蒙面人冷笑两声，嗡地一振掌中刀，"韩太尉与你们无冤无仇，你们何苦逼人太甚？逼急了，大不了一起来个鱼死网破！"

这时，柳龄鹤从旁细细一瞧蒙面人手中那柄刀——刀长近四尺，遍身水龙纹，当下不由冷笑："噢，我当是谁，原来是'铁刀王'风谷贤弟。"

一听蒙面人是"铁刀王"霍风谷，王彦昇、高琼、呼延赞都吃了一惊，"铁刀王"霍风谷自幼投身少林，骨骼健硕，膂力过人，刀法造诣极深，因酷爱武学，无缘佛法，长大后便离开少林，只身闯荡江湖。十年前，霍风谷曾独仗龙纹大刀，横扫太行三十六寨，因其刀甚快，凌厉绝伦，故而江湖人称"大刀无影"，后投靠检校太尉韩通帐下，坐上了侍卫军虎捷步军总教头，博得了"铁刀王"的美名。

　　柳龄鹤枪尖指地，接着说："风谷贤弟，周室大势已去，韩通命丧九泉，你我本是外人，又何苦为一个已死之人白白丢送性命？"

　　"住口！"霍风谷雷喝，"柳龄鹤，狼心狗肺的东西！国难当头，你不尽忠保国，反出卖兄弟，追杀小侄，简直禽兽不如！"柳龄鹤脸色难看之极，扑棱抖起紫金陀龙枪："霍风谷，顺天者生，逆天者亡。柳某好心劝你，你却不领情，你一心求死，柳某也无话可说，成全你便是！"一压陀龙枪，奔霍风谷心口扎来，霍风谷一招"以逸待劳"，龙纹大刀格开枪尖，反手一招"青龙摆尾"，斜砍柳龄鹤手臂，柳龄鹤沉肘翻枪，使了招"游龙翻江"，掉过紫金枪，立砸霍风谷，霍风谷侧身闪开，二人以快打快，踏步如飞，斗在一处。霍风谷刀法高明，柳龄鹤无必胜把握，可他迫不及待第一个跳出，一来是要在王彦昇、苗道长等人面前显示降顺诚意，二来他背叛韩通，于心有愧，这会儿一不做二不休，索性斩草除根，落得日后安心，如此柳龄鹤自然铆足了劲，七十二路陀龙枪和盘使出，扑、点、挑、刺、抨、挞、圈、缠、拦、拿、拨、打、绷、盖、撩、划……寒星点点，银光匝地，仿佛泼水不能入。生死关头，霍风谷亦是凝神应战，掌中龙纹大刀，格、封、劈、挂，快似闪电，"叮叮当当"金声不绝。

　　白雪灿灿的屋瓦上，二人跳跃腾挪，枪来刀往，星芒过处，寒痕不散，转眼过了八十多回合，"神枪王"初斗"铁刀王"，各擅胜场，难得一见，看得苗道长、呼延赞、王彦昇、高琼四人无不暗赞："这二人不愧被誉作'神枪王''铁刀王'，若单论枪法、刀法上的功夫，江湖上能胜他二人的只怕不多了。"

　　柳、霍二人的武艺虽在伯仲之间，可此时霍风谷却大为不妙，一来他抱个孩子，本就不便，再者他一心速战速决，要脱离险地，可越是心急，越容易出差错，又斗了五十回合，霍风谷就显得难以支绌，左躲右闪，乱了分寸。柳龄鹤一瞧时机已到，心中暗喜，翘着嘴角说了句："收场罢！"话犹未落，点足而起，一招"三环套日"，抖出一串寒灿灿的枪花，向霍风谷面门连扎三枪。霍风谷只觉眼前银光耀眼，赶紧使个"大浪推沙"，龙纹大刀护住面门，不料柳龄鹤用的是虚招，手中陀龙枪压住刀锋，借势一纵，疾风一样落在霍风谷背后，一招"横扫千军"，杯口粗的紫金枪杆力贯千钧，硬生生拍在霍风谷的后心上。

"砰——"霍风谷如断线纸鸢，跌下屋去。

可"铁刀王"毕竟非凡，刹那间，他拼出全力，右手猛戳一刀，扎入檐边的椽子，左臂死死夹住韩子逸，将身子悬挂屋檐之上，口中鲜血涌出，渗过蒙脸布巾，滴落在韩子逸脸颊上。韩子逸原本受到惊吓，如今又闻到血腥之气，啊的一声大叫，哇哇哭起，哀声刺破天宇，惊得犬吠四起。这时，柳龄鹤缓步来到檐边，看着摇摇欲坠的霍风谷，叹了口气："风谷贤弟，你我同僚一场，本不想杀你，无奈大势如此，非我一人能左右，况且权柄之争，杀伐无情，你也怨不得我，你死后，我必好生安葬于你！"话音一落，举陀龙枪就要刺下。

忽然，一个苍迈的声音响起："无上天尊，施主枪下留人。"

柳龄鹤急忙回头，在众人身后不足一丈远的地方，立着个白眉老道，老道灰白袍袖合于身前，袍袖下是个七八岁的小男孩。柳龄鹤、苗道长、呼延赞大惊，以他们的本事，有人近到咫尺他们竟毫无察觉，实在匪夷所思。苗道长仔细打量，蓦地一震，连忙打个稽首："先生……先生可是太华山太清洞扶摇真人？"

白眉道人白眉微垂，稽首还礼："正是老道。"

呼延赞惊得合不拢嘴："你……你就是'扶摇子'陈抟陈先生？"又瞧了瞧陈抟怀里的男孩，心中更是愕然，"这不是入城前见过的白马将军的公子么？他怎会与陈真人在一起？"虽满腹疑问，可眼瞧将门孤子得遇真人，呼延赞终究还是欢喜。

"扶摇子"三个字，似乎很遥远了。扶摇子陈抟生于唐末，历经梁唐晋汉周五代，隐于太华之巅，参化河图洛书，绘《太极先天图》，创"先天无极功"，返观内照，视听八达，道法武学俱臻化境，是百年不世出的大宗师。早在十年前，南海紫竹台观音阁主"圣手冠乾坤"秋鉴，归隐前，布衣携酒，遍访天下武学名家，或把酒长谈，或遥追风貌，之后三赴南唐请丹青妙手顾闳中，选取二十一位当世武学大家，绘像成卷，是为《江湖名客图》，并题跋："名客悉皆天下人雄，不欲指瑕，唯称其技，故歌曰：太华扶摇，南岳紫霄。五绝十三剑，谁及白玉箫。"名客歌十载相传，江湖无人不知。

"太华扶摇"说的便是扶摇子陈抟，而今，这位震古烁今的大宗师就在眼前，苗训自然无比欢喜，他快步来到陈抟近前，俯首说道："弟子幼学之年，曾见过宗师一面，如今一别二十载，再睹仙颜，幸何如之！宗师在上，受弟子苗训一拜！"陈抟伸手相扶："老道不过多活几年人世，哪里受得这般恭敬？"苗道长垂首道："先生被褐怀玉，开宗明义，蹈迹仙尘，弟子理应如此。"

陈抟微笑，点头打个稽首，忽然身起，好似一缕白烟，飘到柳龄鹤近前，说道："无上天尊，天不嗜杀，人何相残？施主，放过这二人吧。"

柳龄鹤岂不知陈抟大名？见陈抟为霍风谷求情，不由心底一凉："陈抟武学冠绝天下，倘若他救走这二人，再传这孩子武艺，那日后……"柳龄鹤握枪的手不免有些颤抖，他下意识稳了稳心神，转念又想，"陈抟固然一代宗师，可他毕竟年寿近百，想必早已气血衰颓，若真动起手来，未必是我的对手，万不能凭他一句话就放虎归山，倘若……倘若借此良机，一战击败陈抟，我柳龄鹤岂不就此名扬天下？"想到这里，柳龄鹤反倒生出一丝喜悦，一扬眉头，"陈真人，你乃方外之人，何必管俗尘之事？柳某除的是朝廷叛臣孽子，还望陈真人莫要插手为好！"

"一念让人生，一念让人死。上天有好生之德，施主何不网开一面？"

"我若放虎归山，那猛虎吃的可不是你陈真人家的羊！"

"无上天尊！"陈抟皱了皱眉，大袖合于胸前，"人命关天，老道不能作壁上观，只好动一动这副老骨头了。"他轻移绛履，向悬在檐下的霍风谷走去，柳龄鹤拧起眉，咬了咬牙，踏足而起，一横陀龙枪："慢！"陈抟白眉微扬："柳施主，你一定要阻拦么？"柳龄鹤一哼："陈真人，你若真想救他二人，柳某斗胆提个条件！"陈抟问："是何条件？"柳龄鹤道："赢我手中这柄陀龙枪！"

"唔？"陈抟忽抚髯大笑，柳龄鹤一振陀龙枪："赢了再笑不迟！"话落枪起，一招"白起出关"，上步右扣，挟着劲风刺向陈抟，这一招如金蟒伏地猛然跃起，威力极大。哪知，柳龄鹤的陀龙枪刚刺到半路，便听"嗡"的一声，两尺余长的枪头竟被陈抟捏在指中，柳龄鹤连忙猛压后把，想挑开陈抟的手，哪知压了几下，陀龙枪犹如没入石崖之中，竟纹丝未动。这时，陈抟双目微合，轻道一声："撒手。"沛然真气如长江涌来，柳龄鹤"哎哟"一声，陀龙枪登时脱手，身子不由自主飞出数丈，好在柳龄鹤身手了得，落下之时，使个"鹞子翻身"，才未摔个四脚朝天，可双脚甫一着地，又噔噔噔倒退七八步，胸口被震得气息不畅，这一下，柳龄鹤心凉到底。

陈抟走到檐边，低头一瞧，霍风谷胸前殷红一片，体力已不支，陈抟将他和韩子逸提上来，霍风谷伏在瓦上又咳了几口血，韩子逸则浑身抖个不停。陈抟叹了叹，从袖中取个白瓷瓶，倒出三颗红色药丸，递给霍风谷："你伤得不轻，把它吃下去。"霍风谷挣扎起身，摘下血巾，服了丹药，气血渐渐回缓。这时，陈抟转过身，冲苗道长等微笑着说："人命关天，老道不能不理，恳求诸位高抬贵手，叫老道带他二人走吧。"

王彦昇、高琼彼此望了一眼，心中均想："以扶摇子的本事，他要带走的人，只怕我们想留也留不下。"苗道长紧皱眉头，沉吟片刻，向陈抟深鞠一躬："真人有所不知，并非弟子一心赶尽诛绝，而是……而是这个孩童，并非寻常之人，他有天煞孤星之相，七杀星入命，孤克刑杀，此时不除，来日必祸及他人！"

陈抟一怔，低眉看了看韩子逸，长声一叹："苗道长，此子命相虽凶，却并非无药可救。据老道所知，七杀星入命，重在自化，老道观此子貌秀骨长，亦有独特之兆，苗道长岂不闻：天乙贵人若解救，积德行善既良方？这命相之说，不可不信，亦不可全信，我辈出家修行之人，还须以行善救人、扶危拔苦为正道。"

"这……"苗道长一迟疑，垂首道："弟子受教了。"

"既如此，老道一并谢过苗道长和三位将军了。"陈抟说完，带着李清霄、韩子逸、霍风谷三人刚要离开，忽听呼延赞在那边扬手高呼："陈真人请留步！"陈抟回头，白眉微扬："将军何事？"呼延赞指了指李清霄："晚辈今早与这娃娃有一面之缘，知他是白马将军之后，晚辈好奇，不知陈真人与这娃娃有何关联？"

陈抟一笑："他是老道的关门弟子。"

呼延赞一听，连连拍手："太好了，白马将军有灵，当笑慰九泉了！陈真人一代大宗师，这娃娃能跟你老人家学本领，真是天大造化！"迈大步来到李清霄面前，蹲下身子摸了摸他的脑袋："小兄弟，还认得么？你叫什么？"

李清霄道："我叫李清霄，我认得你，你是救我的大侠客。"

呼延赞摇头笑了笑："哪里来的大侠客，我呼延赞当年虽说游走过江湖，却实在没做过什么像样的事，算不上大侠客，充其量……充其量是一介武人罢了！对了，小兄弟，我想问你，此前你既然知道我是在救你，为何还要跑？"

李清霄道："我……我不知道叔叔能不能打得过他。"

呼延赞哈哈大笑："倒是个聪明的娃娃！只是如今你已拜在扶摇门下，不必再以叔叔称我，从今以后，你就叫我'老哥哥'好了！"李清霄伸出手，摸了摸呼延赞青硬硬的胡子茬："你的样子并不老，胡子还没师父的长，还是叫你大哥哥吧。"

呼延赞又一阵大笑："大哥哥好！大哥哥好！古人说，宿昔有缘，一见可以如故，岂在年岁之长幼，时日之长短？来来来——"呼延赞说着，抬手将牛皮大酒囊摘下来，拔下塞子往李清霄面前一递，"清霄小弟，大哥哥请你喝一口！"

"将军……"陈抟刚要阻拦，李清霄已爽快地接过了酒囊，捧起来"咕嘟嘟"喝了一大口，一时烈味呛喉，不禁咳了几下。呼延赞大笑："清霄小弟，怎么样？好喝么？"李清霄点了点头："就是有点辣。"呼延赞神采飞扬："辣就对咯！酒么，如人这一生，本是酸甜苦辣酿就而成，我看你这架势，将来也是酒中神圣！"说到这里，霍然起身，冲陈抟一躬到底："陈真人，交友之道，以缘相连，以气相通，晚辈与清霄小弟一见投缘，可惜晚辈一介武夫，本领浅薄，帮不到他什么，只盼他能得真人悉心调教，将来学有所成，如他先祖一样，出将入相，纵横天下，辉映名将之光，如此也不枉白马将军标功疆场、为国捐躯！"

"无上天尊！"陈抟叹了口气，打个稽首，"将军虽古道热肠，却未免执着了。"说罢，扬眉看了看白雪与残阳闪映下的开封城，冲呼延赞、苗道长、王彦昇、高琼四人又行一礼，"天下有道，礼乐征伐出自天子；天下无道，礼乐征伐出自诸侯。尧舜以禅代，汤武以征伐，皆有天下。赵匡胤英武大度，天命所归，实为百年难得一遇的明主，诸位若能倾心辅他，也是黎民百姓之福了，老道告辞了！"话音落时，带着三人，袍袖飘飘，顷刻远去，留下了苗道长、王彦昇、呼延赞、高琼的一片唏嘘慨叹。

太阳如燃尽的烛火，越来越淡，有的人家开始在门口挂上大红灯笼。陈抟带着三人穿过了七八条街巷，临近了东城门，眼见前后无人追堵，这才停下脚步，他看霍风谷的气色与先前比好了许多，便道："霍壮士，此地已是安全之所，向前便可出城，以霍壮士的本事，稍后换了装束，趁夜出城并非难事，老道城中还有事办，就不能再送二位了，请霍壮士和小公子多多保重。"

霍风谷心里咯噔一空，嘴唇动了动，拉过韩子逸扑通跪在陈抟面前："真人救命之恩，晚辈没齿不忘，只是……只是晚辈得寸进尺，还想再求真人一事！"

陈抟伸手相扶："霍壮士不必多礼，有话请说。"霍风谷跪地不起，眼角滚下了泪："扶摇真人，这孩子名叫韩子逸，他父亲韩通是晚辈义兄，今日赵匡胤发动兵变，我义兄誓死不降，已……已为国捐躯！我义兄是顶天立地的英雄，晚辈恳请真人救人救到底，收子逸为徒，让他学好本事！"说着，按下韩子逸的脑袋，砰砰磕头。陈抟并未答话，只默默看着韩子逸的眼睛，忽问："孩子，你想学本事么？"

韩子逸面无表情，冰冷冷地吐出一个字："想！"陈抟问："学本事做什么？"韩子逸答："报仇！"眼中露出寒冰一样的光芒。

"无上天尊！"陈抟长叹一声，向霍风谷半鞠一躬，"霍壮士，实在对不住，老道出家之人，只有救人的本事，并无杀人的本事。"说着，白眉微扬，瞧了瞧远处的皇宫，说道，"此处虽安全，却非久留之地，霍壮士，你带孩子早些离开，今后要教他多读诗书，少谈刀兵，如此才能化解戾气，躲避劫数，贫道言尽于此，就此别过。"言罢，抱起李清霄，绛履轻点，飘身而起，飞檐越脊向皇宫而去。

往日禁卫森严的宫殿，这会儿早已无人值守。陈抟带着李清霄从高处行走，不多时来到大内，但见雕甍金阙，冷冷清清，残烛忽明忽暗，陈抟神色略有忧惋，幽幽叹道："世宗皇帝英武雄烈，终究也免不了风流云散！"他径直来到符太后的寝宫外，也不登阶叩门，只对着朱红宫门凝声说道："贫道太华陈抟，参见太后。"

寝宫中，符太后正搂着小皇帝在悲戚，忽听门外有人自称"太华陈抟"，她心头大振，急坐直身子，问身旁小太监："你听见有个叫陈抟的求见么？"小太监忙道："奴才听见了！"符太后高兴得站了起来："太好了！快！快请仙长进来！"

小太监急忙忙跑出去，移开门闩大开朱门："仙长在上，太后有请！"

陈抟带李清霄进了寝宫，符太后一瞧，陈抟白须白眉，宛若神仙，顿时泪落如雨："果真……果真是仙长来了！仙长慈悲，快救救皇上吧！"拉起小皇帝便要下拜，陈抟退后一步，躬身道："贫道乃山野方士，太后贵为国母，陛下九五之尊，岂可如此？却叫贫道如何生受。"符太后脸一红，抱着小皇帝重又坐下，呜呜哭诉："先帝在日，常与哀家念及仙长，先帝说仙长奇才远略，道法精深，天下共仰，如今，赵匡胤犯上作乱，裂冠毁冕，夺我大周天下，可……可国难当头，朝廷上却人人自保，眼见叛军围宫，竟无一人来护驾，还望……还望仙长念先帝之情，救我母子性命……"身子颤抖，已泣不成声，小皇帝柴宗训跟着害怕，哇哇大哭，鼻涕流了满嘴。

李清霄心里跟着难过起来："这皇帝好可怜！"陈抟慈眉微蹙，叹了一声，伸手从怀中拿出一块紫光灿灿的龙纹符牌，说道："昔日先帝在世，对贫道礼敬有加，几次遣使召贫道至阙下，以师相称，岁时存问，打造这块紫金符牌赠与贫道，贫道铭感五内，而今事易时移，此物也该回归原主了。"双手捧紫金符牌呈了上去，符太后一怔，以为陈抟怕受牵连，要明哲保身，不禁心中忐忑，玉手抖了起来，陈抟知她心思，便道："太后勿作他想，如今，赵氏兵临城下，贫道料想，宫破之时，定会有人萌生杀机，届时太后只需将此金牌交与赵匡胤，自保太后和皇上圣驾无虞。"符太后大喜："仙长此话当真？"陈抟俯首道："绝无虚言。"符太后赶紧接过金牌，死死攥在手里，陈抟垂眉深鞠一躬："太后珍重，贫道告退了。"

6 江山易

"师父，霄儿有件事不明白。"

"什么事？说来听听。"

"皇帝不是世上最尊贵的人么？可那个皇帝哥哥为何如此可怜？"

"因为……因为他已没有了皇帝的权力！"

"权力？权力是什么？有了权力就不会害怕了吗？"

"呵呵，不，只要是人，就会有所畏惧。有的人怕寒，有的人怕热，有的人怕艰辛，有的人怕鬼神，有的人怕得不到，有的人怕留不住，还有更多的人怕死。"

"师父，霄儿不怕死！"

"哦？跟为师说说，你为何不怕死？"

"铁靖叔叔跟我说过，'将军不怕死，怕在事不成'！"

"哈哈哈哈……"陈抟捻髯一阵大笑："看来霄儿想当大将军咯？"

"大将军？"李清霄喃喃念着，没有回答，似乎若有所思。

"无上天尊！"陈抟念诵道，"万姓厌干戈，三边尚未和。将军夸宝剑，功在杀人多！古往今来，有多少豪雄梦想凌烟阁，欲做大将军，殊不知，一将功成万骨枯！"说到这里，陈抟长叹一声，不再说下去，清癯的脸泛上几分倦意，摸着李清霄的头，说道："霄儿，京城虽好，却不及山林逍遥，为师这就带你出城，回太华山。"

"太华山？那是什么地方呀？"

"太华山乃华夏之根，鸿名伟烈，是为师参化道法、研习武学之地。"

"太华山什么样子啊？"

"它么……它东面是潼关，西面是长安城，南面依着秦岭，北面靠着黄渭，位于天下之中。华山有东、西、南、北、中五座大高峰，四周还有七十二座小山峰，起伏相衬，犹如层层花瓣，当年太白先生曾有诗云：'西岳峥嵘何壮哉，黄河如丝天际来。黄河万里触山动，盘涡毂转秦地雷。荣光休气纷五彩，千年一清圣人在。巨灵咆哮擘两山，洪波喷箭射东海。三峰却立如欲摧，翠崖丹谷高掌开。白帝金精运元气，石作莲花云作台。云台阁道连窈冥，中有不死丹丘生……'"

"哇，那应该是神仙住的地方！"

"这可不见得，神仙住的地方，既有灵芝蟠桃，又有琼浆玉液，可为师父住的地方只有寻常野果，且清风为扇，白云为被，饮露眠石，依木伴书，辛苦寂寞得很哟！"陈抟说着，抚了抚李清霄的头，"霄儿，这些辛苦你可受得了？"

李清霄道："只要能和师父在一起，吃苦也不怕。"

陈抟将李清霄揽入怀："好！好！"说着，抱起李清霄，日落前出了开封城，一路翻山渡水，西返华山。每过一处，陈抟都将这里的民本风俗、江湖传说、趣闻怪事和每一座山川河流的渊源往事，仔细说与李清霄知道，听得李清霄时而眉开眼笑，时而紧张难过，时而懵懂追问，时而恍然大悟，以至多少年后，他都难以忘怀。

然而，就在陈抟师徒离开的时候，赵匡胤已亲统大军由仁和门进入汴京，几万大军甲胄灿烂，戈矛横列，进入内城，围得皇宫水泄不通。宫门外，范质、王溥、魏仁甫等一众宰臣，都被王彦昇、高琼绑到了赵匡胤马前，赵匡胤高坐马上，瞧见范质等人冠歪袍散，十分狼狈，不禁冲着王彦昇喝了一句："谁叫你们干的？"王彦昇不敢回话，退在一旁，赵匡胤赶紧下马，一边为范质、王溥、魏仁甫等松绑，一边和声宽慰："诸位大人受委屈了，匡胤被六军逼迫至此，实属无奈，事已至此，还望各位大人多多体谅。"

范质、王溥、魏仁甫三人互望了几眼，正欲开口，都虞候罗彦环在旁铮地拔剑出鞘，踏前一步，厉声高喝："我辈无主，今日奉点检为天子，哪个不肯从命，休怪我剑下无情！"明晃晃的宝剑亮在了范质、王溥、魏仁甫三人面前，范质三人吓得呆若木鸡，赵匡胤见状，横眉嗔斥罗彦环："放肆！敢在诸位大人面前无礼，退下！"

罗彦环大声道："末将叫他们知道，顺天者生，逆天者亡！"

赵匡胤大怒："岂有此理，左右，将罗彦环轰出去！"

"明公……"范质终于开了口，他情知柴周大势已去，此时再不言语便属逆天行事，弄不好还要搭上一家老小的性命，于是，一面伸手劝阻，一面降阶下拜，"明公息怒，明公天命有归，厥功至伟，天地鬼神享于有德，我等愿奉明公为天子！"王溥、魏仁甫咽了口唾沫，也都纷纷下拜，口呼万岁。赵匡胤忙扶起众人，吩咐宫前赐座，拱了拱手："眼下形势至此，不知各位大人有何见教？"霎时，几个老臣你看看我，我看看你，都不作声，默了半晌，还是范质先开了口："明公若践大位，如何处置幼君？"赵匡胤反问："范相有何高见？"范质叹了口气，冷冷扫了在场所有人一眼，沉沉说道："天无二日，民无二主，诸公既然共拥明公为天子，唯有翦除幻念，方可永绝后患！"赵匡胤虎躯微震，似有思虑，扭头看了看赵普和苗训，苗训长眉低垂，凝眉不语，赵普则清了清嗓子，微微点头："明公当为之。"三将军赵匡义在旁听了，朗声开口："兄长，范相爷与赵先生所虑极是，当断不断，反受其乱，兄长若不忍心，小弟愿替兄长为之！"霍然转身，冲高怀德、石守信等人一挥手："随我进宫！"

高怀德、石守信等将闻令，跟赵匡义一拥而上，冲进皇宫，径直扑到太后寝殿，登上月台，"轰隆"一脚踹开宫门，寝殿空空荡荡，居中的凤榻上，符太后抱着小皇帝，正在那里凄凄抽咽。赵匡义抢身进前，厉声高喝："请太后、皇上出宫！"高怀德、石守信闻言"哐当"踢开面前暖炉，提刀冲了上去，符太后见大事不妙，脸色如雪，赶紧壮起胆子，大喊："慢着！哀家有一物……请……请匡胤将军过目！"伸玉臂将那块紫金符牌高高举起，高怀德不明何意，不敢擅作主张，哼了一声，一把夺过紫金牌，转身出门。此时，赵匡胤与赵普、苗训等已从宫外赶来。

高怀德快步迎了过去，将紫金符牌呈给赵匡胤："符后之物，请大帅过目！"

赵匡胤接过紫金符牌，上下翻看，不禁咦了一声，递给身边的赵普和苗训："二位先生请看！"赵普、苗道长一瞧，紫金符牌雕着一对蟠龙，正面阳文雕着"万世仙宗"四个大字，左下落款为"弟子柴荣敬奉"六个小字，在金牌背面，赫然刻着"华山弈者"四字。赵普、苗道长脸色为之一变，赵普咳了咳，凑在赵匡胤耳边："主公，看来太后幼主还杀不得，眼下需如此行事！"嘀咕了几句，一扬手，召唤众将踏入门，一眼瞧见符太后，赵普呆了一下，他稳了稳心跳，缓步走到凤榻前，盯着符太后的眼睛，沉声说道："太后，天意不可违背，如今点检做天子，是天命攸归，只要太后、陛下上顺天意，下应民心，法尧禅舜，推位让国，我等必不动太后分毫！"

符太后颤颤地问："你……你此话当真？"

赵普一字一句地说："怎敢虚言！"

符太后举目瞧了瞧，赵普身后那些将士，个个如狼似虎，她不敢再看，只好凄楚点头："哀家……哀家愿叫训儿将……将皇帝位……禅让于赵太尉……"

话一出口，石守信、高怀德、王审琦、韩重赟、李处耘、王彦昇等大将，如潮水一样欢呼起来，冲出殿外，齐齐跪在赵匡胤身边，黑压压一片，山呼万岁，拥戴之声，响彻金碧朱红殿庑，瞬间遮过了宫中点滴幽怨之声。

呼声过后，赵普高声道："诸位将军，既然大事已定，我等与主公一同前往偏殿，决议主公登基事宜！"赵匡义道："就依赵先生之言！"随即带着苗训、李继勋、石守信、高怀德、王审琦、慕容延钊、张令铎、张光翰、赵彦徽、杨光义、刘庆义、刘守忠、刘廷让、韩重赟、王政忠、李处耘、王彦昇、呼延赞、高琼一干文武重臣，簇拥赵匡胤来到偏殿，开始总论功劳，议定位次。

议到王彦昇时，王彦昇心中暗暗高兴："此番举事，俺老王是正印先锋，头一个冲锋陷阵，替主公诛杀了劲敌韩通，这回论功行赏，嘿嘿，定不会亏待了俺，少不得给老王一个节度使做做！"越想越得意，抬眼再瞧赵匡胤，赵匡胤浓眉微皱，嘴角低垂，脸沉得像块青石板，王彦昇觉得有些不大对劲，又不敢去问。

"王彦昇，你可知罪？"赵匡胤忽然开了口，声音冷得像块冰。

"知罪？"王彦昇心里敲起了鼓，嘴上故作糊涂："主公，你……你是在问俺？"赵匡胤啪地一拍龙书案："不是你是谁？本帅问你，你可知罪？"王彦昇赶紧跪倒在地："臣……臣不知所犯何罪，请主公明示。"

"你少装糊涂！"赵匡胤瞪起了眼，"本帅在陈桥驿发兵之前，有言在先，大军入京时，不得有犯秋毫，可你身为前部先锋，竟对军令置若罔闻，入京后擅杀韩太尉一家，真是胆大包天，你叫本帅如何面对先帝在天之灵？"

"主公……"王彦昇心头咯噔一沉，殿内虽冷，可他脑门子却冒出了豆大的汗珠，越想越觉得窝火，猛仰起头，一脸不甘地说："韩瞠眼这个家伙一贯冥顽不灵，这回是他不服天威，自作孽不可活，俺做的这些，可都是为了……"

"住口，别说了！"赵匡胤猛然起身，用手一指，"你触犯军令，本当明正典刑，以肃军规，然而，念你为人愚直，且拥立新朝有功，这一回功过相抵，暂且免你死罪，不过么，京城你就别待了，去恩州做个团练使吧，也好练练你的性子。"

王彦昇一见自己不升反降，像当头挨了一闷棍，憋得脖红脸粗，"主公，俺……"他还要争辩下去，却听赵普在旁轻咳了一声，向他使个眼色，低声说："王将军，还不谢恩？"王彦昇脸色难看至极，他张了两下嘴，喉咙动了动，终究趴在了地上，"砰、砰、砰"使劲磕了三个头，仿佛一腔怨气都发在地砖上："臣王彦昇，谢主隆恩！"磕完了头，直起身子，嘟嘟囔囔地说："臣有过，甘愿受罚！只是……只是臣这里有个提议，希望主公能够恩准！"

赵匡胤冷冷吐出一个字："讲！"

王彦昇道："臣今日围攻内城的时候，前龙捷马军总教头柳龄鹤临阵起义，弃暗投明，立下不小功劳，臣恳求主公……"话还没说完，赵匡胤忽一摆手："这件事也不要提了！柳龄鹤这个人我听过，当年韩通对他有救命之恩，召他入军中效力，然而，此番遭遇大事之时，柳龄鹤怂恿韩通召集禁军对抗天兵在先，此谓不智；眼见事不可逆，又贪生怕死，暗害兄长韩通以求自保在后，此谓不义；如此不智不义之人，本帅如何重用？姑且念他投靠有功，多赏些钱粮土地叫他回原籍便是了！"

"这……这……"王彦昇瞪大了眼睛，他万没想到赵匡胤会做如此决定，一时间恨不得骂两声娘，可他终究还是不敢冒犯天威，只好在那里暗暗发闷气。这时，赵匡胤重新落座，苍鹰般的目光扫了一下殿前众人，说："古人云，白首相知犹按剑，韩通身处军国要位，既无防人之心，又无识人之明，平日里只顾恣情威虐，暴躁寡谋，像他这样的人，哼哼，大祸临头也是早晚的事，不过么……"赵匡胤顿了顿，话锋一转，"本帅自不是他韩通，本帅的诸位弟兄，想必也不会是柳龄鹤吧？"

此言一出，赵匡义、石守信、高怀德、王审琦、慕容延钊、张光翰、赵彦徽等人头皮一阵发凉，急忙纷纷垂首齐呼："主公英睿，岂是韩通可比？臣等誓死效忠主公，头可断，血可流，但有异心，天地不容！"赵匡胤目光回敛，笑道："言重了！尔等忠心，可鉴日月，本帅岂能不知？本帅虽掌天子剑，可这天子剑不是用来伤众家兄弟的，而是与众家兄弟一道，毕力同心，开拓万里河山！"赵匡义、赵普、苗训、石守信、高怀德等人齐说："主公圣明仁德，臣等定当追随主公，肃清寰宇，一统江山！"

赵匡胤点了点头，又看了看座下诸将，唤道："呼延赞！"

呼延赞微怔，赶紧出班跪倒："臣在！"

赵匡胤面色转暖："呼延将军，你自跟随本帅以来，甘居人下，不贪名利，正直忠勇，威武不屈，为国为君，忠肝义胆，本帅麾下有你这样的孤胆英雄，心中甚慰，此番大业初定，朝廷正需要呼延将军这样的栋梁之才，本帅特擢升你为骁雄军都指挥使，入大内侍卫司，统领禁军骑兵，盼你来日再立新功，不负本帅厚望！"

呼延赞伏拜在地："臣愿为主公效死力，以报我主知遇之恩！"

石守信、高怀德、王审琦、张令铎、张光翰、赵彦徽、杨光义等人见赵匡胤天威难测，恩威并施，叫臣子们既诚惶诚恐，又感恩戴德，知所戒惧而不敢越雷池一步。赵匡胤做如此举动，便是告诉大家，他已非昨日那个可随意推心置腹、同榻而眠的兄长了，思及此处，众人脊背不觉冒了一层冷汗，心中既敬又畏。到了这会儿，一众文臣武将的官爵位次都已议定，只等赵匡胤前往崇元殿，受禅登基，册封天下，这时，赵匡胤略作沉吟，又从袍中取出那块光灿灿的紫金符牌，示向众人："适才，匡义与众将欲杀符后母子以绝后患，而符后母子却因此牌而保全了性命，众将可知其中奥妙？"众将一时猜不出，便道："臣等不知，请皇上明示！"赵匡胤神色凝重地说："因为此牌藏着王道！"一见众人面露懵懂之色，赵匡胤微微一笑："其实，这块金牌并非符后所有，而是一位世外高人送给她的。"赵匡义、石守信、呼延赞等人不明赵匡胤话中之意，一时如在云雾里，赵匡胤接着说道："这位世外高人，便是太华宗师陈抟真人。"石守信、高怀德、王审琦等将闻言，都惊得合不拢嘴，赵匡胤接着说道，"这里涉及一件前尘往事，本帅此前只同赵先生和苗先生说过，如今，也想说与众家兄弟听听。"

众人齐呼："臣等愿闻其详！"

赵匡胤端起白玉盏，慢慢饮了口茶，神情似乎一下回到过去。

"说起来，那还是在十三年前，当时，天下大乱，刀兵四起，民不聊生。本帅当时年少，心中十分忧虑，不甘在家苟且偷安，便辞别父母，周游四方，打算闯出一番名堂来。一日，本帅行至太华山下，腹中饥饿难耐，可身上的盘缠又花光了，正不知所措，恰好陈先生云游归来，陈先生与本帅一见如故，便将本帅带上华山，取了茶饭，让本帅饱餐一顿，用罢饭，陈先生得知本帅酷爱下棋，便邀本帅前往东峰之上，摆下棋局，厮杀起来。手谈之初，本帅每每都是占了先机的，可下到最后，却都惨败收场，如此连输三局。陈先生本要到此为止，本帅却实有不甘，还想继续纠缠，陈先生就笑着说：'老道与人手谈，向来棋不过三，若想再与老道对弈，那可是要下大注的，可赵公子你现在身无分文，拿什么来做赌注呢？'"

高怀德听到这一节，哼了一声："下棋便下棋，又不是掷骰子赌钱，还要什么赌注？没想到陈先生还是个赌徒！"赵匡胤沉色道："不可胡说，认真听了！"高怀德不敢再插话，全神贯注听起来，赵匡胤续道："陈先生想以此事难住本帅，可本帅岂是轻易退缩之人？当时便想，天地之间，并非只有银钱才能做赌注，放眼望去，这云上清风、岭上草木、谷中溪流，皆可为我所用，于是便回手一指巍巍太华，'陈先生，我便用这太华山做赌注！'"

石守信听了，挑起大拇指："主公好气魄！如此一来，那陈先生怎么说？"

赵匡胤道："陈先生见本帅拿太华山做注，先是一愣，后又哈哈大笑，'老道虽于此修道，可这华岳仙山却非贫道所有，如今赵公子拿了华山做注，若是输了，老道岂不捡个大便宜？'本帅笑着说：'道长怎知我一定会输？若我赢了，这便宜道长就捞不到了。'陈先生说：'好，是输是赢，一下便知。'于是本帅与陈先生又连下三局。"

石守信忍不住又问："结局如何？"

"结果么……本帅又连输三局！如此一来，本帅再无话可说，只得拱手认输，可陈真人却不觉欢喜，反沉沉说道：'夹马营中呈吉兆，异香孩儿自应天。赵公子此时输了华山，他日必赢得天下！'本帅不解，便问：'道长何出此言？'陈先生道：'当今之世，王纲失序，天下纷乱，苍生饱受疾苦，我观公子面相，天生朝天伏犀骨，身怀异象，岂可终日浪迹江湖，虚度光阴？'本帅顿觉惭愧，赶忙向陈先生行礼：'愿听先生训示！'陈先生捻髯遥望群山，说了六个字：'行王道，得天下。'本帅赶紧问：'何为王道？'陈先生说：'庄子曰：天子之剑，包以四夷，裹以四时，绕以渤海，带以常山；制以五行，论以刑德；开以阴阳，持以春秋，行以秋冬。此剑直之无前，举之无上，案之无下，运之无旁，上决浮云，下绝地纪。此剑一用，匡诸侯，天下服矣。'然而，这天子之剑，应因时而用，如今，天下动荡已久，百姓苦不堪言，若得天子剑，必先得民心，如何得民心？唯有四个字：行仁、慎杀。这便是王道！'"

赵匡义听了，在旁一挑大拇指："说得好！"

"陈先生对本帅讲：'自古以来，不谙王道者，向来急功近利，专横嗜杀。便如这盘棋局，你一上来若只顾拼杀，纵使先机占尽，也难长久，终究落败。唐殁以来，朱李石刘等辈莫不如此。反观心怀王道之人，能伸能屈，能隐能腾，以天下为己任，以万民为根本，如此才能天下归心。依老道来看，眼下刘汉朝廷不久将乱，而枢密使郭威正在潼关招兵买马，此人心怀壮志，赵公子何不前往投军？若能以此为基，大业必成。'本帅一时如拨云见日，才知陈先生乃以棋局来喻时局，为本帅指点迷津，当即大礼拜谢，辞别先生，前往潼关投军，舍生忘死十三年，方有了如今这锦绣江山！"

说完往事，赵匡胤拿起那块紫金符牌，摩挲叹道："一别十三年，恍如隔世！今日围宫之时，本帅一见这金牌背面刻着'华山弈者'四字，便知是陈先生留下的。陈先生以金牌点化，意在告知本帅莫忘了'行仁、慎杀'的王道之训！"说着，赵匡胤收起紫金符牌，话锋一转："陈先生虽有教化之功，但本帅以孤甲起兵，栉风沐雨，得践大位，还是有赖于众位兄弟出生入死，肝胆相照，此情本帅永世不忘！"

石守信、高怀德等将一听，呼啦跪倒一片："臣等誓死追随陛下！"赵匡胤起身离开龙书案，下了丹陛，一一扶起众将："兄弟们赤胆忠心，甚慰我心！"说着，又凝目向殿外望了望，说道："如今本帅既得帝位，自当履行昔日诸言，待登基之后，便谕告天下，将太华全山封赠于扶摇真人，河东、陕甘、川北诸路州府县，岁时供应，并免周围百里百姓赋税，他人不得侵食！"

众人高呼："吾皇圣明，万岁万岁万万岁！"

称颂一毕，赵匡义、赵普、苗训、李继勋、石守信、高怀德、王审琦、慕容延钊、张令铎、张光翰、赵彦徽、杨光义、刘庆义、刘守忠、刘廷让、韩重赟、王政忠、李处耘、呼延赞等人众星捧月一般，簇拥着赵匡胤离开偏殿，径直赶往崇元殿。

周室的文武百官此时也已始齐集朝门，左右分立，赵匡胤大步来到崇元殿下，翰林承旨陶谷早已做好准备，当即从袖中取出了禅位诏书，递与兵部侍郎窦仪，窦仪双手展开，板着脸，借着天边最后一缕夕阳，高声宣读：

"天生烝民，树之司牧。二帝推公而禅位，三王乘时而革命，其揆一也。惟予小子，遭家不造，人心已去，天命有归，咨尔归德军节度使殿前都点检，兼检校太尉赵匡胤，禀天纵之姿，有神武之略，佐我高祖，格于皇天，逮事世宗，功存纳麓，东征西讨，厥绩隆焉。天地鬼神，享于有德，讴歌讼狱，归于至仁，应天顺人，法尧禅舜，如释重负，予其作宾。於戏钦哉，畏天之命！"

禅位诏书读毕，赵匡胤拜受制书，登丹墀，加衮冕，端坐龙椅之上，受百官朝贺。礼成后，赵匡胤又命范质、王溥、魏仁甫三人入后宫，迁符后母子于西宫，取消柴宗训皇帝尊号，改称郑王，赐丹书铁券，永保柴氏平安富贵。继而，赵匡胤昭告天下，改国号为大宋，火德尚赤，纪元建隆，仍都开封，曰"东京"。与此同时，又大封佐命元功，封赵匡义为晋王，避讳改名"光义"，授赵普为尚书左仆射、枢密院大学士，授石守信为归德节度使、高怀德为义成节度使、王审琦为泰宁节度使、张令铎为镇安节度使、张光翰为江宁节度使、赵彦徽为武信节度使，擢慕容延钊为殿前都点检。次日，赵匡胤又颁旨意，大赦天下，与民休息。百姓一见这朝天子深仁厚泽，关爱百姓，维系人心，救五代之乱，不屠戮一人，都异常欢喜，纷纷额手称庆。自此，陈桥兵变的赵匡胤，披冕旒，定江山，做了大宋的开国皇帝，结束了五季十三君五十三年的纷乱，延两宋十八帝，传统三百余年，成为史上著名的宋太祖皇帝。

7 读书人

时光如流云，飘走许多往事。

从陈桥兵变起，大宋王朝如今已走过了十三个年头。十三年来，雄才大略、躬擐甲胄的赵匡胤，平李筠、定淮扬，文煌武烈，威震天下。同时，他又以极高明的帝王之术，杯酒释兵权，削去大将石守信、高怀德、王审琦、张令铎等人的兵权，稳固了大宋新政。此后，赵匡胤与宰相赵普雪夜定策，先南后北，先易后难，向外开疆拓土，占荆南、收湖南、定后蜀、平南汉、册封吴越，戎旗所指，无往不捷，放眼长江之南，除了南唐的三千里河山，其余土地尽为大宋掌控。

三月阳春，太白山脚下，已是雪化山青的季节。太白山下有座古镇，名叫齐家镇，住着三百余户人家，大多以狩猎采药为业，日子过得说不上丰裕，倒也衣暖食饱，安和自在。眼下太阳将要落山，北山忽然刮起一阵大风，大风掠过峰头银灿灿的积雪，带着三分寒气，沿着山谷呼啸而来，吹得齐家镇小院人家门窗摇响，木篱墙前后摆晃。镇里的百姓忙紧裹薄衫，纷纷收起药笸箩，呼儿唤女，钻进屋中，唯独镇东头住了大半辈子的沈铁匠，依旧赤着两条黄杨树干般的胳膊，手中握着黑亮亮的大铁锤，紧锁眉头，呆呆发愣，一张干巴巴的脸，早被扑突突的火苗烤得通红。

"叮——"一锤子下去，火花四溅，砧子上烧红的铁坯条又平展了数寸。

沈铁匠又缓缓举起大铁锤，刚至半空，却听他"唉"地重重叹了口气，反手将大锤扔在旁边的废铜烂铁上，砸得一阵"喤啷啷"乱响，沈铁匠嗞地吐了口唾沫，趿拉着鞋蹲坐在门台上，干巴的脸皱得更紧了，活像块枯树皮。

听见这阵动静，沈铁匠的妻子张氏赶紧从内屋走出来，一瞧沈铁匠的脸色，她心里已然明了几分，忙卷起围裙擦了擦手，踮脚从门后立柜上掏出个陶罐子，打开盖子，小心翼翼地捏了些干茶叶子出来，放到大白瓷碗里，又从炉子上提起铜壶，满满地沏了一碗茶，端到沈铁匠面前："喝点茶，去去火气，这茶叶子连俺爹来了都舍不得给他喝。"沈铁匠撩眼皮瞥了一下，咽了咽唾沫，却未接茶碗，喘着粗气将脸扭过去。

"咋了？还生闷气？好咯好咯，"张氏似哄非哄地嘟囔一句，将茶碗往前送了送，"家里大事小情，你大多做主，唯独这事俺不能依你。"

"别来这套。"沈铁匠一把推开茶碗，拉着脸说，"那些事还能商量，只这件事俺就要做主，明天便送三郎上山！"

"你……"张氏将茶碗往台上一蹾，"俺舍不得叫三郎遭那份活罪。"

"咋叫活罪么？你这是慈母多败儿！"沈铁匠梗着脖，一指屋里挂在墙壁上那些闪闪发亮的铁犁、铁耙、铁杵、猎刀、猎叉，说："你瞧瞧，这铁啊就是不打它不成器，人也是一个道理，不磨炼磨炼也成不了啥气候。"

张氏嘟囔着说："念书识字也是能磨炼人的，要是三郎读好了书，赶上龙虎年，考取个功名，到那时，看谁还敢小瞧咱家？俺真不晓得你……不晓得你干啥非要三郎去学那些舞刀弄枪的本事，吓人不说，能有多大出息？"

沈铁匠提高了嗓门："你这是妇人之见！你瞅瞅，这几十年来，朝廷上那些个做大官成大事的，还有各州路的那些个节度使、大将军，哪个不是舞枪弄棒走过来的？便是当今的天子，也是仗着一条蟠龙大棍，打下了这万里江山，听说皇上那一身功夫可好着嘞！"他斜眼看了看张氏，见她不吱声，势头不禁又膨胀了几分，"你整天念叨着读书读书，也不晓得读那些个黑字烂纸有啥用处！能打铁？能种地？还是能看家护院？那都是人家公子少爷摆弄的玩意儿，哪比得上做一个大将军威风！"

张氏低头说："俺爹说'万般皆下品，唯有读书高'。咱穷人要是想拔掉烂穷根，出人头地，只有靠读书识字。"

"行了行了，"沈铁匠朝地上吐了口浓痰，反倒理直气壮起来，"你这婆娘，少和俺提你爹，你爹倒是读了一辈子书，可到头来也没考中半个秀才，拖累得家里吃了这顿没那顿，当年要不是俺……"沈铁匠说到这里，张氏忽地呜呜哭起来，沈铁匠见她哭得伤心，心里一软，叹了口气，"俺不是要埋怨丈人爹，只想说这个道理，咱大字虽不识一个，可也明白寒门难出贵子这个理儿。你瞅瞅，就咱这小门小户，想让三郎仗着读书去出人头地？太难咯！太难咯！"

张氏抹着眼泪说："可老话讲'穷文富武'，咱家这烂包光景，靠手艺挣几吊钱，能吃上一口饱饭就不错了，你干啥非让他学武？咋学得起么！"

沈铁匠喉咙动了动，枯树似的脸皮裹得更紧，回手端过那碗茶，咕嘟嘟喝了下去，抹了抹嘴，苦笑着说："咱家这些年攒的钱都拿出来，估摸着也够了，俺……俺给外人打了一辈子的刀剑斧头，也想给咱的儿子打上一件，那该多威风，再说……"沈铁匠混浊的眼里透出了一丝光亮，"再说三郎的身子骨结实着嘞，天生就是块练武的料子，只要他肯下功夫，学会了好武艺，哪怕他将来做不成大将军，总也能做个侠客，到那时闯荡江湖，行侠仗义，为咱齐家镇增光添彩，管叫十里八村的人不敢小瞧咱家。"

　　张氏擦了擦泪痕，忽然说："谁说会武功的人就能行侠仗义？我瞧着可不一定，你听说三郎他表姨父的堂弟张五四的事了吗？"

　　沈铁匠道："没听说，咋了？"

　　张氏神色紧张地说："俺都忘记跟你提了，昨天下午俺去集市，遇到了三郎他表姨，听他表姨说，张五四……张五四死了！"

　　"死了？"沈老汉怔怔地问："张五四年岁不大，咋死的？"

　　张氏面露惊恐，用手在脖子上颤颤地比画了一下："被人割喉了！"

　　沈铁匠大惊："啥？割……割喉？谁干的？"

　　张氏颤颤地说："劫匪！"

　　沈铁匠皱起了眉头："张五四家穷得他妈的饿死老鼠，劫匪咋会抢他？"

　　张氏摇了摇头："不是劫他，俺听说，前天洪家庄不知从哪来了伙劫匪，在洪家大院前抢个女人，满街的人吓得都躲起来，就他张五四一个人冲了上去，晃着拳头要救人，结果……结果就被……唉……"张氏叹口气，皱着眉头不忍再说下去。

　　沈铁匠听得喉咙发紧，顿了顿，语气中带着惋惜，又带了几分责备："你说这张五四也真是的，他……他一个穷汉子，又不会丁点武功，偏要强出头当大侠，他以为自己是人家洪武师吗？"

　　"洪武师？可是俺听说……"张氏顿了一下，接着说，"俺听说，洪家大院的那个洪武师，当时就守在家里，可一直到死了人，他洪家的大门却连一条缝儿也始终没开，哼哼，"张氏声音露出几分不屑，"这样的人，就是你念叨的大侠么？"

　　听了这句话，沈铁匠褶皱的脸皮像突然被人涂了一层炉灰，他抓了几下脖子，搓了搓脸，忽地从门台上站了起来，拳头攥得像个大铁疙瘩："常言说：人分三六九，这人和人可不一样，东山的王道长是个出家人，他老人家慈悲为怀，武功也好着嘞，咱们只要多出些香火钱，叫三郎拜他为师，以后一定会出落成一条好汉。"

张氏急得直扯围裙角，还要说话，沈铁匠"咣当"将茶碗往台上一扔，语气硬得像块铁："不管咋说，这家还是俺当，三郎学武这事就这么定了！"转身回屋，抄起大铁锤，冲着砧子上的铁坯条"咣咣"砸了起来。

初夏，天蒙蒙亮的时候，山里还是有点凉。晨光下，太白东山，一片碧郁。阔冠的千金榆和苍老的落叶松耸列在山腰之上，山脚下则散布着黄栌、狼牙刺和一丛丛不知名的矮灌木，绿油油、湿漉漉的苔草爬满了林间的大青石，一片又一片的野青茅、牡蒿藏着各样鸣虫。山里虽别有一番景致，却也阻绊人的脚步，不易顺畅前行。沈铁匠和他的儿子沈三郎正行走在这条通往山顶的崎岖路上。

沈三郎长到十五岁，还头次到东山来，他心里有点害怕。

"爹，俺娘说这山上有野牛，还有豹子，它们会吃人的！"

"别听你娘瞎说，那些豹子、野牛有山神管着，从不无故伤人。"

"真的？那是山神厉害还是山上的王道长厉害？"

"山神会法术，王道长会武功，都厉害。"

"啊，那王道长武功到底有多厉害？"

"可厉害着嘞，他可是远近闻名的擒贼大仙！"

"擒贼大仙？为啥叫这个名字？"

"嘿嘿，三儿啊，你不晓得，这太白山险得紧，常常有盗贼躲在这里打家劫舍，连官府也奈何不得。可常言说：卤水点豆腐，一物降一物，盗贼们虽说不怕官府，可就是怕王道长，太白山方圆百里，盗贼不管多凶，只要一看见王道长，立马就跑光了，所以大家都管王道长叫'擒贼大仙'，咱武功县城和各镇上的大户人家，十分佩服王道长的本事哩，都愿花钱送自家孩子跟王道长学武，只等学好了武功，壮大自家的门面，保卫自家的田产。"沈铁匠说着，又摸摸藏在腰间的布包，叹了口气："三儿啊，这可是爹和你娘攒了半辈子的积蓄，今天全拿来送你上山拜王道长为师，你可不能对不住爹和娘啊，你要好好用功，以后学了武功，不但能擒贼，还要给爹争个大将军回来！"

"要是争不回大将军咋办？"

"那就做个大武师，也能光耀乡里，再差也要强过那个洪武师。"

爷俩边走边聊，忽然，前面茂林里"簌簌"一阵响动，沈三郎连忙躲在了沈铁匠身后，声音有点紧张："爹，有动静，会不会是豹子？"沈铁匠停下了步子，心里犯了嘀咕："按理说这条路上不会有豹子的，难道是……"正担心时，只见林枝摇动，呼啦啦地冲出四个麻布蒙面的绿衣大汉，俱都提着一柄明晃晃的钢刀。

为首的大汉身量魁梧，他刀横胸前，喊起了老话："此山是俺开，此树是俺栽，要想此路过，留下买路财，要不给，哇呀呀——"他一声吼叫，挥刀砍下几截树枝，后面那三个大汉齐声助威："一刀一个，管杀不管埋！"

沈铁匠心快跳出喉咙，"真是怕啥来啥，咋就碰上山贼了？大慈大悲观世音菩萨，快快保佑，让王道长现身吧！"他腿脚发软，一面心里苦求，一面赶紧拉着沈三郎给那大汉鞠躬："好汉，行行好，俺爷俩是本分人，家里三代都是苦出身，实在没钱呐，求各位好汉大发慈悲，放俺们一马，菩萨会保佑各位好汉的！"

为首的大汉哈哈大笑，回头对那三个同伙说："弟兄们，听见么？这老小子让咱大发慈悲，放了他们，他娘的，摆明了是瞧不起咱们弟兄！"

"不错！这老东西瞎了眼，不晓得爷爷们吃的哪碗饭！"

"大哥，你退后，让小弟剁了这老小子！"

"剁个屁？"为首的大汉扭头骂了起来："老子不是豹子，不吃人肉！"他迈着方步走到沈铁汉面前，"当当"敲着明晃晃的刀面，忽地给沈铁匠也鞠了个躬，笑嘻嘻地说道："老小子，泥菩萨不管饭吃，老子只信财神老爷！常言说穷家富路，出门可没有不带钱的，你就赶紧拿出来吧，再啰嗦，真要把你爷俩剁碎了喂豹子！"

"好汉啊，俺真没带钱……"沈铁匠连连哀求。

"闭嘴吧老东西，给脸不要脸！"为首的大汉有些怒不可遏，"你当老子的话是放屁吗？"接着又上下打量着沈铁匠，见沈铁匠腰间鼓鼓囊囊，不禁喜上心头，"老小子果然有货。"一指沈铁匠腰包喝问，"腰里藏的是啥？"沈铁匠心蓦地提到了嗓子眼，颤颤地说："这……这是俺采的药材。"那大汉猛地冲了过去，反手扇了沈铁匠个耳光："老东西，俺看你倒像块药材！快拿出来！"伸手去扯那腰包，沈铁匠用力捂住，大呼起来："真是药材！真是药材！"情急之下豁出命来，使劲一冲，竟把那大汉撞了个倒栽葱，惊得那三个跟班同伙赶紧去扶。沈铁匠趁这间隙，一把抓住沈三郎，擘开长腿，野鹿一般向山下狂奔，为首的大汉气得快发了疯，呼喝跟班追了下去。

沈铁匠和沈三郎是干粗活出身，腿上有些气力，生死关头，爷俩拼了命地跑，四个蒙面大汉一时被甩出老远，在后面骂开了花。沈铁匠爷俩跑了约莫有四五里山路，渐渐气力不济，沈三郎频频回头，眼见四个蒙面大汉像豹子一样紧追不舍，他哇哇大哭："爹，咋办？他们快要追上来了……"沈铁匠满头大汗，腿脚已不灵便，他四下一瞅，前方山坡有个羊肠岔道，岔道两旁林木茂密，乱石纵横，满布着青绿绿的叶子，是个藏身的好去处。沈铁匠灵机一动，上气不接下气地说："三儿，咱不能直着跑了，钻林子，多绕几个岔路，藏起来！"拉紧沈三郎向羊肠岔道奔去，不料刚钻进那条小路，前面忽然冒出个灰白人影，沈铁匠收不住身，"噗"地撞在那人身上，沈铁匠"哎哟"大叫，登时摔个仰面朝天，沈三郎也被绊了个跟斗。

"完蛋了！"

沈铁匠暗自叫苦：哪个不长眼的挡着路，真是成心要人命了！他拧着眉、瞪着眼，爬起来一瞧，面前好端端站着个肤色苍白的年轻书生——这书生真是特别，他的眼仁黑白分明，白的像昆仑山玉河中的羊脂玉，黑的像夜色下深谷里的江湖水；一对清直长眉像画里的一样，眼角露着风流；他的身上，穿了件裁剪得不太适体的灰布袍子，宽宽大大，早已洗得发白，还残留着皂角的味道，身后还背着一柄斑斑驳驳像落地秋叶一样的旧纸伞。此时，书生似乎并不着急，他嘴角挂着浅笑，深深鞠了一躬："老伯，对不住了，路太窄，没避开，你老可千万消消火气，好好走路。"

"你这人……"沈铁匠本要责问几句，可上下瞧了几眼，这书生穿戴虽旧，可里外却透着一股仙家气，与他并站一起倒显得自己俗糙了许多，沈铁匠一时竟恨不起来，咽了咽唾沫，把沈三郎拽起来，冲书生说："这儿有山贼，快逃命去吧！"爷俩拔腿正要跑，那书生却踏步上前伸臂一拦："逃什么？我等的就是他们。"

"啊？"沈铁匠大惊："你……你们是一伙的？"

书生一笑："老伯，这话不可乱说，传了出去要担官司的。"

"那……那……"沈铁匠正犯糊涂，却见后面那四个蒙面汉子连呼带叫，已扑到了近前，堵住了沈铁匠的去处。为首的大汉一边喘着气，一边指着沈铁匠大骂："他妈的，老东西，你是属兔子的？跑得倒快！"

沈铁匠盯着四柄明晃晃的钢刀，心里凉了半截："这回彻底完了，拼了老命也要护着三郎！"他紧紧搂住沈三郎，抿嘴不说话，正琢磨如何应对，却听旁边的那书生清了清嗓子，不慌不忙来到为首大汉面前，两手抱拳，大大方方作了个揖，开口之时，竟是先吟诵了一首诗："烂柯真诀妙通神，一局曾经几度春。自出洞来无敌手，得饶人处且饶人。各位好汉，你瞧这父子二人十分可怜，好汉们威风八面，放过他们吧。"

为首的大汉粗眉一挑："放了他们？那老子喝西北风吗？"书生摇了摇头，笑着说："不会不会，你们又不是神仙，哪喝得惯西北风？"说着，用手一指自己的鼻子，"要劫，就劫我好了！"为首的大汉听得一愣："劫你？你是什么人？"

"我么，我是读书人。"

"读书人？哈哈哈哈，是个书呆子！"

"差矣差矣，书生自古意气多，却并非都是呆子。"

"不呆？不呆你他娘的跑这来刨坑作死？明摆着是念书念得痴癫了，告诉你，老子今天大小通吃，拔了萝卜地皮宽，正好连你一块端！"

"这位好汉，所谓盗亦有道，为人做事可不能太过分。"

"去你妈的，"为首大汉举刀一晃："这年头，刀就是道！"

"唉！"书生无奈地皱皱眉，仰脸对着初升的太阳连连叹息："子曰：'朽木不可雕也，粪土之墙不可圬也，于予与何诛。'子何明也，信哉斯言，子何智也，哀哉斯言！"为首的大汉竖着耳朵听了半天，一句也没懂，正发怔时，那书生又拍了拍胸膛，清声说道："各位好汉，你们在这山下天天叫嚷着开山栽树，图的不就是过路人的宝物吗？在下这倒真有件宝贝，此宝非比寻常，乃人世间第一光华美妙之物，既然与好汉撞在一处，没办法，在下也只好老实奉送了，权当作买路钱吧！"这几句话，为首大汉倒听个十分明白，他亮着眼睛问："是啥宝贝？"

书生神秘地笑了笑："且猜猜看。"

为首的大汉想了想："是不是金子？"

书生摇了摇头。

后面一个蒙面大汉也好奇地猜起来："难道是珍珠宝石？"

书生又摇了摇头。

另一个同伙琢磨了半晌，嘻嘻一笑："不会是小美人吧？"

"美你个蠢猪的头！"为首的大汉回手照那人脑袋拍了一巴掌，转过身，用刀尖一指书生，发起了火："到底是个啥？快拿出来，爷爷没工夫听你在这卖关子！"

"莫急，莫急，"书生笑呵呵地伸手从怀里掏出个一尺多长的蓝花棉布囊，在四个蒙面大汉身前晃了晃，说道："就是这个宝贝。"

四人不约而同地说："打开瞧瞧！"

"诸位请上眼！"书生喊了一嗓子，倏地从蓝花布囊里面抽出样东西，当空亮个相，那四个蒙面大汉连同沈铁匠父子在内，都齐齐抻直了脖子，一瞧之下，不禁失望个半死——竟是一本泛黄的旧书。

褪了色的封皮，写着"道德经"三个墨字。

为首的大汉气得眼珠子快要冒出来："你他娘的说的宝贝就是这个？"

书生郑重地点了点头，微摇着头说："唯书有色，艳于西子；唯书有华，秀于百卉。《道德经》乃百经之王，包藏宇宙，光曜星辰，上有通天之灵，下有化民之术，实在是人世间第一美妙光华的宝贝！"

"放你娘的狗臭屁！"为首的大汉气得发抖，"你他妈存心耍老子，真是阎王爷嘴上拔毛——自己找死！"呼地挥刀向书生劈去，恨不得几刀将书生大卸八块。沈铁匠爷俩吓得一缩头，再抬眼时，都是一愣：书生竟然不见了踪影。

为首的大汉几刀劈空，眼前一下子没了那书生，心中纳闷："咦？书呆子哪去了？莫不是已被老子大卸八块了？"当下收了刀，低头四下去找，看草窠里有没有书生的残肢断臂。这时，忽听头上枝条丝丝颤响，有人咻咻发笑，为首大汉忙抬头去瞧，不由吸了口冷气，书生足尖点在路旁一株两丈多高的黄栌枝头上，晃晃悠悠，正倒背手看着他们，身后升上了云端的太阳，照得书生泛白的布袍子散着淡芒。黄栌树本不粗壮，梢头枝条更是又高又细，哪怕是一只花猫爬上去也不容易，何况是个七尺多高的汉子，这等轻功当真罕见！为首的大汉万没料到这书生竟是个练家子，心里登时敲开了鼓，扭头对身边的跟班低声说："碰上个硬茬子，咱得留神！"跟班的哼了一声："大哥放宽心，咱人多，怕他个鸟？"踏前两步，扯开嗓门："臭小子，躲在树上干啥？你是猴子吗？有种跳下来，让爷爷耍耍！"另两个同伙也嗷嗷叫了起来，跟着起哄：

"小子，陪爷们耍耍！耍耍！"

"俺瞧这书呆子一点儿不呆，他比猴还精！"

书生听他们在树下嬉笑叫骂，无奈地说："蟊贼啊蟊贼，蠢得要命，看来，只好叫你们吃些苦头长长见识了。"他话音落时，足尖一点枝梢，嗖地飞下来，绛履过处，便如踢麻包一般，将那三个跟班踢飞三丈多远，摔在碎石上，这三个人就像中了邪，虽痛得要命，却半点动弹不得，只能杀猪一样号叫。沈铁匠没想到书生的武功如此之高，喜得恨不得在地上打几个滚，激动地对沈三郎说："三儿，瞧见了吧，这就是武功，这就是大侠！"沈三郎问："爹，这大哥哥不是读书人吗，怎么还能练武？"沈铁匠拍了他一下："人家脑袋灵光，读书练武两不耽误，哪像你这个榆木脑袋！"

这个时候，为首大汉见眼下情形不利，自知不是书生对手，赶紧转身向山上逃去，书生嘴角微翘，衣袂扬扬几个起落，纵到他面前，胳膊一横："往哪跑？"为首大汉心头大骇，眼见无路可退，横下心来，挥刀向书生砍去，书生衣袖轻卷，让过刀锋，探右手去抓大汉持刀的手腕，那大汉急忙收刀后撤，书生近身一掠，步法极快，为首大汉只觉眼前一花，右臂随之一麻，手中钢刀竟被书生夺了去，为首大汉尚未回过神来，但见书生手捏刀背向前一推，寒闪闪的刀刃，搁在了大汉的脖子上，书生挑起剑眉说道："明白告诉你，三天前，本书生太白山采药，听说这里来了强梁盗寇，横行流窜，害人不浅，本书生索性留在这里，等你们冒头，果然今日被我碰上了。"书生说着，又上下打量这个正颤颤发抖的大汉，问道：

"你就是这伙山贼的头目？"

"俺不是！俺不是！"

"那贼头是谁？"

"没……没有贼头……"大汉吞吞吐吐地说。

"没有贼头？"书生用刀拍了拍大汉的下巴，"没有贼头你便是贼头，正好拿你开刀！"那大汉吓得一激灵："俺真不是贼头，壮士饶命啊！"

"壮什么士？不是告诉你了么，我是个读书人！"

"读书……读书壮士饶命啊！"

"行了行了，要我饶你也不难，你赶快说吧。"

"说……说啥……"

"还装糊涂！"书生假装沉下脸，"问你最后一遍，谁是你们的头？"说话时，中指一弹刀面，刀刃微荡，"哧"地将那大汉围在脖子上的麻布削了个长口，露出肉来，大汉吓得神魂出窍，扑通跪了下来："是王道长！"

"王道长？哪个王道长？"

"就是……就是这太白东山的王道长。"

一听是太白东山的王道长，沈铁匠爷俩惊得张大了嘴巴，沈三郎吞了口吐沫："爹，那王道长不是太白山的擒贼大仙么？你还要花钱送俺跟他学武艺，他咋成了贼头？"沈铁匠脸色惨白，比方才逃命的时候还要难看，他喉咙咕噜着像堵了口痰，勉强说了几个字："爹……爹也不晓得……"

书生在旁听了他爷俩的话，略思片刻，皱眉说："我明白了！看来这王道长明面上打着擒贼之名，背地里却与贼人串通一气，捉贼养贼，暗敛钱财，此人欺世盗名，其心可诛！"书生目光凌厉起来，浑然像变了个人："说，那王道长人在何处？"

"小的……小的不知……"为首大汉支吾回答。

"你不说？"书生剑眉挑起多高，五指一捏手中钢刀，"砰"的竟将巴掌宽的钢刀捏断成两截，"看见了么？杀人，可不一定用刀！"大汉哪里见过这等功夫，咚咚连磕两个响头："读书壮士明鉴，俺……俺真的不知，俺只知道王道长昨日外出，说是会见几个江湖朋友，俺和几个兄弟都是王道长雇来的，大事小事只听他安排，他干什么，去了哪里，俺们从来不敢过问！"书生见他说得老实，便道："好吧，既是如此，我也不为难你，不过，我还是有一番话，要跟你仔细说一说。"

"读书壮士请讲，俺一定牢牢记在肚子里！"

"不是记在肚子里，是记在脑子里。"

"是是是，俺一定装在脑子里！"

"你又说错了，是装在肚子里，记在脑子里。"

"是是是，俺都记下了！"

"唉，"书生叹了口气，"人这一辈子啊……"他用手比画个圆，接着说："就好比一碗汤面，那白面条出锅时，其实味道都是一样，接下来便要看你拌什么料、浇什么卤，你若是撒上辣油、山菇、肉末，就是红油臊子面，你若是撒上葱花、芫荽、牛肉，就是清汤牛肉面。可是有些人偏偏不学好，好端端一碗白面条，非要在上面撒狗屎，你说，那成了什么？"

"成了……成了……狗、狗屎面。"大汉支吾地说。

"知道就好。"书生哼了一声，"你们好端端一副身子骨，做何营生不好，偏偏要做啸聚山林、杀人放火的强梁，自古及今，强梁盗寇在百姓眼中都是狗屎一样的东西，你是堂堂男子汉，即便不能建功立业，也不要辱没了祖宗！"

大汉听了这话，不由得垂下了头，书生继续说道："我今天既不将你们面巾扯下，也不将你们交官问罪了，只愿你们能真心改过，弃恶从良，对得起父老乡亲，如果仍旧流窜行凶，死性不改，再被我撞到，哼哼，你且瞧瞧——"

"嗖——"断刀飞出，三丈外一株手臂粗的黄栌树干应声而断。

"不敢了！再也不敢了！"大汉颤颤地说。

"但愿你心口如一。"书生说完，来到沈铁匠父子二人身边，对沈铁匠说："老伯，走，我送你们下山。"沈铁匠这会儿的神色已缓过大半，他做梦也没想到，一个浑身文气的书生，不费吹灰之力，便降服了四个如狼似虎的强盗，听书生要护送他下山，沈铁匠求之不得，连忙拉起沈三郎紧跟书生往山下走。这时，忽听身后大汉扯着嗓子问："读书壮士，俺那几个兄弟咋办？"书生哈哈一笑，回头说道："没事，死不了，只是被我踢中了穴道，再过一个时辰，穴道自会解开，不过你可得看好了，小心他们被豹子叼走。"转身带着沈铁匠、沈三郎离开了太白东山。

三人走出二十余里，疏疏落落的村镇出现在眼前，一见到了平安地界，书生停下了脚步，说道："沈老伯，这里已无凶险，你们爷俩可以平安回家了。"沈铁匠千恩万谢，一定要请书生回齐家镇，拿最好的酒来答谢他，书生拱了拱手："沈老伯的心意在下领了，只是在下离家日久，须尽快赶回去，就不在此耽搁了。"

沈三郎有些不舍："大侠，你真的要走么？"

"大侠？"书生嘿嘿笑了两声："我算什么大侠，不过是个读书人罢了。"

沈三郎嘟囔着说："可……可俺爹就是瞧不起读书人，他总想让俺拜师学武，以后给他争个大将军。"说着，沈三郎眼睛忽地一亮，"大侠，你武功这么好，要么你收俺做徒弟吧，以后也像大侠一样行侠仗义，好么？"

"对对！"沈铁匠也开了窍，连忙哀求："恩公大侠，跟你说心里话，让三郎学武是俺一辈子愿望，大侠行行好，收三郎做个徒弟吧，收了他吧！"一边说着，一边忙不迭地将藏在腰里的钱袋子拽了出来，双手捧给书生："这是俺家攒了十几年的钱，本来是给三郎拜师学艺用的，都交给大侠，大侠莫嫌少！"

书生推开钱袋子："不可，在下区区一介书生，人微力轻，自己还没有什么成就，怎好去收徒弟？此事万万不可。"沈三郎一见这书生坚决推辞，心知已拜师无望，不由得吧嗒吧嗒滴下了眼泪。书生瞧他如此失落，于心不忍，便道："也罢，虽说不能收你做徒弟，却可以教你几招防身本领，以后若再遇到寻常山贼，也能自保。"

"太好了！"沈三郎高兴得跳了起来，"俺不是在做梦吧？"

"忠厚之人，哪会白日做梦呢？"书生笑着，叫沈三郎用心留神，口传身演，教了沈三郎几招长拳和擒拿法，一式一招，反复教了数十遍，眼见沈三郎都已记熟，书生方停下手："三郎，这些招式虽简洁，却极实用，你回去后要勤加练习，先将身式练熟，再将招法贯通，所谓熟则生巧，通则自如，渐悟而化劲，到时候威力自然倍大增。此外，我再教你一个对敌的重要法门，你也一定要记牢了。"沈三郎全神贯注地听着，书生说道："但凡对敌之时，最需镇定，不可心慌。首先，你休看他刀砍过来，休看剑刺过来，也休看他拳打过来，最紧要的便是看着对方的眼神，对方若动，他的眼神必是先动，如此在态势上便已清楚了，这样你便能抢得先机，往往可一招制胜。"

沈三郎琢磨了一会儿，恍然大悟，连连点头："俺记下了！"

"好了，"书生舒了口气，仰头瞧了瞧天空，天边的浮云渐渐增多，看似有一场雨要来，日头时隐时现，也不似方才那般刺眼，再瞧日头的方位，已近巳时，书生面含笑容，冲沈铁匠、沈三郎父子一抱拳，"老伯、三郎，时候不早了，咱们就此别过，今后啊，如有缘分，你我三人再行相见。"说完，扬袖飘然而去。

眼见书生走远，沈三郎忽然想起一事，急忙追奔了几步，在后面大喊："恩公，恩公，你……你还没告诉俺，你叫啥名字？"

书生哈哈一笑，声音从远处传来："我叫李清霄！"

8 白鹿楼

　　李清霄心头无比畅快，这是他平生第一次救人，也是第一次被人称作"大侠"，单这两样，就令他欢喜不尽了！往前又走了几里路，进了京兆府武功县地界，遥闻哗啦啦水声悦耳，极目一望，迎面闪现出一条大河，一水如银，白帆点点，岸上一行淡黄花的连翘树，夹着画桥烟柳，踏春游人三三两两行走其间，悠闲自在。放眼望去，逢此春暖花开之际季，一草一木，一石一沙，一舟一桥，隐约有几分江南水乡旖旎之姿。

　　这条长河，正是名扬天下的渭水。两千年前，姜太公渭水垂钓，周文王乘辇来访，就是在渭水河畔求来千古栋梁。诗仙李太白也有一句诗赞渭水："渭水银河清，横天流不息。"想到这些，李清霄的心情又多几分畅快，他快步来到渭水河畔，索性买了一坛酒、一只烧鸡、几样熏干小菜，又雇了一叶乌篷扁舟，学李太白泛舟皱波之间去了。李清霄倚卧在舱中，任小舟在河中自在漂荡，他自斟自饮，刚饮几口酒，一阵凉风忽然刮起，东南方一大片乌云越涌越厚，越涌越快，不多时，遮盖住了整个水面，已而奔雷滚滚，一道闪电划过，天空风云变色，"哗啦啦——"落起雨点来。"好雨啊好雨！洗刷万物尘泥，亦可一浇胸中块垒，正所谓：'天地庄周马，江湖范蠡船。'"李清霄快意翻涌，举起酒坛喝了一大口。船外，雨越落越大，如同战鼓"叮叮咚咚"敲打着船篷，在河面荡起一层白烟，仿佛聚齐了千军万马，任由他的将令来驱策。

　　小舟薄轻如羽，不堪雨打风摇，李清霄醺醉半晌，无奈只好摆桨回岸，将小舟系在一株大柳树上。刚刚返回船舱，见远处驰来一个青年人，身上已大半湿透，瞥见大柳树下尚有干处，青年人便过来避雨。李清霄一瞧，这人身高近八尺，穿件单薄的青衫，鼻梁像木雕一般直硬，嘴唇抿在一起，背着个灰布包袱，怀中还抱着一根三尺余长、通体黝黑、似棍又不是棍的东西，就像陈年的擀面杖。李清霄暗自称奇，便喊了一声："兄台，树下避雨极为凶险，如不嫌弃，来舱里吧！"

青年人看也未看，只冷冷道："你认得我么？"

李清霄道："不认得。"

青年人哼了一声："你若想活着，便别跟我争！"

李清霄心中略不快："这人说话怎么莫名其妙？"袖袍抚了抚竹几，"争？兄台，你言重了，在下一介书生，路游此地，本无所求，与你争什么？"

青年人扭头问："你不是为那东西而来？"

李清霄哈哈一笑："你这话说得倒有些不着边际，外面雨大风急，又有雷电，在下只是好意，唤兄台来船里避雨更稳妥。"

青年人道："既如此，你我素不相识，便无须麻烦了。"

李清霄知他心存误解，挥了挥发白的袍袖，一拱手："有道是相逢何必曾相识，四海之内皆兄弟，你我皆是男儿大丈夫，又何必如此拘谨？"

青年人浓眉微动，侧目又瞧了瞧李清霄，书生打扮，相貌不俗，略一思索，便离开大柳树，迈步上船。乌篷小舟轻盈浮在水面，若是常人，只须往上一踏，小舟必然左右摇摆，可青年人双足蹬舷，小舟竟纹丝未动，仿佛只落上了一片叶子。李清霄心中一奇："此人竟是个高手！"生了敬慕之情，朗声说道："外面有风有雨，我这有酒有肉，独饮不如共醉，若不介意，咱俩一同赏雨对饮。"

青年人浅浅一拱手："多谢！"

"甚好，甚好，"李清霄十分快意，转身满上一碗酒，递给青年人，"云化飞雨川上来，遥帷却卷清浮埃。所谓风雨送新朋，相请不如偶遇，我敬你一碗！"

青年人举起酒碗，也念了一句："青草湖中万里程，黄梅雨里一人行。难得在这异地他乡，还能喝上一碗酒，该我敬你才是。"

李清霄见他也懂诗书，所咏诗句孤寂忧凉，颇有境界，更加有心相交，爽快地说："快哉快哉，所谓同在异乡为异客，此前或许只兄台一人，而此刻，便是你我两人了，饮下这碗酒，在下自作多情，与你做个朋友，如何？"

青年人怔了下，眼中闪过一丝暖意："好，我朋友极少，或许你会算一个。"

李清霄哈哈大笑："彼此彼此，得晤足下，深以为幸。"

两只酒碗"当"地碰一声脆响，二人一饮而尽。

青年人将酒碗一放，咂了咂嘴："这酒太淡了些，难藉心怀。"

李清霄道："见笑了，我本非饮中能手，不懂得何为好酒。"

青年人道：“雨晴时，我请你！”

李清霄哈哈一笑，直身作个揖：“多谢你的美意，看来我这坛清酒买得不吃亏。”又一拱手：“在下姓李，双名清霄，你我聊了半晌，还未请教兄台贵姓？”青年人缓缓放下酒碗，微微一笑：“在下姓燕，双名离凌。”

“燕离凌……”李清霄咂摸着，“你这名字倒也特别。”

“是吗？有人却是憎恶得很。”燕离凌笑了笑。李清霄不明他话中所指，扬眉挥了挥手：“人生一世，有不虞之誉，有求全之毁，谁也无法叫人人都喜欢，只能但求无愧于心而已。”燕离凌点了点头：“你这话说得对！”两人聊得兴起，又多喝了几碗，酒兴正浓，忽觉舱内一亮，耳边传来一阵悦耳的鸟雀之鸣，李清霄向船外一望，但见乌云远去，大雨已经停了，不禁赞了起来：“离凌兄，你瞧，好气息，正所谓：‘霁时湖上云消淡，柳叶飞珠上布衫。’”燕离凌起身来到舱外，也觉舒爽，便道：“清霄兄，走，我请你进城喝好酒。”

“好！哈哈，待我去还船。”李清霄投袂而起，解开大柳树上的绳子，将扁舟移交给船行，提着旧伞，与燕离凌谈笑风生，奔武功城而来。一入城，当街坐落一幢两层高的大酒楼，青砖黛瓦，白墙瑞兽，气派至极。大门两旁，排着一带朱漆栏杆，每一侧各插着一杆销金旗，销金旗各绣着七个柳书金字，右面旗上写着：“雨露如能清世界。”左面旗上写着：“风尘何必醉刘伶。”雕檐外，高悬一块桃木黑漆大匾，上刻“白鹿楼”三个大字。白鹿楼门口的青石台，卧一只汉白玉雕成的大鹿，青石台上铁画银钩刻着李太白诗句：“且放白鹿青崖间，须行即骑访名山。”

白鹿楼地处水陆要津，三教九流各色行人路过时，大多要停下来打尖歇脚，生意红火自不必说，若论起鱼龙杂混，却又是一回事。李清霄、燕离凌迈槛而入，酒楼里，几个老伙计脚下熟练，端着酒菜飞快地穿梭。食客们菜满桌酒满盅，谈笑声、猜拳声、杯盏碰撞声连成一片，不时传来几句荤词俚语，叫人回味无穷；门口两桌坐着混江湖的汉子，敞襟露肚，吆五喝六，谈着你死我活的壮举；窗口处一个落魄秀才自斟自饮，不断地唉声叹气；角落里坐着两名鹤发童颜的道士，对周围的事并不理会，只顾默默吃着素面；十几个南来北往的客商闭着眼睛，弹桌敲箸，听一个拉胡琴的盲眼老者唱曲，盲眼老者正卖力地唱道：“可恨奸贼费无极，毒计陷害伍子胥，满门老小受株连，三百余口血染衣！子胥白发出昭关，一马投吴报冤屈，品箫行乞遇姬光，三荐三杰美名题：一荐专诸好兄弟，刺杀王僚夺社稷；二荐五尺勇要离，断臂残身刺庆忌；三荐兵圣孙武子，行兵布阵真无敌，率军破楚助子胥，五战五捷震晋齐……”曲调时快时慢，苍迈激扬，唱的正是春秋列国之时，一代名臣伍子胥投吴灭楚的故事。

燕离凌听得入神，赞了句："唱得好！"

这时，迎客伙计奔了过来，深深作了个揖："二位客爷，里边请！我们白鹿楼，是渭水第一楼，名扬京兆，誉满关中，接迎五湖游客，聚汇八方宾朋，天南海北，九州各地，美酒美食，应有尽有，保管二位客爷满意！"一口气说下来，竟流利得很。

"你的话真多！"燕离凌冷冷地说。伙计尴尬一笑："没法子，少说一句，掌柜的要扣工钱。"燕离凌道："你这里都有什么酒？"伙计得意地说："想要啥酒，便有啥酒。"燕离凌道："我要寒冰雪酒。"

"寒……寒冰雪酒？"伙计笑容顿时凝在了脸上，扳着指头说，"客爷，你这倒难住小的了……小店这有杜康酒、西凤酒、杏花村、女儿红、竹叶青、剑南烧春、荥阳土窟、富平石冻、郢州富水、花雕、烧刀子、老白干……唯独没有寒冰雪酒，想这……想这苦寒之酒，定伤胃脾，应是劣酒吧……"燕离凌忽道："住口，你没见过，便说劣酒？那才是真正的美酒！"伙计喏喏称是，不敢多说。燕离凌不去搭理，与李清霄在里面寻了个座位，灰布包袱"咯棱"往桌上一放："既然到了关中大地，就先上五斤陈年西凤，还有当地美味，多上些来。"伙计躬身点头，匆匆跑下去。

李清霄有些奇怪，便问："离凌兄，这寒冰雪酒不知是何佳酿？"

燕离凌吧嗒吧嗒嘴，驰神说道："寒冰雪酒啊，入口时，如品辛酸往事，咽下后，恍觉苦厄皆空。醉时心境平和，无情，无恨，无恩，无怨，醒来后胆气浮横，狂笑于天地之间，此酒入喉，便是酒量大者，也难过九碗，故而又叫'九九归一'。"

李清霄晃了晃头："奇哉妙也，闻所未闻，以后见了，定要饮上一壶！"说话时，伙计笑吟吟过来，先抱上一大坛红泥封盖的十年陈西凤，又陆续端来一碗贵妃熏鸡，一份奶汤锅子鱼，还有清蒸鲤鱼、笼蒸鱼糕、虾仁鱼肚、干炒仔鸡等几样河鲜鱼菜为主，辅以银耳炒青笋、炝拌莲藕两样清淡小菜，燕离凌拍开大酒坛的封泥，瓷盖子一揭，一阵馥郁酒香顿时扑出，他微微点头，将酒碗斟满，递给李清霄："清霄兄，请！"

李清霄端详碗中酒，湖波样的眼神泛起亮光："久闻此酒大名，今天头次见到，都是沾了你的光，这酒好似琼浆，清而不淡，果然名不虚传，离凌兄，请！"二人一饮而尽，酒一入喉，李清霄只觉醇味悠长，便道："离凌兄，这酒比你说的寒冰雪酒如何？"燕离凌放下酒碗："酒虽不错，却不凛冽，不够无情。"

李清霄有些不解："这无情二字又有什么值得称道呢?"

燕离凌道："举杯无情,方能酒后无忧。"

李清霄一卷袍袖,哈哈大笑："岂不闻抽刀断水水更流,举杯浇愁愁更愁?"话未说完,楼外"唏溜溜"一阵马鸣,接着脚步声响,闯进三个大汉。左面的穿白,右面的穿黑,中间的穿着土黄长袍,手中都提兵刃。三人衣着虽不同,可头上都勒着条一寸多宽的青色缎带,缎带正中绣个"神"字,三人往门口一立,活像三尊泥塑。屋内那两桌江湖汉子瞧见这三人的装束,都不约而同闭了嘴,只顾喝酒,不再大吹法螺。迎客伙计未多想,依旧笑着迎来:"三位客爷里边请,我们白鹿楼,是渭水河畔第一楼,名扬京兆,誉满关中,接迎五湖游客,聚汇八方宾朋,天南海北,九州各地……"话刚说半截,左边黑脸大汉踏前一步,抬手将伙计推个趔趄:"去你奶奶的,少他妈没完没了,不想死就滚一边去。"跨槛入屋,略一扫视,直奔燕离凌而来,与另两名大汉"品"字形将燕离凌、李清霄围在当中,黑脸大汉死死盯着桌上的包袱,将长枪在地上一戳,冲燕离凌瞪起了眼:"幸好老子们来得及时,再晚一步,便叫你小子给跑了。"

右侧的白脸大汉瞅了瞅李清霄,晃了晃手中一对短叉:"姓燕的,没想到你还寻来了帮手,曹爷爷倒也省了心,大鱼小鱼正好一网打尽。"

中间长脸大汉倒提鬼头刀:"燕离凌,你杀了我们的人,抢了我们的东西,还在这里大吃大喝,真好大一颗狗胆!"

李清霄一脸茫然,燕离凌却依旧喝酒,仿佛没听见。胆小的客人见势头不妙,悄悄结账溜走,盲人老者双目不见,依旧在拉琴唱曲,正唱到"吴越两国刀兵起"之处,燕离凌忽地大赞一句:"唱得好! 当浮一大白!"端起酒碗,一饮而尽,然后擦了擦嘴,面如冰石,侧脸问:"你们三个也是洛阳神龙门的人?"

黑脸大汉一戳长枪:"老子神龙门牧兽坛'黑面鬼'童七。"一指提鬼头刀的长脸大汉:"这位是我大哥'马面判官'尤振堂。"又一指白脸大汉:"这位便是我二哥'白面鬼'曹栎。你两个既被我'牧兽三煞'撞见了,就把东西痛快交上来,老子还能留你个全尸!"

燕离凌呵呵一笑:"厉害,厉害,看来我倒要拜谢你了,我未到中原时,便听说你主子经营有道,以重金网罗高手,在洛阳创立神龙门,十几年光景就横霸两京,关中地界的人见了你们,都如同鼠儿见了狸猫!"

尤振堂在旁哈哈大笑:"知道就好。"

燕离凌摇摇头:"可惜啊可惜。"

曹栎喝问:"可惜什么?"

燕离凌喝了口酒，一字一句地说："可惜你家那位主子柳龄鹤，终究不过是赵宋朝廷的一条弃犬，再怎么折腾，也是奴才，别人怕被狗咬，我燕离凌却不怕！你瞧——"他摸了摸桌上的灰布包袱，"你们的孤城珧就在这里，有本事过来拿吧。"

李清霄一口酒刚入喉，忽听到"孤城珧"三字，那口酒顿时呛了出来，心中大惊："这是孤城珧？孤城珧如何会在燕离凌手上？"

这个时候，尤振堂、曹栎、童七三人早已气炸了肺，童七第一个举起大枪，横眉大骂："狗杂碎，吃了熊心豹子胆，老子取回孤城珧，再将你这狗杂种碎尸万段！"戳枪过来去挑灰布包袱，哪知大枪刚伸出半尺，童七"啊"地号叫一声，众人急忙去看，童七的右手背不知何时竟趴了一只五色斑斓的蜘蛛，一对螯牙钉在肉里，八只螯足微微抖动，令人毛骨悚然。童七大骇，急忙挥臂猛甩，还未甩脱五色蜘蛛，右手已肿得像个皮球，一条黑色血线，沿着粗壮的右臂急向心脉走去。

"五色灵蛛？"尤振堂大叫，惊了一阵，慌忙手起一刀，斩下童七右臂，大枪落地，黑血泼了一地，腥臭无比，然而为时已晚，童七扑通倒地，口鼻流出紫黑色的血，脸上每一块肌肉都在扭曲，说不出的狰狞可怕，周身急剧抽搐了一会儿，便气绝身亡。白鹿楼的一些食客惊叫着散开，胡琴也戛然而止。

"这……这是'千手蛛王'苗人杰的五色灵蛛！"尤振堂、曹栎兵刃横胸，眼中惊惧，四面寻顾，掌柜的和几个小二哥躲进柜台，两腿发抖，一步也不敢挪动。燕离凌、李清霄亦皱起眉头，唯独唱曲的盲眼老者不见事物，反倒平静端坐。这时，一个穿青衫的精瘦汉子从听曲的人群中哼着唱词，缓缓走了过来，嘻嘻地笑："既知我'千手蛛王'苗人杰在此，你们还敢逗留不走么？"

尤振堂声音发颤："你……你竟敢杀我神龙门的人？"

苗人杰嘻嘻一笑："若是'神枪王'柳龄鹤在此，凭他一杆紫金陀龙枪，我苗人杰或许玩玩蜘蛛、听听小曲罢了，未必抻头露面，可惜柳龄鹤远在洛阳，孤城珧却近在咫尺，嘿嘿，"他扭脸看看燕离凌，"你说，这等良机，我千手蛛王会错过么？"

"不会。"燕离凌淡淡地说。

"就是嘛！"苗人杰眼中放着光亮，"杀几个神龙门的人，算什么？哈哈，虽说神龙门在江湖中横霸两京，可我苗人杰若得了孤城珧，你猜会怎样？"燕离凌道："十个柳龄鹤来了，也会怕你。"苗人杰哈哈大笑："聪明，聪明，哈哈，曲子里唱得极好呀，千里江川归阆间，称霸之时天下惧……"咿呀地唱了起来。

"白面鬼"曹栎恨不得一口吞了苗人杰，一振双叉："姓苗的，这孤城珧是我们不惜万金寻来的，你有多大胆子，敢在太岁头上动土……""土"字刚出口，曹栎猛地惨叫一声，双叉落地，众人急瞧，他的额头上竟也趴了一只五色蜘蛛。

尤振堂大惊，不敢耽误，正要手起刀落，忽地闪念："不可！这回不是胳膊，是脑袋，这一刀下去，脑袋岂不搬家了……"正犹豫间，曹栎五官已然变形，头肿得斗大，四下翻滚，如杀猪一般号叫："快……快砍掉我的头！砍掉我的头……"刚喊两句，两腿一蹬，惨死当场。尤振堂吓得魂飞魄散，扭头风一样逃出白鹿楼，远远喊道："姓苗的，有种的你别走，在这等着我们！"

苗人杰撇嘴笑了笑："哼哼，当我是傻子？"一根细丝飞出，收回五色灵蛛，用手按了按灵蛛肥厚的腹部，"小宝贝，你又立了件大功。"说着，转身瞥了眼燕离凌："你是聪明人，想必不会白白送死，这孤城玦归我了。" 伸手刚要去拿，忽听身后有人长嘘一声："唉！凭小小一只臭蜘蛛，就想将孤城玦据为己有，唉！这世道真是变了，变得不学无术，人心狂悖，不晓得天有多高，地有多厚了。"

苗人杰扭脸一瞧，说话的正是那个自斟自饮的落魄秀才，苗人杰仰头大笑，轻弹着五色灵蛛的腹部说："穷秀才，说话别阴阳怪气，这天有多高，地有多厚，我苗人杰还真不晓得，不过，我却晓得你这穷秀才死的时候，会是个什么模样。"

"哦？"落魄秀才仿佛十分好奇："不才倒是愿闻其详。"

"你去问问它。"苗人杰五色灵蛛倏然出手，李清霄在旁一惊，正想出手去救那秀才，却听落魄秀才叹了一声，右手轻弹，一根筷子如羽箭般射出，穿着五色蜘蛛的肚子，"噔"的一声钉入三丈外的门柱上，一尺长的筷子没入大半截，五色灵蛛八足乱摆，一时尚未全死，体内浓黑的黏液，顺着筷子"滴答、滴答"流了下来。

李清霄暗叹："是我多虑了，原来这秀才深藏不露！"

苗人杰更为吃惊："阁下好手段，敢问高姓大名？"

"高姓大名？嘿嘿……"落魄秀才语气有些自嘲，他自饮了一杯，叹了口气，"唉！零落栖迟一杯酒……不才已过而立之年，尚一事无成，嘿嘿，愧对家乡父老，无颜报通名姓。"说着又饮一杯，面有悲秋之色，似诉似问地说："人皆说，'文章憎命达，魑魅喜人过'。不才这命途，一向坎坷不平，却为何绞尽脑汁也写不出好文章来？苗先生，你说说，我该如何是好？"苗人杰心中暗骂："老子又没上过学堂，怎知你如何是好？这穷秀才身手不错，却没想是个书呆子。"便道："若说这养养蜘蛛，听听小曲，我苗人杰倒是在行，若说这文章字句么……哼哼，它不认得我，我也不认得它！"落魄秀才摇了摇头："世风日下，知音难觅，徒劳心力，枉费唇舌，可惜了我这满腹的才华！"仰头又饮了一杯，叹道："当年曹子建七步成诗，如今不才……不才无须七步，只一动不动，便能口占一绝，胜过曹植，你信也不信？"

苗人杰听得不耐烦："什么曹侄曹孙，你便胜了他祖宗爷爷，又关我屁事？"

李清霄听苗人杰把"曹植"当成了"曹侄"，哑然失笑，燕离凌则面色冷淡地喝着酒，落魄秀才却瞪直了双目："唉！非侄子的侄，乃是植株的植！"苗人杰一怔："蜘蛛的蜘？莫非他也养蜘蛛？"落魄秀才连连摇头："蠢材！蠢材！"拿起筷子，蘸着酒水在桌子上写道，"你瞧着，这植字，乃是木直的植，《说文》载：'植，户植也。'亦当栽种讲，《吕氏春秋》'乐成篇'有云：'我有田畴，而子产植之。'此外，尚有三十二种解法，待我细细与你讲明……"

"不必了，便有三百二十种解法，老子也不认得曹植。老子有事，先走一步了！"苗人杰原本忌惮这落魄秀才几分，眼下见秀才如此聒絮，再也压不住性子，伸手去拿燕离凌的灰布包袱，落魄秀才唉了一声，双指轻弹，筷子飞出。

"噔——"筷子像铁钉一样将灰布包袱牢牢钉在桌上。

"你要做什么？"苗人杰死死地盯着落魄秀才，落魄秀才打个酒嗝："唉！你着什么急？不才诗尚未吟，苗兄何不听完了再走？"苗人杰见他手法厉害，一时也不敢妄动，又忍了忍说："快念！"落魄秀才晃晃悠悠站起，瞧着门柱思索了半晌，目光一闪："有了，诸位赏耳！"清了清嗓子，忽地吟出一句："一只蜘蛛柱上钉……"

"哈哈……"李清霄和燕离凌都忍不住笑出声来。

"笑什么笑？仔细听着，休得打扰。"落魄秀才瞪了一眼，又从头高吟："一只蜘蛛柱上钉，八只爪子胡乱动。外面花来里面黑，扎它一下它也痛！"

李清霄差点喷出酒来，心想："这四句平仄不叶，语句粗鄙，哪还能叫诗？顺口溜罢了，不过这最末两句，倒颇有一番深意。"这时，那位落魄秀才却一本正经地问："苗兄，我这诗作得如何？"苗人杰担忧神龙门的人聚众寻仇，急匆匆说："好诗，比曹子植厉害，诗念完了，东西我也该拿走了！"伸手去拔那根筷子，落魄秀才道："且慢，你走可以，东西不能拿走，此外么，那人叫曹植曹子建，不是曹子植，你呀，平时须多读些书才是，免得四处丢丑。"

苗人杰眼露杀机："那些书还是留着阁下去读吧，说不定将来还能考个功名。孤城玦又不会作诗写字，正好归我！"落魄秀才摇了摇头："差矣差矣，你说说，这读书人考取功名，到头来为了什么？"苗人杰冷道："当然是做官！"落魄秀才一拍巴掌："对极！"扭头冲着燕离凌说，"这位小兄弟，不才运途不济，流落他乡，弃武从文，一心改走仕途，种种心酸实在苦不堪言！这孤城玦乃是国之重宝，天下所望，不才若得了它，你猜会怎样？"

9 论名剑

燕离凌喝了口酒："一朝登岸，平步青云！"

"对极！对极！"落魄书生连连抚掌，眉飞色舞地说："你果然是个聪明人！"忽又叹口气，侧目对苗人杰说，"苗兄，不才有几句好话要劝你：这人生虽苦，可活着也总比死了好，你还是赶快离开白鹿楼，好好活着，别再打孤城玦的主意，若不然么……"一指门柱上钉着的五色灵蛛，"那只臭蜘蛛，便是苗先生的下场。"

"嘿嘿嘿……"苗人杰诡异地笑了一阵："臭穷酸，苗爷爷费了半天唾沫星，当是怕你不成？只怕你还不知我'千手蛛王'的手段！"落魄秀才摇了摇头："差矣差矣，不才恰恰也知晓一些，你千手蛛王武艺虽平庸，可用毒却是最绝、最狠，当年蜀中唐家'千刀鬼手'唐再道、湘西覃家'一指绝命客'覃云、黔北杨家'七步煞星'杨五龙这些使毒的大家，都死在你的五色灵蛛之下，因此，你苗人杰才有了这'千手蛛王'的绰号，是也不是？"苗人杰哼了哼："不错，这番话说得比你那酸诗好，我苗人杰这辈子没啥嗜好，一爱听戏，二来么，便是杀人！"

人字一落，苗人杰双手一张，两只五色灵蛛飞向落魄秀才，落魄秀才不慌不忙，手一弹，又射出两根筷子，"噔""噔"，两只五色灵蛛又被钉在了门柱上。苗人杰大惊，再要张手，却见落魄秀才一晃飘到苗人杰面前，右手在腰间一抖，银光陡闪，一柄软剑弹出，如灵蛇般缠在了苗人杰的脖子上，苗人杰吓得一颤，分毫不敢动，落魄秀才唉了一声："你这个人啊，好好的人世繁华不享，却偏要学人家抢东西，如今落得身死异乡，竟连个收尸的也没有。"苗人杰声音有些发颤："你……你究竟是谁？我师父可不是好惹的，你若敢杀我……"落魄秀才冷笑一下："如何不敢？"话音未落，右手一动，苗人杰那颗睁着惊恐双眼的瘦小人头，凌空飞了出去，一股血从他腔子里冲出七尺多高，雨点一样洒落地面。

"扑通——"苗人杰尸体直直倒下，脑袋也"骨碌碌"滚到一边。

掌柜的和伙计吓得大叫，趴在柜桌底下，再也不敢露头。

李清霄大震，不到一个时辰，眼睁睁看着连死三人，这是他万没想到的，之前的好心情登时没了大半，他拂袖而起，一指落魄秀才："光天化日，怎敢杀人害命……"话刚说一半，却被燕离凌一把拉坐下来，燕离凌给李清霄倒了一碗酒，笑着说："清霄兄，好戏才刚开锣，你急什么？来来，此酒虽说不烈，却也能压惊。"

李清霄凝眉道："人命关天的大事，你还笑得出来？"

燕离凌呵呵一笑："有些人，该杀就得杀。"

落魄秀才一挑大拇指："这话不错，我佛有云：杀恶人即是善念。"

李清霄啪地一拍桌子："胡说八道！佛陀观一切众生皆是菩萨，哪里来的善与恶？家师也常言：一念让人生，一念让人死，仙道贵生，无量度人，此人若顽固不化，不知进退，多加惩戒也就是了，何苦置他死地？"

落魄秀才忽哈哈大笑："有趣！有趣！大千世界，无奇不有！听了你这小书生的话，不才觉着，我不过是个假秀才，你才是真书呆！"说完又一阵大笑，笑声落时，目光盯在那包袱上，冲燕离凌微微一拱手："阁下是个聪明人，该说的话，不才说了，该做的事，不才做了，这孤城玦，想必该归我了吧？"刚说完，忽听角落里有人高喝："江忧，你未免高兴得太早了！"

落魄秀才一惊，循声望去，说话的是墙角两个鹤发童颜的道士，落魄秀才冷声道："你们是谁？"其中那个长脸道士将手中素面向旁一推，擦了擦嘴："灵蛇一剑，阎王立见！普天之下，能将'灵蛇剑法'练到这个地步，除了南唐神卫军四品左御卫江忧江子愁，只怕不会有第二个人了。"另一个圆脸的道士则面露不屑："江忧，老皇甫将军生前待你不薄，提拔你为南唐四品左御卫，如今你上不思为国君尽忠，下不思为小皇甫将军尽力，却乔装改扮跑到大宋地界混时日，真是忘恩负义之徒！"

落魄秀才的脸冷得像块冰，沉沉说道："李煜虽是国君，却昏庸无能，杀害忠良，自毁栋梁，这样的国君效忠他何用？皇甫继勋虽是老将军之子，可他飞扬跋扈，淫奢骄纵，身边聚拢的都是奸诈小人，哪还有老皇甫将军当年的半点威德？这样的少主，我江忧就是死了，也绝不会为他效命！"

长脸道士一笑："难怪小皇甫将军在金陵城悬赏千金，买你这颗人头，你这种人天生反骨，迟早要步林仁肇后尘，若不及时铲除，早晚必为江南之患！"

江忧哼了一声："既是皇甫继勋派来的，报个名号，我江子愁不杀无名鼠辈！"

长脸道士哈哈大笑："大言不惭！你听好了，贫道法号青菱子，江湖人称'五步云龙'。"圆脸道士道："贫道法号金甲子，江湖人称'金环透甲'。"

两个道士一报名号，燕离凌在旁不由眉头一皱，江忧却退了半步，手中软剑不免微微抖动，浅浅一抱拳，声音有些发涩："原来是罗霄山三仙观的五步仙和金环仙，失敬失敬！我江子愁与二位道长无冤无仇，二位道长为何要听从皇甫继勋差遣？"两个道士相视一笑，青菱子淡淡地说："拿人钱财，替人消灾，各取所需，谈何仇怨？"金甲子接着说："我二人跟了你一路，本瞧你可疑，若不是你使出那灵蛇一剑，哼哼，你这副穷酸模样，倒真瞒了过去。"青菱子又说："江忧，识相的便自废两条胳膊，随我二人回金陵听候小皇甫将军发落，或许还能留下这条命。"

"罢了，罢了，"江忧先是哀叹："既然如此，晚辈也只好俯首就擒了。"随即向下一垂首，趁躬身之际，双手在桌上一抄，抓起六根筷子，"嗖、嗖、嗖……"六道劲风射向二人，青菱子、金甲子早料到江忧会拼死一搏，他们心中有备，各自抖手抽出一柄细剑，寒光洒落，金声悦耳，向前一卷，江忧射来的六根筷子，霎时被绞成无数碎段，四散飞去。金甲子第一个跳过来，细剑矫动如龙，刺江忧咽喉，江忧抬脚踢起面前桌子，砸向金甲子，金甲子右手一振，细剑如刀，"哧、哧"两声，桌子登时被削成四块，江忧暗惊，不敢大意，使出浑身解数与金甲子斗在一处，二人剑法都是凌厉轻快的路子，走起来剑花纷飞，煞为好看。李清霄连连赞叹，燕离凌几碗酒饮下，醺醺微笑："清霄兄，观你神色，想必也是懂剑之人，不妨谈谈这二人剑法如何？"

李清霄酒意正浓，扬眉说道："我哪里懂剑，只是觉得这二人掌中之剑与寻常兵刃不同，你瞧，挪移进退，腾转如环，攻击时灵动迅速，让人防不胜防！"燕离凌一笑："我看却是轻浮花哨，中看不中用的把式。"李清霄摇了摇头："这二人算得当今剑术大家，招式上虽说花哨了些，却也并非不中用，不可小觑。"

"剑术大家？哼哼，"燕离凌嘴角翘了翘，"凭他们也配'大家'二字么？清霄兄太抬举他们了！这世上使剑的不少，可叫我燕离凌看来，能称得上剑术大家的，不过一二人而已。"李清霄笑而不语，暗想："离凌兄想是吃醉了酒，竟如此眼高于天。"燕离凌瞧出了些端倪，便问："怎么，清霄兄以为我在说醉话？"李清霄也不掩饰，哈哈一笑："恕我直言，离凌兄的眼界啊，似乎是过高了些，权且不提北岳、南岳、九嶷、点苍、太湖、沧海这些大剑派中尚有诸多使剑高手，独独是《江湖名客图》里画的那十三位'丹青名剑'，个个剑法精绝，总该令人赞叹吧？"

"丹青十三剑？你且说几个，听听如何。"

"好！"李清霄向楼外一指，"离此一千三百里，河北大名府有一位，人称'云龙八臂剑'杜若飞。我听说此人剑法凌厉，大开大阖，领袖三川，威震齐鲁，这'云龙八臂剑'，兄弟以为如何？"燕离凌摇摇头："杜若飞，野心太大，飞扬跋扈，外强中干，就像纯金铸剑，锋芒耀人，却非利器，不过河北武林独夫而已，算不得大家。"

李清霄一滞，略为思索，又道："江南丹阳湖畔姑孰城中，有一位名剑，此人在杜若飞之上，侠名远播，剑法精深，别具一格，一剑六出，飘洒如雨，人称'江南梅雨'花千树花大侠，兄弟以为如何？"燕离凌呵呵一笑："花千树的品行么，还说得过去，可惜他招式虽深博，却失之太柔，缺少刚烈之气，我并不服他！"

李清霄晃着碗中酒，低眉寻思片刻，忽抬头说："自此北向一千里，在北汉国太原府有一位剑客，乃是北靖王府的金符堂首座，人称'乾天三阳剑'赫连明凤。其人剑法凌厉，气势宏大，招式如白虹贯日，气吞西北，在《名客图》丹青十三名剑中位列第十，此人可称得为大家么？"燕离凌道："赫连明凤剑法虽刚烈，却甘做守门之犬，极尽官场逢迎之能事，已算不得敢爱敢恨之江湖中人，我岂会敬佩于他？"

李清霄仰头大笑，当即痛饮一碗，又道："姑苏城外，缥缈峰顶，太湖剑派掌门楼钰楼怀瑾，风姿潇洒，正直不阿，掌中晴霄剑，气象萧森，冠盖吴越苏杭六府一十二门，《名客图》丹青十三名剑中高居第四，这楼怀瑾离凌兄以为如何？"燕离凌一碗酒饮下，冷笑一阵，摆了摆手："楼怀瑾名高吴越，剑法的确不俗，只是么，这个人以仁沽名，以义钓誉，身在江湖之上，心居魏阙之下，算不得真正的大家！"

李清霄一怔，顿了半晌，接着说："西南大理国有位世外高人，丹青名剑位列三甲，手中七星纯阳剑别开一脉，剑法神出鬼没，如鸿鹄在天，去留无迹，虽与世无争却声名自远，享有大理剑王之誉，这'丹阳仙剑'谢星辰，兄弟敬佩否？"

"谢星辰？"燕离凌嘿嘿冷笑两声："谢星辰十年磨一刃，绘像《名客图》，博得天下美名，便自惜羽毛，退居深山，不与人争，唯恐声名受损，谁知他谢星辰是不是庙里的菩萨，金其貌，泥其胎，早已不堪一击？这天下的剑客，倘若都如谢星辰这般藏头缩尾，那剑客之道早便亡了，我敬他何用？"

连谢星辰这等卓绝剑客，燕离凌都不以为意，这不得不令李清霄吃惊，然而他转念又想："离凌这些评点，虽说求全责备，却也颇有见地，既然如此，我便再说一位大剑客，却看如何！"想罢喝了口酒，遥指南窗，"还有一人，此人身居衡州府南岳剑派掌门，手中化剑独步天下，如凤凰振翅，蔚然大观，这丹青十三剑之首——'江南一剑'陈雨柳，总该值得你敬佩了吧？"

"陈雨柳？"燕离凌仰面又一阵大笑，笑声过大，惊动了正在缠斗的金甲子、江忧，他二人微一停手，见并无异样，又凝神踏步，激斗起来。这时，只见燕离凌放下酒碗，缓缓说道："陈雨柳这个人，避荫于其师'南紫霄'谭真人名下，行事如写斗方，全在规矩之内，不求突破，此人虽剑术称绝，却非我燕离凌敬重之人。"

李清霄摇头一笑："罢了，丹青十三剑，竟无一人让你瞧得上眼。"

燕离凌兴致正浓，仰脖子又饮了一碗酒："清霄兄，这天下的兵刃，刀枪也好，剑戟也罢，纵有千招万式，若细心想来，皆有破解之法，却唯有一样不可破！"

"哦？哪样不可破？"李清霄好奇地问。

"快！"燕离凌凛凛吐出一个字。

"快？"李清霄倒是有些吃惊，不过他想了想，说道："你所言不无道理，不过世间万物，阴阳互制，相生相克，恐怕这个'快'字也有破解之道。"燕离凌微怔："何法可破？"李清霄迟疑了下，哈哈一笑："我还未想好！"

"那你说了等于没说。"燕离凌笑着刚说完这句话，猛听江忧连连惊呼，燕离凌、李清霄闪目一瞧，原来青菱子见金甲子久战江忧不下，着了急，抖剑跳入圈中夹攻江忧，金甲子一人江忧尚无必胜把握，如今青菱子一来，江忧立刻落入下风，一不留神，衣角、袖头被削得碎布纷飞，又斗了二三十回合，江忧的肩头、手臂尽皆挂了彩。金甲子大喜，手腕一振，金环剑由弯变直，直刺江忧左肋，江忧大惊，挥剑去格，哪知金环剑陡转，快如闪电，一下穿透江忧的右臂，江忧大叫，血刺地蹿了出来，金甲子冷叫："姓江的，这条膀子便留在这吧！"情急之时，李清霄一见不好，反手飞出一根筷子，正击在金甲子手腕"阳池"穴上，金甲子大叫一声，金环软剑登时脱手，江忧趁机拔掉金环剑，倒跃了几步，左手捂住伤口，疼得冷汗浃背，一瞧救自己的竟是方才被他嘲笑的年轻书生，江忧惊奇，羞愧，脸红得像块柿子饼。

"妙！妙！"燕离凌击桌大赞，"清霄兄这一手法，不比江子愁差！"

金甲子回过神来，怒视李清霄："哪来的混小子，插手本道爷的事，不想活了么？"李清霄长长作了个揖："非也，鬼才不想活。这位道爷，我观你周身戾气太重，浑不似慈悲为怀的出家人，倒像个伤人索命的山大王。"

金甲子纵声狂笑："山大王算个屁？本道爷还是个吃人的祖宗！待道爷收拾了这姓江的，回头要你好看！"俯身拾起金环剑又向江忧扑去，李清霄离座而起，一个闪身，拦在了金甲子的面前，笑着说："算账还是趁早好，晚了血本无归！"

金甲子大怒："小子作死！"抖卷金环剑刺向李清霄，李清霄并未接招，而是抓住江忧衣袖，向后一飘，腾出三丈多远，落在门口，转头冲江忧说："江先生，方才你说过，活着比什么都好，这孤城玦虽好，却不值得你把命搭在这里，快走吧！"江忧羞愧满面，抱拳说道："江忧有眼不识荆山玉，适才多有冒犯，还望恕罪！敢问少侠高姓大名？"李清霄道："在下李清霄。"江忧道："李少侠救命之恩，江子愁没齿不忘，后会有期！"瞥了瞥那灰布包袱，长叹一声，点足跃出门外。

"姓江的，你站住！"金甲子正要去追，青菱子一把将他拉住，低声说："跑了也好，省得碍事，孤城玦不可失！"金甲子恍然点了点头，青菱子踏前一步，冲李清霄一抱拳："李少侠，出家人有慈悲之心，今日看你面子，放江忧一马，不过，"青菱子顿了顿，道，"人是你放走的，我们回去也不好交差，须得有所交代。"

"交代？"李清霄一笑："你是要这孤城玦吧？"

青菱子道："不错，李少侠是个聪明之人，聪明人好办事。"

李清霄道："我便是比诸葛孔明还聪明，如今也无用。这孤城玦眼下在我离凌兄手里，我说了不算，你们若想要，须得问问他答不答应。"

青菱子、金甲子彼此使个眼色，纵到燕离凌身边，掎角之势围住了燕离凌。

"小子，那位李少侠可是你朋友？"青菱子当先问。

"对，还是好朋友。"燕离凌淡淡回答。

"甚好！方才贫道说得明白，你们放走江忧，贫道不去追究，但凡事讲究个有舍有得，我们总要拿件东西回去复命才是。"

"可惜世上的事往往奇怪，有时你肯舍，却未必会得。"

"那就得试试！"青菱子说话时，右手"唰啦"一动，细剑抖出，"咄"的一声，燕离凌面前那只大酒坛的黑釉坛口被齐齐削下。这黑釉坛口光滑无比，既厚且坚，便是青锋利刃也不易削下，何况是柄细剑。青菱子这一剑招式虽简，却大大显了他的非凡功力，青菱子面色倨傲，翘着嘴角说："你说这孤城玦，该不该归贫道所有？"燕离凌喝了口酒，淡淡地说："这个先不忙，实不相瞒，燕某这次也从金陵城来，你们既是皇甫继勋派来的人，相请不如偶遇，燕某正好有几句话想说。"

青菱子望了金甲子一眼，心中奇怪，扭回头问："你想说什么？"燕离凌放下酒碗，缓缓说道："且不说你二人当初所作所为，就说你们主子皇甫继勋，他身为南唐神卫军指挥使，执掌禁军，位高权重，本应辅佐主上励精图治，保境安民，可他却偏偏以权谋私，贪图享乐，名园甲第遍布金陵，还聚拢了你们这一群邪魔外道，终日里抢男霸女，清扫异己，似你等祸国殃民之徒，燕某恨不得杀之而后快！"

两个道士没想到燕离凌会说出这番话，金甲子火冒三丈："混账！你算个什么东西，敢对我们说长道短？快把孤城玦拿来！"身子一进，金环剑便已出手，燕离凌电闪而起，右手握住桌上"擀面杖"锵的一拔，抖手如风，立时劈出一道寒光。

"咻——"

"铿！"

兵刃回鞘，寒光随之消弭。

这一拔一收，快到极致，金甲子还未看清燕离凌拔的是什么兵刃，一丝血线便从他的眉心渐渐渗出，金甲子眼中布满了疑惑和惊恐，扑通倒地身亡。

青菱子大惊失色，腾腾连退数步："你……你是人是鬼？"

李清霄却瞧得清楚，那是一柄刀，一柄闪动着凄凉灵幻之光的刀，这光好比燕离凌的眼睛，让人望而生畏。李清霄既吃惊燕离凌出刀之快匪夷所思，又有些埋怨他不该一出手就要了人命！

这时，燕离凌抱着"擀面杖"，来到青菱子面前："孤城玦你还想要么？"

"贫……贫……贫道……"青菱子支支吾吾，他自知远非燕离凌对手，心中暗惧："我为求长生不老，二十多年来费尽心力，难道……难道要像金甲师弟一样前功尽弃，早早横死么？"越想越怕，赶紧摆手："小道不要什么孤城玦，这就返回金陵，从此闭门思过，再不敢打孤城玦半分念头！"

"回去？回去为虎作伥么？"燕离凌说话时，反手去拔"擀面杖"里的刀，李清霄一惊，知道燕离凌又动了杀心，李清霄不忍再出人命，一纵而至，左手一推燕离凌的右腕，竟将已露出半截的刀身，生生震回鞘中。燕离凌一惊，冷沉沉说了声："清霄兄果然深藏不露！"翻腕撤身，再去拔刀，李清霄心知耽误不得，忙左掌一挥，冲出沛然真气，如泰山压顶，撞得燕离凌呼吸一滞，手上又慢了半节，仍未拔刀出鞘，与此同时，李清霄右掌向后挥出劲气，将青菱子凌空推起，如半截树桩呼呼落在门外。

青菱子呆呆愣愣，好像大梦未醒，李清霄屋内大喊："还不快走？"青菱子猛回过神，连忙三步并作两步，一阵风逃离了白鹿楼。

燕离凌望着青菱子的背影，愤愤地回到座位，"擀面杖"啪嗒往桌上一拍："清霄兄，你亮的好本事！"扬手倒酒，连饮三碗。李清霄走过来，拂了拂袖子，赔着笑说："离凌兄，这道士我并不喜欢，可他罪不至死，我只不想让你滥杀无辜而已。"说着端起秃口酒坛，给燕离凌满上一碗："来来来，我给你敬酒赔罪！"燕离凌哼了一声："滥杀无辜？我看你是非不明！你心向善，却不知人心之恶，不比他物，人心若是坏掉了，最是难治，再高明的医术，医得了人命，却医不了人心。我看这世上医心的良方，唯有刀剑，只要多一柄刀，人心就会守一份规矩！"

李清霄一听，长眉一轩："离凌，你说这话，我绝不苟同！所谓圣人深虑天下，莫贵于生，天地感而万物化生，圣人感人心，而天下和平，上将用良谋，不战而屈人之兵，如此关照人命，才是救世之道！刀剑原本凶物，怎能妄作良方？"

燕离凌哈哈大笑："圣人？清霄兄，怪不得江忧说你书呆子，你从书本上搬来的这些大道理，我看都是空谈。古往今来，各门各教也算出了不少的圣人，名垂青史的上将更是不计其数，可天下还不照样兵荒马乱、尸骨露野？唉，算了，你心思呆迁，不明就里，滥充好人，说得再多也不明白，这酒兴全被你扫光了，不喝了！"起身用"擀面杖"挑起灰布包袱，大步迈出白鹿楼。

这番责斥叫李清霄心中颇为不快，他憋着火气，端起秃口酒坛，一仰脖，咕嘟嘟将半坛酒喝个精光，酒一入肚，气血翻涌，他忽然又有点犯迷糊，心中暗想："不行，离凌说我不明就里，滥充好人，这是话里有话，况且孤城玦还在他身上，须追上问个清楚才是。"想到这里，拿起旧伞去柜台结账，可白鹿楼早不见一个人影，李清霄摇头感慨，将酒钱放在柜台上，长叹一声，追了出去。

10 求不得

武功城东，大雨过后，一大片密匝匝、翠郁郁的女贞林，愈加阴潮沉郁。

燕离凌出了白鹿楼，脚下生风，走出七八里远，忽听背后有人高喊："离凌兄，等一等！"燕离凌不回头便知是李清霄追来，也不答话，只顾前行。

李清霄知他怨气未消，一提真气，几个起落，赶到燕离凌面前："你的脚程真快，酒喝得好好的，怎么说走便走了？"

燕离凌忽想起方才负气而走，忘了结账，便道："抱歉，说好了我请你饮酒，可到头来又是你请我，我又欠你一个人情。"

李清霄这会儿酒入豪肠，一路走来，怨气已消了九成。他笑着挥了挥大袖："谈什么人情？你我是兄弟，何必客气，些许酒钱不算什么，只是你临出门时说的那句话，倒像盘中之谜，叫我百思不得其解，非要问个清楚不可，哈哈哈哈……"

燕离凌一笑："你想问什么？"

李清霄凝眉说："你为何一定要杀那个道士？"

燕离凌笑了笑："听你说这话，倒像极了官差办案。"

李清霄道："人命大于天，难道只有官府才能过问？"

燕离凌哼了一声："清霄兄，你可知这两个道士都做了什么？"

李清霄略一沉吟，说道："正因不知，所以才请教。"

燕离凌道："看来，清霄兄是没去过南唐国。好，既然如此，那我就讲给你听！这青菱子、金甲子，长年盘踞赣南一带，他们虽是出家人，却不修正法，一味偏信妖术，修炼长生之道，仗着一身本事，每月必盗取足月头胎男婴一名，烹而食之，以求长生不老。这么多年过去，粗算起来，被这两个妖道吃下的婴儿已不下两百个！"

"啊？"李清霄大惊："竟有这等事？当地官府为何不管？"

"官府？"燕离凌冷笑两声："一来，这二人武功高强，行事极为隐蔽，很少叫人捉到把柄。再者，这两年南唐国内，禁军主帅皇甫继勋为了对抗郑王李从善，暗地里结党营私，扩充势力，江湖中人不论好坏，只要有些本领，便一律收拢过来，这两个妖道认准了时机，便双双投靠了皇甫继勋，寻了一面天大的挡箭牌。皇甫继勋在南唐权势熏天，他的手下人，当地官府又怎么敢去触碰？"

李清霄气得脸色铁青："原来如此！两个妖道真是罪大恶极，天理难容！"

燕离凌挑起眉头说："这等邪魔之人，你说该杀还是不该杀？"

李清霄咬牙切齿地说："妖道灭绝人伦，万死难辞其咎！"说着，忽给燕离凌深深作了个揖："离凌兄说得对，我李清霄滥充好人，不该放走那条食人蛇！走，咱们再寻个酒馆，离凌兄不但会饮酒，且雅量不小，这回我一定好好请你痛饮一番！"

燕离凌摆了摆手："怎好又叫你请我？方才说好的我请你，可到头来又是你结的账，这回若再叫你请，我燕离凌可是吃不消。"

李清霄道："你我萍水相逢，一见如故，几顿酒饭又算得什么？"

燕离凌叹了口气："你有所不知，我这个人啊，平生第一怕的就是亏欠别人，不单是几顿酒饭的事，还有……"他说到这里，忽又顿住，似乎有话又吞了回去，不自然地笑了笑："总之你这份天大人情，我算是欠下了！"

李清霄哈哈大笑："言重了，言重了，些小之事，何足挂齿？大不了……大不了以后你请我喝一回寒冰雪酒，咱比一比，看谁能先登九九归一之境！"

燕离凌道："喝酒自不怕，只是你清霄兄深藏不露，别比武就好。"

李清霄摇摇头："离凌快刀天下罕见，我李清霄是怕得很呐！"

燕离凌一笑："快有何用？在你面前连鞘也拔不出！"

李清霄道："我那是出其不意，侥幸而已。"

二人说说笑笑，正往前走，忽然双双停住脚步，但见前面十几丈远处，有人手扶树而立，从衣着背影来看，非是旁人，正是从白鹿楼逃出的青菱子。李清霄想起燕离凌的话，不由心头怒起，当先喝道："妖道，你伤天害理，灭绝人伦，还敢在此停留？这回逃不掉了！"声若洪钟，震得枝上的树叶簌簌直响。不料青菱子非但未逃，被李清霄声音一震，反萎然倒地。李清霄、燕离凌都是一惊，纵过去一瞧，这青菱子张着大嘴，目光惊恐，面色惨白如纸，脖子上赫然有条三寸多长、细若丝线的口子，一线细血从喉咙流出，早已遍染前襟，想是正要说话，便被人削断了喉咙。

李清霄、燕离凌大愕，这时，林中传来一阵幽咽的胡琴之声，紧接着，又听有人凄凄唱道："难为勾践卧薪日，重用文种与范蠡。定计献上美西施，吴王夫差被色迷，可叹他杀了伍子胥！说什么忠良死得苦，说什么功臣死得屈，到头来汗马的功劳，也是前功尽弃……"伴着曲子，颤颤悠悠走出来一个老人。

这老人衣结百衲，干枯瘦小，仿佛一阵林风便可将他吹倒。

李清霄、燕离凌一眼认出，此人便是白鹿楼唱曲的那个盲眼老者，只见盲眼老者胡琴一停，猛烈咳了一阵，慨叹起来："衰兰送客咸阳道，天若有情天亦老。自古天道无情，伍子胥这般了不起的大英雄，尚落得身首异处，我辈凡夫俗子又能如何？时也！命也！运也！"声音与曲子一般苍凉。李清霄盯着老者身形，暗忖："这老丈看似弱不禁风，脚下却暗含高妙步法，定非寻常伶人，莫非青菱子是他杀的？"朗声问："老丈，唱得好曲子，不知为何来到此处？"

盲眼老者胡琴一停："老朽若不来，如何帮你除掉这条五步毒蛇？"

李清霄先是一惊，跟着摇头叹息："了不起！这青菱子非等闲之辈，老丈竟能一招取他性命，此等身手，只怕也不在丹青十三剑之下了！"

盲眼老者淡淡一笑："阁下言重了，并非是老朽本事大，而是那青菱子压根儿就没瞧得上我这老瞎子，所以么……"

"所以——"燕离凌接过话来："他连怎么死的也不知道，是么？"

盲眼老者笑了笑，意味深长地说："行走江湖最忌轻敌，可他偏偏犯了这条大忌，想不死都难。"燕离凌一笑："这话说得有趣，前辈不露锋芒，为南唐除了大害，令人敬佩，敢问前辈尊姓大名？"盲眼老者抱着胡琴，叹了口气："微名何足道哉，其实么……"盲眼老者额上聚起了皱纹，声音里也隐隐流露出一丝哀怜，"其实么，老朽此来，除了要诛杀这青菱子之外，还有一个愿望……"

燕离凌一奇，问："什么愿望？"

盲眼老者支吾地说："老朽……老朽也想瞧一瞧这名动天下的孤城玦，究竟……究竟是什么样子。"李清霄在旁听了，心头一震："原来这老丈也是为孤城玦而来，看来又要出人命！"正忧虑，却听燕离凌淡淡地问："你也要夺这孤城玦么？"

盲眼老者凄凄一笑："老朽今年六十有四，孑然一身，湖海洗尘，孤苦无依，在这尘世上还能苟活几年？况且老朽是个瞎子，与你争夺这孤城玦又有何用？只是……只是这孤城玦乃千古至宝，老朽身为武林中人，自小便听过它的威名，今日得知宝玦幸在公子身上，老朽激动不已，公子若能慈悲为怀，让老朽摸上一摸，哪怕只摸上一下，老朽……老朽死也无憾了，还望公子垂怜！"

这一下倒出燕离凌意料之外。一来，老者年迈眼盲，确实叫燕离凌无多顾虑，再者，他此前所唱的曲子，也甚投燕离凌的心意，故而此番一见老者言辞哀怜恳切，燕离凌不由生了恻隐之心，一叹："好吧，你若不用强，我倒会如你所愿！"他将"擀面杖"插入腰带，取下灰布包袱，解开包带，从里面拿出个七寸见方的黑色铁盒。此时乌云漠漠，偌大的女贞树林像被罩上个铜钟，闷得叫人透不过气，仿佛又有一场大雨。乌云下，这黑铁盒就像磁石吸铁一样，将李清霄的眼神唰地吸了过去。

燕离凌手托铁盒，慢慢打开盖子，里面赫然露出一枚五色玉玦。

"咦？"李清霄不由得诧异了一声，眉头锁了起来，却见燕离凌双手捧着铁盒，来到盲眼老者面前，说道："老伯，这便是孤城玦，你摸摸看！"

"好！好！"盲眼老者十分激动，颤巍巍伸出干枯暗黄的双手，指尖甫碰孤城玦，全身也不由跟着抖动，他干巴巴的眼角流下了老泪，慢慢将孤城玦捧在手里，缓缓蹲下，双手沿着玉玦的外缘反复摩挲，呜咽着又咳嗽不止，苍老的声音念叨着："这就是孤城玦？这就是孤城玦？好啊，好啊，如今见了你，死也值了！"

燕离凌微叹，俯身去扶盲眼老者："老伯，你何苦……"后话还未说出，盲眼老者忽然枯手电出，从腋下胡琴中抽出一柄细如银簪的长剑，蓦地刺向燕离凌咽喉，燕离凌大惊，急忙后撤避剑，然而，盲眼老者这一刺，着实猝不及防，燕离凌做梦也不曾料到，饶是他身法快极，也未能全身而退，左肩被盲眼老者一剑刺穿，燕离凌疼得牙一咬，双目似乎喷了火，抬脚猛踢盲眼老者手腕，盲眼老者见一击未能刺死燕离凌，不敢大意，抽剑后撤，血如红箭，从燕离凌肩头射出。

这一变，电光石火，李清霄惊得舌桥不下，等回过神来，急纵过去，从袖里掏出一瓶金创散，撒在燕离凌的伤口之上，这淡黄色的药末甚有奇效，刚一敷便止了血。燕离凌皱着眉说了声："多谢！"转过身，冰刀一样的目光狠狠扎在盲眼老者身上，"老家伙，你的戏不但唱得好，演得更好，倒叫我忘了这千古不变的世道人心！"

盲眼老者哈哈大笑，紧闭的双目突然睁开，两只眼珠好比天狼星，异常炯亮，精神头相比之前也判若两人，老者扬手高呼："我雨田忍辱负重，扮了二十几年的瞎子，连我都以为自己是真的瞎了，不料老天却开了眼！"举着孤城玦大吼，"老夫如今时来运转，孤城玦落在我手里，哈哈哈哈……老夫还有何惧？哈哈哈哈……我早晚重返江阴城，用孤城玦……将他们一网打尽！一网打尽！"又疯狂大笑起来。

"雨田！"李清霄横眉大喝，"老匹夫真歹毒，枉我二人真诚待你！"

这一喝如炸雷，惊醒雨田，他忙将孤城玦揣入怀中，凛凛一笑："慈不掌兵，善不谋政，老夫是假瞎，我看你们才是真瞎！老夫说了，行走江湖最忌轻敌，你们真以为老夫是苟且乞食之人么？哈哈哈哈，老夫潜龙在渊，如今便可随云上天！"

"好！说得好！"燕离凌一声厉喝，缓步走向雨田，一字字地说，"你这么一来，倒教我受益匪浅！不过，你拿了孤城玦，以为能跑掉么？"

雨田大笑："你重伤在身，奈何得了老夫么？"声落身起，细剑直刺燕离凌，发出琴弦嘤鸣之音，燕离凌"擀面杖"迎面一挥，"叮"的一声脆响，细剑刺在"擀面杖"上，震得一弯，雨田暗赞了声"好！"细剑陡转，有徵羽之声，短高且疾，向燕离凌腰间斜削而去，燕离凌"擀面杖"一旋，弹开细剑，反手砸向雨田肩头，沉狠凌厉，用的却是一路鞭法。雨田不敢硬接，闪身躲过，剑似飞星，斜刺燕离凌脖颈，燕离凌身形电转，"擀面杖"招式一变，又是一路锏法，崩砸挑戳，横三竖四，连出七式，如雨打白沙，既快且密，逼得雨田连连后退，不住地咳嗽。燕离凌一时用力过大，左肩痛得微微发抖，李清霄看在眼里，心中担忧，朗声道："离凌兄，你且退下，把这个唱曲的老江湖交给我！"燕离凌忍痛一笑："交给你？你会放了他！不劳大驾。"招式一变，"擀面杖"化成枪法，一招"蛟龙出海"，杖头做枪尖，直搠雨田心口，有雷霆万钧之势。雨田暗惊，咳了一声，后踏一步，细剑顺着"擀面杖"削燕离凌手指，燕离凌翻手一压，杖头压住细剑，向上一拔，寒光瞬出，抖手一劈，寒光掠过雨田眉头。

"喀哧——"一声裂帛之响，再瞧雨田，脸上枯瘦的肌肉颤了几颤，一线细血从他眉心渗出，雨田凸起眼珠，干瘪的眼皮跳了两下，与胡琴一起倒地，弦断人亡。

燕离凌跳过去，一刀豁开雨田的布袍，将孤城玦拿了回来，冷冷说道："害我的人都得死！"这时，忽听李清霄在身后长长一叹，燕离凌回头，淡淡问："怎么？这老匹夫诡计多端，暗箭伤人，抢我孤城玦，难道不该杀？"

李清霄摇了摇头："我是叹雨田费尽心机，可到头来，依旧一枕黄粱！"

燕离凌哼了一声："不识时务，自作自受，孤城玦是那么好得的么？"

李清霄道："即便他诡计得逞，得到此玦，也将一无所获。"

燕离凌蒙了一头雾水："清霄兄这话何意？"

李清霄一叹："因为这孤城玦……是假的！"

"假的？"燕离凌这一惊非同小可，"你怎么知道？"李清霄没有答话，缓步来到燕离凌身边，突然右手电出，一把夺过孤城玦，猛地摔向地上的青石，"砰——

嚓——"脆响如落杯，五色孤城玦当即被摔成碎块，散落了一地。

这一下突如其来，燕离凌大惊失色："清霄兄，你……你干什么？"李清霄笑了笑："别着急，孤城玦本是佛家至宝，乃流星天石所化，外貌如冰似雪，坚固异常，非神兵利器不能损之，岂能如此轻易摔破？"说着，俯身捡起一个玉石碎块，递给燕离凌，"你看，这孤城玦虽造工极精，却是由五色昆仑玉雕琢而成，五色昆仑玉虽是高山极品好玉，但毕竟为凡间之物，岂能与天外之宝孤城玦相提并论？我想，定是有人另谋他图，才请了能工巧匠，打造了这假的孤城玦。"燕离凌低眉细瞧，果然如此，愕然不已，"的确是假的！"抬头急问，"清霄兄如何得知？"李清霄略一迟疑："因为……真的孤城玦，我见过。"

"你见过？这……这从何说起？"燕离凌大惊。

"唉！"李清霄叹了口气，心情一落，酒劲跟着涌上了头。

人总会这样，酒喝多了，就容易动感情，一动感情，醉得就快。李清霄之前从未饮过这些酒，如今酒力发作，他苍白的肤色已红得像块桃子皮，头是晕的，手脚也是晕的。他摇晃着脚步，寻了块大青石，扑通坐下来，缓缓说道："此事说来话长。"燕离凌忙凑了过来，似乎有些急不可耐："不嫌长，清霄兄快讲！"李清霄遥望长天，说道："想当年，那还是后晋天福三年的冬月，那时，家父刚满幼学之年，我祖父带他去汉中访友，路遇大雪，道路难行，他们边走边歇，忽在雪中发现一个昏倒的老乞丐，想是冻饿所至，家祖连忙解下裘袍为老丐暖身，过了一会儿，老丐醒了，对我祖父说：'先生何故救我？'家祖道：'人命关天，岂有不救之理？'老丐叹道：'老花子命贱如草，没想到还有人把老花子当人看！'家祖道：'老丈何苦贬毁自己？要活出点骨气！'拿出了干粮给老丐吃，老丐却用手推开：'先生说得对，我这半辈子，天天都在向人伸手乞食，今天老花子要死了，剩下这口气，确是要留点骨气！'"

燕离凌听到这里，摇了摇头："这老丐临死倒较真起来，又有何用？"

李清霄继续叹道："家祖见他执意不吃，也无计可施，这时，老丐长叹，从腰中的破口袋中拿出个八宝鎏金玉函，家祖见这玉函精美异常，百金莫下，十分惊讶，只听那老丐说：'这盒子里有件东西，是我祖上传下来的，乃国之重器，千古至宝，我视它如命，即便家道破落，颠沛流离，也从未舍得卖掉这宝贝。'"

燕离凌心思机敏，连忙插话："莫非就是孤城玦？"

李清霄点了点头："家祖当时也深感震惊，老丐却含泪说：'老朽本姓黄，早年曾读过几本书，本想以后能学以致用，为百姓做点好事，也算弥补祖上的过错。可谁料想，几十年来，大道沦丧，王纲失序，战乱连年，山河破碎，只有刀斧手的生计，哪有读书人的用途？百姓越来越苦，我心里自是苦闷难当！那一日，我忽然听说朝廷换了新皇帝，就是当年十三岁拜将登台的石敬瑭，老朽心中大快，以为石敬瑭是个大英雄，定能兴我华夏，便一心想着将这千古至宝献给他，助他成就千秋霸业，可……可谁想这石敬瑭竟前后不一，他为了做皇帝，不惜将燕云十六州割给契丹，做起了契丹的儿皇帝，叫中原百姓失望透顶！老朽听闻此事，心灰意冷，不再存有奢念，苟且流离至此，本想路死风埋，与山川相伴，可不想、不想这乱世之中，还会遇到先生这般好人！'家祖叹道：'国家之事，来日方长，老人家须保重自身才是。'老丐垂泪说：'我怕是等不到云开日出之日了！'他将孤城玦交到家祖手上，说，'先生宅心仁厚，老朽将宝玦托付给先生，日后若逢遇明主，祈盼先生能将此宝献于国家，永固华夏河山！'又说了几句要紧的话，这位老人家便溘然逝去了。家祖当时非常难过，对我父亲说：'这老丈身微如草芥，却时时不忘为国分忧，实乃赤子之心，你以后若有儿孙，应当将此事传讲下去，叫他们时时以天地为心，以苍生为念，为国为民多担一份道义！'"

燕离凌眉头紧锁，顿了片刻，问道："那后来呢？"

李清霄道："后来，家祖从汉中访友归来，便闭门不出，审视时局，以待明主，可十多年过去，中原换了两个朝代，却不见一个贤君。后来，家祖突患重病过世，孤城玦便交由了家父。显德元年，太祖皇帝郭威驾崩，世宗皇帝柴荣即位，这柴荣皇帝雄才大略，励精图治。家父以为时机到了，便打算将孤城玦献给朝廷，哪知世宗皇帝秉性刚强，生性厌佛，甲戌年时，更是大毁佛寺，摈斥佛法。孤城玦本是佛家之宝，此时自然不能进献朝廷，无奈之下，家父只得暂存身边。又过了几年，世宗皇帝为收复故土，兴兵北伐契丹，一路连下三州一十七县，正欲取幽州时，不想在瓦桥关病龙台病倒，契丹人得知消息，便偷袭拒马河，哪知拒马河守将杨虎子贪杯误事，临危叛逃，被契丹兵端了营寨，契丹兵占了先机，兵分两路，一路围攻霸州，一路长驱高阳，企图一举夺回三关。我爹爹得闻此讯，便与铁靖叔叔率轻骑离开武遂城，去解霸州之围，哪知……哪知行军途中，遭遇契丹骑兵埋伏，家父身中狼牙箭，命不能久，只得临死前将孤城玦托付给铁靖叔叔，希望他能代为完成心愿，铁靖叔叔洒泪应允。后来，铁靖叔叔扶家父灵柩回上谷，我娘亲见家父战死，悲伤欲绝，不久……不久也故去了！铁靖叔叔见我父母双亡，无依无靠，便把我带在身边，准备南下，伺机向世宗皇帝陈情，期盼皇帝能接纳孤城佛宝，怜悯佛门子弟，为众生累积福德资粮。可惜，我们刚出上谷，便听闻世宗皇帝暴病不治，遽然驾崩，铁靖叔叔心中失落，悲慨交集，在南下路上，又接连遭遇江湖追杀，最后身死青石镇！"想起铁靖叔叔，李清霄犹自感伤不已。

燕离凌听了，摇头喟叹，望着李清霄，动了动嘴角，终于开了口："照清霄兄如此说来，想必……想必这真正的孤城玦，是在清霄兄的手里？"

李清霄淡淡一笑："若在我手里，方才那些人便不会白白送命了。"

燕离凌怔了怔："此话何意？"

李清霄道："十三年前，铁靖叔叔临死前，确将孤城玦放在我身上，可惜，铁靖叔叔死时，我年岁尚小，几次遇到坏人，险些丢命……唉，"李清霄哀叹一声，"有一次，我被一群孩子围打，被人掐昏倒地，等醒来时，孤城玦就不见了！"

燕离凌沉吟半晌："原来如此，没想到，你也有此凄苦经历。"

李清霄见燕离凌面色沉重，哈哈一笑，扬袖说道："好了好了，往事不必再提，其实啊，最初在白鹿楼，我也以为你从神龙门抢来的孤城玦是真的，心中自是惊愕，不过，后来你解开包袱取它出来，我便知是赝品了。"

燕离凌连连摇头："可笑啊，这么多人不要命地争来夺去，最终争的却是个冒充的货，你说他们死得冤不冤？"李清霄道："家师曾说，人心不足，欲壑难填，此乃奸诈杀伐之端也。孤城玦虽是赝品，可那些人心中的欲望却货真价实！"

"不错！"燕离凌沉沉吐出两个字，他摸了摸下巴，若有所思地说，"孤城幻影，山海之涯。灵台方寸，可敌天下！百余年来，这歌谣在江湖口口相传，都说孤城玦神威广大，胜过千军万马，可我始终想不通，孤城玦终究是块石头，何来如此神力？莫非……莫非这里有什么奥秘，或者有什么法诀？"李清霄酒意未散，斜倚在青石上，心中倒有几分得意，硬着舌头说："孤……孤城玦藏何奥秘，我是……不知，不过……不过孤城玦的法力神诀，我倒是知晓。"

"法力神诀？清霄兄可否说来听听？"燕离凌惊问。

"这神诀……"李清霄话到嘴边，猛然一震，醉意登时醒了三分，方觉自己失了言，他有点后悔，可话既出口，又难再掩盖，不由踌躇起来。燕离凌知道李清霄有所顾忌，呵呵一笑："清霄兄，你不必为难，若不想说，我不问便是了！"

"不！"李清霄坐直了身子，搓了搓脸，语气多了几分凝重，"离凌兄，我与你倾盖相识，一见如故，视你为兄弟，岂能不坦诚相待？这孤城神诀乃我家传之密，之所以不轻易外露，是怕被奸人知晓，遗祸无穷，所以……所以只求离凌兄得知神诀后，切勿传给他人啊！"燕离凌当即端坐，指天盟誓："清霄兄尽管放心，我燕离凌对天起誓，此诀出自你口，入自我耳，倘若燕某叫第三人知晓，他日必堕地狱，万劫不复……"李清霄连忙摆手止住："言重了！言重了！何必发此毒誓？你只说不外传，我自信你，孤城神诀我这就说给你听。其实啊，这孤城玦的法力神诀也不烦琐，只是这里蕴含着阴阳交融、天人感应的道理，孤阴不生，独阳不长，孤城玦乃流星天石，来自天外，似乎藏有神通，这至阴之物需有至阳之物与其交融，方可催生神力。"

"何为至阳之物？"燕离凌问。

"舌……尖……血！"李清霄凝重地吐出三个字，随后又说，"人乃万物之灵，舌尖血又叫作真阳涎，乃人身阳气最重之血，是为精血，此血只在最危急时方能使用。所以，若要催生孤城玦神力，只需危急关头咬破舌尖，将血滴入孤城玦上，使阴阳相合，感天应地，阶及神明，再发大悲愿力，便可催生出孤城玦的无上神力。"燕离凌听得喜不自禁，又问："如何能发出大悲愿力？"李清霄道："需诵此段经文。"说着，一句句念了起来："佛告文殊师利：譬如三千大千世界，所有草木丛林、稻麻竹苇、山石微尘。一物一数、作一恒河。一恒河沙、一沙一界。一界之内、一尘一劫。一劫之内，所积尘数，尽充为劫……"念着念着，李清霄眼睛模糊了，云层里仿佛浮出了铁靖先生的影子，他好像一下回到十三年前，泪珠不由滚落下来，神诀刚念完，忽见燕离凌竖手指做了个噤声的动作："清霄兄，小心，有人来了！"

李清霄凝神去听，声音一沉一轻，来的是两个人，他晃悠悠站起身，冲远处林子高喝："二位，既来之则安之，躲躲藏藏没意思，出来说话吧！"远处林中人哈哈一笑："阁下十丈之外，能闻人声息，了不起！"

"倏——""倏——"跟着声音，前方飘来两人，李清霄、燕离凌定睛一瞧，走在前面的是个书生打扮的中年男子，一缕淡髯，穿着澜衫，拿一柄青布伞；后面跟的则是个妙龄少女，穿淡绿烟纱竹叶裙，体态柔美，眉目清婉动人，手腕白得凝雪一样，看模样大有江南女子之质，手中还持着一只三尺长的碧玉洞箫。

11　江南客

　　瞧见几丈外死去多时的雨田，中年书生和绿衣少女都怔住了，他们脸上神色古怪，不知是喜是悲。过了片刻，中年书生仰眉长叹："天理昭彰，报应不爽！大师兄，当年你欺师灭祖，残杀同门，今日终于落得横死他乡的下场！"李清霄一怔："你……认得这雨田？"中年书生点点头："他不叫雨田，这'雨''田'合在一起是个'雷'字，他是我同门大师兄——雷凤桐！"

　　"雷凤桐？"李清霄吐了口酒气，诧问，"就是……就是当年威震江南的琴剑先生？"中年书生点头："小兄弟年纪轻轻，也知道此人？"李清霄嘿嘿一笑，趁着酒劲拉开了话匣子："在下听家师讲过，当今天下武林，只有南唐国沧海派之武学是以'韬藏'为旨，说到这'藏剑于器'的绝学，普天之下，也只有沧海派的琴剑先生、箫剑先生、伞剑先生三位剑客最正宗精妙，人称'沧海三剑'。适才雷凤桐琴中藏剑的绝学在下然见识到了，如今再看前辈这身装扮，想必便是'伞剑先生'凌久章凌大侠吧？"中年书生爽朗一笑："正是凌某，小兄弟好见识！"

　　"伞剑先生"凌久章乃是沧海派的二当家，善使"伞中藏剑"，手中一柄铁骨青金伞剑曼妙无比，他的二师兄便是沧海派的掌门、在《名客图》丹青十三剑中位列第七的"箫剑先生"风辰。沧海派地处南唐，平时很少涉足中原武林，但作为天下七大剑派之一，在江湖上却举足轻重，风辰掌门的"箫中藏剑"绝学更是独步天下。

　　这时，凌久章一指身边美丽的绿衣少女："这位乃我家掌门独生爱女——风零玉。"绿衣少女一笑，过来向李清霄、燕离凌施个礼："小女子风零玉，有缘见过二位少侠！"李清霄拱手还礼："原来是箫剑先生的掌上明珠，幸会幸会。"燕离凌似乎在想些什么，既未还礼，也未说话，只顾看着风零玉，这姑娘举止大方，颇有燕赵侠风，这令燕离凌很意外。

李清霄问："二位本在千里之外，如何来到这里？"风零玉道："此事说来话长！"李清霄笑着说："那就慢慢说，请坐请坐。"

风零玉稍作迟疑，和凌久章在大青石旁坐下，缓缓说道："上月初，我爹爹接到中原一位好友的来信，说在武功地界发现了雷凤桐的踪迹，爹爹极为重视，就叫凌叔叔与我兼程赶到这里，可我们在城中寻了七八日，也不见雷凤桐的半个影子。我与凌叔叔商议，本要返回江南，偶然路过白鹿楼，发现这里围了许多官差，趁机向掌柜的打听雷凤桐下落，掌柜的听了雷凤桐的举止样貌，便道：'未听过有叫雷凤桐的，倒是有个叫雨田的老头，是个盲人，半年来一直在本店拉胡琴，唱曲卖艺，模样与你们说的倒有七八分相似。'凌叔叔一问那把胡琴的样子，便知是雷凤桐无疑，又问雨田的去处，掌柜的说：'雨田临时在城东古渡旁搭了座茅屋。'我们一听，这才赶来。"说完，风零玉扭脸瞧了瞧一旁雷凤桐的尸体，叹了口气，冲李清霄和燕离凌一拱手："二位少侠，今天你们为我师门除害，零玉感激不尽！敢问二位少侠大名？"

李清霄一抱拳："在下李清霄！"拍了拍燕离凌的肩膀，"他叫燕离凌，是我的好兄弟！风姑娘，你有所不知，若说为你师门除害，可都是离凌兄弟一人的功劳。"嘴上说着，心却暗笑："若换了我，只怕雷凤桐早逃远了，定让你们白跑一趟。"

凌久章、风零玉听了，齐向燕离凌抱拳："多谢燕少侠替我师门除奸！"燕离凌一笑："不必谢我，我杀他跟沧海派无关，他要杀我，我才会杀他。"燕离凌情绪不冷不淡，叫凌久章有几分尴尬，风零玉却盈盈笑道："燕公子功不自居，小女子佩服！这雷凤桐作恶于师门，家父与凌叔叔追剿了二十多年，不得成功，今日被燕公子除掉，使我沧海派大仇得报，无论怎么说，我们都应感谢你才是！"

燕离凌反倒有些拘束，支吾地说："咱们……顶多算同仇敌忾！"

风零玉"扑哧"一笑："好，就当你我同仇敌忾！燕公子，我这位大师伯武功甚高，你能除掉他，足见你的本事不得了！"

燕离凌不以为然："杀个老头，算什么本事。"

风零玉摇了摇头："燕公子，你有所不知，雷凤桐虽说当年被我太师父重创太阴肺经和少阴心经，可他毕竟积累了几十年的功力，仍不失一流高手。我武林中人，越是年长，功力越深，你看，当今天下的武学大宗师，多是年迈长者，北扶摇、南紫霄，哪个不是过了米寿之年？可谁又能动得了他们一个指头呢？"燕离凌点头不语，风零玉美目含笑："就说那位北扶摇陈真人，燕公子，你说，如果你能赢他一招半式，那算不算本事？"燕离凌神色恭敬起来，说："自然算！莫说赢个一招半式，便是输个一招半式，也是大大的本事！"

李清霄听到这，不由抹了把脸，带醉意冲风零玉一扬手："风姑娘，咱们初次见面，你却要教离凌去寻人打架，倘若惹出官司，可是多有不便，哈哈。"

风零玉哈哈一笑："李少侠言重了，小女子并非教人打架，我说的都是奋发向上的道理，人生一世，若不会当凌绝顶，如何一览众山小？李少侠你说是不是？"

李清霄哈哈大笑，燕离凌却连连点头："有道理，有道理，'北扶摇'我燕离凌自是不敢妄想，可是那位'南紫霄'，倘有机会，燕某倒要领教领教！"

风零玉一听，连忙摆手："燕公子，我不是这个意思，只是打个比方，你别当真，那南紫霄是南岳剑派的开宗祖师，神功无敌，举世罕匹，你怎可去涉身犯险？"燕离凌听她话中有关怀之意，心头如燃火，呵呵一笑："风姑娘信不过我？"风零玉紧锁秀眉，说道："我在江南时，常听爹爹与人谈论天下武学，他说紫霄真人谭峭的化剑神妙绝伦，已到了'九霄幻化'的最高境界，若以剑法来论，除非剑仙吕岩重出江湖，否则普天之下，几乎没人能出其右，你……你如何是他的对手？"

燕离凌哼道："南紫霄是人，燕离凌也是人，同样是人，怕他何来？"

凌久章一听，微微摇头，含笑对燕离凌说："燕少侠，年轻人有雄心壮志，自然是好，不过么，凡事也要量力而行，千万不可勉强。"这句话说完，凌久章抚袖起身，向李清霄、燕离凌一抱拳："二位少侠，凌某与玉儿还要赶着会个老朋友，只好就此别过了，他日得暇，希望二位能来江阴城一会，我沧海派必以上宾相待。"

燕离凌抱拳还礼，似有意味地说："凌大侠放心，离凌对江南也是颇为熟识，等办完了这里的事，一定会前往江阴城，造府请教。"

"那就好，那就好。"凌久章说着，转身看了眼雷凤桐的尸体，哀叹一声："大师兄，你虽有负师门，却终究是我的大师兄，怎忍叫你曝尸荒野？"右手一振，"扑啦啦——"打开那柄青布伞，露出青金石一样的伞柄，凌久章握伞柄铮棱抽出一柄蓝光夺目的宝剑，缓步走到个偏僻处，用剑挖起坑来。李清霄瞧了，心有感叹，瞅了瞅一旁横尸树下的青菱子，暗想："道门弟子不叫白骨露于野，也将他一并埋了吧！"想着，走过去折了一截粗枝，贯足真力，也在旁边挖起坑来。

不消一刻，长坑挖好，与凌久章一同将雷凤桐和青菱子入坑埋葬。兜土掩埋完毕，望着两座新坟，李清霄叹道："是非恩怨一了百了，愿你二人来世做个好人！"

燕离凌哼了哼："这二人作恶多端，能否转世投胎尚也难说。"

风零玉道："善有善报，恶有恶报，看来人还是多做善事为好！"

凌久章道："话虽如此，却并非人人想得通，我们走吧！"

风零玉看了看李清霄，又瞅了瞅燕离凌，目光如水，轻声说道："咱们说好了的，你……你们办完了事，一定要来江南看我！我们江阴城，在大山之涯、沧海之滨，可漂亮啦，等你们来了，我带你们去瞧一瞧无边无际的蔚蓝大海，美丽得紧呢！再去瞧一瞧王摩诘笔下的红豆，还有大唐异僧留下的心经碑……好多好多，都是难得的奇妙景致……"风零玉不知怎么了，情不自禁地说了这么多，这时，凌久章在前面扬声召唤："玉儿，天色不早了，该启程了！"风零玉恍然醒过神，面红如桃，轻声说了句："知道啦，这就来！"低头向凌久章跑去。

燕离凌望着凌、风二人渐远的身影，不由怔怔出神，李清霄在旁一笑："我何曾与风姑娘说过要去江南？"他悠悠坐在青石上，半吟半唱地说："有美人兮，见之不忘，一日不见兮，思之如狂！入我相思门，知我相思苦，长相思兮长相忆，短相思兮无穷极，早知如此绊人心，何如当初莫相识……"歌声如烟，钻入燕离凌的耳朵，他冰一样的脸竟泛了一层红晕，拍了李清霄的肩头："你是在取笑我么？"

李清霄连连摆手："哈哈，岂敢岂敢，洛水仙人，隐约一现，已令人目眩神迷，此乃人之常情，三生石畔痴人多。我啊，不过是读书人触景生情罢了。"

燕离凌沉吟半晌，慨然一笑："有时还真羡慕你们这些读书人，悲欢笔墨里，生死文字间，不去理会江湖恩恩怨怨。"说着，长叹一口气，冲李清霄拱了拱手，"清霄兄，实不相瞒，我此行中原，是有一件迫切的事要办，不便在此耽搁太久，天下没有不散的筵席，咱们就在此拜别吧！"李清霄一怔："你这就要走？唉，"说着叹了口气："我这个人啊，从小身边无兄弟姐妹，你我相逢虽短，却一见如故，我李清霄着实将你视作亲兄弟，本想共处几日，不想须臾竟别，天下之大，真不知何时才能再见！"燕离凌看了看天边的云霞，说道："天下虽大，终究大不过人的脚掌，等我办完了事，便去寻你，别忘了，我还欠你一回寒冰雪酒呢，人这一生啊，若不大醉一番，那真是少了一大乐趣！"李清霄哈哈大笑："不错不错！这寒冰雪酒倒是非喝不可的，咱们一言为定，你办完事，即刻来华山太清洞找我，索性醉个三天三夜。"

"好，一言为定！"燕离凌拱手道别，北行而去。

李清霄一人酒意渐渐消去，慨叹片刻，起身正了正衣衫，离开女贞林，出了武功县，向东走了一日路程，前面来到渭城。这座古城也刚下过一场春雨，雨过天晴，湖山如洗，古道边亭亭如盖的老柳愈加清幽葱郁，李清霄想起王维的诗："渭城朝雨浥轻尘，客舍青青柳色新。劝君更尽一杯酒，西出阳关无故人。"

他念着这首诗，心中不由多了几分伤感，踏进渭城西门，没走多远，长街闪出一座别具风韵的酒楼。李清霄抬眼去望，白墙黛瓦，飞檐翘角，檐下门柱上的红漆已经剥落，柱子被常年下来的烟色熏染，软腻腻的油泥不知裹了多少层，红得发黑，透着一股悠长的陈韵，少说百十年光景。

酒楼的檐前竖着一根翠竹望竿，上面挂着个青布酒旆子，上写"醉里相逢"四个遒劲大字，迎风摇摆，不时飘出酒香，檐下挂着一块斑驳老匾，刻着"参商楼"三字。看着酒旆子和老匾上的字，李清霄眼中一亮，心中想道："参商本无恨，却各居一垠，终生难见，或许也只能醉里相逢了！不错不错，这酒楼倒别有一番情味，该去见识见识。"打定主意，向参商楼走去，临近门口，忽听楼宇上传来一阵低沉的哼唱："九分剑气酒未消，单骑自可当临洮。七分剑气催骐骥，尸骨如山血如潮。五分剑气酒醒半，偶闻横吹寒如刀。三分剑气凌愁色，可怜苍生泪染袍。一分剑气悲衰草，几人血沃几英豪。而今听我讲黄庭，江湖儿女正渐少……"

这歌虽是浅斟低唱，可音韵悠远深沉，听得李清霄怦然心动："此曲真是高妙，歌者必有超世之情怀，定是一方隐侠高人。"想登上楼顶去会一会，又恐惊扰了隐者清净，只好轻叹消了念头，迈大步进了参商楼。

楼里还真是热闹，东墙角放置个盛几百斤酒的陈年大酒坛，旁边是四角镶铜雕花红木酒柜，满屋子都是来自天南海北的喝酒畅聊的客人，一如既往的人多嘴杂，充盈着牛肉、烈酒、油烟和汗味混杂的气息。几个酒保跑前跑后，忙活着招待客人，一个眼明手快的小酒保刚给客人添完茶，抬头正见李清霄，急忙迎过来："客官里面请！"一楼客满，李清霄跟着酒保上了二楼，二楼人倒不多，小酒保给李清霄寻了个临窗位子，笑问："客官，吃些什么？喝些什么？"李清霄放下旧伞，心想："此时既无好友，又无故人，不喝酒也罢。"便要了一碗贵妃熏鸡、一碟五香豆腐干、一份奶汤锅子鱼、一盘温拌腰丝，外加一碗红油臊子面。

不一会儿，饭菜端来，浓香扑鼻，李清霄心情大好，埋头刚吃了口面，忽听到楼下马匹嘶鸣，接着楼梯响动，竟呼啦啦地上来一伙人，李清霄扭头一看，为首二人，一个高瘦，一个矮胖，各穿锦服，手拿腰扇，样貌在三十岁上下，后面还跟了六个身材高大、肌肉虬结的大汉，各个威风凛凛，这高瘦、矮胖二人在楼上环顾了一番，挑了一张宽大的桌子坐下，六个大汉像铁柱一般，动也不动地立在他们身后。

这高瘦、矮胖二人坐定之后，并未点酒菜，只要了些茶水，不时向楼梯口处观望，像在等什么人。大约过了半炷香的时间，只听楼下马匹嘶鸣，不大会儿，楼梯响动，又上来两个人，当先一人方脸阔目，身披大氅，内里青衣箭袖，细铠贴身，腰间还挂着三块镔铁符牌，这人双手筋骨外凸，犹如铁铸；另一位身穿绛紫色长袍，双目细长，颧骨突出，有些阴鸷之气，左腰挂着个大兽皮囊，右腰挂的却是四块镔铁符牌。楼上的高瘦、矮胖二人见了这二位，起身迎过去，高瘦汉子一抱拳："二位同道，敢问可是北靖王府铁符堂'百环夺命刀'夏九长夏长老、'铁臂苍猿'古木泰古长老？"

披大氅的汉子瞧了这些人的装束，拱手道："不错，在下古木泰。"一指身边那长目之人："这位便是我铁符堂首座夏长老，诸位可是凤鸣阁的人？"

高瘦汉子精神一振，急忙拱手："在下凤鸣阁风字舵舵主肖明远，"又指向矮个胖子，"这位是凤鸣阁云字舵舵主'铁手奔雷'冯承御，我等俱是奉阁主之命，在此恭候二位长老大驾！"双方抱拳施礼："久仰久仰，幸会幸会！"

听他们报了名号，李清霄不由一阵纳闷："北靖王府乃北汉国武林翘楚，北汉国与我大宋向来不和，凤鸣阁虽处江湖，却也是大宋门派，怎么和北靖王府的人搅在一起？"便留意起了他们的举动。这时，肖明远一面请夏九长、古木泰入座，一面招呼酒保上茶点，亲自为夏、古二人倒茶，甚为殷勤，夏九长抱拳致谢："我家王爷一接到贵阁主书信，便叫我等马不停蹄赶到这里，肖舵主，他们那边的人可都来了吗？"

肖明远恭敬道："约好在这参商楼，到了未时便来，想必快到了。"跟着又叹了口气，"本来不敢劳烦北靖王府大驾，可惜自我家老阁主去年过世后，他们欺我家少阁主年幼，仗着势头，不仅毁了我们河东的几十年心血，还将手伸到关西来，切断了关西几条脉路，眼见连你我两家的路也封了，着实可恨！"

矮胖子冯承御扬起下巴，接口道："是啊！这两年受够了他们的鸟气，太玄宗虽说势大，可北靖王府是谁？也是天下八大宗门之一！今番你我两家联手，还怕他个鸟？待会儿见了太玄宗的人，千万别心慈手软，说得通便说，若说不通，休叫跑了一个！"

肖明远点点头，笑呵呵地说："北靖王爷能派二位长老前来，算是独具慧眼，铁符堂夏长老、古长老的威名，天下水旱两路英雄，黑白两道好汉，谁人不惧？陈力就列，能者居之，此番与太玄宗周旋，还得多多仰仗二位长老！"

夏九长、古木泰二人被肖明远好话一捧，如沐春风，眼角露出了得意的神色，夏九长不紧不慢地端起茶碗，用碗盖撇了撇茶末，咂了一口，笑道："好说，好说，天下万事，总抬不过一个理字，你我两派休戚与共，一荣俱荣，一损俱损，帮你们便是帮我们。"古木泰则一拍胸脯："二位舵主放心，莫说是太玄宗白虎堂的人，便是'八明神拳'明心慕来了，少不得也要给我家王爷一个面子！"

"这话说得爽快！"冯承御挑起了大拇指，肖明远也欢喜非常，连连称是。正这时，忽听阁子外有人冷哼一声，扬声说道："你们本事不大，说起大话来，倒是震古烁今！"肖明远等人吃了一惊，循声望去，楼梯口不知何时站了个人，这人面色白皙，穿一身淡蓝长衫，两肩绣成羽状，背后背着一对银钩。肖明远、夏九长等人互相看了一眼，面色当即沉了下来，冯承御冲着蓝衫人当先喝道："哪来的狗东西，活腻了吗？敢找凤鸣阁的晦气！"

蓝衫人慢步过来，冷笑道："你们脑子坏掉了，自己约人过来，却不记得。"冯承御一愣："你是太玄宗的人？咋就你一个？"蓝衫人淡淡道："对付你们这些个虾兵蟹将，我一人足矣，来那么多人做什么？这里又不白白管饭。"

"狗杂种，你他妈够狂！"冯承御火冒三丈，起身就要过去，肖明远一把拉住冯承御，侧身冲蓝衫人一抱拳："这位壮士，一个人也好，十个人也罢，能把事情说清楚就行。请问阁下是太玄宗白虎堂的哪位豪杰？"

蓝衫人道："怎么？偌大太玄宗，你们就只晓得一个白虎堂么？"

肖明远听他话里有话，心中一愣："难道他不是白虎堂的人？莫非太玄宗加派了人手？"正有些顾虑，冯承御却抢过话来："少他娘卖关子，既是太玄宗的人，就先报个蔓儿吧！"蓝衫人道："听好了，本舵，太玄宗玄武堂北七宿郁渐离。"

"你是危宿坛坛主'燕羽'郁渐离？"肖明远一惊，似乎不大相信，蓝衫人道："怎么？不像？"肖明远一滞，哼了一下："肖某听闻，你太玄宗青龙、白虎、朱雀、玄武四堂，向来各守规矩，各司其职，从不僭越。我凤鸣阁地处关西，此番本该见白虎堂的人，你玄武堂的人为何不请自来？"

郁渐离冷笑："我们太玄宗人做事，岂是你等能料知的？"

"呸，少装蒜！"冯承御压不住了性子，发起火来，"白虎堂也好，玄武堂也罢，来了就好，省得我等去太室山理论！姓郁的，我问你，凤鸣阁与太玄宗无冤无仇，你们为何要断我财路，伤我弟子，毁我支脉？"

郁渐离面露不屑："你等利欲熏心，咎由自取，怨不得旁人。"

冯承御一拍桌子："岂有此理，都欺负到家门口来了！"

肖明远斜眼瞧了瞧夏九长和古木泰，见这二人都面色愤慨，这才心下稍安，提声道："郁坛主，你太玄宗真是霸道，圈了东西两京还不算，竟插手管起关西和河北的事来，手未免伸得太长了吧？天下之大，五湖四海，各有领主，纵然你们自恃中原第一大派，难道便不把天下英雄放在眼里吗？"

郁渐离哈哈大笑："天下人管天下事，什么关西关东河北河南，太玄宗立派百年，扶策庙堂，只要是中土之事，我太玄宗便要管上三分！"

冯承御听了这番话，大笑："话都说到这个分儿上，还有啥好商量的？我凤鸣阁也不是好欺负的！"抬手"呼"地将茶杯掼在楼板上，身后的两名大汉见了令号，黑塔一样猛地扑向郁渐离，四只虎爪般的大手按住了郁渐离肩头，大吼："躺下！"郁渐离哼哼冷笑，脚下动也未动，只两臂一抖，两个大汉顿时被震飞出去。

"喊里喀喳——"两旁桌椅被撞得碎了一地。这一下，惊得楼上的几个食客心惊肉跳，纷纷扔掉酒壶跑下楼去，掌柜的和酒保听见响动忙来，一见这场面，不由连连叫苦，却也不敢近前劝阻，只好躲在楼梯口，龇牙咧嘴，满心焦急。

12 霹雳手

冯承御第一个跳起来："姓郁的，你卖的好本事！久闻江湖人言：玄武危月燕，蓝羽一身轻。冯某不才，会会你这蓝燕子！"反掌拍起一条长凳砸向郁渐离，郁渐离也不躲闪，单掌外挥，"咔嚓——"长凳被他一掌拍成两截。冯承御趁这个工夫，一纵而来，他身形虽又圆又胖，动作却如猿猴般灵敏，单掌电出，一招"铁斧开碑"，呜地拍向郁渐离头顶，冯承御人送绰号"铁手奔雷"，手上功夫自然了得，一掌下来，贯着千斤力道，可郁渐离却并不在意，他身子斜行，倏忽飘出三尺远。冯承御一掌劈空，踏步进身，右臂如铜，横扫郁渐离左肋，哪知刚挥出，眼前又不见了郁渐离身影，冯承御心头躁怒，忙回头，郁渐离已在身后。冯承御大惊，转身右腿疾踢，郁渐离侧身一飘，又来到冯承御身后，左手如电，一把掐住冯承御后颈，右手疾出，扣住冯承御腰上"志室穴"，向上一托，像举南瓜一样将冯承御举过头顶，随即叫了声："滚出去！"双臂灌足内劲，一甩，"呼——"冯承御被扔向了窗外。

"哎呀——"众人惊呼，这若摔到楼下，顷刻骨断筋折！李清霄在窗边瞧见冯承御磨盘一样飞来，他皱了皱眉，随手抄起桌上旧纸伞，一点冯承御肥圆的肚腹，手腕随之摇动，像转圆盘一样将冯承御在空中旋了起来，只几圈便卸他身上的力道，向前一送，"咚"地将冯承御掼在楼板上，冯承御就势滚了几下方站起，吓得大汗淋漓，涨红着脸，自觉颜面扫地，对李清霄谢字也未说，只哼了一声，摇晃着回到肖明远身边。

郁渐离看得清楚，心中暗忖："这书生身手了得，不知是敌是友。"当下加了防范，对李清霄道，"参商楼藏龙卧虎，小兄弟好手段，不过，你这'纸伞转冬瓜'之术虽说高明，可人家矮冬瓜却不领情，我看你是多此一举了。"

李清霄放下旧伞，淡淡一笑："人命大于天，在下出手是为了救人，不是为了领情，既是救人，何谈多此一举？"

郁渐离一笑："这矮冬瓜不知几世修来的福分，遇见了小兄弟这样的好人。"

冯承御气炸了肺，大吼："姓郁的，你他娘的骂谁是冬瓜？"

郁渐离瞥他一眼："谁长得像冬瓜，本舵就骂谁。"转手一指肖明远，"你看，这个像只野猴子的，本舵就不说他是矮冬瓜。"

肖明远气不打一处来，故意拔高了声音："郁坛主，你不但手上狠毒，嘴上功夫也不饶人，明明小瞧这里无人呐！也罢，就让肖某来领教阁下高招！"

"肖舵主且慢！"古木泰从旁高喝一声，平空像打了个雷，"肖舵主，我等千里迢迢赶来，不是为了喝茶水看热闹的，肖舵主且在旁观阵，把这小子就交给古某！"

肖明远一听，正中下怀，当即抱拳："有劳古长老，长老千万留神！"

古木泰一扬手："好说！"转眼冲郁渐离一瞪，"郁渐离，古某听过你的名头，你可识得我'铁臂苍猿'古木泰么？"

郁渐离瞧着古木泰腰上的三块镶铁符牌，一撇嘴："原来是北靖王府铁符堂的三牌长老，你既效命于北靖王府，就应看好自家门户，来我大宋做甚？"

古木泰道："向你太玄宗讨个明白！"

郁渐离道："讨什么明白？"

古木泰道："我北靖王府与你太玄宗井水不犯河水，你太玄宗却为何屡屡与我们过不去？今天须给个交代！"

郁渐离哈哈大笑："古长老，你当这里是北汉国吗？听好了，凤鸣阁是我大宋门派，可他们却见利忘义，网罗大宋情报，买卖江湖消息，里通外国，触犯国法，损了中原武林威名，我太玄宗身为中原武林表率，自当清理门户，本来还缺少人证，你北靖王府倒自己送上门来，很好，这也算落得人赃并获！"

夏九长在旁听了，"喀棱"将茶碗往桌上一扔："好大的官威！不知哪朝的皇帝封你为中原表率？真是笑话！天下熙熙，皆为利来；天下攘攘，皆为利往。凤鸣阁乃我北靖王府的朋友，我们之间做买卖天经地义，天王老子也管不着！"

"不错！"古木泰接过话来，"姓郁的，别人怕你太玄宗，我北靖王府不怕！识相的大路朝天，咱们各走一边，不然的话——"古木泰啪地一拍旁边的桌子，力道所至，茶碗弹至半空，古木泰探手将茶碗握住，用力一捏，"喀嚓——"茶碗登时被捏得粉碎，围观人无不心惊。郁渐离撩开眼皮看了看，一笑："摔个杯子砸个碗，学婆娘打架么？明白告诉你，我太玄宗只走一条路——犯我中原者，虽远必诛!"诛字一落，郁渐离单掌忽地一拍身旁桌子，"砰"的一声闷响，桌面丝毫无损，可四条桌腿却被齐齐震断，硕大桌面哐当砸在楼板之上，震得肖明远等心中发颤。

古木泰面沉如铁，两眼快要喷出火来："好！既如此，也不必废话了，来来来，古某向你领教一二！"甩掉大氅，跳将过去，左掌在郁渐离胸前一晃，右掌"呼"地斜劈郁渐离的面门，郁渐离飘身闪到古木泰左侧，右脚疾出，猛踢古木泰肋上"期门穴"，古木泰忙弹脚踢开，身子反旋，左脚横扫郁渐离下盘，郁渐离点足一跃，身子腾空，倏地贴在房梁上，身下长凳被古木泰踢飞到楼下。

"砰哐……""叮当……"

一阵乱响，砸得楼下客人惊叫着四散奔开。

郁渐离半空陡然而下，借势头向古木泰连踢八脚，腿法极快，古木泰人称"铁臂苍猿"，臂长且坚，他见来势甚急，忙挥铁臂格挡，可脚下却被逼得"腾腾腾"后退，直靠在栏杆上。郁渐离趁机纵身近前，右掌直劈下来，古木泰忙向左转，"咔嚓"，红木栏杆被郁渐离立掌劈碎，古木泰提了口气，大喝一纵，避开郁渐离锋芒，调整心神，摆好架势，使出名震太行的"六十四路苍鹰手"，铁臂呼呼挂风，又与郁渐离斗在一处。李清霄在旁看了一会儿，连连摇起了头，嘴里跟着叹息。

肖明远心里纳闷，他知李清霄本事不俗，定有见解，便凑过去问："小兄弟，你叹的什么气？"李清霄道："没什么，在下只是觉得古长老败局已定，不应再战了！"肖明远一怔："你说什么？"李清霄一笑，用筷子轻点："武学之道，贯穿阴阳五行，相生相克，这二人看似功力相仿，可那位郁坛主灵动如水，而古长老则躁烈如火，流水克烈火，一交手便胜负已分，古长老若要再斗下去会吃大亏的。"

肖明远暗惊，正思量，忽听场内"嘭"的一声闷响，忙扭头去看，古木泰被郁渐离一记重掌正拍在后心，跌出一丈多远，口吐鲜血，不省人事，肖明远大惊，夏九长撩袍而起，一指郁渐离："姓郁的，你下手好狠！"右手腰间一晃，一道金线荡成半扇圆弧，削向郁渐离，这一下快似疾风，饶是郁渐离轻功高妙，也来不及腾闪，只好向后跌去，躲过攻势，随后右肘一点楼板，鹞子翻身腾空而起，反手掣出背后双钩，护住前胸，定睛一瞧，夏九长这件兵刃长约一丈五尺，两端为月牙状的锋利刀头，中间由百余个小金环连在一起，光灿夺目，正是他的独门武器"百环夺命金刀"。

夏九长不给郁渐离喘息之机，百环金刀金光陡起，急风暴雨，从四面八方向郁渐离削来，郁渐离轻功虽好，可楼中场面有限，无法全力伸展，只得挥舞银钩招架相守，哪知百环金刀变化不拘，将飞刀、飞轮、长鞭、链子锤的招式融为一体，迅疾凌厉，郁渐离裹在金光之内，一时竟不得脱身，急得满头大汗。这时，忽见夏九长招式突变，前刀旋转飞出，锁住郁渐离的双钩，后刀随之削向郁渐离的面门，郁渐离大惊，弃钩躲闪已然不及，只得尽力侧身，"噗——"金刀一下削入郁渐离右肩头，鲜血飞进四溅，郁渐离疼得双手弃钩，赶紧握住金刀链环护住右臂，夏九长冷冷一笑，左手绷紧链环，右手前刀抖掉银钩，画了个圈，"嗖"的一声向郁渐离左肩削来。

"小心！"李清霄轻呼，正要出手相救，忽见楼梯口闪出一条青色人影，此人右手银光忽闪，一只袖箭飞出，"叮"地磕飞了夏九长右手金刀，这人跟着一个起落纵来，左手疾出，捏住削在郁渐离肩头的百环金刀的链环，"咯噔"，小金环竟被他一下捏成两段，这一手功夫使出，实在叫楼上众人吃惊非小。

"来者何人？"夏九长拧眉喝问。

"霜钧！"青袍人嘴里只蹦出了俩字。

"'霹雳手'霜钧？"肖明远、冯承御等大震，肖明远赶紧低头冲身后的一名大汉耳语几句，那大汉点了点头，溜下楼去。夏九长听了这个名字，也不由脸色微变，将半截百环金刀护住当胸，沉声道："没想到太玄宗玄武堂的霜堂主亲自来了，看来，你太玄宗铁了心要与我北靖王府结梁子了！"

霜钧没有搭话，径直来到郁渐离身边，拔下他肩上的金刀，见伤深入骨，便从兜囊中取出金创散为郁渐离敷上，料理好后，转身向夏九长走来，一边走一边说："夏九长，太原府你是回不去了，识相的束手就擒，本座饶你一命。"夏九长眼眉一横："你太玄宗的人飞扬跋扈，还把天下人放在眼里吗？就不怕激怒了我家王爷，到时候吃不了兜着走？"霜钧一阵冷笑："吃不了兜着走的是你夏九长！"

夏九长对霜钧本忌惮三分，奈何此前在肖明远面前吐了大话，这会儿只好硬着头皮道："姓霜的，我北靖王府的人不是吃素的！"他想来个先下手为强，话音一落，哗棱抖起半截百环金刀，盘空削了过去，虬游的金链就像一条金蛇。霜钧手中虽无兵刃，却丝毫不慌，他腾闪快似流星，百环金刀回回都在他身前落空，夏九长又急又恨，回头瞪了肖明远一眼："愣着做什么？并肩子上啊！"刚说完，忽地双目一瞪，嘴巴跟着大大张开，耷拉着嘴角动了几下，竟轰然栽倒。肖明远、冯承御等人大惊，闪目去瞧，一支四寸多长的袖箭，赫然钉在了夏九长鼓起的喉咙上。

箭已穿喉，鲜血如线，从夏九长喉咙中丝丝渗出。

"堂主好神箭！"郁渐离忍不住叫了一声好。

掌柜的和酒保一见死了人，吓得丢了魂儿，连跌带撞爬到楼下，躲进后厨，战战兢兢不敢出来，肖明远、冯承御没料到霜钧袖箭神功如此刁毒，夏九长何等身手，竟被他一击毙命，如今北靖王府的援手一死一伤，肖明远更加乱了阵脚，额头汗如雨下，怯生生看着霜钧，频频向后移动，霜钧盯着他，淡淡说道："不知那北靖王刘元溟给了你们多少好处，宁做他马前鬼，也不做我座上宾。"肖明远仗着胆子说："我凤鸣阁做的是自家买卖，北靖王虽居高位，却把我们当作朋友，平买平卖，不像……不像你们，从未把我凤鸣阁放在眼里，只想让我们……白白给朝廷效力！"

霜钧摇头冷笑："人为财死，鸟为食亡！"袍袖一振，忽地飘身到肖明远近前，左指疾出，锁向肖明远咽喉，劲气冲得肖明远面孔丝丝生疼。

生死关头，肖明远拼了命，一脚踢起身前桌子，连同茶碗杯碟一齐砸向霜钧，霜钧翻掌外拍，震碎桌子，木屑纷纷，肖明远趁机跳出格子间，奔到楼栏处，向楼外一瞧，大喜过望，急忙大呼："三当家的，快救命！"

参商楼外跟着响起个洪亮声音："听说太玄宗'霹雳手'霜钧大驾到此，何不早告？金某也好一尽地主之谊！"说话间，"腾腾腾"楼梯响动，顷刻间从楼下上来两个人，霜钧一瞧，走在前面的是个高大的长脸汉子，穿了一身土黄衣袍，窄袖轻装，猿臂阔肩，通体矫健，身后还背着一对铁戟；紧随大汉之后的人却是个女子打扮，这少女体量苗条，身穿淡紫色长衣，头戴白纱帷帽，看不清她的容貌。

原来，适才肖明远见霜钧现身参商楼，便知事态不妙，赶紧叫身边人去搬救兵。但见长脸大汉到了楼上，踱着步，看了看横尸在地的夏九长和重伤昏迷的古木泰，沉着脸色说："原来霜堂主不是来做客的，是来杀人的！"

"你是凤鸣阁的三当家'铁戟镇西秦'金风？"霜钧冷森森问。

"对，正是金某！"

"来得正好，捉蝇一万，不如打虎一只，今天正好一并捉回去。"

"哈哈哈哈……霜堂主，你未免自视过高吧？"

"高不高，见真招！"

"好！"金风怒从心起，掣出镔铁双戟，"霜堂主如此自负，金某便领教领教你霹雳手的手段！"他刚拉开了架势，身旁戴白纱帷帽的少女却伸手一拦："慢，西北苦寒之地，难得遇见太玄宗的高手，让我来会一会这位玄武堂主吧。"

金风听紫衣少女如此一说，退后一步，说道："也好，先教他尝尝仙子的手段！"紫衣少女上前几步，打量了下霜钧，点了点头："霹雳手指箭双绝，本姑娘也曾听过你的威名，不过么……"她又走了几步，冲霜钩灵灵一笑，"本姑娘一直在想，有朝一日你我狭路相逢，不知是你霹雳手的袖箭快，还是我的雀翎针快？"

"快"字刚出口，紫衣少女已从鹿皮套中捏出几十枚紫色细针，素手一振，"嘤"的一声，紫色细针雨点般射向霜钩。霜钩一惊，右袖急忙当胸旋起，劲风卷动，哧哧几声，几十枚紫针尽数收在衣袖之上，他扬眉沉喝："女人心，蝎尾针，小魔女，吃我一箭！"两只袖箭银光陡闪，一左一右射向紫衣少女，金风在旁瞧得真切，急忙双手齐出，一扑一纵，将两只袖箭一并攥住，反手又射向霜钩，霜钩左手电出，接住两只袖箭，心中暗赞："这姓金的手头上果然有些功力！"口上却道："凭你这两下子，也敢当众卖弄？"

金风脸一红，紫衣少女却呵呵一笑："霜堂主，你死到临头，还逞口舌之快，看来啊，武林中的话当真不可轻信，霹雳手也不过如此！"她话刚说完，就见霜钩身上竟散出缕缕带着异香的紫烟，霜钩一嗅到这紫烟味道，顿觉头重脚轻，大有作呕之感，他久经大敌，情知不妙。这时，忽听郁渐离大呼："堂主，不好！这是紫罗毒烟，堂主快将袍子脱下！"霜钩低头一瞧，紫烟果然来自那几十枚紫针，他方知中计，急忙闪掉长袍，横眉问紫衣少女："你是谁？"

紫衣少女呵呵一笑："我是谁？我呀，是送你魂归极乐的九天仙子！"

霜钩大怒："妖女，矫情得紧……"刚喝了半句，只觉身子愈发酸软，急忙提运真气，哪知越是运气，腿脚越软，浑身燥热，好似虫蚁爬过，奇痒无比，霜钩大惊，提气骂道，"小魔女，你好卑鄙，江湖上最瞧不起你这种用下三滥手段的人！"

紫衣少女笑着说："霜堂主，你最好少上火，别动怒，我这紫罗烟入百窍袭气而走，你越动气，就越痛苦，到时毒气反转攻心，大罗金仙也救不得你。"

"小魔女……"霜钩手指颤抖，竟发不出半点力气，紫罗烟毒气下移，他的两只脚也开始站立不稳，只得退在桌旁。郁渐离心急如焚，忍着肩痛赶紧去扶："堂主，小魔女说得没错，你……你可千万别运气！"

金风喜出望外，皮笑肉不笑地冲霜钩一拱手："霜堂主，得罪了！我们这样做也是不得已而为之，只要霜堂主立下字据，答应金某从今以后，太玄宗再不干涉我凤鸣阁的买卖，金某便叫我家仙子给你解药，保你性命无碍，你看如何？"

霜钩强提气力笑了几声："姓金的，休做春秋大梦，本座……本座倒要瞧瞧，你凤鸣阁有没有这个胆量，敢在太岁头上动土！"金风干笑两声，一挑大拇指："你霜堂主底气足，骨头硬，金某佩服！不过，常言道以和为贵，霜堂主若一时意气用事，将大好之身葬在参商楼，岂不可惜？"

"少他娘的废话！"霜钩吃力地骂开，"你纵有吞天之念，也需有吞天的本事，今天本座落在你们手上，要杀要剐，过来便是！"金风怒火上蹿，大喝："姓霜的，别不知好歹，难道你太玄宗的人就当真不怕死么？"

紫罗烟毒已渐入百骸，霜钩连说话的力气也没有，他瘫坐在地，嘴角轻蔑地笑着，似乎对金风有无尽嘲讽，金风气得脸色铁青，他托着双戟，一步步逼近霜钩，郁渐离一见，急忙挡了过来，忍着肩痛横起双钩，怒视金风："英雄何惧死，谈笑入刀丛！我太玄宗自宗主以下，只有直节的铁汉，没有怕死的懦夫！"

13 诛魂散

这句话一出口，倒叫众人为之一震。

坐在窗边的李清霄不禁一拍掌中筷，赞道："说得好！郁坛主，你太玄宗人虽是江湖豪客，却有大将之风！"说着，提起旧纸伞，挺身走了过来，冲着肖明远等长长作了个揖，"诸位好汉，适才你们见了，凤鸣阁冯舵主遇险之时，在下曾出手相助，如今局势颠倒，轮到太玄宗的人遭危遇难，一笔写不出俩难字，在下同样不能袖手旁观，此番也要助太玄宗一回，就算两不相欠，不知诸位意下如何？"

金风怔了怔，丈二和尚摸不着头脑，扭头问肖明远："这书呆子是谁？"肖明远赶紧凑到金风耳边，将方才李清霄救冯承御的事简述了一遍，然后轻声提醒："三哥，这小子的确有些手段，可要当心！"金风沉着嘴角听着，似乎并未放在心上。这时，李清霄来到霜钩身边，俯下身，单掌在霜钩"肺俞穴"上一推，真气运作，一缕淡紫色的汗雾，从霜钩头顶百会幽幽飘离，霜钩顿感五脏燥热渐平，周身奇痒亦消减不少，只是四肢依然软弱无力。少顷，李清霄单掌一收，说道："霜堂主，在下的这股真气，只可驱离你体内部分紫罗烟毒，不叫毒气循经运行，若想根除此毒，还得需要解药。"霜钩只觉气血回转，体力渐升，不免心中大赞："这书生真人不露相，端的好本事。"便冲李清霄一抱拳，"多谢小兄弟，等霜某回了太玄宗，自有解紫罗烟毒之法。"李清霄道："那就好！来，咱们走吧。"扶起霜钩往楼下走。

金风见李清霄这举动，浑然是把凤鸣阁的人当成泥捏摆设，不禁又好气又好笑，点足纵了过来，双戟一横："小子，站住！你往哪走？"

李清霄看了看金风，一本正经地回答："当然是往楼外走。"

金风仰面狂笑："有趣，有趣，小子，我看你不是读书读傻了，便是作字作疯了，念你救过我冯五弟的分儿上，金某不与你计较，赶快离开参商楼!"

李清霄一笑："你把路闪开，我不就离开了。"

金风一滞，气得火冒三丈，紫衣少女却咯咯一笑："三当家，他说得没错，你就闪开吧。"金风一皱眉："仙子，你怎么也来开玩笑?"

紫衣少女道："我可没心思开玩笑，我是叫你闪开，我来!"说话时，轻移禅步，盈盈来到李清霄面前，上上下下、左左右右仔细端详了一番李清霄，不禁轻轻动了动头上斗笠，柔柔说道，"好相貌! 请问……公子贵姓?"

李清霄被她瞧得不自然，冷冷地说："我不是公子，也无可奉告!"

紫衣少女不以为意，哼了一声："呀，脾气还挺大，公子，你有所不知，在西北大地，你……你可是本姑娘第一个瞧得顺眼的人物，比起周围那些粗野汉子呀，不知强出多少! 依我看，公子不如到我这边来，你我双飞双宿，闯荡江湖，岂不更好?"

一个女孩子，当众说出这番话，倒叫李清霄脸上红了一大片。

金风听了更加不悦，说了声："仙子，要注意身份!"跟着踏前一步，一指李清霄，"小子，这不是你该待的地方，快滚，倘不知好歹，惹恼了，金某顷刻叫你小命不保!"李清霄哈哈大笑："金三当家的，你这话说得似是而非，凤鸣阁不是阎王殿，你也不是阎王爷，凭什么顷刻叫人小命不保? 金三当家自恃人多势众，越俎代庖，自己倒是小心别惹恼阎王爷，叫黑白无常来锁你，那才叫惨!"金风气得眼珠子快要鼓出来，一振镔铁双戟，"书呆子，先剁你一只膀子，看你还有闲情在此饶舌?!"呼——右戟当胸斩向李清霄，李清霄扬眉，旧伞迎着一戳，点开戟杆，身子疾转金风身后，伞头点向金风后背的"志室穴"，金风吃了一惊，左戟一招"温侯背剑"挡住伞头，右戟一招"横扫千军"斩李清霄腰间，李清霄倒纵而起，凌空化伞为棒，"呼"的一声打向金风头顶，金风暴喝，侧步斜身，双戟托天向上去架。

"砰——"

伞、戟相碰，微尘飞荡。

李清霄人在半空，单臂发力，旧伞向下一压，喝道："倒下!"金风顿觉劲气掼来，撞得胸口发闷，不由双肩微沉，忙左脚下踏，"喀嚓"，半尺厚的楼板竟被踏穿了，金风借机卸下伞上力道，双戟一翻，推开旧伞，"蹭蹭蹭……"后退七八步。他没料到这个年轻书生内劲如此深厚，心弦一下子绷紧了，然而此时一招落下，唯恐被众人看笑话，索性一碰双戟，还要去斗，却见紫衣少女身子一飘，如花瓣一般落在李清霄面前，婀娜的身子围着李清霄转了半圈，语气变得更加柔媚:

"公子果然与众不同，不知出自何门何派？"李清霄见她言行暧昧，心下暗自提防，不发一言，紫衣少女身子前移，轻轻笑道："怎么，你还怕我一个小女人不成？"李清霄见她离自己已不足三尺，虽有轻纱在前，却清晰闻到她身上浓郁幽甜的香气，宛如栀子花，十分诱人。这时，紫衣少女又踏前半步，柔声说："哼，瞧你这一脸神色，仿佛冰块做的，看你的言行举止，想必也是饱读诗书之人，莫不懂怜香惜玉？世人啊，都说美女爱英雄，难道说，这英雄……便不爱美女么？"她一边说，一边伸手向李清霄拂来。

李清霄忙后退两步："你要做什么？"

"唉……"紫衣少女叹了一口气，"公子听过大唐的鱼玄机么？她有两句诗写得十分佳妙，叫作：'易求无价宝，难得有心郎！'其实我也不想做什么，就是想……想要你这颗心！"电光石火间，紫衣少女声音骤变，双手犹如蜂尾利针，疾向李清霄胸口"天池""灵墟"两穴戳来，李清霄倒吸一口冷气，连忙左掌一划，如莲花绽放护住胸前，右手旧伞弹出，急点紫衣少女心口。紫衣少女一击未成，忙向后撤开，秀手在腰间一晃，"嗡"地抽出一把奇怪兵刃，这兵刀长三尺，宽一寸，薄如羽翼，通体微蓝，刃身最前方是径约三寸的薄刃圆环，似剑非剑，却像一枝孔雀翎，在空中"嘤嘤"颤响，她持刃在手，语气似乎又变得忧伤起来："我对你不舍，你却对我无情，唉，这世上，凡是对我无情的男人，我的凤翎剑都不会放过他！"

"啧啧，奇哉怪哉！"李清霄连连摇头，"你一个女人，如此任性刁毒，真是闻所未闻！"紫衣少女哼了一声："你见过多少女人？任性怎么了？刁毒怎么了？我喜欢这样，你管得着么？"说着，凤翎剑嘤鸣而起，斜削李清霄，李清霄挥伞拍她的手腕，紫衣少女沉腕翻手，就势一迎，倏的一下，凤翎剑顶端的薄刃圆环竟套住了李清霄的旧伞，紫衣少女趁机素手一旋，"哧哧"几声，旧伞被削成几段，油纸分离，落花一样散落满地，紫衣少女得意一笑："公子，你这回可是破伞无骨只管撑呀！"

李清霄握着光秃秃的伞柄，着实有些狼狈，既好笑又好气，心中可惜这柄跟随他多年的旧伞，无奈只得扔了伞柄，双掌左右相成，旋转起来好似莲花瓣，带起一道劲风向紫衣少女拍来，这一招至刚至阳，力道雄浑，如秋风过境，拂扫残叶。紫衣少女只觉呼吸骤紧，她心中暗惊，却并未慌乱，当李清霄的掌风撩动她面前轻纱时，紫衣少女点足而起，长袖一撞，如迎风纸鸢借力飘离。李清霄一击未中，纵身跟至，掌力又到，紫衣少女也不硬接，身子如清风弱水，柔若无骨，避着李清霄的掌风游走，长袖如烟似雾，不时散出浓郁的栀子花香。李清霄见她身法诡魅，一时摸不清底细，有些着急，闻着那阵阵花香，更是心神不宁，略一恍惚，忽见紫衣少女陡然身形定住，凤翎剑破空而来，"嘤"的一声，正削在李清霄左臂之上。

一阵剧痛传来，李清霄"啊呀"叫了一声，倒退几步，伸手捂住伤口，血顺着指缝流出，竟如同染墨，转瞬间，李清霄整条左臂便无了疼痛之感，只觉天旋地转，站立不稳，他退了几步，倚靠在栏杆之上，身边香香甜甜的都是栀子花香。

"你……你在剑上下了毒……"李清霄开口刚说了半句，便觉神智迷蒙，半边身子开始阵阵麻木，霜钧、郁渐离见了大惊失色，霜钧使足气力跳过来："小妖女，所有的事，由我霜钧一人承担，与这小兄弟无关，快将解药给他！"紫衣少女淡淡地说："霜堂主，你自身尚且难保，还要替别人担当么？本姑娘说了，凡对我无情的男人，我都不会放过他！除非……除非他从今以后答应跟从本姑娘行走江湖，永远听我的话，否则么，哼哼，本姑娘宁可杀了他，也不会放过他！"

"你……你无耻！我……我还从未见过……如你这般无耻的小妖女……"李清霄骂到这儿，忽又一停，竟吃力地笑了笑，"不对，不对，你这女人心肠歹毒，连……连面目也不敢露，一定……一定是个奇丑的老妖婆！"

"你说谁是老妖婆？"紫衣少女发了脾气，"看来本仙子还是下手轻了，你竟有力气骂我！告诉你，一个时辰之内，若没有本姑娘的解药，你便会神智丧乱，奔突而死，到时候，那疯疯癫癫的样子可难看极了，比老妖怪还难看！"

此时李清霄体内毒气蔓行，五指黑如涂墨，他头脑愈加迷幻，仿佛置身于空山幽谷之中，李清霄强振精神，从怀里抽出那本《道德经》，笑着说："死便是死，怎么死还不都一样？《道德经》有言：生也为道，死也为道，归根曰静，是为复命……"

正说到这儿，忽听窗外楼顶青瓦上传来一阵长吟："这回相见不无缘，满院风光小洞天。一剑当空又飞去，洞庭惊起老龙眠！"声音不大，却清如铜磬。

诗声未落，窗外翩然飘入一个紫色人影，这人落到李清霄身前，单指电出，几下封了李清霄七处大穴，李清霄气力一松，昏了过去。紫衣少女、金凤、霜钧、郁渐离赶紧去瞧，飞进来的竟是个紫袍长巾的道士，他身高近八尺，目清眉长，面色红润，三绺长须胸前飘洒，腰间长丝绦悠悠流苏，荡如云烟，背后背着个四尺长的檀木长匣，手中还提了个两尺多高、皮质紫红的酒葫芦，一派仙家之貌。

"唉！你们啊你们，有许多好酒好菜不去享用，偏在此嚷个不停，生生死死，死死生生，扰得我这美酒也喝不清静。"紫袍道人一面叹息，一面瞧了瞧紫衣少女，语气微沉地问，"江南陵阳山七星台忘忧阁的'五幽神君'苍崖子是你什么人？"

"你……你怎么知道五幽神君？"紫衣少女大感意外。

"大理孔雀胆，加滇池上古巨蟾，炮制出忘忧绝蛊'诛魂散'，迷魂夺魄，杀人无形，除'五幽神君'苍崖子外，天下无第二个人能做得出来。我还曾听说，苍崖子毕生只收下一个女弟子，叫作'忘忧仙子'叶别离，想必就是你吧？"紫袍道人从容说道。

"你这老道有些见识，不错，五幽神君就是我师父，本姑娘就是忘忧仙子！"紫衣少女这话一出口，倒叫霜钧、郁渐离大吃一惊，原来这个女人竟是凤鸣阁的二当家叶别离。说起叶别离，可是个名动江湖的女人，她除了武功高强、擅用百毒之外，还有一项易容的绝艺，一旦改变了容貌，谁也看不出半点破绽，因芙蓉花色能一日三变，所以叶别离便将自己易容绝技取名曰"芙蓉三醉"。

"这就是了，"紫袍道人笑了笑，一伸手，"叶姑娘，你气也出了，心也顺了，再闹就出人命了，请把解药拿出来吧。"叶别离哼了一声："我凭什么给你？"紫袍道人晃了晃手中的大酒葫芦："诛魂散之毒除了苍崖门下，天下无人能解，我不向你要，莫非向我这酒葫芦去要不成？"叶别离洋洋得意地说："你这老道有见识，长得也不算讨厌，本姑娘便卖你个面子，若要解药也不难，须得答应本姑娘一个条件。"

"是何条件？"

"胜了我手中的凤翎剑，如何？"

"丫头虽小，脾气却大，却不知你手段如何？"紫袍道人哈哈大笑。

"你见识见识便知道了！"叶别离话音甫落，凤翎剑瞬起，刺向紫袍道人。哪知刚至半空，便听"嗡"的一声，凤翎剑竟被紫袍道人牢牢捏在指中，紫袍道人出手之快令人不可思议，叶别离忙回撤凤翎剑，竟纹丝未动。只见紫袍道人双目微合，道了声："撒手！"沛然真气沿凤翎剑直撞到叶别离掌心，叶别离凤翎剑登时脱手，身子不由自主飞出一丈多远，跌在墙角，头上白纱帷帽也摔落一边，低下头，赫然露出半张雪白脸庞，眼如秋水、眉似寒烟，堪称绝色，让楼上众人看得如雕似塑，他们万万没想到这个心狠手辣、擅用剧毒的叶别离，竟是如此一个烟视媚行的绝美少女。

"铁戟镇西秦"金凤见情形不妙，赶紧救场，舞双戟砍向紫袍道人，紫袍道人一甩长袖，正拂在金凤的铁戟之上，呼的一下，金凤连人带戟一齐摔在楼梯处，吓得肖明远等人连连后退。紫袍道人捏着凤翎剑，缓步来到叶别离身边，将凤翎剑向前一递："叶姑娘，我也不难为你，还请把诛魂散的解药交给我。"叶别离吃力站起，接过凤翎剑，这一刻倒仿佛闺阁少女，抚胸口轻咳几下，语气忧伤："道长神功盖世，我不是你的对手，只是……只是我叶别离给你解药，不是怕死，而是……而是我原本……便没想杀他……"说着，从怀中取出个绛红瓷瓶扔给紫袍道人，捡起白纱帷帽，看了看昏迷的李清宵，樱口轻叹，低声说了句："我怎么会忍心杀你呢……"转身下楼。

叶别离一走，金风像泄了气的皮球，急忙爬起拾过双戟，招呼一声："咱们走！"一瘸一拐跑了下去，肖明远等也三步并作两步跟着离开参商楼。

霜钧、郁渐离难以置信，长出一口气，霜钧躬身向紫袍道人致谢："道长武功卓绝，救我二人性命，感激不尽！敢问道长仙台府地，如何称呼？他日定当厚报！"

紫袍道人淡然一笑："那个先不忙。"转身来到李清宵身边，打开红瓷瓶，将诛魂散的解药涂在李清宵伤口之上，又取碗清水，冲开剩下的药末给他灌下去。眼见李清宵左臂毒气渐渐消退，五指恢复了血色，紫袍道人这才放下心来，站起身，缓缓说道："韩昌黎诗曰，'浮云柳絮无根蒂，天地阔远随飞扬。'我的名号不提也罢，只是老道有几句牢骚话要送给二位壮士，倘能在意，也烦请转述你们明宗主知道。"

"道长示下，我等洗耳恭听！"

"你们太玄宗立派百年，树大根深，积厚流光，以扶策庙堂为己任，这本非坏事，只是凡事不可太过刚强，刚则易断，强则树敌。名爵者公器也，不可久居，还望贵派今后能少用杀伐，多些宽仁怀柔之举，如此方得长远。"霜钧沉吟半晌，拱手说道："多谢道长点化，道长之言如拨云见日，令在下茅塞顿开，在下定会亲自向我家宗主转达！"紫袍道人捻髯微笑，从袖口掏出个紫红色的小葫芦，递给霜钧："这葫芦里装的是太乙金丹，可解寻常百毒，你中的紫罗烟毒不入精髓，危害不大，只需将金丹用水化开服下，半个时辰内烟毒即可祛尽。"说着，俯身抱起李清宵，紫影一晃，飘离参商楼，踏足如烟，向长街尽头驰去，口中依旧浅斟低唱：

九分剑气酒未消，单骑自可当临洮。
七分剑气催骐骥，尸骨如山血如潮。
五分剑气酒醒半，偶闻横吹寒如刀。
三分剑气凌愁色，可怜苍生泪染袍。
一分剑气悲衰草，几人血沃几英豪。
而今听我讲黄庭，江湖儿女正渐少……

14 鹿角剑

清晨，松枝洒落红霞，薄如蝉翼，柔似轻纱。

昏睡了一整夜的李清霄，终于睁开眼睛，他发觉自己躺在一座木亭之中，远处青峦隐隐，古松茂密，近处一镜湖水正泛着金粼粼的波光。黄鹂从头上飞过，声如银铃，轻灵悦耳。李清霄伸了个懒腰，只觉神清气爽，动了动左臂，已没了麻痛之感，他连忙坐起观望，只见湖边有块大青石，石上，一个道士在盘膝打坐。

李清霄一看，正是昨日替他封穴止毒的那个紫袍道人，赶紧过去，在道人身后恭恭敬敬作个揖："晚辈拜谢道长救命之恩！"紫袍道人并未回头，只忽然问道："十三年前，华山太清洞的陈老道，在开封城曾收了个关门小弟子，名叫李清霄，就是你吧？"李清霄蓦然一惊："正是晚辈，道长如何得知？"紫袍道人打坐已毕，回身慈然一笑："昨日，我瞧你与金风、叶别离过招时，用的俨然是陈老道的扶摇绝学'潇雨莲花掌'和轻功'紫云腾'，便想起当年有人跟我说过陈老道的收徒之事，我瞧你年纪、样貌、武功，当是李清霄无疑。"李清霄一阵惊喜："原来道长与家师相识？"紫袍道人笑了笑："岂止是相识！对了，李清霄，我倒有一事问你，你不在太华山跟陈老道学本事，为何跑来这参商楼与人打架？"李清霄脸上一红："晚辈本奉家师之命，到扶风县为几处百姓送治病的丹药，回来路过参商楼，因管了闲事，不想卷入了争斗。"

紫袍道人点点头："做师父的悲悯助人，当徒弟的行侠仗义，倒也匹配。只是，陈老道虽一代宗师，可调教出的徒弟，打起架来却这般不中用。"李清霄面露惭色："这与恩师无关，都是晚辈资质愚钝，学艺不精，令师门蒙羞！"又拱手道，"道长既认得家师，敢问道长上姓？"

"你问我的名字？"紫袍道人遥观云天，恍有所思，"我也不记得有多久未曾说起自己名字了，或许……或许也有四五十年了吧。"李清霄吃了一惊，摇了摇头："道长元气充沛，须发未白，怎么看都不过知命之年，怎会那么久不提名字？"

"怎么，你不信？"

"晚辈……晚辈的确生疑，哈哈！"

"呵呵，我若真说出名字来，你便不这么想了。"

"这怎么讲？请道长明示！"

"好，你听着，我么……姓吕名岩，道号纯阳子。"

"你……你是纯阳真人？!"李清霄目瞪口呆，他早听师父陈抟说过，"纯阳子"吕岩并通儒释道，诗书名重一时，剑法冠绝天下，造诣不在大唐开元"剑圣"裴旻之下，乃当世道家剑宗之祖，人尊其为"逸仙"。吕岩身名超绝群伦，早已高出江湖，故而连大名鼎鼎的《江湖名客图》也未敢将他列入其中。李清霄驰神遥思："纯阳真人生于大唐乾符年间，历经唐末及五代，至今只怕已有九十岁高龄了吧……"这时，只听吕岩笑着说："这回你再来瞧一瞧我这一须一发可还年轻否？"

"不年轻，不年轻。"李清霄笑着，忽觉不对，又说，"年轻！年轻！"吕岩哈哈一笑："到底年不年轻？"李清霄赶紧过来，拜倒在地："晚辈不识仙颜，乱说一通，诚望纯阳真人莫怪！"吕岩大袖一拂，将李清霄带起："我怪你做什么？你赞我年轻，我自是高兴得紧。我与你师一同参道，你既是陈老道的弟子，叫我'师伯'便是。"吕岩平和可亲，令李清霄内心十分欢喜，他好奇地问："师伯百岁之身，依然如此神足气清，莫不是修成了长生不老之术？"

吕岩哈哈一笑："世上长生之术岂能轻易修成？为道者修心为体，修身为用，心可操之在己，身则操之在天。所谓修短随化，顺天而为罢了。"说到此处，吕岩忽问："霄儿，我听说，你是大唐卫国公李药师的后人？"

李清霄面露惭色，微微点头。吕岩悠然思道："想当年，三原李靖，文韬武略，气度冲邈，辅佐高祖和太宗，南定荆扬，北清沙漠，西伏诸戎，东平辽海，立下赫赫战功，使皇威远畅，与那长孙无忌、房玄龄、杜如晦、秦叔宝、尉迟恭等元勋画列于凌烟阁内，被奉为百代名将之尊，配享武成王庙，至今思来，犹让人心潮澎湃。"回想起先祖李靖将名赫赫，李清霄也感慨万千，可如今往事风流云散，到了自己这代却布衣江湖，一无所成，李清霄不由十分惭愧，叹道："霄儿已近弱冠之年，无奈才疏学浅，人小力轻，至今未建尺之寸功，心中之梦，更加遥远，想来真是愧对卫公先祖！"

吕岩呵呵一笑，遥指远处朝霞拂过的山川："你看，太白巍巍，守望于天，固然令人为之仰止，可是，流水潺潺低行，却善利万物而不争，更加近于大道。人这一辈子啊，走马兰台也好，浮槎沧海也罢，最要紧的不是什么功名，而是平生无愧，岂可约束我心？"说话时，吕岩解下身后的檀木长匣，放在青石之上，沉吟说道，"鸿鹄之毂，羽翼未全，而有四海之心。年轻人心中有梦，想做鸿鹄，飞越凌云之山，这本无可厚非，只是，你欲达心中之岸，须得学好奋楫驭舟的本领才是。"

"师伯训导得是，霄儿拜求师伯教化！"

"你昨日与那个叫叶别离的姑娘交手，可知为何被她所伤？"

"霄儿功力不足，看不透她的身法，心思一乱，才中了她的剑！"

"不对！不对！"

"唔？那是为何？"

"只因你师父陈老道顽固不化，误人子弟！"

"师伯……何出此言？"李清霄睁大眼睛问，心里却像喝了坛怪醋不是滋味："师父文章、道法、武学堪称震古烁今，为何逸仙师伯如此责怪他？"

"霄儿不必诧异。"吕岩缓缓说道，"便是陈老道在这里，我也要如此说他。你此次为叶别离所伤，并非功力不足，陈老道乃内丹之祖，他的'先天无极功'天下无双，适才我观你真气充沛已达百脉，先天无极功想已到了五成境地，若论功力，早在叶别离之上，然而你却中了她的剑，却是为何？你输的不是克敌之本，而是克敌之用。"李清霄心中恍有所悟，听吕岩接着说，"内功修为乃武学之本，拳脚兵刃乃武学之用。本用一体，相辅相成，岂可厚此薄彼？我与陈老道相知有年，深知他秉性如茶，悲天悯人，从来不屑于刀、枪、剑、戟这些凶杀之物。昨日，我见你与叶别离过招之时，不仅手中无剑，心中亦是无剑，如此懵懵懂懂，又如何能敌得过使剑的高手？"

"师伯所言极是！"李清霄大为赞叹，当即拜倒，"霄儿无知，请师伯教诲！"吕岩将他扶了起来："你师父的无极功已臻化境，江湖上自然无人能近他身。可你年岁尚小，修为有限，理应博采众长，多学多用，且不可因噎废食。"说着，吕岩抚了抚横放在青石上的檀木长匣，"殊不知，内丹有道，剑亦有道。"言毕，"咯嗒"打开长匣，李清霄一瞧，一柄紫气凝沉的长剑正静静地躺在匣内——紫铜剑鞘古色幽幽，两箍为铁线金螭纹，一尺余长的寒铁剑柄雕着龙纹，龙首做吞口，龙尾伏柄首，似瑶台仙品，夺天地神工。吕岩托剑在手，神采飞现，"你可知我平生最爱哪三件事？"

李清霄摇了摇头："霄儿愚钝不知。"

吕岩哈哈一笑，长声吟道："逍遥美酒忘红尘，九转丹砂羽化身。背上匣中三尺剑，为天且示不平人！"吟罢铮然拔剑。

李清霄只觉清光一闪，一看，剑身白光浮动，如一泓秋水沁人心魂。

吕岩持剑当空拂扬，嘤鸣声起，清响不绝。

"好剑！"李清霄忍不住大赞。

"此剑名号'白鹿角'，长三尺七寸，宽一寸六，乃用北海玄铁，引太渊清泉所造，神物自晦，无坚不摧！"吕岩神色多了几分快意，李清霄听得兴致盎然，问："师伯，这剑为何叫'白鹿角'？"吕岩抚剑，沉沉说道："白鹿本仙兽，自能乐性，一身皆益于人，六十年必怀琼在角下，其鹿角者，既是武器，也属良药，能再生，人间万物何可及之！他剑吞口用睚眦，我剑吞口用苍龙，生机之道，至仁至灵。"说着，倒提鹿角剑，扬眉说道，"李清霄，你身为扶摇弟子，便是道家门下，你在参商楼所言所行，甚投我意，陈老道不教你剑术，我吕岩便越俎代庖，传你'九真御剑诀'！"

"九真御剑诀！"这几个字说出，在李清霄耳边比春雷还响，他仿佛在梦里，一时不言不语怔在那里。吕岩一笑："怎么，你不愿意？"李清霄如梦方醒，扑通叩首在地："霄儿何德何能，获师伯如此垂爱！"吕岩扶起李清霄："你我相见，乃是一个缘字。我只盼你学成之后，亦能怀琼角下，宽待苍生。"话音落时，飘身落到青坪之上，剑气四弥，白光匝地，吕岩擎剑说道，"十之一人练刀，万之一人练剑，剑为百刃之君，最是难练。剑法之中，有小成、大成之分，习剑者若夙兴夜寐，锲而不舍，先修内功，再练外力，以步法和轻功以御招式之巧，功成之时，可剑走如龙，以小力发大力，纵奔逐断崖绝壁之上，剑法亦自不乱。然而此等剑客，只得小成！"

"那何为大成？"李清霄惊问。

"大成者，乃在以气御剑，以心御敌。习剑之人要有灵心慧性，上通阴阳维，下通阴阳跷，前通任脉，后通督脉，中通冲脉，横通带脉，散为百脉之流，合为玄关一窍，辅以侠义之怀，如此方能大成。霄儿，你如今有北扶摇内丹真传，更得紫云腾轻功之妙，根基不在话下，但能否练至大成境界，就要看造化如何了！且看仔细！"吕岩说着，振剑长声吟了一首绝句，"或为道士或为僧，混俗和光别有能。苦海翻成天上路，毗卢常照百千灯。"诗声落，鹿角剑随身而走，点、刺、格、击、劈、带、崩、粘，起初一招一式尚还分明，渐渐越来越快，直到看不清招式，又听吕岩吟道，"剑起星奔万里诛，风雷时逐雨声粗。人头携处非人在，何事高吟过五湖。"吕岩身剑似乎合为一体，时而腾于青坪之上，时而纵于古木之中，时而走于悬壁之表，时而点于平湖之间，乘虚蹈隙，随心所欲，有掣电拿云之妙，惊神泣鬼之奇，早将李清霄看呆了。

这时，但见吕岩长啸腾空，大袖飘飘，荡起满天剑花，高声念道："东山东畔忽相逢，握手叮咛语似钟。剑术已成君把去，有蛟龙处斩蛟龙！"

一诗吟罢，吕岩伫身收剑，山野无声，清波落寂。

"霄儿，你可看得明白？"

"师伯神乎其技！最初招式霄儿尚还记得，可越到后来越看不清了！"

"无妨！凡事没有一日成功的道理！这'九真御剑诀'口诀只九个字：和、神、气、仁、简、易、清、盈、弱，每一诀便是一层境界，我一路演下来，你需细细体会！"说着，吕岩身起剑动，口中念起法门："第一层'和字诀'，此诀以和为主，守和而行，正守相依，贵活贵圆，以化来犯之敌。"吕岩边说边演，忽然变换身形，又道，"第二层为'神字诀'，此诀在于静心练气，以气化神，以至剑在神在。第三层，'气字诀'，此诀重在凝聚内力，以神导气，化气为剑，剑气所至，切金斫玉！"一诀演罢，吕岩袍袖一振，鹿角剑白气浮出，吕岩望空而劈，"哧——"白气所至，两丈外一截杯口粗的松枝应声而落。李清霄欣喜不已，拍手喝彩。

"第四层，'仁字诀'。"吕岩落足似溪上磐石，出剑如风中细柳。

"此诀重在动静转化，静则稳如山岳，动则逸如神龙，临阵之时，须察机而变。"说着，身法又一变，剑式大开大阖，犹似扬竿钓叟，时虽初夏，可剑身上竟浮了一层白霜。吕岩陡然转身，"第五层，'简字诀'，要旨在弃聪明，反太一，能舍，不贪，正所谓'孤舟蓑笠翁，独钓寒江雪'。"演罢"简字诀"，吕岩停身稍顿，肃然道，"若至第五层，剑者之心应随之宽大光明，能舍能弃，摒除贪妄，达到万籁俱静、返璞归真之境界。若心中贪念不灭，将就此而止，难有进展，倘若强行为之，必会火入魔！"李清霄点头默记，吕岩身形又起，剑法突然奇快无比，剑花淋漓，灿烂夺目，只听吕岩在剑光中说道："这第六层为'易字诀'，此诀以变为主，以快为辅，以变化御局势，一旦全揽对方底细，便如京西店老人接箭，你可以知他，他却不知你，制胜不过举手之间尔。《孙子兵法》云，'能而示之不能，用而示之不用，近而示之远，远而示之近。'即是此理！"李清霄笑了笑："这《孙子兵法》不仅能指挥千军，竟还能用来练剑。"吕岩道："万法归宗，全在触类旁通，不可玩笑视之！"抖手之时，万道剑光一敛，合成一道青光，在身边凝聚不散，吕岩清声道，"第七层是'清字诀'，此诀重在神清意静，物我合一，五行无积，血脉无郁，以达到攻守兼备、身剑合一境界！而这第八层，'盈字诀'——"他说着，剑芒骤敛，鹿角剑由迅疾转为平和，由攻守之式转为解化之式，剑势之慢，似乎垂髫童子亦可为之，吕岩提高声音，"只有八个字——盈不可久，念不可执。得此境界，则大成至矣！"说罢，停身收剑。

李清霄见"九真御剑诀"微言大义，演化出千招万式，不由欢欣之至，忙问："师伯，前八字诀霄儿都已记下，不知第九层'弱字诀'是什么？"

吕岩捋须，淡然一笑，拾起方才那半截青松枝，来到大青石边，内力一吐，柔韧的青松枝立刻坚如刀剑，在大青石上龙飞蛇走，仿佛剑芒直入，传来"唏唏"碎响，须臾，青石上浮出四个遒逸大字——上善若水！

"上善若水？"李清霄不由怔住。

"这即是'九真御剑诀'最高之境。"吕岩说道，"你可知，这个世上，从未有无敌的武功，只有不可抵御的贪、仇、妒、欲。有此四样，举心动意，无非是罪，最易催动武功走向邪路。故剑之极也，非以剑御敌，乃以心御敌。只有心似流水，柔慈不争，善利万物，手中剑才可无所惧。天下莫柔弱于水，而攻坚强者莫之能胜，此乃柔德也；故柔之化刚，弱之化强，因其无有，故能入于无间，这便是真正的剑道，也便是'弱'诀之真谛。"李清霄似懂非懂，正要发问，却见吕岩不再说话，回手摘下酒葫芦，拔出塞子，仰头喝了一大口酒，甩大袖径直往木亭中睡觉去了。李清霄只得起身持剑，一个人在湖边习练剑诀，直到月出东山之上，才算作罢。

就这样一转眼七天过去了。这日清早，晨光如画，碧落之下，一人持剑，衣袂飘飞，或腾凌纵跃，疾如雷霆，或静守平和，缓如烟云，一路剑式下来，如乘风而行，飘逸至极，剑气所过之处，光华纷纷，龙吟阵阵荡于湖山之间。正练得起劲，忽听有人高赞："霄儿，练得好！"李清霄赶紧仵剑，回头一瞧，正是"逸仙"吕岩，李清霄高兴得奔了过去："师伯，你前日说去岳阳访友，怎么这么快便回来了？"

吕岩捻髯一叹："朝游北海暮苍梧，袖里青蛇胆气粗。三过岳阳人不识，朗吟飞过洞庭湖。"说着，伸手拿过鹿角剑，轻抚剑身，悠悠说道，"物虽不语，却合有心，你若爱它，它便爱你。霄儿，你如今已得九剑之妙，只是火候不足，以后只有多加沉淀，心去感知为剑之道，方能阶及神明，起于青萍之末，扶摇于八荒之巅。"

李清霄垂首道："霄儿谨遵师伯教导！"

吕岩点了点头，将鹿角剑交到李清霄手上："我这人啊，虽一心向仙，却仍有牵挂，始终萦绕于怀，如今既然将'白鹿角'托付于你，这个牵挂便由你替我解开吧。"李清霄道："师伯请讲，霄儿赴汤蹈火，在所不辞！"吕岩一笑："只是替我跑个腿脚，无须这般惨烈。"说着，从怀中掏出一个锦囊，打开来，取出颗杏子大小的白玉珠，这白玉珠光华内蕴，通透无比，吕岩看着它，眼中忽生出几丝伤感，端详半晌，又将它放回锦囊，递给李清霄，"霄儿，你心求崖岸，早晚必要下山，只是待你以后辞师之时，替我去一趟洞庭君山紫霞宫，将这玉珠交给一个叫师心涯的人。"

"'紫宸仙子'师心涯?"李清霄惊问，吕岩点了点头，李清霄道："师伯，霄儿听说，这师心涯在《名客图》中位列丹青五绝，是个极了不起的人物，江湖上说她'乘风惊羽鹤，美剑天下绝'，师伯叫我去寻她，实在是引川见海，霄儿定不负师伯所嘱!"吕岩轻轻笑了笑："倘真如此，吾羽何轻!"说着，遥望长川，呆了半晌，吟道，"太乙剑花开，伤尘雪里埋。何当缘分老，道隐逍遥台。天地者万物之逆旅，光阴者百代之过客，舍亦无所舍，得亦无所得，人至此时，处处是岸!白鹿易主之日，乃我尘尽之时。"言罢，腾身而起，登萍踏水，驰向湖山之外。

"师伯，你去哪里?"李清霄后面大喊。

吕岩并不回答，身影顷刻已无。李清霄哪里追得上，他难过地站在斑驳碧郁的青苔上，"人至此时，处处是岸……"李清霄念着吕岩的话，思量许久，不得通透。眼见天近晌午，心想："我离开太清洞已一月有余，若不抓紧赶回，师父定然惦记!"想罢背上鹿角剑，选山中近路而行。不多时，忽见前面闪出密匝匝、翠郁郁、枝丫交错的一大片松林，林内嗡嗡喳喳，有许多人在说话，李清霄心下警觉，施展紫云腾，身如翎羽飞入松林，迎面有株老赤松，高约七八丈，有数人合抱粗细，冠盖蓬勃，直入天际。李清霄如灵猿纵身登枝而上，隐于密冠，向下一望，不远处有块空地，几十条大汉或坐或站，正议论纷纷，像在等什么人，李清霄仔细一看，其中二人他竟认得，正是在参商楼中遇见的肖明远和冯承御，李清霄暗道："原来是凤鸣阁的人，他们不回凤翔府，躲在这深山老林里做什么?"

15　无极图

　　李清霄正在寻思，只听肖明远在下面叹了口气："冯五弟，你不必太过抱怨，有些话说得多了，即便是有理，也变得没了理。"

　　"老子就是不服！"冯承御愤愤不平："咱们性命险些丢在外面，还要怎地？这两年，大凡不要命的事，都让咱们风、云两舵的弟兄来办，那天字舵、地字舵却叫个姓叶的小娘们儿来管事，这小娘们儿只知游山玩水，搬弄是非，倘若老阁主在世，怎会做出这般荒唐的事？"肖明远压低了声音说："冯五弟，你千万不要乱说话！老阁主毕竟不在世了，现在一切要听新阁主的。"冯承御拔高了声音："一个女人便吓到你了？公道便是公道，不公便是不公，就说咱们金三哥，他可是老阁主的螟蛉义子，哪点不如那个丫头？要我看，老阁主什么都好，就这一点不公道……"他正嚷着，忽听背后响起了一个清灵灵的声音："冯五哥，你觉得如何才是公道？"

　　余音未尽，只听"叮叮当"一阵悦耳风铃传来，松林的另一头，缓缓过来个四人抬的彩金小轿。肖明远见了，脸上一惊，赶紧拉过冯承御垂手肃立，齐声道："属下恭迎阁主驾临！"李清霄在松冠中顺声一瞧，彩金小轿轻轻落地，粉红描金帘珑一挑，伴着环佩叮当之响，小轿中翩翩下来一个娇小的女人，这女人穿一件胭脂红百花蝶衣，发插赤金点翠如意步摇，长袖盈膝，体式婀娜，肌肤如玉，一双丹凤眼媚光照人，红樱小口似笑非笑，顾盼之间，三分流媚，七分含威。李清霄心中感叹："名扬天下的凤鸣阁主，竟是这样一个女人！"

　　这时，红衣女子已来到肖明远、冯承御面前，长袖合在胸前，美目盯了他们半晌方才开口："冯五哥，你是嫌我姬如梦没本事做这一阁之主么？"

　　肖明远连忙打圆场："阁主，你误解了，冯五弟对凤鸣阁向来忠心耿耿，绝无此意！"姬如梦樱口微笑："唔？听肖四哥的意思，倒是我姬如梦喜欢庸人自扰了？"肖明远一惊："不不不，属下的意思是，冯五弟是个粗人，方才耐不住性子，胡说了几句，可心却是好的，还望阁主见谅！"说着，向冯承御狠狠使了个眼色，冯承御却不理会，姬如梦冷笑着说："本阁虽是女流之辈，可几句闲话我还容得进去，只要你们把事情办好就行，二位哥哥，不知交代你们的事办得如何了？"

"这……这……"肖明远头上冒了冷汗，小心翼翼地说："回阁主，属下办事不力，未能……未能将事情谈妥，还请阁主处置。"还没等姬如梦说话，冯承御在旁脸一扬，嚷了起来："事情虽未谈拢，却也怨不得我风云二舵！"

"嗯？"姬如梦眼睛像冰凌一样盯着冯承御："那你说怨谁？"

冯承御耷拉着眼皮："这回与太玄宗的会面，原以为有北靖王府坐镇，太玄宗的人必不敢轻举妄动，可没想到太玄宗派来的竟是玄武堂的霜钧和郁渐离，这两个不开眼的是张飞卖秤砣——人硬货也硬，丝毫不买北靖王府的面子，一出手，就打伤了铁符堂的古长老，还杀死了首座夏长老，全把事给搅和了！"

姬如梦一笑，不急不慢地说："原来是功亏一篑了。既然你们吃了败仗，死了人，出了这么大的事，那为何不早回凤翔府禀报本阁？"

冯承御咽了咽唾沫："我们……我们……"

姬如梦接过话来："你们损了凤鸣阁的名声，没颜面回来见我，是吧？"

冯承御不服，嘟囔着说："话不能这么说，此番虽吃了亏，可属下与金三哥、肖四哥都是尽了力的，况且咱们响当当的叶二当家也在场，不也照样没讨到便宜！"

姬如梦呵呵一笑："依冯五哥的话，人家太玄宗只来两个人，伤了古长老，杀了夏长老，还打得你们溃不成军，如此战况，本阁倒应给你等记上一功喽？"

冯承御一怔，扬眉辩白："俺没有这个意思，俺和肖四哥舍了命去为凤鸣阁办事，没有功劳也有苦劳，若是老阁主还在……"他话音未落，姬如梦忽然凤目大睁，长袖轻搐，一道寒光闪过，冯承御跟着惨呼一声，"噔噔噔"倒退几步，右手紧握左手，鲜血顺指缝滴滴答答流了下来，一根被削落的小指，血淋淋地躺在泥土里。

姬如梦柳眉斜飞："冯五哥，你若实在想念我过世的爹爹，本阁倒乐得做个人情，让你见他老人家一面，如何？"冯承御哪想到这个女人说动手就动手，也没想到这个女人的身法会如此之快，这回算彻底见识了姬如梦的手段，他心里发了毛，捂着手，疼得龇牙咧嘴，却不敢说一句话。肖明远吓得浑身流汗，赶紧单膝跪地，拱手求情："阁主息怒！阁主息怒！千错万错，都是我等的错，阁主念我等十年忠心耿耿，饶了这一回罢！"又使劲拉了拉冯承御的衣角，冯承御咬了咬牙，扑通跪倒在地，语气终于软下来："属下知错了，请阁主宽恕！"

"唉！"姬如梦叹了口气，俯身握住冯承御断指的手，冯承御顿觉沁凉滑腻，如贴了块软玉，蓦地一抖，但见姬如梦从袖中抽出一方红绫丝帕，将他的手紧紧包裹，一脸忧怜地说，"冯五哥，你也别怪我，如梦年纪轻轻，又是个弱女子，支撑这么大的凤鸣阁，不得不按规矩行事。没有规矩，不成方圆。凡事若都没了规矩，如梦如何能带着凤鸣阁立足于江湖？"冯承御垂下头："属下甘愿效忠阁主，以后绝无二心！"姬如梦柔声说："我爹爹过世不久，如梦初掌凤阁，这上上下下，全赖别离妹妹、金三哥和你们帮着我打点，如梦自是感激不尽，只是如今武林变幻莫测，欲使凤鸣阁重振威名，就得打破常规，希望二位哥哥能明白如梦的苦心！"

肖明远、冯承御连忙齐声说道："我等定当尽心竭力效忠阁主，万死不辞！"

姬如梦又变得笑靥如花："这才是凤鸣阁的好兄弟。"忽又问肖明远，"金三哥呢？怎么没和你们在一起？"肖明远道："北靖王府派来的人一死一伤，损失很大，金三哥唯恐北靖王怪罪，便亲自护送古长老回太原府，当面向北靖王说明此事。"姬如梦点了点头："那位古长老的伤怎么样了？"肖明远道："郁渐离出手太狠，古长老被震伤经脉，内脏受损，恐怕……恐怕还得休养个一年半载。"

"是么？"姬如梦反倒笑了起来，"好极了！好极了！"

肖明远、冯承御俱都一愣，只听姬如梦别有意味地说："北靖王府的人胜也好，败也好，对我凤鸣阁都是大有好处！你们想想看，若是北靖王府的人胜了，我们便可敲山震虎，让太玄宗知晓我凤鸣阁背后也有大树，太玄宗从此就不敢再轻举妄动了。若是北靖王府的人败了，哼哼，那北靖王府就会与太玄宗结下大梁子，今后就会彻底与我凤鸣阁站在一处，我凤鸣阁便不用再孤军奋战了。如今太玄宗杀了夏长老，伤了古长老，北靖王刘元溟岂会善罢甘休？一旦倾力而来，太玄宗便是惹火上身！"

说到这里，姬如梦顿了顿，丹唇微启，似笑非笑地说："所谓敌已明，友未定，引友杀敌，不自出力。这两虎相争时，最平安的便莫过于一旁吃草的小鹿了。"肖明远、冯承御听了姬如梦这番话，连声大赞："高！阁主实在是高！"

李清霄这会儿在老松上也听得真切，他脊背隐隐发寒，心想："罢了罢了，好个借刀杀人，如今这世道是怎么了？这些看似柔弱风摇的女人，动起心计来，却一个比一个厉害！"这时，又听肖明远神神秘秘地说："阁主，属下这回在参商楼虽说是吃了败仗，可这些时日，属下也未曾有半刻偷闲，特意安排了精干之人打入太玄宗内部，终于探知了一个极严密的消息！"

"是什么消息？"姬如梦一奇。

"阁主知道，太玄宗门立派百年，宗规之严如同朝廷律法，可即便如此，却也未能使太玄宗上下一心。属下听闻密报，前不久，太玄宗的白虎堂主金煜、朱雀堂主炎离，在堂口驻地私自招募的众多门客，都没有列入太玄名册，公然违背宗规，明心慕闻知大怒，也不等今年六月初十'太玄大典'到来，便罢去金煜、炎离二人堂主之职，收回太极令，将二人关在太室山，同时派青龙堂主木涯前往云梦泽烟雨岛代管朱雀堂，叫玄武堂主霜钧前往京兆府代管白虎堂，所以属下等才会在武功县遇见'霹雳手'霜钧。"

"竟有这等事！"姬如梦一时凝眉思索起来。肖明远接着说："非但如此，明心慕还派他大儿子明玉坐镇西、北十四宿，二儿子明瑞坐镇东、南十四宿，一同节制太玄宗的四方事务，专查宗中私募门客一事，太玄宗原先的青龙、白虎、朱雀、玄武四堂，如今就只剩下青龙、玄武两个堂主为他卖命了，哈哈，这对我凤鸣阁来说可真是大大的有利！"姬如梦若有所思地问："那金煜、炎离为何要私募门客？"

"想必是要壮大白虎、朱雀两堂的势力。"肖明远回答。

"那为何又不将私募的门客列入太玄名册？"姬如梦问。

"这个么……"肖明远一滞，"这属下倒不得而知，不过属下听说那明心慕一改往任宗主'广谋从众'的举措，一心要唯我独尊，如今的太玄宗眼看要改姓'明'了，几个宗中元老对此颇为不满，只是慑于明心慕的威势，一时隐忍不发！"姬如梦眼眸一亮："这倒是个极好消息！不过么，无论怎么说，明心慕以雷霆手段处置金煜、炎离一事，可见其韬略非凡，绝非赳赳武夫可比，如今太玄宗势大，凤鸣阁势小，做咱们这行生意，既要赚到银子，又不能与朝廷公开为敌，若想应对太玄宗这个当红日头，就得多聚拢一些像北靖王府这样的大树，大树多了好乘凉嘛！"

肖明远一挑大拇指："阁主大智慧，世间罕有！"

姬如梦淡淡一笑，凤目微抬望了望远处，眼中闪过一丝异样光芒："之前接到东京送来的密报，说当今皇上已下旨在荆湖建造了数千艘大舰和黄黑龙船，以备日后长江水战之用，又命汝州节度使陆万友对这些舰船严加看护。山雨欲来风满楼，我看朝廷这步棋，明显是冲南唐国去的，此时此刻，咱们金陵城里的老朋友只怕早已坐不住了，这可是个千载难逢的好机会。看来，本阁应即刻派一位得力之人赶往金陵，与那些老朋友们做一回买卖，倘若这买卖做成了，咱们非但十年八年不愁吃穿，还会叫他太玄宗不死也扒一层皮，哼哼，看他们今后还怎么在中原耀武扬威！”

肖明远、冯承御一听，都跟着乐开了花，姬如梦扭头往林外看了看，轻吐了口气，说：“今日话说得太多，我也累了，就议到这里，眼下这里已成太玄宗的地盘，咱们不宜暴露行踪，只拣山路回凤翔府便是。”说着，红影飘飘，钻入彩金小轿，在肖明远、冯承御一众人拥簇下，出了密松林，沿着山路渐渐走远。

李清霄在老松上沉吟半晌，等他们走远了，这才飘然落下，心想：“姬如梦好生了得，区区娇弱女子，竟像个巾帼将军，号令一群舞刀动枪的汉子，游刃江湖，不知胜过多少男儿！”一时暗自惭愧，脚下加快，离开武功地界，奔向太华山。

一到太清洞下，李清霄便喊了一嗓子：“师父，我回来了！”随之腾身跃进太清洞，一瞧，里面竟空无一人，他心中纳闷，放下包袱，往石床上一躺，忽见枕边放着一本崭新的书，封皮印着《从嘉词章》四个字，看着像本文集，他从未见过，拿来信手一翻，看见一首题名为《感怀》的诗：“又见桐花发旧枝，一楼烟雨暮凄凄。凭阑惆怅人谁会，不觉潸然泪眼低。层城无复见娇姿，佳节缠哀不自持。空有当年旧烟月，芙蓉城上哭娥眉。”李清霄读罢，叹道，“原来是首悼念爱人的诗！”不免有些感伤，忽听身后传来一个苍迈悠沉的声音：“霄儿，你背上的宝剑从何而来？”

李清霄忙回头，太清洞口站着个须发如雪的白眉道人，正是他的恩师“北扶摇”陈抟。李清霄连忙放下书，摘下剑，几步奔过去：“师父，你回来啦。你说的是这柄剑么？嘿嘿，此事说来话长，霄儿慢慢说给你听。”将陈抟拉到石床上坐下，笑呵呵地问，“师父认得此剑么？”

陈抟长眉微扬：“当然认得，这是‘白鹿角’，乃是纯阳道兄之物，堪称天下第一的神兵利器，几十年来片刻不离他身，为师岂能不识？只是，这鹿角剑……为何会在霄儿手上？”李清霄欢喜地说：“是逸仙师伯传给我的！”陈抟微微一怔：“竟有此事？”李清霄点点头，将此前的经过，仔细跟陈抟说了一遍。陈抟听完，慨叹道：“霄儿能得逸仙真传，是天大的造化。‘九真御剑诀’别开天地，光华灼灼，乃道家大乘剑法，霄儿须勤加练习，莫要辜负逸仙师伯对你的厚爱。”

李清霄道：“霄儿牢记在心！只是……只是霄儿事先没有禀明师父，便私下学了剑法，师父会不会怪霄儿？”陈抟哈哈一笑：“为师哪有这般迂腐不通？道家处事，一向与世推移，人生机遇难得，稍纵即逝，只有趁隙而动，方可乘风入云。纯阳真人仙影萍踪，藏形隐迹，你能见到他，那是上天对你的垂怜，若事先回来告知我，我倒要责备你才是！”李清霄眼圈一湿：“师父，你对霄儿真好！”忽然想起方才所读之诗，便回手拿起《从嘉词章》问，"师父，这书是从哪来的？"

陈抟道："你师叔'凌霄子'李琪昨日从南唐来访，这本书就是他带来的，书上的诗词文章皆出李煜之手，'从嘉'二字是他早年之名。"

"李煜？就是南唐的那位皇帝？"

"不错。"

"霄儿原只知他是个皇帝，却不想他还是个大才子。"

"可惜啊，可惜！"陈抟长叹一声，"才子岂是皇帝？皇帝岂是才子？昔年赵幽缪王作《山水之讴》，今日的李煜，只怕要重蹈覆辙了。"李清霄一怔，他从史书中读过战国赵幽缪王的故事。赵幽缪王不懂国政，又听信谗言，中了秦国王敖的反间计，错杀名将李牧，废司马尚，以致秦军兵临城下，赵幽缪王见大势已去，只好手捧国宝和氏璧及邯郸地图，向秦国纳降，秦王将他流放到湖北房陵，赵幽缪王既怀念故土，又悔恨当初轻信谗言，有感于亡国之恨，这才写下《山水之讴》，最终，他也被饿死在房陵城北一间茅屋里。李清霄心有所感，问道："师父，难道这李煜是个昏君？"

"此人虽非昏君，但却是个无能之君。你李琪师叔对为师说，李煜生性懦弱，猜忌多疑，他前番见赵匡胤平定南汉，心中恐惧，为求自保，便改国号为'江南国'，又自去皇帝称号，降称'江南国主'，向大宋称臣。南唐众臣皆明哲保身，随波逐流，唯有江南守备林仁肇不甘示弱，一心主战，这位林将军骁勇善战，当年他曾火烧正阳桥，以一人一骑断后，击败过大周的军队，是个了不起的人才。如今的大宋天子赵匡胤对他也是忌惮三分，便使个离间之计，对南唐使臣说林仁肇早已心向大宋，不日将来投奔，李煜闻报，竟信以为真，未加分辨，便用药酒鸩杀了林仁肇，又以叛国之罪诛杀林家满门三十余口，使江南一府三十五州百姓无不心痛。"

"啊？这……这李煜岂不是自毁长城？"

"不错，可以这么说。"

"真可惜！霄儿记得，南朝时，宋文帝刘义隆也曾听信谗言，擅杀名将檀道济，使得北魏诸将弹冠相庆，皆说'檀道济一死，吴人无可畏惧也！'进而南抵瓜步，欲饮马长江。前车之鉴，犹在眼前，李煜身为一国之君，难道便看不见么？"他越说越愤慨，甩手将《从嘉词章》扔在地上，"亏得方才还为他那几篇诗文伤心！吟风弄月倒婉转缠绵，杀起人来却狠辣无情！"陈抟一笑，将书捡起："李煜为君虽说有过，可这书总是好的。"负手来到洞口，向外望了望，悠然说道，"春来草青，风吹柳绿，霄儿业已长大成人，为师却垂垂老矣。有一件事，为师也应当叫你去做了。

李清霄好奇地问："师父，什么事？"

陈抟微叹，念了四句话："孤城幻影，山海之涯，灵台方寸，可敌天下。"

李清霄一震，睁大了眼睛："师父怎么提起这个？"

陈抟道："这四句歌谣，在为师少年时便已流传天下，这孤城玦，乃天外之宝，暗藏神通，原在大德高僧手中，只是大唐会昌年间，武宗灭佛，引发会昌法难，孤城玦自此流落民间，至乾符年间，山东曹县生员黄巢，落榜怀恚之时，无意中得到孤城玦，生了野心，起兵造反，引发浩劫，李唐气脉由此衰败。这前后至今，算来也有一百多年了。百年间，孤城玦在江湖中时隐时现，每次露面，都引起不小风波。"

"嗯，霄儿这回下山时，就遇到了一些人在抢夺孤城玦，不过那枚孤城玦是假的，即便这样，也害死了不少人！不知这孤城玦有什么好，为何人人都要争抢它？"

"人心不足，欲壑难填，便是杀伐的开端。"陈抟叹道，"孤城玦为流星天石所雕，藏有神通，亦邪亦正，威力无穷，故而千百年来，世人便觉得只要得到它，即可一跃成为天下霸主，殊不知大道盈虚有数，岂一物所能扭转？"接着，又语重心长道，"霄儿，这孤城玦当年曾藏于你李家，你与它有莫大机缘，所以，为师要交代你的这件事，便是重新寻回孤城玦。"

"什么？"李清霄着实吃了一惊，"师父，这孤城玦当年虽说失自徒儿之手，可它终究是个大劫之物，师父为何让我去寻它？霄儿可没兴趣做天下霸主。"

陈抟一笑："不要胡思乱想，天下霸主便是与天下为敌，这等苦差事，为师怎舍得叫你去做？"李清霄道："那师父是要做什么？"陈抟一叹："霄儿有所不知，你李琪师叔说，自江南林仁肇一死，宋天子大喜过望，已派大将曹彬尽取江北之地，厉兵秣马，布甲淮南，虎视金陵。李煜自知中计，悔恨之时，便打起了孤城玦的主意，派人四方寻找，想凭此宝震慑赵匡胤。然而，方今列国纷争，天下未定，觊觎孤城玦的，绝非他江南一国，这孤城玦大寂大灭，神力无穷，倘若落入杀伐人之手，便是天下苍生的一场浩劫！所以为师要你尽快寻回孤城玦，参透玄机，永祛尘世之劫！"

"原来如此！"李清霄朗声说道，"师父放心，霄儿走遍海角天涯，也要寻回孤城玦，即便参不透其中玄机，也绝不叫它落入恶人之手！"陈抟默然点头，起身来到西北乾卦石壁下，一推大书架，"咯吱吱——"大书架竟被移开，露出个七尺高的长方洞口，李清霄大奇，他在太清洞住了十几年，竟不知这大书架后面藏了密洞，这时听陈抟在前说道："跟我来。"李清霄急忙跟进去，一看，眼前哪是密洞，竟是隐蔽在太清洞后的一个阔约九丈、长约十二丈的"臣"字形巨大石坪。石坪长满了碧郁青苔，三面是陡峭山峰，一面临着万丈悬崖，一株从绝壁长出的赤皮老松，沿着石壁，将粗茂的虬枝伸到洞楣之上，绕着白色云气，神幽古拙，与仙境无异。在洞门左侧不远处，有块苍色陡壁，自上而下刻着许多圆圈，合成一幅奇异图画。李清霄看不大明白，便问："师父，这是什么？"陈抟道："这是《无极图》，乃是丹道周天的精要所在。"

"丹道周天？"李清霄不由得惊叹一声。

"不错，为师的先天无极功，分先后两境，你之前学的是'子午周天境'，依后天八卦，专置打通任督二脉，立下玄关之体，使真元之气凝于丹田，流乎四肢百骸，用以布气周身，最宜初学者练习。而眼前的便是'丹道周天境'，依先天八卦，乃是先天无极功的最高境界。丹道周天境遵循'手足三阴经'和'手足三阳经'十二正经，须以子午周天为根基，使真气流走奇经八脉，贯通周身三百六十五处大穴，使后天元气与先天元气合为一体，随心流动，真气所至，可运气冲穴，隔空震物，七步内无人可近。当年，你随为师回华山时，年岁尚小，骨骼未成，根基不牢，所以为师并未传你，如今你子午周天已通，根基修成，可习丹道周天之境了。"

李清霄高兴得像雪里生了一盆火，拜倒磕头："徒儿叩谢师父！"

陈抟扶他起来，捻髯说道："上古时期，天地未化，我始祖太昊伏羲，仰观天文，俯察地理，远观诸物，近取诸身，以求天地大道，却始终不得其奥。一日，忽见大河浮出龙马，龙马身载河图，羲皇顿时大悟，便于白龟台上设坛，法白龟之象，悟天地之道，历经八八六十四天，终于画出了那流传千古的先天八卦，开我华夏文脉！"

李清霄叹道："太昊伏羲一画开天，实在令人崇仰！"

"你既知羲皇取法河图，可知这河图之妙？"

"霄儿读过经书，略知一二，那河图乃是以十数合为五方、五行、阴阳、天地之象，图式是以白圈为阳、为天、为奇数，黑点为阴、为地、为偶数，并以天地合五方，以阴阳合五行。又因一与六共宗居于北，二与七为朋居于南，三与八为友居于东，四与九同道居于西，五与十相守居于中央。由此观之，则天一生水，地六成之；地二生炎，天七成之；天三生木，地八成之；地四生金，天九成之；天五生土，地十成之，是以阴阳五行尽在于此。师父，不知这些说得对不对？"

"说得对，接着说下去。"

"当河图未合之时，大道之数五十五，上二十五，为天数；下三十，为地数；在上则一不用，形成二十四，在下则六不用，亦形成二十四。然水土本同根，河图则将水土易位，即一、六两数易五、十，居中宫；五、十两数易一、六，居北；河图由此变体，其南北相对二十四点，东西相对亦二十四点，以应天之二十四气、地之二十四向、人身左右二十四经脉，这些皆出自河图之数。"

"说得很好，为师的心血总算没有白费！既然你已懂得了先天之源，便能悟我丹道之妙。"陈抟说着，扬臂指了指石壁上《无极图》，"这《无极图》便是依先天八卦之理所画，所谓易生太极，是生两仪，两仪生四象，四象生八卦，八卦衍生万物，这本是宇宙之理，可千百年来世人只知墨守成规，顺势而修，终究修不得最上心法！当年，为师在此辟谷丹霞，依天地阴阳、四时五行的道理，反其道而行之，这才真正进入了丹道周天之境。"他一指《无极图》最下面的大圆，"此圆为元牝之门，元牝为祖气，绵绵气血，皆根于此；上面的圆为炼精化气、炼气化神，使真元之气贯穿于五脏六腑，以养五脏之神；中间那五个小圆，是五行相生之象，中央无极土为五，左边火、木为五，右边水、金为五，三五相合，朝于一元，便是'五气朝元'；再上一层的大圆为取坎填离、坎离颠倒，水火交媾，是为由后天返为先天；至先天之境，才可练这最上一层'化神还虚'，体内先天元神由左、右十二经脉汇集一处，返于太极，再由太极返太素，太素返太始，太始返太初，太初返太易，太易无垠虚无，最终致无极，打通丹道周天。丹道周天一成，你的脏腑内景和奇经八脉，就能反观内照，去世离俗，积精全神，游行天地之间，视听八达之外！"说罢，陈抟飘身落在石坪正中，双手由丹田缓缓抬起，霎时，伴着微微紫气，陈抟念起了真诀：

> 一壁丹书降瑶天，青鸾白鹤舞翩翩。
> 玄关元神入气海，内外交结守丹田。
> 神气相守冲九窍，撞开三关转泥丸。
> 上元气结方成宝，下元气入昆仑间。
> 十二重楼穿金锁，绛宫黄庭下丹田。
> 五气朝元真如意，阴阳和合本根源。
> 取坎填离循督任，炼神化虚法自然。
> 内视正奇通百骸，复归无极两周天！

一行功罢，陈抟双手归元，收了真气，缓缓说道："霄儿，这口诀是习功之要，不立文字，秘不外传，你须牢牢记下。庄子云，'无听之以耳而听之以心，无听之以心而听之以气。'不用耳听，不用心听，要用气听，先天无极功练的就是元气，讲求厚积薄发，先天元气出于丹田，发于百骸，以意领气，意到气到，放之则弥六合，卷之则退藏于密，将方寸灵台与神明相合，使天地自然大化于人，如此方能成就无极大道！"李清霄听得如痴如醉，当下背诵口诀，阐发要理。陈抟见他将关节之处都记在心里，十分满意，仰头望了一阵崖上的白云青霭，说道："你在此安心习功，功成之日，再来真武观寻我。"说完，摆袖离开太清洞。

16　凤小盈

云卷云舒，日升日落。

一个月的光阴，就这样匆匆流逝。

这日清晨，李清霄盘膝打坐，双臂自丹田上行，但觉真气从脚底"涌泉"冲出，徐徐流向"尾闾"，再从督脉直冲头顶泥丸宫，上丹田印堂穴开始微微跳动，随后真气直入中丹田，贯于五脏六腑，又渐渐还于下丹田，一时返观内照，心际澄明，仿佛秋风过岗，涤荡尘埃，又如蝉饮露，体自轻清，舒畅至极。李清霄双手归于丹田，丹光透骨，隐隐有紫光照衣，他双手一推，层层叠叠的气浪震得书架"格格"响动，李清霄睁开双目，自知丹道周天已成，欢欣之感当真前所未有。舒了口气，李清霄起身出了太清洞，放眼望去，一轮红日从东山升起，金色的光芒穿过无垠的苍穹，照耀在每一处山川、河流、原野之上，早将眼前这岁岁年年人不同的尘世，渲染得灿烂无比！

远望祥云，李清霄想起师父离开时的叮嘱，便穿崖过涧，赶往云台真武观。一进真武观，李清霄快步来到陈抟丹房前，恭立门外说道："师父，霄儿来看望你老人家了！"过了半晌，丹房静悄悄无人回应，李清霄又唤了一声，依旧无人答话。李清霄暗忖："以往此刻，师父必定在此焚香读书，怎么唤了两声还不答应，莫非……"他心头猛地一紧，急匆匆近前，"哐当——"推开房门，一瞧，室中空无一人，丹炉内檀香袅袅缭绕，雅味沁人心扉，似有人刚离开不久。李清霄心下略松，忽见正中八卦台上放着一张纸笺，拿起一看，墨迹尚新："霄儿功成，为师甚慰。此后红尘艰辛，悲欢常在，风尘时近，其梦或远，然不可不念苍生。为师此行，白云黄鹤，不必挂牵，送你道号'无梦'，羽翔鳞潜，好自为之。"笔画冲虚圆润，正是陈抟字迹。

"师父……"

李清霄心头有说不出的难过。

十几年光阴朝夕相处，如今突然离别，李清霄悲从中来，泪水盈上眼眶，他走出丹房，坐在青石阶上，遥望远天，耳听阵阵雁声，起伏于五峰之间，恰似心中百感交集。不知不觉坐了几个时辰，此时天色已晚，李清霄只得返回太清洞，月华如银，洒满落雁峰顶，泛起紫白色的光芒，晚风徐来，吹得木叶扶疏，月影婆娑，李清霄从石壁上摘下鹿角剑，轻抚剑身，不由得想起逸仙吕岩，他心中盘桓："逸仙师伯曾教导，鸿鹄之鷇，羽翼未全，而有四海之心。年轻人心中有梦，想做鸿鹄，无可厚非，可恩师此番赐我道号'无梦'，这又是何用意？大丈夫生于天地之间，岂能无梦？"

一时琢磨不透，忽又想起孤城玦一事，李清霄不禁轻声自语："等找到了孤城玦，再向师父请教吧，只是……天下之大，这小小孤城玦又会在藏在哪呢？"他思索片刻，忽心念一闪："神枪王"柳龄鹤的人曾与孤城玦打过交道，虽说那件孤城玦是假的，可也足以说明他们一直在寻找孤城玦，说不定他们那里会有些线索，此番下山，何不去洛阳神龙门走一走？打定主意，李清霄回到石床，澄心静意，打坐安眠。

次日天明，李清霄将太清洞里里外外清扫得干净无尘，只待陈抟归来。一切打点完毕，他背上鹿角剑，带好应用之物，阖上洞门，离开华山，赶奔洛阳。

洛阳这地方，距东京开封近四百里，距太华山也是近四百里，居天下之中。洛阳自周公并迁九鼎于洛开始，直至五代后唐，已做了十三朝帝都，眼下虽说帝都东移开封，可洛阳却繁华如故，大街之上，乘轿、骑马、赶驴、推车、杂耍、货药、下棋、算卦、唱曲、行乞……人声鼎沸；酒楼、茶肆、花坊、客栈、布行、药店、果子行、珠子铺、金银铺、彩帛铺林立街头；那些名园甲第、寺庙祠观，深藏于紫藤古槐之中，红墙碧瓦掩映竹树，早已远远避开了街头巷尾的车滚马嘶、锣鼓喧嚣。

李清霄进了洛阳城，天上忽然刮起了大风，吹得满街笤筐滚动，叫人难以睁眼，李清霄裹紧布袍，迎风前行，恰好对面走来一位出城打鱼的老丈，李清霄赶紧过去，恭恭敬敬施了一礼："老人家，叨扰了！"

渔户老丈收了脚步，看李清霄一副书生样貌，便道："公子何事？"

李清霄道："劳驾老人家问个路，神龙门怎么走？"

老丈一怔："你……你一个读书人，去神龙门做什么？"

李清霄道："在下打算去拜访柳门主，垂询要事。"

老丈一听，连忙四下看了看，见周边无旁人，便凑到李清霄身前，压低声音紧张兮兮地说："柳门主……死了！"

李清霄大惊："啊？死了？怎么死的？"

老丈往下摆了摆手："公子说话小声些！其实这事啊，在洛阳城都传遍了，听说是被一个武林高手给刺杀的，那个刺客不但杀了柳门主，还将他大卸八块，明明白白摆在了神龙门的大门口，老汉凑巧看见了，啊呀，那……那叫一个惨啊！"

李清霄眉头不由锁在一处："老人家，你可知这是谁干的？"老丈摇了摇头："老汉不是公门里人，哪里晓得！老汉只是听说，那刺客当时戴着一块黑面具，看不见模样，他杀了柳门主后，还用柳门主的血在门墙上写了八个字，叫……叫什么'摩镜地狱，血债血偿！'公子啊，老汉看你是个读书人，不会惹什么乱子，这才告诉你的，这个关头啊，你千万莫往前凑合，免得粘了官司，到时洗都洗不清，后悔就晚了咯！"李清霄心事重重地点了点头，躬身说道，"多谢老人家劝告！"心中暗想："倘若这会儿再到神龙门去问孤城玦的事，只能是火上浇油，适得其反，看来神龙门是去不成了。也罢，洛阳这么大，四处看看，或许也别有收获。"

五月，正是洛阳牡丹盛开时节。

李清霄游走长街，大风吹来满城花香，心事不觉消了几分，忍不住喃喃吟道："唯有牡丹真国色，花开时节动京城！"正自言语，一抬头，迎面现出一间花坊，花坊虽不大，却极素雅别致，坊门挂一块竹木匾，上面欧书"倾城坊"三个清劲小字，坊内里里外外清一色都是牡丹。李清霄仔细打量，这儿的牡丹姹紫嫣红，品样繁多，争奇斗艳，煞是好看，不由得连连赞叹。这时，忽听花坊中传出一阵悦耳笑声，随后有个极好听的声音说道："哎呀，一看先生这身气度，便知是个识货的！想是看中了哪盆？我这就给先生送到府上去！"话音落时，从花架子里面轻盈盈走出个女人。

李清霄举目一瞧，这女人约十八九岁，身穿烟紫色柳叶碎花罗裙，肌肤如雪，云髻清眉，双瞳剪水，顾盼流辉，是个十足的美人。李清霄见她眉目妖娆，内含风情，暗忖："这女人足未出而声已至，定是生意场的行家里手，不过相貌倒是不俗，想必是受了这里牡丹花香的沁润，自然有些仙子灵气。"

女人见李清霄盯着她不说话，便道："先生，你是看人，还是看牡丹呀？"

李清霄脸一红，咳了一下，说："当然是看花，你这儿都有什么好花？"

女人扑哧一笑："好花？亏我方才还夸先生识货呢！在咱们洛阳城，也有一些像碧桃、木兰、芍药、瑞莲、千叶李之类的，虽是出落得美丽，但都称作果子花，唯有这牡丹，独独不能以'花'相称，只能称作'牡丹'。"

李清霄很好奇，忙问："这是为何？"

女人一本正经地说："想必先生也听过'唯有牡丹真国色'这句诗，这天下堪称国色的，只有牡丹一种，而这牡丹，唯有洛阳的才是天下第一！这等尊贵的身份，岂能与那些俗花庸草一并称之？须得另称个雅名才是。"

李清霄淡淡一笑："有趣！有趣！原本只道世俗凡人才有贫贱富贵之别，却不想一个花花草草的世界，也要分出个富贵贫贱。好吧，姑娘既是这花坊的掌柜，便烦请跟在下说一说，这牡丹的雅名是如何的称呼法？"

女掌柜的媚眼斜侧，娇躯微转，指着花坊架台说："先生请看，这左边的叫作一捻红、朱砂红、多叶紫、甘草黄、玉板白、昆山夜光，右边的叫作献来红、添色红、莲花萼、倒晕檀心、九蕊真珠、蓝田宝玉，瞧瞧，这些宝贝哪一朵不是天香独步，国色无双？又岂是那些世俗之花所能比的！"她如数家珍，显得十分得意。

李清霄似听非听，只是迈步向前，忽然瞧见最里侧的花台上放着一盆牡丹，那牡丹如鸿鹄羽色，末白本红，清雅脱俗，十分美丽，李清霄微微一怔，连忙快步过来，指着这牡丹问道："这盆叫作什么名字？"

"哎哟！"女掌柜的眼睛一亮，顿时迎了过去，"我说看先生的气度便是个识货的，果然没说错，先生的眼光确实独到，这盆可是我这倾城坊的镇店之宝，名字叫作'鹤翎红'，它绝对可算得上牡丹中的极品，想当年，那可是女皇帝武则天最为喜爱之物，听说武则天还曾颁下旨意，这鹤翎红只准宫中栽种，寻常人家想看都看不到。即便到了如今，你走遍这洛阳城，除了前朝故宫之内，这鹤翎红也只有我这倾城坊有了！不过么……"

"不过什么？"李清霄微笑着问。

女掌柜清了清嗓子："这鹤翎红既是我倾城坊的镇店之宝，价值自是非比寻常，如若先生真是看中了这盆，小女子既然开门做生意，也不得不忍痛割爱，只需先生出得这个数——"说着，她笑盈盈地竖起两只玉指，在李清霄面前晃了两下。

"二十两？"李清霄有些吃惊。

女掌柜的并未答话，只将两眼弯弯一笑，又晃了下两只玉指。

李清霄神色微微变动："二百两？"

女掌柜的嘤嘤一笑，眉头微蹙，又将两根玉指使劲晃了晃。

李清霄吃惊地扬起眉头："难道是两千两？"

女掌柜顿时笑靥如花，连忙夸赞起来："我就说一看先生这身非凡气度，便是个识货的。只有这个价，才配得上我这国色天香的宝贝！前些日子，河南府少尹家的大公子也看上了这盆鹤翎红，要出白银三千两，我见他一身秽气，俗不可耐，恐他污了我这宝贝，理都没理便推脱了他，不想今日有幸，得见先生这等雅士，想来也是真正的怜爱花木之人，所以才破个例，让了这个价。"

"哈哈哈哈……"李清霄一阵大笑，无奈叹口气，说道，"实不相瞒，在下原本确实是想照顾照顾姑娘的生意，可惜，姑娘的胃口大了些，在下一介布衣书生，清贫得紧，莫说是这两千两，便是二十两，我也是出不起。不过，你家的这些牡丹的确与众不同，在下也着实喜欢，只看不买，行不行？"

"只看不买？"女掌柜好像很失落，声音低了许多，"倒也没什么，不过……不过我这里可是没有茶水伺候的。"李清霄连连摆手："不必喝茶，不必喝茶，能开开眼界，便心满意足了！"女掌柜道："那先生随便看，这会儿风大，我得出去照看一下生意。"李清霄躬身施了一礼："姑娘请便！"转过身来，一个人缓缓行于花架之间，这些牡丹，一朵朵千娇百媚、香气氤氲，十分动人。李清霄正看得过瘾，忽听外面的女掌柜在同人说话："小姐，可是想要这盆牡丹？"又听来人说道："不，区区牡丹花有什么值得稀罕的，我费尽心思寻到这里，要的可是一样更重要的东西。"

李清霄听这声音有些耳熟，这时，听女掌柜好奇地问："哦？你想要什么？"

"我想要的么——"那人顿了顿，一笑："就是你哟！"

"你这是什么意思？"女掌柜的声音有些不悦。

"别急呀，你就是凤小盈吧？"那人不答反问。

"你问这个做什么？"女掌柜冷冷地说。

"凤小盈呀凤小盈，你真藏了个好地方，若非我手下办事得力，本姑娘是万万也想不到'铁算神医'孙宜鹤的高徒，会躲到这小小的花坊里做起了生意。"

"你究竟是谁？竟说些不着边际的话，若没别的事就请快走吧，别耽误我做事！"女掌柜说完，准备返回屋内，就听来的那人说道："且慢！凤小盈，这件东西你还认识么？"女掌柜的吃了一惊，"咦？紫佩曼珠沙华？你……你怎么会有这件东西？"那人呵呵一笑，"这你不用管，只需跟我走一趟就知道了。"说到这里，外面突然响起动手的声音，紧跟着又听来人奇了一声："功夫还不错！"李清霄听到这里，赶紧放下手中那盆昆山夜光，正要出去一看究竟，忽听女掌柜啊的一声惨叫，随即听那女人冷笑几声："孙宜鹤虽说死了，可他徒弟还在，这回捉了你，师父一定会很高兴。"

"你……你究竟是谁？我凤小盈死也不会跟你走！"

"你还挺有骨气！瞧瞧，多美的一张脸，本姑娘倒真想知道，若是这张脸一夜间多了十条八条的血道子，这满屋子的花还能否卖得出去？"

"不要！"凤小盈惊呼声传进坊里。李清霄一听情急不可待，赶紧大喝一声："住手！"随即纵出倾城坊，这个工夫，倾城花坊外，一个头戴帷帽的紫衣女子，正一脚踏着凤小盈的胸口，一手举着银闪闪的匕首在凤小盈的脸蛋前比画，李清霄定睛一瞧这个紫衣女子，当即气不打一处来，他袍袖一卷，踏前说道："我当是谁，原来是你这个老妖婆！老妖婆，你摘下帽子仔细瞧瞧，还认得我么？"

那个紫衣女子甫一打量，不由得"呀"了一声，语气听起来似乎很欢喜，"原来是公子你呀，看来自参商楼一别，公子的伤是全好了！"这女子不是旁人，正是一个月前与李清霄在参商楼交过手的"忘忧仙子"叶别离。叶别离好奇地问："奇怪奇怪，公子，你怎么也会在这？莫非我缘分太深，老天不忍分离？"

李清霄沉声道："少废话，你快放开凤老板！"

叶别离一笑："好大的火气，你是我什么人？我凭什么听你的？"

李清霄冷声一笑："就凭这个！"话音未落，右掌一挥，将眼前一只空花盆拍出，流星般砸向叶别离，叶别离不敢大意，手中匕首迎面一格，"当"的一声脆响，磕飞花盆，劲力所至，却震得自己手腕酥的一麻，匕首险些脱手。叶别离暗惊之时，李清霄跟着跃过去，一掌拍向叶别离，叶别离只觉面前劲风乍起，险要窒息，她不敢硬接，只得向后跳开，李清霄趁机救下凤小盈："凤老板，你没事吧？"凤小盈扶着花架坐了下来，从怀里掏出了几粒丹药吞下，惊魂未定地说："我……我没事……先生认得这个人？"李清霄点了点头："她叫叶别离，是个地地道道为害世人的老妖婆！"

叶别离在旁听了这话，非但未怒，反倒惊喜地说："你还记得我的名字，看来你的心里，还是装着本姑娘的。"李清霄扬起剑眉："我是不记得你，可我李清霄这肩上的伤倒是记得，今天撞见你这老妖婆，正好新账旧账一起算！"叶别离哼了一声："有话好好说，干吗总大呼小叫的？这江湖上虚张声势的人，比天上的星星还多，难道李公子想学他们来吓唬好人么？"李清霄摇头大笑："不知廉耻！不知廉耻！你就是一个喜欢用毒伤人的害人精，还跟我提什么好人？"

"你……"叶别离看样子是生了气，一振衣袖，"我偏要害人，你待如何？"飞身向凤小盈抓来，李清霄大喝："老妖婆，休张狂！"踏足而起，羽鹤般落在叶别离面前，右掌一招"白起推碑"，裹着劲风拍叶别离肩头，叶别离不敢硬接，腾身飘离两丈外，嘤地抽出凤翎剑："你想再尝一尝凤翎剑的滋味么！"李清霄正声说道："可惜啊可惜，你学了一身好本事，不去救人，反倒害人，不觉得羞愧么？"叶别离哼道："人说中原是孔孟之乡，今日一见，果不其然，一个舞刀弄剑的江湖武士，却做起教书先生！不错，本姑娘天生就是个害人精，我爹爹都管不到我，你想来教训我？"语落身起，凤翎剑抖落一串蓝光刺向李清霄，李清霄踏后一步，扬手向后一拔，鹿角剑龙吟而出，与叶别离斗在一处。二人掌中之剑一柔一刚，各行所长，进退腾游，叮叮当当，转瞬便交了三十余剑。叶别离身如轻纱，凤翎剑在她手中仿佛灵蛇虬动，又像漫天花雨，变化迅疾，转腾多姿，实在妙不可言，这要是放在两个月前，李清霄见了这等剑法，定会钦佩不已，然而，如今他亲得逸仙真传，深通剑道，恰似会当凌绝顶，眼界、功法不可同日而语，此刻再看叶别离的剑法，竟处处可见破绽，李清霄顿生法喜之心，身形一变，鹿角剑荡起一片清光，使出"易字诀"，流星赶月，以快打快，这一下，叶别离顷刻落了下风，她被鹿角剑逼得连连退后，怎么也没料到时隔不足两月的李清霄，竟能学得如此上乘的剑法，这令她百思不得其解。

"你这剑法是从哪学的？"叶别离惊问。

"我是在凌霄宝殿学的！"李清霄说话时，剑星满天，点刺崩削，迫得叶别离手忙脚乱，她自知此时已非李清霄对手，心中不免敲起了退堂鼓："不行不行，再这样打下去，非吃亏不可，到时白白叫这个凤小盈解气看笑话，那真是不划算了！"想着便道："小公子，算你有本事，本姑娘还有要事，不奉陪了！"秀手一探，从鹿皮套里捏出几十枚雀翎针，扬手撒向李清霄，李清霄旋剑拨打银针，金声不绝于耳，叶别离趁此机点足一纵，如燕子般飞离倾城坊，几个起落，消失在夕阳之下。

李清霄一笑："逃得倒快，可我李清霄却不喜欢穷追不舍。"转身去看凤小盈伤势，忽听远处有人喊："凤老板，你那边出了什么事？"紧接着，脚步杂响，原来是一个方头方脑的捕头带着几个健壮的捕快，风风火火跑过来，那捕头冲到近前，一瞧这情形，立马像陀螺一样左看看、右看看，大加殷勤地问："凤老板，你不要紧吧？程某刚刚接了百姓报案，说有人在此闹事，就一刻不停地赶了来！他妈的，程某倒要看看，是谁吃了熊心豹子胆，竟欺负到凤老板的头上？"扭脸又瞥了一眼李清霄，原本暖洋洋的脸皮当即沉得像块乌云，冷冷地问："你是何人？在这里做什么？"

凤小盈未待李清霄开口，赶紧接过话："叨扰程捕头了，也没什么，只是方才来了个江湖女贼，要劫我的倾城坊，还好有这位李大侠拔刀相助，现在没事了。"

程捕头特意拔高了嗓门："这还得了！哪冒出的女贼，真他妈胆大包天，敢来我'千里追魂'程风的地面撒野？"说着，醋意分兮瞧了瞧李清霄，摆起办案的派头，"这位李大侠从哪里来？江湖上怎么称呼？来我洛阳做什么？"

李清霄淡淡一笑："在下一介布衣，浮槎江湖，无名无号，不敢妄称'大侠'二字，李某此番来洛阳，原本是要拜会神龙门柳龄鹤柳门主的。"

一听李清霄提到柳龄鹤，程风神色一变："你是柳门主什么人？见过他吗？"李清霄道："我与柳门主无亲无故，从未相识，只是慕名拜访罢了。"程风哧地冷笑一声："原来是攀交情的。可惜啊，你来得不巧，柳门主日前不幸遇刺身亡，看来你这份愿望要落空了。不过么，"他清了清嗓子，扬起脸，一副倨傲的架势说，"念在今日你帮了凤老板的分儿上，程某要好意提醒你一句话。"李清霄道："程捕头请讲。"

程风道："程某身在公门，不妨透露些内情给你，柳门主被杀一案，干系重大，连镇守西北四州的防御使王彦昇将军都给惊动了，此次王将军进京休养，路过洛阳，得知好友柳门主被害，极为震怒，特地推迟行程，协助府台大人一同缉拿凶手，眼下洛阳城内凡与柳家有关之人，官府都在严查，你既与柳门主不相识，那在这个当口，还是躲得远远的好，免得羊肉没吃着，空叫惹得一身膻气，你晓得么？"

李清霄有些愣神，程风提到王彦昇坐镇洛阳，这叫他大感意外，不免一下想起十三年前在开封的事，当初他年岁尚小，好多记忆已模糊，但仍隐约记得王彦昇、柳龄鹤等人那股子杀伐无情的势头。如今柳龄鹤被杀，再想起老丈说的"孽镜地狱，血债血偿"八个字，李清霄不由心头一震："不好，只怕这王将军也有危险！"想到这里，头皮发寒，也不理会程风的话，直接问："程捕头，敢问王将军现在何处？"

程风一愣："你问这个做什么？"

李清霄顿了一下，一笑："世人都传王将军剑法非凡，人称'王剑儿'，名震天下，在下不才，倒是酷爱剑术，对王将军仰慕已久，听程捕头说王将军近在咫尺，在下激动不已，十分想一睹将军风采，恳请程捕头成全！"他说这番话，虽非真情，却是权宜之计，不过程风听了，却撇了撇嘴："看来程某方才的一番苦口良言，算是白费了。怎么，见柳门主死了，你就掉转船头，想去巴结王将军么？"

李清霄眉头一立："程捕头，你这是什么话？"

程风一扬脸："什么话？好话！"

凤小盈见双方都动了气，赶紧打圆场，冲程风一笑："程捕头呀，你多虑了，李大侠方才说了，只因仰慕王将军才要去见他，这也是人之常情，就好比……就好比这洛阳城谁不仰慕你程捕头，都巴不得亲近程捕头才好，你说对不对？要我看，程捕头你身在公门，本事那么大，就帮帮李大侠，给他指条路，叫李大侠得偿所愿。如此，不但李大侠感谢你，我凤小盈也感谢你，改日定选几盆九蕊真珠送到府上，如何？"

凤小盈这一番好言语，听得程风心酥骨麻，满脸漾起春风："凤老板，这么说就见外了！既然凤老板开了口，程某无论如何也要卖这个面子！"说着，用眼角扫了一下李清霄，"小子，算你运气好，问对了人，程某肩负一方治安，对王将军此行亦有保卫之责，王将军乃是朝廷要员，平日深居府衙，你想见也见不到，不过么，好在他后天将受邀去城外龙门山射猎，正午将在龙门镇千鹤楼设宴，你想见王将军，那就早早去千鹤楼候着吧，至于王将军要不要见你，那就看你的造化了！"

李清霄浅浅一拱手："多谢了！"

程风一摆手："不必谢我，我卖的是凤老板的面子！"他显足了威风，扭脸冲凤小盈嘻嘻一笑，"凤老板，程某匆忙赶来，衙门里临时撂下了许多要事，就不在这里多耽搁了，凤老板尽管在家安心调养，以后但凡有事随时找我，程某一定全心全意护着你凤老板。"说着露出一脸暧昧之笑。凤小盈浅笑一下，点头致谢。程风神色得意，扬手招呼着身后几名衙役，呼啦啦返回府衙去了。

这时，李清霄冲凤小盈抱拳说道："方才多谢凤老板帮我说话，清霄十分感激！"凤小盈脸上不觉泛起红霞："区区小事，哪比得上李大侠的救命之恩。"李清霄挥了挥袍袖："哪里哪里，路见不平拔刀相助，乃我辈习武之人的本分，凤老板不必客气。"心念忽闪，问道，"对了，凤老板，你与那个叶别离可曾有过节？"

"我从未见过她，也没有听过她的名字！"

"这个女人行为不端，说起话来喜欢颠三倒四，在下也曾与她交过手，中过她的暗算，听说此人的师父就是陵阳山七星台的'五幽神君'苍崖子。"

"五幽神君苍崖子？怪不得她会有紫佩曼珠沙华！"

"唔？凤老板认识她的师父苍崖子么？"

"李大侠，你有所不知，苍崖子乃是天下第一的用毒大家，本事很大。可是，世间万物相生相克，家师孙宜鹤生前便是苍崖子的克星。当年，家师与苍崖子在武陵源摘星台斗法，百药对百毒，最后以师门绝学'药王十三针'打败苍崖子，在关键之时，苍崖子就是凭借那块曼珠沙华救了自己性命，但他从此却再不敢踏足湘西。这叶别离既然是苍崖子的徒弟，此番来抓我，一定是为了我师父的'药王十三针'。"

"原来还有这一层关节。凤老板，你以后可要多加小心，依我看，洛阳这地方眼下是不能住了，你还是另寻个安全的住处吧。"

"李大侠说得是。"凤小盈环顾了一下倾城坊，幽幽说道，"小盈在此隐居，就是不想参与江湖争斗，如今居所暴露，只好离开倾城坊，再回摘星台了。"

"这倒是个好想法，家里毕竟比外面安全。"李清霄说着，眼见红日西坠，拱手说道，"凤老板，天色不早，清霄不便在此久留，凤老板多加保重！"

"你……你要走?"凤小盈的语气似乎有些不舍。

"嗯，龙门镇离洛阳城还有段路程，我要见王将军，须尽早赶过去才是。"

"哦，"凤小盈有些失落："你……你真的想结交那位王将军?"

"哈哈，"李清霄一笑："谈不上结交，而是有要紧的事须当面相告。"

"那……那李大侠也多保重，今天一别，不知何日才能相见，李大侠以后如有用得着我凤小盈的地方，一定……一定要来摘星台找我！"

"凤老板，你的心意虽好，可在下却不情愿来找你。"

"为何?"凤小盈心头不由沉了下来。

"你乃神医高徒，我若来找你，怕是离死不远了。"李清霄大笑。

"李大侠，这种不吉利的话不要随便乱讲！"

"好好，在下不过开个玩笑，凤老板，告辞了，咱们后会有期！"

17 大孤镇

李清霄天明出城，赶往龙门镇，一路山川起伏，木石如画，倒也不枯燥，没走多远，前面闪出一座大镇，镇口耸立一座高大的石牌楼，上面刻着三个苍古大字：大孤镇。李清霄举目一瞧，大孤镇街道宽阔，黄花翠柏点缀其间，街上错三落五地搭着许多彩色小棚，摆摊卖吃食的小贩在棚子里忙忙碌碌，有架着笼屉卖大馅猪肉包子的，还有卖豆花的，卖酱肉烤烧饼的，卖五香酥豆的，卖四色馒头的，卖杏仁果子的，另一边则卖炸鸡、葱泼兔、唐河肘子、虾肉包子、浆面条、团子、糍糕、蜜糕、蒸菜、牛肉汤、盐豉汤、酸梅汤之类，不一而足。伴着过往食客的脚步，各家店铺的伙计不时传出高一声、低一声的吆喝，听得李清霄腹中雷动。

"快到晌午了，吃点东西再走不迟。"李清霄打定主意。不远处的那个窦婆婆家包子铺，油腻腻的招牌、硕大的蒸笼和喷香的包子，叫李清霄一下子回想起当年流落开封时的场景，他心中顿时平添了几分酸楚，缓步来到窦婆婆包子铺前，小店不大，迎街露天摆放三张桌子，七八条长凳，李清霄坐下，要了半屉虾肉包子，一碗豆花，津津有味吃了起来。刚吃了两个包子，忽听身后有人说话："老婆婆，三个虾肉包子，一碗酸梅汤。"李清霄扭脸去看，另一旁坐了个人，一瞧之下，李清霄睁大了眼睛：好个翩翩佳公子——这公子神色冷清，面颊似雪，一字墨眉似忧非忧，修长如画，头上戴着束发紫玉箍，横插白玉簪，身上穿一件月白色银丝团花长袍，手中还拿着一柄宝剑，配着紫金雕花剑鞘，一看便知是剑中逸品，剑鞘上还挂个翠色包袱，整个人三分俊气，七分秀美。李清霄看了几眼，心中暗道："奇怪，这公子样貌，倒似曾见过。"一时想不起来，低头喝起豆花，没喝几口，忽听远处有人高喊："大师兄，瞧，在那里！"

"腾——腾——腾——"一阵脚步急响，从远处跑来五个青年男子，背着长剑，头戴逍遥巾，身穿蓝布袍，五人一上来便将窦婆婆小店围住，其中一个圆脸男子瞪起眼珠，扬手指着那俊美公子，扭脸对为首的男子说："大师兄，就是这小子！"

为首的男子看了看，大步来到俊美公子面前，拱了拱手："在下南岳剑派天柱峰首座'一臂仙'华剑客席下大弟子成亭璋，叨扰了！"

公子眼也未抬，不耐烦地说："名字太长，本公子记不住。"他说话的语速有些快，面上也没有表情，冷得像寒冬腊月里的一块玉冰。

成亭璋一皱眉："成亭璋有事向阁下讨教！"

"找我何事？"那公子淡淡地说。

未等成亭璋说话，身后那圆脸男子冲了过来，气得拧眉大叫："臭小子，你明知故问！昨日你趁家师和大师兄外出访友，便夜闯伏龙客栈，夺走我们的邀客令，今日竟还敢在这街上大摇大摆吃东西？"那公子不慌不忙，喝了口酸梅汤，淡淡说道："笑话，听你话里的意思，莫非我躲得严严实实叫你们寻不到，你们便满意咯？"

"你……强词夺理！"圆脸男子被噎得火冒三丈，铿地拔剑出鞘，一指，"臭小子，识相的快把邀客令还给我们，若存心寻不痛快，休怪我朱亭珪剑下无情！"

那公子鼻子哼了两下："手下败将，还有脸耀武扬威？也不知仗了谁的势头！"说话时，伸手从怀里掏出一块五寸多长的青铜令牌，"啪"地往桌子上一拍，"邀客令在这儿，有本事你拿回去好了。"

朱亭珪脸一红："好哇，寻晦气寻到我南岳剑派头上了，你是有多大胆子？"抖起长剑，猛地向公子肩头刺来，公子沉着脸，举箸向上一夹，"铮"地将剑尖牢牢夹在筷中，朱亭珪一惊，连忙回抽，可剑犹生了根，纹丝不动，朱亭珪进退不得，又不好撒剑不管，涨得满脸通红。成亭璋见了，皱了皱眉："朱师弟，有理不在声高，你急什么！"踏前一步，一握朱亭珪手腕，那长剑陡然振起，噔地将筷子弹开，朱亭珪这才撒剑回来，满脸羞臊，活像切开的西瓜瓤。

公子却神色泰然，摆弄着手中筷子，说道："做师兄的，就是比师弟有出息。"

成亭璋压了压火气，说道："这位公子，成某有一事不明，想请教一二。"

不料那公子半点也不搭理，成亭璋不免有些尴尬，好在他修道多年，有几分耐性，硬着头皮接着说："这邀客令非金非玉，你夺它做什么？莫非你想参加太玄大典？"公子低头又喝了口酸梅汤，冷冷地说："夺都夺了，本公子又何必跟你废话。"成亭璋面色一沉，气不打一处来："太玄宗太玄大典邀请的是家师，你即便有了邀客令，也只能进得太室山，却过不了接引楼，夺也是白夺，快还给我们罢！"李清霄一边听，一边心想："原来他们都是为了太玄大典。"这时，只听公子加快了语速："你说还我就还么？邀客令是本公子夺来的，你若有本事，就夺回去好了。"成亭璋一立眉："岂有此理，我好言好语对你，你却如此不识抬举！"踏步向前，左手如电，一把抓住青铜令牌，刚要拿回，但见公子右手疾出，筷子直点成亭璋胸前"玉堂""灵虚"两处大穴，成亭璋暗惊，左臂急忙就势下砸，想震开公子的攻势，不成想那公子用的却是虚招，手中筷子瞬间变了方位，急点成亭璋臂上的"曲池""神门"二穴，成亭璋心想不好，正要撤臂，可公子出手甚快，成亭璋已然避之不及，左臂被点个正着，顿觉酥麻，手上一软，"当啷——"邀客令又落在桌上。成亭璋惊怒交加，慌忙后退一步，右手推开穴道，"唰"地拔出长剑，护在当胸，沉声问："阁下是哪个门户的，莫非是故意来找茬的么？"公子将筷子往邀客令上一放，说道："怎么？邀客令就摆在那里，你不来拿，又要改成升堂审案啦？"

"欺人太甚！"成亭璋怒火上涌，"成某若不亮出点真本事，你当我南岳剑派是种菜养蚕的！"左手捏个剑诀，右手长剑直刺公子左肩，剑式虽与朱亭珪相同，威力却高出甚多，公子秀眉微蹙，不敢等闲，左肩斜侧，手中紫金剑鞘一点，击向成亭璋的右腕，成亭璋撤腕收身，剑势一换，长剑唑灵灵一抖，分别向公子"天突""灵虚""左鹰窗""巨阙""膻中""右天池"六处大穴刺来。

李清霄一瞧这招式，心中登时赞叹："人言南岳剑派领袖江表，果然剑法精妙，只是这成亭璋功力不深，剑法使出来，火候不足，流于形式罢了。"而此时桌边的那位公子却仍未离座，他素袖一振，紫金剑鞘在前疾旋，只听"叮叮当当"一阵清响，成亭璋的剑势尽数被破去，这一下又看得李清霄暗暗赞叹。成亭璋则吃惊非小，他凝神换步，化巧为拙，翻腕扬臂，长剑斜削而来，公子从容不迫，左手忽地竖起紫金剑鞘，"铮"地格住成亭璋的长剑，右手一拔，鞘中宝剑破空而出，紫光一闪，已刺到成亭璋面门，成亭璋眼前一花，急忙长剑回护，腹上门户顿时大开，公子趁机宝剑陡转，自下而上，斜削过去，"嘶——"成亭璋前襟被削开，露出雪白里衣。

朱亭珪等四人连忙围过来："大师兄，你怎么样？"

成亭璋吓出一头冷汗，也不言语，手中长剑只顾微微颤抖。

公子还剑归鞘："南岳剑法不外如是，还敢妄称江表领袖？我看倒应了那句话：关帝庙里挂观音——名不符实，难怪这些年一直被北岳剑派压在头上。"

当着满街围观百姓，成亭璋羞愤不已，扭头对一个相貌清爽的同门说道："戚师弟，此人不好对付，快回客栈请师父过来处置！"姓戚的师弟应了一声，刚奔出几步，忽听人群外有人沉呼："亭瑾，不必费事了。"话音一落，半空中白影袭袭，一人飞过人群，柳絮一般轻飘飘落在戚亭瑾面前，围观百姓何曾见过这等本事，齐齐呼了个"好！"字。李清霄一瞧，这人一身白布长袍，散发披肩，面容忧淡，双目微长，背上背一口宝剑，细看此人，左袖甚长，袖口内卷垂过于膝。

戚亭瑾五人见了这白袍人，连忙恭立垂首，齐声说："见过师父。"白袍人点了点头，缓步来到公子面前，施了个礼："这位公子，北岳剑派也好，南岳剑派也罢，红花绿萼，各有妖娆，何必强分伯仲？"公子看着白袍人修长的左袖，自己握剑的手一紧，扬眉问："你是'一臂仙'华风楼？"

"不错，正是华某。"白袍人回答。

"他就是华风楼？"李清霄心里为之一震，"听说此人剑法极高，二十四年前，若非他淡泊名利，拒绝秋鉴之邀，想必早已绘入《江湖名客图》。"说起南岳剑派，一直为武林人津津乐道。四十年前，与"北扶摇"陈抟齐名的紫霄真人谭峭在衡山创立南岳剑派，座下有"剑狂"凤栖梧、"江南剑"陈雨柳、"白衣剑客"沈丹青、"紫金麒麟客"秋百里、"一臂仙"华风楼五大弟子，并称"紫霄五剑"，分辖祝融、紫盖、芙蓉、石廪、天柱五峰，一时为江湖翘楚。可是，南紫霄大弟子凤栖梧好剑成痴，身为祝融峰首座，却不理派中事务，常常闭门钻研剑术，竟另成一家，隐隐不在南紫霄之下，派中人觉得他行事癫狂，于师不敬，不守成规，便视其为异端，纷纷敬而远之，凤栖梧苦闷不已，索性放弃首座之位，萍踪江湖去了。芙蓉峰首座沈丹青，因与二师兄陈雨柳争夺掌门不成，一怒之下，负剑出走，至今下落不明。原来的紫霄五剑，如今只剩三剑，再加之紫霄真人闭关遁世，南岳剑派已日渐式微。

这时，只见那位公子难得露出笑容："华剑客，你说红花绿萼各有妖娆，呵呵，如此看来，在你心中，南岳剑派是甘心陪衬北岳剑派，做个绿叶了？"华风楼眉头微扬："剑派之事，无须阁下评判，倒是你夜闯伏龙客栈，盗我邀客令，须说个明白。"公子道："有什么好说的，是你的徒弟没本事，自己的东西看不住，还怨别人么？"

戚亭璋脸一红："你……你这人实在过分！"

朱亭珪此时有恃无恐，大叫："臭小子，咱们再较量较量！"

华风楼回头瞪他一眼："还嫌丢人不够吗？"

朱亭珪不敢再言，华风楼扭过头冲公子笑了笑："徒弟没本事，做师父的责无旁贷。邀客令是朋友之物，只要华某在此，阁下便不能拿走半步！"

公子道："华剑客，你的本事我听过，十七年前，你断臂全忠义，在陈雨柳的剑下救了你的三师兄沈丹青，十五年前，你又曾独守南岳解剑桥，以一臂一剑，击退来犯的三十三名武林高手，赢得'一臂仙'美名，从而也立下了'拜南岳，先解剑'的规矩，这番陈年故事，倒也叫人羡慕得紧！"

华风楼面无表情："阁下所说之事，点滴皆染华某之血，你何羡之有？"

公子话锋一转："不过，羡慕归羡慕，华剑客，你若真想拿回邀客令，别无他途，还是要问一问本公子手中的宝剑答不答应。"

华风楼哈哈大笑："华某行走江湖三十年，还头次被一个后生威吓！"

公子冷冷说："那是因为三十年前，本公子还未出世。"

成亭璋、朱亭珪、戚亭瑾等纷纷震怒："臭小子，你敢在我师父面前托大！"长剑挥挥，呼啦啦围了上来，公子面若冰霜，斜眉对华风楼说："华剑客，你要率众弟子以多胜少吗？哼哼，难道南岳剑派早已落得不顾颜面了么？"

华风楼面色微沉，摆手止住众人："亭璋，你们都退回去。"冷声对公子道，"初生牛犊不怕虎，我南岳剑派成色几何，还要请阁下指教。"说着，左肩忽震，长袖陡起，内卷的袖口突地向外长出一丈有余，犹如一枝长篙，直向公子撞来。

"乾坤一袖功！"

公子轻呼一声，不敢再坐，拿起包袱腾身后跃，躲过这雷霆一袖。甫立定，华风楼长袖又到，公子不得已，双掌向前一推，撞在长袖之上，"砰——"被大袖震得后退两三步，华风楼长袖微抖，暗道："我虽臂残，可'乾坤一袖功'修习十多年，方才这记'仙人指路'已使出八成功力，却未将这后生震倒，后生本事的确不凡。"当下凝神，"唰——"右手拔出长剑，平空闪了道寒光，刺向公子。公子一纵，如跃崖羚鹿，闪身跳到华风楼侧旁，手中紫光宝剑疾出，光华纷纷，向华风楼"期门""商曲"两穴刺来，华风楼道个"好"字，长剑旋转，格开公子剑势，扬袖进身，银光匝地，与他斗在一处。霎时间，紫光纷纷，白光霍霍，看得周围人目瞪口呆，李清霄见那公子轻灵飘逸，紫光宝剑变招极快，起承转合之时，与"九真御剑诀"颇有相合之处，不由暗自称奇。这时，忽见华风楼一剑递出，赞了句："阁下剑法美妙，不同凡响，华某也不必客气了！"说话时，长剑振振，分向公子"天突""灵虚""左鹰窗""巨阙""膻中""右天池"六处大穴刺来，招式与他大弟子成亭璋一般无二，可剑速与劲力却高出成亭璋不止十倍，一时间剑花如雪，早在公子身前舞成一团剑气，逼得公子连连后退。这时，华风楼沉喝一声："小公子，得罪了！"身形忽变，长剑大开大阖，一剑刺出，竟化作七道剑影，虚虚实实，环环向公子卷来，公子大惊，单凭目力一时辨不清剑尖指向，方寸一乱，脚下跟着乱了章法，一不留神，踏了个空，向后倒去，"砰"地撞上了李清霄的桌子，便在此时，华风楼长剑已到了公子身前。

"前辈手下留情！"

李清霄急忙高叫，言未尽，身已起，双指疾出，铮地夹住了华风楼的剑尖，气力相激，震得宝剑"嗡嗡"直响，华风楼一惊，运力撤剑，李清霄不愿与华风楼结怨，双指顺势弹出，"噔——"震得华风楼腕上微麻，李清霄后踏两步，回头对发呆的公子说："愣着干吗？三十六策，走为上！"

公子瞥了眼桌上的邀客令，犹豫之时，被李清霄一把抓住袖口，腾身飞过人群，向镇南驰去，十几个起落，便不见了踪影，华风楼并未去追，他蹙眉立于长街，一双长目流出几许错愕，喃喃自语："能一指破去我'七剑幻影'，普天之下，想也没有几个，这两个年轻人究竟是谁？有如此身手，我竟不识！"一时百思不得其解，回头瞧着邀客令还在，只得沉声说了句，"回去打点行囊，即刻离开大孤镇！"

18 初相见

李清霄拽着公子，一口气跑出大孤镇。

二人行不多远，前面出现一座大峡谷，谷口凉风习习，迎面立一块斑驳苍古的石碑，上刻"美人谷"三个古朴大字，四周岩悬古藤，奇石峥嵘，入谷的两侧山坡，闪出一大片错落有致、碧沉沉、郁苍苍的竹林，根根修竹，拔节而立，潇潇竹冠，高遮云霄，碗口粗细的竹竿风骨卓卓，色如碧玉，青翠欲滴。公子跟着李清霄跑到石碑下，忽地停住脚步，甩开李清霄的手："跑这么快干吗？你很怕他们么？"

李清霄一笑："你若不怕，为何还跟着我跑？"

"我……我……"公子竟无言以对，没好气地说，"我是懒得和他们一般见识！"喘息了两口气，这才仔细看了看李清霄，见他虽书生打扮，却隐有侠客的清拔之气，绝不像个坏人，便拱了拱手，"不管怎么说，还是要多谢兄台帮忙，若没有兄台，我真不知如何破解华风楼那一剑，这一臂仙也真是厉害，我倒是轻视他了！"李清霄点了点头："华风楼乃江南名剑，自然非同小可。"忽又对公子道，"不知为何，我看着你亲切，总觉得在哪里见过。"公子一笑："怎么可能？我可是头次出远门，第一回来大孤镇的。"李清霄道："是么？说来也怪，倒像似曾相识！哈哈，想必是你我有缘，不知老兄你高姓大名？"公子听他叫自己"老兄"，不禁"扑哧"一笑："你叫我老兄？难道我看起来很老么？"他这么一问，李清霄倒是怔了怔，一笑："不错，是在下失言了，公子相貌英美，天下少见，敢问公子名讳？"公子听李清霄夸赞，不免有几分得意，清声说道："我姓陆，双名烟白。"

"陆烟白……"李清霄轻轻地念着，"不错，小陆公子起得好名字！"陆烟白一笑："怎么还加个'小'字？"李清霄道："你的年纪看着比我小，不叫小陆公子，难道还叫老陆公子么？方才失言，这回权当将功补过。"陆烟白得意地说："不错，亡羊补牢，犹未晚也。"李清霄道："小陆公子，我还要送你一句话。"陆烟白问："什么话？"李清霄仿佛教书先生，摇头晃脑地说："烟白者，诗画境界也，所谓，翩翩佳公子，自在美如画。"陆烟白心中一美，却假意板起面孔："多谢兄台赞誉，不过兄台话语虽好，却只说对了一半。"李清霄一怔："哪一半说错了？莫非是'自在'半句？"陆烟白倒背着手，踱步前行，说："个中玄机，兄台慢慢去猜好了！"忽停下脚步，扭回头问，"对了，别光说我，兄台你武功这么好，不知如何称呼？"

"在下姓李，双名清霄。"

"你……你说你姓什么？"陆烟白一听之下寒眉斜立，双目如刀，仿佛变了个人。李清霄蓦地一怔，愣愣地说："我……我说在下姓李，双名……"未待他说完，陆烟白"铮"地拔剑在手，向前一指："你姓什么不好，为何偏偏姓李？"

"小陆公子，你这是做什么？"李清霄诧异地笑了笑："姓李怎么了？嘿嘿，我倒是想姓个赵刘王张，可惜这事啊，由不得在下做主。"陆烟白冷得像块冰，半点不理会李清霄的玩笑，长剑一抖："少嬉皮笑脸，我最恨天下姓李之人！"

"唉！"李清霄摇了摇头叹了叹，"原本晴空万里，忽然电闪雷鸣，小陆公子，你怎么说翻脸就翻脸？"陆烟白道："原以为你我有缘，会成为朋友，没承想……没承想如今却要做仇人！"李清霄茫然不解："这从何说起？我虽姓李，可与你却是初见，从无过节，何来做仇人？"陆烟白剑尖一振："告诉你，天下姓李之人，都是我的仇人！念我还有一丝情谊，你赶快走，再耽搁，休怪我剑下无情！"李清霄哑然失笑："天下姓李之人何止千万，你若个个当作仇人，只怕这仇一辈子也报不完。"

"报不报得完，不关你的事！"

"当然关我的事。"

"笑话，关你什么事？"

"因为在下也是姓李。"

"你……"

陆烟白来了气："姓李的，胡搅蛮缠不想走是吧？"他轻足一踏，喝道，"那我便赶你走！"长剑瞬起，向李清霄刺来，李清霄侧身避开剑锋："小陆公子，怎么说动手便动手？"陆烟白冷哼："你当我在啰嗦废话么？"转手又递出一剑，李清霄闪身再避："小陆公子，有话好商量！"陆烟白墨眉横斜："现在没的商量！"踏步如飞，一剑又来，李清霄微微一笑，也不躲闪，一伸手指，铁钳一样夹住陆烟白的剑，陆烟白回手撤剑，哪知长剑纹丝未动，当下大惊，急将身子近前，左手疾出，五指快如流星，拂向李清霄胸前"神封""鹰窗""灵虚"三处大穴，指法甚是巧妙。

"妙啊！"李清霄心中大赞，不敢托大，赶紧运行先天元气，衣袖振起，护住穴位，右手疾出，啪的一下，如钳子般将陆烟白的手腕扣住，疼得陆烟白"哎呀"叫了一声，大声道："你无耻！"李清霄被骂得一呆，不由地撤开两手，陆烟白趁机一掌拍在李清霄胸前，却反被震得腕子一麻，不由自主后退三步。

"李清霄，这回你想走，本公子也不答应了！"

陆烟白轻叱而起，长剑快似流星，挽作寒闪闪一串剑花，分向李清霄咽喉、心口、腹部三处刺来，李清霄暗惊，忙施展"紫云腾"，腾空而起，倒跃出两丈之外，避开剑势，赞了句："好剑法！"陆烟白哼道："要你夸么？"点足一跃，宛如碧落白翎，宝剑又向李清霄刺来，步法轻盈，举手之间，翩若惊鸿，环环相连又变动不居。李清霄不敢小觑，右肩一振，劲力所至，白鹿角嘤鸣出鞘，李清霄握剑在手，沉声说道："小陆公子，你若要再不依不饶，我可不让着你了！"陆烟白冷冷地说："谁叫你让了？有本事你全使出来好了！"宝剑又出，轻灵飘逸，紫光迷离，剑随身走，将李清霄裹在剑花之中，李清霄神色不慌，鹿角剑守正归一，稳如山岳，层层绵绵，环环相扣，白光如浮秋水，正是"九真御剑诀"中的"仁字诀"。陆烟白剑法虽精妙，却一时也近李清霄不得，陆烟白暗暗称奇："没想到他的剑术如此高明，只是……这剑法却似乎有些熟悉！"心中疑惑，又连刺出七八剑，李清霄格开攻势，身法忽变，使出"简字诀"，一瞬间，鹿角剑身浮出一层白霜，剑式开始大开大阖，凌厉之气发之四方，摧得两旁竹叶纷飞。陆烟白见这阵势，心头一震，惊道："九真御剑诀？"

李清霄一收剑，愕问："你认得九真御剑诀？"

陆烟白未去回答，反却问道："你是'逸仙'吕真人的弟子？"

李清霄笑了笑："是，却也不是。"

陆烟白道："你什么意思？"

李清霄学着陆烟白方才的话："个中玄机，小陆公子慢慢去猜好了。"

陆烟白一跺足："颠三倒四，油嘴滑舌！你便是玉皇大帝的徒弟，本公子也要赶你走！"唰，唰，唰，又是三剑，李清霄左腾右闪，心中有些不悦："这小陆公子怎么如此不讲道理，若不动点真格的，看来是行不通了。"想到此处，鹿角剑突然加快，星星点点，迎着日光洒落一片清光，剑花如雨，向陆烟白刺来，正是"易字诀"。陆烟白只觉眼前一花，连连后退，心中暗震，"九真御剑诀果然冠绝天下！"如此想来，气势不免弱了三分，连忙转攻为守，身子轻盈一飘，倒纵出两丈多远，避开了李清霄疾风骤雨般的攻势，李清霄却未跟进，只喝了声："气字诀！"

话音一落，万道剑光一敛，白鹿角沉著萧肃，声如龙吟，李清霄持剑沉腕横划，一道剑气削向陆烟白头顶，陆烟白还未看出门道，便听"哧"的一声，头上那一段束发紫玉箍，竟被削成两瓣，"当啷啷"清脆落地，满头长发顿时散落开来，陆烟白"啊"地惊呼出来，这一声清如明珠碰玉，竟是个女子声音。

"你……你是个女人？"

李清霄不由后退了几步，再瞧陆烟白，长发垂肩，绰约亭立，哪里是什么翩翩公子，分明是个惊魂未定、眉黛楚楚的少女。美人谷凉风渐起，吹得陆烟白青丝凌乱，若飞若扬，半遮眉眼，陆烟白似乎有些寒凉，一时双手抱臂，忧处以默，弱不堪伤，犹之惠风，荏苒在衣，李清霄心头突然如风过湖，皱起涟漪，他呆了半晌，怔怔地说："我道这天底下哪有这般美丽的男子，原来……原来你竟是个女儿家！"

"李清霄，你欺负人！看剑！"陆烟白点足纵来，抖剑刺李清霄，李清霄一边闪避，一边道："小陆公子……不……小陆姑娘，我实不知你是女儿身，方才多有得罪！"陆烟白气呼呼地说："用不着假惺惺装好人！"转手又是一剑，李清霄弹足跳开："我说的是实情！不知我李姓之人究竟做了什么，叫你如此痛恨？"陆烟白忽然哀婉下来，眼中泛起泪芒："姓李的无情无义，是非不明，阴狠残暴，总之没有一个好东西！"剑花急颤，连刺五剑，手法极快，李清霄一边躲闪，一边一阵伤感，乱了方寸。这时，陆烟白一剑又到，李清霄瞧她面色苍白，珠泪含忧，似乎藏有无尽怨恨。不知为何，似乎故人相怜，李清霄心头为之一痛，难以释怀，长叹一声，竟不去避。

"噗——"

紫光宝剑狠狠刺入李清霄的左肩，鲜血登时涌出来，染红了大片衣襟，陆烟白手上一颤："你……你为何不避？"李清霄忍痛一笑："你剑法太厉害，我避不开！"

"你……你……"陆烟白不知说什么是好，颤手拔剑，血从伤口出溅，李清霄疼得"哼"了一声。陆烟白凝眉说："活该，叫你胡说！"她嘴上如此说，手却在颤动，匆忙从怀里掏出个青瓷药瓶，扔给李清霄，"这是金创散，你自己上吧！"李清霄咬着牙，插好鹿角剑，将青瓶中的药末敷在伤口之上，鲜血止住，他又撕下半边衣袍，手嘴并用，简略将伤口包起来，陆烟白蹙着秀眉，有些愧疚："我……我只是赶你走罢了，又不是真要杀你，你干吗不躲？难道不要命啦？"

李清霄笑了笑："话还没有说清，我岂能一走了之？若叫你刺上这一剑，或许还能出了心中这口怨气，我李清霄便是流了点血，也值得了。"陆烟白嘴唇微抖，心头跳了一下，脸上却依旧清冷如冰："只有疯子才这样！你不用可怜我，你以为这样做，我便会放过那姓李的大恶人吗？"李清霄道："总之能放过我就行。"

陆烟白哼了一声："放过你？那可说不好！"

李清霄一笑，忍痛拍了拍右肩："你若还不解气，便在我这个肩头也刺上一剑，正好一边一个，两不相欠，那倒是公平。"

陆烟白一怔，板着脸说："假充好汉，明知我不会，还说这些做什么？"跟着晃了晃手中宝剑，"若非看在吕真人面上，说不定真会再刺你一剑！"

李清霄道："小陆姑娘，你怎么会认得吕真人？"

陆烟白道："哼哼，你猜猜看。"

李清霄道："这简直是大海捞针，哪里猜得到？"

陆烟白道："若是猜不到，就不要再问了！"

李清霄道："天下哪有这样的道理？正因猜不到，才向你请教！"

陆烟白哼道："天下这么大，什么样道理没有？"

李清霄哈哈一笑，说道："好好好，此事我倒可以慢慢去猜，不过，还有一个问题，在下实在是百思不得其解，小陆姑娘，那个姓李的大恶人究竟是谁？不知他做了什么坏事，城门失火，殃及池鱼，竟害得我们这些李姓人跟他一起受牵连？"

陆烟白听李清霄问到此事，原本冰冷的神情，又多了一层哀伤，她将头扭在一边，秀眉楚楚地说："你即便知道了，又能怎样？"

李清霄扬眉道："我可以帮你讨回公道！"

陆烟白呆了一下，嘴角动了动，像是要说感谢，又咽了回去，淡淡一笑："我自己的事我自己做，从不用别人帮忙，你若不想我难受，今后少问这件事。"

李清霄叹了口气："好吧，我不问便是。"

陆烟白静默了一会儿，将了将头上乱发，说道："你先在这等着，我去去就来。"抬足向竹林中走去。

"你要去哪？"李清霄高声问。

"一会儿你就知道啦！"

陆烟白背影消失，李清霄心头蓦然一空，仿佛亲旧相别，他苦笑几下，解开包袱换了件干净布衣。陆烟白给他的金创散确有奇效，折腾了一回，伤口已不疼痛，李清霄心思迷离，踱步四望，瞧那芊芊青竹，挺拔刚劲，大有清高之气，一下让他想起白居易的《东楼竹》诗："潇洒城东楼，绕楼多修竹。森然一万竿，白粉封青玉。卷帘睡初觉，欹枕看未足。影转色入楼，床席生浮绿。空城绝宾客，向夕弥幽独。楼上夜不归……"正在咏叹，忽听烟谷中竹叶簌簌细响，上空有人说道："哪来的秀才，不在家用功读书，却跑到这里来吟诗念句。"李清霄一愣，抬头去瞧，碧簌簌的大竹冠上，轻飘飘飞下来个少女，盈盈如叶，落足无声，李清霄一下呆住了。

这女孩脸庞清瘦，肤白如雪，清眉长如画，青悠悠宛若寒烟渐入鬓边，烟眉之下，桃花美目如三秋水，看似迷离，内中却有冰冷之色，让人不忍久视。她青发垂于两肩，任风轻摇不染纤尘。若看得入了神，整个人仿佛冰雪雕琢一般，谷风掠过疏竹，吹动少女衣裳，散出幽兰之香，这一身的气质和容貌哪像个凡人？分明是瑶池仙子所化。

"你是……你是……你……？"平时能言善语的李清霄，这会儿倒有点语无伦次。少女画眉微扬，轻迈婵步来到李清霄近前，看他神思恍惚，心中不免羞怯三分，却又有几分得意，她轻轻一笑："怎么？才不到一刻的工夫，就认不得我了？"是啊！何当影落三秋水，辞是前尘梦里人。李清霄心跳如雷，恍然如梦："你……你是小陆姑娘？"

"这深林幽谷，除了本姑娘，还会有别人么？"

"真……真是你？对，对，"李清霄竟长长作个了揖，"只是……只是你这一换装扮，倒像换了个人，小陆姑娘，你……你这般好看，为何还要女扮男装？"

"哼！"陆烟白眨了眨桃花美目，说起话来依旧灵动，"我是去抢东西，又不是去送贺礼，若不装扮一下，难道还真叫人家记住我的容貌不成？"

"小陆姑娘，你这一换女儿装，倒叫人不敢细看了。"

"怎么，我很吓人么？"

"不不，"李清霄连连摆手，"我是觉着，琼霄上的凌波仙子长得如何，谁也不曾飞到天上见过，不过我想，她只有长得像你这般清美绝俗，才算名不虚传！所谓：烟萝如画，月白如梦，远尘离俗，倾国倾城。"陆烟白一笑："花言巧语，油嘴滑舌，话怎么好听你就怎么说，我看你啊，好了伤疤忘了疼。"李清霄道："我讲的句句实情，我觉着，这天下再也没有比'陆烟白'三字更适合小陆姑娘了。"

"是么？"陆烟白似是不以为然，"我可要牢牢记住你今天的这些好话，看你今后会不会反悔。"李清霄道："绝不反悔！"眼瞧太阳西坠，李清霄轻声问："小陆姑娘，你肚子饿不饿？"陆烟白点点头："方才在大孤镇本想吃点东西，谁想被那些人给搅了。"李清霄笑道："我也一样，这样吧，咱们先寻个地方休息，我去找些吃的，填饱肚子。"陆烟白抢过话来："还是我去吧。"

"嗯？为什么？"

"你受了伤，去哪找吃的？"

"你是有所不知，我李清霄自小在山里过日子，这山野之间，哪里有吃的，哪里没吃的，我最是清楚不过了。"

"那你肩上的伤……"陆烟白有些不忍。

李清霄哈哈一笑："区区皮肉之痛，算不得什么，又不是断手断脚，你随我来。"他一扬手，带陆烟白进了美人谷。

二人穿过一片浓翠山林，前面闪出一座山岭，岭间瀑布飞流，奇峰异木，郁郁葱葱。一条清澈见底的小溪，穿过碎石、幽草，从谷中潺潺流出，淙淙水声，时而似筝，时而似琴，既悦耳，又悦心。溪边绿草之上，错落有致地堆着几块大青石，石面平坦如镜，周边长满了白兰花，乍看上去，像落着雪，是个极佳处。李清霄心情大好，几步奔到溪边，俯下身，捧起清澈的溪水连饮了几口，只觉甘美异常，擦了擦嘴："真是人间妙境！小陆姑娘，你在石上稍作休息，我去打些野味来吃。"

"好啊。"陆烟白被美景吸引，情不自禁地说，"这地方的确好！"李清霄见她喜欢，心中大为高兴，这种味道他以往从未有过，仿佛觉得满山野的一草一木，都在冲他打招呼露笑脸，他心轻似云，脚快如飞，起起落落钻进了前面的山岭。

约莫半个时辰，李清霄拎着两只肥大山鸡，从山岭出来，兴高采烈地回到溪边，却蓦地一怔，大青石上空无一人，李清霄心头一颤："小陆姑娘哪去了？"四下看个遍，连陆烟白半个影子也没有，又唤了几声，仍无动静，李清霄寻思："这里并无打斗痕迹，想来不会有人来，可她去哪了？莫非……莫非她还在生我的气，一走了之？"一想之下，心头顿空，萎然坐在青石之上，手里的山鸡扑嗒掉在地上，正暗自神伤，忽听背后林叶响动，李清霄忙回头一瞧，当即转忧为喜，陆烟白像一朵白云，从山谷中飘了出来，她手里拎着好大个布包，不知包了什么，隐隐有甜香之味。

"你去哪了？让我好一阵心急！"李清霄冲过去大声问。

"这么大声干吗？"陆烟白冷着脸说，"你去找食物，我也不能闲着，山前山后，到处去走走，赏一赏这儿的美景，顺便呢——"她难得嫣然一笑，"你看看，这是什么？"陆烟白解开布包，一股奇香顿时扑面而来，李清霄一瞧，一大包黄澄澄、圆溜溜的果子，个个如李子般大小，陆烟白道："这果子我头次见到，也不知叫什么，可好吃啦，一会儿你尝尝！"李清霄接过那包黄果子，盯着陆烟白的眼睛，脉脉地说："我……我还以为你不告而别了。"陆烟白捋了捋耳边秀发，有意无意地避开李清霄痴痴的目光："怎么会？"跟着岔开话题，"我饿啦，咱们快点生火做饭吧！"

"好！"李清霄挽起了袖子，兴致勃勃地说："让你瞧瞧我李氏烧鸡法！"他放下果子，寻了一堆枯枝，架起来，生了火，将两只山鸡串上木枝，一并放上去烤，片刻工夫，翎毛燎光，皮肉烤得焦黄，油滴落在火枝上，发出"嗞嗞"之响，诱人不已。过了半炷香工夫，李清霄翻动了几下，两只山鸡俱已烤熟，冒出阵阵浓香，李清霄不顾烫手，撕下一只鸡腿，递给陆烟白，笑着说："吃了我李清霄烤的鸡腿，以后再去抢东西时，保管你跑得比那山鸡还快！"陆烟白呸了一下："你又开始胡说八道！"提起一只油汪汪的山鸡向李清霄扔了过去："赶快把嘴巴堵上，不许再瞎说！"李清霄心中高兴，撕下一只鸡腿嚼起来，不消片刻，两只山鸡便被消灭殆尽。

太阳落了山，陆烟白走了一天，又跟南岳剑派的人一番打斗，本就疲惫，如今吃了一只鸡腿两只鸡翅，肚子饱了，火光朦朦胧胧一照，困倦之感顿时袭来，她倚着青石，微合眼睛，不知不觉睡着了。

入夜天空，一弯新月升起，正上方又高悬一颗银星，极明亮。

这一星一月，嵌在满天繁星中，仿佛相约相盟，格外别致，如此安宁的熏风良夜，哪像个世俗人间，分明是与星空银河相连的灵妙圣境。

李清霄不忍去睡，看着入梦的陆烟白，如守前盟，愈发痴了，不由轻轻哼唱："北方有佳人，绝世而独立。一顾倾人城，再顾倾人国。宁不知倾城与倾国？佳人难再得。"正痴想，忽见陆烟白秀眉颦动，凄凄低唤："爹，娘，你们别走，你们别走，烟儿好想你们，你们快回来……"泪珠跟着滚下睫毛，李清霄心头一紧："她怎么了？怎么会哭得这样伤心？"一阵凉风吹来，陆烟白身子蜷缩，李清霄忙解下布袍给她盖上，陆烟白身子微抖，忽睁开眼睛，低眉一瞧身上衣袍，轻轻道："谢谢！"

她难以再睡，坐起身，仰观星月，忧忧发怔，李清霄笑了笑："你做噩梦了吧？都哭出声来了。"陆烟白这才发觉脸上泪痕未干，忙用袖子擦了擦："你都听到什么了？"李清霄道："只听到你在喊爹娘，是不是想家了？"

陆烟白眼中闪过一丝忧伤："李清霄，你想自己爹娘么？"

李清霄苦笑一声："我么……呵呵，爹娘故去得早，到现在啊，我连他们的样子都记不得了，即便是想念，也不知从何想起。"

陆烟白神色一呆："那我比你好些，至少还记得爹娘的模样，可是……"她肩头微抖，眼圈又湿了起来，李清霄赶忙问："是不是离家太久，想他们了？"陆烟白擦了擦眼角，凝望星月，说道："记得小时候，我家对面是一条很长的河，河里画舫轻盈，岸边梨花如雪，夜晚还有数不尽的灯火和烟花，很美很美，我想他们……"正说着，忽然，陆烟白桃目大睁，向李清霄身后一指，"李清霄，你快看，天上那是什么？"李清霄扭头向夜空一瞧，但见星月之下，振翅飞过一只巨鸟，好似漂浮空中的一艘小舟，仔细一瞧，那巨鸟长喙长颈，两翼甚大，却是一只白羽巨鹤。

　　"好大的仙鹤！"李清霄轻呼，陆烟白起身追出几步，仰眉说："天上看着这么大，若是落到地上来，岂不比咱们俩还高大？"话音甫落，只听白羽巨鹤一声长唳，斜翅划过夜空，旋即双翼翩翩向东南飞去。李清霄观之良久，心中感触，随口占了一首七绝："冲霄一鹤远朱楼，天作鸿溟云作舟。可载英雄登将岸？靖平刀甲水清流！"陆烟白听了这诗，回眸一笑："哎，假秀才，作得好诗，可惜你既要登临将岸，又想不染俗尘，这可就两难啦！"李清霄听她一说，茫然一怔，笑道："小陆姑娘知我诗中之意，倒不失红尘一知己，叫我十分欢喜！"陆烟白心头忽跳，红着脸说："什么'一知己'？痴人梦多，哼哼，我看你欢喜的是那一只鸡才对！"李清霄哈哈大笑，陆烟白却冷起面孔，"没空与你瞎聊，明天还要赶路，我是要睡觉了。"她说着，回到大青石旁，拽起李清霄的那件长袍，侧过头，闭上眼睛，仿佛睡了，实则难眠。

19 龙门血

"喂，李清霄，大懒虫，醒一醒，太阳升起多高了！"

李清霄睡梦中听见声音，忽地睁开睡眼，但见天光大亮，陆烟白白衣如雪，正在面前喊他。"小陆姑娘，你起得真早！"李清霄伸了个懒腰，忽然闻到一阵诱人的焦香，扭脸去瞧，那旁支着一堆炭火，已烤好了两条大青鱼。李清霄大乐，一跃而起，跳将过去，诧异地问："这两条鱼都是你捉的？"陆烟白得意地说："难不成是它们自己跳上岸的？"李清霄快然道："小陆姑娘，你不但聪慧、武功好，还烤得一手好鱼，哎呀，真是了不起！"陆烟白道："快吃吧，堵上你的嘴才好。"

"好说！好说！"李清霄食指大动，大快朵颐，正吃得不亦乐乎，忽听陆烟白问："李清霄，你接下来打算去哪？"李清霄猛然想起正事，扔掉鱼骨头，擦了擦手，说道："你要不问，我差点就忘了，我打算去前面的龙门镇，见一位将军。"陆烟白一奇："一位将军？谁啊？"李清霄道："大宋防御使王彦昇，你听过么？"

陆烟白摇了摇头："不认得，你见他做什么？"李清霄语气有些凝重："劝他尽快离开洛阳，否则将有性命之忧。"陆烟白一笑："听你的口气，倒像是个算命先生。"李清霄道："哪里是什么算命先生，这位王将军早年得罪了人，如今我总觉得他那个仇人要来寻他报复，所以赶过去给他提个醒，免得他身有不测。"陆烟白哼了一声："别人家的恩恩怨怨，与你有何关系，你干吗凑这份热闹？"

李清霄站起身，一本正经地说："小陆姑娘此言差矣，救人危难乃是我辈习武之人的本分，莫说助人方便，纵使血溅五步，我也在所不惜！"陆烟白为之一动，笑了笑："好吧，既然你要去做个拔刀相助的大侠客，那就去做好咯，这样吧，正好本姑娘也要南下，不如随你去龙门镇，见见那个王将军，万一赶上有人来寻仇，也好帮你一把，免得让你血溅五步，壮志难酬，你看如何？"李清霄一听陆烟白要与自己同行，令他欢喜异常，连连说："自然是好，当真求之不得！求之不得！"

"那咱们就赶快动身吧！"陆烟白说着，素衣翩翩，向谷外走去。龙门镇离此不算远，二人出了美人谷，向东南绕行十几里山路就到了。

此时天将正午，李清霄在龙门山下放眼一望，好大一座龙门镇，街道纵横，楼宇栉比，客栈、酒楼、茶坊、肉铺、绸店应有尽有，悠闲的士绅、往来的商贾、叫卖的小贩、背篓的僧人、挂伞的游客……行人川流不息，观此情景，李清霄心中暗叹："都说如今天下大乱，民不聊生，可大宋治下的区区一座小镇，竟如此繁华太平，可见当今皇上确是极有作为的君主，比江南国的李煜不知强出多少！"向人一打听，得知千鹤楼的位置，他与陆烟白加快了脚步，径直赶过去。

一到镇南，迎面闪出一座壮阔的茶楼。茶楼高有三层，黑瓦青墙，雕梁画栋，十分气派。檐下挂块黑漆大匾，上题"千鹤楼"三个大字，六扇大门齐开，进出往来多是富贵之人，楼里时而传出几声吟诵，倒是些屈子怀伤、宋玉悲秋之韵。也有一些纨绔子弟，若论起攀比，则极尽斗茶、斗杯、斗蟋蟀、比檀香、比美人图之能事。

李清霄心想："瞧这阵势，原来这里是个富贾豪绅的会所。"

他与陆烟白正要迈步进门，忽听"砰"的一声闷响，从三楼摔下两人，直挺挺躺在街面，身下都流了一大摊的血，惹得街上一片惊呼，紧接着，千鹤楼中喧哗骤起，一干豪绅鱼贯而出，挤得门扇摇摆欲脱，门前货郎小贩也一道四散奔开。

李清霄一惊，抢步近前，一瞧，摔下来的这两人是年轻的军官，双目凸出，嘴角大张，脸上犹带惊恐之色，早已气绝身亡。李清霄暗叫："不好！"足尖一点，如燕子般蹿上三楼，楼上桌椅翻到，酒水洒了满地，正中森立一人，身穿白袍，头戴浩然巾，罩着白色面具，脚下正踩着个头面朝里的健壮武人，那武人毫无反抗，似已奄奄一息。

白袍面具人手拿一支笔，蘸着武人的血，正在地上写："孽镜地狱，血债血偿！"忽听背后响动，白袍人扭头一见窗口处的李清霄，不禁微微一愣，也不问话，左手轻弹，一道银光突飞出，疾射李清霄，李清霄吃了一惊，右掌一翻，一股先天劲气盘旋而出，"啵"地将那颗暗器吸在手中，却是一枚专门打穴的铁莲子。

"咦？"白袍人诧异一声，"功夫不错！"李清霄一步踏出，勃然大怒："一之谓甚，其可再乎？"话音落时，扬袍袖，腾身纵来。哪知刚一近前，白袍人却形如魅影，倏地飘到窗口旁，李清霄吃了一惊，纵身又到窗口，白袍人却倏地腾到屋脊之上，向下冷瞥了李清霄一眼："小子，想多管闲事？那你便来追我！"弓腿一弹，射出七八丈远，好似灵猫，疾掠于鳞次栉比的屋脊之上。李清霄不甘落后，轻喝一声，施展轻功"紫云腾"，点瓦腾纵，提气紧追，只追出二三百丈远，便被白袍人遥遥落在身后，李清霄暗惊："这人好绝的轻功，我李清霄是自愧不如！"只好收气驻足，折回千鹤楼。这会儿，陆烟白早已来到楼上，正扶着那个受伤的武人，给他喂一丸红色丹药，听见响动，陆烟白回头一瞧，见是李清霄，急忙问："出了什么事？抓到凶手了么？"李清霄摇了摇头，陆烟白道，"那人下手真狠，已将他心脉震碎，恐怕……"

李清霄疾步过来，一瞧那武人，豹头燕颔，青颐大口，隐约看着眼熟，这时，只见武人喉咙"咕噜"响了一下，想是陆烟白的丹药起了效力，随后，武人"呃"地缓了口气，慢慢睁开眼睛，李清霄一见，忙问："你……你可是王彦昇将军？"

武人微弱地点点头，气若游丝地说："你是谁？如何……如何认得俺……"李清霄锁着眉头："王将军，此事说来话长，咱们先不提这些，我来给你疗伤！"

王彦昇轻轻摇了摇头，奄奄一息地说："怕是没用了……俺……俺老王杀了一辈子人，如今……如今没落得个善终，也算一报还上一报……"李清霄握住他的手："王将军，咱不说这个，你告诉我，方才那人是谁？是不是杀柳龄鹤的那个刺客？"王彦昇微微一抖，混浊的目光流出一丝惊恐："或……或许，俺……俺猜他是……"

"是谁？"李清霄赶紧问。

王彦昇喉咙动了动："是……是天煞孤星……"

"天煞孤星？"李清霄神色为之一变，再瞧王彦昇，王彦昇忽地大叫，双目外凸，嘴巴大张，猛地喷出一大口血，随即声音一停，那颗头骤然垂了下去。

"王将军！"李清霄喊了一声，再想救治却为时已晚，王彦昇已然气绝。

李清霄懊悔不已："没想到还是晚了一步！都怪我路上耽搁！"

陆烟白蓦地松开手，退了两步，呆呆地说："好好一个大活人，就……就这么死了？这……这世上为何有如此多的杀戮……"她的声音变得哀伤不已。

李清霄叹道："只要人间还有仇恨和欲望，便会杀伐不休！"

陆烟白烟眉含悲，喃喃说道："只要有仇恨便会有杀戮……我不喜欢杀人……"忽又烟眉一立，目光冷得吓人，"我不管，此仇此恨，我非报不可！"

"小陆姑娘，"李清霄轻轻唤道，"家师常说，人生一世，草木一秋，如白驹过隙，转瞬即逝，还当珍视，难道这仇恨……真的比人这一生还重要？"

"受害的人又不是你，你自然说得比谁都轻巧！"

"我不是这个意思，我是说……"

"你不要说了，我现在什么也不想听！"陆烟白孤零零地半倚在立柱上，低着眉，一句话也不说。李清霄心中不忍，正要去宽慰，忽听千鹤楼外一阵杂吵，人喧马嘶，刀甲铿鸣，有人高喝："闪开，闪开，死人有啥好看的？又不是你三叔六舅，不想跟着去的，都他娘的离远点！"李清霄听见动静，闪到窗边向下一看，街上奔来几十名官军和衙差，领头的是个赳赳武将，身旁紧跟着个带刀的捕头。那捕头李清霄却认得，正是前天在"倾城坊"遇到的"千里追魂"程风，李清霄心中暗虑："这位程捕头对王将军负有保卫职责，又告诉了我王将军的去处，如今王彦昇遇害，他定要被上方追责，倘若知道我在楼上，一时心切，弄不好要将罪名安到我头上！"想到这层，赶紧返回陆烟白身边，低声说："小陆姑娘，官军来了，咱们得赶快离开千鹤楼。"陆烟白斜着眉，一声不吱，仿佛没听见，李清霄说："常言道：宁舍十两金，不沾官司门。穷死莫下道，屈死不告状！王将军之死扑朔迷离，非三言两语能与官府说清，若不走，定会惹上官司，无端生出是非。"陆烟白依旧不理会，李清霄有些着了急："大小姐，你倒是说句话！咱们再要耽搁下去，那些官军围了上来，若犯了糊涂，将你我当成凶手，锁进衙门，到那时，哼哼——"李清霄半开了句玩笑，"我一个大男人，倒也没什么，只怕你一个姑娘家，被他们披枷戴锁，游街示众，然后秋后问斩，那就不得了了！"

"你少胡说八道……"

陆烟白气得大喊一声，刚喊半句，也思虑到了千鹤楼外的官兵，忙伸玉指捂了樱唇，止住声音，稍一顿，轻声嗔道："李清霄，你才披枷戴锁，游街示众呢，最好再砍你个千刀万刀，刀刀不重样，那才叫人解气！"

李清霄呵呵一笑："千刀万刀不重样，倒是辛苦了刀斧手！"

这个工夫，街上那个武官听到上面喊声，高声对程风说："楼上有人！"程风赶紧召唤左右："你们几个，随我上楼！"接着，便听"咚咚""嗵嗵""哗棱棱"的一阵响动，七八个捕快一起进门，奔向三楼。

"你瞧，打草惊蛇了吧？快走，再不走，麻烦就真来了。"李清霄一把拉住陆烟白的衣袖，翩翩跃出后窗，落到对面楼宇上，两人各展轻功，点瓦腾足，飞宅掠院，宛如一双白鹭，惊得后街的行人瞠目张口，纷纷驻足观望。

李清霄和陆烟白向南驰了半个时辰，眼见龙门镇离得远了，前方已进入龙门山腹地，二人这才停了脚步，陆烟白没好气地说："假秀才，臭算命的，大懒虫，我看你别的不会，就知道逃跑，这样登什么将岸？做什么将军？干脆省心，做个大逃兵好了，人没救成，还被吓得满街跑，丢不丢人？"李清霄笑道："你当我不难过？唉，太史伯阳曰：'祸成矣，无可奈何！'我这就叫无可奈何，简直难过得要死！"

陆烟白白了他一眼："你这书呆子有难过的时候么？我看你整天就会胡说八道吓唬人，人救不活，却学会了不少掉书袋的本事。"说到这儿，陆烟白忽又神色转伤，叹了一声，"要是师父的七心雪晴丹在就好了，那个王彦昇或许还能多活几日。"

"七心雪晴丹是什么？"李清霄好奇地问。

"雪晴丹，雪晴丹，自然是丹药了。"

"王将军心脉已碎，难道一粒丹药便能救过来么？"

"你知道什么，"陆烟白说，"莫说心脉已碎，只要这人还未最终咽气，若是服了这'七心雪晴丹'，至少也可续他三日寿命。"

"世间竟有此仙药？"李清霄大为诧异。

"怎么没有？你没听过'大千世界，无奇不有'这句话么？"

"嘿嘿，那你以后可不可以赏我两颗尝尝？"

"你又没死，吃它做什么?!"

"哈哈，若等到咽了气再吃，哪还来得及？"

"李清霄，看来你还真怕死！"

"阎罗王才不怕死，谁不怕死谁就是阎罗王，莫非你不怕？"

"我……我又不是阎罗王！"

"然也！然也！生而有恋自会怕死，生而无恋死又何妨？"

"好啦好啦，不要总说个死字，我又没强迫你去死！"

"哈哈哈，那就好，我是想长命百岁，等着凌波仙子有空来看我。"

"真不害臊！"陆烟白"扑哧"乐了一下，李清霄瞧她笑得天真，恰似一朵生在碧叶丛中的栀子花，又恍惚是降落凡尘的仙子，美得不可方物，不由痴痴暗想："她一直心藏怨恨，神色忧伤，却不知自己笑起来会美上十倍，倘若以后能去除她的执念和苦痛，让她不再忧心，我李清霄信守前盟，纵为之死，也无憾了！"想着想着，口上竟跟着说出来："死而无憾，死而无憾！"陆烟白一愣，伸手在李清霄眼前晃了晃："什么死而无憾？李清霄，方才你不是怕死的么？这会儿吓昏了头么？"这一下让李清霄如梦初醒，脸上一红，心想，荒唐，哪里来的前盟？连忙说道："是是是！"

"哼，什么是是是，说不准你心里打什么鬼主意。"陆烟白说。

"鬼主意？"李清霄叹了口气，好似不经意地说，"可惜，我若真有许多鬼主意，也不必明知你心头不乐，却不知做些什么，只叫心里难受！世有三生石，便有三生情。我何尝不想天天陪你，让你天天高高兴兴，不去烦恼，可我简直是一头大笨驴。"

陆烟白听了李清霄的话，不由心头一跳，只觉温暖，却又似乎觉得像是梦，有些虚无缥缈，一时不知如何是好，不由自主地转过脸去，出神望着远处的山峦，眉头似有结难开，沉默了半晌，忽回头说："李清霄，你……你真的想陪着我么？"

"当然，陪你一辈子也无妨！"李清霄脱口道。

"谁要你一辈子陪。"陆烟白脸红了，声音也有点不自然，"我……我只是想让你陪我去云梦泽烟雨岛，去看太玄宗六月初十的太玄大典，你愿意么？"

李清霄微微一怔，想起了她在大孤镇夺华风楼邀客令一事，便问："小陆姑娘，你为何一定要去参加太玄大典？"

陆烟白迟疑了一下，说道："我……我想去见一个人，我们很久不见了，不过，我知道太玄大典时，他一定会去，可是，"她顿了顿，神情似乎有点为难，"可是现在我手上没有邀客令，想要进岛就难了。"

李清霄剑眉一轩，朗声说道："倒也无妨，你放心，我自会陪你去，到时候，倘若太玄宗的人不通情理，不让咱们进岛，我李清霄便带着你一起，闯他关门，我就不信，凭我李清霄掌中剑，进不了小小的烟雨岛！"

陆烟白呆了一下，低下头轻轻说："谢谢！"

李清霄微笑："你怎么客套起来了，嘿嘿，这倒让我受宠若惊……"他刚说完这句话，忽见从南面山林里慌慌张张跑出几个樵夫，各个衣松带散，神情惊恐。李清霄心中纳闷，拦住一个中年樵夫，问道："老哥，发生了什么事？你们怎么这个样子？"中年樵夫大口喘着气，说道："前……前……前面有一伙人，在拦路寻人……他们带的玩意儿太吓人了，还是快走吧，不然……不然会被吃掉的！"李清霄微怔，再想细问，中年樵夫早已惶不可待，推开李清霄，匆匆跑了。

李清霄回身看了看陆烟白，笑道："前面有吃人的东西拦路，你怕不怕？"

陆烟白呵呵一笑："我怕什么？要吃也是先拣个大的吃。"

李清霄哈哈笑道："唇亡齿寒，若将我吃掉了，接下来便轮到你了呀。"

陆烟白也开起玩笑："那也未必，趁吃你的时候，本姑娘大可弃车保帅，以退为进，等他们吃完你之后，说不定本姑娘早已赶到烟雨岛了。"

李清霄一挑大拇指："厉害！厉害！小陆姑娘这番话，倒颇合兵法之道，既然如此，那咱们就去见识见识，究竟是什么吃人的怪物。"说着，当先走在前面，二人走了大约三五里路，忽听前方林中有"吱呀呀"的车轮滚动，又杂有"哇呜"的叫声，声似家猫，却更为凄厉，陆烟白脚步微停，怔道："难道真有吃人的怪物？"李清霄一笑："有也别怕，不是还有我这个大的在前顶着么。"陆烟白道："少胡说八道，这回可是真的啦。"说着，略略一闻："不信你闻闻，还有一股子腥臭味！"

李清霄前走几步，提鼻一闻，果然如此，当下警觉道："的确古怪！"话音方落，只听林中的怪物突然高叫了一下，接着有人大声说："定是前面有人，快去瞧瞧！"茂林中顿时脚步声大作，车轮"咕辘辘"响动加快，冲出一大伙人来。陆烟白一瞧之下，桃目大张，不由向李清霄身边靠了靠，李清霄亦是吃惊非小，这伙人约莫有一百多号，中间拉着五辆黑乎乎的大车，每辆车皆用黑布帷幔蒙盖，在这百十人前面站着四名青衣大汉，每个青衣大汉手中都牵着一头猛兽，李清霄定睛细看，竟是四只体型健硕、纹色各异的大豹子，从左至右依次是一只云豹、一只黑豹、一只雪豹和一只金钱豹。百余名大汉喧嚣气盛，晃动着刀剑将去路封住，最前面的四只豹子更不消停，向前奋力挣着铁索，目射精光，张牙舞爪，似乎将李清霄、陆烟白一口吞掉方算罢休。

"三爷驾到——"

有人一声高喝，几十名大汉两边分开，从里面走出个身穿铁色皮甲的虬髯大汉，身后还跟着三个魁梧的汉子，一个大红脸，一个黑青脸，一个长方脸。

李清霄一瞧长方脸的汉子，心里一诧："这不是在白鹿楼被苗人杰吓跑的'马面判官'尤振堂么？他怎么在这，难道这些人都是神龙门的门徒？"

这时，只见那个尤振堂一溜小跑来到穿皮甲的汉子面前，向李清霄一指："曲三爷，撞见了，撞见了！"曲三爷神色一悦："撞见刺客了？"尤振堂摇头道："不是刺客！"曲三爷斜他一眼："那你高兴个屁？"尤振堂一缩头，说："虽说不是刺客，可说不定是刺客的同伙。"说着，一指李清霄道："三爷，那个小子，和夺咱孤城玦的那小贼是一伙的！"曲三爷一振，向前走了几步，先是瞥见了李清霄身边的陆烟白，见她白衣似雪，清美绝俗，恍若仙子下凡，不由得目瞪口呆，咽了咽口水，这才将目光从陆烟白身上移开，一指李清霄，厉喝："小贼，你抢了本门宝物，竟还敢留在洛阳府，看来真是不知死活的东西，怎么就你一个人，你那个同伙小贼呢？"

陆烟白一听，奇怪地看了看李清霄："你也抢人家东西了？"

李清霄笑了笑："我哪有小陆姑娘的本事，他们是冤枉好人。"说着，提声问那曲三爷，"阁下是哪一位？我与你素不相识，你的话，我听不明白。"

尤振堂在后高叫："瞎了你的狗眼！这位乃是我神龙门的三当家——曲凡曲三爷，此番特地来搜寻刺客，今天遇见你这小贼，正好捉了为我神龙门的弟兄报仇！"

李清霄哑然一笑："你那两个兄弟是死在'千手蛛王'苗人杰的手上，与我何干？另外，今日既然撞见了神龙门的列位好汉，在下就不妨实言相告了，你们上次拼死拼活夺的那个孤城玦，原本是个假货，早已被在下摔得粉碎。其实，这孤城玦啊，本来就是一个不祥之物，我劝诸位好汉以后还是少去沾惹它为妙。"

"放屁！"尤振堂大骂起来，"你说假的便是假的？当爷爷是三岁孩子？"一晃手中鬼头刀，"你看爷爷手里这家伙是不是假的？识相的，快把孤城玦交出来！"

李清霄一叹："尤壮士，孤城玦确是假的，你为何不信？"

"信？"尤振堂哈哈大笑，"我信你是婊子养的！他妈的，你和姓燕的小贼一贯与我神龙门作对，前番我家柳门主被刺杀，说不定就和你们两个小贼有关，你以为当时戴上块黑面具，爷爷就不认得你们了么？"

李清霄长眉一立，高声说道："尤振堂，人命关天的大事，你不可信口胡言！我李清霄自下山来，只想救人，不知杀人，要把行凶杀人的这顶大帽子戴到我头上，那可由不得你！至于我那位燕兄弟么，哼哼，"李清霄冷笑一声道，"想来你还不了解他的脾气，他要杀人，从来是直直爽爽，痛痛快快，还非得戴着面具么？"

"少他妈废话，我看你是不见棺材不掉泪！"尤振堂丝毫听不下去，他自打在白鹿楼见到李清霄，便一直以为李清霄是个软柿子，这回逮着个好机会，正好拿来立功，回头冲曲凡说，"三爷，上回便宜了这小子，这次兄弟愿先打头一阵！"

曲凡奅着嘴角："好，切记，速战速决。"

尤振堂气焰高涨，鬼头刀晃了三晃，暴喝着，跳将过去："嘴硬不如刀硬，小贼吃爷爷一刀！"鬼头刀挂着风声向李清霄迎头砍去，李清霄闪身避开，他受尤振堂冤枉，心中来气，沉沉说道："尤振堂，这黑风三煞中，顶数你的命最好。"尤振堂一怔："说什么疯话！"鬼头刀转手横扫，李清霄使个大铁板桥，避开刀锋，冷冷地说："之前你跑得快，捡了一条命，现在遇见我，又能捡回一条命，若换作我那燕兄弟，这会儿你早已魂归地府了。"尤振堂哈哈大笑："爷爷命好，你的命却糟得很。"鬼头刀一翻，自下斜撩过去，李清霄侧身让过刀锋，问："何以见得？"尤振堂大骂："爷爷今日废了你，管叫你这小贼不得给爹娘养老送终！"抖手又是一刀，尤振堂这话正戳到李清霄的苦处，他心头一痛，眼见尤振堂鬼头刀劈来，右手疾出，啪地抓住厚厚刀背，沉声说："我本不想为难你，可这回你清霄爷爷改主意了！"话音一落，李清霄右手一运力，"嘣"的一声，那柄精钢打造的鬼头刀被掰作两段，他就势抬起一脚，正踢在尤振堂左肋之上，尤振堂"啊"地摔出三丈多远，"扑通"砸在地上，右手前臂震断，左身肋骨亦断了七八根，一口血喷出，痛昏了过去。

20 并肩行

“打得好！”陆烟白喝了声彩。

李清霄将半截刀头扔在地上，冷冷地问：“曲三爷，下一个谁来指教？”

曲凡倒剪双手，紧蹙眉头，扭头冲身边红脸、青脸两名大汉说：“你两个去会会这小子，切记，速战速决！”两个大汉闻令，拱手齐道：“顷刻便回！”纷纷纵跃过来。红脸大汉点指李清霄：“臭小子，识得我神龙门牧兽坛‘虎豹双雄’么？”

李清霄淡淡道：“不识得。”

红脸大汉火冒三丈：“没见识的家伙！你听好了，免得一会儿动起手来，败在谁的手上也不知晓！我乃神龙门虎字旗旗主窦全！”

青脸大汉接口道：“豹字旗旗主魏胜！”

红脸大汉又道：“你可听清楚了？”

李清霄尚未说话，陆烟白却在旁呵呵一笑：“听清了，原来是两位旗主大侠，不过么，若叫小女子听来，想必这位窦大侠要比这位魏大侠厉害。”

窦全神色为之一振，擦了擦嘴巴：“小美人，你好眼光！”

魏胜妒火中烧，冲陆烟白哼了一声：“你怎见得他比我厉害？”

陆烟白清声道：“这还用说么？虎为山君，乃百兽之王，自是厉害无比，而豹子么，若遇见老虎，也只能跳到树上逃命。由此来看，身为虎字旗旗主的窦大侠，一定要比你这豹字旗旗主魏大侠更为厉害。”

窦全闻言，哈哈大笑，连连点头，魏胜却满脸涨红，侧目冲窦全冷冷一笑：“窦旗主，这小娘子不知内情也便罢了，你得意什么？若非你窦全跟着三爷早些年头，攒了几分苦劳，今日岂能坐上这虎字旗的旗主之位？”

窦全脸色一变：“姓魏的，住口！你诋毁我窦某也不是一日两日了，我窦全能掌管虎字旗，那是三爷慧眼识人，可不是吃干醋吃出来的！"他两腿一屈，双手左右分开咯咯作响，做出虎爪之势，高声喝道，"你若不服，咱们这里见个分晓！"

魏胜后踏一步，左腿高抬，双眉倒立："我魏胜三十六路追魂腿闲得很，正愁没人来消磨消磨！"二人各亮架势，来来回回在阵前转起了圈圈。

李清霄暗笑，低声对陆烟白说："还是你厉害，三言两语便叫他们斗起来。"陆烟白道："我只不过替清霄大将军先乱其军心，如何带我冲出敌营，还须你这位将军大显身手才是。"李清霄哈哈一笑："本将军自护你周全，不叫任何人伤你！"

这个时候，那边的窦全、魏胜早已打作一团。

曲凡看在眼里，气得虬髯抖动，跳纵过去，扯开二人，"噼啪"扇了每人两个耳光："妈的，混账王八蛋！都他妈失心疯了吗？自家人掐了起来，连老黑它们都不如，告诉你们，今天若擒不住这两个小子，老子就地撤了你们旗主之职！"

窦、魏二人摸着瘀肿的嘴角，不敢耽误，各自嘶吼，转身扑向李清霄，二人架势虽凶，却无非三四流外的把式，哪里是李清霄的对手，战不三合，被李清霄抓住要穴，如掷沙袋，齐齐扔到曲凡脚下，砸起一地尘土，惹得四只豹子龇牙亮爪，咆哮个不停。李清霄道："曲三爷，这二位大侠也被清霄爷爷速战速决了，接下来该轮到谁了？"曲凡见李清霄连败三人如探囊取物，心下大骇："小贼武功如此高强，看来非用我看家宝贝不可了！"打定主意，后踏一步，喝了声，"点猛将！"

一声令下，四个青衣大汉来了精神，抖动手中铁索，索中套着的四只豹子得了指令，来了劲头，叫声大作，犹如猛将出征杀气横阵，夺人心魄。曲凡大为得意，向前看了看陆烟白，喃喃说道："这么标致的美人，可别伤着。"提声对那四个青衣大汉道："叫长尾巴打头阵，猎物要活的！"

"吱吱吱……吱吱吱……"最左边的大汉发出几声怪叫，手中锁链一解，那只长尾云豹"嗖"地扑向李清霄，李清霄从未斗过野兽，饶是他身怀绝技，也不免有些心惊，忙拉着陆烟白向旁纵出三四丈远，与此同时，"白鹿角"破空出鞘，将陆烟白挡在身后，长尾云豹一见扑空，目中凶光暴涨，又向李清霄扑过来，李清霄心下有了准备，鹿角剑向前横扫，一股无形剑气凛凛削来，长尾云豹再是凶狠，也不曾见过人世绝学，它还未察觉出什么端倪，只听"喀嚓"一声，两只刚落地的前腿便被剑气削断，长尾云豹一声长嗥，身子滚到一边，后腿犹自奋蹬，却连连扑倒，鲜血洒了一地，惊得神龙门众人纷纷后退，只有剩下三只豹子仍旧不住地挣着锁链。

"长尾巴……"

曲凡心疼得直咧嘴，一指李清霄，大骂："臭小子，乌龟王八蛋！伤我爱豹，本坛主要你的狗命！"扭头大喝，"将老黑、老白、老金都放出去，撕碎了这小贼！"三名青衣大汉应了一声，纷纷向三只豹子的后腰拍了几巴掌，铁索一开，三只豹子咆哮惊天，飞跳着向李清霄奔来，陆烟白一见，忙道："李清霄，我帮你！"铮——她拔剑出鞘，剑尖向外，紫光隐隐，与李清霄背靠背站在一处。

　　豹子虽不及熊虎高大，可视力嗅觉绝佳，又胆大凶猛，性情机敏，较之熊虎更为聪明，经专人调训后，极通灵气。但见这三只豹子眼见前个同伴被砍断双腿，知道李清霄手上有古怪，当下也不敢贸然便扑，只死死盯着李清霄和陆烟白手中宝剑，伺机下口。李清霄见它们目光凌厉，围而不动，心想："何必与这些畜生费事，只用剑气驱走便是。"想着，鹿角剑清光一闪，使出"气字诀"。哪知，这三只豹子狡猾异常，见李清霄腕子一动，便立刻向旁跃开，竟齐齐闪过李清霄的剑气，李清霄略一迟疑，那只黑豹便得了机会，箭一般突蹿上来，直向李清霄手腕咬去。李清霄大惊，翻剑斜斩，黑豹陡跳而避，与此同时，另一旁的金钱豹趁机扑向李清霄的左身，陆烟白在旁见了大惊，挥剑相护，那只盯了半晌的雪豹却忽地蹿起，直扑陆烟白。陆烟白花容变色，忙转剑去削那只雪豹，那雪豹凌空一跳，竟躲过了这一剑。

　　这三只豹子灵气相通，配合默契，进退腾挪间快得令人咋舌。

　　一时奈何不得，李清霄心中略急，忽听陆烟白在旁说了句："将欲取之，必先予之！"李清霄一听，心中豁然开悟："不错！这畜生灵敏异常，既然追它不易，何不诱它深入！"想到此处，卖个破绽，缓缓张臂，斜刺金钱豹脊背，金钱豹细腰一扭，轻巧躲过，一旁的那只黑豹见李清霄手臂外张不动，胸膛和脖项也空出了一大片，当即露出利齿电闪扑来，迎面向李清霄的咽喉咬去。李清霄也不躲闪，放那黑豹过来，待至面前，说时迟，那时快，左手一探，"噗"地掐住黑豹脖子，轻喝一声，将黑豹凌空提起，怒道："畜生，来世莫再害人！"左手用力，"喀嚓"一声，登时将黑豹的脖子拧断，甩手扔在一旁。这时，忽听陆烟白在背后叫了声："快打！"李清霄疾回头，但见那只金钱豹正一口咬着陆烟白右臂衣袖，想是陆烟白故意让了便宜给它，李清霄乘一隙之机，左臂一挥，暴胀三寸，"砰"地一掌，正拍在金钱豹头骨之上，金钱豹"呜"了一声，头骨立时碎裂，一命呜呼，尖尖的牙齿，犹自挂了半片扯下来的白纱衣角。

　　那只雪豹见只剩它一个，不由生了怯意，塌着腰退了几步，目光戾气渐弱，噤着鼻子，"喵呜"低吼，逡巡不前，随即三蹿两跳，逃了回去。

　　李清霄舒了一口气，心间大快，回首脉脉看了陆烟白一眼："小陆姑娘，你真聪明，方才多亏了你这条妙计。"陆烟白嫣然一笑："妙什么……还谈不上，险计倒是真的，咱俩刚才走的可是一着险棋，如果一着不慎，只怕真要被几只大猫吃了！"李清霄道："这几只大猫虽说聪明，却到底没有小陆姑娘聪明。"

陆烟白瞪道："拿本姑娘和那几头畜生比？也不知你说的是好话还是坏话！"李清霄道："当然是好话，古有樊梨花跨马征西凉，今有小陆姑娘定计除三豹，都是美丽无双的奇女子！"陆烟白秋波盈盈："樊梨花文武全才，助她夫君薛丁山登坛挂帅，是纵横沙场的巾帼英雄，我怎好和她比？"她虽如此说，心底却美得开满花朵。

此时，曲凡眼瞧几只爱豹毙命，又惊又恨，捶胸顿足，哀痛了好一会儿，破口大骂："小王八蛋，你毁我三只爱豹，老子叫你碎尸万段！"扭头挥手高呼，"出雄兵！出雄兵！"号令一下，前面几十人往两旁一闪，后面的五辆黑布帷幔大车"咯吱吱"被推至队前，一字排开，每辆车前各站立四个手持铁棒的红衣大汉，曲凡大喝："打开！"二十个红衣大汉闻令，齐吼一声，"呼啦"将黑布帷幔一同掀开，露出五个巨大的铁笼子。李清霄与陆烟白举目一瞧，都轻呼了一声，那五只大铁笼子里，竟都是锐头白颊、高前广后的灰狼，足足有三百余头，群狼甫一见光，又闻到血腥之味，俱都眼放绿芒，狼牙锐露，躁动不安，呜呜低吼，当真可怖。曲凡昂立车前，点指李清霄："小贼，老子再问你一遍，孤城玦你到底交不交？"

李清霄一笑："等你问上一万遍，我就告诉你。"

曲凡大怒："王八蛋，那老子留你何用？小的们，发兵！"话刚出口，魏胜忽然在旁拦住："坛主，咱这狼兵一出，只怕那小娘子……"还未说完，曲凡回手抽了魏胜一个耳光："都他妈什么关节了，你还贼心不死？那小娘儿们可是省油的灯？滚一边去！"铁链"哗啦啦"大响，五只大铁笼子笼门齐开，三百多头如饥似渴的大狼，裹着腥臊凶戾之气，从铁笼中鱼贯拥出，风暴一样冲了过来。

李清霄凝眉横剑，挡在陆烟白面前，使出"气字诀"，鹿角剑横空一扫，剑气所至，冲在前面的那五六只大狼顿时连声哀嚎，四肢俱被削断。

俗话说，"孤猪群狼"，狼之特性，最是凶残执着，犹善群斗，虽见同伴倒地，仍不怯退，源源奔来，一头大狼冲得最快，转眼扑到李清霄面前，李清霄挺剑去刺，那大狼凶恶得紧，张口竟咬住了剑锋，李清霄的鹿角剑乃不世之宝，他喝了声："好个畜生！"白鹿角一划，如切豆腐一般，将这条大狼的半个狼头削落，可狼头上的一双狼眼，依然露着凶光，让人不寒而栗，而那只无头狼身犹自向前冲了一冲，方才倒下。刹那间，又有两头灰狼扑来，李清霄右手一剑，一狼当中劈断，左起一脚，另一头大狼被踢飞两丈多远，震得大狼骨断筋折，脏腑碎裂，抽搐着送了命。

忽听那边陆烟白惊呼一声，李清霄急忙去瞧，却见左、右两条大狼，龇出利齿死死咬住陆烟白的剑身，犹如生根一般，虽满嘴流血，却半点不放，李清霄急纵而至，抬手一削，那两条大狼登时齐齐断为两截，鲜血泼了一地。二人刚缓了一口气，又有六七头大狼扑纵上来，李清霄挥舞鹿角剑，左削右斩，鲜血四溅，刚放倒几头恶狼，又有十几头扑来，连声呼嗥，真可谓前仆后继。一盏茶的工夫不到，李清霄与陆烟白的周围，已散布了几十头恶狼的碎尸，一时腥臭无比。

群狼生性狡诈，越斗越精，没过多久，便已知道如何躲避李清霄与陆烟白的兵刃，这些畜生闪转扑跳，变得更加难缠。陆烟白见恶狼头数太多，久缠下去也不是办法，便冲李清霄说："咱们不必做这群恶狼的靶子，擒贼擒王，寻它主人去！"李清霄赞了句："好主意！"话音未落，一头恶狼乘隙扑上，李清霄单掌一拍，正中狼头，顿将恶狼天灵盖击碎，随即抓起这头恶狼，向前横甩出去，登时撞倒了七八头。

李清霄与陆烟白趁机施展轻功腾身而起，鹿伏鹤行，脱离那群恶狼，向曲凡纵去，那两百余头恶狼一见，忽地又掉转头追了过来。

曲凡原本见李清霄被困狼群，心中打着如意算盘："如此车轮战下去，想必不用我亲自动手，累也累死那小子！"正自得意，忽见李清霄、陆烟白突破狼群，竟朝自己方向纵来，又将两百余头恶狼一并引来，曲凡大惊，"我这狼兵杀性正烈，若冲过来，难免不伤及自身！"连忙大呼，"阻住狼兵！阻住狼兵！"

二十个红衣大汉急匆匆纵到队前，手中铁棒向前一指，齐齐发出一阵狼嗥，说来也怪，群狼听见这阵嗥叫，竟立时止步，夹着尾巴，露着利齿，死死盯着李清霄、陆烟白，却不再前冲，李清霄大喜，几个起落直奔曲凡扑来，窦全在旁大惊，高声叫道："保护坛主！"两旁几十名神龙门弟子急忙拢过来，晃刀剑将曲凡护在当中。

李清霄见群狼与神龙门众人俱被牵制，去路已开，与陆烟白换了眼色，二人身形掉转，如闪电一般飞离了神龙门弟子的包围，向南侧山林奔去。

曲凡一瞧，方知中了李清霄和陆烟白声东击西之计，顿足大喊："上当了，快追！快追！"呼哨一声，催动群狼在前开路，自己领着神龙门的百十名弟子，风一般追了上去。李清霄与陆烟白顺山路飞奔，虽将曲凡等人遥遥落在身后，可群狼擅走山路，奔行又快，如同尾巴一样，紧跟在后。

二人又奔出六七里路，冲出了山林，再往前跑了不远，忽双双定住脚步，前面横然现出一处山涧，大约有八九丈宽，水声聒耳，隔断去路。

陆烟白秀眉一蹙，回头一瞧，群狼已呼啸而来，远远能看见神龙门众人黑影晃动朝这边赶来，陆烟白一边喘息，一边担忧："前无去路，后有追兵，看来要麻烦了！"

李清霄喘了口气，略思片刻，忽然说道："只好如此了！"

他一把拉起陆烟白，向涧边急跑，陆烟白一惊："你要干什么，拉我跳崖么？"李清霄不回话，依旧驰奔，快到涧边，左手忽用力，一下将陆烟白揽在怀里，紧紧扣住她的纤腰，在涧边助力一跃，飘身而起，飞向对面。陆烟白心中无备，一时惊讶不已，可眼下身子已在半空，又不能立即挣脱，见李清霄将自己搂得甚紧，几欲额鬓相贴，心中又羞又急，素手一扬，"啪"地打了李清霄一个耳光："谁叫你抱着我的？"李清霄被打得一愣，气息一滞，身子忽坠下去。陆烟白惊叫一声，赶紧抱住李清霄的臂膀，方觉得安稳，不由心神一呆，这时，李清霄急忙腾出大袖，袍如羽翼，向下一振，"扑拉"劲力反弹，借力一拔，呼呼而起，揽着陆烟白落到对崖之上。

甫一落足，陆烟白便挣脱李清霄的胳膊，双瞳剪水，似惊似怨，没好气地瞪了他一眼，又不知说什么是好，只扭头不语，再瞧对岸的群狼，早已扑至涧边，只因涧宽，无法越过，便不住地徘徊嗥叫。俄顷，曲凡率神龙门众人赶到，累得满头大汗，不住喘气，这时，陆烟白冲对岸扬声说道："曲三爷，你这些猫儿狗儿太不中用，还是带回去看门护院得好，别再领出来丢人现眼啦！"李清霄也朗声笑道："对极了，曲三爷，多谢你兴师动众前来相送，青山不改，绿水长流，咱们后会有期！"曲凡气得在对岸大骂："王八蛋，小贱人，别以为这样便能逃出我神龙门的手心……"

李清霄不去搭理，拉着陆烟白扬长而去，一边走，一边夸赞："小陆姑娘，你真厉害！"陆烟白有点得意："嘿嘿，哪儿厉害啦？"

"方才杀豹斗狼之时，你指挥得体，深得兵法之妙！"

"这算什么，若和我爹爹比，还差得远呢！"

"哦？"李清霄一奇："不知令尊是哪一位高人？"

"我爹……"陆烟白一顿，神色忽寂，"问那么多做什么，快点赶路吧。"说着快步向前走去，两人行了一个多时辰，前面又现出两座山峰，峰下怪石嶙峋，两峰中间是一片茂密的松林，松林之前，却是一大片葱茏的蒿草地，李清霄大喜："总算有条平坦路。"正要奔过去，忽被陆烟白一把拉住："等等，先别去！"李清霄怔道："怎么了？"陆烟白迈出几步，俯下身来看了看，回头道：

"前面有人埋伏！"

李清霄大奇："你怎么知道？"

陆烟白指了指地上的草："你瞧前面这草与两旁的有何不同？"

李清霄看了一眼道："都是蒿草，也没什么不同。"

陆烟白白了他一下，上前拔了几棵蒿草，指着根部的一处折痕："大笨驴，你瞧，这片蒿草，大多有这样的折痕，明显是被人踩倒后，又被扶起，平白无故走路，干吗要费这事？"李清霄一拍巴掌："不错！定是有人在此埋伏，怕别人发现这里被人踩过，便将踩倒的蒿草扶起，以消除痕迹！"陆烟白道："你终于开窍啦。"李清霄笑道："小陆姑娘你心思机敏，如此聪明，我李清霄万万不及你了。"

陆烟白道："不是我聪明，是你太笨。"

李清霄一鞠躬："嘿嘿，那以后还须你教我才是。"

陆烟白呵呵一笑："看能不能冲出去再说吧。"

李清霄道："这些人既然躲在暗处，我便来个敲山震虎，揪他们出来见见光。"当即运足内力，高声喝道，"前面藏着的是哪一路的朋友？请出来相见吧！"声如雷，响彻云霄，在两峰间不住回荡，喝声送去不久，前方松林中有人笑道："小子，果然有两下！"松林内簌簌响动，呼啦啦蹿出八九十个大汉，这些人挎着粗大的箭壶，手中俱都提着一张两尺余长的铁漆连弩，弩形如凤凰张翅，弩机上装有一个黑漆漆的长形槽盒，内中放着十二支八寸长的弩箭，在这几十名大汉的最前方，站着一个笑眯眯的人，这人唇上有须，头戴方巾，手拿羽扇，眼尾堆着细细的皱纹。

李清霄不认得，朗声问："各位好汉，是哪里来的朋友？"

"朋友？"拿羽扇的人冷笑一声，轻摇扇子，"少往自己脸上贴金，哪个与你是朋友？明白告诉你，本座神龙门赵路天，适才接了我曲三弟的飞书，说有两条小鱼漏了网，游到本座这边来了，呵呵，果不其然，倒叫本座碰个正着。"

李清霄一笑："神龙门的人拳脚稀松，追踪的本事倒是在行。"

赵路天不以为意，笑眯眯地说："小贼，本座没工夫和你耗费唇舌，赶快将孤城玦交出来，我神龙门向来宽大为怀，或许还能留你们一条生路。"

李清霄摇了摇头："我早说过，孤城玦是假货，可你们偏偏不信。"

"假的？"赵路天略微一怔，轻摇羽扇，哈哈一笑，"你小子是狗不吃屎——糊弄人吧？"李清霄一听来了气，振声说道："我李清霄不敢妄居五德，却也不说假话，你爱信不信！"赵路天哼道："小贼，欲盖弥彰，区区瞒天过海之计，当本座不识？在我'巧手武侯'面前卖弄，你的确是活腻了。"说着，回手拿过一张武侯弩，对着右手边的松林"咯"地一扣扳机，只听"哧、哧、哧"三声破空之响，三矢连发，箭速奇快，全部射中百步外的一棵松树，箭矢力道奇大，每支箭入木过半。赵路天拍了拍手中武侯弩，笑呵呵地说："明人面前不说假话，你们还是痛快交出孤城玦为好，否则，我这'神凰武侯弩'一旦发了火，不留活口，叫你二人顷刻变成铁刺猬。"

陆烟白低声对李清霄说："这姓赵的面善心狠，又精通器械之物，你瞧他说起杀人的话来，轻描淡写，想来要比那个曲凡更棘手，咱们要小心。"

李清霄不以为然："小陆姑娘放心，奇技淫巧之徒，能奈何我？"扬眉冲赵路天道，"你这玩意儿我看不怎样，驴蒙虎皮而已，若拿来对付曲凡的阿猫阿狗，倒正当其用，我看你也不必叫'巧手武侯'，干脆改名叫作'巧手猎户'最好。"

赵路天肉皮一跳，淡淡一笑："年岁不大，说起话来倒尖酸刻薄。"跟着又叹了一声，"既然你执迷不悟，本座也不必劳心费神了。"

一语忽毕，他将羽扇向上一抬，"呼啦——"前排四十名弟子高举神凰弩，一齐对准了李清霄和陆烟白。赵路天面带微笑，羽扇向前一挥，四十名神凰弩手齐扣扳机，但听"哧哧"连响，数百只弩箭凌空飞出，如雨点射向李清霄、陆烟白。李清霄急忙掣出鹿角剑，旋转雷发，拨打弩箭，舞得快时，但见银华漫天，龙鸣大作，剑气荡出，隐隐化成一道密密屏障，数百只弩箭四下崩飞，金声不绝。

饶是如此，稍未留神之时，几只弩箭穿袖而过，惊出李清霄一头冷汗，不禁暗叹："我与他们相距足有六七百步，这弩箭射来，威力竟丝毫不减，远非大力铁胎弓能比，看来，这巧手武侯果然名不虚传，倒是我李清霄轻敌了！"

话说这铁漆连弩，始自一代奇相诸葛孔明，在当时便已威震三国，传到后世，多有改良，待到赵路天手里，他苦心钻研，将槽内十矢改为十二矢，并将十矢齐发改为三矢齐发，使射程更远，威力更大，用起来更加灵活。十二年前，柳龄鹤创建神龙门，赵路天便以其改进的神凰武侯弩，助柳龄鹤横霸西京，使中原一带无数高手丧命神凰武侯弩下，神龙门也因此独霸洛阳，势力日渐壮大。

这会儿工夫，赵路天又挥扇列阵，后排变前排，冲过来四十名弟子，李清霄知晓了神凰弩的厉害，见蒿草地无屏无障，自己与陆烟白名副其实成了众矢之的，倘若神龙门的人连续开弩，二人便有三头六臂也难以应付，急切中他略一环视，忽见左侧山峰下有一处峭壁，壁前堆着七八块四尺余宽、一人多高的长条青石，李清霄心念一动，对陆烟白说了声："跟我来!"趁神龙门弟子布弩阵之时，二人兔起鹘落，疾速纵到那些长石之前，李清霄运起先天无极功，双臂力贯千斤，抱起那块长条青石。

赵路天见李清霄移了方位，连忙大喊："快射！"

四十名弟子举起神凰弩，弩箭如雨，射向李清霄、陆烟白。李清霄恰好将长石抱起往前一立，犹如一面石盾挡在了二人面前，便听"铮铮""当当"一阵激响，数百只弩箭俱都撞落在长石之下，李清霄瞧一块青石遮蔽尚显不足，为保万无一失，回身又抱起一条长石，与之前那块并列起来，挡在二人面前，恰好筑成一面石盾。李清霄擦了擦手，笑着说："这便好了，有了这石盾，看他姓赵的能奈我何。"正这时，却听陆烟白在身后轻呼："李清霄，你快看，这里露出个洞口！"

李清霄忙扭头去瞧，果不其然，在移开长石的峭壁上，露出个一人高、半身宽的洞口，里面隐隐有光透出，李清霄刚才只顾抱石，并未留意，哪料到这青石之后另有玄妙，心下大奇，忙又搬起一条青石，洞口露得更阔。李清霄故作疑阵，将这条长石与之前的两块合在一起，搭成三扇青石屏风，牢牢将二人蔽在石屏之后。那边的赵路天皱起了眉，他没料到李清霄竟会挪过来三块巨石当盾牌，他的神凰武侯弩威力再大，也无法射穿青石，眼见李清霄、陆烟白藏身石后，举动不明，赵路天心急如焚，又不敢贸然靠近，一时左右踱步，琢磨起了应对的办法。

趁这个工夫，李清霄、陆烟白早已闪进洞中。一入洞口，迎面是一个狭长的通道，只容两人并行，二人小心翼翼行了几十步，眼前豁然一亮，竟现出好大一个巨洞！这大洞高约四五丈，阔约七八十丈，纵深处竟长达几百丈，足能容下上千人，蔚为壮观。在这大洞的正中，有一泓碧郁郁的潭水，潭上白烟浮绕，气息幽寒，似乎深不可测。寒潭的正上方，有一个直径约两丈的圆形天口，直通悠悠碧落，阳光从天口射入，投在寒潭之上，照得洞中十分明亮。再向两旁去瞧，大大小小连通着数十个小洞，洞与洞之间的通路蜿蜒曲折，密布着形态各异的钟乳石、石针、石笋、石矛、石柱、石幔、石瀑……比比皆是，色彩斑斓，如金似玉，扑朔迷离。

21　灵鹤洞

"李清霄，这太美了！"

陆烟白睁大眼睛，四处看不停。

李清霄亦感叹天地鬼斧神工，造化神奇。

忽然，只听"咯"的一声洪亮鸣叫，李清霄、陆烟白吓了一跳，急忙侧目一瞧，从天口处飞下一只大鸟，这大鸟头顶赤红，长颈、长腿、尾部飞羽玄黑如墨，其余洁白如雪，落到地上，约莫两丈高。陆烟白仔细一看，又惊又喜："李清霄，你看，这不是咱们在美人谷见的那只巨鹤么？"李清霄惊得顿口忘言，连连点头。

这时，这只白羽巨鹤歪着脑袋，眼中充满了好奇，洪钟一般叫了一声，随即迈着小步向陆烟白跑来，陆烟白一惊，正欲拔剑，却见这巨鹤眼神清澈，似乎并无恶意，它跑到陆烟白面前，忽地停住身子，只将长长的脖子伸到陆烟白身后，用长喙去啄她背上的包袱，陆烟白登时明白，呵呵直笑："原来是只馋嘴鹤！"李清霄也恍然大悟："它是冲你包袱里美味去的。"陆烟白心情大好，连忙解开包裹，取出一个黄果子，递到那巨鹤喙下："吃吧！"巨鹤一口衔在嘴里，略一嚼便咽了下去，又低下长喙碰陆烟白手中包袱，陆烟白十分欢喜，一连喂它吃了九个黄果子，巨鹤吃得欢快，俯下身子，用细绒绒的脖子蹭着陆烟白的肩头，眼神乖巧，极是亲昵。

陆烟白开心至极，笑得像三月桃花："李清霄，你快看，这馋嘴鹤很喜欢我！"李清霄道："这家伙是只馋嘴鹤也便罢了，却还是只见色迷心的小色鬼。"陆烟白嗔道："不许这样说它，我看你才是地地道道的小色鬼，说起见色迷心，谁比得过你？"李清霄哈哈一笑："北方有佳人，一顾倾人城，再顾倾人国。我虽偏爱美人，却没对你做什么。"陆烟白脸一红："你若敢做什么，我便一剑杀了你！"话未说完，忽听洞内有人长叹："清静了二十年，终究被人搅了！"回声森然，荡漾洞中。

李清霄、陆烟白闻言俱是一震，白羽巨鹤却"咯"的一声长唳，向右侧一处石洞跑去，但见那个洞口灰影一晃，赫然飘出一人，身穿麻布灰袍，长发披肩，相貌清癯，凤目隆准，眉长且黑，脸上却极苍白，毫无半点血色，手中还拄着一截碧竹杖，看着令人凛凛发寒。陆烟白向李清霄身后退了一步："他是人是鬼？"

"是人？是鬼？"那灰袍人一阵大笑，冷凄凄地说，"白日人是鬼，夜晚鬼就是人，颠颠倒倒，倒倒颠颠，何必细分。"说话间，也未见他走动，身形已飘起，犹如一道灰烟，瞬间游到李清霄、陆烟白近前，"你二人擅闯灵鹤洞，打扰老夫清静，便是自讨苦吃，若想活着出去，须得留下这两对招子。"说话时，碧竹杖忽起，杖头晃作两路，疾如流星，直向李清霄、陆烟白眼中点来，李清霄和陆烟白俱都身怀绝技，虽是吃惊，身上不慢，双双腾空后跃，轻快躲过灰袍人的雷霆一击。

灰袍人略感诧异："一羽之轻，虬龙之速，两个小娃倒有些本事！"

李清霄见灰袍人身法诡谲，世所罕见，不敢大意，一振鹿角剑，声如龙吟，浮出一道淡淡白光，正是"清字诀"，李清霄横剑于前："这位前辈，为何不分青红皂白出手伤人？"灰袍人冷笑："伤你又如何？强者自存，弱者自灭，天地之道。"话音甫落，一杖又点来，李清霄后踏一步，鹿角剑清光暴涨，在身边凝聚不散，随手一划，一道剑气横出，削向灰袍人手腕，灰袍人"咦"了一声，右手回撤，左手大袖向前一挥，一股劲气荡开李清霄的剑气，震得李清霄后退一步，灰袍人停杖凝视，原本孤寂冷漠的目光忽然放出喜悦的光芒："好剑法！好剑法！"

行家一伸手，便知有没有。

李清霄见灰袍人武功奇高，已是宗师境界，可其言谈举止忽怒忽喜，阴晴不定，又少了几分宗师的气度，不禁暗自奇怪，他倒提鹿角剑，抱拳行礼："前辈武功卓绝，敢问高姓大名？"灰袍人不去答话，转身望着洞顶天口，激动地说："二十多年来，这天下还不曾找到一人能让老夫甘心拔剑，实在太寂寞了。"念叨了几句，忽回头盯着李清霄，兴奋地说，"三百年间必有圣者出，三十年间必有俊杰出，老夫等了几十年，终于等到一个值得我拔剑的人！"说着，将碧竹杖往上一拔，一柄碧光凌发的宝剑横空出鞘，灰袍人用剑一指，"小子，若叫老夫不废你二人招子，倒也好办，一个眼珠子抵十招，你若能与老夫过上四十招，老夫便放你二人离开灵鹤洞。"

陆烟白在旁一听，闪身过来，冷笑着说："听你这口气，本姑娘倒觉得你不是个鬼，却真是个人了。"灰袍人斜她一眼："这话怎么说？"陆烟白道："鬼么，是不会吹法螺的，只有人，才会将法螺吹得震天响。"

"小丫头，你好大的胆！"灰袍人大怒。

陆烟白哼了一声："我胆子当然不小，恐怕你还不知道我这清霄哥哥的厉害！"李清霄听陆烟白称他为"清霄哥哥"，不由心头一痴，只听陆烟白接着说："莫说是四十招，便是四百招，你也未必能奈何得了他，只是么……"

"只是什么？"灰袍人长眉立起，手中宝剑握得"咯咯"直响，陆烟白不慌不忙道："只是我这清霄哥哥正思虑一件十分棘手的事，心中烦躁不定，没心思与你比剑，便是有十分的本领，恐怕也只能使出一二分罢了。"她刚说到这，洞口那边恰好响起了叫骂声："小王八蛋，小贱人，有种滚出来，别像只老鼠，躲在洞里！"

洞外跟着传来一阵大笑，接着，又响起杂七杂八的辱骂声。原来，赵路天等人在林子前商量对策，可瞧了半天，始终也不见李清霄、陆烟白的动静，赵路天当下生疑，便带着众人，小心翼翼地靠近石盾，往后一瞧，哪知竟空无一人，还多出了个一人多宽的洞口，赵路天这才知道中了李清霄金蝉脱壳之计，只是眼下不明洞中情形，仍旧不敢轻率进入，便叫手下人在洞口叫骂，以投石问路。

神龙门的人越骂越难听，可陆烟白心中却不怒反喜："这群人骂得正是时候。"她就势冲灰袍人说道："怎么样？洞外的情形你也听到了，本姑娘没有骗你吧？他们这般辱骂，你说，我这清霄哥哥如何能安心？你若想和他比剑，除非……"

"除非什么？"灰袍人冷冷道。

"除非你替我们赶走洞外那些神龙门的人，这样一来，清霄哥哥心定神安，才能使出十分的本事，好叫你输得心服口服，怎么样？"

灰袍人哈哈大笑："小丫头，你这是借刀杀人之计。"

陆烟白脸一红，灰袍人的话正戳中她的心思，其实，陆烟白深知李清霄九真御剑诀非同凡响，可他昨日肩受重伤，今日又接连与神龙门的人恶斗，元气受损，而灰袍人却是以逸待劳，再加之此人功力深不可测，陆烟白担心李清霄吃亏，这才想到用言语去激怒灰袍人，叫灰袍人与神龙门的人争斗，而自己与李清霄好寻机离开。

然而，灰袍人这一句话说完之后，却话锋一转："小丫头，你虽用计诳我，可今天这柄刀算是借着了，老夫行走江湖四十载，从不乘人之危，什么神龙神虫，去他娘的狗屁，你俩在此稍候，老夫先替你们宰了这群鸟人，再与这小子公平对剑！"

"前辈，"李清霄喊了一嗓子，上前一拦："不可妄开杀戒！"

灰袍人哼了一声："人活一世，心不染尘，尘自染心，你不杀他，他却要杀你！"李清霄朗声道："他是他，我是我，他要杀人，我便要跟着杀人么？若是如此，岂不是白沙在涅，与之俱黑？"灰袍人微微一怔，这时，外面又开始响起了神龙门弟子的骂声。骂了几句，忽见洞口飘来一大股青烟，袅袅弥漫，还带着一阵腥臭的味道，李清霄提鼻一闻，顿觉头昏脑涨，胸中作呕，忙道："不好，这是曼陀罗烟，此烟有迷毒，快屏住呼吸！"可陆烟白摸了摸秀鼻，却奇怪地说："我怎么没感觉？"

"小丫头，你吃了金珠佛光果，对吧？"灰袍人在旁问。

"金珠佛光果？那是什么果子？"陆烟白不解。

"就是你包袱里的果子。"灰袍人一边指，一边说道，"此果只生在这方圆百里之地，乃是当年一位大德高僧亲手栽植的，成熟之后，经年不朽，若是吃上几颗，果香滋入血脉，长久不散，能解曼陀罗、神仙醉、押不庐、草乌、桃卒等诸多迷烟之毒，还可专治毒蛊。"陆烟白一听，欢喜不已，急忙从包袱中取出几个金珠佛光果递给李清霄："你快把这果子吃了！"李清霄接过来咬上一口，只觉满口甘甜，齿颊生香，便几口吞下肚去，顿觉心神俱清。这时，又听赵路天等人在洞外叫骂："小王八蛋，臭鳖孙，你小子再不滚出来，可就被熏成死乌龟、臭老鼠了！"

灰袍人长眉微皱，骂道："一群聒噪的鸟人，实在讨厌，老夫这就出去收拾他们！"一招手，那只白羽巨鹤"咯"了一声，几步跑来，灰袍人青影一飘，落在巨鹤背上，巨鹤一声长唳，扇动羽翼，从天口直飞了出去。

陆烟白见灰袍人出了天口，连忙背上包袱，说道："咱们四下找找，看有没有别的出口。"李清霄问："找出口做什么？"陆烟白道："你傻啦？这会儿不出去，难道还等那怪人回来跟你没完没了？"李清霄眉头一皱："原来你把这前辈骗出去，是要我去逃命？我李清霄岂是贪生怕死之人？这前辈虽说性情古怪，可为人却也真诚，我们决不能诓骗于他！"

"李清霄你……你真是个书呆子！"陆烟白嗔了一声，甩过头去，黛眉一蹙，竟落下了眼泪，"神龙门的人是你招惹来的，我好意帮你，你倒装起了好人！"

"不，小陆姑娘，我不是这个意思，我……我……"李清霄似乎一下慌了神，不知所措，索性道，"你……你别生气，我来给你学一学那只馋嘴鹤，你看像不像？"说着，像那白羽巨鹤一样"咯咯"叫了两声，张开双臂，围在陆烟白身边不住扑动，陆烟白看了一会儿，忍不住破涕为笑，李清霄这才舒了口气，忽然，又听灵鹤洞外惨呼四起，李清霄心头一沉，凝眉说："不行，我得出去瞧瞧，不能因我一人之故，损掉百十条人的性命！"大步流星，奔向洞外，陆烟白无可奈何，也只好跟了出去。

一到洞外，场景却令二人大出意料。那灰袍人剑光霍霍，却并未大开杀戒，只是如青烟一般，游于神龙门众人之间，手中碧竹剑如风似电，每出一剑，必削神凤弩手的腕脉，几十名弩手想避而不能，一时痛呼连连，神凤弩散落了一地。赵路天看得惊心掉胆，哪想到这个骑鹤之人武功如此出神入化，他不敢再留，连忙呼叫着众人风卷残云般奔逃而去，比起曲凡的那群恶狼跑得还要快。

望着这情景，灰袍人淡淡一笑："多年未出手，偶尔动动筋骨，倒也舒服得紧。" 李清霄这时走了过来，拱手道："多谢前辈手下留情！"灰袍人冷问："你不谢我助你退敌，却谢我放走你的敌人，也不知你是呆是傻？"李清霄道："呆也好，傻也罢，心中无愧，其行未悔。"灰袍人道："人生一世，弛张沉浮，变化无常，想做问心无愧的事，何其难哉！"说着，一振碧竹剑，"年轻人，这群猪马牛羊我替你赶跑了，接下来便是咱们的事了，想必那小丫头无话可说了吧？"陆烟白想起方才李清霄责备她的事，便没好气地说："哼哼，这回叫我说，我也不说啦！"

李清霄微微一叹，向上一抱拳："既然前辈如此瞧得起晚辈，晚辈恭敬不如从命，只好陪前辈走上几趟，多承指教。"鹿角剑当胸一立，剑尖朝上，左手二指平推剑身缓缓向前，正是"九真御剑诀"中的"和字诀"，灰袍人点头说个"好！"字，掌中碧竹剑一划，抖出无数剑影，如点点梅花暗香浮动，李清霄心下称奇，剑作龙吟，踏步进身，与灰袍人斗在一处。灰袍人大袖飘飘，足踏八卦方位，以剑法之变仿拟自然之物，时而青蛇化为寿龟，时而朱雀化为钝蛤，时而老枫化为羽人，时而朽麦化为蝴蝶，时而贤女化为贞石，时而山蚯化为百合，看似无形，却又处处有形，与李清霄交手之间，旋转如风，变化万端，极是好看。

22 旧时事

"二十八，二十九，三十……"

陆烟白一招一招记着，灰袍人剑法愈妙，陆烟白愈发愁担忧。

又过了半盏茶的工夫，陆烟白忽地提高声音："四十！喂，四十招到了，你们该停手了！"灰袍人好似一个字也未听见，依旧剑花如雨，招招递向李清霄，毫无半点罢战之意，李清霄亦神思不乱，以神导气，化气为剑，剑随身走，清光阵阵，一时攻守兼备，倒也应对自如。

"喂！"陆烟白又喊了一声，"你这怪人，怎么言而无信？明明说是四十招，这会儿都快一百招了！"说着，拔出宝剑，紫光隐隐，纵进圈中，去格灰袍人的碧竹剑，本想迫他住剑，哪知，双剑甫一相碰，陆烟白但觉一股真气撞来，右臂一麻，不禁噔噔噔倒退七八步，惊得花容失色，李清霄心思一分，手上慢了半招，只在这毫厘之间，灰袍人的身法突变，碧竹剑如暴风骤雨，大开大阖，前三后四，左五右六，连刺了十八剑，既密且快，不给李清霄留喘息之机。李清霄半招落后，便失了局势，鹿角剑忙左遮右挡，脚下被逼得连连后退，一时气血急涌，只觉左肩伤口处隐隐作痛。

灰袍人气势愈盛，长啸一声腾空而起，碧竹剑如蛟龙探海，凌空向李清霄刺来，大有雷霆之势，李清霄暗惊，后踏一步，鹿角剑迎空一格，铮地与碧竹剑碰在一起，灰袍人身子在空，用剑一压，借力又腾起三丈多高，碧竹剑映着日光，化作几十道剑影，暴雨般刺向李清霄，李清霄心下大惊："想'一臂仙'华风楼剑法奇妙，却也只一剑化作七道剑影，怎比得这灰袍人如此造诣！"当下不敢怠慢，鹿角剑荡起一瀑白光，护住周身，人剑仿佛合为一体，正是"清字诀"攻守合、物我合、身剑合的三合之境。

霎时间，两人剑花纷飞，"叮叮""当当""哧哧""铮铮"……清响不绝，如骤雨狂风，惊蛇走虺，看得陆烟白目瞪口呆，心中唏叹："李清霄剑法这样好，看来当日他与我对剑，不过是千般让我罢了。"正这时，忽听灰袍人高喝："形影归一！"大袖呼飘而起，李清霄只觉眼前剑影一空，乍一愣神，灰袍人已掠过自己头顶，碧竹剑逆势回刺，快得如青蛇吐信，"哧"的一声，正中李清霄的后颈。

"啊！"陆烟白吓得惊呼，赶紧纵了过去，一看李清霄脖项，并无大碍，只是衣领上多了一个寸许长的口子，显然是灰袍人手下留了情，不然李清霄早已魂归离恨。此时，李清霄如呆似傻，面色苍白，他缓缓将鹿角剑回插入鞘，向前一步，大大鞠一个躬："前辈剑法如梦似幻，妙到毫巅，晚辈甘拜下风！"

"非也！非也！"灰袍人连连摇头，面色冷峻，说道，"你输的不是剑法，而是火候。"随即又仰天长叹，"你这等奇绝的剑法，攻守之间，饱含天地之道，倘若再沉淀三年五载，青春正茂，火候已足，老夫岂是你的对手？届时，天下使剑者，当推你为第一！"李清霄道："前辈实在垂爱，晚辈岂敢窃此大誉！"灰袍人道："你不必过谦，芳林新叶催陈叶，流水前波让后波，这是千古不变的道理。"忽又问，"小子，你这剑法是谁教的？"李清霄垂首道："是终南山太乙宫纯阳真人所传。"

"纯阳吕逸仙？"灰袍人一震，仰头哈哈大笑："难怪难怪，老夫早闻九真御剑诀别开天地，大义通玄，今日能与之一较高低，我凤栖梧死无憾矣！"

"凤栖梧"三字一出，李清霄与陆烟白目瞪口呆，李清霄惊问："前辈……前辈你就是紫霄五剑之首凤栖梧？"凤栖梧叹了口气："紫霄五剑，已成过往，唯剑痴狂，至今未改。"李清霄赶紧施礼："晚辈久闻前辈大名，未想今日得见，幸何如之！"凤栖梧摆手说："一副行将就木的枯骨，所幸何来？若真要去论，家师紫霄真人与逸仙吕真人乃是同辈，你是逸仙传人，与我凤栖梧算是侪朋，不可再以晚辈相称，你叫我老哥哥，我叫你小兄弟，那才好。"李清霄拱手说："多谢老哥哥抬爱。"

陆烟白一笑："没想到，不到两日工夫，小女子竟连见南岳剑派两大高人，真是不虚此行。"凤栖梧一怔："两位高人？另一个是谁？"

陆烟白道："就是你的五师弟'一臂仙'华风楼呀。"凤栖梧忧色一闪，叹道："原来是风楼师弟，小丫头，我那五师弟现在可好？"陆烟白道："他么，气色不错，武功也好，不过，就是不够大方，连一块破铜牌也舍不得！"

凤栖梧一愣，不明所指，李清霄知道陆烟白是说"邀客令"的事，便笑了笑："老哥哥，小陆姑娘说的都是玩笑话。对了，老哥哥，方才你用的那套剑法，想必便是名扬天下的'化剑'了？"凤栖梧点点了点："正是。"

"化剑？"陆烟白奇道："为何叫这等古怪的名字？"

凤栖梧缓缓说道："化剑者，便是将天地万物之形化为剑意，仰仗身、剑、四肢、气血，模拟万物，一招一式，都与万物的形神相关，以求变化莫测。所谓陶炼五行，火之道也；流行无穷，水之道也；八卦环转，天地之道也；神物乃生，变化之道也。是以君子体物而知身，体身而知道。"讲到这里，忽又长眉一扬，显出得意之色，"不过，这套剑法也并非尽善尽美，里面许多关节之处，都被我加以改变，比起家师所创的招式，更加凌厉迅猛，不知费了老夫多少心血，只可惜……"说至此处，凤栖梧不禁叹了口气，便顿口不言。李清霄瞧出他的心思，想当年，正因凤栖梧不守成规，在武学上一心求新求变，将南紫霄所传之学擅加改动，才使得他广受同门诟病，处处予以阻拦，凤栖梧不得已而远遁南岳，李清霄深感同情，宽慰道："老哥哥不必伤怀，自古成大宗师者，哪个不曾标新立异独辟蹊径？起初虽步履维艰，可最终无不登峰立岳，笑傲江湖，正所谓：'笼鸡有食汤刀近，野鹤无粮天地宽。'"

"说得好！"凤栖梧哈哈大笑，声震山谷，"我凤栖梧虽不指望做什么大宗师，可听了小兄弟这番话语，却也甚为快慰，看来你这小兄弟，我没有交错，当浮一大白！"李清霄笑道："可惜此处无酒。"凤栖梧扬手说："醉我无须酒，知音不必琴，闻尔之言，足矣！足矣！"一时欢欣雀跃，如孩童一般。李清霄见他随心随性，不愧"剑狂"之称，心下慨叹，忽又想起凤栖梧那几招奇幻剑影，便问："老哥哥，方才你大显神威，一剑化出漫天剑影，便是用的化剑么？"

凤栖梧道："不错，那几式取自化剑中的'形影境'，家师化剑诀中载：'以一镜照形，以余镜照影。镜镜相照，影影相传，不变冠剑之状，不夺黼黻之色。是形也与影无殊，是影也与形无异。乃知形以非实，影以非虚，无实无虚，可与道俱。'这便是'形影境'的剑意，以功力深浅为基，一剑刺出，可分三剑幻影、五剑幻影、七剑幻影、九剑幻影、百剑幻影五重境界。"

陆烟白听了，心想："想必那日华风楼所使出的便是'七剑幻影'了，若比起这凤栖梧来，真是远远不及了。"便道："凤先生方才用的便是'百剑幻影'么？"凤栖梧笑道："非也，化剑之最高境界，便是练成'九霄幻化神剑'，而'百剑幻影'则是'九霄幻化神剑'的一座峰头，至今，也只有家师紫霄真人能到此境界，我只不过是照猫画虎而已。"李清霄接口道："那也是厉害之极！"

凤栖梧摆了摆手："小兄弟有所不知，方才我之所以使出这'形影境'，只是欺你一时心乱，不能沉着应对罢了，假若你能气定神闲，不去看剑，只攻我左心

'天池'穴一点，便可立破此招！"李清霄一怔，叹了一声，抱拳说道："老哥哥不顾武学大忌，将招法破绽和盘托出，坦诚如斯，小弟万分敬佩！"

凤栖梧道："老哥哥只不过实话实说，没什么可敬佩的。"正说话间，忽听白羽巨鹤在旁"咯"地叫了一声，轻抖羽翼奔陆烟白而来，长喙下垂，不住点头。陆烟白登时会意，呵呵一笑："馋嘴鹤，饿了吧？别急，我这就给你拿果子吃。"边说边打开包袱，将佛光果一个个地拿给那巨鹤去吃。

刚喂了七个，陆烟白忽又想起一事，扭头问："凤先生，我也曾见过许多仙鹤，可都高不过五尺，为何这馋嘴鹤却比骏马还大，你是从哪弄来的呀，莫不是哪位神仙送你的？"凤栖梧哈哈一笑："这世上哪有什么神仙？要说起这只白羽灵鹤，倒是与一件千古至宝有莫大干系。"

"什么千古至宝？"李清霄问。

"孤——城——玦！"凤栖梧缓缓吐出三个字。

一听"孤城玦"，李清霄与陆烟白又是一惊，彼此望了一眼，只听凤栖梧不紧不慢地说："对于这孤城玦的来龙去脉，你们可都了解？"陆烟白摇了摇头，李清霄略为一顿，说道："小弟倒是听家师讲过一些，据说这孤城玦乃是佛家至宝，为天外流星天石所雕，内含神通，一旦神力被催动，便是千军万马，也不过毁于一瞬。孤城玦原本在深山古刹的大德高僧手中，大唐'会昌法难'时，孤城玦流落民间，后落入黄巢手中，引发'黄巢之乱'，不但伤生无数，还断了李唐的运脉，可谓是大劫大灭之物！"凤栖梧听罢，笑了笑："令师只知其一，不知其二！"李清霄一怔："老哥哥此话怎讲？"凤栖梧道："这孤城玦除了藏有神通之外，还牵扯另一个秘密。"

"哦？什么秘密？"陆烟白忍不住问。

"在说此事之前，老哥哥先问你们一个问题。"

李清霄道："老哥哥请讲！"凤栖梧道："小兄弟，你可知这五百年来，江湖之上谁的武学造诣最高？"李清霄略一思索，回答："若论创学之众、遗泽之远、功德之大，当首推少林寺禅宗之祖菩提达摩祖师。"陆烟白也跟着点了点头，凤栖梧道："不错，少林寺菩提达摩传法东土，开宗创派，功德无量，其武学造诣当为五百年间第一人！我要说的这孤城玦，便与达摩祖师有莫大的干系。"

"与达摩祖师有关？"李清霄和陆烟白都有些吃惊。

凤栖梧道："因为孤城玦就是达摩祖师从天竺带到东土的。"

李清霄、陆烟白凝神细听，凤栖梧缓缓地说："孤城玦，原本是我华夏道祖老君之物，后来，老子骑青牛，过函谷，西去无踪，孤城玦自此销声匿迹。直到一千五百年前，佛陀涅槃，孤城玦复现于佛祖悟道的菩提树下，千年之后，辗转落入时为香至王三王子的菩提多罗手中，菩提多罗因之照见大乘佛法，遂拜西天禅门二十七祖般若多罗尊者为师，改名菩提达摩，孤城玦也便成了佛家之宝。又过了几十年，般若多罗尊者圆寂，达摩祖师为弘扬西天佛法，以百岁之身，携带孤城玦，布衣赤足，东至华夏，与梁武帝论法之后，一苇渡江，北上少室山，在少林寺面壁禅坐九年，因'佛陀拈花微笑，迦叶会意'之教，识自本心，见自本性，于佛法、武学均有大悟，由此开创了华夏禅宗一脉，传下了四卷《楞伽经》和两本绝顶武学内功经法。"李清霄道："可就是那少林寺的镇寺之宝《洗髓经》和《易筋经》？"

"正是！"凤栖梧道，"这《洗髓经》以内修为主，《易筋经》以外修为主，两卷武学奇书著成之后，刻作两套，一套留在少林，一套则连同孤城玦一道，作为衣钵，传给了在达摩洞立雪断臂求佛法的慧可禅师。此后，二祖慧可再传三祖僧璨，三祖僧璨入禅不久，正逢上北周武帝大举灭佛，禅宗一脉，广受牵连，僧璨无奈之下，只好隐居皖南天柱山，三祖僧璨不仅佛法高深，更是一位不世出的武学奇才，他在天柱山历尽苦辛，以大智慧将《洗髓经》与《易筋经》合二为一，另创了一门绝世武功，这门绝世武功内含大慈悲力、大誓愿力、大智慧力、大三昧力、大威神力、大摧邪力、大降魔力、天眼远见力、天耳遥闻力、他心彻鉴力、光明遍照摄取众生力这十一种神力，至刚至阳，威力无穷，可谓青出于蓝而胜于蓝，足可以睥睨天下，震古烁今！这武功创成之日，僧璨便将其命名为'龙象大明神功'。"

"龙象大明神功？"李清霄奇道："小弟从未听过这样一门绝学。"

凤栖梧道："因为这门绝学根本未在后世流传！"

李清霄、陆烟白二人愣了一下，凤栖梧接着说："只因当时僧璨对朝廷灭佛一事，心怀怨恚，故而在创造龙象大明神功时，不觉融入许多戾气，功成之日，僧璨于天柱山顶打坐参禅，忽见天边日落，瞑烟四合，登时心有大悟，照见五蕴皆空，始知此功已含了三分魔性，非广大佛法不能化解，若凡人习之容易堕入魔道，不可轻传世人，故而僧璨只将这'龙象大明神功'与禅宗佛法一脉单传，由此三祖传四祖道信，四祖道信传五祖弘忍，五祖弘忍再传六祖慧能，六祖慧能明心见性，证悟菩提，从此不再单传衣钵，他将'龙象大明神功'封匣落尘，藏在了一个极隐秘之处，期盼日后以岁月之变迁，那'龙象大明神功'中的一些练功法门，能随天象、地貌、气运、形势的不同而有所改变，倘若禅机一到，为有缘人所得，悟得远离断常之理，以大悲心解除'龙象大明神功'的戾气。慧能大师在入灭之前，闭口不谈'龙象大明神功'的去处，只留下'孤城幻影，山海之涯。灵台方寸，可敌天下。'这四句话，外人不明就里，以为这'可敌天下'说的是孤城玦，其实，这孤城玦纵然神通广大，可终究是件器物，无法化入自身，真正能使人习得无敌功法的，乃是'龙象大明神功'。"

"原来如此！"李清霄如今才算完全知晓了孤城玦的前世今生，这时，只听陆烟白在旁嫣然一笑："依我看呀，这慧能大师说了等于没说，单凭这四句话，别人又怎么能寻到'龙象大明神功'呢？"

凤栖梧道："禅宗点化世人，最讲机缘，机缘未到，虽点不中，机缘一到，见性成佛。自那时，孤城玦连同四句话一并传下来，到了李唐末年，孤城玦传到沩仰宗开宗之祖灵佑禅师手中，不料造化无常，灵佑禅师承传孤城玦时，赶上'会昌法难'，那时唐武宗大举灭佛，毁寺逐僧，捉拿各宗领袖，灵佑禅师正在外面讲经弘法，得知此讯，无法回寺，情急之下，便裹起头来充作农夫，避祸而走，而供在密印寺中的孤城玦却在这场劫难中不翼而飞。直到四十年后，孤城玦突现黄巢之手，黄巢反唐，无意间催动孤城玦神力，神通所现，挡者披靡，这孤城玦终为天下所知。"李清霄叹道："原来还有这样一段掌故，小弟倒是头回听说。"心念忽闪，问道，"这禅宗一脉的秘密，老哥哥怎么知道得如此详细？"凤栖梧一笑，一指白羽巨鹤："它告诉我的。"

"馋嘴鹤？"陆烟白大奇。

凤栖梧点了点头，说道："想当年，灵佑禅师避祸来此，在山岭下发现了这个溶洞，便隐居下来，灵佑禅师在溶洞中无意间遇到了这只白羽灵鹤，因感其灵，便将这个大溶洞命名为'灵鹤洞'。"说着，他伸手入怀，掏出一本古旧泛黄的绸布小册，递给李清霄，"小兄弟，你瞧瞧这上面写的是什么。"李清霄接过册子，翻开一看，小册上所记之事，与凤栖梧所说一般无二，最末处还题了"沩仰宗灵佑亲记"五个字，李清霄颔首叹息。凤栖梧接着说："当初，老夫辞去南岳剑派祝融首座之位，浪迹江湖，漂游到此，偶然撞见这只贪吃的白羽灵鹤，这鹤极通人气，与我相处甚欢，后来，它驮我来到灵鹤洞，我这才发现它羽翼下绑着一本册子，取下一读，方知这禅家几百年不宣之秘，只是，孤城玦失于黄巢之手，流落江湖，从此无人得见，断非世间之福！"

李清霄道："老哥哥所虑极是！不瞒老哥哥，其实……"他顿了一下，"其实小弟年幼之时，曾经见过这孤城玦。"

"此话当真？"凤栖梧着实吃了一惊。

李清霄点头道："千真万确。"陆烟白在旁哼了一声："原来孤城玦真在你手上，怪不得神龙门的人要找你，既然如此，你为什么不和我实话实说？"李清霄叹了口气："神龙门弟子当初寻的那个确是赝品，而真的孤城玦，我现在也不知道在哪里。"说到这里，一瞧陆烟白、凤栖梧二人迷惑不解，李清霄便将当年他李家如何得到孤城玦，而自己又如何在开封城失去孤城玦的往事，仔仔细细讲述了一遍。

听完李清霄的事，陆烟白秀眉微蹙："听你和凤先生说了这些事，好像大凡获得孤城玦之人，都会深受其害，看来，这孤城玦真是件不祥之物。"李清霄道："你说得对，我下山之前，家师就曾叮嘱过我，孤城玦乃大劫之物，如今天下未定，非但江湖武林，便是大宋、大辽、北汉、江南的朝堂之上，也有人在觊觎孤城玦，孤城玦暗藏神通，家师担心它一旦落入邪徒之手，被他们催动神力，便会给苍生带来浩劫，所以他老人家希望我尽快寻回孤城玦，使之归于正道，永祛尘世之劫。"

"嗯！"凤栖梧点了点头，"令师高瞻远瞩，与老哥哥所见略同！"忽念头一动，问道，"小兄弟，据老哥哥所知，逸仙真人早已不问凡尘之事，如今怎么也对天下时局关心起来？"李清霄知道他误把吕岩当成了自己师父，便笑道："老哥哥，你说的逸仙真人只是传了小弟剑法，却并未收我入门，小弟所说的恩师，乃是华山太清洞的扶摇真人。"凤栖梧一时惊诧不已："你是北扶摇的徒弟？哈哈哈哈，老夫今天是开了眼了，小兄弟，你……你可真是深藏不露啊！"

陆烟白更是吃惊："李清霄，快说，你还有多少事瞒着我？"李清霄笑了笑："我哪有什么事瞒你？只是未曾及时告诉你罢了，我总不能逢人便讲：'我李清霄师父是北扶摇，你听过没有啊？若是听过，赏钱二十，若是没听过，罚你默记一百遍！'"陆烟白瞪他一眼："好啦好啦，没用的话，你却一句也不少！"

凤栖梧仍在感叹："妙哉！妙哉！令师扶摇真人与家师紫霄真人，被武林人尊为泰山北斗，可他二人毕生以修道为至要，从未交过一次手，可如今，他们的两个弟子却稀里糊涂打了一场，这也算武林中难得的盛事。只可惜，能观此盛事者，唯小丫头一人而已！"陆烟白道："谁说的，不是还有这只馋嘴鹤么？"凤栖梧哈哈大笑："不错，不错，若说起来，这里数它最年长，可是地地道道的大前辈。"

陆烟白道："可我怎么瞧它都像个孩子。"凤栖梧道："大道一物，至简至朴，至纯至真，这灵鹤得了天地精华，自然可爱无邪。其实说来说去，世间芸芸众生，唯有人之本性最是复杂多变，不忍仔细思量。"陆烟白粲然一笑："凤先生说得极是！好啦，咱们不提这些，我有两件事要说，这第一件呢，常言道：高人相见，不可失之交臂，如今，北扶摇、南紫霄的两大传人相会，实在不易，我看你们不妨在灵鹤洞多聚几日，参禅论剑，专研一下武学之道，好将绝学发扬光大！这第二件么，本姑娘看这馋嘴鹤实在孤独可怜，正好陪陪它，到处玩一玩，好帮它打发这些无聊时日！"

凤栖梧哈哈一笑，摆摆手："小丫头，你说的两件事，只怕这看似让你勉强的第二件，才是你的真意图吧？要骑我的灵鹤，直说便是了。"陆烟白脸一红，哼道："本来是两全其美的事，你偏要拆开说！"凤栖梧大笑："好好，便当是两全其美的事。"说着，一把拉住李清霄衣袖，"我正想向小兄弟仔细求教'九真御剑诀'的奇妙之处，走，咱们比剑去！"陆烟白则喜不自禁，早已跑到白羽巨鹤身前，身子一飘，玉蝶般落在巨鹤背上，轻轻摸了摸白羽巨鹤的脖子，欢喜地说："馋嘴鹤，我带你吃果子去！"白羽巨鹤"咯"了一下，眼神透亮，一声长唳，张开羽翼飞向云霄。

23　念清清

风过云流。

忽忽过了七八天光景。

李清霄一则在灵鹤洞调养，一则与凤栖梧切磋武学，所获甚多。凤栖梧不吝珠玉，将化剑中的"九剑幻影"的奥妙大多传给李清霄，李清霄深感相知之义，亦将先天无极功的一些练气法门教给凤栖梧。二人谈武论道，时而凝眉细思，时而大声辩吵，时而畅怀大笑，恰似同窗挚友，早已无世俗间的长幼之分。而陆烟白在这草长莺飞时节，每日乘鹤飞空，流连山谷，倒也不亦乐乎。又过了两日，眼见太玄大典日期临近，陆烟白又想起了那一些快被忘掉的心事，眉间不时泛起忧伤之色，她不再想着游玩，一心催促李清霄早点儿启程，赶赴云梦城。李清霄只好打点行囊，又采了许多金珠佛光果，与凤栖梧惜别，动身离开灵鹤洞。

二人一路向南，翻山越岭，晓行夜宿，虽说游山观景耽搁了几日，却也在六月初九这一天，如愿赶到了云梦城。云梦城外，一条长河自北向南汇入远方的一座大湖。沿着河边石岸，错落着筑造起一间间韵味十足的酒肆茶舍，一石一瓦，依旧延续着故唐风情。长河之上，渔帆点点，白鹭成群，从长河远望，一脉长洲，浩瀚辽阔，正是云蒸霞蔚、森漫如海的三百里云梦泽。

云梦城向南，再走二百里水路，便是烟雨岛。李清霄与陆烟白觉得时日刚好，心情轻快许多，他们漫行堤岸，在各色酒肆茶舍间穿游，忽然发现河湾处有间与众不同的客栈，这客栈檐角斑驳，四围都是雪白的高墙，墙上青石碧瓦，墙外篁竹清幽，一副醒目的楹联挂在大门外，上联写：未雨花犹落，下联写：无风云自飞。门楣悬一块老匾，上题"念清清"三个隽秀美字，淋漓的都是江南韵味，陆烟白见了，心中便是一动，凝神看了半晌，喃喃说道："没想到这里竟有这样一个雅致地方。"李清霄点了点头，一笑："那副对联撰得颇有禅机，只是这店名过于蹊跷柔媚，不知何意。我李清霄生平杂念甚多，清静不得，在此反倒不合宜了。"陆烟白道："反正我喜欢！"

李清霄道："你喜欢就好，那咱们就在这歇脚，叫店家帮着雇条船，明日定可赶到烟雨岛。"陆烟白欣然答应，二人迈步进门。客栈十分干净，靠墙的柜台里，倚坐着个两鬓斑白的掌柜，手里捧个酒葫芦，眯合着双眼，喝上一口，咂摸一下，哼着一支曲子："君不见相思怀抱？君不见失落号啕？谁及酒圣，醉里乾坤，自在逍遥，嘿嘿，自在逍遥……"他自饮自唱，仿佛这座客栈和往来客人都与他无关，大堂里一个小伙计倒是勤恳，低头不住地擦拭桌子，听见有人进门，小伙计抬头，先见到陆烟白，不免呆了下，转眼见到李清霄，小伙计蓦地一愣，随即欢叫起来："你……你是李恩公？"

李清霄一怔，看这小伙计十分面熟，便问："你是？"小伙计三步并两步地跑过来，脸上乐开了花："李恩公，你不记得俺啦？俺是三郎啊，齐家镇的沈三郎！"

他这一说，李清霄再去细瞧，果然是太白山下的那个沈三郎，只不过许久未见，如今沈三郎的肤色也比当初白皙许多，衣帽也大不相同，李清霄也难掩意外之喜："果真是三郎！你怎么会在这里？"沈三郎叹了口气，回身麻利地擦了张桌子，请李清霄、陆烟白坐下，说道："上回自打恩公送俺们从太白山回来，没过几天，那个王道长就勾结武功县衙，说太白山下有人通匪，还押着几个山贼四处去认对，俺爹怕贼咬一口，洗不清白，没法子，只好收拾家当离开齐家镇，来这里投奔俺表叔家，俺爹会手艺，能打铁赚钱，俺……俺实在没啥本事，只好做个长工。"又偷偷说道，"别看俺这东家不爱说话，心眼却好得很嘞！"

沈三郎这一说，李清霄想起了那个王道长，他有些后悔自己当时不更世事，只想惩戒几个山贼，却忽略了王道长这个大老虎，以致留下祸患，李清霄心头五味杂陈，叹道："三郎，对不住，是我连累了你们！"沈三郎连连摆手："不不不，恩公莫这样说，要没有恩公，俺和俺爹早都被那几个山贼杀了！"

李清霄道："三郎，你别一口一个恩公，显得生分，我比你大不了多少，你就叫我李大哥好了。"沈三郎眼睛一亮，忽又落寞起来："恩……恩公，俺沈三郎只怕天生做下人的命，哪里敢和恩公……"李清霄一摆手："你别这么说，人生一世，不要看轻别人，更不要看轻自己！你沈三郎待人和善，心地甚好，便是骑马坐轿、穿绸裹缎之人，也未必及你，我李清霄愿意认你这个小兄弟！"

沈三郎有些激动："俺知道了，李大哥，你人真好！对了，李大哥，你们怎么也来了这里？"李清霄道："我要去云梦泽烟雨岛，路过此处，没想会遇到你。"

沈三郎高兴地说："这也许便是书里说的解后吧？"

"解后？"李清霄诧异一下，一时没弄明白，忽听柜台里那位醉眯眯的客栈老板"咚"地一敲酒葫芦："蠢三郎，什么解后？笨得要命！那两个字不念'解后'，读作'邂逅'，是不期而遇的意思，便是踏遍千山万水，终于见到与你有缘的人，我教你认的字，你可都要记住，别当饭吃了，丢客栈的名堂。"这老板声音浑厚，与常人不同，沈三郎红着脸，连连说道："是，东家，是邂逅，是邂逅，三郎记下了！"

陆烟白樱唇一动，差点笑出来，终究忍住，不过，客栈老板方才说"邂逅"的这番话，却叫陆烟白心头跳动，她摸着手中茶杯，低眉不语。

李清霄却低声问沈三郎："东家还教你认字？"

沈三郎小声道："俺东家说，小店虽开门做生意，却与别人不同，最看重学问，店里的伙计肚子里不能没有墨水，不能叫人家小瞧了，丢了'念清清'的好名声，可……可俺这脑子太笨，总是记不住！"李清霄一笑："这倒新奇，你们东家把心思用到这细枝末节上，可有多大用处？"沈三郎道："东家说了，凡事都要在细节上见功夫，这上要是与众不同了，那'念清清'的名堂也便与众不同了。"

李清霄点了点头："倒也有些道理。"再扭头去看客栈老板，不料柜台里空空如也，那位老板竟不知何时已出了门，李清霄"咦"了一声，心里暗暗吃惊，这时，只听沈三郎笑呵呵地说："李大哥，你瞧俺，光顾唠叨这些，还没给你们倒茶！李大哥，俺这里有东家新进的上好明前玉露茶，俺这就给你们端来！"

一见沈三郎殷勤勤地跑去后堂，陆烟白轻轻一笑："李清霄，你倒真有些迷惑人心的手段，看把人家忙活的，一口一个李大哥，叫得好亲近呀。"

"迷惑人心？"李清霄一笑，"我对三郎可是一片诚心，所谓交友之道，以缘相连，以气相通，不必在意其他。"陆烟白哼了哼："路遥知马力，日久见人心。江湖险恶，谁晓得人心都是什么样的，我可不信一见面就能成为朋友的。"李清霄道："怎么没有？我与燕离凌兄弟也只相处一日，酒也只喝了两回，彼此却相待如亲兄弟一般！"顿了顿，又道，"有时候啊，一见如故，自可相念，什么也顾不得了。"

陆烟白听了"一见如故"这句话，想起美人谷的事，又低眉不语了。这时，沈三郎从后堂出来，端个大茶盘，上面放一把滚水茶壶、两个高高的白瓷茶杯。沈三郎放下茶盘，满面含笑："李大哥，俺东家说，这玉露茶，最讲究的便是清明前后的首轮嫩芽，要风伤不采、开口不采、发紫不采、空心不采、弯曲不采、虫伤不采、雨天不采，再经过杀青、摊晾、初烘、初包、再摊晾、复烘、复包、焙干八道工序才能制成，是这方圆几百里内最好的茶叶！"沈三郎将这一番学问背得如数家珍，倒叫李清霄刮目相看。只见沈三郎将茶杯摆在李清霄、陆烟白面前，放上茶叶，壶中热水一冲，顿时香气高爽，紫绕满室。李清霄端起高杯，凑在鼻下闻了一闻，顿觉清香直入肺腑，不由得饮了几口，只觉滋味甘醇甜爽，极为美妙，不禁大赞："果然是好茶！"

陆烟白见李清霄饮得津津有味，饮了一口，也点头赞许。沈三郎见他二人真心喜欢，十分高兴。李清霄一杯饮罢，说道："三郎，我们来客栈，一是歇歇脚，二是想请三郎帮个忙，替我们雇一艘客船，今日去云梦泽烟雨岛，怎么样？"

沈三郎一怔："李大哥也要去烟雨岛？真是巧了！"

"唔？"李清霄听沈三郎话里有话，便问："何出此言？"

沈三郎眨了眨眼，压低着声音说："不瞒李大哥，昨日俺这店里住了三位客官，今日天不亮，就叫俺们帮着去雇开往烟雨岛的客船，可这几天湖上不太平，客船都躲着不出来，这不，俺那曹四哥出去快两个时辰了，还未见寻船回来。"

李清霄道："那三个客官是什么人？既然眼下客船难寻，三郎不妨与他们说说，如果他们找到了船，看能否搭乘我和陆姑娘一程，到时我给船钱便是。"

"这……"沈三郎面色凝重地说："这俺倒有些担心！"

李清霄道："怎么？他们不愿意与生人同行？"

沈三郎道："这倒不是，若换作旁人，三郎倒也闭口不说，可换作李大哥，三郎不能不虑得周全些。"说着，他又附在李清霄耳边说，"俺瞧这三人来路不明，担心给李大哥惹上麻烦！"李清霄一愣："为何？"沈三郎道："方才俺在后堂端茶时，见他们房间开着，便顺耳听了几句话，惊得俺差点洒了壶里的水！"

李清霄问："他们都说了什么？"沈三郎紧张地说："这几个人私下里在说皇上的坏话！"李清霄微惊，问："他们都说什么了？"沈三郎锁着眉头回忆道："他们说……他们说现在的皇帝看上去仁义，可骨子里却斤斤计较、薄情寡义，那么多跟着他打江山的弟兄，说罢免就罢免了……他们还说，赵丞相明知皇帝对他疑心大，可行为还不检点，叫他吃些苦头也是对的……这些可都是坐牢杀头的话，俺不敢多听，赶紧出来！"李清霄心想："什么人如此大胆？"又问："他们住哪间房？"

沈三郎回手一指："出前厅，沿回廊向前，就在最里面的两间上房！"

李清霄略一寻思，对陆烟白和沈三郎说："你们在此稍候，我去看一看情况！"凝气起身，向回廊那边走去。李清霄身法极轻，脚下与地面似接未接，犹如白羽浮江，其行虽快，却无半点声息，正是"紫云腾"中"落羽逐流"一式。

沈三郎自是不懂，可陆烟白却打心底敬佩不已。

进入回廊，两侧十几间客房都挂着无客牌，冷清无人，只最里面的一间上房，房门半开半掩，李清霄已入"丹道周天"大成之境，耳力通玄，察微辨细世所罕匹，他停在回廊处，与那间上房虽有几屋之隔，对里面的动静却听得一清二楚，里面三人，其中两人呼吸甚微，极难寻觅，一人略粗，却也极为匀称。李清霄心中暗惊："这三人内力不凡，俱是武林高手。"只听一人沉沉说道："这个吴越王钱俶啊，他既然私下里送十坛子瓜子金给赵则平，想是以为我大宋举国之事皆由一个书生做主呢！"旁边一人微笑："主公所说不错，可惜天不作美，此事竟会被皇上撞见。"又一人接口说："可皇上却并未深究，想是念赵相爷开国有功，不忍重罚。"

那位主公说："皇上心深似海，恩威难测，其用意不易揣度，否则也不会听信卢多逊之言，罢了赵则平的相，叫他远赴太行去做个河阳三城节度使。"李清霄边听边想："赵普身为开国元勋，位居宰相，以半部《论语》治天下，是个了不得的人物，不想也会被罢黜，真是宦海无常。"又听其中一人说："卢多逊与则平先生素来不和，少不了要在皇上面前堆砌则平先生的短处！"

那主公冷冷一笑："此人的确精通钻营之道，善察圣心，不过……"他话锋一转："卢多逊若以为如此便能取代则平先生的话，未免小看了当今皇上，皇上如今要平定天下，还需用则平先生的谋略。"说着，忽地站起身道，"不知船雇好了没有？咱们出去瞧瞧，天黑之前，无论如何也要赶到烟雨岛，以免错过明日的好戏。"接着又冷声道，"我到底要看看，那个在汉阳军行凶的人，究竟要玩什么把戏！"

李清霄不想被撞见，忙转身折回前厅。

陆烟白见他回来，摇动着手中的白茶杯，似笑非笑地说："假秀才，算命的，原来你这书呆子不但爱故弄玄虚，还喜欢去偷听别人说话！"

李清霄脸一红："非也，知己知彼，方能百战不殆嘛！"沈三郎却连连点头："李大哥说得十分在理，有些事情你若不去听，别人可不会亲口告诉你的。"

陆烟白哼道："什么道理，难怪你俩谈得来，都是一丘之貉！"

沈三郎想了想，却没听懂，不过听陆烟白说自己与李清霄谈得来，倒叫他欢喜不已。这时，回廊中脚步响动，方才上房中说话的那三人走了过来，李清霄扭头打量，左侧之人丹凤眼，剑眉长脸，相貌英俊，穿着暗纹青衣，浑身透股冷劲；右侧之人脸型方阔却棱角分明，穿一身银纹白衣，稳如石碑；中间一人最为特别，约莫四十岁上下，额头十分圆阔，长着一对鹰一样凌厉的眼睛，鼻梁很高，唇上有须，肤色微黑，身长近八尺，穿一件淡金色宝相花缂丝阔袖锦袍，望之不怒自威。李清霄不禁暗赞："这人气宇开阔，豪气十足，登高一呼，可使千军辟易。"

这三人步入前厅，一眼瞧见了李清霄和陆烟白，见二人如璧似玉，也都是微微一怔。这时，沈三郎腿下一飘，连忙迎了过来，满脸赔笑："三位客爷是要外出还是要用茶饭？若是用茶饭，尽管招呼一声便是，小的直接给客爷们送去。"

左边青衣人横了沈三郎一眼："哪来这么多的啰嗦话？我且问你，早上说的客船，你们找好了没有？"沈三郎眉毛一奓，忙弯下腰说："客爷今早一吩咐，小店的曹四哥便立刻去寻了，想必……想必再过一会儿便会回来。"

青衣人眉头一皱："一点小事竟也如此拖沓，若是曹四一人不成，你也出去寻，务必要在申时前把客船找来，若晚了半刻，唯你是问！"沈三郎脸色有些为难，赔着小心说："小店人手少，东家这会儿不在，小的……小的也离不开……"青衣人一挥手，打断沈三郎的话："这些托辞我不想听，叫你去便去，我们可是付了你们船钱，倘若耽误了行程，小心我拆了你这店铺作船板用！"

沈三郎吓得一颤，李清霄却沉下了脸，他最见不得不平事，心想："这人好生霸道，看这架势不像是个住店的，倒像是个官府老爷在坐堂！"想着扬眉冲青衣人哼了一声："这位兄台，此处乃是客栈，又不是津渡码头，你对一个伙计发的什么话，使的什么威？"沈三郎怕李清霄惹麻烦，连忙挤眉摆手："李大哥，没事，没事，俺……俺这就出去为客爷们寻船。"转身便要向外走，李清霄一把将他拉住："三郎别管，我今天倒是想问一问，这位客爷耍的这通威风，究竟是官威还是匪威！"

24 英雄骨

"官威如何？匪威如何？"青衣人斜睨李清霄，冷笑着。

李清霄长眉飞挑："你若是为官的，不妨登高望一望：我大宋北有幽云之地未复，南有沧海之波未清，所谓'校尉羽书飞瀚海，单于猎火照狼山。'倘你真有威风，不必对自家百姓颐指气使，尽可拿到沙场上去，靖边保国，也算对得起百姓的粮米、朝廷的饷银，你若是为匪么……我李清霄这就给你立点规矩！"单掌向下一挥，"砰"地拍在桌面上，真气荡出，震得众人衣袂飘摆，呼吸都不由为之一滞。

青衣人哈哈大笑，凤目寒芒陡闪，左脚微踏，"砰"的一声，足下数寸厚的青石方砖登时碎成齑粉，沈三郎吓得不由得一缩头，躲在了李清霄身后。青衣人双掌缓起，冷冷说道："你年纪不大，口气却硬，我倒要看看，是你的舌头硬，还是我的拳头硬。"正要起步上前，忽听身后锦袍大汉高喝一声："慢着！"

这一嗓子声如洪钟，振荡屋瓦，见他上前拍了拍青衣人的肩头："你先退下。"青衣人垂首旁闪，那锦袍大汉来到李清霄面前，略略打量一番，点了点头："说得好，说得好啊，小兄弟，你年纪轻轻却心系社稷，为国图强，这腔热血豪情委实难得。"李清霄道："为国图强自不敢当，只是华夏金瓯有缺，羸弱日久，身为男儿大丈夫，有一夕之机，便当跨马巡边，以身报国，绝不会在此恃强凌弱，妄自尊大！"

青衣人听得脸一红，剑眉微皱，冷冷地盯着李清霄，却不敢开口，这时，只听锦袍大汉在旁哈哈大笑："好，好，宣威沙漠，驰誉丹青，自古英雄名将之夙愿，小兄弟，就凭你'跨马巡边，以身报国'这句话，便有大将之风，我……"锦袍大汉略为一顿，接着说，"我宋义便倾心交你这个朋友，你可领情？"李清霄见他出语甚诚，全不似心中想的霸道之人，便也起身拱手："宋兄抬举了，所谓四海之内皆兄弟。"

宋义哈哈笑道："好，看来清霄兄弟也是爽快之人。"说着，一指那青衣人，"这位兄弟复姓西门，单名一个雨字，为人十分忠义，只是平时说话喜欢冷言冷语，得罪过不少人，方才你二人英雄好斗，也算人之常情，切不可记挂在心。"李清霄一笑，当先向西门雨一抱拳："适才清霄言语冲动，还望西门兄勿怪。"西门雨浅浅一拱手："你与主公成了兄弟，何须再与我客套？"李清霄听他话里有气，也未多言。这时，宋义又一指身旁的白衣人，对李清霄道："这位兄弟姓凌名寒，也是一位豪爽的汉子。"凌寒踏步进身，与李清霄抱拳相见，彼此又客套一番。

李清霄心中揣测："西门雨、凌寒二人内息精深，身怀绝艺，足可跻身一流高手之列，二人有如此本事，却口称这位宋兄为主公，不知这宋兄究竟是何方神圣。"心中谜团一时难解，忽听门外脚步急响，不大一会儿，呼哧带喘跑进个黝黑精瘦之人，口中兀自骂个不停："这群龟儿子、王八蛋！就晓得层层扒皮，一点情分也不讲！"

沈三郎抻头一望，几步赶到门口，迎头便问："曹四哥，你可算回来了！船雇到了吗？"曹四一脚门里一脚门外，扶着门框喘了一通，定睛一瞧，见屋里站了许多人，那宋义、西门雨、凌寒三人他自是认得，李清霄、陆烟白他却不曾见过。曹四偷瞄一眼，见陆烟白婷婷如玉，不染纤尘，不由一呆，看得出了神，沈三郎没好气地捅了曹四一下："曹四哥，快说话，船雇到了吗？几位客爷都发了火！"

曹四咽了口唾沫，恍惚地说："雇……雇到了。"他退在门槛外，嘟囔起来，"我也知客爷急等船坐，只是……只是出门的时候，遇到个外地来的捎客，自称娘家舅舅混江湖的，常年下来，熟识水面各家船行老板，想雇啥船便有啥船，我一听不错，便给了他定钱，叫他去办，谁晓得……谁晓得这王八蛋竟他娘的是个骗子，拿了老子的钱，便跑得无影无踪了！"沈三郎直跺脚："这种人的话也信？"曹四道："我是一时心急，才着了那天杀的道！没法子，只得去求早不出船的张老艄公，好在张老艄公有个叫阿成的表侄子，在船行做事，我又买了烧鸡、羊蹄、好酒，与张老艄公去找阿成，阿成收了酒肉，立马带我去见船行管事，可管事的一听是去烟雨岛，头摇得跟拨浪鼓似的，说最近复州地界来了伙人，将这一江两湖的水面都霸了去，势力大得连当地官府也不敢惹，还说在云梦泽烟雨岛要开个什么什么玄乎大典，为保玄乎大典顺当举行，船行老板便发下话来，一江两湖七家码头，都不得轻易向烟雨岛发船！"李清霄一听曹四说的"玄乎大典"，心想："哪来的玄乎大典，分明是那太玄大典。"正自暗笑，只听沈三郎急问："然后怎样？"

曹四接着说："我和阿成一听，这如何是好？便苦苦哀求，直说好话，最后又给了管事的许多好处，那管事的才答应可以在私下里给咱们偷偷发出一条小船，但这船钱须得……须得是平时的十倍！"

"啥？十倍？"沈三郎惊呼起来，"这……这也太黑心了罢？"说着，回头怯怯地看了看宋义三人，宋义淡淡一笑："钱是小事，有船就好。"

西门雨听了，从怀中拿出一块约莫十两重的银子，抬手一扔，不偏不差，正好落在曹四的手里："这些够不够？"曹四只觉手上一沉，眼睛紧盯着那块银子，连连说："够了够了！"西门雨道："既然如此，快去叫船，我们这就动身！"

曹四一哈腰，死死攥着银子，一路小跑奔向河边。宋义见曹四去叫船，便吩咐西门雨、凌寒去房间收拾东西，随后问李清霄："贤弟，你们打算去往何处？"李清霄一笑："不瞒宋大哥，我与陆姑娘刚好也要去烟雨岛。"

"哦？"宋义先是一怔，随即哈哈一笑："这倒是巧得很，清霄兄弟，你们此时去烟雨岛，可也是受邀去参加太玄大典么？"

李清霄望了陆烟白一眼，心中暗想："哪里是受邀，我们分明是要硬闯。"可此话又不能明说，便笑道："其实我们与太玄宗的人并不熟识，只是常听人说太玄大典是武林第一盛事，小弟的两只耳朵都磨出了茧子，真心想去瞧一瞧，长长见识。"

宋义点了点头，悠悠说道："贤弟所言不错，太玄大典五年一届，确实非比寻常。大典之时，太玄宗将广邀五方盟友，分理江湖事务，见证太玄宗左右辅师，太玄九老，掌令、巡疆、行律、接引四使，青龙、白虎、朱雀、玄武四堂以及下面二十八星坛座主的去留升降，正因太玄大典干系重大，所以寻常江湖人很难观摩，只有收到太玄邀客令的武林人士方能前往，以至武林中人无不以能应邀观典为荣。"

李清霄道："宋大哥说得对，我们也正为此事犯难。"

宋义一笑："贤弟不必犯难，实不相瞒，为兄此行，便是受太玄宗一位故友之邀，去烟雨岛观摩明日太玄大典，你们若真想去，为兄带你二人一同前往。"

陆烟白眨了眨眼睛："宋先生也有邀客令么？"

宋义道："没有。"

陆烟白一奇："没有邀客令，怎么进烟雨岛？"

宋义笑道："宋某自有门路，保管带你们顺利登岛。"

陆烟白道："宋先生此话当真？"

宋义道："绝无虚言！"

陆烟白高兴得一拍巴掌："太好了！"忽想起一事，又问，"宋先生，太玄大典如此隆重，是不是太玄宗的'观澜慕海'都会前来？"

"陆姑娘也晓得'观澜慕海'？"宋义显得十分惊讶。

"当然晓得呀。"陆烟白扬着秀眉说道，"这'观澜慕海'便是何心观、曾心澜、明心慕、白心海，这四人都是太玄宗第四代宗主'鹤羽仙人'梅弘璧的得意弟子，四人之中，以'一掌震千川'白心海悟性最高，明心慕等人次之，梅弘璧原本是要将宗主之位传给白心海……可惜，白心海因与明心慕争夺师妹梅遥雪，一时冲动，出手将明心慕打成重伤，梅弘璧为正宗规，只好将白心海赶出宗门。后来，梅弘璧临终之时，不得已才将女儿梅遥雪和太玄宗主之位，交给了明心慕。"

宋义脸色又一变，诧异地问："这二十五年前的往事，陆姑娘何以如此清晰？"陆烟白道："因为白心海……"她话刚出口，忽又顿住，改口说，"因为白心海武功卓绝，对梅遥雪重情重义，原本就比明心慕更有资历绘入《江湖名客图》，却反遭鹤羽仙人无情驱逐，大家可怜白心海，故事自然就传得远了。"宋义皱了皱眉，似乎不大认同陆烟白的话，负手说道："其实，倒也不能说白心海是被无情驱逐，想那太玄宗，自大唐年间东瀛子杜光庭创建以来，曾辅助朝廷平定黄巢之乱，此后百年来一直奉我中原王朝为正朔，可白心海当年却因弘璧公传位明心慕，心生怨憎，脱离大周，投靠南唐，与南唐林仁肇结为兄弟，助他火焚正阳桥，击败大周驸马张永德，还替南唐刺杀顺周大将郭廷谓，如此背主叛国，太玄宗自然容他不下！"

"背主叛国？"陆烟白冷笑两声，"若照宋先生这般说来，当今的大宋天子也曾世受国恩，可他当年发动陈桥兵变，黄袍加身，推翻大周，建立大宋，这些又算什么？那太玄宗的人既有赤胆忠心，又为何不去找赵匡胤算账？"

宋义蓦地一滞，勉强笑了笑："兴废之事应之在天，不能以常理视之！陆姑娘，往事如烟似雾，是非曲直非你我三言两语能厘清，咱们就不必为此劳神了。"说到这里，忽听门口脚步声响，却是曹四风风火火地跑进来，曹四笑得眉毛几乎要掉了下来："客爷，船来了，就停在外面，几位客爷随时可行！"宋义点了点头，又见西门雨、凌寒各提着长条布包从房间里出来，业已准备停当。宋义回首对尚在思索的李清霄哈哈笑道："贤弟，你也不必再劳神了，咱们走吧！"

江岸上，夕阳映画，云霞似锦。

宋义、李清霄五人乘着客船顺流南下，向云梦泽驶去。宋义与李清霄在船头把盏长谈，颇为投机，客船悠悠，行至半程，晚霞如火，照得江水瑟瑟发红，宋义道："看此行程，若到烟雨岛，想必就是深夜了。"

"无妨，"李清霄高兴地说，"此处有江波夜色，美……"李清霄本想说"美人相伴"，又恐在陆烟白面前自讨苦吃，便转口说，"美景如画，真是人间难得的妙境，倘若长歌一曲，自是十分快意！"宋义哈哈一笑："贤弟胸怀雅致，不似寻常武人，想要长歌一曲，有何难哉？"扭头对凌寒说，"凌兄弟，将我那张仙品取来！"凌寒领了命，回到舱内，取来一个长条布包交与宋义。

宋义将长布包绳结一解，竟从里面拿出一张七弦瑶琴来。

这瑶琴为伏羲式，三尺六寸，造型浑厚古朴，紫红大漆，白玉雁足，白玉琴轸，十三玉徽在琴面一字排开，岳山、冠角、承露、龙龈、护轸皆为檀木所制，纹色深沉高贵。李清霄仔细一瞧，为之一震："宋大哥，此琴……莫非是九霄环佩？"

宋义笑道："贤弟好眼力，这正是大唐开元年间蜀中雷氏所斫的'九霄环佩'琴。"李清霄赞叹不已："小弟早听说，天下瑶琴中，有两张绝世仙品，一张是'琴仙'贺兰栖真手中的'太古遗音'，一张便是这'九霄环佩'。如今亲眼目睹这鼎鼎唐物，真是大饱眼福！"宋义道："贺兰栖真以'琴音绝'位列《名客图》'丹青五绝'，他的琴不但美妙，还能杀人，我的琴却只能弹几首古曲罢了。"

李清霄神采顿生，一抚手掌："琴之为道，早成大千世界！昔年伯牙、子期高山流水遇知音，传为千古佳话，今日小弟与宋大哥也应效仿先贤，对酒当歌，以慰相知之义，如何？"宋义高兴道："贤弟之言正合我意，古人云：'不知声者不可与言音，不知音者不可与言乐。'"回头朗声唤道，"拿酒来！"

西门雨、凌寒闻声，从舱中抱出四只大酒坛，宋义将"九霄环佩"琴倚立舱门，接过一坛，又扔给李清霄一坛，长声道："兰陵美酒郁金香，玉碗盛来琥珀光。但使主人能醉客，不知何处是他乡。你我兄弟如今身在他乡，舟湖漂泊，免不了受许多雨打风吹之苦，今日必先饮了这坛美酒，消却往日烦愁。"说着，一掌拍开坛口封泥，又瞧了瞧陆烟白，笑道，"陆姑娘，我兄弟四人此刻要以酒畅怀，不醉不休，只怕要冷落了你，你可千万别见怪才是。"

陆烟白正想着李白那几句诗，听宋义如此一说，不禁烟眉微蹙："姑娘家怎么了？宋先生既说这酒能消愁解恨，也给我一坛，但使主人能醉客，不知何处是他乡！"素手一动，白烟一般从凌寒身边闪过，将他手中那坛美酒夺了过来，玉指轻拍，震开封泥，酒气霍然扑出，陆烟白倒觉得有些呛鼻，她忍了忍，楚楚说道："同是他乡沦落人，小女子先干为敬。"举起酒坛对着樱口直喝了一大口，登时呛得一阵咳嗽，李清霄心一沉，赶忙过来扶她："烟白，你不会饮酒，不要再喝了！"

陆烟白忽地推开李清霄，泪眼盈盈地说："是死是活，不要你管！"

李清霄心头仿佛被雷击了一下，一时呆立无言，宋义在旁哈哈一笑："贤弟，襄王有梦，神女无心，陆姑娘不要你管，你便过来，为兄正等着与你对饮呢。"李清霄微微一叹，神色忧忧打开酒坛，凝望半晌，忽道："宋大哥，小弟敬你有朗月之怀，先干为敬！"一仰头，咕嘟咕嘟，一大坛酒顷刻灌入肺腑。

"好，痛快！贤弟侠骨柔肠，不失英雄本色，为兄敬你少年有为，有将军气概，也干了此坛，咱们一醉解千愁。"宋义举起大酒坛，亦一饮而尽。

"好个一醉解千愁！若无酒，人生真当少了许多趣味。"李清霄哈哈大笑，仰首望去，水天一色，长烟缥缈，明月缓缓升起，清辉如梦坠入襟怀，此情此景让李清霄心绪起伏。他扬手说道："宋大哥，你我舟行云梦，上有明月当空，下有清风拂面，此番酒意正浓，何不弹一曲阮嗣宗的《酒狂》，以咏胸怀，不负酒兴，如何？"

"好极，好极，为兄正有此意！"二人双双将大酒坛甩入江中，"扑通通"水花四溅，散作满河银星。宋义盘坐船头，九霄环佩琴横放膝上，右手勾三挑六，左手九徽按弦，手不离弦，爪起、撮、绰、吟、猱、历、跪、勾、剔，运行不止，跌宕多变，亦醉亦狂，尽得其妙。但听九霄环佩叮咚响起，时而放浪活泼，时而明亮空灵，时而苍凝古朴，时而婉转缠绵，时而急急如风，时而轻裘缓带，琴音缥缈多变，仿佛人心之绪，既饱含醉意，又似隐者抒怀，泠泠然直入肺腑，李清霄心随韵动，乘酒意，和琴音，对着江天明月，诵起阮籍那首名诗："夜中不能寐，起坐弹鸣琴。薄帷鉴明月，清风吹我襟。孤鸿号外野，翔鸟鸣北林。徘徊将何见，忧思独伤心……"

陆烟白抱着大酒坛，一个人坐在船边，素衣萧瑟，低眉凝望水波，看似不经心，耳中却聆听着李清霄的琴歌，听着听着，秀肩微颤，一双美目滴答答流下泪来。

"咚——"曲终歌住，陆烟白出了神，不知悲喜。

25　烟雨岛

拂晓。

烟雨岛到了。

客船欸乃一声，抵入一处芦苇岸。李清霄、陆烟白、宋义等五人纷纷下船登岛，清露未晞，众人亦可看到岛上烟水漫漫，蓼花瑟瑟，古木簌簌，云山隐隐，衬出一派开合气象，令人胸襟为之一阔。方行不远，烟雨岛地势渐高，现出隆起的山坡，坡上闪出一大片珙桐树林，青枝繁茂，苍古幽深。宋义遥指前方："过了这片珙桐林，后面是风云涧，风云涧对面便是太玄宗朱雀堂的本部，叫作'烟雨杏花台'，朱雀大寨便建在这座台上。"陆烟白一奇："宋先生怎么如此熟悉？"

宋义淡淡一笑："十年前，这烟雨岛尚属南平国，那时宋某便曾来过，记得当时是大宋建隆四年，当今天子心怀寰宇，命大将慕容延钊假道荆南，讨伐南平国，南平国主高继冲见我大宋兵临城下，旌旗甲马，布列衢巷，十分畏惧，便自封了府库，纳土归降，从此，这烟雨岛便归了我大宋所有……"正说着，忽听桐林前面几里处有人高叫："站住，哪来的人？胆敢偷闯烟雨岛！"

众人一惊，以为太玄宗的人看见了他们，正要应答，忽听前面又有人大笑："怎么叫偷闯？我等有邀客令，是光明正大来赴会！"宋义一听，说道："是另有他人，咱们别动声色，看个究竟。"大家会意，施展轻功，兔起鹘落，来到声音近处，趁着天色，隐在几株大珙桐后仔细观望。前方立着两伙人，双方剑拔弩张，其中一伙是几十名威猛的红衣大汉，打着四面火焰红旗，旗上绣着一条盘旋虬劲的喷火大蛇，四面火旗的中间，站着一名短髯大汉，手提一对亮银短枪，两肩亦绣有火蛇之形，看着十分特别。

凌寒低声说："这人就是太玄朱雀堂翼宿坛'云里双龙'曲宏曲坛主。"李清霄听了，心想："看来他们果然相识。"又举目瞧去，曲宏对面有五个人，为首的那人一副高情逸态，穿一件银丝暗纹团花素罗袍，玉带横腰，上面挂着一串直径寸许的三枚白璧，手中长剑金桃皮鞘，宝石嵌柄，这副样貌，一瞧就俨然是位贵公子。贵公子身边，站着四名大汉，一个手提双刀，一个盘着青龙软鞭，一个双臂套着子午飞环，另一个却赤手空拳。

这时，只听曲宏高声道："太玄大典召开在即，烟雨岛早已戒严，此刻概不接访，即便你等持有邀客令，也须在此等候天明，方可过亭登台。"那位贵公子冲曲宏一笑："我等远道而来，一路风尘未净，还望这位曲兄能作通融，叫我等入寨休息！"

曲宏沉声道："我太玄宗律令严明，未有通融一说，只好委屈诸位在此候待一时了。"贵公子身边手提双刀的大汉怒道："你们这些人好不通人情，宗规是你的宗规，又不是我的宗规，宗规拦得住你，却拦不住我们！"挺双刀要硬闯，曲宏圆睁虎目，将双枪一分："岂有此理，敢硬闯太玄宗的天下还没几个！"提双刀的大汉冷笑："好，你自诩是块金子，我武元兴倒是块试金石！"话音甫落，纵身欺到曲宏面前，左手刀直向曲宏"玉堂"穴插来，曲宏大惊，没料到武元兴身法如此快，双枪忙向下一砸，抬脚直踢武元兴小腹，武元兴侧身绕到曲宏身后，双刀向他的"大椎""大杼"两穴削去，极是凌厉，曲宏忙向前俯身，左手一招"苏秦背剑"护住身后，右手一招"回马荐贤"，短枪向后斜扫，武元兴腾身而起，左脚如蜻蜓立荷，点在枪面之上，右脚随之疾出，直踢曲宏面门，曲宏一惊，短枪一弹，使个鹞子翻身，翻转到七步之外，哪知千破万破，唯快不破，曲宏刚避开武元兴这一脚，武元兴身影随之即到，右手刀快如闪电，去戳曲宏左后肩"膏肓""天宗"两穴。

"膏肓""天宗"乃是琵琶骨处的要穴，若被击中，学武之人不废即残。曲宏大骇，顾不得颜面，急向前仆倒，来个就地十八滚，方才躲过这一刀。

武元兴冷笑两声："常言道，盛名之下，其实难副，原来这太玄宗里都是一群无能之辈，还妄称什么中原第一大派？真是可笑。"

"谁说我太玄宗尽是无能之辈？"

一声高喝远处传来，声音起处，枝叶也跟着响动起来。

"呼呼——嗖——"

一个赤冠红袍的长须大汉踏步如飞，从远处林中冲到武元兴面前，也不问话，抬掌拍他肩头，武元兴为气势所震，忙挥刀相迎，长须大汉一撒掌，反手拍在武元兴刀面之上，武元兴顿觉大锤相撞一般，手腕一阵生疼，连连后退出七八步，眼见长须大汉挥动左掌，欺身又至，武元兴有点害怕。这时，忽见那贵公子倏地闪到二人身边，疾出右手，"啪"地抓住长须大汉的手腕，贯千斤力往旁一带，竟生生将长须大汉斜拉出去两三步，长须大汉暗惊，左腕一翻，想震开那公子的右手，不想纹丝未动，长须大汉一震，抬脚踢那公子右腕，那公子冷哼一声，紧扣长须大汉左腕向后一纵，便是一丈多远，长须大汉非但一脚踢空，身子反不由自主地被那公子凌空拉了过去，长须大汉又急又骇，大喝一声，左腕极力回拽，右臂袍袖倏然卷起，如旋风般直撞那公子面门，那公子见长须大汉使出绝技倾力一击，心中不想与之硬碰，急忙松手避开。

"好一招'风卷彤云'，想必阁下便是太玄宗朱雀堂副堂主'穿云手'楚高怀了？"那贵公子微笑道。

长须大汉有些吃惊："正是楚某，阁下何人？"

武元兴在旁高叫："此乃我江南阁微雨楼三先生。"

"'小轩辕'上官靖？"楚高怀愕然道。

"不错，正是在下。"贵公子得意地点点头，楚高怀一抱拳："怪不得阁下身手不凡，原来是苏先生的高徒，不过……"他话锋一转，"你若想仗着手段，硬闯我太玄重地，那也未免小看了我太玄宗四堂、四使、九老、二师的本事了。"

上官靖哈哈一笑："楚堂主，我看你似乎过于紧张，一来，我上官靖知道你太玄宗藏龙卧虎，高手如云，楚堂主无须搬这些名头压我，再者，我等也并非闲来无事，喜欢闯什么太玄重地，乃是收到了贵宗的太玄邀客令和飞天口令，这才来了烟雨岛。"曲宏在旁哼了一声："你们江南阁远在金陵，与我太玄宗分属两国，各为其主，我家掌令使如何会发你们邀客令和飞天口令？别是你江南阁要另有所图吧？"上官靖脸色一沉："曲坛主，你信也好，不信也罢，前方接引亭便知分晓，我上官靖犯不着跟你多费唇舌！"曲宏高声道："我曲宏早便说了，时辰未到，任谁也不得擅越珙桐林，谁若真想过，那便从我曲宏身上踏过去！"

"岂有此理！"上官靖一声沉喝，震得桐叶簌簌直响，紧握剑柄，一步一步逼了上去，"我上官靖偏要披星过林，你们拦一个试试！"

曲宏与翼宿坛的弟子见状，哗啦围上来，挺刃相向："谁敢擅闯烟雨岛，格杀勿论！"武元兴等四名大汉见状，各自出刃亮掌，怒骂起来："吓唬你老子？他娘的，你们有种试试看！"眼见争斗一触即发，忽听林外有人长声笑道："诸位非主即客，何必大动干戈，伤了和气？"桐林外，蓝影飘飘，一掠数丈，着地无声，驰来两个蓝衫文士。上官靖等一瞧，来的这二人背负长剑，一人三绺长髯，面容瘦削，头戴万字巾，文质彬彬的模样，另一人则面如淡金，头上顶着束发青玉箍，中间横别一根白玉簪，身材较为魁梧，神色也是不俗。上官靖并不识得，楚高怀却拱手相迎："原来是北岳剑派元掌门和郁剑客驾到，有失远迎，勿怪勿怪！"

长髯文士还礼："楚堂主客气了，元某与郁师弟途中有事耽搁，仓促鲁莽，乞望楚堂主及明宗主见谅。"楚高怀呵呵一笑："元掌门莫客气，俗话说：来得早不如来得巧，二位剑客到得刚刚好。"话音刚落，武元兴一阵冷笑："你太玄宗也未免太过势利眼吧？"曲宏眼眉一横："姓武的，你放尊重些！'钧天剑'元掌门、'炎天剑'郁大侠历来是我太玄盟友，你江南阁的人又算什么？"武元兴大怒，刚要发作，却被上官靖在旁一拦："有北岳剑派二位前辈在此，咱们也不必与他一般见识。"说着向元、郁二人一抱拳："在下江南阁微雨楼上官靖，见过二位剑客！家师苏先生以往时常赞颂北岳剑法，在下每每思来，也都心慕神仰。"

说起北岳剑派，倒有些特别，其掌门人就是《江湖名客图》中五绝的"快剑绝"莫羽，然而莫羽生性好酒，任情远游，萍踪不定，派中事务很少过问，大多交由"钧天剑"元仪处置，元仪有儒者之气，在《名客图》丹青十三名剑中位列第六，他将北岳剑派打理得井井有条，于七大剑派中风头无两。此时，元仪见上官靖说得客气，也还了一礼："上官先生谬赞了，说到武艺，令师'轩辕剑'苏慕白独步岭南，元某自愧不如，也是十分仰慕。"陆烟白在林中听了，轻轻问李清霄："这个苏慕白很厉害么？"

李清霄点点头："我听师父说过，苏慕白原叫苏瑾，不但剑术通神，其腿法、拳法、掌法、爪法、轻功、暗器亦矫矫不群，是武林罕见的一代通才，当年，苏瑾因《名客图》名位之争，怀愤前往东海蓬莱岛，寻找'紫清先生'白玉澶比武，白玉澶化武为文，以一支白玉箫，吹出牵动天地的'秋叶悲心音'，乱了苏瑾的心神，苏瑾这才败在紫清先生的白玉箫下，自此心悦诚服，改名'苏慕白'。"

陆烟白一笑："这苏慕白倒也活得真实。"她话犹未落，却见元仪在那边"咦"了一声，朗声说："树后的朋友，还请出来说话吧。"上官靖也跟着说道："不错，想必诸位来了多时，在下也想见见是何方高人！"

陆烟白再想捂嘴已来不及，李清霄看她一眼，无奈地摇摇头，而宋义抬头瞅了瞅天色，眼见黎明渐去，东方泛白，点了点头说："咱们该出去见见他们了。"当先闪身出来，走过去，冲长髯文士拱手一笑："人言'北岳上九剑，钧天称第一'，今日宋某一睹元仪剑客风采，果然名不虚传！"与此同时，李清霄四人也从树后走了出来。

楚高怀一瞧宋义诸人，一下愣住了，欲言又止，神态颇为奇怪。这时，元仪冲宋义拱手还礼："兄台谬赞，元某徒有虚名！敢问兄台上姓？"宋义道："在下河北宋义，这几位也都是宋某的好兄弟。"这时，楚高怀从旁一抱拳，支支吾吾地说："原来……原来是……是宋先生……今日宋先生玉趾亲临烟雨岛，未克远迎，还望宋先生恕罪！"说着，扭头对曲宏耳语几句，曲宏连忙答应："属下立刻去办！"

众人瞧着楚高怀、曲宏举止神秘，心中都十分困惑，武元兴更是不快，哼了一声，一指天空，冲楚高怀高声说道："楚堂主，方才你们说太玄宗夜不接访，如今，这日头都爬得晃眼了，你们总该无话可说了吧？"楚高怀冷声道："不错，烟雨杏花台日升可行，如今天光已亮，诸位可随我前往接引亭，一验飞天口令。"说着，一挥手："兄弟们，升门！"翼宿坛众人闻令，"霍——霍——"四面高大的火焰红旗左右各摇了两下，齐声呼道："烈火炎炎，天光开路！"呼毕，两边一分，四面火旗两两相抵，形成一个简易的旗门，又齐呼："恭迎贵客临门！"上官靖瞥了楚高怀一眼，脸色愈加难看，转身向元仪、郁维、楚高怀等人浅浅拱了拱手，带着四名大汉快步过了旗门，宋义、元仪等彼此谦让一番，也都谈笑而过。

众人沿坡上行了一段路，终于走出珙桐林，前面赫然现出一处山涧，幽草飘零，疏木清奇，对峙的断岩相隔约十丈余宽，虽不甚阔，却十分陡峭，下面细流湍急，激石作声，中间只有一根杯口粗的铁索连着，涧中疾风甚劲，铁索晃晃悠悠，令人望之却步。在铁索的旁边，仁立着一块巨石，上面满是郁郁青苔，却遮不住深凿石中的三个遒劲大字：风云涧。李清霄暗奇："风云涧虽说不算一夫当关万夫莫开，却也是道极好的屏障。"这时，只听曲宏高声道："诸位若去烟雨杏花台，这风云涧定是要过的。"他欲显示些本领，倒提双枪，将身一纵，落在十余丈长的铁索之上，足尖点着锁环，如履平地，向对面奔驰，倏忽即过铁索，随即得意洋洋高声呼道："喂，上官靖，以你的本事，要过这铁索桥想也容易，却不知你那几个属下可要帮忙？"

上官靖淡淡冷笑，尚未说话，武元兴在他身旁振声道："区区小事，有何难哉？我武元兴先过。"语毕纵身跃上铁索，足下生风，如曲宏一般向对面奔去。腰间盘着青龙软鞭的大汉见了，吼了一嗓子："好事需成双，我滕远与你同往！"说着，亦足踏锁环，从后面追了上来。臂膀套着子午飞环的大汉对旁边赤手空拳的大汉一笑："空手的舞刀的和耍蛇的要抢功劳，我唐浩自是不甘其后。"随之点足腾空而起，踏索赶去。空手大汉哈哈一笑，一纵，也跃上铁索桥，扬手高叫："等等我马乘！"

武、滕、唐、马四人不费吹灰之力跨过铁索桥，令曲宏心下暗惊："人都说江南阁内高手如云，名冠江南，今日一见，果然不是虚张声势。"楚高怀心想："须得露点真本事，不叫他们小瞧了我太玄宗。"便冲上官靖拱手说道："楚某不才，为上官先生引路！"他大步来到铁索桥头，腾身而起，一纵便是三丈多远，落下之时，足尖又一点锁环，又纵出三丈多远，再一点锁环，身子已稳稳落在对岸，众人瞧他并未在索上驰奔，只三纵便过了铁索桥，这身功夫已高出曲宏及武、滕、唐、马四人一大截。

上官靖面露不屑，俯身拾起一截枯枝，说道："区区风云涧，还用得着铁索为桥么？"扬手一抛，那截枯枝凌空飞出五丈多远，上官靖随之素袍一闪，身子凌空纵出五丈有余，恰好飞在枯枝上空，将落之时，足尖一踏足下枯枝，借力又弹出五丈多远，直直落在楚高怀等人面前，上官靖掸了掸衣袍，傲然昂立，此时，那截枯枝才摇摇落在涧底细流之中。这一抛一纵，珠联璧合，正是"一苇渡江"的轻功。

"公子好本事！"武、滕、唐、马四人齐声喝彩。

武元兴一碰手中双刀，兴奋地说："如此一来，这根铁链子岂不成了摆设？我看他太玄宗是关老爷卖豆腐——人硬货不硬，莫不如拆掉算了。"唐浩哈哈大笑："舞刀的，你这话说得可大大的不对。"武元兴瞪了一眼："怎么不对？"唐浩道："若真将这铁链子拆了，你叫人家太玄宗的人日后如何过这风云涧？到时进也进不得、出也出不得，岂不成了小寡妇看花轿——活活急死个人？"马乘大笑："不错不错，还是滚铁环的虑事周到。"武元兴哄然笑开。

曲宏气得大吼："放狗屁！敢在我朱雀堂口大放厥词！曲某看出来了，你们这几个家伙是来这作死的！"一分双枪，要跳将过去。楚高怀将他一拦，沉声说道："大典召开在即，且有宋先生在此，不可再生事端，口舌之快由他们去争好了。"曲宏哼了一声，只好愤愤而退。宋义、元仪、李清霄、陆烟白、郁维、西门雨、凌寒等人无心在此卖弄本事，他们彼此谈笑风生，足点铁索，纵跃而来。余下的那几十名翼宿坛弟子见状，便收了火焰红旗，转身又纷纷退回了珙桐林。

一过风云涧，烟雨岛的地势便由坡转平，迎面一条垂柳荫荫的青石小路，再往前大约二三里处，有座八角石亭，亭子石构梁柱，八面斗拱，刻有仙童、鸟兽、花卉等祥瑞之图，亭口两边各放一张青石条案，左侧石案上摆着七只盛着酒的琉璃盏，流云漓彩，精美绝伦，右侧石案上则放着两面径长三尺的云纹石鼓，鼓面沧桑斑驳。石亭内有张方形大石桌，桌旁坐着一红一紫两名苍髯老者，桌面纵横十九道，刻着个大棋盘，红衣老者执白，紫衣老者执黑，正全神对弈，对亭外之人不理不睬。李清霄打量这二位老者，不由心下大奇，这二人除了装束不同外，五官相貌均长得一模一样，竟是一对孪生兄弟。但见楚高怀快步上前，俯首施礼：

"二位上使，今有北岳剑派代掌门元仪、江南阁上官靖，率众抵临烟雨岛，在接引亭外等候对令登台。"

红衣老者手中拈白子一冲，说道："有朋自远方来，不亦乐乎。老夫太玄宗接引使赤渡……"那紫衣老者拈黑子一尖，接口道："紫离。"红衣老者白子一封："恭迎各位大驾光临烟雨岛！"声音苍迈淳厚，震得众人耳畔嗡嗡作响。

这时，赤渡白子又一镇："既应邀参加大典，想必定有飞天口令。"

紫离则黑子一断："有令者进，无令者退。"

赤渡又白子反断，忽地长声吟道："皇天谪降青莲花。"亭外众人彼此望了几眼，"钧天剑"元仪面含微笑，朗声答道："太白金星耀万家！"

赤渡左手指天："化作钧天满玉宇！"

元仪长袖平揖："平交将相乘烟霞！"

赤渡嗯了一声："对得好！贵客赏脸相答，老夫自当敬你一杯。"话音一落，右手一弹，一粒棋子"嗖"地飞出，正击中左案上的一只琉璃盏，只听"叮"的一声悦响，琉璃盏非但未破，反被棋子劲力一撞，平平飞向元仪。元仪长髯微动，大赞个"好"字，声音未落，背后宝剑瞬间出鞘，元仪将长剑翻腕一指，剑尖平迎，不前不后，正好平平托住飞来的琉璃盏，盏中美酒竟一滴未洒。

"妙！"楚高怀、宋义、李清霄、陆烟白、上官靖、西门雨、凌寒等高手一阵喝彩，"炎天剑"郁维的脸上也颇沾荣光。这赤渡、元仪二人，一送一接之间，内力招法尽显，可谓神乎其技，赤渡在亭中站起，拱手说道："钧天剑这'一脉相承'果然俊得很，元先生位列丹青十三剑，乃我太玄贵客，请元先生满饮此杯！"

元仪长髯飘洒，将盏中美酒一饮而尽，拱手还礼："多谢上使美酒相迎！"

赤渡点头道："好说好说。"复又坐下，拈起白子在盘中一虎，又长声吟道，"花非花，雾非雾。夜半来，天明去。"

上官靖听了，微微一笑："夜非夜，明非明。花开时，花落处！"

赤渡又道："莫叫心思游四序。一水寒烟，两处青天。"

上官靖朗声回答："只记桃花二月间！"

"对得好！"赤渡手中棋子一停："贵客赏脸相答，老夫自当敬你一杯。"食指轻动，棋子弹射而出，又击起石案上的一只琉璃盏，向上官靖飞去，上官靖双手抱怀，嘴角挂笑，一动未动，眼见琉璃盏距自己不足一尺，武、滕、唐、马四人大惊，张口欲呼，蓦地眼前一花，只见上官靖右手忽摆，呼地扇出一道气流，冲得琉璃盏先是一滞，随即在上官靖面前旋转起来，上官靖右手顺势轻抬，将琉璃盏稳稳拿在手中。

"好个'玄机寸劲手'!"赤渡赞了一声,说道:"上官先生身为轩辕高徒,也算少年英才,老夫佩服!这飞天口令也没错,请上官先生亦满饮此杯。"上官靖将盏中美酒一饮而尽,冲赤渡一拱手:"多谢前辈赞誉,曾子曰:'士不可以不弘毅,任重而道远!'在下后学之身,还当再接再厉。"上官靖这几句话说出,看似谦逊自勉,实则崖岸自高,傲气中流,听得西门雨、凌寒不由得哼哼冷笑。

"笑什么?"武元兴横眉问,西门雨冷冷地说:"你说我们笑什么?"武元兴道:"我怎么知道你们笑什么?"西门雨道:"那你管我们笑什么。"武元兴一滞,双刀一振:"笑什么你小子心里最清楚,老子……"他这"老子"二字刚一出口,只觉一道白影从自己眼前闪过,双手随之一麻,再去瞧时,不禁大骇,自己那对阴阳双刀不知如何竟落到了西门雨手中,西门雨一边敲着双刀,一边冷笑:"别老子老子地乱叫,你虽一番孝心,我却不大情愿,这废铜烂铁不值几个钱,你自己留着用好了。"反手一甩,阴阳双刀破空飞向武元兴,武元兴赶紧双手去接,刀虽入手,却震得他虎口大痛,噔噔噔倒退了三四步,双刀颤颤,险些拿握不住。

"你……你……你……"武元兴惊骇之下,竟半天说不出话来,唐浩、马乘三人一见,纷纷踏步上前,喝道:"哪冒出来个挡横的?"双方顿时剑拔弩张起来,楚高怀眼见大典在即,自己身为东道,唯恐纷争扩大,阻碍大典进程,忙站了出来,向两边摆摆手:"诸位,诸位,既有飞天口令,便都是我太玄宗的客人,理当以和为贵!"说着,不免看了看宋义,宋义心下明了,笑了笑:"楚堂主所言不差,各位都是武林豪杰,应心胸如海,不要计较这口舌之争。"上官靖心中寻思:"我等此行有大事要办,确不能因小失大。"也勉强一笑:"说得是,大家都是使刀动枪的汉子,说上两句粗话算不得什么,都当作玩笑话吧。"说着转过身来,向接引亭中的赤渡、紫离一拱手,"二位前辈,我等既已对上了飞天口令,想必可以前往烟雨杏花台了吧?"

26 杏花台

"且慢！"

紫离沉然喊了一声。

他手拈花白长髯，起身来到石案面前，两脚左右一踏，紫袍鼓起，分开双手，在两面石鼓底下一托，两面重达千斤的云纹石鼓竟被他轻轻举起，紫离缓步向上官靖和元仪走来，两足虽实实踩着青石地面，却无半点声息。

陆烟白瞧了，轻声惊叹："这老伯好大的力气！"李清霄道："方才赤渡前辈飞棋送盏，招式奇特，可谓巧妙无比，而这位紫离前辈双手托鼓，虽无招式，却举重若轻，当是以拙为要，他二人一巧一拙，着实令人叹为观止。"陆烟白点头赞许。这时，紫离来在元仪、上官靖二人一丈之外，停下脚步，说道："二位虽有飞天口令，还须在此留名。"双臂向前一推，两面云纹石鼓"呼呼"挂风，向元仪、上官靖面前落去，元仪一笑，未待石鼓落下，右足弹出，伸到石鼓下向上一踢，五百斤的石鼓顿时被踢起一丈多高，元仪长剑瞬出，剑尖在鼓面"哧哧"飞走，但见石屑纷飞，顷刻之间，"元仪"两个瘦劲凌厉的草字便刻在了上面，随后，石鼓"咚"的一声砸落在地，震得灰尘四起，柳条轻摆。元仪还剑入鞘，再向旁瞧，上官靖负手而立，神色怡然，他面前的云纹石鼓未刻一字，可蒸笼大小的鼓面上，竟赫然印着一个深达寸余的掌印，沿着掌缘又向外裂出闪电状细纹，元仪暗忖，心知这正是苏慕白绝学"激雷掌"。李清霄、宋义、西门雨、凌寒等人侧目观瞧，心中均想："都说司徒禹心统辖的江南阁高手如云，十几年来称雄江淮，单凭上官靖这一手激雷掌，便可见一斑。"

紫离托鼓回到石亭，沉声道："二位留名已毕，便请登台入寨！"赤渡点了点头，又瞧了瞧宋义、李清霄、陆烟白等人，长声问道："这几位朋友可有飞天口令？"未等宋义开口，楚高怀抢先登亭，在赤渡耳边嘀咕了一番，赤渡花眉一动："原来如此，老夫多此一举，倒是冒昧了。"起身冲宋义等人一拱手："太玄宗接引二使，恭请宋先生及诸位英雄好汉登台观典！"紫离单手向后一挥："有请！"宋义拱手道："多谢接引二使。"大步流星过了接引亭，众人心中困惑，滕远低声问唐浩："这姓宋的是谁？既未吟诗，也未敲鼓，怎么便过了去？"唐浩哼道："管他是谁，说不定是明心慕的小舅子。"马乘哈哈一笑："滚铁环的就是有见解，大舅子也说不定！"声音一大，惊动众人，上官靖回头瞪了他们一眼，武、滕、唐、马四人这才不再喧闹。

众人沿青石小路行了二三里，前面骤然开阔。

一座方圆百丈的青石高台赫然入目，台上古木参天，屋宇错落，高台正前方，凿出了二十八级宽阔的登台石阶，每级石阶均刻有一幅星官神像，从下到上，连将起来，正好是天宫二十八星宿之图，气势非凡，颇具匠心。陆烟白看了一小会儿，低声对李清霄说："喂，你瞧，一个石阶也如此用心，太玄宗的人做事真的是很有法度。"李清霄点头，这时，忽听杏花台上鼓乐声响，又见红旗摆动，从台上齐刷刷跑来六十名红衣大汉，沿石阶分立两旁，中间闪出一位穿白色团花长袍的少年公子，面白眉长，风雅多情，这公子快步走下石阶，冲宋义、元仪一拱手："小侄明瑞，刚刚接到前方飞书通报，得知宋先生、元掌门、郁剑客金尊到此，特前来相迎！"

宋义微笑："不错不错，明家二公子的确是一表人才。"

元仪也跟着赞叹："陈列曰玉，执之曰瑞。明宗主后继有人！"

明瑞躬身施礼："多谢二位叔父金口相赞！宋先生、元掌门，你们玉趾亲临，我太玄宗蓬荜生辉，只是眼下家父正与二位辅师在密室议事，明令禁扰，小侄尚无法入内通禀，二位叔父海量汪涵，还望见谅！"

宋义一摆手："无妨无妨，宋某不告而来，原属仓促失礼，只是宋某此行，二公子暂且不必叫明宗主知晓，宋某自有主张。"

明瑞心中纳闷，正要问缘由，忽听唐浩在那边喊了起来："喂！我说明二公子，难道你眼里只认得大舅父么……"明瑞一愣，横眉冷问："什么大舅父？"唐浩忽觉说走了嘴，顿了顿，哼了一声转口说道："明二公子，我家上官先生也是持邀客令前来赴会，明二公子锣鼓相迎，为何独独把我江南阁晒在一边？"明瑞心想："二师伯怎么还邀请江南阁的人？"可眼下人多，不好细问，只得淡淡一笑："金砖不厚，玉瓦非薄，远来都是客，主人仓猝失礼之处，还请上官先生勿怪。"

上官靖浅浅一拱手，冷笑道："在下得邀，躬临盛典，已然喜不自禁，何敢他求?"明瑞听出上官靖话中有不满之意,也不多解释,只奉之一笑,向台上一挥手:"有请诸位嘉客前往杏花台朱雀大寨!"

烟雨杏花台之宽阔,超过众人的想象。

当先耸立一座高大牌楼寨门,中间横额柳书"朱雀大寨"四个雄劲大字,四面是三丈多高的寨墙。一过寨门,广场上旗幡招展,队列整齐,或坐或立足有两三千人之多。东侧寨墙高立着一青、一白两杆大旗,青旗金销青龙之状,旗下三百五十名青衣大汉列成七队,犹如远山碧云。队前坐着个清瘦之人,青袍青甲,手中持着一条七八尺长的青藤棒,正在闭目养神;旁边白旗金销白虎之状,旗下亦有三百五十名白衣大汉分列七队,仿佛青崖积雪。队前端坐一名白袍大汉,燕颔虎颈,颇有雄风。

西侧寨墙则高立一红、一黑两杆大旗,红旗金销朱雀之状,旗下三百五十名红衣大汉,好像半天赤霞,最前方放着把空椅,但见楚高怀大步来在空椅旁边,威然坐下。红旗之旁,是一杆漆黑大旗,金销玄武之状,旗下三百五十名黑衣大汉依旧分成七队,恰似泼墨松烟,而端坐队前的那人李清霄认得,正是玄武堂堂主"霹雳手"霜钧,霜钧身后站有七人,其中一个便是"燕羽"郁渐离。

霜钧、郁渐离二人远远瞧见李清霄,都是一惊,奈何仪式所限,不便作声,便纷纷向李清霄拱手致礼,李清霄十分高兴,也冲霜钧、郁渐离遥致拳礼,大有他乡遇故之感。再向前望,广场最北侧肃立一座单檐歇山顶的高大正堂,门上高悬一块黑漆桐木大匾,上面欧书"朱雀大堂"三个大字。在堂前百步之处,两株高达十几丈的千年古银杏树,分立左右,每一株足有四五名大汉合抱粗细。

六月初夏,绿莹莹的银杏叶仿佛碧蝶,婆娑枝叶几欲伸到寨墙之外,在两株千年银杏树下,各架着一面直径约八九尺宽的黄牛皮大鼓。两个赤裸上身、肌肉虬结的高大汉子,正在鼓旁持槌挺立,神态肃穆凝重。

两株古银杏树与朱雀大堂之间,又搭建一座"凸"字形观礼台,约莫八九丈宽阔,台前放一座青铜大香炉,上有重檐亭盖,瑞兽雕纹,古朴传神,香炉内并插九根高约五尺、粗如手臂的大香,紫烟升腾弥漫,萦绕整座高台。高台之上,人声嘈杂,南腔北调,交织一处,想是太玄宗请来的远客。李清霄在人群中远望,观礼台最里端,居中摆置三张红木大椅,空空无人;左侧上垂首处,放着九张红木大椅,头两张大椅悄然空置,第三张椅上,坐一个散发披肩的白袍人,李清霄与陆烟白对视一眼,不由暗暗偷笑,这人正是南岳剑派天柱峰首座'一臂仙'华风楼,华风楼后面,站着成亭璋、朱亭珪、方亭珞,徐亭肄、戚亭瑾五名南岳弟子;第四张椅子上,坐着一个面貌清奇的锦袍秀士,端盏品茗,气定神闲;第五张到第九张椅上，依次坐着五个手持长棍的花髯老者，相貌十分相像，俱是厚唇阔腮，眉目粗犷。

李清霄向右侧去瞧，右侧摆放十四张大椅，头张椅上坐着个紫袍人，年岁在五旬开外，身材不高，面相消瘦，颏下却留着一副两尺长的美髯，颇有气度；紧挨着这位瘦小长髯公的是个青袍文客，此人年龄也在五十上下，长面隆准，双目炯炯有神，此时正侧首与长髯公低声交谈；在青袍文客的下方又是一张空椅；隔着空椅，凛然端坐着一位浓髯虎目的黑袍长者，冷冷漠漠，十分威严；在这黑袍长者之后，却坐着一红、一紫两位老者，正你一句、我一句，嘴里念个不停。

这二位老者李清霄倒是熟悉，正是方才在接引亭中见到的赤渡、紫离二使，李清霄凝神细听，只听赤渡道："起东五南九置子。"紫离应道："东五南十二置子。"赤渡又道："起西八南十置子。"紫离回应道："西九南十置子。"如此边思边下，一连置了十余子，攻守步法十分精妙，仿佛棋盘就在眼前，李清霄心中暗惊："原来他们在下盲棋！"又不免暗自一笑："这二人如此场合也不忘对弈一局，当算棋中之痴了。"又向二人下方瞧去，余下的椅子依次坐着九个人，这九人衣衫奇特，手中兵刃也各有不同，腰上都挂着一枚青铜太极图，李清霄心想："想必他们就是太玄九老了，倒也威风得紧。"回头再看陆烟白，陆烟白正左顾右盼，好像在寻觅什么人，似乎又未曾寻到，烟眉满是失落之情。李清霄纳闷，正要去问，忽见明瑞来到面前，冲元仪、郁维二人拱手道："请二位前辈往上首五盟席就座。"

元、郁二人点头来到观礼台下，在左侧头两把红椅前落座，在座众人与他二人大多相识，纷纷问候，唯独上官靖，他不等明瑞相请，径直走向观礼台，来到右侧青袍文客面前，一拱手，问道："前辈可是太玄掌令使'神龙化雨'曾心澜曾大侠？"

青袍文客扬眉瞅了瞅，点头说："不错，正是曾某，阁下是谁？"

上官靖道："在下金陵江南阁上官靖。"

座上众人一听上官靖来自江南阁，俱都一惊，曾心澜也有些意外："是上官先生？你们江南阁大先生如何未到？"上官靖笑了笑："大先生虽未前来，却叫在下带了这个过来。"说着，从怀里掏出一块青翠莹润的圆形玉玦，曾心澜一瞧那块碧色玉玦，微微一震，扭头看了看坐他上首的紫袍长髯公，紫袍长髯公半眯着眼睛说："东西到了也是一样。"曾心澜点点头，对上官靖说："既然如此，上官先生远道辛苦，请过来坐吧。"上官靖道了声谢，在曾心澜身旁的空椅上坦然落座。

而此时的宋义却招呼李清霄、陆烟白等向观礼台东南角走去，五人落座甫毕，忽听朱雀正堂内有人高声宣道："恭请明宗主！"

"吱呀——"

朱雀堂正门一开,里面走出三人,左侧之人戴一顶抹眉梁头巾,穿一领青灰色麻布襕衫,生得秀才模样;右侧之人却是一名年过花甲的羽士,头戴莲花道冠,身穿青蓝道袍,足蹬白袜云鞋,手拿银丝拂尘。李清霄看着隐约有些眼熟,猛然想起来:这位道长不就是当年在开封城见过的"神相无敌"苗光义么?再瞧中间那人,高下足在八尺开外,长面阔目,三绺短髯,穿件月白色山水云纹绫缎长袍,腰横紫革銮带,中扣白玉带镝,在銮带左侧还别着一枚赤金太极图,举动气魄夺人。

杏花台一众豪雄见了这三人,纷纷起身抱拳相迎,三人亦拱手还礼,中间那人虎目一扫,透出威严之光,朗声说道:"今日,东、西、南、北、中,五方上宾盟友,不辞风尘辛苦,前来见证我太玄宗五年一度的太玄大典,我明心慕荣幸之至,诸位宾朋,请坐!"李清霄见了,在观礼台上轻声赞叹:"'劲气冲霄汉,神拳天下绝。'闻名不如见面,'劲拳绝'明心慕果然名不虚传。"陆烟白却不以为然,淡淡说道:"要是白心海当年不被逐出师门,只怕绘入《名客图》丹青五绝的便不会是他了。"

这时,但见明心慕坐下来,冲左侧长须秀才道:"龙湖先生,开始吧。"

龙湖先生江湖人称"一笔断乾坤",他与苗道长被明心慕请入太玄宗,龙湖先生出任太玄左师,心怀文章锦绣,手中判官笔天下一绝。这会儿龙湖先生上前一步,高声道:"日月青天,佑我太玄。煌煌明光,万山之巅!起鼓,开典!"

"咚……咚咚……咚咚咚咚……"

两名壮汉挥起大槌,鼓声惊天响起。青龙、白虎、朱雀、玄武四堂在场的两千名弟子应着咚咚鼓声,共呼龙湖先生喊出的话:"日月青天,佑我太玄。煌煌明光,万山之巅!"呼声如雷,偌大杏花台,仿佛朔漠边疆吹角军营一般。

这时,李清霄忽想起一事,低声问宋义:"宋大哥,你之前说受故友之邀前来观典,那故友莫非便是这位明宗主?"宋义点头一笑:"我与明宗主早年确有数面之缘。"陆烟白在旁嘀咕一声:"难怪楚堂主他们对宋先生恭敬有加,原来宋先生背后有这样一棵大树。"宋义哈哈一笑,这时,只听鼓声作罢,呼声亦毕,杏花台骤然落静,明心慕阔目生光,掠了一眼座前众人,忽然瞧见上官靖,微微一怔,便问曾心澜:"二师兄,你身旁这位公子明某未曾见过,不知是哪方的英雄?"

曾心澜指道:"这位公子复姓上官,单名一个靖字,乃是江南阁微雨楼的三先生。"上官靖当下起身,朝明心慕见礼:"上官靖见过明宗主。"明心慕眉头微皱,也未还礼,只扭头问曾心澜:"二师兄,江南阁远在金陵,非我太玄盟友,他们微雨楼的三先生怎会来到烟雨岛？"曾心澜略一迟疑，回答："是属下发的太玄令和飞天口令邀请来的。"明心慕一奇："为何？"曾心澜尚未说话，上官靖却淡淡一笑，从旁说道："明宗主，在下并非代江南阁而来，而是受另一人嘱托，前来赴会。"

"何人所托？"明心慕居中发问。

"江南阁大先生，'一掌震千川'白心海！"

上官靖此语一出，太玄宗群相愕然，陆烟白更是桃目大睁，不自觉地说："原来白心海去了江南阁，那丛哥哥也在江南阁？难道……难道他们不来了么？"李清霄一奇，低声问："你认得他们？谁是丛哥哥？"陆烟白神色有些慌乱，连忙说，"没，没……我只是好奇而已。"陆烟白这一支吾，李清霄反倒更加疑惑。这时，只见明心慕在台上挑起浓眉，颇有不悦："自江南林仁肇死后，心海师弟便杳无音信，明某正有些担心，却不想他去了江南阁，做了大先生，也好，也算人尽其才！不过……"明心慕顿了顿，问上官靖，"你既说受我心海师弟所托，可有凭证？"

"自然是有！"上官靖说着，从怀里拿出方才那一块圆形碧色玉玦，刚要递过去，却见明心慕大袖一卷，"呼"的一股劲气冲了过来，上官靖顿觉手中一空，那块碧色玉玦竟被明心慕的劲气隔空吸了过去。上官靖暗惊："八明神拳果不虚传！看来明心慕在给我施下马威，可惜小瞧了我上官靖！"当下朗声道，"我听说，当年贵派四代宗主'鹤羽仙人'弘璧公，有紫气、青山、白霜、碧云四块绝世玉玦，分别传给'观澜慕海'四大弟子，见玦如见人，明宗主，你瞧这块碧云玦，可是白前辈之物？"

明心慕凝视那块玉玦，沉声道："不错，这确是白师弟的碧云玦。"明心慕话音刚落，右侧第四把椅子上的黑袍长者咳了一声，冲上官靖振声说道："太玄大典关系重大，他白心海为何不亲自前来？"声音沉厚，震得上官靖耳朵嗡嗡发响。

上官靖道："我家大先生临时有要务在身，脱不开身。"

黑袍老者哈哈大笑："脱不开身？怕他是心有所愧，不敢前来吧？我看倒是我太玄宗的有些人过于偏心，不分轻重，怕是忘记了白心海当年的所作所为，要对他法外开恩！"说着，不免冷冷看了曾心澜一眼，

曾心澜眉头一立："褚兄，你是在说我曾某以权谋私么？"

黑袍老者道："心正则行令无违，心偏则行令有私，我褚玄身为太玄行律使，三查四问，自是职分所在。"

曾心澜道："你有你的职分，我有我的职分，咱们扯旗拉鼓，各不相干！"

"无上天尊！"苗道长在台上口诵法号，接过话来，"曾先生，白心海当年的确违背宗规，背土叛国，乃师门弃徒，无论怎么说，曾先生邀他前来总有不妥。"

"有何不妥吗？"右侧首座上的紫袍长髯公忽然开了口，他微眯双眼，说道，"苗道长，此一时，彼一时。当年白师弟脱离的本是柴氏大周，如今，那柴周早被我大宋取代，凤去台空，吴宫草湮，却不知白师弟叛的是谁的国？若执意说我白师弟叛国，却不知苗道长对当今皇上所创的这丰功伟业，又做何论断？"

"这……"苗道长一滞。长髯公见苗道长顿口不答，便哼哼一笑："我白师弟当年虽被家师逐走，却未被收回碧云玦与太极令，还算我太玄门人，如何不能参加我太玄大典？苗道长，你是出家人，我何心观身为师门长徒，对此尚不再究，你身为太玄右师，德高望重，又何必再执着于陈年往事？"

一番话说出，曾心澜、上官靖连连点头，李清霄心想："原来这长髯公便是大名鼎鼎的'紫府烟霞客'何心观。"这时，只听褚玄在那边高声道："何老弟，虽说如今已改朝换代，可当年白心海不顾宗规，挑斗同门，这事总不该不闻不问吧？"

何心观淡淡一笑，未理褚玄，转目冲明心慕说："明师弟，你如今已贵为宗主，妻贤子孝，那过去之事，想必已不会再耿耿于怀了吧？"

明心慕对这位大师兄最为敬重，领首道："大师兄说得是，当年之事，小弟早不挂怀。既然大师兄发了话，且白师弟的碧云玦也已在此，见玦如见人，我明心慕自当以礼相待，上官先生请坐吧！"扬手一送，那碧云玦飞出，稳稳落在上官靖的椅子上，竟无半点声息。明心慕正襟危坐，朗声道："今日太玄大典，并非要在此讨论白师弟之事，乃是另有要务处理，想必座上诸位盟友心中都有疑惑，为何我太玄宗五年一度的太玄大典，不在太室山峻极峰举行，却跑到了千里之外的烟雨岛。"

"老夫正有此惑。"左侧第五把红木椅上那位花髯老者接过话来，"据老夫所知，这太玄大典自第三代宗主武成公肇始，至今已历十二次，之前五十五年来，从未离开过太室山半步，不知为何如今改弦易辙，移至此处？"

这花髯老者名叫柳青公，他与身旁的杏赤公、柘黄公、楮白公、檀黑公四位老者，来自东岳泰山，江湖人称"东岳山林五老"，五十年前，山林五老在山东泰安府创建东岳济英门，自此以来，效法孟尝，广施恩德，遍结天下英雄，为武林名宿，德高望重。如今山林五老虽年过七旬，但神采雄风，依旧不减当年。

明心慕道："五位前辈德高望重，自家师弘璧公时，便是我太玄大典的东方盟友，为我太玄宗开山铺路，想必最是知晓我太玄宗行事之风。"

杏赤公点点头："那是自然。想当年，少林十三棍僧救唐王，以显赫之功得唐太宗赐碑，使禅宗祖庭继续发扬光大，如今太玄宗也是效法先贤，虽处江湖之远，却同少林一样，一贯尊王攘夷，扶策庙堂，为国图存，得以百年不衰。"

柘黄公道："正因如此，老夫等才甘愿四十年来以太玄宗为执牛耳者。"

明心慕道："五老海深之情，我太玄门人铭刻肺腑，正如杏赤公所言，我太玄宗因以扶国尊王为己任，致力太平兴国，才累受天恩，得五方友朋厚待，我三万宗众本当以此为荣，砥砺风节。"说到这里，他话锋一转，"可谁料想，一年前，便在这烟雨岛上，我太玄宗又出现了背宗弃义叛国之徒！"

"有这事？"柳青公将手中长棍"咚"地往地上一杵，高声说道，"据老夫所知，烟雨岛地势险要，当年皇上派兵打下来后，赐予太玄宗作为朱雀堂的堂口，似这般皇恩惠泽之处，怎会出现卖国之徒？"

明心慕道："太玄大典之前，明某已派龙湖先生和犬子明玉、明瑞查明此事，叛徒非是旁人，便是我太玄宗的白虎堂主金煜、朱雀堂主炎离！"

"然也！"龙湖先生接道，"据龙某查知，此二人早在三年前便私募门客，多达三千余人，却无一人列入太玄名册，细查之下，这些门客非但聚集着前周遗民、亡国子嗣，还私藏了江南、北汉、大辽等国的奸党，可谓五花八门，叹为观止！"

"唉，"苗道长跟着叹了口气，"金煜、炎离二人暗通敌国、心怀二志，如今早已证据确凿，他们以为太室山与烟雨岛相隔千里，鞭长莫及，岂不知世上之事，若要人不知，除非己莫为。"观礼台上众人闻听，一时吃惊非小，群相哗然。

明心慕双目凝视少顷，正声说道："烟雨岛虽小，却是我大宋将士马革裹尸换得的，岂能成为藏奸纳逆之地？国有国法，宗有宗规，此番太玄大典设在烟雨岛，一是就地处置金、炎二人，再者，便要告诫那些心存不轨之人莫再枉费心机，我太玄宗立派百年，岂是宵小之徒动摇得了？"转目对褚玄一扬手，"带他们上来！"

褚玄点头，高声道："行律弟子听令，带叛徒金煜、炎离！"张璜、石措两名行律弟子应声下了杏花台，前往朱雀水牢提人，约莫一炷香的时候，却见张璜、石措二人急匆匆奔回来，面如土色，颤颤地说："禀宗主，大事……大事不好了！"

明心慕沉着脸说："慌什么，慢慢说。"

张璜神色惊悸地说："叛徒……叛徒金煜、炎离不见了！"

明瑞一听，抢步过来一把揪住张璜："你说什么？"

张璜道："叛徒金煜、炎离不见了……锁……锁他们的大铁链被人扯断，看守水牢的三十个行律兄弟，都……都被震碎了心脉！"

元仪、郁维、华凤楼、柳青公、杏赤公、柘黄公、楮白公、檀黑公等五方盟友闻听俱都震惊不已，心想："烟雨岛高手如云，有人竟能在这里神不知、鬼不觉地劫走叛徒，本事当真了得！"明瑞更是愤然作色，急忙说："爹爹，烟雨岛四面环水，孩儿料他们还不会走远，爹爹快下令，叫各堂弟兄赶快去追！"

明心慕并未立刻回话，他暗自揣度："五方名门大派俱在杏花台，稍有不慎便会损害我太玄宗百年声誉，这个关头，当以稳住局势为要！"想到此处，面上沉静如水，淡淡说道，"瑞儿，不必着急，金、炎两人在烟雨岛的门客奸党，都已经被龙湖先生一网打尽了，他二人即便逃出此地，也是丧家之犬，掀不起什么风浪。"

龙湖先生从旁道："宗主所言极是，区区小事不足齿数，二公子勿虑，请近前来。"明瑞迈步过来，龙湖先生却附他耳边低声说道，"二公子，劫人之事，非同小可，想来今日大典一定内藏凶险，我与宗主先稳住场面，你速依法去做三件事：其一，眼下外防弟子料已不可靠，公子密调心腹弟子，赶紧换防布哨；其二，逐一巡察烟雨岛各处，一沙一石也要翻个仔细，以免留藏祸患；其三，从各堂选派一千名弟子，守住烟雨岛各路要口，随时听候宗主调配，一切等大典结束后再做打算！"明瑞凝眉道："先生放心，小侄这就去办！"急急忙忙带人下了杏花台。

明瑞一走，明心慕依旧不动声色，朗声说道："金煜、炎离二人背宗叛国之举，已明告天下武林，各方盟友可代为诛之，贼子穷途末路，不必再去理会，眼下，明某还有一件更重大的事要告知诸位。"台下众人屏息凝神，听明心慕续道，"常言说：兵不可一日无帅，如今叛徒已清，可白虎、朱雀两堂却群龙无首，所以本宗主与苗道长和龙湖先生商议，决定今日立'穿云手'楚高怀为朱雀堂主，'震山拳'秦戮为白虎堂主，佩太极令，执掌两方，不知宗内兄弟可有异议？"

明心慕话音一落，青龙旗下穿青袍甲的清瘦之人当先起身，拱手说道："青龙堂弟子谨遵宗主之命！"这人正是青龙堂堂主"神行龙影"木涯，木涯擅使青藤棒，是响当当的棍术大家。他刚说完，玄武旗下"霹雳手"霜钧也起身呼应："玄武堂弟子遵宗主之命！"明心慕满意地点了点头："好，既然各堂无异议，本宗主……"

"宗主且慢，属下有话要说！"

27　萧墙乱

众人一瞧，喊话的竟是曾心澜。

明心慕一怔："二师兄，你有何高见？"

曾心澜站起身，缓缓说道："自武成公创立太玄大典之日起，便定下了'奖拔公心，唯才是举'的任人法度，五十多年来，我太玄宗历任宗主莫不遵照此法。宗主，不知属下说的可有偏差？"

明心慕见曾心澜今日言行一反常态，不由心下生疑，淡淡地说："宗中确有此训，二师兄提这个做什么？"

曾心澜道："既有此训，那属下便要别置一喙了！今日在座诸位无人不知，白虎、朱雀两堂乃太玄膀臂，堂主之位干系甚大，非有大能为者不可胜任。而楚高怀楚兄弟……他未入朱雀堂时，原是二公子明瑞的门客，秦戬未入白虎堂时，则是大公子明玉的门客，此前未见他二人有何过人本领，却高居副堂主之位，门中弟子早有非议！如今倘若宗主又要升他二人做堂主，这岂不有违'奖拔公心，唯才是举'的祖训？"

明心慕听了哈哈大笑，沉声说道："二师兄，何出此言？我明心慕岂是任人唯亲之人、离经背祖之辈？本宗主之所以立楚、秦二人为堂主，看重的就是他们的本事！"说着，扬手一指朱雀旗下的楚高怀，高声，"十年前，蜀王孟昶偏安一隅，不遵皇命，我大宋西川行营都部署王全斌奉当今圣上之旨，统甲三万，出征后蜀，高怀闻讯，带我太玄宗兄弟，千里奔袭，随王将军克兴州、破剑门，舍生忘死，连拔二十余寨，此后，又密献夜袭三泉之计，助前部先锋史延德大败十万蜀军，活捉蜀将韩保正，打开入川门户，从而剪翦巴蜀王气，使蜀王孟昶最终纳土归降。高怀之功，足可标于汗青！"

楚高怀在旗下闻听这番话，颇为感动，向上朝明心慕拱手施礼："区区尺寸之功，承蒙宗主垂记，属下感激万分，虽死无憾！"

明心慕点了点头："高怀兄弟一片赤诚，明某心中甚慰，只是不必提什么'死'字，今后我太玄宗，还有诸多要事待你穿云手大展宏图。"说罢，又一指东侧白虎旗下那位燕颔虎颈的白袍大汉，振声说道，"三年前，南汉国主刘铱，荒淫误国，致使女巫、宦官专权，乌烟瘴气，民不聊生，当今圣上为救生民于水火，亲命潘美将军为帅，督率铁骑征讨南汉，南汉宦贼龚澄枢以千头重甲战象，横列阵前，人不敢近，唯我太玄宗白虎堂这位秦戬兄弟，以信布之勇，当先冲入象阵，以手盾为屏，夺槊破甲，连毙七头战象，壮了我大宋男儿之胆，遂一鼓作气，摧毁象阵，生擒宦贼龚澄枢。秦戬兄弟此举，扬了我太玄之威，至今思来，犹荡气回肠！"

"多谢宗主盛誉，属下为太玄宗、为宗主万死不辞！"秦戬高呼。

明心慕亦点了点头，转视曾心澜："二师兄，这楚高怀、秦戬二位兄弟为朝廷、为太玄宗立下如此功劳，外人不得知情，难道你我兄弟还不知么？"

曾心澜面色冷清，半晌无言，忽振声说道："这二人确有一些功劳，不过，太玄宗屹立江湖，雄威不倒，立下汗马功劳者，不计其数，难道就只他二人配坐这堂主之位么？宗主你大权在握，总摄全局，理应博采众议、公道选贤才是！"

明心慕道："二师兄之意，是说我一孔之见、沧海遗珠？"

曾心澜道："属下不敢！属下只是觉着我太玄宗人才济济，强中更有强中手。若不使人才埋没，最好能按照宗规，比武夺令，陈力就列，不能者止！"

明心慕微微一笑，未去应答，而是冷眼扫了一下右侧的一班人："各位宗使、长老，你们对掌令使这番言论，不知作何见解？"

何心观双目似睁似闭，默不作声，只端起茶碗，慢慢啜饮。

赤渡、紫离二使却彼此叹了一口气，赤渡道："人生如梦，世事如棋，棋分黑白，含阴阳二理，这攻与守、进与退、弃与取、势与地，都须仔细斟酌，你若一路猛进，疏于防守……"紫离接道："后院便会起火。"赤渡道："你若过于恋子，不舍得放弃……"紫离又道："亦会因小失大。"赤渡道："只有审时度势，适度退守，才不会落成孤棋。"紫离道："棋局变化无常，未得最后一刻，谁也见不得输赢。"褚玄拍着扶手抢过话来："你两个老鬼头，说了半天也没道出个立场来，要我看，此事很简单，家有千口主事一人，既然宗主和二位辅师已议定好了人选，就不必再改了！"

"褚宗使，你这话欠妥了！"太阳长老周桐沉沉吐了一句，道："方才宗主只是提议而已，并未敲定，如何不能再改？周某……赞同掌令使之见，比武夺令。"太玄九老中的太阴长老山青、执金长老东方吉、计都长老邓仪、罗睺长老姜伯英闻言，俱都起身，纷纷冲明心慕拱手道："属下与周桐长老所见相同！"

烟雨杏花台骤然落静，两千名太玄弟子鸦雀无声。

阵阵南风，吹得两棵千年银杏古树枝摇叶摆，窣窣之声清晰入耳。树下青铜香炉中，九根大香也已燃至一半，袅袅紫烟被风一吹，漫过杏花台，深沉香味仿佛熏染着台上每个人的心绪。观礼台上，元仪、郁维、华风楼等纷纷紧锁眉头，心中均自暗想："太玄宗向来令出必行，铁板一块，如今却怎么变得同室相争起来？"

明心慕在台上面冷如冰，他与苗道长、龙湖先生互望一眼，心中思虑："太阳、太阴、执金、计都、罗睺五大长老平日素与曾心澜交好，当时金、炎二人事发，我调派明玉、明瑞一体节制四堂事务，这些人便心存不满，今日借大典之机，结党连群，公然违抗于我，想必是有备而来！"想到这里，眼中放出两道凌厉之光，冷声说道："二师兄，瞧你与几位长老的势头，本宗主便是不答应也不行了？"

曾心澜一笑："话不可这么说，我等皆太玄门人，怎敢逼迫宗主？只是冒死维系祖师法度而已，所谓'奖拔公心，陈力就列'，关键是一个'公'字，若心有公，不令自行，若心无公，虽令不行！"

"好！"明心慕喝声如雷，双目含威："你等既然捉个'公'字不放，本宗主也无须多言了。"说着，霍然起身道，"诸位盟友、弟兄，今日我太玄宗要在杏花台比武夺令，玉尺量才，择选能者出任白虎、朱雀二堂的堂主，倘若有德才兼备的太玄弟子，能够胜过楚高怀、秦戬两位兄弟，本宗主便发太极令，授他堂主之职！"言罢，冷冷看了看曾心澜："二师兄，本宗主已按你说的办了，却不知你想举荐何人？"

曾心澜反倒一顿，不由得看了看身旁的何心观，何心观面色平淡，将茶碗慢慢放下，扬起眼皮，一笑："明师弟宽广恢弘，不愧为大宗之主，既然明师弟发了话，那为兄今日便不自量力，以师门首徒的身份，举荐一人，向秦、楚二位兄弟考校考校。"啪——啪——啪——何心观连拍三下手掌，观礼台下走出一人，这人眉目粗糙，一身青袍，手持一柄黑黝黝的奇异铁扇，来到大青铜香炉之前，向上一拱手："在下古木坪，毛遂自荐，向二位副堂主讨教一二！"

"慢！"龙湖先生打断了古木坪的话，高声道："此人不妥！"

"有何不妥？"何心观瞥了一眼龙湖先生。

龙湖先生道："比武夺令也好，举贤荐能也罢，登台献艺之人，须是我太玄弟子，此人面生，并未在册，想必非我太玄中人，怎可与秦戬、楚高怀二位兄弟较量？"

执木长老章龄天一敲青龙杖："龙湖先生说得对，烟雨岛杏花台又不是江湖耍场子、摆擂台的地方，若不是我太玄弟子，便不可以在太玄大典比武夺令！"

何心观哈哈大笑："谁说此人不是太玄弟子？这位古木坪，乃是何某上个月在湖南汉阳军新收的得力干将，只是何某此次从长沙匆匆赶来，尚未来得及将他登名入册罢了，何某身为巡疆使，难道我的门下不是太玄弟子么？"

执水长老韦幽涧在旁提声说道："何宗使差矣，即便这位古木坪是何宗使门下，可他却并非白虎、朱雀二堂的弟子，又怎好在此争夺两堂的堂主之位？"

"哼哼，迂腐之见。"何心观扬手一指玄武旗下的"霹雳手"霜钧，"咱们的霜堂主原本出身少林，后投在紫龙山庄凌庄主门下，可十五年前，霜堂主投奔太玄宗，当时也非玄武堂弟子，却在太玄大典上登台献艺，夺得太极令，名正言顺坐上玄武堂主之位，如今十多年过去了，也未见有什么人说三道四。"说着，又向对面那位锦袍秀士拱了拱手，"余先生，你是紫龙山庄的二庄主，想必对此事也不陌生吧？"

锦袍秀士略一迟疑，缓缓说道："不错，霜堂主当年确属我紫龙山庄'云山夏柳、风雪霜江'八大弟子之一，后来他改投太玄宗，我余清柏还做过引路人，不过……此一时，彼一时，当时……乃是情况有别。"余清柏说到此处，便顿口不言。余清柏人称"花雨剑客"，乃是"飞剑仙踪"凌千雨的师弟，花雨剑法名震中原，江湖称颂其为"一剑出，万花落"，余清柏当年与凌千雨共创紫龙山庄，专为朝廷效力，颇得赵匡胤赏识，曾御笔题写"侠烈丹心"四字金匾赐予紫龙山庄，成为紫龙山庄的镇庄之宝，紫龙山庄也凭借此匾，累受朝廷嘉扶，成为与太玄宗并峙中原的一大宗门。

何心观听了余清柏之言，呵呵一笑："余二庄主认承便好，形器不存，方寸海纳，这是历代太玄宗主的教诲，我太玄宗正因秉承此训，广聚贤才，才有今日成就。"又斜睨了一眼韦幽涧，"韦长老，你位列太玄九老，当熟知此训，为何固步自封？"

韦幽涧言语一滞，不知如何相答。

明心慕眉头渐蹙，心想："大师兄素来冲淡不争，我平时最敬重他，可他今日为何与二师兄联手向我发难？"虽有不快，也只得淡淡一笑，"不必再争了，既然大师兄伯乐荐才，想必自有他的主意。"说着，望了望场中楚高怀、秦戬二人，"楚兄弟、秦兄弟，真金不怕铜炉火，你二人谁愿与这位古兄弟一较高下？"

"属下先来会会这厮！"楚高怀沉喝，大步来到青铜香炉前，向古木坪一抱拳，"'穿云手'楚高怀，领教阁下高招！"古木坪哼哼冷笑："好，那在下就失礼了！"他衣带一飘，倏忽纵到楚高怀面前，铁扇一晃，点向楚高怀左胸"鹰窗"穴，楚高怀侧身闪开，左掌斜切古木坪手腕，右掌贯起劲气，一招"乘风推浪"拍向古木坪，不料右掌刚到半空，楚高怀忽觉眼前眩晕，接着，四肢百骸开始酸软无力，楚高怀大惊，忙提气运功，哪知不运气便罢，一运气力，两手颤抖，双腿更加绵软，再也站立不住，"扑通"一声摔倒在地，半点也动弹不得了。

明心慕、苗道长、龙湖先生等俱都一惊，秦戡离楚高怀最近，急忙纵身过去，想看个究竟，哪知刚到铜炉前，忽地头重脚轻，也"扑通"栽倒在地。

说来也怪，自楚高怀、秦戡二人倒下之后，观礼台前的那些门人弟子，也跟着栽栽晃晃倒了一大片，杏花台上顿时大乱起来。

事出突然，猝不及防，饶是明心慕深沉如海，也不由变色，然而他毕竟一宗之主，终究临危不乱，见他提足真气，高声喝道："诸位不要乱动！太玄弟子听令，尔等速速……"明心慕本想说"速速护卫观礼台"，哪知，话刚说出一半，也顿觉有些头晕眼花，双手微抖，脚下如同踏上了棉花，绵软无力。明心慕暗惊，再一瞧身边的苗道长、龙湖先生、褚玄、赤渡、紫离、章龄天、韦幽涧、窦瑁、阮雄等人，以及左侧的元仪等五方盟友，相继瘫软在椅上，唯有何心观、曾心澜、上官靖、周桐、山青、东方吉、邓仪、姜伯英以及武、滕、唐、马四人面含笑意，未有半点异样，龙湖先生见了这情形，有气无力地说："宗……宗主，家贼难防，我们想是中了毒……"

青龙堂堂主木涯、玄武堂堂主霜钧以及东、西、南、北各星坛的坛主无不惊骇，跳出旗阵，要上前营救，这时，忽听玄武堂危宿坛坛主郁渐离高喊："大家不要靠近那香炉，这炉烟中有迷毒！"霜钧一惊："当真？"

"千真万确！这炉烟乃是天南奇毒'二分明月神仙醉'！"郁渐离早年曾拜过高人学过医术，对用药、用毒之道甚有研究，他见那青铜香炉上九根大香的紫烟已渐渐变成了青烟，不禁心如火焚，急道："属下早年听一位高人说过，天南有种绝妙迷香叫作'二分明月神仙醉'，此药与寻常迷香不同，能与薰陆、白檀、青木等香料混在一起制成大小竹立香，初闻之人，并无察觉，可立香愈烧，毒性越大，待燃至一半，迷毒便已沁入血脉，药力会突然发作，若无解药，七天之内无法动弹！"说着，又冲台上大声说道，"明宗主，你们千万不要运功提气，否则迷毒侵入心脑，便不妙了！"

明心慕听了郁渐离的话，抬眼望了望，但见这"二分明月神仙醉"的迷烟被南风一吹，早已弥漫在朱雀大堂之前，青龙、白虎、朱雀、玄武四堂宗众列阵于广场之上，风力吹送不到，反倒安然无恙。明心慕做到心知肚明，也不说话，只是暗暗运动太玄龟息法，潜心调息，叫血脉流转甚缓，使迷毒不至急攻入脑。这时，只听霜钩在台下高声问："这迷毒既是天南之药，怎么会出现在烟雨杏花台？"郁渐离一凛："一定……一定有奸细事先安放好的！"明心慕听到这里，心里已然明了八分，目光钉子一样刺向曾心澜，不怒自威，淡淡地问："二师兄，今日之事，难道是你谋划的？"

曾心澜神色起伏不定，稳了稳心神，朗声说道："不错！"

台上众人一片哗然，龙湖先生一声哀叹："太玄宗威雄百年，傲立江湖，不想今日变生肘腋，败在自家人手上！可恨，可叹，可悲，可笑！"

褚玄更是戟指怒目，大声道："曾心澜，你乃弘璧公之徒，堂堂太玄掌令使，如何勾结外人陷害自家弟兄？这可是欺师叛宗自绝于人的事！"

楚高怀在台下大喊："曾先生，你若不满我楚高怀坐朱雀堂主之位，楚某大可拱手让贤，何必……何必用如此手段？"

"哈哈哈哈……"曾心澜一阵大笑，"楚高怀，你太高看自己了！"随即面色一沉，"龙湖先生、褚兄，你们都错了！曾某与其他同门今日之所为，一不是欺师，二不是悖逆，三不是自绝于人，乃是以武相谏，为的就是太玄宗的百年基业！"说着，一指明心慕，"想我太玄宗创派百年，历任宗主呕心沥血，始有今日之大成，我等身为太玄门人，决不能叫太玄宗在你手里改弦更张，变成明家的太玄宗！"

"二师兄，你何出此言？"明心慕立眉沉喝。

"三师弟，你不要明知故问！"曾心澜此刻已然底气十足，"自从你接掌太玄宗，二十五年来，独断专行，言出法随，把我们太玄四使、九老、四堂主都当成了泥胎摆设，还说什么'日月青天，佑我太玄，煌煌明光，万山之巅'，这日月为明，不言而喻，端的是司马昭之心，路人皆知！"太阳长老、太阴长老、执金长老、计都长老、罗睺长老听了，都纷纷点头，曾心澜接着说："如今，你借金煜、炎离二人叛变之机，叫你的两个儿子一体节制四堂二十八坛的事务，连太玄九老也要听他们调度，名义上是调查金、炎之事，实则将我太玄命脉全攥到你明家人手里。想我太玄宗自东瀛子光庭公以降，向来举贤避亲，何曾做出过似你这般假公济私之举？"

苗道长在旁一叹："曾先生，明宗主如此做，也是不得已而为之。"

"不得已而为之？"曾心澜哼道，"你这话说得倒是轻巧！就说你苗道长和龙湖先生，当年只不过是力拥三师弟坐上宗主之位，他便叫你等高居二辅师，统辖四使，这是不得已？他以宗主之权，削枝去蔓，用人唯亲，一心想将楚高怀、秦戬二人推到堂主之位，这是不得已？他忘恩负义，不顾我大师兄当年让位之德，竟将他调出太室山，遣往千里之外的汉阳军，替他栉风沐雨，把守门户，这也是不得已？"曾心澜语气咄咄相逼，如同风涛湍岸，一浪高过一浪。

明心慕眼中寒光愈盛，他没有回应曾心澜，扭头去问何心观："大师兄，这个中缘由你最清楚，难道二师兄的话，你也当真不成么？"

何心观睁开长目，冷笑一声："我清楚什么？我只知道，在太玄宗，我何心观乃师门首徒，论资历，论本事，哪点不如你明心慕？可是，当年师父偏心，将宗主之位传于你！这也便罢了，可你却不仁不义，竟叫我与二师弟屈身守分，一个做你的巡疆使，一个做你的掌令使，供你父子三人驱策，这就是兄弟、长幼之道么？！"

此言一出，明心慕惊愕万分，一时心神难定，太玄龟息功为之一泄，再难站稳，也软坐在椅上。何心观那边的人见了，知道明心慕终究没能逃过"二分明月神仙醉"，都长长舒了口气，明心慕神色忧愤，沉声说道："大师兄，你怎么也会说出这种话？这巡疆、掌令二使，虽说辛苦，却是宗中至要之职。当年，大师兄高风亮节，雪夜提灯，登门找我，甘愿降阶请缨，担当巡疆使一职，又说汉阳军乃我大宋东南门户，向来兵家必争，愿亲往汉阳军驻守，又保荐了二师兄做掌令使，你说不为名利，只求为太玄宗鞠躬尽瘁，死而后已！往事如昨，历历在目，大师兄难道忘记了吗？"

何心观霍地站起，眼中闪过一丝杀意："旧事不必再提，我与你谈的不是国事，是家事！今天心海师弟碧玦在此，见玦如见人，算我'观澜慕海'又凑了齐整，既然如此，何某便将心里话当着天下英雄说个明白，明师弟，当年你幸得宗主之位，一坐就是二十五年，可谓志得意满，风光已足，如今你独断专行，漠视祖训，这就大大违背了我太玄之德，我与心澜、心海同为璧公之徒，自不能置若罔闻，何某今日便要代师行罚，废你宗主之位，再由尊者出面，择贤任能，重整太玄之风！"

"哈哈哈哈……"明心慕纵声长笑："原来两位师兄是项庄舞剑，意在沛公！"

何心观横眉道："那又如何？"

"何先生，你……你真是好大的胆！"楚高怀在台下振声高喝，"没想到你们比武夺令是假，阴谋夺权才是真！何先生、曾先生，你们若用这卑鄙手段夺得宗主之位，我楚高怀第一个便不服！"说话之时，又冲何心观身边的太玄五老大喊，"周桐、山青、东方吉、邓仪、姜伯英，宗主对你等可曾有过亏欠？你们为何要与何、曾二人串通一气陷害宗主？尔等与虎谋皮，又能得到什么好处？还不悬崖勒马！"

周桐等人面沉似水，顿口不言，何心观瞥了楚高怀一眼："你话太多了，我太玄宗今日欲改天换地，成就大事，先拿你开刀祭旗。"向下一挥手，古木坪冷冷一笑，来到楚高怀身边，说了声："姓楚的，你乍入芦苇塘——不知深浅，黄泉路上怨不得我！"话音一落，手中铁扇"嗖"地击在楚高怀的头顶"百会"，楚高怀闷哼一声，口中鲜血流出，可怜这位"穿云手"，一招未得施展，便惨死当场。

如此剧变，明心慕一方无不大恸，翼宿坛坛主曲宏大吼："楚坛主，属下为你报仇！"提双枪向古木坪扑去，朱雀堂南七宿的井宿坛坛主杜鹰三、鬼宿坛坛主虞路、柳宿坛坛主罗大常、星宿坛坛主熊七、张宿坛坛主汪碧海、轸宿坛坛主马澜沧等亦都目眦尽裂，纷纷拉兵刃跳纵过来，将古木坪围在当中，只想顷刻将他乱刃分尸。这时，只听郁渐离远远叫道："各位坛主，快快回来，当心香炉迷药……"话音未落，但听"噇啷""啪嗒""扑通"响声连连，曲宏、杜鹰三、虞路、罗大常、熊七、汪碧海、马澜沧等南七宿的七位坛主兵刃撒手，软倒在地。

何心观见状，哈哈大笑："顺我者昌，逆我者死，不自量力，自取灭亡，这几个人不识时务，留着也无用，杀！""遵命！"古木坪正要下手，忽听曾心澜高喊："且慢！"曾心澜闪步来到何心观面前，凝眉道，"大师兄，你……你这是做什么？咱们只说是以武相谏，可没说要杀自家兄弟，怎能大开杀戒？"

何心观冷笑一声："若不杀一，如何儆百？"

太阳长老周桐、太阴长老山青、执金长老东方吉、计都长老邓仪、罗睺长老姜伯英也大惊失色，纷纷阻拦："何先生，你若杀自家兄弟，我等可万万不能答应！"

"不错！"一直未说话的"钧天剑"元仪也接过话来，"同室操戈，相煎何急？何先生，罢手吧！"华风楼、余清柏、山林五老也都开口连连相劝。何心观见了这般场景，笑而不答，扭头瞧了瞧上官靖，二人彼此递了一下眼色，何心观缓步来到曾心澜近前："好，好，既然诸位都这么说，我听你们的便是。"

哪知，何心观话音甫落，忽地右指瞬出，点住了曾心澜的"巨阙""期门"两处大穴，回手又封了周桐、山青二人几处穴道。与此同时，上官靖那边身形鹊起，快如疾风，双手电出，将东方吉、邓仪、姜伯英等人要穴俱都封住。

惊天之变太过突然，何心观、上官靖手法奇快，饶是曾心澜等身怀极高武功，却也猝不及防，俱被制在当场，曾心澜大惊："大师兄，你要做什么？"台下的两千名太玄弟子更是一片纷乱，青龙堂主"神行龙影"木涯、玄武堂主"霹雳手"

霜钧连忙高举手臂："都不要慌！都不要慌！"这时，郁渐离心念一闪，忙喊："大家快撕下衣襟，叠成厚布，围住口鼻！"木涯、霜钧一听，恍然明白，知道此举是为了阻隔那"二分明月神仙醉"的毒烟，也跟着喊："速照郁坛主说的做！"

"忽哧……""刺啦啦……"裂帛之声不绝于耳，木涯、霜钧与两千名太玄弟子全撕下衣布，将口鼻围得严严实实。木涯一振青藤棒，厉声说道："何先生，你究竟要做什么？如果明宗主他们有了什么闪失，你就不怕自绝于江湖，自绝于朝廷？"

"自绝于江湖？自绝于朝廷？"何心观一阵狂笑，"谁的江湖？谁的朝廷？我只知胜者王侯败者寇，今日太玄宗的二师、三使、九老、五方盟宾都在我手上，我看你们谁敢轻举妄动？如今这烟雨岛就是江湖，就是朝廷，我何心观是太玄之主！"

明心慕软坐椅中，神色忧怆，长声吟道："紫府丹成化鹤群，青松手植变龙文。壶中别有仙家日，岭上犹多隐士云。大师兄，我实在是想不通，当年那位一支独放高嵩岳的'紫府烟霞客'何心观，是何等的俊逸不群，何等的高风亮节，怎么……怎么如今却变得这般阴狠诡诈、贪妄狂悖？大师兄，你……你这才是离经叛道，欺师灭祖，你……你就不怕遭天谴么？"何心观哈哈大笑："我命由我不由天！"

"何心观！"台下忽然响起一声高喝："你得意得太早了！"

28 叶别离

观礼台一角风驰电掣纵上四个人，四人一到近前，八掌齐出，如狂风卷云，拍向何心观、上官靖，以及武、滕、唐、马四人，何心观、上官靖顿觉泰山压顶相似，呼吸骤然一滞，心中大骇，不敢硬接，倒跃而起，退到台下，避开这四人排山倒海般的一击，而武、滕、唐、马四人功力不济，早被震落台下，滚在一边。此时，飞到台上的四人如护法金刚，巍然而立，已将明心慕等人护在身后。

木涯、霜钧一瞧机不可失，连忙高呼："剪灭炉香，围住逆徒，保护宗主！"一时间，两千名太玄弟子分成两拨，一拨赶过去削断九根大香，取茶水逐一浇灭，护住观礼台，另一拨则将何心观、上官靖、古木坪、武元兴、滕远、唐浩、马乘等七个人环环围住。这时，明心慕、苗道长、龙湖先生再一瞧冲到台上的这四人，俱都目瞪口呆，元仪、郁维、华风楼以及成亭璋等五名南岳弟子亦吃惊非小，成亭璋低声说："师父，你瞧那个小子，不就是在大孤镇与咱们交手的那书生吗？"华风楼默然点头。

这四人正是李清霄、宋义、西门雨、凌寒。

原来，适才"二分明月神仙醉"四漫之时，宋义、西门雨、凌寒三人也中了毒，变得手足无力，可宋义转目去瞧李清霄、陆烟白，他二人却似乎并无大碍，宋义大为诧异，低声问："你们没事？"李清霄运了运真气，只觉内息平顺，并无中毒迹象，正自纳闷，却听陆烟白在旁道："咱们吃了金珠佛光果，当然没事啦。"李清霄恍然记起十天前凤栖梧在灵鹤洞说的话，登时一振，连忙解开包袱，取出三枚金珠佛光果，递给宋义、西门雨、凌寒三人："此果可解天下迷毒，你们快些吃了它！"宋义三人大喜，食了金珠佛光果，果真除了迷毒。这时，台上形势瞬息万变，宋义对李清霄道："这个何心观有问题，咱们且观其变，等他露出狐狸尾巴，咱们再收拾他。"李清霄心下吃惊，不再言语，直到何心观的行径一一显露，宋义这才高喊一句，与李清霄、西门雨、凌寒三人飞纵台上，逼退何心观、上官靖二人。此时，宋义看着怔怔发愣的明心慕，呵呵一笑："明兄，我是河北宋义，咱们可许久未见了，你老了不少。"

"河北宋义？"明心慕似乎明白了什么，道："宋……宋先生见笑了，宋先生玉趾亲临，实乃太玄之幸！"宋义道："明兄不必客气，今天有宋某在此，天就塌不下来。"转过头来，点指何心观，"何心观，宋某从汉阳军追踪你到烟雨岛，等的便是你露出狐狸尾巴的这一刻，你究竟是谁？胆敢假冒何先生，偷袭太玄宗！"

宋义这一番话出口，众人大惊，一齐看向何心观，何心观看着宋义、李清霄，神色大不同以往，倒有些发痴，上官靖见了，心里有些十五只吊桶打水——七上八下。须臾，何心观稳了稳心神，冲宋义道："阁下是哪一路的朋友，竟在这里胡说八道，我太玄宗的事，你还是少管为妙，小心吃不了兜着走！"

宋义一笑："何先生，你我早年数次相见，怎么如今却不认得了？"

何心观淡淡道："何某行走江湖数十年，交往之人车载斗量，不可胜数，无法一一牢记。"宋义道："若说别人，你或许不记得，可是宋某么，哼哼，你断不会忘记，你不认得宋某，只有一个原因，你根本就不是何心观！"何心观哈哈大笑："荒谬！"伸手从怀里拿出一块紫光氤氲的圆形玉玦，高高举起："大家看这是什么？"

众人定睛一瞧，大多认识，正是第四任太玄宗主"鹤羽仙人"梅弘璧亲传的紫气玦，何心观振声道："姓宋的，你说我何心观是假冒的，可紫气玦还会有假吗？'紫青白碧，观澜慕海'，见玦如见人，我若非紫府烟霞客，身上何来紫气玦？"

"你放屁！"凌寒在台上大骂一声，喝道，"到了如此田地，你还在招摇撞骗！这块紫气玦，分明就是你害死何先生后，从他身上偷来的，当我们不知道么？"众人闻听此言，无不大震，明心慕、曾心澜齐声问："此话当真？"

宋义叹了一声，点了点头道："不错！"

凌寒接着说道："上月初，我二人陪同宋先生到汉阳军拜访何先生，约好了在五凤楼相见，可不想当我们到了五凤楼时，却发现何先生腹部插着一把匕首，已然没了气息，我们当下大惊，正要救治，却见何先生忽睁开眼睛，见到我们，气息微弱地说：'你们终于来了。'宋先生问他：'究竟发生了什么事？'何先生道：'我被人暗算了！'宋先生惊问：'何先生鸿蒙紫气功天下罕有对手，怎会被人暗算？'何先生道：'半个时辰前，我来到五凤楼，等候诸位，忽进来一人，我一瞧，吃了一惊，来的竟是我的三师弟明心慕……'"明心慕听到此处，一怔，诧问："我何曾去过汉阳军？"凌寒道："明宗主莫急，听我继续说。何先生当时也想：'明宗主此时应在烟雨岛统筹太玄大典，怎会到汉阳军来？'便问：'明师弟，你来五凤楼做什么？'那位明宗主说了声：'寻大师兄有急事！'何先生正要细问，那位明宗主来到何先生近前，突然拔出一把匕首，插入何先生腹中要害，随即又当胸一掌，幸好何先生有鸿蒙紫气护体，才没有即刻倒毙，何先生为留一线机会，便使出'太玄龟息功'，闭气假死。"

太玄龟息功乃是"鹤羽仙人"梅弘璧传下来的一门绝学，仿照灵龟的呼吸方法来修炼内气，有潜心、潜息、真定、出定四种法门，练成之时，一方面呼吸细长，可缓行血脉，催生内劲，一方面能纳气久闭，外人观之，与死人无异。

凌寒道："当时那人以为何先生已绝气身亡，便从何先生身上搜出紫气玦和太极令，扬长而去。何先生对我们说完这些，已然奄奄一息，他说虽不知那人是谁，可那人既拿了紫气玦、太极令，必是为太玄大典而来，要我们定要在大典之前赶到烟雨岛，否则将祸患无穷，何先生说完这句话，便……便撒手而去了！"

听到这里，太玄宗人悲痛至极，明心慕、曾心澜俱已泪流满面，但见西门雨在旁一指何心观，喝道："我们来烟雨岛见你第一眼时，便知你定是杀害何先生的凶手，只是千想万想，却没想到你会在炉香中下毒！"西门雨话刚说完，却见那个假冒的何心观忽然一抖手，"咻""咻""咻"破空飞出三只银镖，直向宋义、明心慕射来，李清霄在旁看得真切，鹿角剑瞬出，上下一旋，格棱棱金声阵阵，将三枚银镖击落在地，李清霄仗剑高喝："暗箭伤人，你算什么男子汉大丈夫！"

"哈哈，我本就不是什么男子汉大丈夫！"

何心观这一声，竟叫杏花台的人都舌桥不下。

这竟是一个妙龄女子的声音。

李清霄听这声音好生耳熟，这时，忽见霜钧在旁大叫一声："我晓得你是谁了，你……你就是凤鸣阁的妖女叶别离！"霜钧一语即出，那个假何心观哈哈一笑，用手在脸上一抹，"刷"地扯下一张人皮面具，竟露出一副女儿家的容貌，眉目如画，肌肤胜雪，楚楚动人。李清霄神色大愕："你……你是叶别离？"

当初李清霄两次遭遇叶别离时，叶别离戴着青纱帷帽，见不到容貌。李清霄绝想不到心狠手毒的叶别离，会是眼前这个秀美少女，他吃惊之余，怒道："原来是你这老……"李清霄原想骂"老妖婆"，可一瞧叶别离年龄样貌，只好改口："是你这个小妖女，这我倒不足为奇了，你这小妖女诡计多端，向来喜欢暗算别人。"

叶别离呵呵一笑，用手捋着肩头秀发："李公子，这才过去几日，你我又见面了，真是有缘，你可知我叶别离时刻都记挂着你么？"

台上众人一听，都愣了，陆烟白孤零零站在那，脸色冷得像块冰，不知为何，她觉得自己的心像被人用针刺了一下，莫名难受，李清霄却被说个大红脸，凝眉道："小妖女，你这伎俩我早领教过了，快收回去吧，免得被天下人耻笑！"

叶别离哈哈一笑："我看被天下人耻笑的不是我叶别离，而是他太玄宗！太玄宗枉称中原第一大派，上到宗主，下到门徒，个个蠢笨如猪，一身本领都学在狗身上了，本仙子只不过略施小计，便叫他们窝里斗，溃不成军，这才叫真真笑死人了。李公子，若不是你们出来多管闲事，哼哼，本仙子早将这群蠢货一网打尽了。"

"住口！住口！"曾心澜恨得眼珠子快冲出眼眶，大吼起来："你……你这个凤鸣阁的小贱人，胆敢冒充大师兄，诓诈与我！想不到我曾心澜一世英名，竟毁在你这小人手里！叶别离，叶别离，我曾心澜便死了也不会放过你！"

叶别离哼了一声："曾心澜，你贪心不足，自己把持不得，又来怨别人？"转身看了看明心慕，目中流出一丝不屑，"明心慕，你以为李公子他们横插一杠，帮你解围，你便赢了吗？你错了，你非但半点未赢，反而败得很惨！你以为自己高高在上，杀伐独断，一呼百应，便可为所欲为么？哼哼，如今怎样？你非但没能统摄中原，便是你身边的人，又有几人服你？今日我凤鸣阁联手江南阁，虽庙算有余，良图不果，可你明心慕的太玄宗已然人心思异，分崩离析，败得比我们不知要惨上多少！"

明心慕面色铁青，凝眉不语。

龙湖先生却大骂起来："臭丫头，尔出之言，可作虚恭也！天上星儿多，难免明暗不齐，水里鱼儿多，难免清浊相混，你想凭借三言两语挑拨离间，动摇太玄百年根基？那是痴心妄想！"龙湖先生骂起人来爱转文，别人说放屁，他偏要说"虚恭"。

叶别离哼道："太玄宗徒有虚表，尽是藏污纳垢之地！"

褚玄在旁怒不可遏："宗主，休听这小妖女摇唇鼓舌，速命弟子擒杀！"

上官靖在旁哈哈大笑："叶姑娘，你瞧见了，他太玄宗的人，只知道仗着人多出风头。"叶别离道："人多又如何？有用的都成了废物，剩下的乌合之众奈何得了我们么？"说着，忽地朝朱雀寨外高喊，"几位朋友，现身吧！"她这一喊，蓄足了内力，但见从朱雀大寨的寨墙之上人影鹊落，如风似电纵来七个人。

这七人长相各异，服饰不同，苗道长一瞧七人中间那名挺拔冷峻的青衫男子，不禁念了一声道号："无上天尊！凤鸣阁真是手眼通天，不但有江南阁、北靖王府的人为你们撑腰，连辽邦十二刀盟的人物也甘愿鞍前马后。"

叶别离得意一笑："那是自然，这叫得道多助，失道寡助。"

这时，那位青衫男子冲苗道长浅浅一拱手："苗道长，十五年前，在河北瓦桥关，你险些做了萧某的刀下之鬼，十五年后，你一手帮衬的太玄宗，也几乎倾巢而覆，看来，你这牛鼻子一点长进也没有！"苗道长微微一笑："萧涯舟，贫道不要紧，倒是你身为辽国十二刀盟的护法左使，甘心听我大宋一女子差遣，也不怕辱没了'千秋雪'的名声？"众人都吸了口冷气，这青衫男子竟是名震北国的萧涯舟。萧涯舟人称"一刀寒千里"，手中宝刀名号"千秋雪"，七十二路雪影刀法称雄漠北，鲜有人敌，因大辽与大宋素来为敌，故而辽国十二刀盟平时很少涉足中原，如今萧涯舟以护法左使之尊远涉云梦，自然令人惊惑。宋义眉头微皱，低声对西门雨、凌寒道："你二人速去解开曾心澜和几位长老的穴道，护好明宗主和其他英雄，没我口令，不得离开！"

西门雨、凌寒领命，来到曾心澜面前附耳说了几句话，曾心澜大惊，连连点头，西门雨、凌寒二人双手齐出，解开几人穴道，不料却急得行律使褚玄在座位上大呼："他们乃是太玄叛徒，你们怎可放了他们？"宋义沉声道："褚先生，兄弟阋于墙外御其侮，如今太玄宗外敌来犯，生死攸关，自家之事，暂且不必计较！"说着，向前一指萧涯舟，"这位萧左使，你这个人倒会给自己脸上贴金，据宋某所知，十五年前，苗道长临危不退，助瓦桥关兵马部署陈思让击退你们契丹之袭，叫你等未能踏入关南半步，几万人马灰溜溜退回了燕山，苗道长壮举岂是你诋毁得了的？太玄宗今日虽中了你们奸计，可终究弟兄同心，你们已成瓮中之鳖，还不束手就擒？"

"束手就擒？"萧涯舟哈哈大笑："你们有这个本领么？"

"萧左使，你说得好！"叶别离一拍巴掌，回手向萧涯舟、上官靖和那个新来的一个细髯书生一指，对宋义说道："姓宋的，你仔细瞧瞧，如今配得上与我们萧左使、上官先生、贺兰先生较量的人，都已形同废人，放眼烟雨岛，皆是虾兵蟹将，拦得住我们么？你难不成还要指望曾心澜这个叛徒来力挽狂澜？哈哈，当真不怕丢人？！"叶别离虽如此说，可心中对曾心澜终究忌惮三分，毕竟"观澜慕海"名头实在太响，她有意用了这个激将之法，叫太玄宗当着天下英雄的面，弃曾心澜而不用。

叶别离这番话果然有了效用，但见霜钧长袖一摆："小妖女，少要狐假虎威，太玄宗尽是英雄好汉，个个都能擒你！"纵身扑向叶别离，未等叶别离出手，从她身旁早已闪过来一个方脸大汉，高叫："姓霜的，上次在参商楼你杀了我家夏长老，今日这笔血债，我'九龙出海'孟长飞要与你算上一算！"哗棱掣出腰中九节鞭，流星赶月，向霜钩扫来，霜钩腾空而起，飞出一支袖箭，射向孟长飞咽喉，孟长飞九节鞭抖卷，崩飞袖箭，二人闪转腾挪，使出浑身解数，一时不分伯仲。

木涯见霜钩久战不下，心中焦急，一振青藤棒："霜堂主且退下休息，木涯来领教领教这位孟长老的高招！"古木坪一瞧，嗖地跳将过来："怎么，你想车轮战不成？有本事咱们一对一，我古木坪陪你走几趟！"

"哗啦——"

古木坪一展阴阳铁扇，以扇作斧，削向木涯头颈，木涯青藤棒横扫古木坪手腕，古木坪撤腕合扇，点向木涯右肋空出的"期门"穴，木涯回手相格，兵器相撞，震得彼此一晃。木涯的青藤棒动如虬龙，灵动不拘，击打范围甚广，正应了"一寸长一寸强"这句话，可古木坪的铁扇用于巧，兼刀、斧、匕首、判官笔等诸多兵器招式于一体，砍削、刺绊、点穴，变化多样，往往后发先至，又应了"一寸短一寸险"这句话，二人各有所长，斗得难分难解。

又过了半盏茶的工夫，那边忽见孟长飞抖动九节鞭，使了一招"左右披红"向霜钩打来，霜钩躲闪不及，"啪嚓"一下，右肩头被鞭头打中，登时皮开肉绽，鲜血渗了出来，霜钩痛得牙关紧咬，眼见难以为继，被孟长飞逼得连连后退。

宋义眼光缓缓移动，心中暗自忧虑：这叶别离有恃无恐，自有她的道理。萧涯舟名震江湖二十年，他的本事，这里只怕除了明心慕、元仪、华风楼、太玄四使几人外，难有人能匹敌。上官靖虽然年轻，可深得苏慕白真传，功力更是不同凡响，至于另外那个细髯书生贺兰长缨，亦是北靖王府的一流剑客，再加之跟随萧涯舟来的子刀客韩城、卯刀客龙云飞、亥刀客江波、辰刀客宇文天霖，还有贺兰长缨一方的"阴阳扇"古木坪、"九龙出海"孟长飞这些高手，个个不在太玄九老之下，若想击退他们，必得有大高手相助！他看了看李清霄，心想：李清霄与太玄宗并无交情，方才救人也是情急所致，若叫他一心相助太玄宗，恐怕只得如此了。想到这里，他大喝一声，纵身跳到霜钩身前："霜堂主先退下，这里交给我！"一边说，一边挥拳去斗孟长飞。

明心慕、曾心澜、苗道长、西门雨、凌寒等连忙大呼："宋先生，且不可犯险！"宋义犹若无闻，双拳挂风，暴风骤雨般与孟长飞战在一处。孟长飞人称"九龙出海"，九节鞭柔中带刚，在奇门兵器中当为一绝，他卷动九节鞭，巧缠快放，抢扫抛挂，极为得法。宋义见他鞭法精妙，非但不虑，反倒暗笑，趁个空当，右手一拳直击孟长飞面门，孟长飞右手反卷，使个"金丝缠藤"，九节鞭灵蛇一般缠向宋义右臂，宋义急忙收手，却露出了胸前门户。孟长飞心中一喜："若非姓宋的，我等早已大功告成，只有废了他才能解心头之恨！"说时迟，那时快，孟长飞左手握拳电出，铁锤一样砸向宋义胸口，不料这拳刚一触及宋义胸口，宋义便"啊"地痛呼，摔出两丈多远。

"宋大哥！""宋先生！"李清霄、西门雨、凌寒三人惊呼着纵到宋义跟前，宋义强忍着站了起来，有气无力地说："西门雨、凌寒，我不是交代过了么，你等不得离开明宗主他们半步。"西门雨道："可宋先生……"宋义摆了摆手："别说了，你二人速速回台上去。"西门雨、凌寒二人不敢违命，只得返回明心慕身边。

李清霄面色凝重，关切地问："宋大哥，你怎么样？"宋义咳嗽了几声："一时不慎，挨了一拳，想是没什么大碍，只是……只是为兄担心……"他说到此处，不禁顿了顿，李清霄问："宋大哥担心什么？"宋义叹了口气："唉！北汉、江南两大宗门的人今天狼狈为奸，偷袭烟雨岛，不只是要毁掉太玄宗百年基业，更是要图谋我大宋，太玄宗乃我中原武林柱石，如今中了他们的奸计，已到了生死关头，可……可为兄本领不济，难挽狂澜，只怕……只怕太玄宗的百年基业要毁在外邦人的手里了！"李清霄凝眉说道："宋大哥放心，我李清霄也是大宋之人，有我一口气在，拼了命也绝不叫这些人得逞！"宋义道："贤弟肯为太玄宗与那三大门派结怨吗？"

李清霄道："清霄七尺形骸，正义所使，余者何虑！"

"好！好！为兄果然没有看错人！"宋义大笑起来，看得众人十分奇怪，陆烟白在旁寻思："瞧这宋先生神色可不像受了伤的样子，莫非他在用苦肉计？"正纳闷，忽听青龙堂堂主木涯在场中连连惊呼。原来，孟长飞此前连胜两人，心中快意，一见古木坪与木涯久战不下，甚不耐烦，晃九节鞭从背后向木涯打来。木涯独斗古木坪，尚无必胜把握，如今再加上孟长飞，手中青藤棒顿时左支右绌，渐渐落了下风，孟长飞仗着精神，使个"灵蛇吐信"，九节鞭抖作一条直线，直点木涯咽喉，木涯举青藤棒外架，那边古木坪却闪身到了近前，单掌拍向木涯胸口，木涯大惊，左掌向外一迎，"砰"地与古木坪对在一起。哪知，双掌甫一相碰，古木坪便"啊"地大叫，噔噔噔倒退七八步，身子歪斜，急用铁扇一点青砖，借力弹起，才没摔跟头，而孟长飞也是倒跃一丈，目瞪口呆，那条伴他多年的九节鞭竟被崩断环链，七零八落，散了一地。

再瞧木涯身后，站立一人，正是李清霄。方才危急关头，便是李清霄纵到木涯背后，用先天元气助力木涯，木涯才发出如此威力，震退古、孟二人，木涯凝眉惊叹，自感天生万物，造化不同，同为习武之人，自己与这后生相比，造诣差得太多。李清霄闪身转到木涯身前，点指古、孟二人，提足元气道："你们也是江湖成名人物，阵上以二敌一，不知羞耻么?"清声响彻云霄，震得古木坪、孟长飞怔怔忘言。

叶别离从旁一笑，说道："李公子，你错了，不知羞耻的是他太玄宗，你瞧瞧，我们区区不过十几人，却被几千人围在这里，究竟谁才是以多欺少?"

李清霄看着叶别离，忽长长作了个揖："佩服! 佩服!"

叶别离一愣："咦，你……你这是做什么?"

李清霄像个教书先生，摇头说道："敌已明，友未定，引友杀敌，不自出力。小妖女，你们凤鸣阁的女人不但伶牙俐齿，单这份智谋，在下便佩服得五体投地。此前，你家阁主姬如梦派你南下金陵，走访江南阁，想必便是为了今日之举吧?"此言一出，叶别离蓦地一震，她再是聪明，也想不到李清霄会躲在松树上，将姬如梦精心的谋划听个一清二楚，叶别离惊问："你……你如何知道这些?"

李清霄一笑："两位好朋友告诉我的!"

叶别离问："两个朋友? 是谁?"

李清霄清了清嗓子："他们便是——"李清霄顿了一下，故意卖个关子，叶别离等人聚足了精神，均想："倒要听听是何方高人，竟能探知凤鸣阁的机密!"李清霄瞧着他们的样子，微微一笑："他们便是，玉皇大帝座下的千里眼、顺风耳。"

陆烟白"扑哧"一乐，心想："他又开始胡说八道了。"

叶别离却生了气，秀眉一挑："李清霄，你敢戏耍我，早知如此，本姑娘当初就不该给你解药，干脆毒死你算了!"

李清霄一笑："小妖女，你不但喜欢下毒害人，还喜欢颠倒黑白，那日在参商楼，若非我师伯夺来解药，恐怕世上又多出我李清霄这个孤魂野鬼!"

叶别离气呼呼地说："我若真想杀你，何必给你解药?"

李清霄哼了一声："那是你敌我师伯不过，认赌服输!"

叶别离道："认赌服输? 哼! 老道的确武功好，可给他解药也是我叶别离心甘情愿，我叶别离不想做的事，莫说那老道打败我，便是杀了我也没用!"

"叶二当家，省省吧，何必和这小子废话!"

一个魁梧大汉喝了一句，从萧涯舟身边垫步跳将过来，指着李清霄，操一口燕带方言骂道："小王八犊子，叫你知道知道俺宇文天霖的厉害!"这宇文天霖乃是十二刀盟六甲刀客中的"辰刀客"，掌中一把腾龙刀，大开大阖，凶猛凌厉。他不等李清霄回话，纵身上前腾龙刀迎头劈下，李清霄闪身让开，单掌挂罡风，斜切宇文天霖手腕，宇文天霖翻刀横扫，接连使出"行雨生风""兴云吐雾""苍龙矫尾""烟吐白龙""纤云四卷""分野有象"六式，环环相扣，刀刀沉猛，李清霄莲花掌飘若云烟，宇文天霖的腾龙刀虽如狂风骤雨，却半点也未沾到。李清霄从未见过辽地刀法，眼下与宇文天霖过了二十余招，已略知他的虚实，眼见斜刺里寒光闪耀，宇文天霖正使个"蛟龙出海"，一刀直搠而来，李清霄喝道："来得好！"腾身而起，一招"步步莲花"，向宇文天霖凌空踢出七八脚，宇文天霖连连后退，心头有些发慌，正在这个工夫，却见李清霄在空中来了个"云里翻"，倏忽落到宇文天霖身后，探手抓住宇文天霖的后颈，宇文天霖登时动弹不得，李清霄手中加了五成力道，说了声："滚回去！"甩手一扔，宇文天霖便如一大截木头，横空翻滚着向萧涯舟等人撞去。

29 弹剑笑

"宇文兄弟！"

萧涯舟大惊，腾空去接宇文天霖，不料，双手甫一相碰，登时一震，李清霄加在宇文天霖身上的劲力未散，萧涯舟托着宇文天霖，被震出两丈多远，落下时，萧涯舟右足贯力，向下一踏，"喀嚓——"踏碎一块青石砖，方止住身形。再瞧宇文天霖，仍直直不动，原来他脑后的"天柱"穴被李清霄封住，萧涯舟用手一拍，穴道解开，宇文天霖"啊"了一声，缓过气来，额上冷汗顿时冒出，惊得良久无语。

这几下交手，李清霄兔起鹘落，快到匪夷所思，众人目瞪口呆。宋义哈哈大笑："萧涯舟，我大宋万里河山济济多士，岂是你等草寇能撼动的？"萧涯舟面似冰霜，冷声说道："姓宋的，好戏刚开锣，鹿死谁手，犹未可知！"说着，左足一踏，碾碎半块青石砖，顺势踢起，十几块碎砖飞出，纷纷击在十余名太玄弟子"髀关""血海""伏兔""膝眼""犊鼻"这几处腿上穴位，十余名太玄弟子"哎哟""啊呀"连声痛呼，跪倒在地。萧涯舟这一踏一踢之间，功法尽显，着实叫众人为之赞叹，叶别离、上官靖等更是拍手称快。

萧涯舟趁这股士气，嗖地从背后掣出一柄锋刃如雪的长刀，正是天下闻名的宝刀"千秋雪"，他一振千秋雪，冲李清霄高喝："小子，你想硬充英雄好汉，且问问我的千秋雪答不答应！"青衫一动，已到李清霄近前，千秋雪刀刀递出，繁复如织，散出阵阵寒气。霎时间，杏花台上银光弥漫，好似一个大雪团，将李清霄裹在当中，李清霄凝神静气，轻身游走，面孔被萧涯舟的凌厉刀风催得发紧，不禁赞了句："好刀法！"眼见寒光一闪，萧涯舟一刀忽至，一式三变，刀风已封住了李清霄眉心、咽喉、心口三处要害，李清霄不再怠慢，后踏一步，"铮"地弹剑而出，白鹿角声如龙吟，一道劲气震开千秋雪，剑气荡漾，层层绵绵，静如虎卧凤阙，动如蛟龙腾空。

习习湖风，吹动满台枝叶。李清霄足蹈青石，形藏八卦，步踏九宫，又递出二十余剑，心中暗忖："萧涯舟刀法虽迅疾，可招式却过于繁巧，若要胜他，须得以拙制巧。"想着，鹿角剑守正归一，忽慢下来，招式洗练简洁，如此一来，倒叫萧涯舟繁花的刀法无所适从。萧涯舟心中一烦，脚下加急，连劈七八刀，最后一刀劈来，李清霄见其势已衰，侧身让过刀锋，未等刀身过老，一运先天无极功，扬指在"千秋雪"上突地一弹，"铮！"劲力撞出，震得萧涯舟手臂酸麻，退了三步，虎口剧痛，千秋雪几欲脱手。萧涯舟见李清霄内劲强劲，心头大震，正急迫时，忽听背后有人高叫："涯兄勿忧，我与你并肩战他！"来者青袍细髯，正是北靖王府金符堂长老贺兰长缨。

但见贺兰长缨一剑递来，青光灿灿，发出哧哧声响，功力之深，几不在萧涯舟之下，贺兰长缨来助阵，萧涯舟原本有些不自在，可转念又想："这姓李的武功如此高绝，非我一人之力能敌，我等若要在烟雨岛办成大事，也顾不得颜面了，先除掉这块绊脚石再说。"如此一想，点头说道："有劳长缨兄！"重又纵身向前，与贺兰长缨一左一右、一刀一剑，双双攻向李清霄，气势顿时涨了三分。

李清霄经敌有限，两大高手的围攻，叫他一时有几分应顾不暇，陆烟白心中牵挂，当即开口冲着萧涯舟、贺兰长缨喊道："萧涯舟、贺兰长缨，你们是江湖前辈人物，却合起伙来欺负一个年轻人，一个人打不过，便两个一块上，既然你们这么怕死，干吗出来逞强？还不如一个女儿家！"萧涯舟、贺兰长缨被陆烟白这样一说，脸上都红了起来，萧涯舟喝道："臭丫头，这里没你的事，再多说话，小心惹祸上身！"

陆烟白哧了一声："可笑，我是吓大的么？李清霄，这些人好无耻，我陪你，咱俩一同教训他们！"李清霄心头一热，哈哈笑道："小陆姑娘，有你这句话，我心足矣！十年磨一剑，霜刃未曾试，莫说是他两个人，便是二十人，又有何惧哉？"

李清霄豪气干云，台上众人无不暗挑大指，叶别离却老大不是滋味，她盯着陆烟白，恨不得过去刺她几剑，可眼前局势不明，她也不敢轻举妄动。这时，却听龙湖先生在台上已高赞开来："壮哉！壮哉！李少侠，可惜龙某身不能动，否则，定要为这番剑客豪情浮一大白！龙某不才，为李少侠赠诗一首，以助君威！"朗声吟道，"一剑光寒冲北斗，杏花烟雨舞云裳。三千碧落题诗阁，十丈红尘纵马狂。魑魅无仁生鬼火，英雄有义射天狼。倚栏看罢江湖录，明月侠心万古长！"

李清霄听了这诗，如饮醇酒，英姿焕发，右手一剑格住萧涯舟的宝刀，左袖一卷，震开贺兰长缨飞来的一腿，朗声道："龙湖先生，好诗啊好诗！来而不往非礼也，晚辈不才，也要和上一首！"说着，一剑刺向贺兰长缨，长声吟道："一望翩翩下鹤台，枫丹雪羽莫徘徊。"一句吟罢，转手寒光化为剑气，"咻"的一声，破空削向萧涯舟，萧涯舟大惊，弹身跳开，左臂袍袖却被剑气割掉半块，"呼拉拉"飘落在地，只听李清霄接着吟道："青翎玉翅擎天宇，白马银鞍荡地埃。"话音一落，反手一剑，抖出一串剑花，如缤纷瑞雪，银光匝地，剑气已封住贺兰长缨周身数尺之地。

贺兰长缨大惊，长剑左遮右挡，"叮叮当当"一阵清响，一不留神，几缕鬓边长发被鹿角剑削掉，倏地随风飞走，贺兰长缨骇出一头冷汗，李清霄布衣振振，踏步腾空，反手一剑："我骨醉言为将骨，君才咏叹是仙才。"跟着剑走蹁跹，继又长吟，"三分豪兴别愁色，彼岸荷花一竟开！""开"字一落，李清霄已腾空纵起三丈高，鹿角剑一颤，凌空向萧涯舟刺来，剑尖虚虚实实，指向萧涯舟周身九处大穴，萧涯舟惊慌交加，刀法已乱，如醉汉一般，踉踉跄跄直向后退。

"妙！妙！"太玄宗的人早已忍不住喝起彩来。

"钧天剑"元仪、"一臂仙"华风楼、"花雨剑客"余清柏都是使剑的大行家，如今瞧李清霄剑法高妙无穷，无不震撼，暗自惊叹："这等高绝剑法，莫说是萧涯舟、贺兰长缨等辈，便是换上自己与李清霄比对，只怕也无多胜算。"

叶别离在一边早看得痴了，心中呆呆思量："似他这样的人物，只怕翻遍整个三秦大地也寻不出一个来……"一喜一愁，都映在脸上。

李清霄亦吟亦舞，平添了三分凌云气魄。贺兰长缨见萧涯舟连连后退，力不能支，忙又向前，长剑去刺李清霄后背，李清霄听见耳后金风厉响，也未回头，趁萧涯舟立足未稳，先将左袖一扬，一股先天真气撞上萧涯舟的刀身，萧涯舟只觉泰山压顶，千秋雪再也拿握不住，旋转飞出，直插青石之上，嗡嗡颤响。与此同时，李清霄双臂张开，足尖一点，身子腾空倒纵，避开贺兰长缨这一剑，在空中提气，鹿角剑向下一挥，剑气所至，"咻——"贺兰长缨头上逍遥巾当即被削掉，贺兰长缨"啊"地惊呼，向前一跃，躲开凌厉剑气，一头长发登时满肩披散开来，如疯似魔，狼狈至极。李清霄身躯微一转折，如足踏祥云，轻轻落在九尺之外。

"华山紫云腾？"苗道长、元仪齐齐惊呼。

"紫云腾"轻功乃北扶摇独门绝学，烟雨杏花台的人，纵使没见过，也都听过，如今一经苗道长、元仪指出，便知眼前这年轻人定是扶摇传人，一时赞声大起。

上官靖冷眼旁观，心中嫉妒得要命，踏前一步，手中金桃皮鞘的宝剑向前一横，冷声喝道："李清霄，我灵宝剑久在匣中，闲极难忍，今日也来会一会你！"

"呛——"灵宝剑出鞘，上官靖一指李清霄："请！"

"等一等！"陆烟白没等李清霄回话，她先喊了一句，轻步走过来，冲上官靖一笑："上官先生，你是轩辕高徒，难道跟苏先生学的是乘人之危的本事么？"上官靖脸一红："我上官靖从不乘人之危！"陆烟白哼道："那你这是做什么？上官先生，本姑娘并未听说江南阁与太玄宗有仇怨，如今你们千里奔波来到此处，是为什么？我想么，不过是为了一件东西罢了。"上官靖神色微怔，哼道："你说的什么话，我听不懂，你一介女流，不要妄自猜度，我说过，此来烟雨岛是受了'一掌震千川'白前辈所托。"陆烟白一笑，也不分辩，继续说道："如今天下大势，大家瞧得十分清楚，你们江南国主李煜，明面上向大宋称臣，私下里却不甘心，这等小儿心计，如何能瞒得过大宋皇帝？我听说大宋皇帝早已派宣徽南院使曹彬提兵百万，镇守长江一线，想必此时此刻，李煜这个昏君国主，畏缩在金陵城，怕是早已寝食不安……"

话未说完，只听一旁的武元兴高喝："臭丫头，你住口！辱骂我们国主，你不想活了吗？"陆烟白瞥了他一眼："国主？他是谁的国主？我陆烟白只知道他李煜蝇营狗苟，滥杀忠良，不过是大宋的一个臣子而已。"武元兴大怒，正要动手，上官靖伸手一拦，说道："陆姑娘，你说的这些与我上官靖又有何干？"

"当然有关，"陆烟白提声道，"李煜懦弱无能，他知道大宋陈兵江北，心中害怕至极，便叫神卫军统帅皇甫继勋去找寻一样东西，以求自保。皇甫继勋知道此物流落江湖，必得倚仗江湖势力，而你江南阁深受禁军派倚重，所以，找那件东西的重任便落到你们头上了，是也不是？"上官靖心中大惊，又听陆烟白续道，"你一定很奇怪，本姑娘为何知道这些，对吧？嘿嘿，实话告诉你，我不但知晓你们来这里的用意，我还知道，那个昏庸国主让你寻觅的非是旁物，便是鼎鼎大名的孤、城、玦！"

"孤城玦"三字一出口，大家都跟着"啊"了一声。

上官靖神色变了几变："你……你不要信口开河！"

陆烟白道："本姑娘是不是信口开河，上官先生心里最清楚，你今日帮凤鸣阁出头，无非想以此为交换，借助凤鸣阁的本事，叫他们帮你寻找孤城玦罢了。不过么……"陆烟白顿了顿，提高了声音，"想那孤城玦乃是千古佛宝，天下谁不想据为己有？即便凤鸣阁真查到了孤城玦的下落，他们会真心告诉你吗？上官先生，你是聪明人，对于这种事应该极明白才是！"上官靖暗暗思索，凝眉不语，陆烟白接着说道："更何况，眼下凤鸣阁尚不知孤城玦所在何处，你若当局者迷，蝉不知雪，一心替他们火中取栗，就不怕到头来竹篮打水一场空么？"

"陆烟白，你胡说八道！"叶别离拦住了陆烟白的话，"少在这里挑拨，以为凭你几句捕风捉影的话，便会离间我们么？"

陆烟白冷冷一笑："我可没心思离间你们，只是不忍上官先生被人利用，要为他指出成破利害。"说着，扭脸冲上官靖说，"上官先生，你若真想得到孤城玦，又何必冒着与天下第一大派结仇的风险，去求她凤鸣阁？"上官靖略一沉吟，冷冷问："陆姑娘，你究竟想说什么？"陆烟白道："我么，想说的是，眼下便有一人知晓孤城玦落在何处，上官先生何不去问？"上官靖一怔："是谁？"

"我呀！"陆烟白清声说道。

上官靖不自觉踏前半步，惊问："你？当真？"

陆烟白玉足轻蹀，淡淡笑道："信不信由你咯。"

叶别离在旁哼道："上官先生，你不要听这女人一面之词，她在骗你！"

陆烟白不搭理叶别离，只冲上官靖一笑："上官先生，成与不成，一念之间，你是听我的一面之词，还是听她的一面之词，自己决定好了，本姑娘绝不强求。我陆烟白么，本是个女流之辈，不屑于争什么天下第一，所谓物华珍宝，有德者居之，只要上官先生能答应我一个条件，我便把孤城玦所藏之处告诉你，怎么样？"

"哦？什么条件？"上官靖赶忙去问。

"立刻离开烟雨岛，不再与太玄宗为难。"陆烟白说。

"这……好吧，本公子答应你！"上官靖皱着眉头应下来。

"很好，"陆烟白玉足轻灵，向前走了七八步，轻声道，"请上官先生过来说话。"上官靖略有疑虑，微皱眉头问："过去做什么？"陆烟白"唉"地叹了一声，"孤城玦何其宝贵，几个人不喜欢？我不单独说与你一人听，难道还要在场的人都听见不成？你不信我就算咯！"上官靖瞧陆烟白弱柳扶风，心想："是了，她不过是个柔弱女子，能奈我何？"一撩云袍，大步来到陆烟白身前，勉强挤出几丝笑意："陆姑娘，我信，你说吧。"陆烟白微微一笑："好啊，附耳过来。"上官靖心头有些跳动，他侧耳过去，凝神静气，生怕听漏了半句。不料，便在他近身的一刹那，陆烟白右手电出，一把扣出上官靖握剑的手腕，上官靖大惊，脸色突变，还未反应过来，陆烟白右手玉指疾出，闪电般封住了上官靖七处大穴，这一变故惊得大家舌桥不下。

上官靖方知陆烟白用了诈敌之计，却见陆烟白此时早已没了柔媚模样，而是面冷如玉，冲他淡淡说道："上官先生，其实孤城玦在哪，我一点也不知道，上官先生利令智昏，倒叫本姑娘长了见识，这世上啊，最危险的东西，真是莫过一个贪字。"

"臭丫头，放了我家三先生！"武、滕、唐、马大吼，纷纷跳过来，陆烟白左手扣住上官靖的肩头，往回一带，倏地回到李清霄身边，右手"铮"地拔出宝剑，架在上官靖的脖子上："你们谁敢轻举妄动？本姑娘第一个便杀了他！"武、滕、唐、马大眼瞪小眼，心有顾虑，只好止步。叶别离在那边又惊又气："上官先生，我告诉过你，这个女人信不得，可你偏要自讨苦吃！"上官靖悔恨交加，身虽不能动，口上却吼了起来："陆烟白，算我上官靖看走了眼，少废话，干脆一剑杀了我！"

陆烟白道："是生是死，此刻可由不得你了。"她话音刚落，忽听朱雀大寨外传来一阵干涩笑声："谁敢动上官先生一根汗毛？却看看我手中是谁！"

朱雀门外星飞电闪驰来一人，这人穿着青灰色长袍，布巾罩头，只露出两个眼睛，背上还负着个大口袋，纵跃时着地无声，轻功之妙，当世罕见。这蒙面人来到观礼台前，将大口袋向下一倒，竟倒出个人来。太玄宗众人低头去看，齐齐呼了一声，摔在地上的竟然是明心慕的二公子明瑞，且一动不动，不知是死是活，龙湖先生暗暗叫苦："我道这二公子为何带人一去不返，原来是落在了人家的手中！"

此时此刻，半天未发一言的明心慕，终于忍不住开了口："你把瑞儿如何了？"蒙面人一阵冷笑："明宗主果然爱子心切！"俯身提起明瑞，弹指一击明瑞"哑门"穴，明瑞"呃"了一声，这才说出话来，手脚却已动弹不得，明瑞张口大呼："爹，就是这个恶贼劫走的金煜、炎离两个叛徒！"转口又骂起了蒙面人，"恶贼，有种你就杀了本公子！我太玄宗个个英雄好汉……"话未说完，又被蒙面人点住穴道，蒙面人哼了哼："你死与不死，这会儿我说了算。"

明心慕虎目闪出寒光："你究竟是谁？"蒙面人幽幽一声长笑，声如兽喘："姓明的，你放心，时机一到，你自会知道，今天你只要放了上官先生，我也不动你儿子一根汗毛，咱们的账以后再算！"明心慕心知此刻情形，敌我双方谁都无必胜把握，便看了看宋义和李清霄，宋义略一沉吟，微微点了点头，李清霄也不想伤人命，走过来冲蒙面人一抱拳："换人可以，不过在下有个不情之请。"

蒙面人道："你说！"李清霄道："我观阁下身手，必是前辈高人，自当气度不凡，所以恳请前辈能把'神仙醉'的解药给我们，否则，倘若五方群雄遭遇不测，只怕整个中原武林，也不肯善罢甘休了！"蒙面人哈哈大笑："以一换二，你这买卖可不吃亏，也罢，今日答应了你，就当给扶摇真人一个人情。"回头冲叶别离说："叶姑娘，把解药给他们。"叶别离冷哼一声："给他？他李清霄不是说我喜欢下毒害人么？我叶别离今天偏就下毒害人，偏就不给他解药！"蒙面人嗯了一声，沉声道："叶姑娘，这个关头不是意气用事的时候，上官先生乃江南阁柱石，若命丧烟雨岛，司徒阁主怪罪下来，岂不有碍'白马盟约'？到时候，只怕姬阁主和令师也不会答应！"

叶别离秀眉紧锁，暗暗寻思："'白马盟约'是天大的事，确不能有所闪失，况且……我又何尝想难为他李清霄？"想到此处，狠狠瞪了李清霄一眼，从怀中掏出一只五彩香囊，气呼呼地说："李清霄，今天算便宜了你们！"甩手扔了过去，李清霄接过来打开一看，里面只有个三寸多高的绛红瓷瓶，不禁一怔："就这一瓶？"

叶别离道："你当这是在酒馆饮酒么，非要十坛八坛的？"

李清霄道："这里中毒者足有百十人，你只给这一小瓶，如何够用？"

叶别离轻轻摇着杏黄丝绦，呵呵一笑："我自有妙法，你过来，我附耳告诉你。"李清霄刚迈出一步，陆烟白急忙在旁一拦："李清霄，小心有诈！"

"哼哼，"叶别离冷笑两声，"陆烟白，你当我像你那样狡猾么？真可笑，李公子都未害怕，你倒替人家担忧起来了，这可真是郎无心妾有意呀！"陆烟白玉脸腾地一红，"唰"地长剑一指："你胡说什么？"叶别离道："哼哼，懒得理你，既然你以为我胡说，那这解毒之法你们就别听好了。"转身向朱雀寨门走去。

"拦住她！"霜钧在台上大喊，立时围上来六名太玄弟子，叶别离嘴角一翘，秀手挥出，一股白烟随风扑出，六名弟子撞到白烟，登时摇摇晃晃，如酒醉般昏倒在地，李清霄一瞧，连忙高喊："叶别离，你等等，我来听你说便是！"纵身跳到叶别离面前，板着面孔说："叶姑娘，请说吧！"叶别离一笑："怎么？不叫我小妖女了？"李清霄皱了皱眉："我已经过来了，你快说吧。"叶别离道："急什么，此法乃我门中不传之秘，十分繁杂，本姑娘岂可当众去说？你附耳过来。"李清霄略一迟疑，只好侧耳过去，叶别离吹气如兰，在李清霄耳边轻轻说："其实……也不是什么不传之秘，只需找来两口大锅，烧开了水，将药末倒进去，再给每人盛一碗喝下去便可。"

李清霄一怔，无名火起："如此简便，你为何方才不说？"

"因为……"叶别离顿了一下，她美目流盼，忽一抬足，竟轻轻吻了李清霄额头一下，随之轻身而起，如彩蝶般向朱雀门外飘去，远远地说道，"因为我不想这么轻易放过你！"声音落时，叶别离已然飞出朱雀寨门，离开了杏花台。叶别离这一番举动，看得杏花台的人无不咋舌。李清霄犹如雷震，呆立在原地，一时竟有些不知所措，远处的陆烟白看在眼里，心像被木石撞了一下，她跺了下脚，紧咬银牙，扭过脸去不再说话，泪水泛了上来，却被她又忍了下去。

"李清霄，解药已经拿到，赶快放人！"蒙面人沉喝。

"好……好！"李清霄回过神来，说了声："放人！"双方走马换将，上官靖像失魂了一样，低头来到蒙面人面前一拱手："多谢先生搭救！"转头盯着李清霄、陆烟白，恶狠狠地说："我上官靖平生之耻，莫大于此！这笔账咱们算是记下了，山不转水转，他时若得相见，我上官靖一定加倍偿还！"挥手召唤武、滕、唐、马："咱们走！"萧涯舟、贺兰长缨等人见叶别离、上官靖都走了，一番心血功败垂成，个个都面色沉郁，可眼下烟雨岛形势天翻地覆，难以逆转，他们也无可奈何，只好跟着离开。这时，蒙面人扭回头冲明心慕一笑："明心慕，临别之时，再送你一句话，你名为一宗之主，实则一府之奴，我看你才是天下最可怜之人！"

他狂笑数声，声落身起，几个起纵，不见了身影。

30 权与谋

杏花台，天渐黄昏。

这些人走后，李清霄依照叶别离所说之法，叫太玄门人找来两口大锅，烧开了水，将粉末倒入两口锅中化开，又找来百十只碗盛出药汤，依次拿给中毒人喝下。大约过了半个时辰，众人腹中雷鸣，吐出一摊摊黑水，总算解了"神仙醉"的毒，大家渐渐筋骨自如，李清霄这才长出了口气，心想："叶别离也算个守信之人。"想起方才那一吻，心头不免怦怦跳了起来，呆呆出了神。

陆烟白瞧在眼里，冷冷问："李大侠两眼发痴，莫不是想人家了？"

李清霄脸一红："哪有，我怎么会想那个小妖女。"陆烟白烟眉斜飞："我又没说你想谁，你却自己说出名来，真是不打自招呀，看来……看来你心里果真在想那个叶别离！"李清霄有些窘迫："怎么会……怎么会……我……我只不过在顺你的意思去说，那小妖女心肠歹毒，我想她做什么？"陆烟白哼哼一笑："想她做什么？这该问你自己，干吗来问我！"李清霄还要解释，陆烟白却扭过头一句话也不说了。

那边太玄众人与五方群雄已恢复体力，明心慕当先来到李清霄、陆烟白二人面前，深鞠一躬："李少侠、陆姑娘，你们助我太玄宗击退强敌，攘除外患，明某感激不尽！"李清霄只觉不大自在，便道："明宗主言重了，些许之劳，分内之事，何足挂齿？"华风楼在旁哈哈大笑："李大侠你雄心将骨，又功不自居，华某敬佩。实不相瞒，那日离开大孤镇，华某心里便一直在想，究竟是何人有如此本事，能一指破我'七剑幻影'，而今得知你乃扶摇高徒，我华风楼对李大侠心服口服！"李清霄道："惭愧惭愧，晚辈不敢窃前辈之誉！在大孤镇时，晚辈情非得已，多有冒犯，还望华剑客海量汪涵，请勿见怪。"华风楼笑着说："英雄相惜，何怪之有？"

明心慕接过话来："不错，不打不相识，这是我武林之德。"说完这句话，向五方盟友一拱手："今日太玄宗祸起萧墙，同室操戈，遭受外辱，叫诸位受惊了，明某对不住各位！"元仪道："明枪易躲，暗箭难防，明宗主不必太过自责。"余清柏道："太玄宗枝繁叶茂，门徒遍及天下，他们以为区区几人，便想扳倒太玄宗，真个是蚍蜉撼大树，可笑不自量。"明心慕道："太玄宗虽经此变，可麾旌未倒，元气尚足，等明某清扫罢了自家庭院，他日必定登门拜山，向他们讨问个明白，一雪今日之耻！"

元仪、华风楼、余清柏、柳青公、杏赤公、柘黄公、楮白公、檀黑公等人听了明心慕这话，心中均想："凤鸣阁不自量力，引火烧身，只怕不久后，武林中又要掀起一场大波澜。"这时，但见明心慕转身来到宋义面前，忽然"扑通"跪拜在地："卑职明心慕，拜见晋王殿下，王驾千岁，千岁，千千岁！"

明心慕这一举动，李清霄、陆烟白及五方群雄无目瞪口呆。当今大宋，获封晋王的没有旁人，只有开国皇帝赵匡胤的三弟赵光义。李清霄本也察觉出这位宋大哥并非寻常之人，可无论如何也想不到他竟是一人之下、万人之上的大宋亲王。

明心慕叩首一拜，太玄宗上自苗道长、龙湖先生、曾心澜、褚玄、赤渡、紫离、周桐、山青、章龄天、韦幽涧、窦瑁、阮雄、东方吉、邓仪、姜伯英等，下至木涯、霜钧、明瑞、秦戬及青龙、白虎、朱雀、玄武四堂二十八坛数千名弟子，都呼啦啦、黑压压地跪满一地，北岳剑派元仪、郁维，南岳剑派华风楼，紫龙山庄余清柏，东岳济英门柳青公、杏赤公、柘黄公、楮白公、檀黑公五老等盟友及门徒亦纷纷下拜，跟着口呼千岁。偌大杏花台，只有李清霄、陆烟白两人挺身兀立，他俩神色颇不自然，不知自己是跪还是不跪，这时，只听明心慕说道："晋王殿下驾临烟雨岛，力挽狂澜，使太玄基业迎风不颓，太玄宗上下，叩谢晋王千岁大恩！"

赵光义见自己身份已现，也不再掩饰，倒剪双手，像变了个人，浑身透着凛然不可犯的帝胄威严："诸位，尔等皆是我大宋英豪，无须多礼，请起。"

"谢千岁！"众人齐声如雷，呼啦啦相继站起。

李清霄、陆烟白未下跪，赵光义也没有太过介意，只温声说道："清霄贤弟，之前为兄微服出行，不便以实名相告，你可不要埋怨本王。"李清霄没想到赵光义仍会以兄弟相称，便道："宋大哥……不，王爷，"他顿了一下，改了口，"清霄一介布衣，有眼不识荆山玉，望王爷见谅。"赵光义微微一笑："清霄贤弟，你我不必这般客气了，本王戎马倥偬，二十年来，唯觉与你饮酒长河之时，最为快意！"众人见赵光义与李清霄称兄道弟，羡慕也有，妒忌也有，感叹人生一世，境遇千差万别，全在运气使然。明心慕在旁垂手道："王爷，诸位盟友，虽说太玄大典变生肘腋，但能得王爷及诸位英雄诚心相助，明某亦觉悲中有幸，还请王爷和各位盟友到堂中叙话。"

"好！"赵光义只说了一个字，当先进了朱雀堂。

众人随之而入，赵光义居中而坐，明心慕在侧陪同，其他人分宾主落座，这时，忽听行律使褚玄在旁提声说道："王驾千岁，今番太玄宗蒙受大辱，凤鸣阁等人固然是罪魁祸首，可曾心澜和几位太玄长老引狼入室，以下犯上，只怕也是难辞其咎，如何处置他们，还请王驾千岁定夺！"

赵光义微微一笑，扭头问明心慕："明宗主，你有什么见解？"

明心慕与龙湖先生、苗道长互望了一眼，微一探身，说道："王爷，卑职心里总有些事还没有弄明白，倒是想先问一问二师兄再说。"

"好。"赵光义淡淡点头。

"谢王爷！"明心慕转过头来，沉沉盯了曾心澜半晌："二师兄，你我自幼从师学艺，为太玄宗立下过汗马功劳，不想数十载同门之谊，如今却落得刀兵相见势同水火，难道……难道在二师兄心里，我明心慕当真如此罪大恶极么？"曾心澜垂着眼皮，默然片刻，沉沉说道："老三，该说的我都说了，我曾心澜反你，一不为私，二不为利，乃是为了公道，为了我太玄基业不在你手里改弦更张姓了'明'！"明心慕道："你既有此不满，大可与我推心置腹去商谈，何必用这非常手段？"曾心澜一笑："自你接掌太玄宗之后，二十年来独断专行，太玄四使、九老、四堂、二十八坛主都成了摆设，不许别人说一个不字，你让我与你推心置腹？哼哼，你心里哪有别人说话的余地？"明心慕道："方今天下，四海未定，纷争不断，我中原武林更是外有劲敌，内藏忧患，如若再像弘璧公时九老、四堂各自为政，非但不能光大我太玄宗，反倒会使我太玄宗陷入重重危机，而我明心慕这些年所行之事，并非要将太玄宗改姓'明'，而是要我太玄上下万众一心，有令则行，有禁则止，如此才能事半功倍，挺立江湖，扶策庙堂，建不世之功！"曾心澜哈哈大笑："扶策庙堂，建不世之功？好，好，好，正所谓'日月青天，佑我太玄，煌煌明光，万山之巅'，这不世之功何其煌煌，相比之下，一个太玄之主算什么？我看你明心慕是想当武林之主，一脚踏上万山之巅！"

明心慕强压怒火，铁青的脸就像石雕一样，他双足一动，"咔嚓嚓"一阵细簌响声，脚下三尺见方的青石砖竟裂如蛛网。过了片刻，他沉沉说道："二师兄，我明心慕良苦用心，天地可鉴！你口口声声归罪于我，那我这做师弟的倒要请教二师兄：难道大师兄被害汉阳军、楚高怀命丧杏花台、太玄大典因外人所欺而蒙尘受辱成天下笑柄……这种种自东瀛子圣宾公以来未有的奇耻大辱，也都是我明心慕一手造成的么？"曾心澜浑身一震，额头渐渐渗出了冷汗，明心慕接着说："我再请教二师兄一句，你既然说是为太玄宗好，却为何要勾结凤鸣阁的人在炉中下毒？"曾心澜的脸色一阵青一阵红，冷冷说道："此事……此事原本是大师兄提出的，为的是叫你能安心听我等逆耳忠言，可……可谁会想到这个大师兄净是小贱人假扮的……"

"曾先生！"行律使褚玄在旁雷喝一声，"事到如今，你非但不知反躬自省，却还想将过错推诿于被害的心观先生么？你于心何安？"曾心澜拂袖而起："我并未诿过，此事的确是那个假冒大师兄的小贱人提出来的，叶别离那个小贱人是有意要害我的，我……我曾心澜但有一句假话，天地不容！"

"好了，不要再争了！"赵光义终于开了口，他扫了下众人，不急不慢地说："诸位，听本王一言，莫说这么大一个太玄宗，便是七口之家，平日里也少不得磕磕碰碰，可说破了天，都是自家的事，没有解不开的死疙瘩。明宗主、曾先生，各位太玄英雄，你们且看在本王面上，都消消火气，只有将帅和睦，方能士卒凫藻，如何？"

赵光义贵为晋王，他的话太玄宗人自是不敢拂逆。明心慕压了压恨意，拱手道："王爷胸襟似海，用心良苦，卑职自当遵从。"褚玄虽有怨言，却也不敢违拗，只顾吐气不说话；龙湖先生、明瑞等人见明心慕委曲求全，他们也只得吞声忍气；五方盟友本是外人，有赵光义坐镇当场，他们更不会多嘴插言。原本剑拔弩张的气氛，就这样被赵光义轻描淡写地揭了过去。赵光义呵呵笑道："这样就好！"侧过头冲明心慕道，"明宗主，今日之变，叫本王颇有感悟，想给你出道题，不知明宗主可愿作答？"

明心慕俯首道："王爷请讲，卑职尽力而答。"

赵光义点了点头："明宗主可知当年的'义社十兄弟'？"

明心慕道："回王爷，卑职知道。"

赵光义道："且说来听听。"

明心慕道："是！据卑职所知，当今圣上早年曾与石守信、杨光义、李继勋、王审琦、刘庆义、刘守忠、刘廷让、韩重赟、王政忠九位英雄好汉惺惺相惜，义结金兰，被世人赞誉为'义社十兄弟'，后来，这些兄弟追随圣上开疆拓土，打下了大宋的锦绣江山，也都成了开国名将。"

赵光义道："不错，明宗主好记性，明宗主可知这九位将军现今何处？"

明心慕道："都已卸甲归田，告老还乡。"

赵光义问："皇上是如何叫这些百战宿将解甲归田的？"

明心慕微微一震："听说……听说是杯酒释兵权！"

赵光义一笑："请问明宗主，这杯酒释兵权一事你怎么看？"

明心慕倒吸了口冷气："这……"他似乎觉得赵光义意有所指，顿了顿，垂首说道："此事攸关朝政，卑职愚昧，不明其旨，还请王爷明示。"

朱雀堂静得连掉根针都听得见，赵光义瞧了半晌，忽地哈哈笑了起来："明宗主啊明宗主，这原是本王问你的问题，你倒好，又推还给了本王。"他笑了一会儿，神色一敛，说道："既然明宗主不明其旨，本王也不强求，本王只知道，普天之下莫非王土，率土之滨莫非王臣，做臣子的就要有臣子的本分。"说着，他话锋一转，"此事暂且不提，其实，本王此来烟雨岛，是有件重要之事要与明宗主商议的。"

明心慕如坐针毡："王爷请说！"

赵光义道："明宗主适才也说了，方今天下，四海未定，北有燕云未复，南有海波未平，我大宋欲肇造万世基业，与这些邦国早晚必有一战，本王为了早作绸缪，已着手创建一支剑盟，此剑盟都是由视死如归的勇士组成，这些勇士一旦练成绝技，成为剑客，他日用之破城，定可叫敌人望之破胆，所以么……"赵光义顿了顿，盯着明心慕的眼睛说，"本王此次前来，便是想请明宗主到我晋王府去，调教这些勇士，未知明宗主意下如何？"明心慕一怔，迟疑了片刻，语气凝重地说："多谢王爷美意！可……可眼下太玄宗事多，卑职身为一宗之主，只怕脱不开身。"

"欸，"赵光义一挥手，"你若脱不开身，可将宗主之位暂交他人嘛！"

赵光义此话一出，明心慕当即大震，似乎明白了赵光义此来的真正目的，他苦笑一下，心中翻滚："明心慕啊明心慕，你枉称'八明神拳'，到头来终究还要受制于人！倘若不听王命，这二十年来在太玄宗的一切苦心经营，只怕要前功尽弃，倘若听从晋王的话，莫非……莫非我堂堂八明神拳当真要舍下宗主之位，到王府去做个教头不成？"他脸色越发的难看了。龙湖先生见了，赶紧从旁打圆场："王爷，我看此事还需三思。"赵光义冷冷地问："如何三思？"龙湖先生道："回王爷，不才以为，自明宗主执掌太玄宗以来，惩前毖后，锐意兴进，这才使得我太玄宗隆隆日上，有了今日之大成也，王驾千岁高居庙堂，求才若渴，晋王府自是豪侠如云，想必自有高人可担当训兵大任，然我太玄宗远处江湖，常临深渊，实不可群龙无首!"

褚玄道:"不错,一旦群龙无首,难免星离豆剖!"

太阳长老周桐通却道:"我看未必,太玄宗历来非一人一姓之太玄宗,乃是太玄门人的太玄宗,是朝廷的太玄宗,晋王殿下请明宗主去晋王府,这本是件大好事,我等何须多虑?只需再选一位德高望重之人出任宗主便是,何来群龙无首?"

龙湖先生道:"此言差矣!明宗主在峻极峰时,大家尚能听令行事,若是明宗主不在峻极峰,哼哼,只怕便要各自为政、纷争不断了,所谓'畴昔之羊子为政,今日之御我为政'。终将落败!"

太阴长老山青在旁呵呵一笑:"龙湖先生言重了,你说这些都不重要,太玄宗虽处江湖,可毕竟是大宋治下的宗门,如今朝廷对我太玄宗倚重有加,晋王殿下更是亲自坐镇,可谓关怀备至,何来落败之说?龙湖先生不要庸人自扰。"

褚玄道:"明宗主对太玄有大功,如此卸任,不合宗法!"

秦戬道:"正是,属下也不赞同明宗主离开太玄宗!"

罗睺长老姜伯英道:"流水不腐,户枢不蠹,明宗主在宗主位上一坐便是二十五年,属下……属下倒认为明宗主是该到了退位让贤的时候了。"

褚玄哼了一声:"退位让贤?姜长老觉得谁可当这个'贤'?"

姜伯英提声道:"眼下太玄宗,能有资历出任宗主之位的,无外乎'观澜慕海',然而何先生虽为弘璧公首徒,却被奸人所害,身死汉阳,白心海乃太玄弃徒,自不必提,唯有曾先生,他为人智勇双全,礼贤下士,且原本便是明宗主的二师兄,无论武功、德行、威望,都堪当太玄宗主大任,姜某不才,倡议推举'神龙化雨'曾心澜曾先生出任太玄宗主!"曾心澜在太玄宗中一向礼贤下士,执金长老东方吉、计都长老邓仪听说要推举曾心澜为宗主,纷纷点头:"赞同!赞同!"章龄天、韦幽涧、窦瑂、阮雄等长老虽为明心慕所倚重,可他们也曾受过曾心澜恩惠多年,此刻倒有些踌躇不知所措;而赤渡、紫离、木涯、霜钧等人,平时便与曾心澜交好,如若曾心澜出任宗主,他们反倒觉得自在了许多,一时也默然不语,既不作支持,也不作反对;李清霄、陆烟白与五方盟友身为局外之人,自不好妄加言语;唯独明瑞张大了嘴巴,喉咙咕噜了几下,又咳了几声,想是有话要说,却终究还是没有说出口。

明心慕紧握双拳,脸色一阵比一阵难看。

赵光义看在眼里,哈哈一笑:"明宗主,这些年来,你统辖太玄宗,扶策庙堂,为大宋披荆斩棘,实在劳苦功高,可是,你不妨想一想,当年石守信、高怀德、韩重赟、李继勋、王审琦、张令铎、赵彦徽这些百战沙场碎铁衣的开国宿将,哪一个不是功高盖世？莫说本王，便是当今皇上对他们也要礼让三分，可到了大节关头，皇上只敬了区区一杯水酒，他们便深解皇上苦衷，甘心放下兵权，归守田园，这是何等的高风亮节？所谓见贤思齐，本王也期望明宗主能够效法这些开国名将，以大局为重，卸下宗主之位，随本王前往东京，统辖调教剑盟勇士，再立新功。"说着，又别有意味地说，"太玄宗虽说名冠江湖，可我剑盟勇士亦攸关大宋一统，本王诚心礼聘，明宗主不会以为本王是在大材小用吧？"

在座的人谁都明白，赵光义嘴上虽说得动听，可内心却是要将明心慕从太玄宗里剥离出来，名为主理王府剑盟，实则形同软禁。明心慕虽非仕途中人，可他久历江湖，对这些权谋之术早已心知肚明，略一沉吟，忽仰面大笑，震得屋瓦嗡嗡作响。

一番笑罢，明心慕朗声说道："王爷，为朝廷训练剑盟勇士可谓功在社稷，任重道远，然而，明某充其量不过一介江湖武夫，才疏学浅，不堪大任，只得劳烦王爷另寻高明了！想我明心慕，这二十五年来，为太玄宗殚精竭虑，如履薄冰，实在太累了，既然满堂上下一致认为明某已不堪此任，明某也正好乐得清闲，又何苦再勉为其难？"说完这番话，明心慕霍然起身，向堂内众人一拱手："各位，我明心慕自今日起，辞去太玄宗主之位，从今以后，明某退躬外野，游走湖山，再不干涉江湖之事。诸位，江湖风雨无常，人虽无害虎之心，虎却有伤人之意，但愿诸位多加保重！"说着，"咯棱"摘下挂在鸾带上的赤金太极图，往桌上一拍，也不请示，迈大步甩袖扬长而去。

"父亲，你去哪？"明瑞喊了一声，刚要去追，犹豫半响，又怯生生坐下。

"钧天剑"元仪在旁微微感叹："昔日，'观澜慕海'天下仰望，如今一亡两散，嘿嘿，从此啊，太玄宗难再观澜，不可慕海！"

明心慕这一负怨而走，赵光义也颇感意外，他盯着桌上的赤金太极图，脸上露出几分尴尬之色，不过，只一瞬即逝，他淡淡一笑："明宗主高风亮节，不为名利所动，堪称武林典范，既然他已乏心武林，本王也不好强人所难，对于太玄宗选任宗主一事，本王与太玄宗多半人并无二致，赞同曾先生出任太玄宗第七任宗主，重整太玄。从今以后，还望在座的五方豪杰与太玄门人继续携手同心，共保我大宋千秋永盛。"

北岳剑派元仪、郁维，南岳剑派华风楼，紫龙山庄余清柏，东岳济英门柳青公、杏赤公、柘黄公、楷白公、檀黑公五老纷纷起身，拱手说道："遵王命！"

赵光义点点头，抬手将明心慕留下的那块赤金太极图递给曾心澜，正声说道："曾先生，这块赤金太极令，乃是太玄宗历代宗主的信物，大家既然公推你为新任宗主，它就属于你的了，从今以后，太玄宗上下悉听曾先生调遣。"

曾心澜心中一阵跳动："想我曾心澜已过天命之年，终于有了今日！"他强压内心欢腾，赶紧跪拜在地，双手托起赤金太极令："卑职叩谢王爷提点栽培之恩，卑职今后定当牢记王命，誓死效忠，不负王爷厚爱，不负兄弟们重托！"

赵光义颔首道："曾先生众望所归，可喜可贺，请过来坐吧。"

曾心澜给赵光义又实实在在地磕了一个头，站起身，稳了稳神，移步坐到明心慕方才的位置上，一时红光满面。这时，太阳长老周桐、太阴长老山青当先率太玄九老和四堂座主起身，向曾心澜行礼，呼道："属下拜见曾宗主！"

苗道长、龙湖先生、褚玄、明瑞、秦戡等见事已至此，也只好跟着站起身来，俯首行礼。曾心澜一伸双手："众位弟兄免礼！"

赵光义道："曾宗主，经烟雨岛一变，太玄宗上至四使，下到四堂，首座之位均有空缺，不知曾宗主打算如何处置？"

曾心澜连忙垂首："一切皆由王爷做主！"

赵光义一笑："曾宗主，你倒是会赶鸭子上架。也罢，既然曾宗主信得过本王，本王便替你做一回主。鉴于曾先生已升任太玄宗主，太玄四使已空其二，本王建议升太阳长老周桐为掌令使，升太阴长老山青为巡疆使，而青龙堂主木涯、玄武堂主霜钧，他二人识大体，明大局，护宗有功，分别继升太阳、太阴长老之位，至于四堂的堂主么……"赵光义略微沉思，一指身边垂立的西门雨和凌寒："这二人跟随本王多年，智勇双全，是我晋王府的头等好手，眼下太玄宗正是用人之际，可使西门雨暂任青龙堂堂主之职，凌寒暂任白虎堂堂主，今后如有合适人选，再做打算。另外么，秦戡兄弟当年为大宋立下赫赫战功，功不可没，可升任玄武堂的堂主，至于朱雀堂么，"他顿了一下，瞧了一眼默默垂立在人群之后的明瑞，高唤了一声，"明贤侄！"

明瑞不由打了个激灵，连忙回话："王爷，有何吩咐？"

赵光义道："明贤侄，你是少年英才，既然朱雀堂楚高怀已死，那朱雀堂主之位还是由你继续担任吧，令尊虽离开太玄宗，你却要恪尽职守，为太玄宗尽心竭力才是。"明瑞竟有些感动，哽咽地说："谢王爷厚爱，小侄定当全力以赴！"

"如此甚好。"赵光义说着，扭过头，问曾心澜，"曾宗主，本王如此安排，你以为如何？"曾心澜连连说道："王爷英明，卑职完全赞同！王爷，如今太玄宗已焕然一新，王爷高瞻远瞩，睿智通博，还请王爷为太玄宗重树旗铭！"

赵光义哈哈一笑："曾宗主又来难为本王，既然曾宗主有此诚意，那本王就当仁不让了。"说着，挥了挥手，"拿笔来！"曾心澜赶紧吩咐："快快笔墨伺候！"

时间不大，太玄弟子搬来了朱漆条案，摆上了宣笔、贡墨、蠲纸、歙砚，赵光义提笔在手，饱蘸香墨，略微沉思，挥毫写下八个苍劲大字。

"扬武定波，太平兴国！"曾心澜拈髯一边念着新写的八个字，一边挑指大赞："啊呀，端的好字！王爷这八个字处处法度，擒得定，纵得出，遒得紧，宕得开，提按起倒，挺拔矫健，好似武学大宗师，浑身都是解数！好！好啊！"赵光义放下宣笔，倒剪双手，沉沉说道："本王只盼太玄诸雄不负朝廷期待，听从心澜宗主号令，一如既往地扶策庙堂，勘定江湖乱波，护我大宋河山，干戈宁静，万民安顺！"

曾心澜带领太玄门人齐呼："谨遵千岁训示！"

赵光义满意地点了点头，又瞧了瞧一旁凝眉而立的李清霄，赵光义略作沉思，缓步过来，平和一笑："清霄贤弟，你我兄弟萍水相逢，一见如故，本王早知贤弟乃人中骐骥，能致千里，本王虽不比周公，却也求贤若渴，你可否愿同本王一道回京？本王不但将剑盟交你执掌，还叫你掌管府军，他日驰骋沙场，早晚拜将封侯，绘像凌烟，以成一代名将之功！"赵光义这一番言语，听着至为恳切，倒叫李清霄有些怔怔发痴，他身为李卫公的后人，做梦都想登上名将之岸，再复祖上之荣，如此良机摆在面前，着实令他雄心为之所动，"王爷，我……"他正要开口回话，忽听陆烟白在旁冷冷说道："李清霄，我不想待在烟雨岛了，你跟不跟我走？"李清霄一怔："唔？为什么？"

"你还没回答我，要不要跟我一起走？"陆烟白又问了一遍。

31 斗白猿

"我……"李清霄有些犹疑。

"没关系，你若不想走，便留在这，那我自己走了！"

陆烟白说罢，转身便出了朱雀堂，这一举动，令在场的人面面相觑。李清霄更是丈二和尚摸不着头脑，他对赵光义说："王爷，实在抱歉，容我去看一看。"抬足追出了朱雀大堂，一见陆烟白衣袂迎风，快要来到朱雀寨门下了，李清霄赶紧召唤："小陆姑娘，等一等！"陆烟白回头一瞧，停下秀足问："你跟过来干吗？"

"你怎么说走就走，究竟怎么了？"

"没怎么啊，这儿又不是我家，不想待了就离开，不行么？"

"自然是行，只是……你因何不愿待在这里？"

"李清霄，"陆烟白微微叹了口气："我有个疑问想问你。"

"哦？什么疑问？"

"你是不是很想跟随赵光义去东京当官？"

"我……我确是有此打算，但我不是为了贪恋富贵，而是……"

"好了李清霄，你不必解释，哪个男儿没有雄心大志呢？李清霄，我只是想问你，入朝为将和快意江湖，若叫你两者择一，你会选哪一个？"

"我……"李清霄沉默半晌，不知如何回答是好。

"你不愿回答就算咯！"陆烟白低眉片刻，忽抬头说，"李清霄，你的脾气秉性我也知道，你本事大，心怀侠义，是真性情的人，可你若真想成为名垂青史的大将军，以为光凭一身武艺就够了么？我听师父说过，自古宦海波涛，朝堂鬼蜮，都是铁石心肠、尔虞我诈的地方，难容得下侠义之辈，性情之人怎能久立朝堂？倘若不去随波逐流，终究会被吃得连骨头都不剩，还谈什么绘像凌烟！不信你瞧瞧明心慕，那么大的'八明神拳'，位列丹青五绝，可他为了功名，在赵光义的面前，哪还有一丝一毫的英雄气概？尽管如此，结局又如何呢？终究还是被排挤出太玄宗，半生心血付之东流！今天的事，明眼人都看得出来，若不是赵光义在背后撑腰，曾心澜那伙人敢装扮这样一出大戏么？赵光义一箭双雕，借着曾心澜之手赶走独断专行的明心慕，既除了明心慕尾大不掉之患，又轻而易举地将这中原第一大派变成了自家的守门之犬，哼哼，还说什么唯公是举，你看看，明心慕一走，太玄宗还不照样唯赵光义、曾心澜之命是从？可有丝毫改变？李清霄，似赵光义这般心机深沉之人，他怎么会以赤诚之心待你？"

李清霄听得目瞪口呆，他没料到平时不爱说话的陆烟白，在大事面前，不但看得长远，还将世道人心读得如此通透，心中顿时燃起十分敬意，痴痴地看着陆烟白，听她继续说道："李清霄，我叫你离开，就是不想让你重蹈明心慕覆辙！你呢，是想一剑一蓑一壶酒、心怀苍生仗义天下？还是想人面兽心尔虞我诈、追逐荣华虚名？如何选取都在你一念之间咯！"李清霄心波皱起，哈哈大笑，振声道："未来之事，我虽未想好，可当下之事，我却明白了，小陆姑娘，我跟你走！"

"咱们可说好了，我没逼迫你，是你自愿的。"

"不错，只要与你在一起，我怎么都情愿！"说着，李清霄返身大步回到朱雀堂，寻了一番说辞，拜别了赵光义等人。再出来时，只觉浑身有说不出的轻松自在，夕阳如画，湖风似纱，白衣如雪的陆烟白正在静静地等着他。

"这会儿你打算去哪？"李清霄问。

"回家啊。"陆烟白眼神变得柔和许多。

"小陆姑娘家在何处？"

"你问这个做什么？"

"我……"李清霄支吾地说："我担心万一相别，以后再也见不到你。"

"见我做什么……不怕我骂你么……"陆烟白心头跳着，雪腮红了起来。

"不怕，当然不怕，好比方才，你若不当头棒喝，我哪能幡然醒悟？"

"其实……其实我的家……我的家……"陆烟白忽然有些忧伤："其实……那里也不是我的家，我要去我师父那里。"

"哦？小陆姑娘，你剑法这么好，不知你的师父是何方高人呢？他住在哪里？"这个问题早在李清霄脑子里徘徊了，他对陆烟白的剑法总是眼熟，这回正好问一问。

"我师父是出家人，她住在洞庭湖君山岛的紫霞宫里。"

"君山紫霞宫？"李清霄蓦地一惊，连忙问，"你……你师父莫非就是'紫宸仙子'师心涯？"陆烟白微微一笑，点了点头："对呀！""哎呀呀！"李清霄一拍巴掌："你怎么不早说？怪不得那天在美人谷时，你会认得我的剑法，原来你是紫宸师叔的徒弟，原来这些天你一直在有意瞒我，对不对？"

"谁有意瞒着你啦？"陆烟白似乎很得意，笑着说，"我记得之前也不知是谁说来着，说什么我总不能逢人便讲，我师父是谁谁谁，你听过没有啊？若是听过，赏银二十，若是没听过，便罚你默记一百遍！难道你这么快就忘啦？"李清霄见她拿自己的话做挡箭牌，不禁一笑，说道："是了，算我的不是，怪我没及时去问，咱们言归正传，其实啊，即便你不说，我这会儿也是要准备去趟洞庭湖君山岛的。"陆烟白一奇："你去君山岛做什么？"李清霄道："前一阵子，逸仙吕师伯曾交给我一件东西，他说等我学成下山之时，去一趟君山岛紫霞宫，将此物交到紫宸仙子手上，如今这云梦泽与洞庭湖相连，并不算远，我本正要去的。"陆烟白又是一奇："交给我师父？什么东西？"李清霄呵呵一笑："等见到了紫宸师叔，你就知道了。"陆烟白哼了一下："不说算咯，除了胡说八道，就会故弄玄虚，我看你不像个算命先生，倒像个江湖术士。"李清霄一躬到底，笑道："过奖，过奖。"陆烟白一怔，摇了摇头："你脸皮可真厚，我也是没有办法了，好啦好啦，天色不早了，少说两句，咱们快启程吧！"

云梦泽之南，走不过一百里水路便到了洞庭湖，从城陵矶望去，八百里洞庭湖，白鹭长飞，渔帆点点，烟波万顷，水天一色，气蒸云梦泽，波撼岳阳城，气象又比云梦泽大出甚多，再往远处看，一座青山矗立湖心，若隐若现，绮丽迷人。李清霄心想："想必那是名扬天下的君山了，刘禹锡诗曰'遥望洞庭山水翠，白银盘里一青螺。'果然恰到其分。"他与陆烟白乘舟泛波前行，不多时便到了君山脚下。

李清霄付了船钱，掸了掸布衣，与陆烟白踏上青石山路。山道两旁，苍松古拙，兰草幽香，令人心旷神怡，约莫走了一炷香的时间，前面闪出一大片碧沉沉的竹林，李清霄一瞧，这些竹子如碧玉般青翠欲滴，杯口粗细的竹竿上撒满了如泪痕般的紫色斑点，鲜艳至极，李清霄为之一振，脱口呼道："湘妃竹！"

自古洞庭二宝，一是上品白茶白毫银针"老君眉"，一个便是这名扬天下的"湘妃竹"。据说几千年前，舜帝南巡苍梧之时，突然病故，他的两个妃子娥皇、女英悲痛欲绝，乘船前往苍梧去寻舜帝，途过洞庭湖时，忽起大风，涛浪惊空，船只被阻君山脚下，娥皇、女英不得已上了君山，不料船只被风浪卷走，娥皇、女英眼见茫茫湖水无法越渡，失声痛哭，泪水无穷无尽，遂将君山竹林染成了点点斑竹。

二人穿过湘妃竹林，又走了六七里山路，眼前出现一大片青坪，李清霄定睛一瞧，不由怦然心动——青坪的四周长满了蔷薇、栀子、白兰、紫兰、映山红、灵芝草、酒香花……姹紫嫣红，不一而足，惹得方圆百丈幽香萦绕，彩蝶飞舞。在这片绽放百花的青坪之内，有一座宽敞别致的八角竹亭，竹亭上悬一块匾，上题"望君亭"三个清秀大字，亭中放一张石桌，摆着青瓷茶具，望君亭后，是几十间大方竹筑成的碧竹清舍，檐角垂铃，风吹玉振，十分别致。在竹舍后面，耸立一栋由洞庭紫竹构造的大竹楼，清逸绮丽，令李清霄赞叹不已。可是，这些竹舍虽美，却都门窗阖闭，静悄悄无一人出入，李清霄十分奇怪，便问："莫非这里便是紫霞宫？"

　　"怎么了，有何不妥？"陆烟白问。

　　"我只是好奇，"李清霄说，"原以为这紫霞宫该是一座香火鼎盛的道观，不想竟是这样一个肃静清雅之所。"

　　陆烟白道："修行全在一心，何必执着金炉玉瓦香火供奉？"

　　李清霄道："你说得不错，只是这紫霞宫也太清静了些，为何无人出入？"

　　陆烟白道："我的师姐们都是清修之人，哪有空闲来见你！还有，李清霄，你是外人，如今到了我的地盘，凡事都要听从我的，不准你乱说、乱走、乱动、乱碰，你若都答应了，本姑娘便带你去见我师父。"

　　李清霄一笑："我怎么会是外人？"

　　陆烟白道："你姓李，我姓陆，你是客，我是主，你说你是不是外人？"

　　李清霄道："这里都是修道高人，出家人众生平等，哪来的分别心？"

　　陆烟白哼了一声："我可不是出家人！"

　　李清霄笑道："那也不该把从远方而来的朋友当作外人。"

　　"朋友……"陆烟白怔了怔，目光中莫名地流出一阵感伤，烟眉微蹙地说，"是啊，也许朋友最好，便当你是朋友吧！"她怅然低眉，快步来到一间竹舍前，回头说："李清霄，你先住这间屋子，明天一早我再带你去见师父。屋里有果子，你自己去吃，我累了，要回去歇息。"说着，白裳轻动，绕过几间竹舍便不见身影了。李清霄心里蓦然一空，怔怔地向四周瞧了半响，方推门入室。这屋子清净无尘，中间放一张竹木桌，白瓷盘上摆着黄澄澄、浑圆圆的枇杷，两扇竹窗挑起，不时吹入远处百花的香气，李清霄独自慨叹："唉，也许只有这等无尘之境，才会出清丽绝俗之人！"

　　他吃了几个枇杷，心神一松，倒觉有了几分疲累，倚靠在竹床上，沉沉睡去，再睁开眼，明月已升上阑干，泛起紫白色的光芒，窗外传来阵阵蛙鸣，宛如故乡皮鼓，李清霄坐起身，正听得出神，忽觉怀中隐隐有光透出，李清霄一惊，伸手一摸，竟是逸仙吕岩交给他的那颗白玉珠，但见这颗白玉珠，仿佛明月，照耀竹床，比平时不知亮出几倍，李清霄从未遇见此种奇异之象，不禁心下大奇，正在琢磨，猛听远处传来"吱"的一声怪叫，那叫声凄厉至极，惊得湖岸上原欢叫的蛙声戛然而止，李清霄一惊，将白玉珠放回怀里，恰在这时，天地间又蓦地变得寂静起来。李清霄再难入睡，轻开竹门走出竹室，外面夜已深沉，月照花林，皎皎如霜，竹舍周围除了枝叶瑟响外，并无异常动静。他心下略宽，孤零零独自走着，没走多远，忽地一怔，望君亭中，也站着一个孤零零的女孩身影，这身影李清霄太熟悉不过。

"小陆姑娘！"

李清霄轻唤一声，走上亭去。

陆烟白回头，目光动了动："大半夜的，你出来做什么？"

李清霄道："方才听外面有声怪叫，出来瞧一下，你可曾听见？"

陆烟白道："君山林木茂密，鸟兽多，有几声怪叫何足为奇？"

李清霄道："小陆姑娘，你有所不知，那怪叫甚为诡异，绝非寻常鸟兽……"正说话间，忽觉得胸前白光大盛，忙低头一看，又是怀中白玉珠所发，李清霄大奇，陆烟白也诧异地睁大了眼睛，忽然，陆烟白神色突变，桃花美目露出一阵惊恐，"啊"地惊叫一声，左手急抓李清霄的腕子向后一带，右手长剑铮然出鞘，一道紫光向李清霄身后削去，李清霄大惊，忙回身去看，不禁倒吸了一口冷气。

在他身后，赫然耸立个毛茸茸的怪物，这怪物高约两丈，遍身白毛，长数寸，头如大斗，眼如明灯，两臂如廊柱，虬筋纠结，一对拳头大的鼻孔呼呼喷着热气，活生生是只身量巨大的长臂白猿。白猿眼瞧陆烟白长剑削来，也不躲闪，挥起长臂，一把抓住陆烟白的紫光剑，一阵晃摇，力道奇大无比，陆烟白手臂被摇得又麻又痛，白猿向上一抢，陆烟白轻盈的身子如纸鸢，被扔出亭外，李清霄大惊，急施"紫云腾"，快如羽箭，纵到空中，张双臂抱住陆烟白，飘飘落地。

"噗——噗——"

白猿鼻孔喷着气，龇着牙，铜铃大的眼珠有几分吃惊，上下翻看，呆了片刻，"吱"地又一声凄叫，长臂扳住望君亭檐角，悠起三丈多高，直扑李清霄，李清霄后腾三丈，放下陆烟白，纵身上前，荡起先天真气，霎时间，袍袖微微，护陆烟白于身后，白猿哪理会这些，跳起身来，挥长臂去抓李清霄，李清霄不敢大意，先天真气聚于两臂，衣袖暴长，向上一拍，足有八成劲力，正击在白猿的长臂之上，耳畔但听"咚"的一记闷响，一道气波横荡而出，摧得花折草断，白猿被震得一晃，"吱吱"又凄叫了两声，李清霄噔、噔、噔倒退三步，两臂瑟瑟抖动。

白猿红目圆张，"嗷"地现出白森森的獠牙，趁李清霄立足未稳，一跃跳至，伸出如铁双臂向李清霄抓来，李清霄剑眉一立，真气一托，将陆烟白送至两丈之外，随即右足前踏，双掌向上疾推，十成先天元气一涌而出，撞向白猿。

"嘭——"

这一下正击在白猿双臂上，真气荡开，木叶纷飞。

李清霄轻喝，倒退十几步，一时胸闷难言，白猿也退了两步，周身白毛奓起，张口露牙，凄声长啸，却也不敢贸然轻进，只抡双臂拍打胸膛怒视李清霄。

月光下，陆烟白瞧李清霄脸色苍白如纸，双臂不停颤抖，虎口竟流出血来，她的心顿时揪在一起，急忙跃过去，扶着李清霄，连连问："你怎么样？没事吧？这大猴子力气大，你干什么和它硬拼？不要命啦？"陆烟白说话虽快，语中却大大流露出关怀之意，李清霄吃力一笑："我何尝不如此，只要能保你周全，我便是去了阴曹地府，也无悔无怨。"陆烟白一阵难过，烟眉低垂："李清霄，你别胡说，这猴子又大又凶，你若死了，还怎么保护我？"说着，忽转身，一指白猿，"臭猴子，你哪来的？敢在我紫霞宫撒野！"白猿一愣，努嘴鼻嗅了嗅，饶是琢磨了一番，猛地跳起，好似半截白塔，扑向陆烟白，陆烟白被这阵势惊得一呆，竟忘了躲闪，李清霄眼见危急，大喝一声，左手拽过陆烟白，右拳疾出，周身劲力硬碰硬，猛地击上白猿蒲扇大的爪心。

"砰——"

"吱——吱——"

白猿叫声刺人耳鼓，它后腿发力，右臂猛地向前一抢，李清霄再难抵拒，揽着陆烟白倒飞出七八丈，跌落在一块大青石旁，喉咙一紧，吐出一大口鲜血，陆烟白大惊失色："李清霄，你……你可别吓我，我……我不想你死……"她又害怕又心酸，再也坚忍不住，眼泪像珠子似的噼里啪啦掉下来。

李清霄面色苍白，气力微弱，见陆烟白流了泪，一阵心疼，一阵欢喜，咳了几下，一手扶在青石之上，笑了几声："别哭，想我李清霄，一身颠倒梦想，此番来人世一趟，若能为你而死，倒也如意快哉。"他一边说着，一边盘膝坐起，怀抱真元，淡淡紫气在他头上浮绕，陆烟白和远处白猿都瞧着发愣，须臾，李清霄忽地直身而起，冲陆烟白一笑："你瞧，我李清霄命大，想死也死不了。"他又朝前走了几步，向白猿大大方方地作了个揖，"老白，你那一拳打得好啊，打得好！若非这一拳，这位陆大小姐，岂会为我这个贪美好色的登徒子伤心落泪？你老白立大功一件，来来来，要寻人玩耍，我李清霄陪你走几趟。"说着，回头冲陆烟白使了个眼色，"丫头，小色鬼要与大白猿单独谈谈心，这里没你什么事了，快回吧！"
袍袖一扬，昂然向白猿走去。

白猿瞧李清霄举止异常，不由自主退了两步。

陆烟白却在后面大喊："李清霄，胡说什么，你快回来，大猴子会吃掉你的！"
一纵来到李清霄身后，伸手一拉，哪知这一触，李清霄竟扑通倒在地上。

"李清霄，"陆烟白大惊，这才明白李清霄全仗一口真元支撑，为的是拖着场
面，让自己趁机离开险境，陆烟白心中说不出的难过，她用力扶起李清霄，哽咽
地说，"李清霄，你都这样了，还逞什么能？不怕被臭猴子吃掉吗？"

李清霄有气无力地说："烟白……你……你快走……不用管我，我应付得
了……"一听李清霄叫自己"烟白"，陆烟白心头微颤，自从美人谷相遇至今，她
心中始终不安宁："他为何要对我这么好？他会一直对我好么？"陆烟白心起波澜，
生死关头，反倒忘了恐惧，在那痴痴发怔，这时，忽听李清霄高声催促："你……
你怎么还不走？我皮糙肉厚，大猴子嫌塞牙，专拣好看的吃，你……你再不走，
就来不及了！"

陆烟白破涕而笑："死到临头，你还没个正经，不想长命百岁啦？要走咱们一
起走！"她秀肩一斜，将李清霄手臂搭在自己肩上，用尽全力，拖着李清霄向紫竹
楼的方向奔去，那只白猿在后面一瞧，似乎恍然大悟，双臂猛拍胸膛，"吱"的一
叫惊天动地，几个纵跃，蹿到陆烟白背后，张臂向李清霄抓去。

"孽畜——住手！"一声沉喝冲破夜空，直撞白猿耳膜，白猿被震得一愣，晃
了晃斗大脑袋停下身来，李清霄喘了口气，抬头一瞧，紫竹楼那边风驰电掣纵来
七个人影，当先一人身穿紫白道服，披着黑色斗篷，竟是个清眉善目的女道长，
后面跟的也是六名紫衣道姑，清眉女道长手中长剑紫光闪耀，辉映蟾宫，比陆烟
白的紫光宝剑更胜一筹，陆烟白见了，欢喜不已："师父，快来救我们！"

32　梦里人

"倏——"

"倏——倏——倏——倏——"

清眉女道长和六名弟子几个纵跃，落在白猿面前。

女道长将紫光长剑向前一横，看了看白猿，诧异地说："大舜白猿？没想到，这千古传说并非虚言！"白猿丝毫不理会女道长，跳起身来，依旧扑向陆烟白和李清霄，女道长跟着一纵，又拦在白猿面前，宝剑一指："你乃天地灵兽，我这紫宸剑不想伤你，快些走吧。"白猿长啸一声，似是极不耐烦，长牙竖起，左臂一挥，向女道长拍去，女道长足尖一点，腾起两丈高，紫宸剑直刺白猿面门，白猿也不躲闪，右爪一挥，"噗"地抓住了女道长的紫宸剑，甩手便要去扔，女道长虽身在空中，却丝毫未惊，她右臂一振，紫宸剑登时嘤嘤响动，随即翻手一削，白猿发出一声惨叫，当即松开宝剑，猛地向后纵出四五丈远，众人再去看时，白猿的两根毛茸茸、杯盏粗细的大手指，竟被紫宸剑削下，血淋淋躺在地上。

"嗷——嗷——"

白猿仰天狂叫了两声，身子左右频移，却始终不敢踏前一步，只是巨目大张，死死盯着李清霄怀中明光正盛的白玉珠，女道长略为一惊，纵到李清霄身边，摘下黑色披风，往李清霄身上一罩，刹那间，白光顿消，周围登时暗淡下来，白猿双臂挂地，鼻孔"呼……呼……"喘着粗气，圆睁巨目，向四周看了几遍，再也看不到一寸明光，骤然呆愣起来，过了片刻，它猛地蹿上前去，拾起两截断指，又"吱"的怪叫一声，回身几个纵跳奔向山中，瞬间便无踪影。

"奇怪！奇怪！"女道长疑惑地摇着头，却听陆烟白说："师父，方才李清霄和臭猴子对了好几掌，伤得很重，你快看看他！"女道长走过来，打量了这个年轻人一番，问道："你便是李清霄？"李清霄心想："这女道长定是名满天下的'紫宸仙子'师心涯了！"一时忘了伤痛，吃力叩拜："小侄李清霄，拜见紫宸师叔！"师心涯伸手一扶："不必拘礼。"哪知，她一触李清霄的手腕，但觉此人经脉运行奇特，师心涯不由得"咦"了一声，惊讶地说："先天无极功，你是北扶摇弟子？"李清霄点了点头。"怪不得，怪不得。"师心涯连连感叹："那只大舜白猿乃千年灵兽，有天地灵力，非神兵利器不能伤它，如今你徒手与它对掌，心脉犹自完好无损，足见先天无极功果然是天下第一的内丹神功！"说着，素手轻出，"噼噼啪啪"点按李清霄"天枢""血海""合谷""鱼际"等穴，替他调和气血，然后从袖中拿出个天青釉的瓷罐筒，拧开盖子，一连倒出三丸淡白色丹药，递给李清霄叫他服下，李清霄一瞧这药丸足有板栗大小，不由笑了笑："师叔，这么大一颗药丸，霄儿可以当饭吃了！"陆烟白一听，白了他一眼："李清霄，你别胡说，这可是师父的'雪晴丹'。"

"这就是七心雪晴丹？"李清霄惊奇地问。

陆烟白道："当然！七心雪晴丹可非比寻常丹药，每一炉都要由一株七明九光芝与六株天山雪莲为药引，费九转之功，耗时三年三月零三天方才配炼而成，所以每次只能炼七颗，一颗便是至宝，师父一口气给了你三颗，哼哼，天下哪有这么贵的饭？"

李清霄一听，连忙将三颗"七心雪晴丹"一齐扔进嘴里，边嚼边说："师叔真大方，哈哈，这回霄儿真的要长命百岁了！"一咽下肚去，顿觉七心雪晴丹融散开来，化作无数精气，流走于任督二脉，仿佛大江之水汇入湖中，使阴阳元气充盈无比。李清霄暗赞不已，俯首一拜："七心雪晴丹果然是绝世仙丹，可惜被霄儿吃了这么多，实在对不住紫宸师叔！"师心涯慈然一笑："药本救人之物，何谈可惜？走吧，咱们回紫竹楼叙话。"众人跟随师心涯回了紫竹楼，一入楼门，李清霄便闻到一股沁人心神的檀香味，楼内烛光明亮，左壁桌上横放一张瑶琴，右壁立着个大书格，上面陈放着典籍和器物，最里面是三扇镂雕梅竹兰的黄杨木屏风，屏风前有个湘妃竹榻，榻上放个竹桌，两侧各立一件玉石面的红木香几，上面白玉香炉正轻烟缭绕。

"霄儿，"师心涯唤了一声，"你初到紫霞宫，几位师姐尚未曾见过，我与你引见。"依次指着那几名弟子说："这是你大师姐紫桐、二师姐墨颖，三师姐丹翎，四师姐道茗，五师姐了烟，六师姐了尘。"李清霄见六名道姑紫服莲冠，仪态平和，一看便是清心寡欲的得道高人，心下敬佩，起座一一见礼，这时，只见陆烟白抬头问道："师父，那只大猴子是哪里来的，你老人家认得它么？"

师心涯点了点头："为师叫你们进楼来，正要谈此事。其实，大舜白猿并非来自别处，而是在君山上住了上千年的天地灵兽，若说起来，大舜白猿才是君山之主！"众人一惊，紫桐从旁问道："桐儿少时便跟师父在此修道，为何从未见过此猿？"

师心涯微微一笑："莫说是你，为师也是今天头一遭见到。"

二弟子墨颖问道："师父知晓它的来历？"

师心涯慈目微睁，点头说道："为师小时候，听过一个传说，不过当时只作奇谈怪论，并未深信，可今日一见，方知古人并不欺我，大舜白猿果真是有。"众人更觉诧异，听师心涯缓缓叙道，"上古舜帝与娥皇、女英二妃的故事，早已流传天下，想必你等都熟知，为师不必赘谈，只是，这个故事当中，还有着一个故事，倒不是人人都知晓了。"大家愈加好奇，屏气凝神地听着，师心涯道，"故老相传，当年娥皇、女英死时，精血凝而不散，三年后化为碧玉，在君山之巅历经风霜雨雪，一藏便是几千年。后来，这块碧玉无意间被一只白猿吞下，自此，那白猿便有了天地灵气，不但骨骼异变，更能千年不死，成了君山的天地灵兽，人们都叫它大舜白猿。据说，大舜白猿性灵通玄，非大道仙师不得相见，千百年来，人世间也只有三位高道见过此猿。"

"哪三位高道？"陆烟白好奇地问。

"一位仙师生于八百年前东汉时候，便是我道门第一代天师张道陵，另外两位仙师则是三百年前，大唐国师袁天罡、李淳风。"李清霄暗自寻思："这袁天罡、李淳风都是震古烁今的大宗师，听说他二人合力演算的《推背图》能前推八百年，后推八百载，真了不起！"又听师心涯接着说，"当时三位仙师见到大舜白猿，也曾做过详实记录，可惜年代久远，至今大都遗失，只留下只言片语，一代一代传下来。据说大舜白猿有长生之血，若能取之，炼化成丹，便可起死回生，所以几百年来，君山不知被人翻了多少遍，可到头来都一无所获，久而久之，大家也便不再去找了。"

"原来如此。"

"难怪那大猴子如此厉害！"

众人都觉不可思议，李清霄愕然问："师叔，这世间生灵大都寿数有限，这只大舜白猿真的能活到一千多岁么？"

师心涯道："大千世界，无奇不有。《山海经》中所载诸多怪兽，太史公尚不敢言，世间常有所见。便是草木山石亦是如此，石脾入水即干，出水便湿。故而这世上的许多物事都不可以常理度之，那些草木、鳞甲、鸟兽等诸般生灵，虽无人之聪慧，却皆有长生之法。孔子茔前柏、川府紫金楠、伏羲白龟、北冥巨鲲，哪个不是寿经千百年？我料想，那块碧血玉乃是天地人三才合一之宝，又饱受千年日月精华，其中定有长生之妙，当初被白猿吃下，存于体内，故而它才能长活至今。"

大家点头称是，李清霄略为思索，又问："师叔，霄儿尚有一事不明，既然大舜白猿几百年难得一见，为何今日却突然冒了出来？莫非……莫非是饿急了，要出来吃人？"陆烟白跟着点头："极有可能，瞧那大猴子凶恶的样子，恨不得把我……"忽一顿，却指向李清霄，"恨不得把他一口给吞了！"

师心涯笑着说："此猿乃天地灵兽，岂会与寻常野兽一样嗜血食人？为师听前人说，这大舜白猿素来含英咀华，从不食凡间蔬果，此番现身，定有奇玄之物惊动于它。"忽问李清霄："霄儿，适才你怀中有瑞光罩身，甚为奇特，大舜白猿盯住不放，想必是为此而来，不知你怀中所藏何物？"李清霄恍然想起正事，连忙说道："对了，紫宸师叔，霄儿此次来紫霞宫，本是受了吕岩师伯的嘱托，特地来见你的。"

一听"吕岩"二字，师心涯身子微微一颤，声音忽然有些哽咽："是吕师哥叫你来的？吕师哥他……他还好么？"

李清霄道："逸仙师伯很好，还是仙风道骨的模样，霄儿的剑法就是他老人家传授的，他叫霄儿来，就是要我将这个宝物交给紫宸师叔。"说着，从怀中取出那颗白玉珠，呈给师心涯。师心涯一见这颗光华内蕴的白玉珠，眼中竟不觉垂下泪来，她将白玉珠放在掌心，轻轻抚摩，低眉念道："我有灵珠一颗，久被尘牢关锁。如今尘尽光生，照我山盟如昨。唉，三十多年了，吕师哥……他并没有忘记我！"

师心涯修道三十年，早已心如止水，如今神色这样激动，不由令紫桐、墨颖、丹翎、道茗、了烟、了尘、陆烟白、李清霄一座人吃惊不已。

紫桐赶紧过来，轻声问："师父，你怎么了？"师心涯摆了摆手："没什么，你们不必担忧，为师只是过于高兴罢了。你们不知道，这白玉珠有太古绛霄之气，可与天地人心感应，这才使它今夜发出宝光，引来大舜白猿。"说着，抬起头，对紫桐说道，"桐儿，你去拿茶具，为师今夜为你们煮茶。"

"是！"紫桐起身来到右墙壁的大书格旁，从最大的格子里拿出一个两尺见方的黑漆茶簏，放在师心涯的竹桌上，师心涯慢慢打开黑漆茶簏，拿出一个七寸多高的白玉竹节茶桶，打开白玉盖子，沁人心肺的茶香顿时扑鼻而来，正是名扬天下的"老君眉"，师心涯用茶勺将老君眉盛在壶里，叫紫桐取水煮茶，然后倒在茶盏之内，分给众人，霎时，甘香馥郁之气绕满竹楼。

李清霄咂了一口，不禁赞叹："这茶当真世间绝品！"师心涯微笑，眼中闪过一丝异样神色，忽问："霄儿，你觉得是清茶好，还是美酒好？"她这突然一问，倒叫李清霄有些意外，李清霄放下青瓷茶盏，略一思索，回答："茶能清滤心尘，使人不骄不躁，能品人生之沉浮荣辱；酒却无拘无束，使人自在逍遥，可显人之喜怒哀乐。霄儿以为，个中妙处如梅兰竹菊，各擅胜场。"师心涯笑了笑，又问："那霄儿是喜欢饮茶呢，还是喜欢饮酒？"李清霄端起茶杯看了一会儿，老君眉在杯中起起伏伏，好似人之一生，他回想起当日与燕离凌在白鹿楼论剑饮酒的情形，随即说道："茶者，虽能宁静如山，却不能自在如酒。酒者，虽能流动如水，却又不能深沉如茶。霄儿认为，人生于世，既当倾情饮茶，又当痛快饮酒，如此岂不两全其美？"

师心涯清眉微扬："既当倾情饮茶，又当痛快饮酒……霄儿，你的秉性和他真是相像，总想事事兼顾左右无差，可是，这世上哪有两全其美的事呢？"说着，又叹息了一声："想必你们心中都奇怪，为何为师会因这颗白玉珠动了心念，打破几十年清修，也好，正好大家都在，为师便讲个故事给你们听听。"

"太好了"陆烟白拍了下手："烟儿最喜欢听故事！"

师心涯微微一笑，转问李清霄："霄儿，几十年前那位石敬瑭的事迹，你可知晓？"李清霄想起当年铁靖先生和他说的一些往事，便道："霄儿略知一二。"师心涯道："你不妨说一说。"李清霄道："论起根源来，就要从大唐时的沙陀国说起了。想当年，大唐沙陀国王李克用手下有十三太保，各个英勇无敌，石敬瑭便是这十三太保中大太保李嗣源的女婿，这石敬瑭也算文武兼备，后来一度问鼎中原，建立了后晋王朝。"师心涯点了点头："这石敬瑭十三岁拜将登台，骁勇善战，功勋卓著，原本是难得的栋梁之才，可惜此人野心太盛，不甘居于人下，三十六年前，他为了能登上皇帝之位，不惜割让燕云十六州、岁输三十万给契丹，将比他小十岁的耶律德光称为'父皇帝'，自己甘当百依百顺的'儿皇帝'，换取契丹对他的扶持，从而让大好河山、千万百姓丧于契丹的铁蹄之下。"李清霄凝眉说道："想那石敬瑭割地求荣，自辱国体，恐怕要留下千古骂名了！"师心涯颔首道："就在当时，河北大名府清河镇鸿雁山庄，有一位忧国忧民的老英雄，他听说此事，恨得肝胆欲裂，大哭不止，害了场大病，病好之后，老英雄苦苦筹谋多日，作了一个决定，便是请他的好友'铁臂神匠'云风会，耗时七七四十九天，用五色美玉雕凿一块玉珏，玉珏造好后，老英雄便四处对外宣扬，说他手中的这块五色玉珏，就是天下人梦寐以求的佛宝孤城玦。"

听到这里，李清霄一惊，他忽地想起在武功城外被自己摔碎的那个假孤城玦，心想："莫非紫宸师叔所说的这个孤城玦，便是离凌手中的那个赝品？"开口问道："师叔，那位老英雄一心为国，本是义举，却为何要打造一个假的孤城玦？"

师心涯叹道："因为孤城玦神力广大，极具威慑之功用，可是那时候，孤城玦已失踪几十年，老英雄无从寻觅，只有心生一计，以一块假的孤城玦来号召武林群雄，起义兵收复燕云十六州。老英雄以'宝玦会'为名义，广发英雄帖，邀请江湖义士共聚鸿雁山庄，帖子一下，应者云集，没多久，鸿雁山庄便聚了上千名武林英豪，老英雄大喜，便与众位英雄讲出心中实情，众人深感老英雄侠烈心怀，纷纷响应。不料，有人为了趁机讨好朝廷，竟偷偷走漏消息，诬陷老英雄聚众造反，石敬瑭闻报，又恐又怒，连忙派出三万铁甲骑兵，前往清河镇弹压。"

"啊？"陆烟白神色紧张起来，"老英雄他们躲起来没有？"师心涯道："那铁甲骑兵来得迅速，老英雄知道消息时，已然措手不及，上千名武林豪杰被困在清河镇，无奈只得拼力抵抗，但终究寡不敌众，数百豪杰俱都战死，老英雄为护家人，身中数箭，流血不止，眼见便要落入敌手，这时，在铁甲兵外，一人踏着万千盔缨飞驰而来，这人武功奇绝，所到之处，摧枯拉朽，势不可挡，他深知'擒贼先擒王'的道理，以极快身速杀到领军统制面前，剑斩敌酋，使得万名铁甲兵群龙无首，逡巡畏惧，不敢上前，那人这才救下老英雄和他的女儿。"陆烟白惊问："这人是谁啊？竟如此厉害！"师心涯神色一黯："他……他是老英雄早年结下的一位好友。"

陆烟白又问："那后来怎么样了？"

师心涯道："那位故友虽带着老英雄父女冲出重围，可老英雄终因伤势过重，血流殆尽，难以救治。临终之时，他紧握故人之手说：'我这个人啊，一生没做过什么大事，如今能为国一争，也算死得其所，本没什么好难过的，唯独……唯独放心不下的便是小女，眼下我只有你这一位故友，还望你能代我照顾小女，若如此，我虽死无憾！'那故人迟疑地说：'你不是不知，我这人向来独行独住，身边带个女人实在不便。'老英雄气息微弱地说：'我晓得你生性逍遥，不受羁绊，只是如今小女家破人亡，孤苦无依，你若能垂怜一二，传她些本领，也叫她以后不至亡命江湖，我死也瞑目了！'说着，死死握住那故人的手不放，那故人见此情此景，也无可奈何，只好点头答应下来，老英雄大笑数声，含笑而逝。"

"唉！"李清霄长叹一声，"老英雄本为国为民，不想落得如此地步。"陆烟白亦是神色忧伤："世间为何总有这些善恶不报之事，是老天不公么？"师心涯知道陆烟白的心事，便道："烟儿，天道远，人道迩，使人不畏天，祸乱丛生，切不可轻言天之过也！"陆烟白点头："烟儿记下了。"师心涯点头续道："那故人见已如此，只好将老英雄安葬，带着老英雄的女儿游走天涯。起初，那故人还觉着身边有个女孩，十分不便，可后来却慢慢发觉，这女孩性情开朗，聪敏好学，传她武艺，一学就会，并能触类旁通，化出许多新的招式，那故人十分赞赏，将一身本事倾囊相授。少女见这位故人长辈慈悲洒脱，且又风采俊逸，虽年过半百却无半点颓衰之象，传授武功之时，更一心一意，少女不禁心生温暖，时日一久，竟对那故人生了爱慕之情！"

李清霄一愣，心想："这故人与那老英雄以兄弟相称，乃是这少女长辈，她怎么全然不顾辈分之别？"寻思之时，只听师心涯接着说："那位故人虽对少女欣赏有加，却也深知年龄悬殊，辈分有别，始终装作不察，将那少女的缱绻心思拒之于千里之外，那少女心中不甘，一日终于鼓起勇气，向那故人直言了心迹，那故人大窘不已，连说'胡闹！胡闹！'可少女却说：'你常说人生在世，须当随心而为，尽情尽性，不必管那些世俗缛节，可如今轮到自己头上，为何又当局者迷？'那故人不悦地说：'尽情不是任情，随心不是随性，你我皆在红尘之中，岂能如此随心所欲？你年纪尚轻，来日方长，不可因一念之差自毁终生！'少女心想：'他定是以为我今日之举是一时冲动而为，怕我日后会后悔，殊不知我对你一往深情，便是海枯石烂，又岂能后悔？'便道：'与自己心爱之人在一起，如何是自毁终生？我心可对日月，若不与你在一起，我宁愿今生不嫁！'那故人紧皱眉头，竟长叹一声甩袖离去。"

"那后来呢？两人就此分别了么？"陆烟白追着问。

"那少女心意坚决，自是不肯善罢甘休。"师心涯叹息说道，"她以为那位故人是心存顾忌，不敢坦然面对，便愈加主动，常常在众人面前故意与他亲近，弄得他手足无措，因那故人在江湖上名望甚重，所以一时闹得满城风雨，惹来无数非议，更有一些好事的书生，竟将此事编成坊间杂戏，说就是那故人当初因看上了老英雄之女，才向'儿皇帝'告的密，引来铁甲骑兵，戕害了几百名武林豪杰后，如今终于霸占了老友之女，可谓古往今来最败坏纲常之事。那故人听了这些事，心难清静，极为苦闷，便对那少女说：'如今你剑法辉星映月，已自成一派，我也算对得起你父亲了，哪怕前生有缘，今生你也不必再跟着我，便当你我从未相识。'说完决绝而走，那少女一见，伤心欲绝，怨愤之下，将那些编戏的书生和唱戏的伶人尽皆杀死，荡起轩然大波。"

"无上天尊！"紫桐、墨颖等人口念道号，李清霄叹道："那少女敢爱敢恨，固然令人敬佩，可她也不必杀这么多的人，未免……未免凶戾些。"陆烟白却哼了一声："谁叫这些人没事总爱说长道短，我看是他们自找的！"

"烟儿，"师心涯叹息了一声，"你不可说气话，霄儿他说得对，那些人虽是以讹传讹，编排是非，却也罪不至死，怪只怪那少女当时太过冲动，一时悲愤，激起心中戾气，才犯下了这等弥天大过！她本以为如此一来，便可逼那故人现身，再以真心打动于他，说不定两人还能重归于好，哪知……哪知不久之后，她却得到令整个江湖都震惊的讯息，那位故人竟……竟归隐终南山，出家做了道士，从此远离红尘，一心学道，点度世人，为生者拔罪，为死者解冤，少女闻知，哀伤之下，终于绝了念头，下定决心：'今生今世，永不嫁人！'随后，也隐居起来，一心学道，做了道姑。"

"师叔说的那少女，莫非是……"李清霄已然猜出八九。

"不错，"师心涯点了点头，"那位老英雄的女儿便是我，那位故人，便是你的逸仙师伯。"她轻舒了口气，"这些事压在我心头三十多年了，如今一并说与你们，倒也得了解脱，无上天尊。"陆烟白、紫桐、墨颖等人早已痴痴呆住了。

李清霄叹道："紫宸师叔与逸仙师伯有此奇缘，令人感动！"

陆烟白泪眼盈盈地说："没想到师父为了吕师伯，一等就是三十年，师父，想必……想必那座望君亭，便是为吕师伯所建吧？"师心涯默然点了点头，陆烟白低眉伤感，忽问："师父，你说两情相悦，不顾一切，这算不算错？"

师心涯略微一怔，扭头问紫桐："桐儿，你说呢？"紫桐稍作沉思，回答："依弟子看，此事须得两处去看，李唐张文昌有诗说：'还君明珠双泪垂，恨不相逢未嫁时。'倘若是使君有妇，罗敷有夫，那这相悦之情想必便是不应该的，倘若二人心有所属，恰又是一个尚未迎娶，一个待字闺中，那么这相悦之情便是好的了。"

师心涯一笑："其实啊，这两情相悦之事，本无对错之分，只有苦乐之别，一切都是前缘注定。两个人若有缘有分便是乐，若有缘无分便是苦，若既无缘也无分，那便谁也不欠谁，彼此难得的自在逍遥了。宿昔有缘，缘聚缘散，犹如花开花落。"

"有缘无分便是苦……"陆烟白喃喃念着，心头好像被绳结揪捆在一起，烟眉低垂，不再说话。师心涯微微一叹："人生如寄，多忧何为？纵说爱痴，纵说恨痴，这爱恨情痴，终究化作过眼烟云。"这时，忽听紫竹楼外传来鸟雀鸣叫，清脆悦耳，东方泛白，一缕晨曦照入楼内，淡淡柔辉将紫微微的竹壁勾勒得光彩流溢，仿佛年长者的美妙回忆，又恰似青年人的梦里思念。师心涯微合双目，宁静说道："该讲的故事，为师都已讲完，霄儿有伤在身，不宜太过劳累，都回去休息吧。霄儿，你虽服了七心雪晴丹，每日却还需辰时调理元气，聚于气海关元，二十日之后，自可完好如初。"

"多谢师叔关怀。"李清霄道谢，起身与众人一道拜别师心涯，出了紫竹楼，紫桐、墨颖等先行回了竹舍，唯独陆烟白静立不动，低眉任风吹秀发，似心事重重，片刻，她忽然抬起头，直直看着李清霄，轻轻说道："谢谢你昨晚舍命救我。"

李清霄一笑："谢我什么，我该谢你才是。"

陆烟白微微一笑："我谢了你，你也谢我，这倒好，两不相欠咯！"

李清霄道："不，我想……终归还是相欠！"

陆烟白一怔："哦？怎么讲？"

李清霄道："因为……前世，我一定欠过你什么，前世不相欠，今生不相逢！"

陆烟白心头一跳，低眉说："或许……或许吧！李清霄，你身上有伤，早些回去休息吧。"低头沉默了一会儿，转身向自己竹舍跑去。"烟白——"李清霄忽然在她身后高唤，跟着扬声问，"你……你的心里……可曾有过我么？"

陆烟白突然停下了脚步。

世界仿佛就这样安静下来，初晨之光，无遮无拦地洒在她清白的脸上。人总有绕不去的心结。陆烟白顿了半晌，低声说道："我的心里……会记住每一个保护过我的人，记住每一个陪我哭的人，陪我笑的人，陪我看过星星月亮又如此以我为重的人，假如有一天，即使分别了，我的心……也始终将牵挂他！"说完，低眉跑远了。

李清霄凝望陆烟白的身影，忽然张开双臂，仰卧在青苔上。

他看那蓝天和白云，仿佛都在微笑着，微笑着……

33　相思雨

李清霄每天在竹舍闭门静养，辰时理气，戌时安眠，每日除了道童送饭，却也无人打扰。到了第二十日一清早，李清霄盘膝打坐，只觉真气充盈，元神内照，内力似乎更胜从前，不觉暗赞："七心雪晴丹生元化极，果然妙到毫巅。"正心下欢喜，忽听门外有人清灵喊道："李清霄！李清霄！你在里面么？"李清霄听这声音，心中一跳，连忙整理衣裳，从竹窗缝隙向外一瞧，碧竹青阶下，一个烟眉修长的女孩，正翘足向屋里张望，正是陆烟白，李清霄连忙去开门。

"咯吱——"听见竹门一响，陆烟白连忙收起脚。

她秀眉扬动，上下仔细端详了李清霄一番，见他精神矍铄，气宇清拔，似乎身体已全然复元，不由松了口气，嫣然一笑："李清霄，你的气色很好么，看来这些日子调养得很不错咯！"李清霄拱手作了个揖："这得要多谢你。"陆烟白扬眉问："又谢我什么？"李清霄笑着说："这些天，你一不来讨债，二不来寻仇，在下着实过了几天安生日子，这伤自然便好得快了。"

"李清霄！"陆烟白发了脾气，"你狗嘴里吐不出象牙！我怎么忘了，你们姓李的便没好人，我真不该来看你。"蝶带一甩，扭头便要离开，李清霄连忙下竹阶，拱手赔笑："烟白，你别生气，我说的是玩笑话，其实……其实我这二十日见不到你，真好比过了二十年，连做梦都梦见你，还化作一对鸳鸯，比翼双飞去了。"陆烟白呆了一下，口上却嗔怪起来："想得美，你……你就没梦见我在追杀你么？不对不对，我才懒得动手，我看……我看还是把那只大猴子找来，吃掉你最好！"李清霄一笑："我分明记着，那大猴子要吃我的时候，你可担心得要命。"陆烟白语速加快："当时是当时，现在是现在，当时看你可怜，现在看你可恶！"赌气站在一旁。

李清霄赶紧上前："你别生气，我再不惹你就是了，从此以后，你但凡有事情吩咐，我李清霄披肝沥胆、赴汤蹈火、粉身碎骨，在所不辞！"一连串的好话说下来，也煞是流利，陆烟白浅笑："你说的这些话听着就假，粉身碎骨的事，我可不敢叫你去做，只是么，眼下倒有一件小事，不知你愿不愿答应？"李清霄当即回答："愿意，一千个也愿意。"陆烟白一笑："愿意就好。"清了清嗓子说，"师父要炼七心雪晴丹，叫我今日下山，去趟姑苏灵岩山，采几株七明九光芝做药引子，君山离吴越姑苏有千里之遥，我一人走路太过孤单，不如你就陪我辛苦去一趟吧？"

李清霄一听，大是欢喜："这哪里辛苦？分明一份美差！莫说一次，便是一千次、一万次也不辛苦！"陆烟白道："那就好，到时候也免得师父说我故意欺负你。好啦，咱们路程不近，这就动身，你回屋收拾一下，我在望君亭那等着你。"李清霄答应一声，赶紧回房，斜背鹿角剑，带好一应之物，与陆烟白会合。

二人来到湖边，直奔渡口，打算寻一艘船，陆烟白路熟，前面走的最快，没走多远，忽听她"啊"的一声轻呼，李清霄一惊，赶紧奔过去，一瞧，但见前方浅滩处，赫然趴着一个人，那人头和双臂露出水面，下半身浸在水中，不知是死是活。

"我去瞧瞧！"李清霄走到跟前一看，却是个魁梧的中年大汉，这大汉怀里抱着半块船板，袍子撕裂，腰带散开，两只靴子没了踪影，一双脚在水里被泡得苍白浮肿，李清霄赶紧将他拽上来，抱到一块青石旁，一探他的鼻子，还有气息，忙扭头问："烟白，你可带了七心雪晴丹？"陆烟白摇了摇头："七心雪晴丹太珍贵，我平时很少带在身上，不过我这儿有'赤日金丹'，虽不及七心雪晴丹有神力，却也能解百毒，功效甚大，你快给他吃上几颗！"李清霄道："好好，这人没受内伤，赤日金丹也足够了！"陆烟白赶忙从怀里掏出一个白玉瓶，倒出三粒丹药，递给李清霄："三颗，用水服下。"李清霄拿出竹筒，到湖边取了水，掰开大汉的嘴，将三粒赤日金丹塞到他的嘴里，用水灌了下去，约莫一盏茶的工夫，忽听那中年汉子"呃……"了一声，慢慢睁开眼睛，又吐出几口水，李清霄、陆烟白这才舒了口气。

"这里……这里是阴曹地府么？"中年汉子气力微弱地问。

陆烟白呵呵一笑："你见过这样山清水秀的阴曹地府么？"中年汉子向四周看了一圈，喃喃地说："倒是不曾见过。"抬眼又瞧李清霄、陆烟白相貌不凡，好似一对仙家璧人，不由怔了怔，吃吃问："不……不是地府？莫非……莫非是在天上？"陆烟白心中直乐，忍着笑说："对，这就是天上，你呀，已升天啦，这里非别处，乃是王母娘娘的瑶池别院，我俩就是王母娘娘身边的金童玉女。"

"哦哦……"中年汉子被说得愣愣怔怔，似乎信了几分，李清霄一笑："这位兄台，她和你说玩笑，兄台没有死，好端端地活着。方才我俩见你倒在水边，便将你救到岸上来。"中年汉子怔了怔，深吸一口气，回过神来，躺在地上自言自语说："老子差一点儿便当真了！"又吃力地一拱手，"原来是二位恩公救了我，二位大恩大德，老子……"他吐出个"老子"，连忙转口，"我武守谦没齿难忘！"话刚说完，忽又"呀"了一声，猛地坐起，伸手在怀里一阵摸索，终于摸出一个三寸余长的蜡封铁筒，他这才神色稍缓，"扑通"又躺在青石上，吐了口气，"幸好幸好，若是丢了东西，索性投湖罢了！"

李清霄瞧这人古怪，便问："武兄这身装束，不像寻常百姓，怎么会落在这里？"武守谦哼唧了一下，用手摸摸肚子："恩公可有吃的？我饿得要命，须吃饱了才有气力说话。"李清霄瞧他不扭捏，倒像个汉子，便道："你等一等。"回身从包袱里取出三个碗大的烧饼递给他。武守谦登时来了精神，将三个烧饼摞在一起，塞入口中，一阵狼吞虎咽，噎得直伸脖，一边嚼着烧饼，一边呜噜着说："水、水……"李清霄笑了笑，又给他打了一竹筒清水，武守谦将最后一口烧饼塞在嘴里，接过竹筒，仰头"咕嘟咕嘟"将满口的碎饼渣都冲下肚去，喘了口气，又伸出手道，"还有烧饼么？"

陆烟白"扑哧"一笑："你当我们是开烧饼铺的呀？"

武守谦连连摆手："不不不，着实饿得紧！着实饿得紧！"

李清霄道："无妨，你若要烧鸡，我却没有，这烧饼么，倒是管够。"回身又拿过三个给他，武守谦又摞将起来，张开大口，风卷残云，三个碗大的烧饼顷刻间又下了肚，打了个嗝，终于有了饱意，神色也大有好转，武守谦扶着青石坐起身来，忽跪倒在地，冲李清霄和陆烟白"砰——砰——砰——"连磕三个响头："二位恩公在上，你们救了我武守谦这条命，便是我的再生父母！"

李清霄忙将他扶起："一饭之施，何足挂齿？武兄千万别客套。"

武守谦问："敢问二位恩公高姓大名？"李清霄道："在下李清霄！"又一指陆烟白，"这位……"略一顿，又道，"这位是在下的小师妹，名叫陆烟白。"他想既然逸仙师伯与紫宸师叔源出一门，亦师亦友，那自己与陆烟白自可兄妹相称了。

陆烟白却道："别听他瞎说，我是他的大恩人，他是我的大仇人。"

武守谦不解："怎么是恩人又是仇人？这倒稀奇！"

李清霄心里明白，笑着说："烟白师妹在开玩笑，武兄不必当真。"又岔开话题，"武兄，这回吃饱了喝足了，还是说说你的遭遇吧。"

"一言难尽！一言难尽！"武守谦慨叹两声，他因双腿在水里泡得过久，不便久立，便坐在青石上，说道，"武某本来自黄州，乃是荆湖路转运使王明将军帐下的兵马都监。"李清霄心下一怔，暗道："原来是大宋的军官。"这兵马都监乃是大宋军中要职，掌管本处屯驻、兵甲、训练、差使之事，品阶虽不如四品知州，可权柄却不在一地知州之下。只听武守谦接着说道："恩公有所不知，要是没有你和陆姑娘搭救，武某这会儿只怕早已见了阎王爷，不过武某行伍出身，常在刀口上过活，死倒不怕，只怕误了朝中大事，那真是万死难辞其咎了！"李清霄奇道："武兄此话怎讲？"武守谦缓了一口气，说道："前些日子，皇上因想着昔日与江南国主李煜之情，打算召他入朝一叙，可两次遣使去金陵召见，都被李煜挡了回来，皇上龙颜大怒，说李煜佛口蛇心，不念旧恩，当初纳降也并非真心实意，乃是缓兵之计，日后定会伺机图谋大宋，便降下旨意，叫曹彬、潘美、王明三位将军督兵长江，部署沿线军政要务，布告天下，敲山震虎。武某此来，便是奉了王明将军之命，协同岳州府调训兵甲，那个小铁筒藏的便是王将军的军令。"

李清霄点头道："难怪武兄方才对这铁筒如此紧张。"

陆烟白听了武守谦的话，却凝眉问："照你所说，大宋还是要征讨江南国？"

武守谦提起了精神："对极，嘿嘿，区区江南小国，早该收了它痛快！"

陆烟白扭过脸去，低眉不再说话，李清霄却问武守谦："武兄，你既然要去岳州公干，为何会在这里落水？"武守谦啪地吐了口唾沫，横起眉来："操他奶奶的，也怪老子……"话刚出口，又觉当着陆烟白的面甚为不妥，便改口道，"也怪武某一时大意，武某原想，黄州与岳州有长江相连，既无险山峻岭，又在我荆湖路治下，定然平安无事，所以只带了十几个身手不俗的武士，乘船而来，哪知刚入洞庭湖口，却忽然冲出几十名水贼，拦住我等，一见我等打出大宋官旗，那伙水贼非但不惧，反却叫嚣道：'非官船不劫！'便与我等动起手来。"说到这里，武守谦牙齿咬得咯咯直响："那伙水贼水性极好，功夫更是不弱，不过若放在陆上，便是再来几十个，老子也不怕，可一到水里，老子带来的那些个旱鸭子便不灵了，没多大工夫，死的死，伤的伤，败得不像个人样！老子心想，我还有军机要务在身，岂能就这样被他们宰了喂鱼？灵机一动，趁那伙水贼不备，便劈下一块船板，跳到湖里，胡乱游去，那伙水贼只顾与我那些个武士拼斗，也未来追，老子这才侥幸逃过一劫，可谁想到这洞庭湖的水面竟如此之大，我是左扑腾、右扑腾，也扑腾不到尽头，最后累得老子筋疲力尽，又连呛了几口水，晕了过去，便由他娘的去了，等老子再睁开眼睛，见到的便是二位恩公了。"

武守谦说到怒处，一时难以自禁，又老子长、老子短地骂了起来，李清霄也不在意，只奇怪地问："这伙水贼是谁派来的？竟敢公然打劫官船？"武守谦道："我也想不通，说不定是江南国派来的，想必是听到了什么风声，故意来袭扰捣乱，等老子到了岳州府，一定好好查查他们的底细！"

李清霄点点头："也有些道理。"这时，但见武守谦咳了一声，缓缓站起身，冲李清霄一拱手："恩公，武某……武某有一事相求……"

李清霄道："武兄请讲无妨。"武守谦道："此处离岳州府不到半日路程，可武某已无法独自登程了，不是武某贪生怕死，只是我这身子眼下虚弱得紧，双腿无力，又有军令在身，中途不能再有任何闪失，所以……所以武某恳请恩公救人救到底，再送我一程，等进了岳州城，一切便好了，不知恩公能否应允？"

李清霄哈哈一笑："这有何难，我这就送你去岳……"话刚说一半，忽顿住，看了看一旁默立的陆烟白，李清霄冲她赔了个笑脸，"烟白，要么……要么你先且回紫霞宫候我半日，等我将这位武兄送到岳州城，再陪你去灵岩山，如何？"

陆烟白沉默半晌，忽扬眉说："你刚答应我的事，这会儿便要食言了？"

李清霄一滞，说道："武兄有朝廷军令在身，的确不宜独行，万一再遇上江南国的水寇，就大大不妙了！咱们身为大宋子民，又是习武之人，不能亲临沙场报效国家，也要竭尽所能，为大宋出一份力才是。"说着，又半开玩笑地说，"你想想，有朝一日朝廷打下江南国，一统寰宇，将军册里必有你我之功，是不是？"

"李清霄，你别说了！"

陆烟白的声音冷得像块冰，她烟眉微蹙，淡淡说道："要去你便去好了，不必与我解释，你李清霄武艺高强，要做大将军，我陆烟白真是敬佩得紧呢！你着急护送这位武大人，我也急着去为师父采药，咱们各走各的，我也不耽误你的前程了！"说着，转身便走，李清霄一怔，忙追过去："烟白，你怎么了，为何说这些话？"陆烟白也不回眸，只冷冷地说："没怎么，我陆烟白不过寻常女子罢了，不懂得建功立业，不懂得宿昔有缘，只晓得大仇未报！你有将军志，我有一家仇，从今以后，你报你的国，我报我的仇，咱们……咱们各走各的路，各吃各的苦，即便远隔千里万里，你不用想着我，我……我也……不会想着你……"话未说完，潸然泪下，说不下去，只得紧咬樱唇，不等李清霄回话，轻点玉足，展开轻功，身影如一缕白烟飞向远处。

"烟白——"李清霄喊了一句，脚下一犹豫间，已不见了陆烟白的身影，李清霄心里蓦地像被掏空，丢了魂儿似的呆呆伫立在湖边。

"恩公，"武守谦唤了一句，叹道，"实在抱歉，是我拖累了你！"李清霄淡淡一笑："武兄不必自责，我李清霄情愿相送，不关你的事，等我护你到了岳州城后，再去寻她也就是了。"武守谦鞠躬行了个半礼："那武某就拜谢恩公了！"李清霄道："些小之事，何须客气，趁天色还早，咱们这就动身吧。"武守谦点点头，拖着虚弱的身子，跟着李清霄一路平安进了岳州城。武守谦身为荆湖路兵马都监，曾多次来过岳州，对这里十分熟悉，他先寻觅了一家鞋帽店，买了双靴子穿上，又到成衣店换了身新衣裳，便带李清霄径直来到城南的官家馆驿，向守门驿差出示了腰牌，驿差一瞧是荆湖兵马都监，不敢怠慢，急忙禀报驿丞，驿丞闻报，连忙率众迎了进去。

李清霄见武守谦安全无虞了，便与他拱手话别。七月时节，莺飞草长，李清霄一个人在岳州街上飘飘荡荡，想起陆烟白临别时说的话，他既迷惑，又难过，心里像坠了块石头，又似柔肠百结，始终放不下陆烟白，如此一想，当即出了岳州城，来到城陵矶，寻了一艘客船，乘船东下，恨不得能立刻赶到姑苏灵岩山，寻到陆烟白。

此时，大宋与江南国虽有不和，但终究尚未开战，江面还算太平，李清霄在船头放眼望去，长江两岸，风光多姿多幻，时而回崖叠嶂、急水湍流，时而高峡峻茂、微澜倒影，仿佛人之心绪百转千回。客船扬帆东进，没几日进了江南国地界，过了江州、池州，前面到了江宁府地界，若去苏州城，需在此弃船登岸，转走陆路。

屈指一算，此处离姑苏灵岩山已不足三百里，李清霄心中不免欣喜，下了船，足裹轻尘，向东南赶来，走了十几里路，前方到了江宁重镇姑孰城，此时，天近黄昏，凉风渐起，李清霄忽觉腹内响动，有些饥饿，便想着去城里寻一家饭馆吃些酒饭再启程。他进了城，前行不远，在十字路口处，迎面有一家店门大开的酒馆，檐前立着望竿，酒望子在空中飘荡，极是显眼，门匾上写着"江风酒家"四个大字。

阵阵香气从酒馆里飘来，叫李清霄又饿了几分，他掸了掸身上尘土，来到酒家门前，刚要迈入，忽听酒馆里传来"啊呀……"两声惨呼，紧接着，一团黑影扑出，李清霄往旁一闪，却是两条大汉被迎门扔了出来，"扑通通"摔在地上。李清霄吃了一惊，正要看个仔细，又听"呼"的一声，里面又扔出一人，也径直摔在地上，这人一身富家公子的打扮，眼窝发黑，身材精瘦，嘴角流着血，躺在地上不停地哀号。这时，只听里面有个银铃般的声音说："想打本姑娘的主意？下辈子也轮不到你们！"

声音起处，从江风酒家里走出个女子，李清霄一瞧，这少女穿了件淡黄色绡花烟罗衫，面如梨花，眼如秋水，灵动含波却又多几分清傲之色。黄衫少女来到店外，看了看地上的精瘦公子，轻蔑一笑："不要脸的家伙，看你以后还敢不敢动手动脚！告诉你，今后若再叫本姑娘瞧看到你们为非作歹，见一次打一次！"说罢，玉足虚抬，吓得地上的那三人不由抽动了一下，先摔出的两名大汉急忙爬起，扶起还在呻吟的那位精瘦公子，一瘸一拐地逃离了酒馆。

"哼！"黄衫少女好像十分得意，忽地瞧见一旁的李清霄，见他虽满身风尘，却有几分书卷气，好像有几分面熟，黄衫少女心头不免微动，低眉前行，仿佛若有所思，没走多远，忽听后面有人大喊："大小姐，等一等！"

黄衫少女回头一瞧，却是江风酒家的酒保，手里托着一柄雕花宝剑追了过来："大小姐，你的剑落在小店了！"黄衫少女停住，接过宝剑，赧然一笑："多谢小二哥，我这个人呀，总是拿东忘西，这毛病真是要改一改。"酒保赶紧赔笑："这哪里是毛病？大小姐，你这叫作贵人多忘，应当是好福气，不像我们这些劳碌命的人，一个铜板都得算计到！"黄衫少女嘿嘿一笑："哪里来的贵人多忘，只不过是太笨罢了！"说着，回眸又看了看李清霄，这才缓步离去。李清霄心中奇怪，也不多想，正了正包袱，进入江风酒家。

酒馆里一个小二刚收拾完地上的碗盘碎片，一见李清霄，赶忙迎过来："客官，里边请，想用些什么？"李清霄寻个角落坐下，说道："一碗牛肉汤面，再备上三斤酱肉，五斤干粮，走时带上。"小二下去，时间不大，牛肉面端来，汤色浓郁，味道极好，李清霄正吃着，忽听对面一个中年男子一边摇头，一边对同桌的后生叹息："大小姐这胆子也忒大呀，竟敢得罪这群人，唉，这回的事可是闹大了！"

"老哥这话说得严重了吧？"那后生有些不服气，"我看大小姐打得好！这些人仗着有国主撑腰，简直一手遮天，胡作非为，气焰也太过嚣张了，这回叫他们吃些教训，想必以后还能收敛收敛。"中年男子淡淡一笑："收敛？嘿嘿，他们不变本加厉就不错咯，我看百花堂怕是要凶多吉少！"后生道："百花堂富甲一方，颇有民望，亦非等闲之所，凭这偌大声名，那群人敢轻易动它么？"中年男子摆了摆手："百花堂虽是豪门，可终究在江宁府治下，哼哼，你别忘了，自古民不与官斗，穷不与富争啊。唉，算了算了，咱们不说这些，免得惹祸上身，喝酒！喝酒！"说着，与后生推杯换盏，改聊起一些风月之事。李清霄听了这二人的话，暗暗寻思："原来那个黄衫女孩是豪门之女，怪不得举手投足间透着一股傲气。"转念又想："人家清高也好，傲气也罢，与我何干？"如此想着，三口两口吃完那碗牛肉面，带好酱肉和干粮，起身离开。此时已过酉时，天色渐晚，李清霄只好在不远处寻了个客栈住了下来。

江南七月，正是大雨最忙的季节。

一阵江风吹来，原本一片晴空，忽地乌云四起，又涌得甚快，寸寸遮盖了整座姑孰城，垂云似墨，压得整个城都透不过气来。一道闪电划过，炸雷惊天而起，"噼里啪啦"下起了大雨，雨打窗棂，叫人惆怅，李清霄推开窗户，一股沁凉之气迎面袭来，雨越下越大，在青石路面上荡起一层烟白色的水花，散了又聚，聚了又散。

"烟白……烟白……"李清霄痴痴念着，满心映照的都是陆烟白的影子："此时此刻，不知她在哪里？是否……是否如我一般，也在想念……"难言滋味涌上心头，李清霄不免发出一丝苦笑："何以前生见，何以望不得，何以飘零远，何以思如河，何以洞见心，何以渡尘劫。"他的心像雪团一样慢慢聚在一起，忽又化开，散到了海角天涯。李清霄何尝不知，思念是一种很神奇的东西，虽藏于心之深处，却能时时飞向每一寸山河寻觅想念之人，身不能至，心却已一往情深，不能克止，愈久而弥香。

眼前没有花也没有月，只有珠子似的雨点，"滴滴答答"打湿了李清霄的衣襟，李清霄思念心上人，浑然不觉雨乱珠凉。正在这时，忽听一阵鸾铃声响，从东南角疾疾奔来几十匹快马，马上之人头戴斗笠，身披蓑衣，腰中各悬刀剑，马蹄过处，雨花飞溅，又荡起一层白烟，不一会儿便消失在大街尽头。

这几十人刚过去不久，又一阵马蹄声响，西北角驰来几十匹骏马，骑马之人似乎远道而来，不晓气候，也未携带雨具，湿漉漉的衣服紧贴在身，一心快马加鞭，片刻消失在雨中。如此陆陆续续过了几拨，李清霄心中纳闷："这些人穿着举止，不像江湖人士，这个时候来姑孰做什么？"揣测不明，阖窗回床。这时，窗外马蹄杂乱，又有几队人马穿街而过，李清霄不愿再想，靠在枕头上念着烟白二字，沉沉睡去。

次日天明，大雨过后，姑孰城被洗得一片清新。李清霄走出客栈，放眼一瞧，整座城又热闹起来，百姓们东一撮、西一伙，都在谈论一个喜庆的消息："百花老爷今日五十大寿，堂内将设三天流水席，姑孰百姓，无须银钱，尽可前来享用，贫苦者还有百花老爷文钱赏赐！"李清霄心中好奇："百花老爷好大气魄！"正巧路边过来一个拉车的老货郎，李清霄赶上前，拱手道："老伯，叨扰了，在下有事请教老伯！"

货郎老伯喘了口气，停下杂货车子："什么事？"李清霄问："老伯，敢问这百花老爷是何方神圣？为何这样慷慨阔绰？"货郎老伯嘿嘿一笑："小兄弟，你是从外地来的吧？"李清霄点点头，货郎老伯道："怪不得你连百花老爷都不晓得，这百花老爷可是不得了的，他就是姑孰城第一等的大善人——百花堂主花千树花老爷！"

"花千树？"李清霄惊了一句，忙问，"可是江湖人称'江南梅雨'的丹阳派掌门花千树？"货郎老伯一笑："丹阳派？呵呵，那可是十几年前的事了呀，如今这丹阳派早改掉了名号，叫作'百花堂'，一心从商，做起大江南北的茶酒丝绸生意嘞！'江南梅雨'也从当年的江湖豪客，成为富甲一方的姑孰首富喽！"李清霄闻言，心中诧异不已："花千树绘像《名客图》，乃一代名侠，怎么专心做起了生意？却也当真特别！既然赶上了他五十大寿，正好趁机去百花堂瞧一瞧这丹青名剑究竟何等风采。"李清霄打定主意，又向货郎老伯问了路，然后备了份寿礼，穿街过巷，直奔百花堂去了。

34　百花堂

一座百花堂，姑孰半条街。

高大的雕花门楼坐北朝南，双扉大敞，气派雄阔，门楼上缠绕着大红金丝彩带，平添了无尽的繁华。宽宽的青石台阶上，一个笑眯眯、不爱说话的管家，带着十几个家丁进进出出，迎接南来北往的客人。李清霄一人在门口晃来晃去，不免有些显眼，寻了个时机，混进一队从岭南来的客商中，跟着这队岭南客商，呼呼啦啦进了百花堂。

大家伙绕过影壁，院井极为宽阔，瞧这格局似是演武场改建，四面放着刀枪架子，只是上面并无一件兵器，都挂满了红花，院井正中是一条笔直的青石板路，直通百花正堂，两旁栽着几株梧桐树，枝繁叶茂，风一吹，潇潇生韵。在青石板路两旁，足足摆了上百张桌子，用以开办流水席。李清霄与众人来到百花正堂之下，举目一看，百花正堂檐牙高啄，磨砖对缝，十分高大，堂内既有穿绸裹缎的士商，也有佩剑挎刀的武者，祝贺之声此起彼落好不热闹。李清霄溜进正堂，定睛观瞧，中堂上挂了幅六尺篆书"寿"字，两边是万年红洒金寿联，上联写："百洞仙筹添鹤算"，下联写："花堂玉液宴蟠桃"，藏头正应"百花"二字，旁边各置两扇福寿屏风。

中堂之下，放一张包裹绣金红绸的红木书案，高摆寿烛、寿桃、寿糕、寿酒等物，书案两侧落着两把红木圈椅，上首椅端坐一人，这人脸颊清瘦，眉目慈和，风貌儒雅，穿一件大红金丝五蝠捧寿团花锦缎长袍，正频频举手向祝寿之人抱拳还礼。李清霄心想："想必这位红袍长者就是'江南梅雨'花千树了。"忽听门外脚步声响起，跑进来两名二十多岁的男子，一个穿着淡金团花锦袍，另一个身穿玉色云纹锦袍，二人英气勃勃，面带喜悦，身穿淡金锦袍的男子来到红袍长者面前，当先说道："爹爹，有贵客到!"红袍长者正要问，便听门外传来一阵爽朗笑声，跟着一个江南口音说道："花堂主五十大寿，小弟特来贺喜!"说话间，门楼外走进二人，一人身穿蓝衫，手拿青布伞，另一位是个绿衣少女，手持碧玉箫。

李清霄在人群中一惊，这二人他竟认得，正是前些时日在武功县遇见的凌久章与风零玉。李清霄本打算出去相见，转念又想："今天是花千树大寿之日，这般贸然出去，不仅少了礼数，又会喧宾夺主，实在不宜。"想罢，便低掩着头，藏在了人群中。红袍长者见了凌久章，自是喜出望外，当即离座迎出堂外："哎呀呀，原来是伞剑先生大驾光临，凌老弟长途跋涉，玉趾临门，恕花某有失远迎!"

凌久章抱拳行礼："一别三年，花堂主风采依旧，鹤寿延年，小弟真是高兴!"

花千树哈哈一笑："哪里哪里，区区微寿，本不该劳动凌老弟才是。"说着，又看了眼风零玉，并不认得，便问凌久章："凌大侠，这位姑娘是?"

凌久章道："这是我家风辰掌门之女，风零玉。"

风零玉含笑过来，单膝拜地："小女风零玉，代家父前来向花伯伯祝寿，祝花伯伯青松永茂，寿比南山!"好听的声音，引得堂内众多汉子目光斜飞，啧啧赞叹。花千树道："贤侄女快请起，我与令尊数年未见，不知风掌门一向可好?"

风零玉道："谢花伯伯关心，家父一切都好，只是近年来世乱时危，派中事务缠身，他老人家便很少外面走动了。"花千树微微颔首："不错，如今天下多变，风掌门身为一派之长，领袖江阴武林，自然少不得分心劳神。"刚说到这儿，忽听门外有人高呼："花老弟，我寻你讨酒来了!五花马，千金裘，呼儿将出换美酒，与尔同销万古愁!"声音未落，又听另一个人口念佛号："阿弥陀佛，种种放逸酒，修行常远离。"接着，一个苍劲的声音说道："无上天尊，胖和尚忒也木讷，殊不知，大道心中在，酒肉任逍遥!"随后，又有人冷冷一笑："吃喝拉撒，自在而已，哪来这些臭规矩!"

"无上天尊!""罪过罪过!""朽木不可雕也……"伴着一阵斥责，百花堂外七摇八晃地走进四个容貌古怪之人，众人举目一瞧，走在最前面的是个儒雅学士，年纪六十上下，手执芭蕉扇，一身白衣，襟前绣着一朵大红牡丹;挨着他的是个胖大和尚，手挂七尺莲杖，双眼迷蒙，一副总也睡不醒的模样;第三位是个清癯道士，掌中一把拂尘，拂柄玄黑似铁，拂尾却丝丝金黄;最末一位最是难堪，这人衣饰邋遢，面色忧郁，稀疏的几根胡子像沙地里飘摇的野草，脏兮兮的头髻上竟别着一截短松枝，手上还拿着一截长松枝。花千树见了这四人，连忙奔过去，声音多了几分激动："原来是四位哥哥，十多年不见，真是想煞小弟了!"为首的白袍儒者哈哈一笑："花老弟寿值中天，可喜可贺，这么好的日子，为何不告知我们四个老怪物？"花千树面色一惭："四位哥哥神龙见首不见尾，小弟哪里寻觅？这回四位哥哥倒是来看小弟了！"

白袍儒者朗声吟道："东边日出西边雨，要说无情也有情！"他声音中气甚足，震得堂屋嗡嗡直响。胖大和尚接口道："缘来天注定，缘去人自夺。你若强求，我们来不了，你若不求，我们便来了。"清癯道士道："逍遥天地之间心意自得，来者自乘风而来，去者自驾云而去！"邋遢汉子却呸了一声："花老弟，你少听这些啰啰嗦嗦的废话，哪来许多狗屁道理？我们来找你，只因在家憋闷得忒他娘的无趣！"

"朽木不可雕也！""罪过罪过！""无上天尊……"白袍儒者与和尚、道士频频摇头，花千树哈哈大笑："来来，大家一路风尘，快请堂中上座！"上前拉着白袍儒者、凌久章的手步入百花正堂，堂上众人大多认得凌久章，纷纷起身打招呼，可对这四个举止奇异的怪人却不了解，花千树在堂中抱拳："诸位，百花堂今天贵客盈门，花某向各位引见几位高人……"

"且慢！"白袍儒者挥了挥手，打断了花千树的话："花老弟，我们自己来，自己来！"花千树笑道："好，既如此，那小弟与诸位洗耳恭听便是。"

"好说！好说！"白衣儒者摆动芭蕉扇，边摇边说："春色牡丹向日红，老夫有名有姓，姓秋名耀字兴祖！"旁边的胖大和尚打了个哈欠，迷迷瞪瞪地说："夏日荷花满池中，有姓无名，空和尚。"清癯道士一甩金丝拂尘，沉沉说道："秋菊丹桂香千里，有名无姓，瘦金道人！"而邋遢汉子，却用手中松枝不断磕打脚下沾满泥土的脏鞋，不紧不慢地说："冬雪寒梅伴老松，无名无姓，叫我臭老四！"

众人闻听四人名号，均是一震，凌久章赶紧一拱手："原来是海外四仙，失敬失敬！在下常听花堂主提及四仙，可惜无缘拜会，今日得晤四仙，幸何如之！"

秋兴祖轻摇芭蕉扇，呵呵一笑："不客气，不客气，'四仙'不敢当，叫我们'四怪'倒更耳顺些。"空和尚顿了顿七尺莲杖，闭眼念道："和尚心中没有怪，只有佛。"瘦金道人则一扬拂尘："仙字可当得，怪字亦可当得。"臭老四却撇了撇嘴："牛鼻子总算说了句像样的话！"

花千树哈哈大笑，回头冲两个锦袍年轻人说："子诚、子信，快来拜见几位长辈！"二人闻言，过来一同跪拜在地："见过诸位伯伯！"秋兴祖极是喜悦，扶起二人，连连赞叹："不错，不错，真是一表人才，千树老弟，你后继有人了！"花千树道："兄长过誉了，犬子无才，老弟我只盼他们好好做人便是。其实啊，说来说去，最令老弟头疼的，却还是翎儿那个丫头。"臭老四在旁奇怪地问："翎儿那丫头怎么了？"花千树无奈地摇了摇头："这丫头，常年东跑西窜，到处惹是生非……"他话还未说完，忽听一个清灵的声音喊道："爹爹，你怎么又在背后说我话坏！"

声音起处，一个黄衣少女如燕子般从堂上飘下，轻盈盈落在院中，那少女手中还持着一柄宝剑。李清霄在角落里一瞧，倒不陌生，这少女正是昨日在江风酒家遇见的那个大小姐。黄衣少女望见凌久章，秋水般的眼睛满是欣喜，径直奔了过来，拉起凌久章的长袖子，高兴地说："凌叔叔，许久不来，想死侄女了！"凌久章欣喜道："你……你是花翎侄女？哎呀，几年没见，都出落成大姑娘了，可喜可贺啊！"花千树摇了摇头："凌老弟，你莫夸她，为她我可是操碎了心。"说着，瞪了黄衣少女一眼，"你又去哪里了？一个姑娘家，整天四处游荡，纵来纵去的成什么话？几个月来也寻你不见，是不是连爹爹的寿辰也给忘得一干二净了？"

花翎嘿嘿一笑："哪有！爹爹，你放心，翎儿便是忘了咱家大门朝哪开，也不会忘记爹爹的生辰！"又拉着凌久章长袖说，"凌叔叔，你都瞧见了吧，爹爹一见到我就知道凶，要是凌叔叔不在，那我可就惨了。"凌久章哈哈大笑："翎儿这丫头，模样变了，秉性却一点没变，花堂主，你有这样一个宝贝女儿，真是好福气啊！"

花千树道："老弟哪里知道，这丫头没心没肺，到处出风头，她若不给我惹祸，就算花某的福气了。"又对花翎说，"翎儿，别闹了，快拜见这几位伯伯！"

花翎上下瞧了瞧四个怪人，扑哧一笑，心想："原来爹爹也有这般古里古怪的朋友，正所谓：上梁不正下梁歪，看他以后还怎么说我。"一时心中欢喜，拱手说："翎儿见过四位伯伯！"海外四仙看着笑盈盈的黄衫少女，早已怔在当场，秋兴祖托着芭蕉扇问花千树："花老弟，这可是……这可是……"一时又不知怎么说是好，花千树微微一叹，神色忽然黯了几分："不错，这正是我和清清的女儿。"

秋兴祖瞧着花翎，恍如隔梦，摇头说道："何其相似乃尔！人世几回伤往事，山形依旧枕寒流，花翎……花翎……翎者，长羽也，但愿你今后只往前飞，不向后看！"空和尚却闭上了迷蒙的双眼，一言不发，嘴里嚅嚅不停地诵起了《心经》。瘦金道人则长叹一声，喃喃说道："今日酒非昨日酒，昨日心非此日心。今日定要多饮几杯，定要多饮几杯！"臭老四盯了花翎半晌，忽道："翎儿丫头，你且记住，今后若有人敢欺负你，你定要先来告诉四伯伯，便是皇帝老子，四伯伯也要抽他三百松枝！"

臭老四虽然邋遢，花翎却不嫌弃，欢喜地说："多谢四伯伯，若是遇到小蟊贼，翎儿自可平定，若是遇到了大蟊贼，便要仰仗四伯伯了。"臭老四哈哈大笑，摇动着长松枝说："不论大小，翎儿丫头只管招呼便是，到时我给他们来个一勺烩!"

花千树在旁笑了笑:"四哥,这丫头本就不省心,你千万不可惯着她。"

臭老四沉着脸说:"惯着她又怎地?我说花老弟你呀,就是太多顾虑,遇见了贼人、恶人、不痛快的人,该打则打,该骂则骂,什么子曰佛云,少听那些云山雾罩、没边没影的话,那些个案子上供的泥胎摆设,到了节骨眼上,屁用都不顶!"

"无上天尊!""罪过罪过!""朽木不可雕也……"

瘦金道人、空和尚、秋兴祖又纷纷叹气,花千树也无奈地摇了摇头,说道:"小弟与四位哥哥久别重逢,今日必当一醉方休!"转过身唤来那位笑眯眯的大管家,"花祥,吩咐下去,开宴!"花祥点头领命下去。这时,花翎在旁美目流转,瞧着凌久章身边的风零玉,竟不认得,便眨了眨眼问:"爹爹,这位姐姐真好看,是谁呀?莫非也是爹爹请来的朋友?"花千树沉起脸:"这可是沧海派你风辰伯伯的掌上明珠,你瞧瞧,你风姐姐一看便是大家闺秀,哪像你,整天在外面给我惹事!"

花翎抿嘴一笑:"这么懂事你还叫人家疯姐姐,难道有我疯么?"花千树一怔:"不得无礼,胡说八道!"一时生气,却又不知如何是好,花翎也不理会,来到风零玉身边,笑吟吟地说:"疯姐姐,我是和你开玩笑呢,你可千万别介意,疯姐姐,你叫什么名字呀?"风零玉婉然一笑:"翎儿妹妹多虑了,几句玩笑话,我怎么会在意,我叫风零玉,家父与凌叔叔都是百花堂的多年挚友,咱们自然也不必见外,姑孰城我倒是初次来的,日后恐怕还要请翎儿妹妹多多关照才是。"

"好说好说!"花翎爽快地答应着,念念赞叹,"风零玉……嗯,你这名字真好听,倒不像是个凡间的名字,想来定是有所寄托的,却也不负姐姐这般漂亮的模样!既是如此,那翎儿今后便叫你'玉姐姐'好了。"风零玉笑道:"好呀,"扭头冲花千树说,"花伯伯,你看翎儿妹妹这般会讲话,到底也是名门之后,花伯伯又何必操心呢?"花千树哈哈大笑:"风侄女,你这样夸她,这丫头以后更加无法无天了。"风零玉道:"我倒觉得翎儿妹妹满身的灵气。"正说到这儿,忽见管家花祥跑了进来,将一张大红洒金名帖递给花千树,躬身道:"老爷,太玄宗的朋友来了!"

一听太玄宗,百花堂众人顿时私议开来,花千树凝眉看着帖上两行描金小楷:"太室山太玄宗宗主特使朱雀堂主明瑞率本堂弟子恭祝花大侠寿比南山。"他心头有些沉重,天下人都知道,太玄宗是大宋第一门派,如今大宋、江南两国剑拔弩张,战事一触即发,太玄宗此时派人前来祝寿,多少有些不合时宜。可人家远来捧场，又不能却之门外，花千树沉吟片刻，只得整衣起身，带着花子诚、花子信迎了出去。

大门外站着九个人，当先一人面白眉长，衣装贵气，两边紧跟二人，一人手持青龙棒，一人腰别铜笛，俱眼明步轻，神气内敛，一见便知是内家高手。这三人身后还跟着六名大汉，俱穿绛红长衣，背背刀剑，其中一名弟子还抱着一只四尺长、一尺宽的檀木长匣，匣盖上雕刻着松鹤延年和野鹿衔芝的吉祥纹案，两侧还刻着轮螺伞盖花罐鱼长八宝，极为精美。一见花千树带人出来，那华服公子急忙上前施礼："小侄明瑞奉宗主之命为花堂主祝寿，姗姗来迟，望花堂主海量汪涵，恕罪恕罪！"一指身边二人，"这二位是执木长老章龄天、执水长老韦幽涧。"

章龄天、韦幽涧齐齐拱手："祝花堂主福如东海，寿比南山！"

花千树抱拳还礼："明贤侄、章长老、韦长老，大驾光临，百花堂蓬荜生辉，快请堂内就座！"一面往堂里走，一面沉眉问道，"明贤侄，令尊……他可还安好？"

明心慕被排挤出太玄宗的大事早已轰动天下，明瑞此时心头酸楚，他略微低头，说道："不瞒花叔叔，小侄……小侄尚还丝毫不知家父的下落……"

花千树一叹，勉强一笑："明贤侄不要苦恼，心慕兄武功盖世，当世几人能奈何得了他？他为太玄宗鞠躬尽瘁几十年，真是够累的。常言道：一世功名利禄，何如诗酒田园？如此也好，心慕兄从今云游天外，自在逍遥，倒也叫人羡慕！"

明瑞默默点头，说话间，一行人进了百花正堂，花千树向堂内宾客引见明瑞诸人，大家寒暄一毕，执水长老韦幽涧回身对一名朱雀弟子道："来呀，请过寿礼！"那名朱雀弟子闻言，抱着檀木长匣进堂，在花千树面前将匣盖一开，周围的人都是一奇——里面静静地放着一张灵机式七弦瑶琴。

明瑞捧琴出匣，往花千树面前一托，郑重说道："此琴名叫'大圣遗音'琴，乃是一张唐琴，我家曾宗主早知花堂主不但剑法卓绝，更是琴中妙手，他敬仰花堂主名剑风流，特赠瑶琴一张，以作寿礼，请花堂主笑纳。"

花千树一瞧，这大圣遗音琴，金徽玉轸，八宝灰胎，紫玉葵瓣雁足，岳山、承露、冠角、龙龈皆为千年檀木所制，鼎鼎唐物，气韵苍古，看得他着实有些惊喜，却又有几分疑虑，叹道："此琴乃世间仙品，然而花某对太玄宗无功无劳，怎好收下这等贵重之物？"明瑞笑道："花堂主见外了，你与家父相交几十年，对我太玄门人常有照顾之情，曾宗主十分感念，他说名琴赠名士，实至名归，花堂主千万要笑纳！"秋兴祖在旁早已按捺不住，跳过来一把抱过那张琴，哈哈一笑："花老弟，盛情向来难却，你无须再客套了。"说着，左瞧右看，屈指轻扣琴面，但觉声音松透沉劲，回响绵绵，秋兴祖不禁大赞，"奇哉！妙哉！奇妙而绝哉！好一张大圣遗音琴！色奇，声奇，质奇，李唐雷琴，天下罕有，你们太玄宗如此重礼，好生大方！"

一旁的凌久章也看得欢喜，呵呵一笑："久闻秋大先生左琴右书，琴技高超，值此佳时，何不操抚一曲，让我等见识见识这绝妙好琴？"

秋兴祖哈哈大笑："正合我意！正合我意！"说着盘膝而坐，横琴于膝上，"叮叮当当"在朱弦上先轻弹了几个泛音。堂上几个江湖汉子一听，登时沉醉起来，似乎颇晓音律，正要狠狠地为秋兴祖鼓掌赞颂一番，不料秋兴祖弹了这几个音后，双手忽停，郑重地拂上琴面，琴音停。原来，方才秋兴祖只是在琴上试音调弦而已。

"他奶奶的，"那几个江湖汉子咽了口唾沫。暗自心想，"幸好没拍巴掌，否则真要丢人了！"这时，只听秋兴祖长叹一声，左手勾挑抹撮，右手绰注吟猱，开指弹了起来，琴音再起，声韵缠绵，正是大唐名曲《阳关三叠》——"渭城朝雨浥轻尘，客舍青青柳色新。劝君更尽一杯酒，西出阳关无故人。"由诗而化的琴曲，时而缓慢悠长，时而激动清泠，忧思之情从七根弦上汩汩流出，点点离愁绕人心头，弹到最后一句，只听泛音响起，清亮晶莹的音节一个个落上琴弦，就像泪珠儿，将道不尽的愁恨悄然滚落。在角落里藏身的李清霄，听完曲子，早已呆住了。

一曲弹毕，余音渐渺，众人如梦初醒，立时鼓掌喝彩。那几个不懂琴的江湖汉子见状，跟着试探鼓了两下，发觉这回大家是真的叫好，当即放心，卖开力气拍起来，震得掌上肉阵阵生疼，唯有花千树独自垂首，神色黯然，仿佛老了几岁。臭老四看在眼里，脸上像涂了层灰，冲秋兴祖大喊："大好日子，你弹这个曲子干啥？扫兴！"

秋兴祖哼了一声："你这厮知晓什么？这曲子根本不是老夫在弹！"臭老四一愣，摇了摇头："胡说八道！秋老大，你不会失心疯了吧？"秋兴祖不去理会，独自喃喃叹道，"这是清清最爱的曲子，是清清在弹！是清清在弹！"

花子诚、花子信听了这话，惊得退了半步，花翎也睁大了眼睛，问："大伯伯，你说什么？我娘……我娘不是十八年前就过世了么？"秋兴祖看着花翎，连连慨叹："犹在眼前！"右指在琴弦上不住滚拂，仿佛苍髯老叟旷野痛哭。瘦金道人见了，快步过来，手掌往琴弦上一搭，琴音骤停，瘦金道人绷着脸，沉沉说道："秋老大，今天毕竟是花老弟大寿之日，怎么好再去回想这些前尘旧事？"

秋兴祖一番宣泄，情绪已平畅许多，起身哈哈笑道："好好好，老夫不提便是。"将大圣遗音琴往花千树面前一放，给花千树长长鞠了个躬，"老弟，愚兄不懂事，扫了大家的兴致，老弟勿怪！"花千树稳稳心神，微微一笑，握住秋兴祖的手："大哥说的哪里话？大哥潇洒随性，小弟自是羡慕不及，来，咱们快入席吧。"说着，叫人收好瑶琴，吩咐开席，一时间，小厮们脚下生风，端来南北大菜、两川名酒、江南糕点、苏湖美食，满桌子珍馐美馔浓香阵阵，堂内宾客欢声笑语，轮流为花千树敬酒祝寿。饮过两巡，管家花祥又从门外跑来，脸上却收敛了笑容，到花千树身边低声说："老爷，神卫军的两位头领从金陵赶来，说要见老爷。"

35　神卫军

"神卫军的人？他们来此何干？"花千树问。

"说是……说是奉了皇甫将军之命，给老爷祝寿。"

"皇甫继勋？"花千树皱眉念了一句，心中暗忖："皇甫继勋把持江南军政，位高权重、飞扬跋扈，我与这样的人从不交往，今日他派人不请自来，究竟是何用意？难道是为了……"花千树心头一跳，转念又想，"不会，此事如此机密，知者甚少，他怎么会知晓？"想到这里，便沉声说道："来者皆是客，有请！"

花祥下去传话，时间不大，只听步履杂响，走进十几个人，花千树举目一瞧，当先两人，左侧之人脸型消瘦，颧骨突出，腰间配刀，右侧之人面目宽阔，鼻头肥大，背上背着一对亮银钩，这二人皆头戴黑色交脚幞头，身穿青褐色神卫军官服，在他俩身后，还站立个怀中抱剑、头戴斗笠之人，斗笠上罩着青纱，看不清面容。

只见左侧人昂立堂前，浅浅一拱手，说道："在下神卫军将虞候张功祖，"又向右侧之人一指，"这位是神卫军将虞候纪天祥，奉主公之命，为花堂主祝寿！"

百花堂众宾客多是江南国人，对皇甫继勋的所作所为大都了如指掌，如今见皇甫继勋派来的这两位军爷，嘴上说给花千树祝寿，可一无拜帖，二无寿礼，言行又颇为倨傲，想必不是祝寿而来。花千树心里也有不满，面上却过得去，冲张功祖、纪天祥微笑一抱拳："岂敢，花某一介小民，区区五十微寿惊扰皇甫将军，花某实在过意不去，二位虞候大驾远来，是难得的稀客，快请堂内入席。"

"入席就免了，"张功祖倒背着手，"花堂主，常言道，堂前无事不打鼓，佛前无事不撞钟，咱们拿惯刀枪的人说话做事喜欢直来直去，我等此次前来，除了祝寿之外，还有一件更要紧的事须向花堂主问个明白！"

花千树听他话锋不对，便道："唔？张虞候要问什么事？"

张功祖踏前一步："花堂主，皇甫将军叫我问你，你百花堂到底是仗了谁的势，竟敢打伤我神卫军的兄弟！"话一出口，百花堂众人顿时面面相觑，花千树更是疑惑不已："张虞候，此话怎讲？我百花堂这些年从未踏足金陵，如何会打伤神卫军的弟兄？"纪天祥眉毛一横："你是真不知，还是装糊涂？"花千树道："的确不知。"张功祖一笑："好，既然花堂主口口声声说不知，那本虞候就给你说个明白！昨日午后，皇甫将军特使周云，在姑孰城一家酒肆饮酒，却被人给打成重伤，此刻正卧床不起，我们已查明，打伤周云特使的非是旁人，就是你花堂主千金大小姐——花翎！"

花千树一惊："会有这事？"扭头问花翎："这究竟是怎么回事？"

花翎面如寒月，冷冰冰地看着张功祖等人，一语不发。花千树着了急，加重了语气喝道："你倒是快说！"花翎不理花千树，只扬眉问张功祖："你说的那个特使，就是在江风酒家的那个周云？"张功祖道："不错！"花翎柳眉忽立，剑柄向前一指，银牙紧咬："我当是什么货色，原来是那个嘴巴不干不净的烂淫贼！不错，他是我打的，也怪本姑娘当时心慈手软，只打断他一只胳膊，倘若今日再来，定取了他狗命！"

"翎儿，不得放肆！"花千树在旁沉喝，说着，赶紧冲张功祖等人一抱拳，"张虞候、纪虞候、诸位官爷，此事太过突然，花某的确尚未知情，实在抱歉，想必其中定有缘由，待花某查清之后，一定会给各位军爷一个交代。"

张功祖哼哼一笑："查清？花堂主，究竟你百花堂是办案的，还是我神卫统军府是办案的？令千金都已承认人是她打的，你却还要护短，当真不把我神卫军放在眼里吗？"花千树一摆手："不，张虞候，你误会了，花某并非有意护短，只是想弄清楚里面的缘由而已。无论如何，小女出手伤人总是不该，请二位头领放心，今日酒宴过后，花某定会亲往江宁府，登门向皇甫将军赔罪！"

纪天祥在旁哈哈一笑："花堂主，你说得倒轻巧！登门赔罪？我家主公何等身份，岂是你这些人想见便见的？"花千树听了这话，脸色一沉："那纪虞候以为此事如何处置？"纪天祥道："好办！我这里有两个条件，只要你依了其中一件，那令千金伤人之事，便当没有发生过！"花千树淡淡地问："是哪两个条件？"纪天祥奢拉着嘴角，竖起一根手指："第一，我家皇甫将军早闻令千金是远近闻名的大美人，对令千金思慕有加，大想与之永结秦晋之好，此次派特使来姑孰，便是要玉成此事，倘若花堂主今日能做主将令千金许给我家将军为妾，那么打人之事自然烟消云散！"

花翎气得桃腮泛白，"铮"地拔剑出鞘："无赖的东西，敢到我百花堂撒野，你当披了这身官皮，本姑娘就怕了不成！"挥剑就要冲过去，花千树一把将她拽住，凝眉喝道："把剑收了，给我退下！"花翎只好恨恨退在一旁，花千树面沉似水，转身不慌不忙问纪天祥："请问那第二个条件又是什么？"

　　纪天祥清清嗓子，提声道："这第二件么，便是请花堂主率众加入金陵江南阁。我家主公说了，倘若花堂主大驾肯至，便可与司徒阁主并主江南武林，那时江南阁、百花堂连为一体，同为国主尽忠，为皇甫将军效力，那么，一家人就不再说两家话了。"

　　花千树哈哈大笑："原来如此！纪虞候，承蒙皇甫将军抬举，你提的这两个条件，花某现在即可答复：其一，花某虽非宦门贵胄，却也懂得敝帚自珍，绝不会将小女许给他人做妾！其二，自丹阳派解散之日，花某便已灰心武林，如今弃武从商，人微力薄，自顾尚且不暇，还奢谈什么尽忠效力？嘿嘿，皇甫将军高看花某了，花某实在无能为力！"张功祖眯起了眼睛："花堂主，听你的意思，是要拒绝皇甫将军的好意了？"花千树淡淡一笑："花某不敢高攀，怕是要诸位失望了。"纪天祥一听，横眉道："花千树，今天你若答应了，一切都好办，倘若不识好坏，本虞候可要当场拿人了！"

　　他话刚说完，花翎已怒不可遏："下流东西，想要拿人？等本姑娘先割了你的舌头再说！"随即如燕子般飘身而起，凌空抖起一串剑花，刺向纪天祥。纪天祥身为神卫军将虞候，人称"神鹰喙"，善使双钩，武功自是不弱，眼见花翎剑到，纪天祥并未掣钩，只将左掌一探，径直捏向花翎剑尖，哪知花翎身法轻灵，宝剑陡转，斜削他左臂，纪天祥见托大不成，忙向后一侧，让过剑身，单掌直劈花翎手腕，花翎急忙沉腕回剑，反手横削纪天祥双腿，纪天祥纵身跃起，反起一脚，踢在花翎剑格上，震得花翎手腕一疼，长剑脱了手，纪天祥哈哈大笑，正自得意，忽见一物飞来，"啪"的一声脆响，正打在纪天祥脸上，火烧一样痛，纪天祥大惊，捂脸一瞧，竟是一只满是泥土的烂布鞋，纪天祥一脚踢飞烂布鞋，吼叫起来："谁他妈干的？给老子滚出来！"

　　话音刚落，就见从堂内晃悠悠走出个邋遢汉子，手里拿着一截黑乎乎的长松枝，光着一只黑脚，趿拉着一只烂鞋，边走边笑："乖外孙，急什么？嘿嘿，你要是嫌一只不够受用，四爷爷这还有一只。"花翎一见是"海外四仙"中的臭老四，大喜，跑过去说："四伯伯，你看，他们都是欺负翎儿的！"

　　臭老四一边捡回烂布鞋穿在脚上，一边龇牙笑道："丫头放心，今天有四伯伯在，谁动你一根汗毛，老子就给他上一道'破鞋扒猪脸'。"

纪天祥恼羞成怒，大骂起来："臭要饭的，原来是你这老王八下的黑手！"反手拽出护手夺魂钩："爷爷先给你洗洗烂肚肠！"双钩一错，直向臭老四小腹绞来，臭老四灰影一晃，闪到纪天祥的身后，松枝直向纪天祥"大椎"穴点去，纪天祥大惊，来不及细想，反手钩直挑臭老四手腕，臭老四收腕撤身，招式一变，松枝向纪天祥腹中"神阙"穴点来，纪天祥忙将双钩向下一锁，两钩交错，咬住那截青松枝，双臂一用力，本想削断松枝，却发现那截松枝乃是精铁所造，只迸出几串火花，却丝毫未损。

臭老四嘿嘿一笑："乖外孙，想吃四爷爷的松枝？可惜你老娘没给你生副好牙口。"说话时，右臂一振，劲气冲出，但听"叮叮当当"几声脆响，纪天祥的双钩竟被铁松枝震成了几段，散落一地，纪天祥目瞪口呆。便在此时，臭老四抬脚脱下那只破鞋，对着纪天祥的脸左右夹攻猛扇起来，手法之快，转眼便扇了二十多下，臭老四忽地将手一停，张嘴吹了吹破鞋上的灰土，不紧不慢穿在脚上，"乖外孙，你骂呀，你倒是再骂一句给老子听听？"再瞧此时的纪天祥，鼻歪口斜，鲜血直流，双目圆睁，哪还说得出一句话，晃了几晃，"扑通"一声昏倒在地。张功祖见了，又惊又怒，赶紧叫人抢救，回身一指臭老四："你是什么人？敢伤我神卫军头领，不要命了吗？！"

"狗东西，你爹爹才不要命，你奶奶才不想活！"臭老四挥舞松枝叫嚷起来，"你四祖宗是来喝酒的，不是听你放屁的，你们不过一条狗而已，四祖宗打得还不过瘾，倒是盼着你主子皇甫继勋过来，四祖宗正好一松枝戳他个大窟窿，给他通通风，免得霉了心肺，烂了肚肠。"臭老四这一骂，倒叫堂内众人暗自解气。

张功祖脸上的肉跳了几下，扭头一指花千树："花堂主，昨日你女儿打伤周特使在先，今天又指使这臭要饭的打伤纪虞候在后，看来你百花堂摆明了要与我禁军派为敌，花堂主，你以为有殷相爷做靠山就万事大吉了么？实话告诉你，在眼下的江南国，别说是殷崇义殷相爷，便是堂堂郑王千岁，也要给我家主公三分面子！"

花千树面沉似水，淡淡说道："花某自离江湖之日，便已息了争夺之心，无意与任何人为敌，也无心参与派别纷斗。花某一介平民，殷相爷也好，郑王爷也罢，都与花某无关，花某只求安安分分度过余生，还望张虞候转告皇甫将军，高抬贵手，别再为难百花堂，花某感激不尽，必当大礼厚谢！"

张功祖哈哈大笑："花堂主倒会举重若轻，你们打了我们神卫军的头领，想凭一句'大礼厚谢'便将我们打发了？哈哈，你当我们神卫军要饭的吗？"

花千树双目凝威："那张虞候想怎样？"

张功祖哼了一声："好办！将令千金和臭要饭的绑了，我带回去向主公交差！"

花千树一凝眉，忽听身后有人哈哈大笑："早闻神卫军横行江南，为所欲为，今日真是开了眼！"花千树回头一瞧，说话的正是太玄宗朱雀堂主明瑞。但见明瑞飘身来到近前，冲张功祖冷笑道，"秦王扫六合，虎视何雄哉，你们皇甫将军纵有秦王的野心，也当有秦王的本事才行，今日我太玄宗明瑞在此，倒要向神卫军的人讨教讨教，看谁敢动百花堂半根毛发！"

听明瑞自报太玄宗门户，倒叫张功祖始料未及，明瑞这一叫场，张功祖心里不由忌惮三分，冷声道："好啊，花堂主，你真是手眼通天，竟然请太玄宗的人为你出头，不过，"张功祖说着，瞥了一眼明瑞，"这里是江南国，不是烟雨岛，我神卫军处理的是江南国的家事，与外人无干，明二公子若真有本事，还是多操心自家事为妙！"

明瑞眼中透出刀子一样的光芒，此前的烟雨岛之变，叫明瑞一直耿耿于怀，他对神卫军和江南阁的人本就深恶痛绝，话说到这里，他心头恶气更是难消，缓缓走向张功祖，一边走一边说："家事？不错！如果明某没记错的话，你们江南国，如今仍是我大宋属国，我太玄宗是大宋门派，花堂主是家父至交，原本同气连枝，如今他大寿之日，竟被一群恶狗追到家里乱咬，你说，这群恶狗明某该不该打？"

"你——"张功祖气得脸色变了几变，一指明瑞，"好！既然给你脸不要，那张某七十二路伏龙大手功，就不客气了，留下吧！"双臂一振，纵身抓向明瑞，张功祖虽在军营，最拿手的却是拳脚功夫，他浸淫伏龙大手功二十余年，已有开碑裂石之能。明瑞却不慌不忙，眼见张功祖扑来，他右袖向前一挥，如叠浪一般直撞张功祖面门，行家一出手，便知有没有，张功祖心头暗惊，不敢托大，闪身急避，重整架势，使出浑身解数与明瑞斗在一处。明瑞身为明心慕之子，深得其父"八明神拳"的真传，八明神拳是明心慕的成名绝技，所谓八明：明分八卦，暗合九宫，拳打开、休、生、伤、杜、景、死、惊八门，势及乾、坎、艮、震、巽、离、坤、兑八方，占天地之机关，夺风云之气象，至刚至阳，威力极大。若以拳法劲力而论，方今天下，当首推明心慕，故而明心慕才以"劲拳绝"位列"名客图"丹青五绝。明瑞自幼习练八明神拳，虽不如明心慕造诣深厚，却也颇得形神，但见他两臂开合，分龙虎之形，前后进据，呈龟蛇之状，一拳即出，催动风声啐啐作响，劲气所至，直压得张功祖喘不过气来。刚过二十几个回合，张功祖已被逼得连连后退，明瑞冷笑一声："就凭这点手段，也敢横行江南？"话音一落，明瑞足踏丙丁方位，右拳一挥，一阵劲风扑出，气势如烈火焚山，封住张功祖身边开、休、生三吉之门，张功祖眼前一花，还未反应过来，明瑞的左拳随之即到，"砰"的一声闷响，正砸在张功祖胸口之上，拳劲所至，震得尘土飞扬。

十几名神卫军见了，俱都惊呼一声，暗自叫苦："完了，这一拳莫说打在人的身上，便是砸在石头上，石头也碎了！"

可明瑞一拳击中后，张功祖并未倒地，却见明瑞随即飘离，落在厅前，负手笑立。庭院之中，张功祖目光惊恐，木然不动，只浑身颤颤发抖，须臾，只听"扑啦"一声轻响，身上的神卫军服尽被震碎，残甲飞空，如片片黑蝶，漫天飘舞。再瞧张功祖，仿佛肉铺里的剁板屠夫，赤裸着上身，露出一堆的横肉，只是脸上汗如雨下，惊惶万状，倒没了屠夫的狠劲。缓了缓，张功祖方回过神来，战战兢兢地摸了摸自己胸口，觉着并无大碍，不禁激动起来："我……我没事，没事……"

"好一招'神游八极之表'！"凌久章在堂上大赞，其他宾客也都挑指赞叹八明神拳的威力，心知明瑞这一拳是内劲外发，乃拳中最高之境界，想是明瑞手下留了情，如若不然，这拳劲若发在五脏六腑上，张功祖早已肺腑碎裂而死。

花翎最是开心，咯咯笑了起来，大声道："姓张的，你这身衣服是纸糊的么，怎么碎了一地？也不知你这'伏龙大手功'若缝起这碎衣服来，会不会有七十二路缝法？"臭老四大笑，用松枝磕着破鞋："姓张的，我看你赶快滚回去吧，免得受风着凉，跑肚拉稀，若一下丢了小命，以后还怎么为你的主子看门护院？"

张功祖脸上一阵红一阵白，这时，只见他身后那个戴斗笠之人，缓步过来，递给张功祖一件袍子，沉沉说道："张虞候，下去吧，剩下的事交给我。"说着，扭过脸凝视明瑞，迈出三步，脚下甚轻，可步履过处，数寸厚的青石方砖窸窣微响，俱都裂成了细碎的小块。众人见了大惊，若说一脚猛力踏碎石砖，江湖武者大多做得到，可若说寻常走路一般将石砖踩成碎块，则非大高手不能为之。

此时，只听斗笠之人冷冷笑道："明二公子，你明家在烟雨岛失了势头，却到姑孰小城来耍威风，叫人发笑。也罢，相请不如偶遇，在下虽没什么本事，却想领教领教八明神拳的威力，请明二公子赐教！"明瑞眉头微皱，朗声道："阴阳怪气，藏头遮脸，一看就是心术不正之人！本堂主就赏你这个脸！"左袖一卷，一阵劲风扑出，撞向斗笠之人，斗笠之人极怒，右掌向外一拍，"砰"地与明瑞长袖撞在一起，真气相撞，明瑞不由后退两步，斗笠之人却原地未动。明瑞呀了一声，急忙进身壬癸之位，左袖旋转，如乌云覆地，封住斗笠人开、休两门，右拳带九成功力，直击斗笠之人胸口生、伤、杜三门，劲气蓬出，大有排山倒海之势。然而，奇怪的是，斗笠之人眼见明瑞一拳打来，仿佛定住一般，抱剑而立，动也不动，可是，当明瑞右拳离他胸口不足半尺时，斗笠之人忽左手外翻，奇快无比，鹰爪般"啪"地抓住明瑞右腕，明瑞大惊，往下一撤，却纹丝未动，当即急将左拳化掌，直切斗笠之人右臂，斗笠之人冷笑一声，喝了句"去！"右手运力一甩，明瑞竟被凌空扬起，猛地向地面摔去，明瑞惊呼了一声，急忙提足真气，在空中使了个"鹞子翻身"，身子将触地之时，左掌一撑地面，借势弹跳而起，一时足下不稳，"噔噔噔"连退了五六步，冷汗涔涔而下。

"嗯，还算有两下子。"斗笠之人说话时，已扑向明瑞，章龄天、韦幽涧两位长老一见，齐声断喝："休伤我家少主！"一同纵上前去，各自向斗笠之人挥出一掌，掌在三尺之外，掌风便已撞到斗笠之人面前，摧得他头上斗笠青纱微微摆动，斗笠之人双掌向外一迎，只听"砰""砰"两声闷响，章龄天、韦幽涧噔噔退出两步，只觉胸口气血翻涌，呼吸不畅。斗笠之人也跟着退了两步，两手发麻，略一调息，哼哼一笑："太玄九老也不外如此，只喜欢以多欺少！"

章龄天振声说道："你当我等此来，是与你比武较量的么？"

韦幽涧喝道："有种的摘下这层皮，到太室山与我们正大光明地较量！"

斗笠之人森森一笑："主子不行，奴才倒横。"

"混账！"明瑞又羞又怒，"刚开个头，你得意什么？来来来，咱们再行比过！"双拳一振，便要上前，忽听身后有人长声说道："明贤侄，二位长老，你们远道而来，仗义相助，百花堂已感激不尽，岂敢再劳你等大驾？"明瑞回身一瞧，说话的正是"江南梅雨"花千树，花千树如红云般落在明瑞面前，叹了口气："贤侄好意花某心领了，只是解铃还须系铃人，花某身为百花堂主，不能再袖手旁观！"

"爹爹说得对，"花翎喊了一声，手捧宝剑，跃到院中，"人是我打的，事是我惹的，这些人不是冲我来的么？我与爹爹奉陪到底便是！"这时，但见花千树来到斗笠之人面前，微微一拱手："瞧阁下这身功夫，想必是来自江南阁的高手吧？"

斗笠之人一怔，道："花堂主好见识！"花千树叹了口气："同为江南武林一脉，阁下何故苦苦相逼？"斗笠之人干笑一声，压了压斗笠："方才纪虞候早已说过，花堂主若想满天乌云尽散，只有答应皇甫将军的条件，如此一来，你我两家自可化干戈为玉帛。"花千树仰天一阵长笑，震得众人耳朵发麻，笑声一毕，沉沉说道："可惜你我两家，道不同，不相为谋！"斗笠之人听完这番话，冷笑道："花堂主，你久行江湖，自然明白识时务者为俊杰，此次若执意不肯，就不怕百花堂偌大家业毁于一旦么？"花千树道："阁下多虑了，和尚二哥曾经说过：诸行无常，万物皆空。佛法至深，花某只悟了三分，阁下却背道而驰了！"斗笠之人哼了一声："佛法虽深，不如一剑之力，久闻'江南梅雨'武功卓绝，在下愿当面讨教，请!""请"字一出口，斗笠之人已拔剑在手，花千树微微颔首："既然阁下饿虎思斗，花某也只好奉陪了，多承指教!"回手一抓，一道劲气扑出，隔空将花翎手中的清风剑拿了过来，明瑞、章龄天、韦幽涧、凌久章、风零玉等人见了这一手，无不暗赞："花千树不愧为《名客图》丹青名剑，功夫仍旧没落下，这手隔空取物的本事，非武学大家不能为之!"

斗笠之人亦心下赞叹，见他点足一进，长剑平出，向花千树胸口"膻中"穴刺来，花千树心想："此人如此用剑，想必内力不俗，这才有恃无恐。"想着右手一抖，清风剑铿然出鞘，向外一格，"叮"的一声脆响，双剑相碰，斗笠之人就势内力一吐，剑尖又平平压在了花千树清风剑上，花千树只觉腕上一沉，心中暗诧："果然好内力!"忙将清风剑向下一带，左脚疾出，踢向斗笠之人持剑手腕，斗笠之人咦了一声，右腿急弹出，"砰"地与花千树对了一脚，花千树趁机右臂真气一贯，喝了一声"开"，清风剑"铮"的一声崩开斗笠之人的剑。

斗笠之人后踏一步，一顺长剑，说道："姜还是老的辣!"灰影一动，长剑又平平刺来，花千树心想："这人年富力强，想扬长避短，诱我与他比拼内力，我偏要以变制敌。"想罢，腾身而起，一招"踏雪寻梅"，剑尖颤颤，如六出冰花，刺向蒙面人"天突""灵虚""左鹰窗""巨阙""膻中""右天池"六处大穴。花千树人称"江南梅雨"，便是因他清风剑灵动无比，常常一剑数出，如风吹梅雨，飘飘洒洒，变化万端。斗笠之人长剑急旋，护住周身穴位，禁不住赞了一声："江南梅雨，名不虚传!"身子陡转，长剑向上，疾削花千树的右臂，花千树不与他硬碰，清风剑一侧，一招"山中避雨"，剑尖已刺向斗笠之人右臂腋下"青灵""少海"两穴，斗笠之人忙撤招收臂，长剑攻向花千树左盘，剑势犹如十月秋霜，凛冽凝沉。花千树以巧制静，一动之下，剑花漫天，好似瑶池琼雨，又像星斗飞光，看得众人喝彩连连。

二人进退如风，又斗了五十多回合，天渐黄昏，夕阳洒落，桐叶流金。神卫军的人似乎暗自心急，不时向门外望上几眼。

这时，忽听斗笠之人大喝一声，身法突然变快，进退腾落之时，犹如一阵狂风，见他左掌推出，带起一股罡气，右手长剑雷霆前行，如霹雳一般，刺向花千树"期门""商曲"两穴，其势迅疾，花千树忙倒退两步，回剑相格。

不料，便在花千树一退之际，斗笠之人陡然转身，长剑直向一旁观战的花翎刺去，花翎毫无防范，"啊"的一声，惊得连连后退，花千树见状，大惊失色，斜刺里急忙纵来，去挡斗笠之人这雷霆一剑，斗笠之人见了，暗自一笑，轻叱一声，身子腾空跃到花千树身后，左掌快如流星，贯有八九成力道，"砰"地正拍中花千树后心，花千树一声闷哼，身子飞出，撞在梧桐树上，"哇……"地喷出一大口鲜血。

斗笠之人一击得手，毫不拖延，探手去抓花千树，海外四仙大惊，想去救人，却已然不及。这个时候，一个人影忽然如白鹤飞出，仿佛一阵白烟，瞬间绕到斗笠之人身旁，"啪"地一抓斗笠之人手腕，往后一带，斗笠之人大惊，急忙翻腕卸力，回掌去拍，这人单掌一迎，"嘭——"双掌相碰，劲气四荡，两旁桐叶摇落，青枝簌响，两人纷纷向旁跃开，斗笠之人赶紧去瞧，出手拦他的却是个布衣书生。

百花众人这才回过神来，花翎扑过去，抱住花千树大哭："爹爹，你别吓翎儿！爹爹……"海外四仙、凌久章、明瑞等人电闪奔来，将花千树护在当中，花子诚、花子信也跑过来，颤声问："爹爹，你怎么样了？"花千树缓缓睁开眼，气息微弱，正要说话，只觉嗓子一紧，又一口血喷了出来，花翎嫣容失色："爹爹，都是翎儿不好，翎儿这就为你报仇！"说罢冲向斗笠之人，刚奔出两步，却被人拦住。

36 再相逢

花翎透过泪眼一看，拦她的正是那个布衣书生。

方才情急之时，她只顾着花千树的伤势，并未留意旁人，这回仔细再瞧身前这人，花翎不由一呆，这布衣书生，飞眉入鬓，正是昨天午后自己在江风酒家遇见的那个人，夕阳穿过桐叶，洒下一地斑驳，花翎双肩微抖，仿佛气力尽失："是……是你……"凌久章、风零玉、明瑞、章龄天、韦幽涧几人见了，也跟着张大了嘴巴。

凌久章当先脱口道："李清霄……李少侠？"

这位布衣书生正是李清霄。李清霄不告被识，反倒有些不大好意思，先是冲凌久章、风零玉一拱手："凌大侠、风姑娘，一别几月，没想到在这里相遇。"

凌久章笑道："有缘千里来相会，无缘对面不相逢！"

风零玉也轻轻一笑："李少侠，你来了也不和大伙说，真是深藏不露呀，零玉实在佩服佩服！"又向四外望了望，好像在寻什么人，"咦？你那位燕兄弟没一同来么？"李清霄笑了笑："他若知风姑娘在此，必定同我前来。"风零玉心头一跳，脸红了起来："关我什么事。"说话时，心头依旧跳动，只好顿口不言。

明瑞也十分惊奇，禁不住从旁问："李大侠，你、你怎么会在这里？"李清霄叹了一声："此事说来话长，稍后再与明公子详说。"明瑞连连点头："好！好！"

这时，又听花翎哽咽地问："方才……是你救了我爹爹？"

李清霄点点头，瞧她泪眼婆娑，李清霄心中不忍，正要宽慰几句话，忽见花翎颈上戴着一件东西，此刻这件东西近在咫尺，故而瞧得十分清楚——那是一枚圆杏大小的白玉九瓣莲花吊坠，迎着夕阳散着圆润之光，吊坠花瓣相依，巧夺天工，每瓣中间都刻着个小字。一瞧之下，李清霄心头好似撞上木石，猛地一颤，他神色变了几变，嗓子也有些发紧，沉吟片刻，轻声问道："大小姐，我想问你一件事。"

"什么事啊？"花翎擦了擦眼角，觉得有些奇怪。

"大小姐，十四年前……你可曾去过开封？"

"十四年前……"花翎秀眉微蹙，若有所思，忽地眼睛一亮，"啊"了一声，"去过去过！是和我爹爹一起去的，咦？你怎么会知道？"李清霄心头一紧，又问："当年在开封城一个巷子口，大小姐是否救过一个被人打的男孩，还……还替他擦过头上的雪？"花翎蓦地一惊："是啊是啊！这些事你怎么会知道？"李清霄呆了半晌，缓缓说："因为、因为当时那个孩子，就是我！"花翎美目大睁，不由得退了几步："你说什么？"她似乎不信眼前之事，一时呆在当场："是你？"李清霄怅然一叹："我也未曾料到你我还有相见之日，大小姐，眼下大敌临前，你且照看花前辈，这里我来应付！"说罢，剑眉一轩，大步来到斗笠之人面前，振声说道："阁下为虎作伥，偷袭伤人，不怕天下豪杰耻笑？"

斗笠之人看了李清霄半晌，吐出四个字："少管闲事！"

李清霄道："李某不爱多管闲事，却爱管不平之事！"

斗笠之人哈哈大笑："天下之事，每多不平，你管得过来么？"

李清霄道："管得过来要管，管不过来也要管！"

斗笠之人道："你比官府的本事还大？"

李清霄道："南朝孔庆绪以天下事为己任，一个执笔之人尚有此襟怀，我这个持剑之人也不甘其后！"斗笠之人又一阵干笑："好，那我便成全你便是！"左足后踏，双手抬至胸前，忽地向前平推，一股罡气卷着地上的桐叶，撞向李清霄，李清霄也不躲闪，右手指天，左手指地，真气自丹田升起，霎时布于周身，右手当胸一划，一堵圆形气墙回旋而出，正是"潇雨莲花掌"的一招"莲花显圣"，斗笠之人掌力一撞上这堵气墙，登时砰然四荡，又被反弹回来，迫得斗笠之人腾腾连向后退了七八步，双手一带，将回弹劲力卸在桐树之上，轰响如雷，震得那株五丈余高的梧桐枝摇叶晃，斗笠之人双手突突颤动，头上斗笠竟被劲气摧落，露出了他的容貌。

众人举目一瞧，大出意料之外，眼前这人面貌棱角分明，眉毛很浓，生得十分俊美，一双眼睛也格外有情，凌久章朝这斗笠之人仔细打量一番，不由得呵呵一笑："我当是谁，原来是江南阁微雨楼排行第七的白丛白小先生！"

明瑞一听，大吃一惊："他就是四师叔白心海的儿子白丛？没想到他的武功竟然这么厉害！"一时间暗自惭愧，黯然神伤，百花堂的其他众人对斗笠之人的身份大感意外，对李清霄的本事更是惊叹不已，只听凌久章继续说道："白小先生，凌某去年造访江南阁，与你父子二人也算有一面之缘，你父白心海身为江南阁大先生，做事有法有度，却不知白小先生今天为何如此行事，就不怕有损令尊的威名么？"

白丛哼了一声："我白丛该做什么，不该做什么，用不着凌大侠教训！凌大侠若有这份心思，不妨想想如何管教你沧海弟子，免得再去祸起萧墙，贻笑四方！"白丛这句话，一下戳到了沧海派的痛处，凌久章气得一滞，凝眉不语。这时，但见李清霄倒卷长袖，冲白丛沉声说道："观澜慕海，梅上花开。在下久闻'一掌震千川'白心海先生的大名，你既然是白先生之子，得父真传，身怀绝艺，实在难得，为何要明珠暗投，不行侠义之事？岂不叫人可惜！"白丛调了内息，气血略转平顺，淡淡一笑："哪阵酸风又吹来了个讲大道理的先生，呵呵，说得好听！何为侠？何为义？你去问问百花堂这些个成名的侠客，他们哪个敢说自己的手上从未沾染过无辜人的血？"

臭老四闻言，踏前一步："你奶奶的强词夺理，我臭老四杀人不计其数，可那些都是该杀之人！我问你，朝廷的奸贼该不该杀？江湖的败类该不该杀？百姓的祸害该不该杀？你那个主子皇甫继勋，祸国殃民，横行霸道，该不该杀？"

白丛冷笑："杀人就是杀人，说辞再冠冕堂皇，也是杀人！你臭老四不是天王老子，你说该杀便该杀么？在你眼里他们该杀，可在他们眼里，你更该杀！"

臭老四大怒："娘的，老子以为这天底下只我臭老四不讲道理，没承想你这小崽子比老子还不讲道理，那就别废话了，家伙上说理去！"身子一动，纵到白丛跟前，手中松枝迎面戳来，白丛挥剑一格，"当"的一声将臭老四的松枝压在剑下，臭老四只觉一股内劲直撞而来，松枝一沉，险些脱手，臭老四暗道不妙，急忙撤下松枝，向后跳开一丈，避开这股劲力，心中暗想："这小崽子当真厉害！"

"臭要饭的，不自量力！"白丛一边说着，一边看了看李清霄，他实在没想到这个书生功力如此深厚，有此人在场，看来今天是讨不到便宜了，想到这里，白丛转身冲花千树一笑："花堂主，今日的账，咱们日后慢慢结算，还是那句话，识时务者为俊杰，望你好自为之！"甩袖便要离开，二公子花子信见状，剑眉一立："姓白的你站住！伤了我爹爹，就想一走了之吗？"一纵而至，伸手去抓白丛，白丛头也不回，反手袍袖一挥，正拂在花子信的胸口之上，花子信犹如撞上一截铁桩，"哎哟"一声退了十几步，再看白丛，已然大步离开百花堂，张功祖等人也灰溜溜随后跟了出去。

夕阳像烧红了的铁球，在山头燃起了赤色光芒。

众人将花千树扶到堂内坐好，花千树又一阵猛烈咳嗽，李清霄连忙过来，双掌一按花千树后背的"神道""神堂"两穴，以先天元气去化花千树体内瘀结。花千树咳声稍缓，花翎一下子扑到花千树怀里："爹爹，你没事吧？是翎儿不好，给你惹了这么大的麻烦！"花千树抚着花翎，吃力地说："不怪你，该来的总归是要来。"凌久章在旁赞叹："花堂主这话说得通透，凡事命中注定，所谓是福不是祸，是祸躲不过！"顿了顿，又道，"花堂主，你内伤甚重，我听说在姑孰城南二百里外的白鹿镇，有位姓张的大夫，此人医术极高，炼就的'十二还阳丹'对疗治内伤有奇效，花堂主可派人多购些回来，如此你这伤会好得快些。"花翎抹了抹眼泪，问："凌叔叔说的是白鹿镇岐黄院的张清阅张先生么？"凌久章点头："不错，正是此人。"

"太好了！"花翎高兴起身，"这位张先生我认得，去年我随爹爹去宣州泾县采办纸张、茶叶，路过白鹿镇，见过张先生，我这就动身去白鹿镇取十二还阳丹！"

花千树咳了一声，摆了摆手："翎儿不必心急，今日天色已晚，路上定不太平，明日再去也无妨。"凌久章道："正是，神卫军和江南阁的人虽说走了，可他们毕竟贼心不死，此时出去恐被算计，待明日天光亮了，多叫些人与你一同前往。"花子诚道："凌叔叔说得对，明日我和子信陪妹妹一同去白鹿镇。"花翎点了点头，心忽又一动，脸上微红，低眉轻轻地说："我不和你们一块去，我自己找人去。"花子诚一时未曾听清，问道："妹妹说什么？"花翎连忙支吾地说："没……没什么。"

江风吹来，空中又涌起乌云，各地赶来的商贾惊魂甫定，自忖不愿牵涉江湖之事，纷纷向花千树慰言相别。明瑞此番争名不成，反倒当众受挫，心中十分难受，也不愿在此多作耽搁，他宽慰了一番花千树之后，又与李清霄说了些道别的话，便带着章龄天、韦幽涧及六名朱雀的弟子，怅然若失地离开百花堂。

姑孰小城乌云漠漠，下起了雨。管家花祥在堂内升起通明灯火。花千树在花翎搀扶下来到李清霄面前，吃力一抱拳："承蒙李少侠相救，使我百花堂免遭于难，花某感激不尽！"李清霄俯首还礼："在下对花前辈仰慕已久，这点小事算得什么。"刚说到这，忽听花翎在旁似怨非怨地说了一句："你这会儿怎么懂礼貌了？我问你，你既然知道自己名字，为何当年我那样问你，你就是不肯说？"

李清霄支支吾吾地说："当年、当年我还是个小叫花子，饭都吃不上，哪、哪还记得自己的名字。"花翎蹙着眉说："你骗人！你分明就是讨厌我，不愿意搭理我，不愿意和我说话，过去如此，现在也是如此！"李清霄蓦地一怔，语气有些局促："大小姐，这……这是从何说起？"

众人也听得莫名其妙，唯独花千树喟然长叹："李少侠，十四年前，我父女与你在开封偶遇，十四年后，我们竟在千里外的姑孰城再次相逢，真是变幻琉璃，难以揣测，难以揣测……"一时情绪起伏，不免又一阵咳嗽，凌久章连忙说道："千树老弟，千万别动心神。"花千树点点头，这时，只见秋兴祖轻摇芭蕉扇，问道："花老弟，这究竟是怎么一回事？你们只顾说你们的，我等众人却听得个云里雾里，不公！不公！"

"没错！"臭老四扭头道，"翎儿丫头，你千万不能有了哥哥，忘了伯伯，有啥好故事，倒是跟大伙说一说！"众人大笑，花翎雪腮绯红，秀眉微蹙道："别说是十四年前，便是十四天前的事，翎儿也早都给忘啦！"又一指李清霄，"四伯伯喜欢刨根问底，去问他好了。"臭老四一笑，凑到李清霄身边，踱步绕了三圈，上下打量个遍，又嗅了嗅，方才说道："不错，不错，李大侠，想必这藏了十四年的'陈酿'定是惊天地泣鬼神了，你快说出来，叫大伙解解馋！"李清霄被瞧得浑身不自在，呵呵一笑："哪里来的惊天泣地，其实也不繁复，只是对在下来说是极为重要罢了！想来那一年，在下家中遭遇变故，亲人离世，又被人掳到开封，遭人欺负，险些丧命，幸亏花前辈和大小姐路遇相救，清霄才得以活到今天。"他简要地将当年的遭遇说了一下，因恐节外生枝，所以唯独未提孤城玦和青石镇之事。

秋兴祖一拍芭蕉扇，长声吟道："昔别雁集渚，今还燕巢梁。敢辞岁月久，但使逢春阳。"空和尚双手合十："若说无缘，缘何相聚。若说有缘，缘尽今生。"臭老四却叹了一口气，用松枝戳挠着后背："好话都被你们说尽了，我臭老四……我臭老四却不知说啥是好了。"瘦金道人一笑："你臭老四只要什么都不说，便是最好！"臭老四瞪了瘦金道人一眼："牛鼻子再挤对我，当心让你尝尝我这鞋底子的滋味！"瘦金道人一扬拂尘："那姓纪的倒是尝过了，贫道不用想也知道，定比你这张嘴要臭得多。"

海外四仙虽行事怪诞，大家觉着倒也欢快，只有风零玉嫣色生愁，轻声喃喃："梅花香自苦寒来，李少侠这等奇缘真叫人羡慕！"

凌久章一笑："人生如梦变化无常，聚散得失全仗天意，玉儿，你有富贵安稳的日子不留恋，却怎么羡慕人家的栉风沐雨、悲欢离合？"

风零玉道："玉儿……玉儿不过是略作感慨罢了。"这时，又听秋兴祖挥舞着扇子说："大家也瞧见了，我这翎儿侄女啊，好比出水芙蓉，堪称天上地下第一聪明好看的姑娘，如今与李少侠站在一处，当真是天造地设的一对璧人，倘若雀屏中目，举案齐眉，当算人间佳话！哈哈哈哈……正所谓：得成比目何辞死，愿作鸳鸯不羡仙！李少侠，卢照邻诗中之意，你以为然否？"

卢照邻的《长安古意》李清霄自小便读过，秋兴祖所吟的这四句，说的是长安城中，有人爱上了如仙子弄玉般美貌的贵家舞女，这人竟能不畏生死，只愿与那女子相守终生，如鸳鸯般不离不弃，便是神仙的日子也不去羡慕。李清霄思量这诗中之意，蓦地想起前些时日在美人谷的所遇所感，心涛翻涌，反倒茫然不知所答。

花翎见李清霄痴痴发怔，以为他有口难开，便替李清霄打起了圆场："大伯伯，你那么爱吟诗，我看你还是别在江湖行走了，干脆改行做个教书先生算咯，说不定还能教出几个状元郎来！"秋兴祖哈哈一笑："贤侄女说的是，我看李少侠倒是块读书佳料，若能随我青灯黄卷，蕉纸墨池，要不了几年，定叫他金榜题名，给你夺个状元回来！"花翎哼道："我可不稀罕那个什么状元郎。"秋行祖道："是了是了，只要有李少侠在，不管状元郎还是叫花子，你都喜欢，是不是？"花翎一跺玉足："大伯伯，你别胡说！清霄哥哥是以天下为己任的人，哪像大伯伯，就爱舞文弄墨笑话人！"秋兴祖大笑，芭蕉扇点指花千树："花老弟，如何？才不过一盏茶的工夫，这丫头的胳膊肘便向外拐了，这就叫女大不中留，哈哈哈哈……"满堂众人也跟着笑了起来。

飘风不终朝，骤雨不终日。江南的雨来得快，去得也快，风吹来，姑孰城雨霁云收，一轮明月静静地悬挂于天际，洒下皎洁如银的光辉。

一见雨停，李清霄心中暗想："烟白这会只怕已经到了灵岩山，我却在这里耽搁了许久，须得赶快离开去寻她才是。"越想心中越急切，便来到花千树面前，深鞠一躬："花前辈，晚辈原有急事要赶往苏州灵岩山，此时不便多作停留了，花前辈你伤势不轻，需安心静养，等晚辈办完了急事，再来看望花前辈。"

"你要走？"花翎抢先说道："清霄哥哥，咱们一别十四年，如今相见才不到一日，你就急着要走么？天色这么晚了，你一个人出去，万一遇上强贼怎么办？"李清霄笑道："大小姐放心，我乃天涯浪子，身无尺璧之宝，纵有强贼拦路，也看不上我这穷小子！"花翎蹙起秀眉，似嗔非嗔说："那些强贼们可凶了，他们要是得不到财物，绝不会白白放过你，定会杀了你出气！总之……总之你就是不能走！"

秋兴祖在旁呵呵一笑："李少侠，你瞧，把我这贤侄女急得，眼泪都要掉下来了，你忍心么？"臭老四道："说得是，你若是就这么走了，回头翎儿丫头发起脾气来，说不得将这百花堂一把火给点了！"

花翎有些难为情："四伯伯，瞎说什么，我脾气有那么坏么？"她拉着花千树袖子红着脸说，"爹爹，你都伤成这样了，四位伯伯他们还没个正经！"瘦金道人一甩拂尘："贫道可什么也没说。"空和尚捻着念珠，连连点头，花翎的脸红得更厉害，她开动脑筋，忽然眼睛一亮，赶紧说："翎儿之所以要留清霄哥哥，是想要他陪我去白鹿镇岐黄院取'十二还阳丹'，凌叔叔也说了，神卫军和江南阁的人贼心不死，路上定不太平，那些人武功高强，要是没有清霄哥哥保护，翎儿一个人，你不担心么？"

花千树强打精神笑了笑："翎儿说得对，李少侠，此去白鹿镇，沿途地界都有神卫军的人，李少侠你武功卓绝，心怀侠义，花某恳请你晚走几日，陪同翎儿前去取药，如此花某才能放心，不知意下如何？"

"这……好吧！"李清霄情知话已至此，只好答允了下来，花翎听了，高兴得就像朵盛开的芙蓉花，反倒一语不发。烛光照在画屏之上，映出许多美丽色彩。

晚饭过后，明月悬于谯楼之上，洒下灿烂光华。

李清霄不愿闷在房间里，他怀抱鹿角剑，拿了一壶酒，开门出屋，四下无人，虫鸣阵阵，仿佛人之无尽心绪，李清霄纵身跃上屋宇，晚风吹来，沁凉如水，李清霄坐在屋脊之上喝了口酒，望着月亮，心中念道："烟白，你此刻会在灵岩山么？是否还再生我的气？你可知我想你的时候，许多事都在心头，从未有片刻远离！"想到心痛处，举起酒壶，仰头又喝了一大口，酒刚入喉，忽听背后瓦片轻响，李清霄回头一看，身后飞上一人，月光之下，黄衫黄裙，眉目如画，宛若月中嫦娥，来的正是花翎。

花翎足点青瓦，倏地飘到李清霄身边，嫣然一笑："清霄哥哥，好好的屋子不住，干吗一个人到房上来饮酒？"李清霄放下酒壶，反问："大小姐好好的屋子不住，为何一个人跑到房上看我饮酒？"花翎语气一塞，面色微红："我……我是出来巡视的，看有没有坏人，听见房上有动静，还以为是神卫军的人又来了呢，没想到却是你。"李清霄想起江风酒家遇花翎时的情景，不禁一笑："大小姐甩手能摔出三条大汉，这么厉害，想必神卫军的人是不敢再来了！"花翎盈盈一笑："马马虎虎啦，对付几个小贼还是绰绰有余，清霄哥哥，你一个人在这里饮酒，难道是有心事？"

"心事？"李清霄一笑，"我哪有什么心事。"他拿起酒壶，又喝了一口，说道，"大小姐既然来了，就请坐吧。"花翎柳眉微扬，上前紧挨着李清霄抱膝坐下，李清霄不想她会靠得如此之近，有些不自在，只觉嗓子发干，忍不住轻咳了一下，举起酒壶只顾喝起了酒。夜阑人静，清风飒飒，虫鸣清晰入耳。

花翎见李清霄不说话，她也有些紧张，一时不知如何是好，忽瞧见李清霄身旁的宝剑，便问："清霄哥哥，你武功这么好，剑法一定很厉害，我能看看你的剑么？"李清霄道："有何不可？"取剑递给花翎。花翎见这柄宝剑入手甚重，紫铜剑鞘古色幽然，雕铸得十分精湛，心下十分喜欢，握着苍龙剑柄忍不住向外一拔，"嘤"的一声，半截剑身露出，月光一照，锋芒内敛，紫韵凝沉，花翎大赞："哎呀，真是把好剑，便是爹爹的清风剑也比不上！清霄哥哥，这柄剑叫什么名字，是从哪得来的呀？"李清霄道："它叫'白鹿角'，是一位前辈送我的。"

花翎左瞧右看："白鹿角？像仙家的名字，定是把极厉害的剑！"李清霄一笑："宝剑厉不厉害，不能光听名字，上古铸剑大师欧冶子所铸的鱼肠短剑，名字虽一般，却得天地精华，能惊风御雷，是千古罕有的宝剑。"花翎还剑于鞘，盈盈说道："鱼肠剑么，我也听爹爹讲过，它是上古十大名剑之一，不过说起这十大名剑，翎儿更喜欢听干将、莫邪的故事，他夫妻二人心心相印，一心铸剑，却被那个可恶的楚王给害死了，你说那个楚王是不是天下第一的坏人？"

李清霄道："楚王残暴不仁，祸害百姓，当然是天下第一的坏人。"

花翎叹道："如果干将、莫邪不被害死该有多好，他们会成为令人羡慕的一对侠义夫妻！"说着，秀眉低垂，玉指不住地轻抚项上垂下来的那块白玉莲花吊坠。李清霄见她神色失落，心头不忍，便岔开话题："大小姐，你这玉坠真好看。"花翎来了兴致，抬头说："你也觉得它好看么？我也很喜欢它！爹爹说，这是我娘去世时留给我的，这莲花瓣上还刻着字呢。"说着，摘下吊坠递给李清霄，李清霄一瞧，每瓣中间刻着一个米粒大小的字，笔法刚劲，他借着月光一字一字地念了起来："飞、琉、璃、梦、相、思、枕、白、云。"刚念完，却听花翎扑哧一笑："哎呀，清霄哥哥，你念反了，应该从这边念：琉璃梦，相思枕，白云飞！"

李清霄也不免一笑："原来如此，让大小姐见笑了！大小姐，这几句话有何深意么？"花翎忧忧一叹："我也不晓得，每次问爹爹时，他都一言不发，只在那难过，我不忍他伤心，便不再问了，十多年来，每次看这块吊坠，就像见到娘亲在我身边一样，可……可我却从未见过娘亲长什么样子！"

李清霄为之一叹："是啊！其实，我也忘记了自己娘亲的样子。"花翎怔了一下，擦了擦眼睛："清霄哥哥，你娘亲也不在世了么？"李清霄点点头，仰头喝了一口酒，花翎幽幽说道："原来清霄哥哥跟我一样可怜！不过，清霄哥哥别难过，我爹爹很喜欢你的，以后你就一直住在百花堂，好不好？他会像待翎儿一样待你的！"李清霄一笑："那怎么好？我恩师尚在，日后还须到他老人家膝前行孝。"

花翎道："那清霄哥哥就把你师父一块接过来，到时咱们住在一起，还能听他老人家讲故事，岂不更好？"李清霄哈哈一笑："可惜我师父平时只爱睡大觉，若是睡着了，哪还能讲故事？"说着，将酒壶往花翎面前一递，"这酒不错，大小姐要不要喝上一口？"花翎摇了摇头："方才席间你又不是不知道，我从不喝酒。"李清霄道："大小姐剑都使得了，怎么不喝酒？"花翎道："谁说使剑的就一定要喝酒啊？"李清霄将酒壶一举："大小姐有所不知，这宝剑和美酒，自古以来便一脉相承……"

"清霄哥哥，"花翎忽地打断了李清霄的话，鼓起嘴说，"你不要总是大小姐长、大小姐短的叫，听着那么生分！咱们一别十四年，多么难得才能见了面，你对我们百花堂又有大恩，我管你叫清霄哥哥，不如……不如你便叫我翎儿吧，这样子听起来才像一家人。"说到这里，她眼中已柔情似水。李清霄不知所措，干笑一下，将递出的酒壶拿回来，喝了一口，擦了擦嘴角，默默不语，就像当年的模样。

"怎么了，清霄哥哥不愿意？"花翎凝眸问。

"不，"李清霄忙说，"其实啊，我也没做什么，大唐贾阆仙有诗云，十年磨一剑，霜刃未曾试。今日把示君，谁有不平事？路见不平拔刀相助，这是一个习武之人应当做的，大小姐和花前辈当初不也救过我么？"顿了一顿，又叹道，"大小姐自幼便是金枝玉叶，而我李清霄只不过是柳絮浮萍，当年如此，现在依然如此……"

"什么金枝玉叶？什么柳絮浮萍？"花翎又鼓起樱口，"谁当你是柳絮浮萍了？这些都是你自己加给自己的障碍！你若真的讨厌我，也不必遮遮掩掩，直说便是了，我立马离你远远的，再不烦你！"她呼地起身要离开，李清霄忙一拉："你别生气，我怎会讨厌你？我叫就是了，翎……翎儿。"花翎听了，心头蓦地一颤，仿佛远处潺潺姑孰江水，她又轻轻坐下，盈盈说道："你要记住了，以后再不许叫我大小姐了。"

李清霄点头一笑："记得当年在开封，你和花前辈要走的时候，我心里空空落落，难过至极，只盼你们转身回来把我一并带走，可事到如今，重见你们，我……我反倒怕了起来。"花翎眨着眼睛问："怕什么？难道我们比神卫军的人还坏么？"

"呵呵，坏人何惧之有？再多坏人摆在面前，我也不惧。"

"那清霄哥哥怕什么？"

"这个，我一时也说不好！"

"哪有自己怕什么都不知道的？真是比翎儿还笨！"

"嗯，翎儿七窍玲珑心，聪明得紧，我比不上。"

"嘿嘿，真的么？这些年还头一次有人夸我聪明！"

"哈哈哈哈……"李清霄笑了一阵，仰望满天星月，他想起了陆烟白，心头又开始翻转不停。这时，凉风渐大，李清霄叹了口气，起身说道："翎儿，夜已深了，外面风凉，你该回房歇息了。"花翎轻轻打个哈欠："清霄哥哥送我回去吧。"

"也好，你困倦成这个模样，真担心一不留神跌下去。"李清霄说着，扶花翎轻身跃到院中，送她到绣房门口，花翎挥了挥手："清霄哥哥，你也早点安歇，明天一早我来找你。"转身推门刚要进绣房，就听李清霄在身后唤她："翎儿，等等！"

花翎回眸一笑："怎么啦，清霄哥哥还想陪我聊天么？"李清霄一笑："你这丫头，只想着聊天，你看看，自己手里拿的是什么？"花翎低眉一瞧，手里还在攥着李清霄的鹿角剑，她腾地红起脸来，秀手拍着额头："哎呀，你瞧翎儿这脑子，拿在手里的东西便以为是自己的呢，嘿嘿！"赶紧将鹿角剑往李清霄怀里一推："小气鬼，明天再要不行么？还你！还你！"扭头跑进屋去。

李清霄独自回到院中，他无心睡眠，又跃上屋脊，怀抱鹿角剑，半躺在屋宇之上，听远处江涛之声，仿佛是巫山之风沧海之浪。李清霄没了一点醉意，他迎着风，看着明月，一仰头，将壶里的酒喝得一滴不剩。

37　大变故

"清霄哥哥！清霄哥哥！"

"喂，祥叔，你见到清霄哥哥没有？"

"没见到，是不是还未起床？"

"不会，我刚刚进他房间看过，没有人，他会不会走了？"

"李少侠不会不告而别！"

一阵说话声音，吵得李清霄猛然醒来。他揉了揉额头，天光已见亮，红红的朝霞，如烟似雾，轻轻洒在桐叶之上，昨夜酒饮得多，不知何时他竟在屋脊上睡着了。李清霄连忙坐起，向下一看，院中说话的正是花翎和大管家花祥，李清霄知道花翎定是来找自己去白鹿镇，赶紧起身，足点青瓦飞身而下："我在这呢！"

花翎扭头一瞧："清霄哥哥这么早去哪了？"

李清霄没说自己在房上睡了一夜，只道："早上睡不着，出去走走。"花翎道："走吧，咱们去吃早饭，吃完了早饭便去白鹿镇。"李清霄道："这么早便去么？"花翎道："是呀，爹爹说了，早去早回。"李清霄点点头："嗯，翎儿这回倒是听话了许多。"花翎嘻嘻一笑，拉着李清霄，离开院子，吃过饭，又选了两匹白马，出姑孰，向南一路奔白鹿镇驰去。白鹿镇距姑孰城二百余里，二人策马而行，到了白鹿镇，已是日上三竿了。李清霄举目四望，白鹿镇山水相映，风光秀美，草木都透着灵性。这里的集市也很热闹，当地民俗特产，琳琅满目，很有风情，花翎满怀欣喜，带着李清霄四处看个不停，似乎早把花千树的话忘在脑后。约莫转了一个时辰，李清霄道："翎儿，咱们该去取药丹了，花前辈不是说了么，早去早回，免得他们惦记。"花翎嘟着嘴，极不情愿地放下手中那只五彩风筝，眼睛又盯着一个胭脂货摊看了半响，方喃喃说道："好吧！走吧！"拉过马来，与李清霄绕过两条街，径直向前方一条青石小巷走去，这青石巷子十分幽深，约莫两三里长，巷子两侧多是高墙，很少有门铺，直到这巷子尽头，才出现一家不算太大的堂屋门面，这堂屋坐北朝南，白墙青瓦，户牖敞开，门口遮雨檐下挂着一只两尺多高的大葫芦，这葫芦也不知过了多少年，皮子早已变得紫红，在堂门的正上方高悬一块匾，上面写着"岐黄院"三个大字，笔体颇有二王风范。

"就是这里了！"

花翎说着，将马拴在门口，拉李清霄进来。

一进大堂，李清霄便闻到一阵浓郁的药草香味，举目看时，屋内甚为开阔，在东、西、北三面墙壁前，耸立着百宝药柜，柜面刷了清漆，泛着乌油油的光泽，柜壁上镶了许多小格子，格子中都有一只乌青的小抽屉，屉上嵌古朴的黄铜拉手，下面用贴纸贴着药材的名字，足有几百种之多。正对着堂门，有一个极宽的百宝柜，前面放着一张又长又宽的柜台，柜台后面坐着个头戴庄子巾的中年男子，这中年男子三绺须髯，面容和蔼，正在为一个年轻的渔夫开药，在中年男子旁边站着个肤色黝黑、相貌老实的伙计，一边手脚麻利地找出先生开的药，一边细心地用戥子去称量。

忽听门口有动静，那个伙计回头瞧去，不觉愣了一下，对开药的中年男子说："师父，你瞧，姑孰城百花堂的花大小姐来了！"

中年男子抬头一看，认得花翎，起身一笑："哎呀，稀客稀客，原来是花大小姐芳踪驾到，快请坐下喝杯茶，我马上就好。"将手中的药包递给那年轻渔夫，嘱咐他说："这三服药拿回去和往常一样煎服，如此再过七日，你母亲的病就会全好了。"

年轻渔夫双手接过，连连作揖："谢谢张先生！这段日子要没有张先生，俺娘她恐怕……"年轻渔夫一边哽咽，一边从怀里掏出个褡裢，费力解开，小心翼翼地拿出一贯铜钱，放在柜台之上，"这是俺打鱼赚来的，先生看够不够这几个月的药钱？"中年男子从中只拿了十文，将剩下的钱往渔夫身上一推："十文便可，剩下的你拿回去，多买些米面，好好孝敬你娘亲。"年轻渔夫连忙推开："不不！先生每次为俺们看病，只收这一点，这些年来，不知为俺穷苦百姓折损了多少！"中年男子道："不必说了，这是家师定下的规矩，穷者千般苦，医者一心知，这些钱你拿回去，我断不会收的，你娘还等着你为她煎药，快些回去吧！"年轻渔夫叹了口气，用衣袖擦着眼角，哽咽了一会儿，感恩戴德地离开岐黄院。

渔夫走后，中年男子出柜台，冲花翎、李清霄一拱手："二位久候了！"花翎还礼："岐黄院不愧药王门下，张先生对贫苦百姓这样好，真让翎儿敬佩！"

中年男子笑道："哪里哪里，些小恩惠，何足挂齿？若与令尊比起来，好比萤火之于皓月！"又瞧李清霄衣着冲淡，举止不俗，中年男子心下暗奇，便问："这位公子似乎初来敝堂，敢问是？"花翎掩嘴一笑："他是我百花堂的大恩人！"又对李清霄道："清霄哥哥，我为你引见一下，这位便是名满江南的岐黄院主张清阅张先生。"李清霄躬身施礼："李清霄见过张先生！适才张先生施药治病，流泽苍生，真当得上'大医精诚'这四字！"张清阅目光一亮，抱拳说道："李公子过奖了，李公子能以祖师药王之语相赞，张某甚感快慰！"李清霄道："《道德经》云：天之道损有余而补不足，人之道损不足而奉有余，孰能有余以奉天下？其唯有道者。张先生是有道之人。"张清阅哈哈大笑："李公子胸怀锦绣，与常人不同，张某敬佩之至！"

花翎轻轻一笑："没想到张先生与清霄哥哥初次相见，便聊得这么投缘，若是没人拦着，只怕三天三夜也说不完。"她说的本是好话，李清霄却想："是了是了，光顾着说话，正事还一句未说。"便道："张先生，其实我二人此次来是有事相求的。"

张清阅道："不知何事，还要劳烦花大小姐亲自前来？"

花翎秀眉一蹙："张先生，翎儿是来向你求'十二还阳丹'的。"

张清阅微微一怔："百花堂有人出事了？"

花翎点点头，将昨日的经过大略说了一遍。

张清阅叹道："花堂主侠名远播，扶危济困，与世无争，如此行事竟也有人要加害，这世事是怎么了！"扬眉又道："大小姐放心，今日你们算来着了，我三天前新炼了十四颗'十二还阳丹'，药效甚大，这回你们一并拿给花堂主。"起身来到东墙壁的百宝药柜前，打开最下面的乌青小抽屉，拿出个七寸多高的瓷瓶，釉色青绿，开片细碎，古朴光洁，十分精美。张清阅拿着青瓷瓶，胸有成竹地说："张某这'十二还阳丹'乃是由灵芝、云母、丹砂、曾青、茯苓、地黄、重楼、石韦、蒲黄、金银花、麦门冬、九里香这十二味道地药材，耗费九转之功，配炼而成，大小姐回去后，叫花堂主每日早晚各一颗，再辅以运气调理，七日之后，定保他侠体无虞。"

"太好了！"花翎当真喜出望外，'十二还阳丹'乃岐黄院镇院之宝，花翎未曾料到如此顺利便会得到，她颇为感动，起身说道，"张先生，你真是个大好人！你这样的慷慨侠义，便是许多的武林中人也望尘莫及呢！"说着，从包袱里拿出三百两纹银放在柜台上，"张先生，'十二还阳丹'是无价之宝，便是再多的钱也不一定买得到，这些银两只是我百花堂的感恩之心，还请张先生务必收下！"

张清阅连忙放下青瓷瓶，捧起那包银子推给花翎："这可使不得！我辈行医救人，天经地义，更何况医治的是花堂主这等仁义之侠，张某分文不取。"

花翎道："不不不，张先生若不收下，翎儿回到百花堂可就无法向家父交差啦，好了，翎儿的事已经办完，就不打扰张先生治病救人啦。"她唯恐张清阅再行推辞，赶紧一把拉起李清霄奔出正堂，跑到门外解开缰绳，飘身上马，忽听张清阅在堂内喊："大小姐，等一等！等一等！"

"不行不行，"花翎在马上连声说道，"这银子我是万万不能拿回去的，张先生，翎儿告辞了，改天再来看你。"她当先纵马向青石巷外驰去，却见张清阅奔出岐黄院，扶着门框大声喊："大小姐，不是银子，是丹药，这'十二还阳丹'你还没有带走，难道不要了么？"花翎低眉一瞧，腰际空空，不由得"呀"了一声，急忙勒住坐骑，连连拍着额头说："哎呀哎呀！瞧我这记性，丢死人了！"

"我看翎儿不像是来买药的，倒像是来还钱的。"李清霄在旁边哧哧笑个不停，花翎脸上一红："哼，你还笑！你还笑！怎么不帮我想着点？"赶紧飘身下马，回身来到张清阅面前，接过青瓷瓶，抿嘴一笑："多谢张先生，让张先生见笑啦！等家父身体康健了，我们再来拜访张先生。"她含羞带赧，赶紧一阵小跑，上马离开岐黄院。

二人出了青石小巷，花翎仰头一瞧，但见红日偏西，早过了未时，便道："清霄哥哥，白鹿镇的西面有条大河，叫青弋水，青弋水畔有座归帆楼，不但风光美丽，那里的饭菜可好吃啦，不如咱们去归帆楼吃点东西再走吧？"

李清霄道："花前辈有伤在身，我看我们还是抓紧赶回姑孰城为好。"花翎嘟着嘴说："哼，你的花前辈可是我的爹爹，难道我做女儿的会没心没肺忘记他的伤么？咱们只是去吃点东西，又不是在那安家过……"她本想说"安家过日子"，一想只有两口子才会提到安家过日子，不禁脸上一红，转口道："又不是不走啦，只是歇歇脚罢了。"李清霄寻思："花前辈伤虽重，却可自控，也不差这一时片刻。"便道："好吧，不过我有言在先，咱们吃些东西便走，切莫流连，否则天黑前就赶不回姑孰城了。"

"知道啦！知道啦！"

花翎急不可耐，催马向西驰去。不多时，二人来到青弋水畔，这里远山含黛，岸柳似烟，归帆点点，渔歌阵阵，许多勤劳的渔妇，三三两两聚在岸边，一面麻利地补着旧渔网，一面温仰头馨怅望，似是盼着家人早些归船，共聚烛火之下。

离岸边不远有座青石高台，台上坐落一幢三层酒楼，三檐滴水，雕甍画栋，造得极好，正是此地有名的"归帆楼"。李清霄和花翎到楼下翻身下马，拴好缰绳，径直登上三楼，楼上客人虽不甚满，却多是些文人雅士，正觥筹交错，把盏谈诗，倒也十分快意。在正中墙壁上，挂着一副楹联，左联：水天一色，右联：风月无边，笔力苍劲飘逸，清奇高古。李清霄看得心驰神往，啧啧赞叹了几番，与花翎在窗边坐下，李清霄透过碧阑轩窗，一碧烟水尽收眼底，景致绝佳，正看时，楼下酒保跑来，一脸和气地问："二位客官，想用点什么酒饭？"

花翎道："只要是你这里的特色美味，便只管添来！"

李清霄久居深山，日子清淡，并不十分在意美食，一听花翎说"只管添来"，忙道："什么只管添来？我们又不是来摆宴席的。"便对酒保说，"我们人少，不需太多，既然是来到这青弋水边，你就将那新鲜的江鱼、江蟹做些出来就行。"

酒保见花翎衣着富贵，心下早已打定主意，口上却道："好嘞！河鲜都是就地取材，方圆几十里，数我们归帆楼做得最拿手！"说着，将毛巾往肩上一搭，转身要走，李清霄扬手叫住："酒保小哥，不知你儿这里有什么好酒？"酒保呵呵一笑，说道："客爷，你这算是问着了，我们这昨日刚酿出来的好新酒，正经官家酒曲，淡、浓、清、烈各有特色，一共有八种口味，不知客官要哪一种？"

李清霄略一寻思，便道："挑烈的来！"

"好哩！"酒保应和着下去，花翎却悻悻地说道："好不容易来一趟，你还不叫我尽兴些，多添些又怕什么？又不用你来付钱。"李清霄脸上一红，笑道："翎儿可曾读过李玉溪的诗？所谓'历览前贤国与家，成由勤俭败由奢'。终究还是节俭些好。"花翎道："你当我没读过？李商隐这诗是咏史的，讽谏的是朝廷，他又没说来酒楼吃饭不许点好吃的。"李清霄一滞，呵呵笑道："这道理都是通用的。"花翎哼道："骗人，我才不管！"二人你言我语，说话之间，酒菜渐渐齐备，只见椒盐鳜鱼、红烧鳝片、清蒸鲈鱼、葱白鱼丸、清炒蟹粉、麻辣野鸭、十景素烩、虾仁蒸银鱼，外加一个火腿香蘑鲜笋汤，满满摆了一大桌子，鲜香扑鼻，花翎大感意外，当即心花怒放，盈盈笑道："好香呀！嘿嘿，还是伙计晓得事理，好东西便要多多上来才是。"

李清霄淡淡一笑，心中暗道："看来这归帆楼生财有道，认准了女主，便投其所好，方才我的话算白说了。"想着便道："你我两人吃这八菜一汤，哪里吃得完？"花翎道："吃得完，吃得完。嘿嘿，我要先来一个鱼丸……"举箸夹了一个，轻轻放在嘴里，樱口微嚼，随即赞扬起来："嗯，香极了，我早听说这里做的河鲜是方圆百里最好吃的啦，果然名不虚传，你快尝尝，你快尝尝！"李清霄也夹起一个扔在嘴里，也觉鲜美无比，点头道："确是不错！"又倒了一杯新酒，一饮而尽，口感清香浓烈，入喉却是平滑，不由赞道："好酒！好酒！"忽想起燕离凌来，不禁喃喃自语："多日不见，我倒真是想你，也不知你说的那寒冰雪酒会是何等滋味。"

花翎停下筷子，眨了眨眼问："清霄哥哥在想念谁?"

李清霄道："一个一见如故的好兄弟。"

花翎道："哦，原来你一个好兄弟。"不再追问，似是悬心放下，笑吟吟地夹起一片鲈鱼肉，递到李清霄碗里道："你再尝尝这个，简直人间极品美味!"二人边吃边聊，正自欢畅，忽听楼梯"咚咚咚"一阵急促响动，从下面跑上一人，李清霄、花翎抬头一看，俱都吃了一惊，来的非是旁人，乃是百花堂的大管家花祥。

"祥叔，你怎么来了?"花翎吃惊地问。

花祥神色激动，几步跑到花翎面前，颤颤地说："大小姐、李少侠，找你们找得好苦……"竟呜呜哭起来，花翎大感，隐感不妙，李清霄忙问："祥叔，出了什么事?"花祥一边抽噎，一边支吾地说："百花堂……百花堂……"花翎心头一震，一把抓住花祥的袖子："百花堂怎么了?"花祥擦了擦眼泪，左顾右盼，吞吐说道："这里人多嘴杂，咱们换个地方再慢慢讲!"李清霄、花翎无心用饭，赶紧结了账，随花祥出了归帆楼，牵马来到岸边，花祥这才呜咽地说："大小姐、李少侠，百花堂遭难了!"

"啊?"花翎惊叫一声，只觉腿脚发软，心头像被大石撞击一般，急问："祥叔你快说，百花堂究竟出了什么事?"花祥擦了擦老泪："今天一大早，你们还有沧海派的凌先生和风小姐前脚刚走，江宁府当涂兵马钤辖蔡湘雄便带了一千多官兵，将咱百花堂围了起来，说要查抄百花堂，捉拿国家要犯，老爷当时十分震惊，质问蔡湘雄，'百花堂一向奉公守法，何来的国家要犯?'那蔡湘雄道：'有人来兵马司举报，说你百花堂里通外国，殴打官军，意图叛逆作乱! 如此谋逆大事，官府岂能等闲视之? 本钤辖今日特奉皇甫将军之命，将百花堂一干人等立即拿问，百花堂悉数家产，封入府库!'"

李清霄听到此处，惊问："里通外国? 他们指的可是太玄宗?"花祥道："正是!"花翎一听，大声道："胡说八道! 胡说八道! 太玄宗只不过是江湖门派，他们来百花堂也只是来给爹爹贺寿罢了，哪来的里通外国?"李清霄愤恨地说："欲加之罪，何患无辞! 这是为了神卫军的事，有意挟私报复，栽赃陷害!"

花祥点头道："当时诚、信两位公子也这般去问，可蔡湘雄说：'本钤辖是来抓人的，不是来审案的，你们有什么话，到兵马司去说吧!'说完，便叫官兵过来锁人，四先生见了，哪里容得下? 便与他们动起手来，没料想那蔡湘雄身后却闪出来一黑、一白两位高手，这二人武功极高，四先生不是他们的对手，手里的铁松枝被拗断，自己也被打成了重伤！"李清霄、花翎惊得啊了一声，花祥续道："秋大先生、空和尚和瘦金道人见了，恼恨不已，一同与那黑白二人交起手来，却……却不想那二人武功实在太高了，三位先生和他们只打了七八十个回合，便被那二人打倒在地！"

李清霄凝眉道："海外四仙是江湖上一流高手，那二人能如此将四仙击败，武功的确可怕，祥叔可知那二人是什么来头？"

花祥道："我也不认得，他们都用布巾围着脸，也未报名号……"

花翎在旁急问："那我爹爹和哥哥呢？他们怎么样了？"

花祥哽咽道："二位公子拒不受命，带领家丁与蔡湘雄他们对峙，蔡湘雄见状，下令'拒捕者格杀勿论'，官兵得了令，便像恶鬼一样扑了上来，老王、老陈、张小七他们为保护老爷和公子，都……都叫那些官兵杀死了，两位公子也被抓了起来……"花翎抓住花祥衣袖："那我爹呢？我爹怎么样了？"花祥道："老爷重伤在身，无法援救，见了这种情形，又悲又怒，不忍大家白白送命，便挡在家丁面前，冲蔡湘雄说，'蔡将军，你们是冲我来的，冤有头债有主，与我这些家人无关，只要你放了他们，我即刻随你们前往府衙，是非黑白自有公论！'蔡湘雄却哈哈大笑：'花堂主，你如何说出这等小儿之语？叛逆之罪何其重大，岂是你一人独揽的？莫说是你，只要在百花堂的人，个个都有嫌疑，本铃辖统统都要锁回兵马司！'老爷忍无可忍，与蔡湘雄的人斗在一起，可……可他毕竟重伤在身，不是他们的对手，被那个白袍人封了穴道……"

花翎听到这里，只觉站立不稳，不由得瘫坐在青石上，听花祥继续说道："混战之时，幸好秋大先生临危不乱，趁机脱离，他为留得生机，趁蔡湘雄那帮人得意之时，带着我打翻墙上官兵，在府外夺了一匹军马，逃了出来，大先生对我说：'他们不但人多势众，还有两大绝顶高手坐镇，寻常之人奈何不得，眼下最要紧的便是将百花堂的变故立刻告知大小姐和李少侠，可秋大先生又不认得去岐黄院的路，只好叫我骑马来寻你们，我赶到岐黄院时，张先生说你们走了，我心中大急，赶忙四处询问，听人说你们往镇西方向去了，我一猜，大小姐定是去了归帆楼，这才寻了过来！"

花祥刚说完，却见花翎忽地从青石上站起，也不顾满脸的泪水，冲出几步，拽过大白马，飞身上鞍，双足一磕大白马的两肋，大白马"嘶溜溜"一声扬蹄向前奔去。李清霄见了大惊，高喊："翎儿，你要做什么？"声住身起，几个起落纵到花翎马前，伸手一拉丝缰，将正在奔驰的大白马硬生生拉住，李清霄剑眉微立，沉声道："翎儿，你这是要去哪？"花翎大声道："你拦我干什么？我要去救爹爹！"

李清霄道：“当涂兵马司乃江南国京畿江防重镇，驻有千军万马，就凭你一个人，便想救花前辈么？你这样贸然前去，非但救不了他们，反倒落个自投罗网！”

　　花翎道：“那怎么办？我总不能眼睁睁看着爹爹被他们害了！”

　　李清霄道：“翎儿放心，花前辈身为一代名侠，德高望重，誉满江南，蔡湘雄虽是地方兵马铃辖，却没有刑杀之权，必先将此案上报金陵朝廷，朝廷裁定后，他方能行事，若无刑部批文，蔡湘雄绝不敢擅作主张，当务之急我们要尽快返回姑孰与秋大先生会合，商讨救人举措，如果轻举妄动，非但不能救人，反倒授人以柄！”

　　花翎擦了擦眼泪，缓了缓道：“好，我听你的。”

38　兵马司

"驾——"

"驾驾——"

三人策马扬尘，来到姑孰地界时，已是星河满天。

花祥带着李清霄、花翎由大路转入小路，穿过一座大山，一个荆木丛生的野岭出现了，花祥喘了口气："到了！"他催马前面领路，进了荒岭深处，这里杂草遍地，崎岖不平，果然是个十分隐蔽的地方。又行了片刻，来到一个古木掩映的山坡，坡上孤单单、幽森森伫立着一座废庙。李清霄借着月光一瞧，破庙的山门早已歪斜，虫蛀的木架残破不堪，颓败的屋檐上挂着千丝万结的蛛网，断头缺臂的韦驮像斜卧在台阶下，露出灰白色泥胎，几块刻字的残碑横三竖四地堆在一旁，一片破败虚空的景象。

"就在这里！"花祥翻身下马，一路小跑闯进庙门，废庙里面漆黑如墨，不见一个人影，花翎在后面跟着，以为秋兴祖出了事，又急又怕，大喊："大伯伯！大伯伯！你在哪？"刚喊两声，忽听里面咳了一声，一个沉厚声音说道："翎儿回来了，太好了！"只听"嚓嚓"的火石之声，接着"呼啦"火光一抖，庙内亮了起来，李清霄下意识将花翎向后一拉，火把之下，站着一个长须儒者，这个人正是秋兴祖。

"大伯伯——"花翎扑了过去，抱住秋兴祖，目中泪水滚滚肆虐，号啕大哭起来，"大伯伯，怎么会这样，怎么会这样……"哭声渐大，就像堵塞了很久的湖口，此时决堤千里，令人动容。

秋兴祖心下难过，等花翎哭了一阵，才将她扶起，将火把插在供案上，宽慰她说："翎儿别难过，你和李少侠能平安回来，大伯伯这颗心就算放到肚子里了，如今蔡湘雄那帮人想必早已在百花堂设了埋伏，专门等咱们回去，我真担心花管家寻不到你们，那时你们毫无防备，麻烦可就大了！"花翎抹了抹眼泪："都是翎儿不好，是翎儿惹的祸，连累了爹爹他们……"秋兴祖道："你这丫头，不要胡思乱想，关你什么事？"李清霄接过话道："翎儿，你和四先生虽说打了神卫军的人，可总归是他们闹事在先，蔡湘雄此番又兴师动众带兵抓人，这里面必有隐情。"

秋兴祖沉声道："不错，这帮人借故滋事，定是早有预谋，只是……只是没想到他们的动作会如此之快，他们恶人先行，如此急切要一口吞掉百花堂，莫非……莫非是为了那件东西？"说着，神情变得十分异样，半晌又摇了摇头，自言自语地说，"不可能，不可能，此事如此隐秘，他们不可能知晓。"李清霄、花翎听了大为纳闷，花翎忍不住问："大伯伯，你在说什么？翎儿不明白。"

秋兴祖忽地回过神来："不，没什么，大伯伯……大伯伯是在想，神卫军和江南阁那些人此前的举动，表面上是为了拉拢花老弟，实则项庄舞剑意在沛公，十之八九是为了你百花堂的宝贝。"花翎恨得直咬牙："他们真没一个好人！"

李清霄边思边说："兵法云：知己知彼，百战不殆。依晚辈看，若想摸清这里面的缘由，我今夜还是亲自去趟当涂兵马司，探查一番，再做打算。"

秋兴祖、花翎齐声道："不行！"

李清霄问："为什么？"花翎急急地说："在归帆楼时我就说要去当涂兵马司，可你不让，说那里有千军万马，戒备森严，你不叫我去，为何自己还要去？"李清霄哈哈一笑："因为翎儿力气小，李大哥力气大，跑起路来比你快，他们想抓也抓不到我。"花翎心里明白，是李清霄不想让自己冒险，她心头生暖，噙着泪说："清霄哥哥，我不让你去，你要是出了什么事，翎儿也不想活了……"李清霄一顿，笑道："翎儿放心，莫说一个当涂兵马司，便是金陵城的皇宫大内又奈我何？"

"李少侠好胆魄！"秋兴祖一挑大拇指，"以李少侠的一身绝技，若要夜探兵马司，老夫倒也信得过，只不过去之前，咱们还须虑得周全。"说着，蹲下来拾起一截枯枝，"李少侠过来看。"他用枯枝在满是尘灰的地面上横横竖竖画了起来。

李清霄俯身仔细一瞧，却是一幅当涂城八街九陌的图形，秋兴祖边画边说："老夫早年为凭吊李太白，曾去过当涂城数次，凭吊之余，遍览当涂，对这里何处驻兵、何处住民、何处便于行走、何处便于藏身都熟稔于心，今番详细指与你，好叫李少侠在城中便宜行事。"李清霄搓掌大喜："太好了，大先生胸藏锦绣！"

图形画好之后，秋兴祖又将当涂城及当涂兵马司的紧要之处，都讲与李清霄知道，李清霄牢记于心，投袂而起："大先生，此处还算安全，你和翎儿在此暂候，在下天明之前一定赶回。"秋兴祖道："李少侠务必小心，老夫虽知晓你的本事，可临行之时还要啰嗦一句，你此行当以探查为主，事情未明不宜妄动武力，若遇险阻，力能则进，否则退，量力而行，凡事不可强求。"

"晚辈记下了！"李清霄向秋兴祖、花翎、花祥一拱手，转身出了废庙，牵马刚要登程，却见花翎从庙内跑出来，幽幽说道："清霄哥哥，无论如何你一定要回来……"李清霄一摆手："放心，李大哥天明前一定回来。"上马绝尘而去。

夜色如水，月光惨白。

月光下，一马驰奔，荡起层层烟尘。

半个时辰过后，李清霄打马来到当涂城外。他寻了个僻静处，拴好白马，腾身来到城下，仰望这巍巍高墙，暗暗慨叹："师父常说世事无常，如今来看，果然如此，百花堂济难扶危，名震一方，不想却也遭了这等祸事。"微叹之时，腾身一纵，跃起两丈多高，右脚一点城砖，又起了两丈多高，如灵猿一般瞬间掠过了高大的城墙。

入了城内，李清霄按照秋兴祖所指，顿觉轻车熟路，不免心中暗喜，施展"紫云腾"轻功，足点青瓦，穿街过巷，抄近路直奔当涂兵马司驰去。

行不多久，看到一座坐北朝南的宏大府衙，当街是一面高大的照壁，上面浮刻"兵马司"三个硕大柳字，东西两向各有高大牌楼一座。李清霄闪步来到西侧牌楼近旁，飞身而上，隐在明楼正脊之后，借月光向下望去，兵马司衙门石瓦屋墙泛着青光，透着诡异，府衙院落数进，布局多路，左文右武，主从有序，十分宽阔，兵马司门前，立着一对威猛的石狮，大门之北为仪门，两侧为公廨和巡院，公廨之外，向左为执事排房，向右为校军场，再向北，隐隐能看见兵马司大堂的巍巍屋宇。

这偌大府衙门口，只有几名官兵在往来执勤，全不似想象的那般戒备森严，李清霄不由深感意外，心想："非常之时，蔡湘雄倒也安之若素，想必有恃无恐。"飞身下了牌楼，绕行到府衙西侧，跃上执事排房，伏身再向大堂处一瞧，李清霄倒吸了一口冷气——这大堂虽说门窗阖闭，漆黑一片，可堂下却森然立着两百余名铁甲兵，月光一照，枪尖耀目，铁甲生寒，竟将大堂围守个水泄不通。李清霄心中揣测："大堂本是白日处理公务之所，此时这般重兵把守，莫非花前辈他们就被关在此处？"思及此处，心中一则以喜，一则以忧，本欲立刻下去救人，忽想起秋兴祖的临行所嘱，只好忍了下来，暗道："且去后宅瞧瞧再说。"轻身而起，如燕子投林，沿着执事排房飞檐掠脊，着瓦无响，绕过大堂，经过二堂和穿阁，一直来到内宅府庭。

府衙内宅倒是灯火通明，李清霄落在正房顶上，左手轻轻撬开一片琉璃瓦，透过格子，虽看不清屋内事物，却能清晰听见里面讲话，只听屋内一人不紧不慢地说："蔡将军，萧某认为越是危急之时，越要快刀斩乱麻，前日，我家少盟主已得知确切讯息，大宋宣徽南院使曹彬，奉诏与大将李汉琼、田钦祚赶赴江陵，征发战舰，择日便要兵发江南，若叫他们心有所惧不敢贸然动兵，唯有得到孤城玦不可！"

李清霄心里一怔："这人声音好耳熟。"这时，屋内又响起一个熟悉的声音："萧左使所言不差，据我们在花千树身边的内线密报，孤城玦的确藏在花千树身边，如今蔡钤辖觞决金断，荡平百花堂擒拿花千树，足见蔡钤辖对皇甫将军的一片忠心，此番拿住花千树，当务之急，便是要不惜一切将孤城玦的下落查个水落石出。"

李清霄听了这两个人的话，心头大震，一是惊这人说孤城玦在花千树手上，不知是真是假，再者听这人说话的声音，非是旁人，正是昨日在百花堂曾交过手的江南阁少先生白丛，而白丛所说的那位萧左使，正是在烟雨岛与之相斗的辽国十二刀盟护法左使萧涯舟。震惊之余，只听屋内蔡湘雄呵呵一笑："白先生过誉了，为皇甫将军效劳，是末将分内之事，只是……"蔡湘雄略微一顿，说道，"只是我听说花千树此人在朝中根基不浅，宰相殷崇义与他私交甚厚，郑王李从善也同他有过往，所以，蔡某觉得兹事体大，也不敢妄作决断，只怕过了火候，郑王和殷相爷那边不好交代。"

白丛哈哈一笑："蔡钤辖所虑，在下十分明白，不过钤辖你是聪明人，应该知道，李从善虽名为郑王，实则外强中干，手中并无多少兵马，且自林仁肇一事之后，国主对他已不再信任，郑王一派日渐衰微。至于殷崇义，哼哼，无兵无权，不过一介书生，何足道哉？现如今，江南国四面临敌，国主早将江宁府一切军务交由禁军指挥使皇甫将军主持，眼下举国安危系于禁军一派，他那里不但有我江南阁的人帮忙，连统帅十五万水军的朱令赟将军也唯皇甫将军马首是瞻，蔡钤辖，你看，有这样一座大靠山，咱们还顾虑什么？倘若办成此事，蔡钤辖的大好前途还怕没着落吗？"

蔡湘雄一拍巴掌："白先生一席话，令蔡某茅塞顿开！"

萧涯舟道："蔡将军，此事至关重大，已是箭在弦上不得不发，一旦曹彬率军突发而至，江南国定然猝不及防，倘若被他们控制住当涂要地，顺江而下，那金陵城就危在旦夕了，到那时巢毁卵破，我们再要帮你们对付赵匡胤，可就难上加难了！"

蔡湘雄点头道："萧左使说得不错。"

白丛跟着叹了口气："唉，这些年来，赵匡胤对江南恩威并施，狼子野心早已昭然若揭，可咱们这位国主却只把心思用在吟诗作画上，一味退让，一年前，若不是他轻信了郑王的话，错杀林仁肇，自毁良将，赵匡胤如今怎么敢得寸进尺？"

萧涯舟道："贵国林将军英雄无敌，萧某也早有耳闻，可惜却落得个满门被杀的下场。国有良将，为敌所忌，自古至今，莫不如是。不过……"萧涯舟话锋一转，呵呵笑道，"蔡将军和白先生也无须多虑，如今花千树已落在咱们手里，百花堂也尽数被抄，若白先生消息属实，等撬开了花千树的嘴，得到孤城玦，那时候，莫说是一个曹彬，便是一百个曹彬、一千个曹彬，又其奈你我何？"不由哈哈大笑起来。

蔡湘雄陪着干笑几声，忽问："白先生，你这消息来得可靠吗？"

白丛语气略微有几分得意："当然可靠，说到此事，当应佩服我家司徒阁主有先见之明！其实，司徒阁主早就察觉到花千树其人非我同道，久必为患，所以，多年以前他便在百花堂安插了密探，这位密探费了数年之功明察暗访，终于不负有心人，就在前些时日，花千树一次酒醉，无意中喊出了云清清和孤城玦的名字，提到自己悔不该得孤城玦，由此来看，孤城玦必在花千树手上！只是……"白丛略微一顿。

"只是什么？"蔡湘雄问。

"只是我担心，花千树久行江湖，非等闲之辈，不会轻易就范，眼下形势紧迫，万一他死不开口，一味拖延时日，那对我们便大大不利了。"白丛凝眉说道。

蔡湘雄冷笑两声："白先生，岂不闻：人心似铁，官法如炉。他花千树既已是笼中之鸟，到时说还是不说可就由不得他了，姓花的便真是块顽铁，蔡某也能炼化了他！"

白丛点了点头："很好！不过这个花千树毕竟位列丹青十三剑，三山五岳好友也是极多，许多都是响当当的武林人物，蔡铃辖这里还是多派些人手看守为妙。"

蔡湘雄一笑，不以为然地说："丹青十三剑又如何？此番一者有十二刀盟的少盟主和萧左使亲自坐镇，再者又有江南阁的两位大先生在此，《名客图》上所谓丹青十三剑都是徒有虚名之辈，本铃辖从未放在眼里，本铃辖已派兵在百花堂设下天罗地网，只等逃走的那老怪物和小丫头回来，给他们来个瓮中捉鳖，来多少就抓多少！"

白丛哼道："蔡铃辖有勇有谋，在下佩服，可是，有一点蔡铃辖说错了，丹青十三剑可并非都是徒有虚名之辈！"他这一说，蔡湘雄忽然想起白丛的江南阁阁主司徒禹心便是《名客图》中的丹青十三剑之一，忙打个哈哈："当然，蔡某也是泛泛而指，你家司徒阁主在丹青十三名剑中，位坐次席，领袖江淮，自非花千树等人可比。"

白丛淡淡一笑，起身说道："蔡铃辖，有你和萧左使在此主持大局，我看大事可成，我这就连夜赶回金陵，将萧左使所说之事转告国主，叫国主早做准备，这里的事就全仰仗蔡铃辖和萧左使了，花千树此人至关重要，万望蔡铃辖谨慎看守。"

蔡湘雄道："白先生尽管放心，大堂之外，三千铁甲军近在咫尺，花家父子和那几个老怪物便是插翅也难飞，只是……只是国主和皇甫将军那里，还望白先生多多美言几句。"说着，发出一阵谄媚笑声。李清霄听到这里，心头反倒一块石头落地："花前辈他们果然被关在大堂！"这时，又听萧涯舟道："白先生自可安心回金陵，我家少盟主此番现身江湖，不惜奔波千里，盼的就是你我两家早日功成，届时挥师北上，杀了赵匡胤，平分大宋疆土，有我家少盟主和令尊白大先生在，定保万无一失。"

"好！好！这也是我江南阁梦寐以求之事！正所谓：'千人同心，则得千人之力；万人异心，则无一人之用。'希望你我两家也能同心协力，共成大业！"又说了几句客套话，蔡湘雄、萧涯舟便起身送白丛出门。

李清霄身子贴在琉璃瓦上，心头愕然不已："原来他们谋害百花堂的真正目的是为了孤城玦！孤城玦……真的会在花前辈手里吗？花前辈怎么会有孤城玦？"一时心绪不宁，捉摸不透，待白丛走得远了，李清霄念头忽闪："射人先射马，擒贼先擒王。何不趁机引开萧涯舟，捉了蔡湘雄，再以蔡湘雄为人质，叫兵马司放了花前辈他们。"打定主意，正要起身，忽听庭院铁甲铮鸣，脚步哗哗响动，从前堂走过来一大队铁甲兵，为首的是一员武将，身材高大，面容粗犷，那人停在正房门前，朗声说道："卑职庞岳，拜见将军。"蔡湘雄唤了句："进来吧。"

庞岳乃是江宁府当涂兵马副铃辖，李清霄见他进屋之后，与蔡湘雄谈起了江防之事，三分正务七分奉承，一时滔滔不绝，李清霄心中暗忖："萧涯舟武艺不俗，再加上这个庞岳，此时下去必定打草惊蛇，还是莫轻举妄动，先回去与秋大先生商议后再做决定吧。"又见夜已深沉，担心花翎惦记，身影一掠，飘离当涂兵马司。

李清霄疾如灵猿，连连几个纵跃，落到了百丈外的大街之上，甫一落地，忽听有人在背后沉沉说了句："大胆孟贼，竟敢私闯兵马司，还不快束手就擒！"李清霄一震，回首一瞧月下之人，顿时惊呼了一声。

39 定巧计

"离凌兄弟？"

李清霄一下扑过去。

月下之人，身高八尺，浓眉鹰眼，鼻梁直挺，神色刚毅，怀中抱着一根像擀面杖的家伙，如雕塑般直直站立，这人李清霄再熟悉不过，正是在武功城惜别的燕离凌。李清霄又惊又喜，握住燕离凌双臂："离凌，你怎么会在这里？"燕离凌呵呵笑道："清霄兄，士别三日，当刮目相看，如今你烟雨岛一战成名，事迹早已传遍天下，我燕离凌正是闻名而至，为了追随清霄兄左右。"李清霄道："许久不见，离凌兄也学会了奉承人的本事，不说玩笑话，你怎么会在这里？"

燕离凌道："哈哈，怎么是玩笑话？我说的都是实情。前些时日，我南下鄂州时，便听说清霄兄在烟雨岛助太玄宗战败外敌，平定内讧，可谓一剑惊天下，今日，我进了姑孰地界，又得知清霄兄在此大显身手，击退神卫军，解了百花堂之难，小弟敬佩得紧，我当时便想，李清霄是谁？那可是我燕离凌的好兄弟！我燕离凌既来此地，岂可失之交臂？便大摇大摆进了城，打算去百花堂寻你把盏叙旧，不料一进城就听说百花堂因里通外邦，犯了国法，被兵马司查抄，我担心你的安危，想趁夜探一探当涂兵马司，寻个究竟，不料竟在这里兄弟相遇，你说巧不巧？"李清霄知他半是玩笑，半是实情，便道："难得离凌挂念，这里不是说话的地方，咱们先出城。"燕离凌点头，二人步履乘风，登城越脊，如飞燕掠空，片刻间出了当涂城。

李清霄带燕离凌来到拴马之处，将百花堂的遭遇仔细与燕离凌说了一遍。燕离凌听罢，抿了抿嘴唇："来得早不如来得巧，清霄兄，若要救人，我可助你一臂之力。"燕离凌快刀一绝，李清霄听燕离凌如此一说，不禁大喜："若有离凌相助，真是事半功倍！你我兄弟情深，义气悬合，可惜……可惜此时并无好酒，否则定要痛饮三坛！"燕离凌笑了笑："不急，功成之日，再饮不迟。"

"好！"李清霄一握燕离凌的手："只等大功告成时，会须一饮三百杯！"大步上前，解开白马缰绳，一边扣紧连环，一边说道，"我这就带你到秋大先生安身之处，一同谋划救人之策。"燕离凌点头，二人共乘一骑，马踏尘沙，返回荒岭。

刚进山坡，见前面有人影晃动，李清霄一瞧，正是花翎在坡口焦急等待。夜色无边，野岭荒莽，她原本纤细的身影显得更为孤单。李清霄心中难过，翻身跳下马，快步过去，花翎也瞧见李清霄，喜出望外，急忙奔来，急切地说："清霄哥哥，你可算回来了，翎儿担心死了！见到我爹爹了么？他怎么样？"李清霄微笑着说："没事，一切都好，翎儿别急，咱们进去说。"花翎点头，忽瞧见燕离凌，惊异地问："清霄哥哥，这位是谁？"李清霄道："他叫燕离凌，是我最好的兄弟，适才我俩在当涂城巧遇，便带他来助我们一臂之力。"

花翎冲燕离凌施个礼："谢谢你来帮我们！"

燕离凌一笑："不谢，清霄兄的事，便是我的事。"

李清霄道："咱们进庙说吧。"

废庙香堂内，秋兴祖与花祥坐在火堆旁神思沉重，一见李清霄回来，二人连忙起身，秋兴祖当先问："李少侠，探得如何？"又见李清霄身后站个陌生人，神色孤高，不禁暗奇，又问，"这位是？"李清霄道："我来给你们引见，他是晚辈的好兄弟，名叫燕离凌。"又对燕离凌道，"这位便是名震江湖的'海外四仙'之首——秋兴祖秋大先生。"燕离凌拱手道："久闻秋大先生高名，幸会幸会。"

秋兴祖摆摆手："老夫半生虚度，徒负虚名，江湖薄面，不足为道！燕公子既与李少侠是好兄弟，那咱们便是一家人。"略为一顿，又问，"听燕公子口音，不像江南人士，不知燕公子家乡何处，师从何门？"

燕离凌道："在下少时坎坷，流落江湖，居无定所，随家师游走八方，萍踪浪迹，四海为家，至于家师名讳……他老人家遁世已久，恕在下不便提及。"

秋兴祖哈哈一笑："无妨，无妨。"李清霄接过话来："大先生，离凌兄弟身负绝艺，此番同咱们一道救人，当是如虎添翼。"秋兴祖道："太好了，眼下正是用人之际，燕公子能来相助，真是雪中送炭，咱们坐下说话！"

众人围拢火堆旁，赤光一照，神色更为凝重。秋兴祖当先开口："李少侠，此去兵马司探得如何？"李清霄道："花前辈他们被关在兵马司，不过此时尚无性命之忧，据晚辈探查，神卫军和江南阁之所以要谋害百花堂，为的就是夺取孤城玦！"

秋兴祖、燕离凌都是一惊，花翎道："我自小到大，从未听说百花堂有什么孤城珙，这帮人简直胡说八道！"李清霄点点头："我也不大相信孤城珙会在百花堂，可江南阁的人却深信不疑。"说着，将自己在屋宇上听到的话详细跟秋兴祖他们说了一遍，秋兴祖虎目生忧，叹道："老夫原以为他们是公报私仇，顶多也是为了贪图百花堂的万贯家财，未曾想……未曾想竟是为了孤城珙。"

花翎起身道："大伯伯，这帮奸贼既然存心谋害，我们想什么都没用，不如就此闯进兵马司，一剑杀了蔡湘雄，剩下的事也就迎刃而解了！"

"不可。"秋兴祖连连摇头，"他们若为钱财，事情倒好办，可是他们处心积虑的是为了孤城珙，若如此，就一定是有备而来，且不说当涂兵马司有数千铁甲军，便是蔡湘雄身边两个神秘高手，武功之高已属罕见。我们若逞一时之勇，贸然闯去刺杀，非但难以得手，还会打草惊蛇，再要救人，便不好办了！"

管家花祥在旁听着，忽然眼睛一亮，插口道："我倒想出一个办法！"

花翎忙道："祥叔快说！"

花祥道："我自来百花堂之时，曾随老爷去金陵城拜访过殷崇义殷相爷，老爷与殷相爷交情不浅，如今百花堂蒙难，咱们何不修书一封，向殷相爷求救，倘若殷相爷能出面搭救，老爷或许就有救了。"

花翎一听，赶紧说："不错！翎儿这就写信给殷伯伯，向他求救！"话刚说完，却见燕离凌在旁摇了摇头："现在修书，已然没用了。"

"为何？"花翎、花祥齐问。

燕离凌道："前日燕某途经金陵，听到个消息，殷相爷因与朝廷政见不同，已被国主李煜罢了相，如今已成一介布衣，江南军政尽数落在皇甫继勋手中，皇甫继勋心狠手辣，权势熏天，他若是一心想置百花堂于死地，殷相爷的话哪还管用？"

"那……那怎么办？"花翎茫然不知所措。

燕离凌摸了摸鼻子，忽然扭头问秋兴祖："秋先生，你方才说神卫军谋害百花堂的真正意图就是要夺孤城珙，对吧？"秋兴祖道："不是老夫说的，是他们自己说的。"燕离凌点头又问："秋先生与花堂主是至交，你可知孤城珙的下落？"秋兴祖眉头微皱："燕公子，你问这个做什么？"燕离凌神色凝重地说："既然那些人是为了孤城珙，在下觉得当务之急，就是找到孤城珙！如若秋先生知道孤城珙藏在何处，我们可以提早将它拿到手，一来免得神卫军捷足先登，二来也可以孤城珙为饵，与他们周旋，这样一定会保得百花堂的人平安无事。否则……倘若蔡湘雄对花堂主施以大刑，一旦花堂主挺刑不过，说出孤城珙下落，那就悔之晚矣了！"

秋兴祖略作沉默，淡淡一笑："燕公子多虑了，花老弟为人老夫最清楚，花老弟外柔内刚，他若不想说的事，便是杀了他也不会吐出半个字。"

花翎一听，心头发慌，连忙抢过话："大伯伯，孤城玦究竟是个什么东西？若真能换回我爹爹他们，咱们给他们就是了……"

秋兴祖长叹一声："翎儿，大伯伯也不知孤城玦藏在何处，方才大伯伯只是在假设而已，莫说孤城玦不在你爹爹手上，即便真在你爹爹手上，那普天之下，也只有你爹爹一个人知晓孤城玦的所在了。我想，眼下最紧要的不是寻什么孤城玦，而是寻找时机救人才是上策！"花翎急道："时机在哪？"

"明日，明日便是最好时机！"秋兴祖斩钉截铁地说。

"明日？为什么？"花翎问，秋兴祖手拈长髯，一边踱步一边说："眼下咱们人单势孤，若对付强敌，最好的法子有两个，一者乘虚而入，二者攻其不备。适才据李少侠所讲，江南阁白丛要连夜回金陵送信，这白丛武艺非凡，他一走，对蔡湘雄来说是少个大帮手，对我们来说则是少个劲敌，这是天赐良机，此其一也；其二，蔡湘雄半日之内拿下百花堂，此刻应是心骄气傲、得意忘形之时，他们定会以为咱们一老一少保命要紧，不敢姑执停留，而我们呢，恰恰来个反其道而行之，来个神兵天降，出其不意，攻其不备，就在明日夜半，偷袭兵马司，打他们个措手不及！"

"不错！"李清霄、燕离凌都连连点头。

秋兴祖道："大家如若认可老夫所说，那接下来咱们便好好谋划一下营救计策，看看有什么好主意，能做到兵贵神速，毕其功于一役，大家都来说一说！"

庙内阒寂无声，清白的月光从残格中洒入，仿佛多了几分清冷。李清霄、花翎、燕离凌望着如银月光，凝眉思索，忽然，李清霄眼睛一亮，脱口道："有了，我想到个法子！"花翎忙道："什么法子？"

李清霄道："《北齐书》有言：事贵应机，兵不厌诈。咱们先调虎离山，再声东击西！"秋兴祖略一沉思，抚掌道："妙！妙！"

花翎却道："哎呀，你们别卖关子，快说快说！"

李清霄一字一句道："所谓调虎离山，便是用计先将兵马司内的守兵调离原地，并减少咱们救人阻碍，接下来，再声东击西，扰乱敌志，惑其军心，一举救人！仔细来讲，我们可分为三路，大先生为一路，离凌兄弟为一路，我为一路，只等明晚三更时分一过，第一路带好一应火具，潜至兵马司内宅，纵火焚之，那内宅乃是蔡湘雄起居之所，离大堂最近，一旦起火，守在大堂的铁甲兵必然会被就近调去救火，此为第一步'调虎离山'；然后，第二路瞧见内宅火起，便假作盗匪寻仇，明火执仗，佯攻府衙东侧的校军场，必要时亦可纵火焚之，吸引府内铁甲军前去围剿，使其乱上加乱，不得两方兼顾，而此时……"秋兴祖听到此处，神色振奋，接过话来："此时，府衙大堂守卫必然空虚甚多，而府外隐身待命的第三路，正好趁此时机以雷霆之速直奔大堂，劈锁救人，这便是李唐杜佑《通典·兵六》所曰：'声言击东，其实击西。'实乃虚实相济、出奇制胜的打法！"

"正是如此！"李清霄也有几分兴奋，"花前辈和三位先生都身怀绝技，一旦断锁脱枷，便如鱼入大海鸟上青天，离开兵马司便非难事了。"

秋兴祖仰面长笑："李少侠，你不但一身绝艺世所难敌，如今施谋用智，亦非等闲之辈可及，真乃大将之才，我等倘若依计而行，大事必成矣！"

"太好了！"花翎激动得直拍手，燕离凌也笑道："清霄兄，一叶知秋，观你如此布兵，倒颇有几分乃祖遗风，名将之后，果然与众不同！"

李清霄道："离凌过奖了，但愿我这不是纸上谈兵。"他口上如此说，心中却仿佛梦想成真，萌添几分意满之情，又道，"大家若觉得此计可行，咱们便做下部署，我今夜探查兵马司，发觉府衙北侧多是桑槐民居，便于藏身，大先生身上有伤，不宜与铁甲兵正面相接，所以可作为第一路，调虎离山。届时，大先生只需多备硫黄焰硝引火之物，将引火之物撒在府衙内宅房上，你们便隐藏在高处，以火箭射府衙的房檐、廊柱，一旦火起，便算功成。"顿了顿，又说，"这调虎离山之计虽说是开局之棋，却事关成败，如若不成，必将打草惊蛇，后图必难，所以，大先生，你可谓任重道远！"

秋兴祖朗声说道："李少侠瞧好吧，老夫定给他们烧个红红火火，热热闹闹！"

"好！有大先生这句话，便安枕无忧了！"李清霄说着，转身又对燕离凌道，"离凌，你的武功我见识过，莫说当涂兵马司，便是王宫大内你也来去自如，所以你可作为第二路，正面出击，袭扰兵马司东侧校军场，只求扰敌，不求力战，见机行事。"

"好，记下了！"燕离凌点头。

"那第三路呢？"花翎问。

李清霄道："我为第三路，我去过兵马司，熟悉那里情况，到时我会事先隐藏在西侧的执事排房上，一旦大先生和离凌兄弟事成，我即刻闯大堂断锁救人，等救出花前辈，便发响箭为号，大家看到响箭，各自撤离，我们在当涂城外会合。"

花翎急忙又问："那我呢？我做什么？"

李清霄道："你与祥叔可在当涂城外多备些马匹，到时接应我们便可。"

"不！"花翎急道，"我才不要看马，我要和你们进城去救人！"李清霄道："此去兵马司，敌众我寡，凶险异常，翎儿不宜前往。"花翎道："正因危险，我才要帮你们，多个人手岂不更好？"李清霄道："此行旨在出奇制胜，速战速决，并非人手多就管用，刀剑无眼，万一……"花翎"铮"地拔出长剑，映着火光，素手一动，凌空抖出几串剑花："清霄哥哥，你别看不起人，刀剑无眼又怎么了？翎儿又不是小孩子，还对付不了几个喽啰兵么？"

李清霄一笑："那不是喽啰兵，是三千铁甲军！"

秋兴祖在旁也道："是啊，翎儿，这会儿不是由着性子的时候，你是女儿身，气力总归有限，一旦出事反倒不便，乖乖跟花管家看马去。"

"我不管！我一定要去，你们要不带我去，我就自己去！"花翎直跺脚，李清霄无可奈何，便道："也罢，翎儿一定要去，那凡事都要听从安排。"花翎道："放心好啦，只要叫我进城，你叫我做什么我便做什么，绝不捣乱！"李清霄听了，有些哭笑不得："你还想捣乱么？"花翎连忙摆手："不是捣乱，是绝不添乱！"

秋兴祖笑道："你这丫头天不怕地不怕，跟你娘亲一样的性子。"说到这里，不免神色忧惋，叹口气，转脸对李清霄说，"既然翎儿想去，便叫她与老夫作为一路，我俩只在暗处放火，倒还安全些。"

李清霄点了点头："就依大先生之见。"

秋兴祖捻着胡子说："还有一事，你我五人除燕公子外，都与神卫军和江南阁的人有过接触，若这般径直前行，必被发觉，咱们还需来个乔装改扮，掩人耳目。"大家纷纷赞许，觉得这样更稳妥，众人拢在火边又商议了一番，各自想着明日之事，已毫无睡意，直等到东方现出了鱼肚白。

卯时初至，李清霄一行五人便已离开废庙，在附近寻个村子，从农夫手里买了些粗衣旧帽，又赶到离此不远的黄池镇，买了些染彩、假髯等易容之物，外加一辆大号的独轮车。五人出了黄池镇，寻了个僻静无人之处，开始改扮装束。秋兴祖忍痛剪了自己心爱的长髯，穿上粗布短褐，将剪后的短髯涂白，扮成一个饱经沧桑的年老农夫；花祥穿上葛衣，装成算命先生；李清霄换成灰色短衣，涂黑面孔，俨然成了一个常年日晒、肤色黝黑的健壮小伙；花翎则将玉脸染得焦黄，又粘上大小斑块，从头到脚披上一大块灰麻布，立马变成一个叫人望而生畏的麻风病妇人。

四人乔装已毕，彼此相望，都觉不可思议，花翎来到李清霄身边，左看右看，嘻嘻一笑："哎呀，谁能想到，堂堂北祖高徒，如今竟变成个又黑又呆的放牛娃！"李清霄笑着说："你也没好到哪里去，要我看，翎儿若是见了镜子，千万要避开。"花翎道："为什么？"李清霄道："我怕你照到镜子会吓晕过去，到时我们总不能抬你进当涂城吧？"秋兴祖大笑，花翎却哼了一声，忽心念一转，踱步到李清霄身边，轻声问道："清霄哥哥，你说，如果翎儿以后真变成这副模样，你……你还会对翎儿好么？"

"当然会。"李清霄不假思索回答。

"真的么？"花翎高兴得如沐春风，仿佛将愁事忘得一干二净，李清霄道："无论翎儿变成什么样，都是李大哥的好妹妹。"花翎听了"妹妹"二字，原本灿若桃花的目光忽然变得若有所失，她将灰麻布狠狠拽了拽，喃喃道："谁要当你的好妹妹？我都当了十几年的好妹妹了！"哼了两声，抬头看了看天，提声道，"好啦，咱们该走了，省得去晚了人家关城门不伺候！"一边说着，一边坐上独轮车，回身招呼，"喂，放牛娃，愣着干什么？快推本小姐进城看病！"

李清霄摇头苦笑，推起独轮车"咯吱吱"朝当涂城走去。

一进入当涂地界，天气忽变，彤云涌来，太阳被完全遮住，原本并不晴朗的天空，此时更加阴沉起来，然而却没有下雨的样子，灰茫茫一片，又闷又热。花祥按昨夜安排，提前到指定处安顿马匹，李清霄、燕离凌一行四人继续前行，想到晚上救人之事，四人俱都心事重重，一路快走，到了当涂城下，已是未时，李清霄举目一瞧，城下添了许多官兵，画影图形，张榜城门，正以叛国之徒的名义，悬赏缉拿自己与花翎、秋兴祖三人。李清霄与一旁的燕离凌互视一眼，暗赞秋兴祖虑事周全。

燕离凌道："人多不便，我先行一步，在城里等你们。"

李清霄点头，又将所有兵器用布包好，叫燕离凌带进城去。

燕离凌走后，李清霄叫花翎躺在车上装好病人，不要乱动，他推着独轮车与秋兴祖一起抵到城门之下，这时，迎面过来两个官兵，横枪将他们拦住，其中一个长脸官兵大声断喝："停下，都老实点！你们从哪来的？进城做什么？"

秋兴祖连忙迎上去，咳了几声，满脸堆笑："官爷，小老儿是城东张家村的，前些日子啊，俺家丫头不幸染了病，越来越重，小老儿没法子，只好带俺上门女婿，到城中找郎中给瞧瞧。"花翎躺在车上听李清霄被叫作"上门女婿"，心中直美。

李清霄却暗自苦笑，装作可怜兮兮的样子哀求道："官爷，俺娘子这病染得厉害，再不治便来不及了。"

"染病？染了什么病？"另一个官兵凌声问。

"官爷你看——"李清霄哭丧着脸，将围在花翎脸上的麻布一掀，"是……是最厉害的麻风病！"两名官兵抻脖子瞧了一眼，吓得突地向后一跳，连忙用手捂住口鼻，骂了起来："他娘的，你怎么不早说？"此时，那个长脸的官兵又瞧了瞧李清霄和秋兴祖的模样，与图上所画并不相同，便不耐烦地说："快滚快滚！"回手又冲城门下的守兵大喊，"兄弟们，这车里是他娘的麻风病人，大家都小心着点，快叫他们过去。"门下众守兵一听，"呼啦——"向后闪开一大片路。

秋兴祖、李清霄点头哈腰，满脸含笑推车过去，还未出城门洞，便听一个官兵在后面没好气地嘲讽："这黑小子真他娘的没出息，长得比牛还壮，竟甘心去倒插门，整天守着个麻风病媳妇，不晓得图个啥！"又一个官兵接过话来："那也比你王老五强，三十好几的人，可曾娶回半个媳妇来？"王老五眼珠子一瞪，大声说："这他娘的能怨老子么？这鬼年头，老子这点军饷连个茅厕都买不到，拿啥娶媳妇？"

花翎在车上听了这些话，忍不住"扑哧"笑出声来，李清霄忙用麻布将她嘴遮上，瞪着她说："这个时候你还敢笑，不要命了？"脚上加快，"咕噜噜噜"推着独轮车进了当涂城，三人沿街走了约莫两三里路，与前方等候的燕离凌会在一处。

四个人依照昨晚筹划，转了几条街，买了许多火油、硫黄、焰硝、火箭等引火之物，在兵马司不远处寻了家客栈住下。安顿已毕，燕离凌见天色尚早，便道："秋先生，清霄兄，咱们空坐无趣，不如我去买些酒来，咱们饮上几杯，去去疲乏。"秋兴祖扬眉道："好，好，正口渴得紧。"花翎却道："不好不好，这个节骨眼上，你们还要喝酒？"秋兴祖一笑："无妨，越是临大事，越要饮上几碗，一旦酒入豪肠，必然浑身是胆，雄气赳赳，天大的事也办成了！"燕离凌笑了笑："秋先生所言极是，你们稍候，我去去就回。"燕离凌出了客栈，秋兴祖也回到房间，去验察火具。

花翎一人倚坐在窗前，杏目忧忧向外望去，浮云满城，天色不明，灰色阴凉之气穿过街上的孤树和杂草在每个角落间徘徊，花翎呆呆怔在那里，眼中不觉泛上泪水，李清霄心中平添几分难过，劝慰她道："翎儿别担心，过了今晚，明天一切便都好了。"花翎低下头，仿佛自言自语："小时候，我最怕天黑，那时总缠着爹爹，叫他买个太阳挂在我的绣楼上，这样便再不怕黑天了，可……可现如今，翎儿多么希望这天能早点黑下来！清霄哥哥，你……你害怕黑天么？"

"黑天？不怕！"

"为什么？"

"因为太阳还在！"

"太阳？太阳不是已经落山了么？"

"不！太阳不会落下去！"

"怎么可能？"

"因为……太阳落下的时刻，便是升起的时候。"

"哦？太阳落下的时刻，便是升起的时候……"花翎痴痴地念着李清霄这句话，忽听楼梯响动，却是秋兴祖从房间走了过来，秋兴祖目光向窗外略为一扫，不禁有些疑惑："咦？这客栈楼外便有一家酒肆，燕公子说去买酒，怎么还不见回来？"李清霄道："离凌与大先生一样，不但会饮酒，且雅量不小，想必寻常杯中之物难入他的法眼，定是寻街问巷，去买好酒了。"

秋兴祖笑了笑："燕公子也是性情中人，李少侠，老夫倒有个疑问想请教。"李清霄一拱手："请教二字晚辈不敢当，大先生尽管问便好。"秋兴祖点了点头："李少侠，你可曾了解这个燕离凌的过往？"李清霄略一思索，说道："晚辈与燕离凌相处时日虽说并不算长，可我二人一见如故，以心相交，故而对他过去之事倒也不曾细问，大先生，你问这些，可是觉着他有何不妥？"

"啊，不。"秋兴祖顿了半晌，说，"老夫……老夫只是对此人略感好奇而已。"话音刚落，却见门帘一撩，燕离凌抱着两个大酒坛，从外面兴冲冲回来，进门便说："好酒来了！"秋兴祖哈哈一笑，过去接过酒坛，又找来客栈伙计，向他要来碗筷、牛肉、肥鸡，四人围坐一处，开坛倒酒，醇香四溢，这酒乃是上好的剑南烧酒，味道浓烈霸道，仿佛透着一股剑阁峥嵘之气。花翎不爱饮酒，只吃几口菜，便停箸不动。秋兴祖、李清霄、燕离凌三人皆是爱酒之人，更兼酒量不差，逢此好酒，连杯不停，直到两坛喝得精光，三人意犹未尽，只是想到晚上之事，却也不敢再饮。

40 别离歌

入夜，起风了。

李清霄、燕离凌、秋兴祖、花翎四人换上夜行衣，带好一应物事，悄悄离开客栈。到了当涂兵马司，四人在偏僻处隐下身子，李清霄低声说："大先生，离凌，今夜行事，贵在出奇制胜，成败在此一举，只有在最佳时机动手才会事半功倍，咱们千万要耐住性子！"秋兴祖、燕离凌俱道："放心！"

"好！"李清霄道，"我先行一步，只要你们两面功成，我便劈锁救人。"转身要走，花翎一把抓住李清霄袖子，看着他说："你要小心！"李清霄拍了拍花翎秀腕："放心，过了今晚，一切便好了。"倒提鹿角剑，身形电起，几个纵跃，绕到了兵马司西侧，李清霄飞檐掠脊，轻车熟路，来到大堂西面的执事排房上，俯身去看，两百余名铁甲兵依然守立堂下，李清霄心头舒了口气："想来花前辈他们还关在堂中。"他收身扶瓦紧贴屋脊，看夜空如墨，整个兵马司极安静，能清晰听见草中蟋蟀的凄切叫声，偶有一两声狗吠从远处传来，久久回荡在深巷之中。约莫过了半个时辰，还未见内宅那边有动静，李清霄略感不安，隐隐听到自己心跳之声："大先生和翎儿怎么还没动手，莫非……"正胡思乱想，陡然见内宅那面火光大起，照得天地通红，接着便是满院的嘈杂之声，只听有人高喊："不好了，起火了，快叫人来救火！"过了一会儿，火势熊熊，又蔓延了两间屋子，四下里噼噼啪啪烧得响爆不停。这时，又听有人大呼："不行不行，人手不够，钤辖有命，速调前院弟兄前来救火！"李清霄闻言，心下大喜，此刻，忽听东侧校场楼上有人振声高叫："狗官，快出来送死，本大王今日率天兵前来，为我死难的兄弟报仇雪恨，都给老子滚出来！滚出来！"

李清霄一听，喊话的正是燕离凌，随后，又听府庭那边有人大呼："弟兄们，随本将速去校军场擒贼!"但见火把如龙，甲胄铿铿，几队铁甲兵向校军场开去，为首的正是兵马副钤辖庞岳。不到半盏茶的工夫，便听到一阵打斗之声，继而铁甲兵惨呼不绝，李清霄喜得一捶腿，轻声自语："成了! 此时不去，更待何时?"

"铮!"李清霄掣出白鹿角，倏忽起身，足尖一点青瓦，弹出五六丈，三个起落，箭一般冲到大堂屋脊之上，向下一瞧，喜不自禁: 守立堂下的两百余名铁甲兵，此时一个也不见了，李清霄暗想: "想是蔡湘雄中了调虎离山之计!"一时大快，燕子一样飘身而下，纵至门前，见两扇朱门用酒杯粗的大锁封着，李清霄手起剑落，"唶——"大锁应声而落，李清霄推门而入，月光唰地照进堂中，地上如同泼了一层水银，只见偌大白虎案前，并排放着六只大铁笼子，上面用灰褐色帷布盖着，不叫笼子里的人看清外面情形，这时，只见最左侧铁笼里的人听见了动静，哗啦一动锁链，开口大骂了起来: "狗杂种，王八蛋，给老子滚过来! 你们整天吃香的、喝辣的，却把四爷爷丢在这里，快给你四爷爷一碗酒喝，不然四爷爷天天操你八辈祖宗!"旁边铁笼忽然有人呵呵一笑: "老四，你急什么? 等到秋后问斩之时，自有一碗断头酒给你喝。"

李清霄一听这二人声音，正是海外四仙中的臭老四和瘦金道人，不禁喜出望外，快步上前，出手如电，扯下六个大铁笼上的帷布，定睛一瞧，从左至右依次是臭老四、瘦金道人、空和尚、花千树、花子诚、花子信六人，李清霄心中石落，低声轻唤: "花前辈，三位先生，是我，李清霄!"

大堂内蓦地一静，臭老四咳了几声，从笼中坐起，揉眼一瞧，登时又惊又喜: "哈哈，真是李少侠，你小子怎么才来? 再晚几个时辰，少不了要收尸了!"花子诚、花子信也激动地爬了起来，花子信哽咽地说: "清霄兄弟，太好了，我们有救了，我们有救了!"花千树扶着铁笼勉力站起，先是问: "李少侠，秋大哥和翎儿他们好吗?"声音干涩嘶哑，想是内伤未愈，外加心火急攻所致。李清霄见他形容憔悴，哪里还有丹青名剑的气派? 心中叹惋，忙道: "大先生和翎儿都很好，我们与大先生已会合一处，今晚便是来营救你们出去。"说着，挥剑要砍铁笼子，不料花千树忽地一拦: "且慢! 李少侠，要是砍了锁链，花某如此一逃，岂不被官府坐实了叛国之罪么?"

"花前辈!"李清霄有些着急，"你尚不知，蔡湘雄勾结神卫军，存心捏造罪责，构陷百花堂，他们是另有所图，你若不走，正中他们的圈套!"

"什么企图?"花千树惊问，李清霄道: "此时紧迫，不宜多说，等出去后再同花前辈讲明!"说话时，李清霄鹿角剑嘤鸣而出，如切瓜削菜一般，将笼锁逐一削落，又砍断他们手脚上的镣铐，众人出了铁笼，顿如蛟龙得水，快然无比。

瘦金道人见白鹿角削铁如泥，连连赞叹："好剑！好剑！古剑寒黯黯，铸来几千秋。可使寸寸折，不能绕指柔。愿快直士心，将断佞臣头！"臭老四一脚踢翻铁笼："老子这就去宰了那佞臣贼子的头！"李清霄一把拦住："四先生，来日方长，先离开此处，再作计较。"众人点头，一同奔出大堂。堂外半个守兵也看不见，花千树、瘦金道人、臭老四都异常惊讶，李清霄一笑："这些铁甲兵被我用调虎离山之计给弄走了。"臭老四大笑："妙啊，哈哈，读书人就是爱动脑筋，比老子强出百倍，老子喊打喊杀，反倒费力不讨好。"花千树等人也是赞叹。

这七人虽说本领各异，但皆非武林庸手，李清霄架着花千树，在堂下说个"走"字，与瘦金道人、空和尚、臭老四、花子诚、花子信五人跃上大堂，履瓦如飞，向兵马司北面奔去。这一路来，只见远处火光烧天，黑烟滚滚，并未遇到一个阻拦之人，七人无不欣喜，飞离北宅，跳出兵马司衙北大墙，七个人终于脱离了虎口。

七人都笑起来，这时，忽听不远处一棵大槐树上有人轻呼："清霄哥哥，是你么？"李清霄一听，是花翎的声音，忙道："是我，花前辈他们已经出来了！"他话音未落，但见大槐树上嗖地飞下两人，正是秋兴祖和花翎，花翎一见花千树，呼地扑过去，在花千树肩头大哭："爹爹，是翎儿不好，让你受苦了！"花千树老泪纵横，轻拍她肩头："与你无关，是爹爹让翎儿受惊了。"秋兴祖笑道："好了好了，如今大家相安无事，便是天大幸事，你父女暂存眼泪，回去对着美酒烛灯慢慢哭。"李清霄道："不错，这里不是叙话之所，咱们得快走。"

"走"字刚一出口，只见兵马司北大墙外突地一下火把大亮，李清霄、花千树、秋兴祖等人一惊，火光之下，竟森然排列着上千名铁甲兵，人似虎，枪如林，弓上弦，刀出鞘，千根火把高举，红光烛天，照如白昼，将兵马司北大街围得水泄不通。

李清霄心中大惊："怎么会这样？这些铁甲军不是被调走了么？"再仔细去瞧，铁甲军中间围簇一人，这人头戴铜盔，身穿铁甲，面圆体阔，一双三角眼在火光下不怒自威，正是当涂兵马钤辖蔡湘雄。蔡湘雄哈哈大笑："本钤辖在此候你们多时了，量尔等区区小计，就想逃出我的掌心吗？"李清霄猛然一震："这调虎离山、声东击西之计明明起了效用，怎会被蔡湘雄识破？莫非有人走漏消息？"转念又想："绝不可能，大先生、离凌都是挚友，断不会走漏消息，难道……难道是我低估了蔡湘雄？这当如何是好？"李清霄心里翻滚如潮，急急盘算着脱身之计。

"嘿嘿……"蔡湘雄冷笑两声，不紧不慢地说，"你们以为放几把火，敲几下锣，再喊上几嗓子，便能蒙混过关么？当本铃辖是三岁孩子！实话告诉你，蔡某早已料到你等奸徒会来救人，正张好口袋等你们来跳呢，这便叫'见雀张罗'，哈哈哈哈……"

"去你妈的雀雀罗罗，老子先灭了你再说！"臭老四挥拳便要冲上去，李清霄横臂一拦，当先冲到前面，冲蔡湘雄冷声说道："姓蔡的，你构陷好人，杀人作恶，就不怕因果报应吗？"蔡湘雄仰面大笑："李清霄，蔡某也听过你的名头，不想却是个书呆子！这里是兵马司，不是雷音寺，因果报应我说了算！"向后一扬手，"拿下这群叛贼！"话音落时，当即冲出二十多名铁甲兵，手持长枪向李清霄扑来。

李清霄剑眉飞立，纵身过去，左袖一卷，撞在当先的三名铁甲兵枪杆之上，三个铁甲兵"啊"的一下，大枪齐齐脱手，李清霄连起三脚，又踢翻七八个铁甲兵，随即落足疾走，鹿角剑在剩下那十几名铁甲兵面前哧哧连削，铁甲兵只觉眼前寒光飞绽，"哐啷""啪啦"一阵声响，手中大枪俱被李清霄削断，枪头落了一地。

"一群废物，再上！"蔡湘雄挥手大骂，旋即又冲上来三十名铁甲兵，李清霄走步如龙，剑锋到处，铁甲兵的大枪应声而断，李清霄掌震脚踢，虽将他们打翻在地，却未伤一人性命，饶是如此，蔡湘雄心中仍吃惊不已，他稳了稳心神，厉声断喝，"李清霄，莫非你要效法十三太保李存孝，以一人之力敌我千名铁甲军吗？"

十三太保李存孝，乃是五代后唐开国之君李克用麾下第一猛将。李存孝力大无穷，武艺绝伦，又熟知兵法韬略，他每临大敌，橐弓坐槊，阵中易骑，轻捷如飞，马踏冰河，万人辟易，曾以一人之力斩杀数百敌军，时人化用大唐李卫公"王不过项，将不过李"之言誉之，赞其骁勇。这十三太保李存孝与西楚霸王项羽、北朝武悼天王冉闵、南朝宋武帝刘裕等人，皆是以一敌千的千古豪杰，如此大英雄，李清霄自十分清楚，他昂首大笑："十三太保姓李，我也姓李，李存孝有重铠橐弓坐槊，纵横沙场，斩将夺旗，我李清霄也有三尺杀人剑，未尝饮血，不知谁可一试！"

蔡湘雄冷笑："初生牛犊不怕虎，我看你三尺剑快，还是我铁甲硬弓快！"霍地一举手，"哗啦——"铁甲军队形一变，前排向后撤开，后排跟着上来二百名弓箭手，"咯吱"一声，张弓搭箭，铁镞森森，齐齐瞄准李清霄、花千树等人，蔡湘雄道："你们是束手就降，还是顽抗到底？"李清霄剑眉扬立，正要答话，却听秋兴祖在后面喊："蔡将军，我等愿降！"这一句话倒大是出乎蔡湘雄意料之外，他扬眉冷问："当真愿降？"秋兴祖呵呵一笑："当真愿降！不过么——"

"不过什么？"蔡湘雄问，秋兴祖满脸赔笑："蔡将军，你是知道的，人多口杂心不齐，有怕死的，有不怕死的，有愿降的，有不愿降的，蔡将军若不想我等拼死顽抗，就容老夫同他们商议一番，劝劝这些顽固不化的人，如何？"

蔡湘雄哼了一声："好！那本将军就高抬贵手，给你一盏茶的工夫！"

"多谢蔡将军。"秋兴祖作了个揖，挥手招呼李清霄过来，使个眼色，对李清霄附耳说道："李少侠，老夫适才暂施权宜之计，将他们稳住，现下花老弟重伤未愈，不宜动武，一会儿我们几个老怪物与蔡湘雄假作谈和，然后突袭他的弓箭手，你就趁机带着花老弟、翎儿和两位公子杀出血路，急速离开此处！"

"不可。"李清霄当即拒绝，"要走一块走，铁甲兵如狼似虎，不能将你们留在虎狼之窝！"秋兴祖一瞪眼，加快语速："李少侠，危急关头当用非常之法，岂不闻：人多不便，末大必折？"话未说完，却见花千树在身边咳了一声，吃力地说道："李少侠，花某内伤甚重，行走不便，稍时突围，你只需带翎儿和犬子走便可，不必管我！"

"花老弟，"秋兴祖眉头拧成个川字："李少侠方才说了，蔡湘雄这伙人费尽心机，别有所图，他们究竟为何而来，难道你还不明白么？你若不走，后患无穷！"花千树听了秋兴祖之言，似乎想起什么，神色骤然落寞，顿了一会儿，依旧说道："无论如何，也不能将四位哥哥留在这！"瘦金道人一抖拂尘，在旁着了急："莫再争了，趁兵马司的那两个高手未在此处，你带着孩子们和李少侠赶快离开，若再迟疑，谁也走不掉！"李清霄心头一痛，凝眉说道："四位先生，若如此，你们可就……"他本想说"凶多吉少"四个字，一时哽咽在喉，终究没有说出口。

秋兴祖呵呵一笑："生有何欢？死有何惧？但求死得其所而已！"空和尚双掌合十，终于开了口："善哉善哉！罪过罪过！和尚平生，救人不如杀人多，罪业深重，这身臭皮囊早无眷恋，倒是李施主慈悲喜舍，慧命无穷，当留有为之身，济天下苍生。"瘦金道人也笑了笑："生于天地之间，死于天地之间，如若必死，我等视死如归。"臭老四哈哈大笑："臭道士，老子和你争了这些年，独这句话我爱听！臭老四不会转文，只知冲锋陷阵，第一个上去！"

臭老四声音一大，惊动了蔡湘雄等人，蔡湘雄大声道："你等如此开怀，想必是商量妥了，降是不降？"秋兴祖朗声道："要降！要降！我等皆识时务之人，素不以卵击石，岂能不降？"回头向花千树、李清霄使了个眼色，说道，"花老弟，都到了这等关头，你还不速作决断么？"花千树满脸悲戚，仍不忍离去，花翎也泪流满面，这时，又听蔡湘雄在那边喊："你们还磨蹭什么？再要迟疑，休怪箭不长眼，将你们射成刺猬！"一听这话，二公子花子诚急忙过来，拉了拉花千树衣袖，声音发抖："爹，咱们……咱们便依了大伯伯吧！"花千树一把推开："你个贪生怕死的畜生……"

"花老弟！"秋兴祖双目凝威，"方才我的话你莫非忘了不成？你堂堂大丈夫，绘像《名客图》，一代丹青名剑，怎可如此拖泥带水？你若一心要见清清，我不拦你，可……"他一把拽过花翎，"可是你别忘了，还有翎儿！"花千树蓦地一颤，老泪滚涌而出，嘶哑地说："对，还有翎儿，还有翎儿，小弟……知道错了，秋大哥……小弟又欠了你一条命，教我该如何报答……"秋兴祖哼哼一笑："报答？不急，慢慢攒着，以后拿来换酒喝。"又瞧了李清霄一眼，故意提声道："李少侠，咱们走吧！"

秋兴祖决绝之心已定，李清霄怎能不明白，他强忍悲痛，一手紧拽着花翎，一手拉着花千树，冲秋兴祖等人哽咽地说："四位先生，你们千万保重……"

"好说！好说！"秋兴祖哈哈一笑，忽仰头唱起歌来，"入不言兮出不辞，乘回风兮载云旗。悲莫悲兮生别离，乐莫乐兮新相知……"歌声凄美悠扬，一曲歌罢，他蓦地转身，与空和尚、瘦金道人、臭老四三人横作一排，大步向铁甲兵走去，秋兴祖看看左右，高声说："几位老伙计，咱手上的家伙虽说不在了，可响当当的名号还是有的，要和他们报上一报！"说着，倒剪双手，当先长吟："春色牡丹向日红，有名有姓，秋兴祖。"空和尚眯起了眼睛，双手合十："夏日荷花满池中，有姓无名，空和尚。"瘦金道人一甩袍袖，提高了声音："秋菊丹桂香千里，有名无姓，瘦金道人。"臭老四两手抱肩，哈哈笑道："冬雪寒梅伴老松，无名无姓，我叫臭老四。"

"好！"秋兴祖接着喊道，"海外四怪，特来归降！""降"字一落，四个人蓦然腾空而起，像四只苍鹰，闪电一般扑向两百名弓箭手，那些弓箭手突临此变，一来反应不及，二来未接到命令，故而尚未等到开弓放箭，便被海外四仙冲了个七颠八倒，散了队形，蔡湘雄始料未及，连连后退，可他毕竟武将出身，倒有几分镇定，当下拔出佩刀，向夜空一指，大声道："弟兄们，不要乱，反贼拒捕，格杀勿论！"话音落时，早有数百名铁甲兵涌来，将秋兴祖四人层层围住。

李清霄不敢拖延，也不跟花千树请示，一把将他拽到背上，左手紧拉着花翎，冲花子诚、花子信大喊："快走！"踏步如飞，向东奔去，远远只听秋兴祖、空和尚、瘦金道人、臭老四这海外逍遥四仙，伴刀剑、厮杀之声，在铁甲军中慷慨齐呼："海外四怪，逍遥自在，不求同年同月同日生，但求同年同月同日死！"

　　"古有伯夷、叔齐，今有秋兴祖……"

　　"空——和——尚！"

　　"瘦——金——道——人！"

　　"臭……臭老四……"

　　"哈哈哈哈……"

41 杀人剑

"铮铮……"

泠泠刀声，犹如清角吹寒。

李清霄负着花千树，耳听身后声声句句，就像支支利箭攒心刺肺。海外四仙笑声忽止，再不可闻，李清霄的心咯噔一下，像砸了块大石头，难以呼吸。忽然，他感觉颈部发凉，情知是花千树流下的泪水，李清霄强忍悲痛，脚下加紧，与花翎、花子诚、花子信还未奔出三五里路，忽然，前面红晃晃一片火光大盛，紧跟着，甲胄铮鸣，哗啦啦又围了几百铁甲军，个个张弓搭箭，对准了李清霄、花千树五人，李清霄不禁倒抽一口凉气，只见中间一名高大军官一阵大笑："叛贼，你们往哪里跑？"来的正是当涂兵马副铃辖庞岳。花翎、花子信、花子诚见了这场景，又惊又惧，围拢过来，将花千树护在当中，花千树吃力地说："李少侠，把我放下来吧。"李清霄只好从命，花千树双足落地，苦笑一声，"龙游浅水遭虾戏，虎落平阳被犬欺，没想到我江南梅雨花千树，如今也落到这般田地！"他慈目微睁，看了看花翎，"翎儿别怕，爹爹便是拼了这条老命，也要保你平安！"花翎呜呜哭了起来："爹爹，没事的，有清霄哥哥在，都会没事的！"李清霄听了花翎这话，反倒心如刀绞，暗暗悔恨："李清霄，若非你自以为是，自作聪明，哪会弄巧成拙落到如此地步？"正自责时，庞岳在那边将刀一举，喝道："奉蔡将军令，拒捕逃窜者，一律格杀勿论，放箭！"

号令一下，前排铁甲兵"绷"的一声扣弦而发。

"嗖——嗖——嗖——嗖——"金声破空，羽箭如飞蝗蔽天，射向李清霄，李清霄豁出命来，他扬起剑眉，双目喷火，大喝一声踏足身起，鹿角剑嗡鸣大作，旋转雷发，剑走流星，又如苍龙夭矫，左旋右抽，在花千树四人身前荡起一层剑气，四面铁镞射来，尽皆迎刃而断。庞岳未见过如此神技，当下大惊，正要整队再射，忽见左侧铁甲兵一阵大乱，一些铁甲兵三三两两被抛掷空中，惨呼不绝，鲜血四溅，只听有人高喊："清霄兄，我来了！"李清霄凝眉一瞧，大喜过望，只见燕离凌如虎入羊群，片刻便冲到李清霄近前，李清霄一把握住燕离凌手臂："离凌，你来得正是时候！"

这时，又见庞岳扬刀大喝："列队！前后齐发！"令声一出，弓弦同响，飞矢雨点般射来，比上轮足足多出一倍，燕离凌、李清霄双双大喝，刀剑并举，所到之处，数百只铁镞四下崩飞。庞岳哼了一声，在弓壶中一抽，呼地将铁胎大弓拿在手中，反手掣出一支三棱铁箭，满搭朱弦扣，两膀用力，"咯吱吱"弓如满月，"嗖——"三棱铁箭带着极大劲力，疾向李清霄射去。

燕离凌闪目瞧见，喊了声："小心！"他左手一推李清霄，右手晓月寒刀反拨，"叮"的一声拨开三棱铁箭，箭头倏地偏向李清霄身后，跟着传来"呃"的一声沉呼，李清霄急忙回头一瞧，大惊失色，那支三棱铁箭竟射中了花千树的左肩。铁箭疾射，力道甚大，这一下穿肩入骨，花千树晃了晃，一口鲜血喷出，昏倒在地。

"爹爹！"花翎、花子诚、花子信扑过去。

事发突然，李清霄痴痴发愣，燕离凌大声说："清霄兄，你在做什么？危急关头，不能这般拖沓下去了，叫起他们赶快杀出去！"说完这话，燕离凌一马当先，左突右冲，刀光流动，纵横莫当，杀得铁甲兵七零八落。

李清霄从悲中惊醒，顾不得太多，回手一剑削断花千树肩上的箭杆，拽起花翎，冲花子诚、花子信大喊："两位哥哥，背好花前辈，冲出去！"花翎大哭："我要去杀了那狗官为爹爹报仇！"挥剑冲向庞岳，李清霄一把拉住她："不行！你要去送死吗？"死死握住花翎的腕子，当先开路，疾冲铁甲兵。

近身一战，铁甲兵的弓箭便起不得用处，李清霄右手剑锋过处，铁甲兵长枪齐断，左手先天真气冲出，官兵水花一般四面跌倒。花子诚、花子信虽未经过大阵仗，可是在生死关头，他们也豁出命去，一时勇力非常，打翻几名官兵，夺下长刀，一面护住花千树，一面左右猛砍，杀得身边铁甲兵肢体横飞，哧啦啦血溅如雨。

饶是如此，铁甲兵仍旧愈聚愈多，三人冲出了一层，外面又围上一层。燕离凌一见李清霄一味冲撞，剑下却不伤人命，不禁浓眉紧皱，如风似电冲到近旁，高喊："清霄兄，你为何手下留情？"李清霄道："我……我不想杀人！"燕离凌哈哈大笑，继而说道，"迂腐不堪！生死关节，你不杀人，如何退得了这群虎狼之兵？"说话之时，反手一削，两名铁甲兵的头颅登时飞了出去，鲜血喷如泉涌。李清霄大震，转眼看了看沾满鲜血的花翎，李清霄心乱如麻，右手狠攥苍龙剑柄，直攥得青筋凸起，忽地疯一样大喊："闪开！闪开！再若阻拦，血溅五步！"

一个铁甲兵不理会，迎面一枪搠来，李清霄暴喝，侧身，白鹿角直刺过去。

"咻——"一道寒光，鹿角剑径直刺入那铁甲兵的胸膛，剑尖穿过甲胄，穿过皮肉，穿过骨头，再从另一头穿出……这一瞬之间，李清霄听到了鹿角剑入肉入骨的声音，那个声音伴随着自己的心跳，清晰地传入自己的耳膜。

"我……杀人了……"

"我杀人了……"

李清霄在心底拼命地狂喊，有些阵阵作呕。

穿心裂骨之声，依旧萦绕耳畔，李清霄嘶吼一声，不想再听，翻手拔出白鹿角，"噗——"铁甲兵胸口鲜血飞溅而出，斑斑点点染在李清霄衣袍上。那是殷红的、温热的、腥气扑鼻的血，是令人心跳的血，但很快，血凉了，凝固了，直到变黏、变深、变得令人恐惧。李清霄双目泛红，右手微微发抖，紧跟着怒喝一声，如痴如狂，冲向铁甲军，奔突腾跃之时，鹿角剑左右翻飞，剑气凌纵，当者披靡，转眼又有八九名铁甲兵倒在剑下，那些铁甲兵被李清霄气势一慑，竟不由纷纷后退，不敢近前。

燕离凌抬脚踢飞一个铁甲兵，大声道："这才像话！"转手唰唰唰连出三刀，三名围上来的铁甲兵顿时中刀倒地。李清霄带着花翎、花子诚、花子信合拢过来，燕离凌当下在前开道，花子信背着花千树居中，花翎、花子诚在两翼相护，李清霄断后，五人力在一处，一路冲杀。李清霄、燕离凌皆当世高手，刀剑起处，铁甲兵四下翻倒，尸如捆柴，布满长街，余下的铁甲兵心中生了恐惧，接连两边溃退。

几个人又猛冲了一阵，终于突出重围，来到当涂西城之下，李清霄登城而上，突入门楼，擒住值夜勤的守城军官，以剑相迫，叫他立刻打开城门。守城军官见李清霄全身血污，如凶神恶煞一般，哪敢耽搁，忙开城，燕离凌等人鱼贯而出。李清霄见他们走得远了，抬掌将守城军官打晕，飘身下城，与燕离凌等人会合。

众人向西又奔出六七里路，忽见前面林道之上有人影晃动，一瞧，正是花祥在此辖马等候，大家纷纷上马，抖缰疾驰。

赶回野岭废庙之时，天色已然泛亮了，几个时辰的血战，大家早已筋疲力尽。花子诚以长袍铺地，将花千树平放，李清霄赶紧过来，撕开花千树肩上衣服，一看，大家不约而同地惊呼一声，只见铁镞穿肩，伤口血肉模糊，周围早已渗出一圈黑晕。

李清霄颤颤地说道："这箭……这箭上有毒！"

"啊？"花翎、花子诚、花子信闻听，如晴天霹雳，花子信大惊，"那赶快将毒箭拔出来！"上前要拔箭，李清霄一把按住花子信手腕："不可！此箭穿肩入骨，毒气冲心，稍有动作，花前辈立时便有性命之忧，断不可拔！"

花子信泪水涌出，花翎更是拉住李清霄胳膊大哭："怎么会这样……清霄哥哥，你一定要救救我爹爹……"李清霄心如刀绞，只觉浑身无力，委坐在枯木上："都怪我！都怪我自作聪明，我以为计出必成，却反倒中了人家的计……是我害了花前辈还有四位先生……"一时追悔莫及，仰脸闭目，紧咬下唇抖动不停。花翎顿时心疼起来，含悲忍泪劝李清霄，"清霄哥哥你别自责，是咱们低估了姓蔡的恶人，清霄哥哥，你千万不能有事，否则……否则翎儿怎么办？"又呜呜大哭起来。

李清霄哀叹："怪我纸上谈兵，自以为是，毫无临机应变之能，要是……要是烟白姑娘在，断不会落到如此地步！"花翎听到此处，一边擦着眼泪，一边问："烟白姑娘是谁？"李清霄凝滞了一下，方道："她……她叫陆烟白……是我很好的朋友！"花翎一怔："很好的朋友？你们认识很久了么？"李清霄没有说话，只是摇了摇头，他不想让花翎再追问，便道："花前辈箭毒入骨，如果有烟白的'七心雪晴丹'在，或许还能一救！"花翎忙问："那位陆姑娘在哪儿？我这就去管她要！"

李清霄道："烟白此刻可能在姑苏灵岩山，我眼下还不知她的具体行踪，即便知晓了，那灵岩山地处吴越国界，离此数百里，这一去一回，少说也得三四日，只怕……只怕来不及了！"花翎急道："那怎么办？清霄哥哥，你快救救我爹爹！"李清霄心中难过，说道："我先用先天元气护住花前辈心脉，不叫毒气攻心，应当还能维持三五个时辰，然后我们再想其他法子！"说着，李清霄扶起花千树，单掌扣住花千树背后"心俞""厥阴""神道""灵台"四穴，将先天真气注入花千树体内，过了片刻，但见从花千树肩头伤口流出浓黑的血水，众人见了，无不心惊。又过了半个时辰，幽幽黑气从伤口散出，随后便听花千树"呃"了一声，吐出一口瘀血，缓缓睁开双目。

"醒了！醒了！"大家一阵欢喜，李清霄说："快取些水来！"花祥赶紧将水囊拿来，花千树喝了水，气力好了一些，他微微环顾四周，开口问："这里是哪儿？"花翎忙道："爹爹，这是天门山西的一座废庙，很安全，姓蔡的不会知道我们在这里。"花千树点了点头，见李清霄、花子诚、花子信、花祥都安然无事，他精神为之一悦，缓缓说道："你们没事我就安心了，可是……可是四位哥哥他们……"花千树说到这里，两行老泪流出，李清霄强忍悲痛，说道："花前辈，大先生他们个个身怀绝技，未必……未必会出事。"花千树一丝苦笑："但愿如此……"猛地咳了几声，吃力地问："今天……是七月初七，对吧？"众人点头，花千树眼角忽然流过一丝暖意，缓缓伸出手臂："扶我起来，我……我要离开这里！"

大家都是一惊，李清霄问："花前辈想去哪儿？"

"天门山，相……相思谷……"

"相思谷？"李清霄等人彼此相望，均是一头雾水，花子诚问："父亲，你去相思谷做什么？"花千树气息微弱地说："为父……为父有要紧的事，今天要赶到那里，晚了……晚了就来不及了！"李清霄、花翎、花子信、燕离凌等人虽不知花千树话中何意，可见他执意要去，只好从命。花祥从旁道："老爷，相思谷离这里虽不算远，但难免路上不会碰见蔡湘雄的人，稳妥起见，我还是先行一步，去前面探一探路，老爷和李大侠他们随后启程，倘若前方有凶险，我就立马折回来告知大家！"花千树轻轻点头，花祥略做整顿，低头出了废庙。花祥走后，花子诚、花子信便赶紧找来几根长棍，用长袍包卷，做成简易软床。约莫一炷香的工夫，一切处理妥当，花千树躺在上面，兄弟二人抬着软床，同李清霄、燕离凌等六人离开废庙，直奔相思谷而去。

一寸相思千万绪，人间没个安排处。或许正因如此，天地间才有了如诗如画的相思谷。李清霄一行人来到谷外，这里溪流淙淙，怪石嶙峋，空气清新静谧，与俗世有天壤之别。花千树躺在软床上，眼望晨曦，耳听鸟鸣，似乎忘记了肩上之痛，神色好了许多，竟起身下了软床。李清霄、花翎大是欣喜，以为是转好兆头，但见花千树朝谷中望了半响，扭头说道："诚儿、信儿，你们陪同燕少侠在谷外暂候，我与李少侠、翎儿进山走一趟，若无紧要事，你们莫来打扰。"花子诚、花子信点头答应，花千树迈出几步，回头又看了看花子诚、花子信，叹了口气："你兄弟二人悟性不佳，心性柔韧，非习武之才，今后……今后不要总想着什么恩仇，要远离江湖，过安稳日子！"

花子诚茫然问："父亲说这些做什么？"

花千树微微一叹，也未回答，转身对李清霄道："走吧。"

李清霄与花翎搀着花千树在山谷中走了五六里路，前面闪出一座高峰，这峰甚奇，三面起伏雄壮，古木茂盛，唯独一面直直塌落下来，上半截壁立千仞，如刀切一般，下半截却杂乱无章地堆着一大堆巨石，石上杂木丛生，方圆足有十数丈。在这堆巨石左侧，挺拔向上地长着一株青翠的大松树，虽有一人合抱粗细，但与周围一片百十年的老赤松比起来，倒显得不足为道了。

"就是这里。"花千树缓步来到这株松树前，凝望片刻，对花翎道："翎儿，今天是七月七，是你娘亲的生日，也是她的祭日，过来给你娘亲磕三个头吧。"

花翎一怔："爹爹，这明明是株松树，哪里是我娘？"

花千树道："傻丫头，你想歪了，这松树下，埋的是你娘亲！"

"娘亲？娘亲的坟茔不在咱花家祖坟么？"

"那里只是你娘的衣冠冢，这里……才是她真正长眠之处。"

"啊？这是怎么回事？"

"先给你娘磕三个头，为父再说给你听。"花翎答应一声，轻轻跪在那株松树之前，乖乖磕了三个头，起身搀着花千树坐在一块青石上："爹爹，你快说，究竟是怎么回事？"花千树抬头遥望长天，自言自语地说："清清啊，过了这么些年，我……我还是头一次把女儿带到这里，你看看，她和你当年长得可真像……"他神色变幻，又叹了几声，扭脸对花翎道："翎儿，有一件事，为父瞒了你整整十八年，今天……今天为父一定要讲与你知道！"

"什么事啊，竟然瞒了翎儿十八年？"花翎满眼疑惑。

"翎儿，你……"花千树顿了半晌，"你不是我花千树的女儿！"

"什么？"花翎大震，"爹爹，你说什么？"

"你不是我的女儿，你……你是紫清先生白玉澶的女儿！"

"啊？"李清霄也惊出了声。

"不可能！不可能！"花翎呼地站起身来，大声喊道，"爹爹你骗人！翎儿十八年来一直在爹爹身边，怎么……怎么是白什么的女儿？翎儿不信！翎儿不信！"凉风吹来，松枝猎猎作响，花翎杏目滢滢，只觉神思恍惚。

"唉！"花千树又叹了口气，"这些年来，为父从未和你说过我与你娘的事，今天，在你娘的身边，我……我全部讲给你听！这……这要从你的外婆说起，你的外婆复姓长孙，芳讳上幽下露，她还有个姐姐，名叫长孙幽兰，她们都是大唐皇族后裔，只是唐亡之后，长孙一脉流落民间，到了你外婆这一代，早已沧海桑田。你外婆长大后，嫁给了河北一带有名的能工巧匠——云风会。"听了"云风会"三字，花翎未觉什么，李清霄却吃惊非小，想起师心涯在紫竹楼所说之事，便插了一句："花前辈，翎儿的外祖父可就是那个'铁臂神匠'云风会？"

花千树略为一奇："李少侠也听过翎儿外公的名号？"

李清霄道："晚辈只是听一个前辈提起过。"

花千树慨叹道："那都是几十年前的事了。当年，我们花家与翎儿外公云家，是三代世交，家父呈叶公与翎儿外公情同手足，为了使两家更为亲密，我和清清从小便被定为娃娃亲，算得上青梅竹马，原本是十分快乐的日子，直到三十八年前……"花千树脸上浮上一层凝重神色："那一年，我十三岁，头一次赶上中原改朝换代，那时，后唐大将石敬瑭起兵造反，后勾结契丹大将耶律德光，在团柏谷大败唐军，末帝被逼，退回洛阳自焚而亡。石敬瑭入主洛阳，建立后晋，他为了履行对契丹的承诺，割让燕云十六州、岁输三十万给契丹，向契丹国主自称‘儿皇帝’，一时天下震动，当时，先岳丈云风会有个姐夫——便是大名府清河镇鸿雁山庄的庄主师步云。师老英雄闻听此事，震怒不已，便要联合天下豪雄起兵对抗石敬瑭，收复燕云十六州。”

李清霄心里一震："师步云不就是紫宸师叔的父亲么？如此说来，紫宸师叔岂不就是翎儿的表姨？"一时满腹惊奇，听花千树继续说道："翎儿，你外公人称‘铁臂神匠’，除练就一双铁臂神拳外，还精通筑城建阁，擅制天下奇巧之物，师步云为了大造声势，叫你外公以五色美玉造一个假的孤城玦，然后筹办‘宝玦会’，用这个假的孤城玦招揽英雄，一同起事，可是，你的外婆长孙幽露却对此举极力反对。”

"外婆为何反对？"花翎问道。

42　孤城恨

"因为……"花千树一叹，"因为师步云的真正本意，是想借着收复燕云十六州的名义，号令群雄，招兵买马，割据一方，自立为王！"

"自立为王？"李清霄惊得舌挢不下。他当初听师心涯忆及此事之时，说师老英雄聚集义兵，只是为夺回燕云十六州，为国雪耻，却从未说过师老英雄有自立为王的野心，李清霄一时将信将疑，禁不住道："花前辈，此话当真？"

花千树道："这都是清清后来告诉我的，应该不会有错，只是，翎儿外公当时不听劝告，只说：'王侯将相，宁有种乎？方今乱世，大丈夫正当提三尺剑，跨马封王，建不世之功！'仍旧与师步云密谋起兵，不料在召开'宝玦会'的当天，因有人走漏消息，惊动了朝廷，石敬瑭派出三万铁骑围剿鸿雁山庄，上千江湖豪杰被诛杀，云家也受到牵连，先岳丈云风会战死，先岳母长孙幽露也投井自尽，可怜清清当时只有八岁，她被裹挟在乱军之中，幸好被一个武功极高的少年侠客救走，清清才幸免于难！"

花翎有点难过，问："那个少年侠客是谁？"

"那少年侠客是……"花千树迟疑了一下，"是白玉澶！"

"白玉澶……"花翎身子忽颤，仿佛如针刺一般，"那爹爹当时在何处？"花千树道："当时我正跟随你的爷爷在外访友，等听到变故赶回来时，已然为时已晚，偌大的云家，死的死，逃的逃，一个人也没有了。我与你的爷爷走遍中原，寻了很久，也未曾查到清清的下落。后来，朝廷得了讯息，你爷爷为了避免受到株连，便举家迁往当时的南唐国内，也由此在这姑孰城创立了丹阳派。"

"后来呢？爹爹是怎么和娘亲再次相遇的？"花翎急切地问。

"当时，清清被白玉澶救走之后，跟他来到东海蓬莱岛，投在白玉澶师门之下。起初还没什么，可光阴荏苒，一晃十年过去，清清由原来懵懂稚嫩的小丫头出落成如花似玉的大姑娘，白玉澶对她日久生情，爱上了这个小师妹。可是，清清当时……当时心里装着的却……却只有我，她只把白玉澶当成自己哥哥看待，她的白玉珠一直在为我留着！而我……我的心里也同样想着清清，十年也不曾忘！

"后来，清清学成下山，便四处打听我的下落，当她知道我在姑孰城时，不惜奔波数千里，来姑孰城寻我，我与清清久别重逢，欢喜之情无以复加，她把白玉珠给了我，我也把她娶进了家门，可是……可是白玉澶得知此事，心痛万分，他远离师门，以酒度日，蓬草一般游荡江湖。"

花翎听到这里，忽生起一阵难过之情。她蹙着眉头，听花千树说道："那时我刚接手丹阳派，与清清成婚后，便觉既然已经获得了心爱之人，余下的事便是要光大丹阳派，使之傲立江湖，成为响当当的大宗门！于是，我沉湎武学，四处结交，累月不归，竟不能自拔，清清一个人被冷落在家里，就连……就连你两个哥哥出生，我也未曾回来探望，你二哥子信两岁那年，我意外得到一把宝剑，此剑轻灵秀美，我十分欢喜，便想着要赶在清清生日那天回来，将它送给她做生辰之礼，哪知……哪知当清清见到此剑后，不但不喜，还把它扔在一边，生气地说：'我是和你过日子，不是和剑过日子！我讨厌这些刀剑，你既然如此痴迷那些武学，不想管我们母子，那还回来干吗？也不知我云清清当初怎么那么傻，非得一心要嫁给你！'我当时心中愤怒，便道：'男子汉大丈夫，岂能整日绕于床帏之间？温柔乡本溺英雄种，若只顾风花雪月缠绵悱恻，我丹阳派何时才能名震江湖？'清清说：'好！好！你是男子汉，你是大侠客，你雄心万丈，那你以后干脆再也别回家，就在外面打打杀杀，好好做你武林大派的美梦去吧！'我当时很生气，说了句：'简直不可理喻！'盛怒之下，离家而走。"

花翎道："娘亲也就说说气话，爹爹怎么狠心走了？"

花千树叹道："我当时也是心中烦乱，一时冲动才做了蠢事！当时，我想到了太玄宗。太玄宗创派百年，领袖中原，宗主'八明神拳'明心慕与我有过数面之缘，便想着去太室山峻极峰长长见识，等来到太玄宗，与明宗主相谈甚为欢快，我与他一起切磋武艺，使我功力大为长进，一时流连忘返，不想竟过了一年。后来，快到七夕节时，我睹物思人，才想起清清母子，心想：'七月七是清清的生日，也是牛郎织女鹊桥相会之日，此番定要及时赶回，好好团圆一番！'于是辞别明心慕，返往姑孰城，路上正好遇上'海外四仙'四位哥哥……"说到这里，花千树喉咙哽咽了一下，叹道："我当时邀四位哥哥来丹阳派做客，一到家，便吩咐老陈：'今日有贵客来丹阳派，快去摆宴，叫夫人出来，我们为她庆生！'老陈则欢喜地说：'少爷，今天是双喜临门啊！'我听了一愣，便问他：'你这是何意？'老陈说：'你还不知道呐，一个月前，夫人又给少爷添了个千金小姐，今日又赶上夫人生辰，少爷说是不是双喜临门？'四位哥哥在旁听了，都哈哈大笑，向我道喜，赞我如今子女双全，是难得的福报，我当时自是万分高兴，好比喝了几坛美酒，与他们欢声笑语好一阵子。这时，秋大哥开玩笑说：'花老弟，江湖上的朋友说你江南梅雨常年醉心武学，已然不食人间烟火了，如今看来，那些都是无稽之谈了，哈哈哈哈！'四哥哥接过话说：'嘿嘿，常言说得好：世上豪杰万万千，英雄难过美人关嘛，这包子有肉可不在褶上！'众人都跟着大笑，可是，我听了他们的话非但未笑，反倒猛然一震，心头仿佛被大石狠狠砸了一下，手中茶杯不自觉地掉在地上。"花翎心头也跟着花千树的叙述跳成一团，隐隐有些不安。

花千树蹙眉苦笑半晌，方说："当时，我面色大变，也顾不得四位哥哥，大步跑进清清的房间，推门一看，清清正倚床而卧，身边果然躺个婴孩，我怒不可遏，冲清清大吼：'云清清，你老老实实跟我说，这孩子究竟是谁的？'清清见我突然赶回，先是一怔，随后沉默片刻，冷冷地说：'我生的孩子，你说是谁的？'我大怒，冲她喊了起来：'我在外一年有余，从未与你有过亲近，何来的孩子？'清清低头不语，我气得啪啪直拍桌子：'你快说，这是谁的孩子？你快说！'正歇斯底里大喊大叫时，忽见婴孩脖上挂个极精美的九瓣莲花玉坠，我此前从未见过，一把摘下来，一看，上面雕着九个字：'琉璃梦，相思枕，白云飞。'笔法飘逸，文句风流，猛地想起一人，便恨恨说道：'相思枕，白云飞！相思枕，白云飞！看来，你云清清和白玉澶是要比翼双飞啊！你说，这孩子……这孩子是不是白玉澶的？是不是？'清清咬着嘴唇不说话，我一掌拍碎桌子，怒道：'没想到，你……你身为人妻，竟背着丈夫做出这等事来，你……你……你这个贱人！'我当时只觉得这是莫大的耻辱，发疯了一般，将屋内的瓶、杯、壶、椅都砸得粉碎。这时，清清坐起身，淡淡说道：'我不是个好妻子，你何尝是个好丈夫？那天你盛怒之下一走了之，可知我心里有多难过？我本想一死了之！可谁知……可谁知又是白师兄突然闯进来救了我！他……他一直未曾忘我，还记得我的生日……'我听了清清的话，心痛如绞，大吼着打断她的话：'不要再说了！不要再说了！贱人，就因他记得你的生日，你便和他做出这等苟且之事？'"

听到此处，花翎秀眉微蹙，泪水如断线的珍珠不知不觉流了下来。

花千树叹了口气，难过地说："这个时候，你的几位伯伯听到里面响动和争吵，以为出了什么大变故，纷纷闯了进来，一见眼前的情形，他们都愣住了，呆立在房间不知如何是好，清清一见闯进这么多外人，当下缩在了床角，羞愧地哭了起来，她自知此事难以挽回，泪流满面地说，'不错！这孩子就是白玉澶的！花千树，你混蛋！我云清清今生今世最不该做的事，便是爱上你！'她说着，翻身下了床，向外奔去，我连忙跟了出来，喊道，'你要做什么？'清清来到院中，哭着说：'我云清清做了对不起你的事，也不求你原谅，你我今生有缘，我嫁给了你，可是来世……'她哽咽得说不出话，顿了半晌，才含着泪说，'来世……来世……希望……希望你我永不要再见面！'说着，她竟从袖中抽出一柄匕首，径直刺入自己的腹中。"

"啊！"花翎、李清霄惊得呼出声来，几行老泪从花千树眼角滚了下来，他咳了一阵，半身开始麻木，花千树端坐不住，倚躺在大青石上，缓缓地说："当时……我惊得不知所措，忽听有人在房上大叫着飞了下来，来的是白玉澶，白玉澶过去抱住清清，流着泪说：'清清，你……你为何要这样？'清清气息奄奄地问：'你……你怎么来了？'白玉澶说：'你忘了么？银汉迢迢鹊桥相会，今天是你的生辰啊！'清清一阵苦笑：'生辰……呵呵，一切孽缘因我而生，也许只有我死了，才能一了百了！'白玉澶放声大哭：'你怎么这么傻？没有他花千树，还有我白玉澶！'清清断断续续地说：'师兄，你不必为我难过，不……不值得，是我对不起你……'白玉澶连连摇头：'不，我为你做什么都值得！'清清眼中又流下了泪：'白师兄，你……你不知道，其实……其实我之所以下辈子怕再见到千哥哥，是因……是因我心里……终究还是爱着他的……我对不起他，没脸见他……'清清说完，双目一闭，就走了……"

花千树话语到此，已泣不成声，说不下去了。

花翎呆呆不动，一张玉脸却仿佛被泪水洗过一般。

"唉！"花千树叹息一声，缓了好一阵，也不擦泪，痛苦地说，"白玉澶见清清一死，悲恸欲绝，他站起身目露杀机，指着我们大吼：'是你们害死清清的，我要杀光这里所有人为清清报仇！'说完腾身向我扑来，丹阳派十名弟子出手阻拦，却被白玉澶双掌连挥震断心脉。白玉澶武功盖世，我与你的几位伯伯都不是他的对手，被他打成重伤。他一脚踏着我的胸口，大声说：'今天先杀了你，再叫丹阳派灰飞烟灭！'正要动手，却听秋大哥大呼：'慢！白玉澶，你只会杀人，算什么本事？你便是把丹阳派的人都杀了，花夫人也不会醒来，与其白白费力，不如想法子救人。'白玉澶一震，停手急问：'怎么救人？'秋大哥说：'我听说江湖有一件千年佛宝，叫作孤城玦，此玦暗藏神通，能让人起死回生！你若真有本事，何不寻孤城玦去救花夫人？也算你白玉澶有情有义，好过在此恃强凌弱！'白玉澶非但不怒，反倒惊喜不已：'我……我也听说孤城玦能起死回生，果真如此？我这就……'他话未说完，看了清清一眼，忽又悲从中来：'孤城玦向来无踪无迹，岂是三日两日便能寻到？若等过了一年半载，即便找到又有何用？'秋大哥说：'我早听说，姑孰城西的天门山内，有座相思谷，谷中有个清凉洞，洞内有张千年寒玉床，可使人身十年不朽，气色如一，我们可将花夫人放在寒玉床上，派人日夜看守，待你找到孤城玦，便可来此救活花夫人！'白玉澶闻听，化悲为喜，抱起清清向相思谷奔去。我与四位哥哥放心不下，忍着伤痛骑快马在后面跟来，到了这相思谷清凉洞，只觉洞内冷如寒冬，里面果然有一张千年寒玉冰床，床上霜气弥漫，白玉澶大喜，将清清放在寒玉床上，出来后，又搬来巨石封住洞口，他临走之前，留下了话：'花千树，在我白玉澶回来之前，这清凉洞若是有半点差池，我定会血洗你们丹阳派！'"

李清霄暗自寻思："若推算时日，那时孤城玦尚在我爹爹手中。"忽又想起一事，便问："花前辈，紫清先生后来可曾找到孤城玦？"

花千树道："白玉澶自打离开相思谷那日起，四海奔波，一心寻找孤城玦，想必是苍天不负苦心人，四年之后，孤城玦……终于被他在东京城寻到了。"

"东京城？"李清霄神思恍惚，仿佛瞬间回到了十四年前，回到了那个满是泥土味的大口袋里，回到了那个大雪纷飞、朔风如刀的青石镇，回到了黄叶漫卷、鼓角争鸣的开封城，回到了那个令他无比熟悉如今却又令他无比陌生的李家包子铺，他想起了空旷的夜空，想起了铁靖叔叔、小花翎、师父、威风凛凛的呼延赞，当然也想起了那个令他厌恶的杨虎子和欺负他的那群孩子们，一切恍如隔世，百感交集。

"咳……咳咳咳……"花千树剧烈的咳嗽声拽回了李清霄的思绪，花翎正在旁急不可耐地询问花千树："孤城玦既然找到了，那我娘呢？把我娘救出来了吗？"花千树忧伤地说："傻丫头，这世上哪有起死回生之事？所谓'孤城玦能起死回生'之说，都是……都是你大伯伯情急之下，胡乱编出来的！"花翎失望之极，心像从天空跌到了谷底，她喃喃地说："为什么？为什么大伯伯要编造这些？"

花千树落寞地说："当时，白玉澶离开丹阳派去相思谷时，我就问过秋大哥他说的可都是真的，秋大哥叹息地摇了摇头，我也大惊失色，不解地问：'那……那为何要骗他？'秋大哥说：'白玉澶狂傲不羁，用情至深，如今清清的死对他打击甚大，他说要诛杀丹阳派，就一定会做到，难道你忍心丹阳一派满门遭殃？'我依旧问：'可秋大哥何苦要编出孤城玦这样的事？白玉澶此时哀痛弥心，或许信了，过后醒过神来，岂不恨意更深？'秋大哥说，'白玉澶生性怪癖，不可以常理度之，越不可思议之事他越会信以为真，对付他只能剑走偏锋，以他的为人，不达目的誓不罢休，定会寻觅下去的。'秋大哥本以为孤城玦沉寂江湖数十年，岂能说找到便找到的？他只盼通过光阴来化解白玉澶内心怨恨，不料……不料白玉澶执着不休，只用四年时间，便寻到了孤城玦！当他来寻我们时，我与四位哥哥都震惊了，当时我心中也怀着侥幸之想：'孤城玦既是千年佛宝，或许真有灵力，倒不妨一试。'便与白玉澶再次来到相思谷，哪知……哪知……"花千树神色一哀，眼角垂下泪来："哪知，我们刚到天门山时，'轰隆隆'一阵天崩地裂，一场大地震突如其来，这大地震足足震了半盏茶的工夫，当我们跑进来时，相思谷骤沉百尺，清凉洞早已不复存在，眼中看到的……便是……如今这副模样了！

"白玉澶朝天怒吼，拼命去搬那些巨大山石，可他武功再高，又岂能与天地山川相抗？我们看得于心不忍，出言相劝，不料白玉澶痛怒之下，使出紫气清风指，将我等心脉尽皆封住，他疯了一般怒吼：'究竟怎么回事？究竟怎么回事？'秋大哥哀叹地说：'这是天意！'白玉澶大怒：'臭穷酸，当初因你一句话，我白某天南海北，风霜雪雨，历尽艰辛，如野狗一般足足奔波了四年，如今岂是一句天意便能了结的？既然清清救不了，我便杀了你们陪葬！'说着便要动手，和尚二哥忽然开了口，口诵佛语：'罪过罪过！本来无一物，万物皆是空！一切有为法，如梦幻泡影。如露亦如电，应作如是观。'白玉澶听了一震，秋大哥又长声道：'白玉澶，情之一事，本无对错，你若真为清儿着想，就不该对她的亲人大开杀戒，眼下此情此景，难道是清儿愿意见到的么？'白玉澶闻言，心神顿哀，道长三哥心中不忍，跟着说：'紫清先生，你也不必太过难过，一死一生天之道也，清清虽说难以救回，可她还为你留了一个女儿！'

"道长三哥的话一出口，白玉澶不由得神色大震，颤颤地问：'你……你说的可是真的？'道长三哥道：'出家人不打诳语，那翎儿……翎儿便是你的女儿！'白玉澶一听，扑到我面前大声问：'他说的是不是真的？'我见此事无法再隐瞒，便点了点头，白玉澶竟一时不知所措，欣喜若狂，挥舞着双臂，似哭似笑地大喊：'我……我白玉澶也有自己的孩子了，我白玉澶也有自己的孩子了……'哭哭笑笑了一阵，又对我大声说道：'花千树，千错万错，都是你我之错，与翎儿无关，我白玉澶孤苦一生，浪迹天涯，倒也没什么，只希望你能好好照顾翎儿，胆敢欺负她，定叫你五人万劫不复！'说完这番话，白玉澶纵身离去。而我……而我经此一事，更是心灰意冷，一年之后便解散了丹阳派……"花千树说着，额头涔涔汗下，气息愈加微弱，拉住花翎的手说："翎儿……你虽是白玉澶的女儿，可是……可是这些年，我从未把你当外人看待……"花翎泪流满面，悲伤地说道："爹爹，你不要这样说，翎儿知道，这世上，再也没有比爹爹对翎儿更好的人了，翎儿只认爹爹，不认旁人……"

"翎儿……"

花千树扬手打断了花翎的话："你万万不可如此！今后无论如何，你一定要去找到你的亲生父亲，要像对我一样对待他，其实……其实他的心比谁都苦！我已经对不住你的娘亲了，不能……不能再对不住你的亲生父亲！"

花翎含泪不语，花千树道："我此次入谷，之所以只叫你二人，就是因为今日所说之事，不能为外人道，我花千树大限将至，此刻忍死一时，将压在心里十八年的往事告诉你们，等我到了九泉之下，也便轻省多了。"缓了缓，又扭头对李清霄说："李少侠，翎儿的事说完了，花某还有件更重要的东西要交给你。"说着，颤颤地伸出右手，一指正对着松树的那块一人多高的巨石说："劳烦李少侠将那块青石挪开。"

青石十分厚大，看上去足有两千斤。李清霄两手抱住巨石，双足踏稳，一运先天元气，"呼"的一下将青石凌空抱起，移在一边，但见青石后面竟是一面石壁，光滑如镜，并无他物，正在疑惑，只听花千树在身后说："照石壁正中击上一掌。"

李清霄抬掌向那石壁正中一击，"轰隆——"石壁竟被击出个大窟窿，露出个两尺见方的小石龛。原来，这并非是连山石壁，而是早已开凿好的夹层，石龛外面，只不过是嵌上的石板而已。花千树道："石龛里有个木匣子，你把它拿过来。"李清霄伸手在里面一摸，果然有个匣箱，拿出来一瞧，是个一尺见方的红木匣，并未上锁。李清霄将红木匣拿到花千树身边，花千树道，"你打开木匣，看看里面是什么。"李清霄"咯"地打开匣盖，一瞬间，他呆住了。

一只七寸见方、浮雕佛典的八宝鎏金玉函静静地躺在红木匣里，这八宝玉函李清霄再熟悉不过了！花千树又说："你将这八宝玉函打开。"李清霄心头像鼓一样咚咚直跳，轻轻一开函盖，"咯嗒"——升出一枚玲珑剔透的玉玦。玉玦半环形，通体灵透如冰雪，光彩浮绕，奇巧殊绝，李清霄脱口念着："孤城玦，孤城玦……"

"这就是孤城玦？"花翎也惊呆了，"它太美了！"

孤城玦神通无量，又是大劫之物，自入江湖之时，便引起了无数的欲望和争端，或利令智昏，或流血漂橹，李清霄对此已察知甚深。他自下山来，秉承师命，要寻回从他手中流失的孤城玦，使宝物归于正途，然而，这件千年佛宝，就仿佛是只夜猫的眼睛，它似乎永远也不会属于任何一个人。适才听花千树诉说往事之时，李清霄本以为孤城玦如今还是在白玉澶手上，心中倒觉得安稳许多，可此时此刻，孤城玦突然出现在身边，使那些遥远的、逝去的、无论忧伤还是欢乐的往事，一下子都变得触手可及，一切都像是在做梦："花前辈，这孤城玦怎么会在你手上？"

听李清霄这一问，花千树叹了一声："这是当年白玉澶留下的。那日，白玉澶下山之时，没走多远，他忽停了下来，高声说道：'这块孤城玦，既然救不了清清，那对我来说便是个废物，你们谁要想无敌天下，尽管拿去好了！'甩手竟将孤城玦抛在地上。我与几位哥哥见了，心中暗自敬佩，天下人梦寐以求的宝贝，白玉澶说扔便扔。孤城玦虽说能称雄天下，可花某与四位哥哥历经种种，早已乏心江湖，本也想弃掉孤城玦，但我们也深知此玦乃大劫之物，为避免再闯下大祸，我与几位哥哥商议，决定将孤城玦封藏起来，秋大哥说：'所谓机密便是知晓之人越少越好，孤城玦最好只交由一人封藏，这样便不必顾忌人多口杂走漏机密。'道长三哥说：'不错不错，比如这臭老四，便绝不能叫他知晓，他若知晓了，哪天随口说出，那可就是天下的祸事了！'四哥虽争了几句嘴，但也觉秋大哥之言有理，谁都不爱掺和此事，最后便落到我的头上，几位哥哥走后，花某便将孤城玦封在了此处。"

李清霄嘘叹："说到底，还是孤城玦害了百花堂！神卫军和江南阁此番对百花堂下手，为的便是这孤城玦！"花千树吃力地点点头："只是花某想不通，清清之事已过去十八年，当初知道此事的也没几个，神卫军的人如何能得知呢？"李清霄道："我夜探兵马司时，倒是听白丛说过，多年前，江南阁主司徒禹心就已将眼线安插在花前辈身边，而这名奸细也是从花前辈一次酒醉失言中摸到了端倪。"花千树渐渐皱起眉头："身边奸细？酒醉失言？"想着想着，忽地目光一寒，又猛烈地咳嗽起来："难道……难道会是他？他……他跟了我近十年，一直兢兢业业，怎么会是他？不会的，不会的……"说到此处，一时酸心透骨，气血一激，毒气冲来，忍不住张口喷出两口鲜血，吓得花翎大哭，李清霄急忙去扶："花前辈，箭伤有毒，你千万别动怒。花前辈可知道奸细是谁？"花千树气若游丝，清瘦的脸上挂着一丝苦笑："我只是胡乱猜测，没有确凿证据，何苦再生是非？李少侠，我还有更重要的事交代，孤城玦乃千古佛宝，应有德者得之，不能因我而流失，李少侠你身怀绝技，宅心仁厚，我把孤城玦就交给你了！"李清霄心想："其实，这孤城玦本就失自我手。"可此刻情形又不容说得太多，只默默点头。

"李少侠……"花千树有气无力地说，"花某还有一件事相求。"李清霄道："花前辈有话尽管吩咐，何谈求字？"花千树叹道："李少侠，翎儿从小虽未吃过苦，却是个苦命的孩子，这丫头平时总是稀里糊涂的，我……我真担心她会被人欺负、被人伤害。李少侠是正人君子，值得托付，花某……花某便把翎儿的终身托付给你，希望你不要离开她，好好待她……"李清霄心头蓦地一沉，他明白花千树的用意，可自己早已心有所属，一颗心又如何能分给两个人呢？然而花千树此刻相托，李清霄又不忍拒绝，迟疑片刻，方道："花前辈放心，但有清霄一口气在，决不叫翎儿受到伤害！"

"好，好。"花千树说着，挣扎坐起，遐首云天，目中闪过一丝柔光，他吃力地笑了笑，"清清，我再给你唱一阕《阳关三叠》好不好？那是你最爱听的琴歌了……你……你听着，"他声音低沉，轻轻哼唱了起来："渭城朝雨浥轻尘，客舍青青柳色新。劝君更尽一杯酒，西出阳关无故人。长亭柳依依。伤怀，伤怀，祖道送我故人。相别十里亭。情最深，情最深，情意最深，不忍分，不忍分……"一曲哼罢，花千树颤颤地抬起手向天空虚抚着，似是云清清就在他的面前，花千树自言自语地说："清清，今天是牛郎织女鹊桥相会的日子，这些年……这些年你……你一个人也够孤独了，我……我又何曾不孤独？你说来生不想再见我，可……可我这会儿……这会儿却……却要去寻你了……我们还要三生三世……"他胸口一痛，又吐出血来，可神色却忽然变得平静起来："清清，你知道么，我……若不爱你，又如何……如何能将这思念藏在心底十八年……"声若游丝，几不可闻，突地手臂一落，头垂了下来。

43 恩义绝

"爹爹……"

花翎轻唤一声。

花千树双目紧闭，呼吸全无，已溘然长逝。

花翎蓦地一呆，忽然疯了一般，猛地摇着花千树的身子："爹爹！爹爹！你怎么丢下翎儿就走了？你说过要疼爱翎儿一辈子的，爹爹不能丢下翎儿不管……"她一下子伏在花千树身上，号啕大哭，伤心欲绝，李清霄难过已极："花前辈，十四年前你救了我，可如今……如今我却救你不得！"他的心好像被钢凿不停地凿刻，强忍泪水，将八宝玉函放在一旁，过来扶起花翎："翎儿，别这样……会哭坏身子的……"花翎紧紧抱住李清霄大哭起来："清霄哥哥，爹爹……爹爹他再也不会回来了，再也不会回来了……清霄哥哥不是说太阳不会落下去么，不是说天明就好了么，怎么还会是这样？是不是天还没亮？我们是在做梦，是不是？你告诉翎儿，是不是……"

"我们……我们没有做梦，太阳……未曾落下去，它正在升起……正在升起……"李清霄喃喃着，心中亦有些茫然，然此时却不容细思，只能抚慰道，"翎儿别难过，花前辈虽离此岸，可……可在彼岸，他……他应是欢乐的……"

花翎拼命地摇头："不，不，我不要爹爹离开……以后天黑了，就再也没人管翎儿了……"李清霄鼻子一酸，轻拍花翎的肩头："没事的，没事的，还有清霄哥哥在……"正在这时，忽听山下脚步急响，跟着传来花子信的喊声："清霄兄弟，大事不好了，蔡湘雄那狗官带着铁甲兵来相思谷了！"紧接着，但见燕离凌、花子诚、花子信三人匆匆忙忙跑了上来。一见花千树垂首坐地，看着已逝去多时，燕离凌微惊，不由叹了口气，他转眼忽地瞧见李清霄身旁有个八宝鎏金玉函，函里放着一枚光华浮绕、如冰似雪的宝玦，与当初李清霄描摹的孤城玦一模一样，燕离凌瞬间睁大了眼睛，仿佛进入了满地金沙宝石的仙乡佛国，他直直地看着，双手有些微微发抖，他强忍心跳，声音有些激动，轻轻念叨："这……这便是真的孤城玦？"花子诚、花子信却不理什么孤城玦，他们一见花千树故去，犹如五雷轰顶，大叫一声，齐齐跪倒在地，哭声震天。花子信泣不成声："这……这是怎么回事？爹爹进谷前，明明觉着好了许多……"

"那是……那是回光返照，二位哥哥，你们千万保重！"李清霄哽咽地说，忽然想起花子信的话，忙问，"对了，二哥，方才你说什么？蔡湘雄带兵来这里了？"花子信哭着点头："对，他们已到了天门山外，足有上千人！"

"怎么会？"接二连三的巨变，叫李清霄喘不过气，"蔡湘雄怎会知道咱们在相思谷？"李清霄满脑子像缠了团乱线，一时捋不出头绪，正发愣时，忽见一道白影如风似电从自己身边掠过，李清霄忙侧首，大惊——存放孤城玦的八宝玉函竟不见。

李清霄犹如当头挨了一棒，四下去看，十几丈外站立两人：一人穿黑袍，怀抱长剑，头戴玄色浩然巾，罩着黑色面具；另一人穿白袍，头戴白色浩然巾，罩着白色面具，看身量与着装，正是在千鹤楼杀死王彦昇将军的那个面具人。

八宝玉函，此时就在白袍人手里。

"又是你？"李清霄霍然起身，一指白袍人，"你究竟是谁？"

白袍人呵呵一笑："螳螂捕蝉，黄雀在后。"

"你到底是谁？"李清霄厉声又问。

"你越急着想知道，我便偏不告诉你。"白袍人笑着说。

花子诚、花子信也跟着站起来，花子诚指着白袍、黑袍二人对李清霄说："他们就是前日同蔡湘雄去百花堂打伤四位伯伯的人！"李清霄一听，沉声说道："原来你们是江南阁的爪牙！"一指白袍人："我见过你的身手，也称得上武学大家，却为什么要使用小人的伎俩，暗箭伤人，你算什么英雄？"

"英雄？"白袍人仰天狂笑，"世上只有成王败寇，哪来的什么英雄？！"

李清霄深知白袍人轻功极高，如今孤城玦在他手上，若他一走，极难再追，必后患无穷，心念一闪，当即用上激将之法："可笑，可笑，真是强词夺理！哦，对了，我倒是忘了，所谓物以类聚，人以群分，你们江南阁里都是一群不敢露面的小人，此生此世也只配屈身为奴，还谈什么英雄？唉，莫说是英雄，你二人与霄爷爷较上三个回合的胆量也没有，简直……简直就是厚颜无耻、胆小如鼠的狗熊！"

"小子，你狂妄得紧！"黑袍人来了火，干涩地说，"李清霄，咱们也不是见过一回两回了，不过，你这娃娃那点本事，对付一下北靖王府、凤鸣阁那些个酒囊饭袋也便罢了，若是自命不凡，想在我们面前逞强斗狠，那你是自寻不痛快！"

李清霄一听这声音，便想起来，这人正是在烟雨岛太玄大典劫持明瑞、救走叶别离等人的那个蒙面客，心里吃惊不小："原来这人也是江南阁的。司徒禹心真是厉害，一座微雨楼竟聚集了这么多高手，该如何应对才是？"他心念一闪，故作汹汹地说："说得好！说得好！你霄爷爷平生偏爱逞强斗狠，不知吓跑了多少酒囊饭袋。难得大家聚到一处，你若真有种，今日便与霄爷爷大战三百回合，咱们谁若先撤一步，便自行在脑门上贴张字条，写上'吾乃天下第一无耻狗熊乌龟王八蛋'！"话音甫落，铮然拔剑，身如鹤起，两个起落，已纵到黑袍人近前，右手一划，使出"易字诀"，鹿角剑荡出一片银光，奇快无比，刺向黑袍人。黑袍人"咦"了一声，目光微寒，道了个"好！"字，后踏两步，长剑瞬出，向外去格。不料李清霄此番用意，并非比斗，而是声东击西，夺回孤城玦。一剑既出，李清霄身子陡然飘向白袍人，左掌运足十分真气，一招"白龙吸水"，正是"先天无极功"隔空取物之绝学，掌力所至，长袖夹风，飞沙走石，如苍龙一般，直卷白袍人手中八宝玉函。

一瞬间，白袍人便觉面前气息骤窒，袍带被卷得猎猎作响。他与李清霄曾在千鹤楼走过一合，当时也知李清霄功力非凡，只是未料到他内力会如此强劲，震惊之时，白袍人连忙后踏一步，本欲点足后跃，哪知，甫一抬足，非但未能跳开，身子反倒失了根基，白袍人大急，足一用力，手却一松，八宝玉函"倏"地被李清霄夺了回去。

李清霄这一起一纵，快如星飞电闪，令人惊骇。

"好小子，你敢使诈！"白袍人怒吼，腾身拔剑，呼地向李清霄扑来。李清霄沉腕翻剑，劲气一吐，鹿角剑当空化作九道剑影，一团雪白剑花，虚实难辨，刺向白袍人，白袍人"唔"的一声惊诧，手中长剑划作一圈，"叮叮当当……"一阵轻响，破去李清霄的九道剑影，迫于鹿角剑雷霆之势未竭，白袍人倒退七八步才站稳，他大惊失色："九剑幻影？你……你如何会南岳剑派的剑法？"

李清霄未答反问："你怎么认得'九剑幻影'？"

白袍人一阵冷笑："我非但认得，我还知道，你只得其骨，不得其髓，莫不是从南岳剑派偷学来的吧？"

李清霄道："看来你与南岳剑派渊源不浅。"

白袍人道："何止不浅？简直是刻骨铭心！"

李清霄微怔："你是南岳剑派的哪一位前辈？"

白袍人道："你不配知道，识相的话快把孤城玦交过来。"

李清霄一笑："失而复得的东西，岂能再拱手让人？"

白袍人哼道："你今天必死无疑，留它何用？"

李清霄哈哈大笑："可笑可笑，你当我的鹿角剑是吃软饭的么？"

黑袍人在旁接过话来："我们的剑也不是吃软饭的！"

李清霄道："我李清霄向来吃软不吃硬，你们不妨来试试！"

黑袍人哈哈大笑："可惜！可惜！"

李清霄扬眉问："可惜什么？"

黑袍人道："可惜扶摇高徒，如今却要命丧他乡。"

李清霄大笑："我虽不才，却也不会给家师丢脸！"手腕一振，鹿角剑龙吟作响，他扭头召唤花翎、花子诚、花子信等人：

"咱们走，今天我看哪个敢拦？"

"且慢！"燕离凌高声唤了一句，纵身来到李清霄身边，"清霄兄，你不必忧虑，我这倒有个好法子，说给你听听……"

李清霄知道这位好兄弟非但本领大，更是足智多谋，心想："不知离凌有何妙计。"侧耳去听，猛然间，燕离凌右掌疾出，贯足了十成的力道，直拍李清霄胸膛。李清霄哪会想到眼前这位生平挚友会重手伤他？他纵使身怀绝学，此时却也无法躲避，"砰——"燕离凌一记重掌印在李清霄胸膛之上，李清霄"呃"了一声，被燕离凌震出三丈多远，摔在地上，骨碌碌滚了四五丈，孤城玦跌落一边。

燕离凌纵身如电，踢开八宝玉函，一把将孤城玦抓在手里，盯着这件千年至宝，眼中露出前所未有的狂喜之情。

"噗——"李清霄大吐一口鲜血。

花翎吓得苍白如纸，大叫着扑到李清霄身边："清霄哥哥……你……你没事吧？"随即扭脸怒视燕离凌："姓燕的，你疯了吗？"

李清霄用剑支地，挣扎着半跪而起，双眼如血，看着燕离凌，满是惊愕与伤心，似乎忘了胸口疼痛，睖睖睁睁地问："离……离凌，你……你要干什么？"

"清霄兄，你休怪我！"燕离凌阴森森吐了一句，他浓眉高扬，声冷如冰，"怪只怪一山不容二虎！这世上，孤城玦只能有一个主人，那就是我燕离凌！"说着，扬臂高高举起孤城玦："如今，孤城玦已在我手，今后取开封，杀赵贼，灭大宋指日可待，哈哈哈哈……"燕离凌仰天长笑，笑声看似狂喜，却饱含无尽愤恨苦痛。

白袍人、黑袍人跟着呵呵直笑。

李清霄心中迷乱，一时神思恍惚几欲晕倒。"咳咳……"他咳了几声，心头苦不堪言，似是在问话又似是在自言自语，"不会的！不会的！离凌，你……你是我最好的朋友，你不会害我的！你我亲如兄弟，怎么会……怎么会……"

"亲如兄弟？哈哈哈哈……"燕离凌扬着眉说，"李清霄，你自认饱读诗书，难道不知'白首相知犹按剑'这个道理吗？哼哼，这世上假若没有孤城玦，或许……或许我们会成为一对好兄弟，可惜，这千古佛宝却偏偏在你手中，这就是宿命！人不为己天诛地灭，我燕离凌欲成大事，必得如此。人挡杀人，佛挡杀佛！"

李清霄心如刀剜，痛苦地问："你……你究竟是谁？"

"我是谁？哼哼……"燕离凌冷笑了几声，瞥了李清霄一眼，"也罢！你我总归做过兄弟，我也不能叫你死不明白。实话告诉你，我不叫燕离凌！"他提高了声音："我本姓韩，我父便是大周检校太尉、侍卫军都指挥使韩通韩太尉，我是他的独子——韩子逸！"李清霄听这几句话，只觉得一道凉气从背脊上冲了下来，当年开封城王彦昇、柳龄鹤、苗道长等人追杀霍风谷的那一幕，犹如巨石一样撞入他的脑海，他浑身打战，抚着胸口猛烈地大咳："天煞孤星……原来你……你竟然就是韩子逸……"

燕离凌托着孤城玦，神情激越，哈哈狂笑："我还可以告诉你，我韩子逸非但是名将之后，还是大辽国十二刀盟少盟主，十二刀盟盟主'幽云刀祖'萧道通便是我的授业恩师！怎么样，清霄兄，我把一切全告诉你了，也算对你不薄吧？"

这些话，犹如霹雳惊雷，声声响在李清霄耳边，震得他脑中嗡嗡作响。他没想到面前这个被他视为手足的燕离凌，就是苗道长口中的"天煞孤星"，更想不到他就是十二刀盟的少盟主，如今，将前前后后的事情连在一起，李清霄什么都明白了，他大口地喘了几下："看来，柳龄鹤和王彦昇都是你派人杀的了？百花堂的事也是你勾结神卫军和江南阁一手筹划的了？"

"不错！柳龄鹤这个狗东西，背主求荣，与王彦昇沆瀣一气，害得我家破人亡，当年若非霍叔叔将我送到十二刀盟，我韩子逸早成了孤魂野鬼！柳龄鹤、王彦昇，还有赵匡胤和他的那一群鹰犬，个个都该死，我韩子逸不灭大宋，誓不为人！"

"呵呵呵……"李清霄一阵苦笑，"没想到你一直骗我、利用我！"

"你错了，是你太天真，根本不懂江湖！"韩子逸厉声道。

"可我不明白，"李清霄痛苦至极，"你既然是神卫军的同盟，昨日夜袭当涂兵马司时，你……你为何还要帮助我们杀退敌兵？"

"李清霄，亏你自负是卫公之后，自诩有上将良才，"韩子逸又一阵大笑，"若论武功，我韩子逸或许不及你，可若说到为将之道，你还差得远！我用的这招，乃是'欲擒故纵'之计，倘若我不出面帮助你，如何会取得你们的信任？不取得你们的信任，我又如何能得到这孤城玦？嘿嘿，"他得意地笑了笑，"凭着花千树的性子，便是打死他，他也不会说出孤城玦的下落，所以么，我就故意将你们放出来，放长线钓大鱼，非但如此，我还告诉你，花千树中的那支毒箭，就是我安排庞岳射的！"

"你……咳咳……你为何要这么做？"

"哼哼，花千树若是不到大限将至的那一刻，又怎么会带你们来这里？不过么，这终究是条险计，要是花千树没挨到时候便死了，这孤城玦恐怕就永无出头之日了，然而，苍天终究厚待我，让我韩子逸大功告成。哈哈哈哈，我终于得到孤城玦了，哈哈哈哈，这是天意，这才是天意！"韩子逸捧着孤城玦，举止又多了几分癫狂。

"姓韩的，原来都是你，我杀了你！"花翎铮然拔剑，向前冲去。

"拦住她！"李清霄大喊，花子诚、花子信急忙过去拽住花翎："妹妹，你不是他对手！"花翎使劲挣扎："我就是死了，也要和他拼命！"花子诚道："那清霄怎么办？你不管他了么？"花翎一呆，回头看了看以剑拄地、痛不欲生的李清霄，心疼之极，返回扶住李清霄，哇哇大哭起来，李清霄反倒一笑："翎儿，别哭，清霄……清霄哥哥这会儿可是没气力哄你咯……"李清霄虽如此说，可他毕竟身怀内丹神功，趁与韩子逸言语周旋之际，他听息吐纳，暗行丹道周天，真气相抱不离，沿任督二脉流走奇经八脉，后天元气与先天元气相合，贯穿五脏六腑，化神还虚，后天精气返成先天元神，虽未十足，却也恢复了七八成的功力。李清霄布气周身，缓缓挺起身子，内心却苦痛难拔，扬眉问："离凌，你为报仇，难道什么都不顾及了么？"

"顾及？我还要顾及什么？"韩子逸双目寒芒陡现，近于疯狂地大喊，"有仇不报枉为人！我韩子逸要报仇，要杀光所有赵宋的仇人，活着的千刀万剐，死了的掘棺鞭尸！我要让大宋的江山万劫不复！仇人不绝，誓不罢休！哈哈哈哈……"

一个曾经与自己饮酒畅谈、白鹿论剑、并肩退敌的好兄弟，片刻之间，竟变得比饿狼野豺还要凶残，这仿佛一支带刺的利箭，直穿李清霄心肺，让他五内俱裂，比方才中那一掌不知要难受多少倍。此刻，李清霄想的既不是报仇，也不是孤城玦，而是立刻离开这个痛苦的地方，离得越远越好。他忽地抓住花翎的衣袖，疯一样朝山下跑去，花子诚、花子信一慌，赶紧跟着飞跑，可没跑多远，只听前面甲胄铮鸣，一千多名铁甲兵漫山遍野围了上来，为首的正是当涂兵马钤辖蔡湘雄。

蔡湘雄身边还紧跟着两人：一个身材魁梧，双臂奇长，是武林中人打扮，这人李清霄认得，正是在云梦泽烟雨岛交过手的萧涯舟，而另外一人，倒叫李清霄和花家兄妹大惊不已，此人竟然是百花堂的大管家花祥。

"祥叔？你在那里做什么？"花翎脱口问。

李清霄似乎一下懂了，他冷冷一笑："祥叔，我听说，多年以前，司徒禹心为了扳倒百花堂，曾苦心孤诣，在花大侠身边安插了一个奸细，那个奸细，想必就是你吧？你之前说的要先行一步，就是为了去当涂城告密设伏，对吧？"

花祥依旧一副笑眯眯的模样，不紧不慢地说："可惜你知道得晚了些，事到如今，你等已是案板上的肉，知晓这些，不过徒增苦痛而已。"

花翎、花子诚、花子信兄妹三人惊得说不出话来，花翎泪水涌出，颤颤地指着花祥："原来你是奸细……枉我花家这些年把你当亲人看待……"仗剑又要冲过去，可腕子却被李清霄死死攥住。李清霄凝眉说道："这不是报仇的时候！"连番的打击，让花翎早已失去气力，她一下扑到李清霄怀里，痛哭起来："清霄哥哥，这……这世上怎么这么多坏人……"花子诚、花子信在旁边恨得牙齿咯咯直响，花子诚破口大骂："花祥，我花家何曾亏待过你？你……你就不怕遭报应，天打雷劈吗？"

花祥呵呵一笑，踏前一步，说道："你当我姓花，就是你花家的人了吗？幼稚，可笑！当年你爹花千树只因我名中有个祥字，便以为我会为你百花堂带来好运，不但收了我，还升我做了大管家，哈哈哈！你们自认为有情有义，花某却觉得你们蠢笨如猪！百花堂有你们这样一群蠢货，落得如此下场也是情理之中，哈哈哈哈！我花祥死与不死，且不好说，而你们今天却必死无疑！"说着，用手指了指四周，得意忘形地说："这相思谷风景如画，你等死在这儿，也算是造化，也正好落得个一家团圆，到了阴曹地府，一家人在一起其乐融融，也就不必埋怨了。"

李清霄淡淡一笑："奸贼，小人！你以为困得住我们么？"

韩子逸在旁一笑："李清霄，别硬撑了，相思谷已布下天罗地网，你是逃不掉的，其实我韩子逸绝非毫无情义之人，念你我从前那份交情，你若能自废武功，退出江湖，不再挡我的路，我韩子逸自会留你一条性命，否则……"

"住口！"李清霄高声断喝。

他脸上像骤然凝固了一层寒霜，目光如刀，盯了韩子逸半晌，忽反手一剑，"哧"地削下半截袍角，将这半块袍角高高举起："韩子逸，我李清霄有眼无珠自食其果，怨不得别人！今日，我与你割袍断义，从今以后，你我两人，再、无、亏、欠！恩、断、义、绝！"甩手一扬，半块袍角如落叶，呼啦啦迎风飘远。

韩子逸脸色灰一阵白一阵，却没有说话。

萧涯舟在旁一振千秋雪，高声道："少主，你也算仁至义尽了，他既不领情，咱们也不好费时辰了！"韩子逸沉默半晌，沉沉吐出五个字："好！一个不留！"

"遵命！"萧涯舟点指高叫，"李清霄，烟雨岛一战，你伤我十二刀盟弟兄，坏了我们的大事，当真出了好大名头，可曾想今天会走上这条死路？"

李清霄心里早明白，眼下局面凶多吉少，韩子逸与黑袍、白袍二人都是一等一的高手，再加上萧涯舟、蔡湘雄和千名铁甲兵合力围击，自己与花氏兄妹想逃走是万难的，可却哈哈一阵大笑："我李清霄生平怕文章、怕道理、怕女人，怕千怕万，唯独不怕个死字。"说着，轻轻拍了一下花翎的肩头："翎儿，你怕不怕？"

"有你在，翎儿什么都不怕！"

"哈哈哈，好，是我李清霄的好妹妹！"

"死到临头还有闲情逸致！"萧涯舟声落身起，掌中千秋雪挂着劲风，劈向李清霄，每一刀力贯千钧，大有风雷之势。李清霄见识过萧涯舟的身手，他不敢大意，提起精神，鹿角剑嘤鸣阵阵，如苍龙夭矫，将花氏兄妹护在身后，身如奔星，施展"易字诀"，剑随身走，奇快无比，荡开萧涯舟层层攻势。"九真御剑诀"的"易字诀"是以攻为主，以快为辅，近而示之远，远而示之近，三十几个回合后，逼得萧涯舟连连后退。李清霄不愿延宕，力求速胜，他剑走如龙，身法再变，使出"气字诀"，乘虚蹈隙，剑气弥身，以小力发大力，鹿角剑如漫天星雨，罩住萧涯舟三十六处大穴。萧涯舟心中大骇，千秋雪左遮右挡，忙得满头大汗。

韩子逸、黑袍、白袍三人未料到李清霄在重伤之下，手中白鹿角仍旧有掣电拿云之威，眼见萧涯舟战李清霄不下，白袍人不免心急，在旁大喊："此刻非比武打擂，我等助萧左使一臂之力！"说话时，白袍人第一个飞身跳进圈内，黑袍人略一沉思，也跟了上去，三人转风车一般夹攻李清霄。

李清霄受了韩子逸一记重掌，已元气大伤，单一个萧涯舟尚能应付，如今又多了白袍、黑袍两大高手围攻，先天真气一时难以为继，当即落了下风。他内力一散，无法以神导气，十几个回合后，鹿角剑左支右绌，点、刺、格、击、劈、带、崩、粘，只有招架之功，没有还手之力了。花子诚、花子信、花翎兄妹三人见了，心中大急，赶紧挥着兵刃来助李清霄，他三人的武功对付寻常武人尚可，在这个场面里，如何能近得了这几位高手的身边？还未使出一招半式，便被萧涯舟、白袍、黑袍三人激荡起的劲气震飞出去，摔在一边，蔡湘雄大喜，招呼铁甲兵过来："绑了！"

铁甲兵冲将过来，几十条大枪抵住花子诚兄妹三人，接着，铁链子"哗嘟嘟"直响，将他兄妹三人捆了个结结实实。李清霄瞧见大惊，心神一分，步法慢了半拍，左侧萧涯舟趁机千秋雪疾出，"扑"地砍中李清霄左腿，顿时鲜血淋漓。李清霄痛咬牙关，身子栽晃几下，一不留神，左肩又中黑袍人一剑，鲜血迸射，染红半边袍襟，李清霄倒退几步，眼见萧涯舟长身而进，一刀奔自己心口戳来，李清霄推剑去格，右身门户却敞了开，白袍人瞧准时机，飞起一脚，正踢在李清霄软肋之上。

"呃……"

李清霄沉哼，摔出去三四丈远。

一瞧李清霄满身是血，一动不动，花翎觉着天塌一般，"清霄哥哥——"她拼命地挣扎，却哪里迈得出一步。花祥在一旁鼓掌大赞："精彩！精彩！"又见李清霄躺在地上动弹不得，花祥更是得意大笑："小子，这回你还有什么话说？"回头冲韩子逸一拱手："少盟主，你若念及旧情，不忍下手，花某自告奋勇，愿为少盟主效劳，宰了这小子，权当我江南阁出的一份力，你看如何？"

韩子逸喉结动了动，没有答话，他目不转睛地盯着李清霄，心里像开了锅的水上下翻滚，眉头渐渐拧成个疙瘩，沉默了半晌，终于开了口："清霄兄，我韩子逸曾说过，要请你喝一回寒冰雪酒，可惜……你我终究不是一路人，道不同不相为谋，欠你的酒债……我韩子逸注定无法相还了！"说着，又看了看手中的孤城玦，双目登时泛起寒光："李清霄，只有你死，我韩子逸才会是孤城玦的主人，哈哈哈哈……"他大笑着，低沉沉道："李清霄，你可知道？当年，你师父只因我说了一句要报仇的话，他便生嫌，弃我而去，为什么？嗯？为什么？我韩子逸要为父报仇，有什么错？难道这天下的道理，都在你师徒手上？如今，你是北祖高徒，你是逸仙传人，你是白马将军之子，天下的人，见了你都要高看一眼，你李清霄说什么、做什么，都有人来赞叹你，奉承你，凭什么？凭什么？就凭你这所谓将门之子满嘴的大仁大义、大是大非？哈哈哈哈，我韩子逸偏不信这套沽名钓誉的鬼话！成王败寇，如今你死了，我活着，我才是这天下真正的无敌战将！我今天，就是要让陈抟知道，他不愿收我为徒，可他自鸣得意的弟子却死在我的手上！"说完这番话，韩子逸蓦地喘了一大口气，脸上的肌肉在不停跳动，随后转过头去，冷冷吐出一个字："杀！"

"好咧！"花祥兴奋异常，"呛啷"抽刀在手，拍了拍明晃晃的刀面，心里头直乐，"谁能想到，这个名扬天下的白马将军之子，竟被我花某人亲手宰掉，嘿嘿，日后说出去，倒也是份荣光！"他嘴角挂笑，一步一步走向李清霄。

秋风入林，萧萧作响，满山凉意。韩子逸方才那番话，反叫李清霄更加清醒。他躺在地上，嘴角流着鲜血，肩、腿的血水已染红身下山石，这让他想起儿时倒在开封雪野中的模样。此刻，耳畔松声阵阵，仿佛笙箫，如吟如咏，他仿佛听见了童年的歌声。湛蓝的天空下，童年的歌声敲着他的魂魄，他好像从白云中看见了爹娘，看见了铁靖先生，看见了恩师，看见了他朝思暮想的陆烟白，看见了遍布英雄的将军之岸，清泪滑过李清霄的眼角，那是悲伤至极反至美的滋味——就在花祥钢刀举起的那一刻，李清霄陡然起身，白鹿角一闪寒光，"噗——"三尺青锋，整个穿透了花祥的胸膛。

"呃……呵……"花祥的喉咙里发出短促的声音，他口里涌出血，眼珠子睁得快要凸出来，眼神里满是不解和惊恐，"不……不可能……"

"哧——"白鹿角拔出，花祥轰然倒地，鲜红的血，像井泉一样从他胸口汩汩冒出，花祥瞪着眼睛，张大了嘴要说什么，却再也吐不出一个字，头一歪，绝气身亡。李清霄反手一剑，削下花祥头颅，一把拽起这颗血淋淋的人头，晃晃悠悠向前走了两步，忽地将人头高举在空，振声吼道："我李清霄，体内流的是白马将军的血，忠魂碧血，荐天荐地，洒不尽，倒不了，你们——谁！还！再！来！"

44　白玉澶

"哗啦——"

千名铁甲兵被震慑得后退一大圈。

花翎泪流满面，不知是高兴还是害怕。

花子诚、花子信都哭着说："报仇了！报仇了！"

韩子逸左手紧握晓月寒刀，有些微微发抖。

白袍人侧身对韩子逸说："韩少主莫忧，此人已是强弩之末，我们合力擒杀了他。"韩子逸连连说："好！好！"

"等一等！"黑袍人忽然雷喝，他向前走了两步，看着李清霄，叹口气说，"白马将军之子，果然名不虚传！老夫行走江湖几十年，鲜见有如你者！"说着，转身冲韩子逸一抱拳："韩少主，老夫平生不爱乘人之危，如今这个关口，老夫下不得手！"

"白先生！"韩子逸喝道，"你妇人之仁，别忘了本分！放虎归山，必留后患，这种道理不用我多说吧？你若下不得手，一旁观阵便是！"说话时，将孤城玦放入鹿皮套，扭头冲白袍人道："沈先生，咱们并肩上！"话音一落，晓月寒刀破空而出，身形电起，与白袍人飞纵过去，一刀一剑、一前一后将李清霄夹在当中。韩子逸拧眉说道："李清霄，我韩子逸自知对你不住，我这晓月寒刀也本不想饮你的血，可你非要逼我取你人头，那就休怪我刀下无情了！"

"情"字一出口，晓月寒刀一道青光劈向李清霄。

"铮——"一声刺耳厉响，跟着又迸射出一串火花。

晓月寒刀没有劈到李清霄，却撞上了一颗飞来的鹅卵石。

"哧——"鹅卵石被切成两瓣，紧跟着，松林里响起了一阵低沉沉的箫声，箫声幽咽如怨，仿佛萧萧落叶浩然弥哀，让人不忍听又难舍离。箫声未尽，一条白色人影忽从松冠飘下，落到李清霄面前，一把抓住李清霄肩头，风一样飘出三四丈远，韩子逸、黑袍人、白袍人正愣神之际，那人身形又一动，如一缕白烟，飘在花翎、花子诚、花子信三人身边，在他们左右一穿一掠，只听"扑通""扑通""哎哟""啊——"连声惨叫，押着花翎三人的六名铁甲兵尽皆震飞出去，"扑通通"砸倒了身后一大片官兵，随即又听"哗啦啦""呛啷啷"落地声响，锁在花翎兄妹三人身上的几根铁链，俱被那人指头捏断，蔡湘雄刚反应过来，那人已然挟着花翎，对花子诚、花子信一推一带，跳出铁甲兵围成的圈子，风驰电掣，将三人全部带到了李清霄身边。

这几下兔起鹘落，快得匪夷所思。韩子逸、黑袍人、白袍人、萧涯舟、蔡湘雄，连同花翎、花子诚、花子信在内，无不目瞪口呆，过了半晌，方打量眼前这人，他身高近八尺，穿了一身白衣，容貌清奇，眼神惆怅，修长的手中持着一管白玉洞箫，这人虽非道家打扮，举止却悠然一派仙家之气。

"是你……"李清霄惊得合不上嘴，眼前这人他竟认得，正是自己和陆烟白在云梦城念清清客栈见过的沈三郎的那个大东家！然而，黑袍、白袍二人瞧了这个东家之后，都不自觉地退后了几步，齐齐惊呼："紫清先生……白玉澶……"

这个江湖上，谁人没听过紫清先生白玉澶的大名呢？

"太华扶摇，南岳紫霄。五绝十三剑，谁及白玉箫？"名客歌里的白玉箫，说的就是紫清先生白玉澶。白玉澶生于东海蓬莱岛，丰神俊貌，孤履危行，若除却纯阳真人吕岩、扶摇真人陈抟、紫霄真人谭峭这几位道家大前辈，近二十五年间，自当年"轩辕神剑"苏慕白以半招输给白玉澶后，白玉澶俨然已成天下第一。只是这十几年来，白玉澶神龙见首不见尾，极少有人能觅到他的踪影，故而江湖人说，当今武林绝顶高手中，苏慕白有名士气，刘元溟有霸王气，萧道通有枭雄气，而白玉澶则有隐者气。

望着张口结舌的花翎，白玉澶眼圈湿了起来，痴痴念着："翎儿……翎儿……"接着长声一叹："相见时难别亦难，东风无力百花残。翎儿，你受了这些苦，都是为……"他本想说"为父"二字，可话到嘴边又咽了回去，只说："都是我白玉澶不好，没能好好照顾你！"白玉澶的心绪，韩子逸等人自不知，可花翎、李清霄却一清二楚。李清霄一下明晓了当初在云梦城见到的那"念清清"三字店名的含义，一时间，心头如过针芒，不由隐隐生痛。人生自是有情痴，此恨不关风与月。

花翎却呆在那里，身子发抖，已是潸然泪下。

几场变故太过突然，她觉着自己的灵魂似乎要出窍。

白玉澶转过脸，冷冷看着韩子逸："我问你，花千树与你往日可有仇怨？"

韩子逸脸上的肌肉跳了一下："没有！"

白玉澶眼眉一扬："那你为何对百花堂斩尽杀绝？"

韩子逸哼了一声："没仇怨便不杀人，天下早便太平了！"

白玉澶忽地哈哈大笑："这话说得好！既然你能说出这番道理，白某如今要杀你，也便天经地义了。"足尖忽踏，白烟似的冲向韩子逸。

韩子逸畏惧白玉澶威名，心中直打鼓，面露惊色连连后退，黑袍人、白袍人从旁双双跃来，两剑齐出，银光交错，疾刺白玉澶。白玉澶见这二人剑法奇谲，不可轻视，左掌长挥，冲出一道劲气，直往白袍人罩来，右手白玉洞箫一点黑袍人，登时将他长剑振开。白玉澶一招出手，便逼退两大高手，内劲之高令人咋舌。黑袍、白袍二人急忙提起十二分精神，两柄剑哧哧抖动，好似双蛇虬游，攻守相依，扑向白玉澶。

韩子逸、萧涯舟二人知道，白玉澶何等人物，若论单打独斗，他们谁都不是对手，连忙大呼："二位先生莫急，我等来助你！"二人振刀加入战团，霎时间，韩子逸、萧涯舟、黑袍、白袍刀剑并举，银光耀眼，四件兵刃四面八方向白玉澶招呼，来势虽凶，可白玉澶却长声说道："来得好！白某许久未曾活动筋骨，尔等本事只管使出来吧。"他腾空而起，斜刺穿出，向白袍人欺近，白袍人赶紧长剑飞抖，上三下四，化出七道剑影，一团银辉刺向白玉澶，白玉澶"咦"了一声："南岳化剑？"玉箫旋成一面润光，荡开剑影，身形一晃，闪到了白袍背后，大袖反扫，呼的一下，打中他后心。白袍人仿佛被铁板重拍一下，一个跟头滚出四五丈远。

萧涯舟暗惊，从后挺刀刺来，白玉澶后心好像生了眼睛，竟不回头，反手轻挥，啪地将萧涯舟千秋雪捏在手中，就势向左一扬，"铮"的一下正好架住韩子逸凌空劈来的一刀，两刀相碰，倒将萧涯舟震得手臂发麻，白玉澶离他尚数尺，左指忽地隔空点出，"哧"的一道劲气冲向萧涯舟心口，正是白玉澶的绝学"紫气清风指"。萧涯舟大惊失色，慌忙回右臂一遮，哪知"紫气清风指"威力极大，一下穿透了萧涯舟右臂"曲池"穴，震断手阳明经筋，萧涯舟惨呼一声栽倒一旁，这条右臂从此算是废了。白玉澶挥挥洒洒，章法不乱，片刻之间，连伤两名江湖一流高手，将李清霄、花翎、花子诚、花子信在旁看得呆了。李清霄心中有数，白玉澶这等绝世奇功，未必会在北扶摇、南紫霄之下，倘若当年紫竹台观音阁阁主"圣手冠乾坤"秋鉴此时在场，他再绘《江湖名客图》时，只怕要重新估量座次排名了。

白玉澶功力之深，也大出韩子逸、黑袍人所料，成败攸关之际，他二人不肯退缩，紧咬牙关，使出浑身解数与白玉澶相搏。白玉澶白衣振振，进退之间，冲得韩子逸、黑袍人乱了步法，眼见黑袍人一剑削来，白玉澶飘然而起，玉箫裹着劲气往下一砸，正击在剑身之上，当的一声脆响，犹如半空中打下个霹雳，黑袍人猝不及防，手腕震得一酥，宝剑喧啷落在地上，黑袍人急急退出几步。说时迟，那时快，白玉澶一个转身，返纵到韩子逸面前，一掌拍去，如流星赶月，快不可言，韩子逸大惊，急忙抬臂相迎，"砰——"双掌相碰，韩子逸被白玉澶雷霆大力一震，当即摔了出去，胸口发闷，张口吐出血来。黑袍人一见韩子逸受伤倒地，急忙分双掌奋勇杀来，他虽手无寸铁，却反倒不惧，好似精神陡长一般，双臂气贯掌心，劲达四梢，如灵龙穿动，忽实忽虚，刚柔并济，大为精妙，倒叫白玉澶微退了两步："六龙游川掌？这可是太玄宗弘璧公的武学，莫非你是'一掌震千川'白心海？"

黑袍人沉吟一下，朗声说："不错！正是白某！"

这话一出口，李清霄心里十分震惊："他就是江南阁微雨楼的大先生'一掌震千川'白心海？怪不得之前在烟雨岛，他对明心慕如此恨之入骨。"

白玉澶这时停下手来，脸色转缓："令师弘璧公，当年常到蓬莱阁与家师切磋武学，也算是白某仰慕的一位前辈大家。当年你白心海的事，白某也知道一些，你也是痴情之人，你我二人算得上同病相怜，今天我这姓白的，便不难为你这姓白的了，不过么——"白玉澶顿了顿，哼了两下："男子汉大丈夫，行事要光明磊落，何必要戴个面具遮遮掩掩？"说完这几句，白玉澶忽然竖起白玉洞箫，悠悠吹起来，箫声起时，落叶纷纷而下。这并非寻常箫声，乃是名扬天下的《秋叶悲心音》。《秋叶悲心音》虽不及"琴仙"贺兰栖真的《兰陵引》能杀人无形，却也威力不凡，箫音过处，白心海与白袍人只觉劲气扑面而来，二人大惊，正要跃开，却听"扑啦"一声，两人头上的面具骤然断开，各自露出了庐山真面目。

李清霄一瞧，心中连连称奇。他原以为白心海有豺狼之声，满怀仇恨，相貌必然凶戾，可眼前的白心海脸庞仿佛白玉雕琢一般，鼻梁英挺，五官鲜明，还长着一双画一般风流的眼，与他的儿子白丛一样，十足是个美男子，与李清霄的想象有天壤之别。而那个白袍人，倒是长了一张长长的刀子脸，相貌清瘦，眼睛黑少白多。

白玉澶瞧着白袍人，淡淡问："你就是南岳沈丹青吧？"

白袍人一震："你……你如何知晓？"

白玉澶笑了笑："你的剑法瞒得过别人，却瞒不过我。普天之下，能将南岳化剑练到七剑幻影境界的，也只南紫霄五大弟子而已。然风栖梧、陈雨柳已达九剑境界，名高天下，自不屑于遮遮掩掩；秋百里一心随师修道，不入凡尘；而华风楼又断过一臂——这样来看，你不是沈丹青又会是谁？"

白袍人听了，哈哈大笑："紫清先生好见识！我沈丹青今日败在你手，传了出去，也不丢人，要杀要剐，悉听尊便！"

李清霄听到这些，惊得忘了疼痛。沈丹青人称"白衣剑客"，剑法得自"南紫霄"谭峭真传，高妙自不必说，让沈丹青自己最得意的是轻功。他自幼骨骼殊于常人，极善攀纵奔行之术，南紫霄指点有方，使他练成了绝顶轻功，在南岳剑派无人能及，便是放眼整个江湖，轻功能在沈丹青之上的，唯有《江湖名客图》中位列丹青五绝的"轻功绝"——"九霄无影"成灵雁。然而，成灵雁远在西域，轻功如何了得，李清霄没有见过，但李清霄却领教过这个沈丹青的轻功，那真是妙到毫巅。没想到这位当年负气出走南岳芙蓉峰的白衣剑客，竟也投靠了江南阁。

这时，白玉澶面沉似水，扫了一眼白心海、沈丹青："你二人师出名门，曾经并非大奸大恶之徒，如今为何甘当司徒禹心的爪牙，为虎作伥，坑害他人？"

白心海哼了一声："紫清先生，有些事你并不清楚，不要妄下断言！想当年，白某义兄林仁肇，因中了赵匡胤的离间计，全家惨遭诛杀，当时白某身染重病，正与犬子寄居林宅，本也要受到牵连，多亏了司徒阁主出面向李煜求情，李煜才放了我父子一马，所谓滴水之恩当涌泉相报，白某入江南阁，既为报仇，也为报恩！"

沈丹青在旁沉声道："不错！沈某原以为紫清先生乃是当世奇人，却为何会说出这样世俗的话来？孰为虎？孰为伥？大丈夫恩怨分明，有仇报仇，有恩报恩，若是说到坑害二字，哼哼，在下与韩少盟主、白大先生，哪个不是被坑害之人？"

白玉澶凤眼一睁："好！你想报仇，尽管找你的仇人，白某懒得去管，但白某身后的这几个人却不是你的仇人，非但不是你仇人，恰恰相反，你们反倒是他们的仇人。既然你说大丈夫恩怨分明，那好，今日白某就要带走他们，来日，他们是否寻尔等报仇，便看尔等造化了。"说着，转身看了看李清霄："小子，你还能动么？"

李清霄忍痛一笑："走路自是无妨，若要上房只怕不行了。"

白玉澶哈哈大笑："好，能走路就好！你们这就随我下山，我白玉澶倒要看看，他们哪个不要命的敢拦！"过去拉着花翎的手腕，护着李清霄、花子诚、花子信三人，大踏步向山下走去，仿佛眼前无人一般。

沈丹青、白心海两人眼见白玉澶带着四人朝山下走，彼此互望，却都不去追赶。沈丹青不去追赶，着实是忌惮白玉澶的本领；白心海不动步，则是想留下一份人情。韩子逸瞪起眼睛，在那边又惊又怒，他挣扎着跑出几步，冲白心海、沈丹青高叫："你们都愣着干什么？放虎归山，必留后患，你们不懂么？"不待白、沈二人回应，又急朝蔡湘雄大喊："蔡将军，围住他们，一个也不要放过，否则对江南国后患无穷！"

蔡湘雄自恃手中有兵，当即一招手："拿下他们，格杀勿论！"令下如山倒，哪个当兵的敢不听从。顷刻之间，一千铁甲兵围上来，如铁桶一般将白玉澶、李清霄、花翎、花子诚、花子信五人裹在中间。白玉澶横眉冷笑："白某十年来未曾杀过一人，如今看这架势，想必要大开杀戒了。"一声未毕，大袖一扫，震飞了七八名铁甲兵，抬脚弹起一条大铁枪，握在手中，叫着李清霄四人："你们跟紧我。"当先开路冲杀出去。这条大铁枪到了白玉澶手里，威力大到何止百倍，犹如怒龙搅海一般，上下、左右、前后，横扫竖砸、飞扎乱挑，一时杀得血溅半空，尸首满地。李清霄此时早将生死置之度外，带着花翎、花子诚、花子信，随着白玉澶不顾一切地奋力冲杀，然而，李清霄此前毕竟受伤过重，失血过多，如今气血涌得急了，顿时昏了过去。

"清霄哥哥！"花翎大叫，急忙抱住李清霄，眼泪哗哗掉了下来，不知如何是好，竟也急得晕了过去，白玉澶见了，又心惊又心疼，情知不可拖延，举目瞄准了百丈外的蔡湘雄，白玉澶大喝一声，大铁枪抖手掷了过去，这一下威力何等之大，大铁枪挂着劲风正中蔡湘雄的胸膛，劲力犹自不息，竟带着蔡湘雄，直直钉在了一株大松树上。白玉澶所向披靡，那些铁甲兵本就抵挡不住，他们只认蔡湘雄，如今一见主子死了，剩下的这几百名铁甲兵再无心拼命，呼啦一下四散溃逃了。

白玉澶趁此时机，一手挟着花翎，一手挟着李清霄，与花子诚、花子信一同驰出相思谷。韩子逸、沈丹青、白心海想要去追，却又顾虑重重，犹豫之中，眼睁睁地瞄着他们没了踪迹，恨得韩子逸仰天长号，不顾身上伤痛，抡起晓月寒刀，大叫着，朝四周的松树一通猛砍，"喀嚓——喀嚓——"直砍得枝飞叶碎，林鸟四散飞奔。

45　琉璃梦

当李清霄再次睁开眼，发现自己正躺在一张雕花大床之上，床前坐着一个人，李清霄略扫一眼，不由得大吃一惊，这人他再熟悉不过，正是烟雨岛一别的晋王赵光义。李清霄一下坐起来，惊讶地问："王爷，你怎么在这儿？这是什么地方？"

赵光义呵呵一笑："这里是庐江府衙。"

"庐江府衙？"李清霄大怔，"我怎么会睡在这里？"连忙向屋内望了望："白前辈和翎儿他们呢？"赵光义面含微笑："贤弟先别急着问，本王为你引见几个人。"说着，冲门外招呼："你们都进来吧。"话音一落，门外当先进来一人，这人凤目蚕眉，气质淳厚儒雅，目光刚毅，不怒自威，仿佛金甲天神，李清霄心中暗奇，却不认得，再往后看，是一黑、一白两个身材魁梧的大将，李清霄瞧见那个黑面将军时，一怔："这人看着好生面熟！"又仔细打量，但见这位黑面将军身高近九尺，一对长眉好似印在脸上的两锭松烟墨，宽宽的下巴生了一副浓密的长髯。李清霄略一沉思，忽然一个念头在他脑中闪过，他当即跃起，看着黑面将军问："你……你可是呼延大哥？"黑面将军神色也有几分激动，点了点头："是我！是我！"

这一句话，可惊呆了李清霄，他似乎忘了身上的伤，一步奔了过去，一把抓住呼延赞的袖子，大改常貌，激动得眼泪在眼圈打转，声音欢喜得像个孩童："呼延大哥，十四年没见，你的胡子都长这么长啦，当真想死小弟了！"

呼延赞长髯髭动，既露出无尽欣喜，也颇有几分感慨："清霄小弟，你长这么大了？好啊！太好了！哈哈哈哈，一别十四年，大哥哥也十分想你，如今清霄小弟的大名，快将大哥哥这耳朵磨出茧子喽！"这时，赵光义在旁呵呵一笑："贤弟，你与呼延将军从前的过往，呼延将军都与本王说了，你们久别重逢，可喜可贺，既然你二人是旧相识，那本王就省却一节，不必再介绍了，来，本王为你引见这两位新朋友！"说着，一指当先进门的那个凤目之人，"这一位，可是我大宋的擎天白玉柱，架海紫金梁，他乃是朝廷新任的西南路马步军大帅、宣徽南院使曹彬曹大帅！"又一指曹彬身后的那位白脸将军："这位是神槊大将曹翰曹将军，曹将军手中大槊，可横扫千军！"

李清霄听了曹翰之名，倒不以为意，可听了"曹彬"二字，却不由眼睛一亮。李清霄虽不在行伍之列，却也早听说过曹彬这个人，深知此人文韬武略，极善用兵，乃是当世少有的名将，对他格外敬佩，当即正了正袍带，恭恭敬敬给曹彬作个长揖："在下久闻曹将军大名，曹将军乃国之栋梁，在下得缘相见，幸何如之！"

曹彬含着笑，抱拳还礼："曹某常听晋王提及李大侠之名，晋王说李大侠名将之后，含仁怀义，是少有的俊杰，今日一见，白马将军之子果然器宇非凡。"二人互道仰慕，一时间，倒有些相见恨晚，而那位神槊大将曹翰却被冷落一旁。曹翰奋拉起嘴角，一言不发，他见李清霄单单只对曹彬、呼延赞高看一眼，对自己反却视若不见，心中不由十分恼怒，只是碍于赵光义在，不好发作，只得暗暗记恨起来。

李清霄为人，并不十分精于人情世故，也未留心曹翰神色，只顾与呼延赞、曹彬欢谈。当前战局正逢非常之时，呼延赞与李清霄一番叙旧之后，因军务繁忙，便同曹彬、曹翰二人一同辞别赵光义，赶奔军营。李清霄此前只顾着高兴，等呼延赞走后，他方回想起刚才疑惑的事，赶紧问赵光义："王爷，方才你还未告知，我怎么会在庐江府？"赵光义道："说来也巧，本王此次与曹彬元帅奉旨筹备江南战事，从江陵府来巢湖操练水军，日前听太玄宗执水长老韦幽涧来报，说南岸姑孰城有变，本王便命韦长老带领巢湖营的水兵每一日沿江密切注视，这才遇见了横江北渡紫清先生，好在韦幽涧长老认得花家兄妹和贤弟，大家彼此说明了情况，便将你们接到了这里。"

李清霄叹道："原来如此！王爷，这是什么时候的事？"赵光义道："三天前。"李清霄一惊："什么？三天前？莫非小弟已昏睡三天？"赵光义道："不错，正正好好，三天三夜。"李清霄忙问："王爷，那紫清先生他们现在何处？"

赵光义道："江南国他们暂时是回不去了，花家的两位公子已被本王派人送往太玄宗，让他们在那里好好历练历练，希望今后能有所造就，至于花翎姑娘，她来时身子虚弱，又因你在此，绝不肯走，所以本王就为她和紫清先生在城中安顿了住处，以便调养。"李清霄道："太好了，王爷处置得极为周全，小弟……小弟想去看看他们！"赵光义一笑："你身子尚未恢复，过几天再去也不迟嘛。"李清霄道："小弟乃习武之人，身子虽不是铁打的，这点伤还经受得住，花家此番遭逢大难，小弟此时若不去看他们，总觉不安。"赵光义道："好吧，贤弟快去快回。经过烟雨岛、姑孰城这两件事，李煜不臣之心昭然若揭，如何征讨江南国，本王还想与贤弟一同商讨。"李清霄听了，略一迟疑，也不置可否，只是点了点头："小弟这就先去看望他们。"

赵光义点头，派人带李清霄来到白玉澶和花翎的住所，花翎得知李清霄过来，像风一样跑出来，一把抓起李清霄的衣袖："清霄哥哥，你好了么？翎儿这些天担心死了！"李清霄呵呵一笑："我这人没别的大长处，就是命大。嘿嘿，翎儿，你怎么样？身子好些了吗？"花翎盯着李清霄的眼睛，满脸绯红地说："好多了，清霄哥哥，翎儿……翎儿可想你了，这三天过得就像三年一样。"忽又摇着李清霄的胳膊："清霄哥哥，你……你有没有想翎儿呀？"李清霄滞了一下："我啊……我可是一气儿睡了三天三夜。"这时，忽听堂内有人说话："丫头，你心里整日想着这小子，到把为父忘得一干二净！"李清霄先是惊了一下，随即又反应过来，说话的人应是白玉澶。

果不其然，白玉澶从堂中大步走了出来，李清霄一见白玉澶与花翎此时神色和睦，心中倒也无比高兴。李清霄知道，父女之间哪怕是远隔千山万水，分开十年八载，也无法改变血浓于水的大情大义。李清霄的心也平稳了许多，他走到白玉澶面前，深深作了个长揖："晚辈李清霄，叩谢白前辈救命之恩！"

白玉澶将他扶起，呵呵一笑："小子，天道无常，运命有数，你与我白玉澶几次相逢，倒也有缘，你勿谢我，我倒要谢你拼死护我好女儿才是。"

李清霄声音有些颓然："说来这也都是晚辈的过错，若非晚辈本事不济，交友不慎，故作聪明，也……也不会连累百花堂到这种境地……"

白玉澶挥了挥手："如今这个世道，狼子野心之徒比比皆是，防不胜防。韩子逸、神卫军那帮人想算计的是百花堂，与你无多相关。"

李清霄叹了口气："唉，可终究还是晚辈纸上谈兵误了大事！对了，白前辈，你不是一直在云梦城么，如何会现身天门山相思谷？"

"我啊……"白玉澶顿了一下，眼中泛起难过之色，"因为那天是清清的生日，也是她的祭日……每年的七月七，我都会来相思谷看望清清，我实在是太想念她……唉！"他长声一叹："这次来时，碰巧赶上你们出事，这才助你们脱险。我想啊，这……这一定是清清的在天之灵保佑，叫我白玉澶来保护自己的女儿，只可惜，白某终归还是来晚一步，没见到花千树最后一面。其实，这些年过去了，白某对他花千树，早已不再记恨了。"花翎听了又难过起来："他……他老人家要是能听到这番话，一定无比开心！可惜……可惜他再也听不到了……"说到这里，呜呜哭了起来。

白玉澶极是心疼，安慰她说："翎儿，别难过，人啊，总会死的，谁也逃不脱，只不过早一些晚一些罢了。你千树爹爹死后，还能伴在清清身边，这也算是福分，我白玉澶……嘿嘿，倒是极羡慕他啊！"李清霄道："白前辈说得对，花前辈虽说不幸亡故，可我看得出来，他临故之时神色平静，内心倒没多大痛苦。翎儿，如今你与白前辈能父女相认，也是上天注定，但愿翎儿重新振作起来，好好生活！"白玉澶微微颔首，冲李清霄一笑："小子，翎儿这几天跟我讲了不少你二人之间的故事，算得上缘分不浅，我还听说，你是卫公之后，扶摇弟子？"李清霄点了点头，白玉澶一挑大拇指："哈哈，好，被北扶摇选中的人，必有特别之处。小子，老夫瞧得出来，翎儿这丫头很喜欢你，翎儿像她娘，是个痴情的人，所以，白某倒有个好想法，要与你说一说。"

花翎听到这里，似乎知道白玉澶要说什么，脸红得像块胭脂美玉，又像三月桃花，她低下头，不敢看李清霄的眼睛。李清霄也似乎猜到什么，他有点局促不安，心里直敲鼓，不自觉咳了一声，道："白前辈请说。"白玉澶先是沉沉一叹，随即说道："自从清清离世之后，我白玉澶苟活至今，不是为了贪恋虚名，只因还有翎儿在，翎儿是我的唯一期盼，老夫放不下她，想让她永久开心。李少侠，老夫看你与翎儿郎才女貌，实属天作之合，所以，老夫想将翎儿许配给你，不知你意下如何？"

李清霄非但没有兴奋，脸色反倒有些异样，他迟疑起来："这……"白玉澶瞧着不大对劲，脸色一沉："怎么？你不愿意？"李清霄低头半晌，忽地抬头说："白前辈，你的好意清霄心领了，可是……这件事，清霄实在不能答应！"

"怎么？莫非你觉得我家翎儿，配不上你这将军之子？！"白玉澶喝了一声，李清霄急忙摆手："白前辈，我绝无此念！"白玉澶喝道："那是为什么？"花翎在旁也痴痴如木，目不转睛地盯着李清霄，李清霄长叹一声，目光此时反倒流出一丝释怀："因为……因为我已有了心上人，曾经沧海难为水，除却巫山不是云，在我李清霄心里，每时每刻思念的只有一个人，我这辈子……我这辈子只想和她在一起！"

"清霄哥哥，你……你……"花翎跌跌撞撞退了两步，李清霄的这句话，对她来说就是晴天霹雳，她连一点准备都没有，心就好像被狠狠扎了一刀，这一刀扎得实在太深，叫她一时痛得仿佛喘不过气来，"那个人……那个人是谁？"

李清霄低眉不语。

花翎心头一皱，哽咽地说："是不是……是不是你说的那个陆烟白？"

"对，是她！"李清霄点了点头。

"是她，呵呵……是她……"花翎跌跌撞撞又向后退了几步，手扶在回廊柱上，缓缓坐在地上，泪落如雨，"怪不得……怪不得……怪不得对我你总是搪搪塞塞，原来你的心里一直都装着的人是她……呵呵，呵呵，我真傻……我真傻，我还以为我与清霄哥哥才是天底下最有缘的人……呵呵，我们……我们才是最有缘的人……"

李清霄见花翎在那泣不成声喃喃低语，心中悲酸难耐，他的声音也有了几分哽咽："翎儿，你……你千万别这样……"走过去打算扶起花翎，忽听身后的白玉澶大吼一声："不要碰她！"大步过来，一挥袖，劲气荡起，扫在李清霄身上，李清霄当即被震翻了个跟斗，嘴角摔出血来，他半躺在地上，露出一丝苦笑："翎儿，对不起，我李清霄一颗心，实在……实在无法分成两半，你要恨我，就杀了我吧！"

"好！说得好！"白玉澶怒不可遏，"老夫这就宰了你！"

"不要！"花翎拼命拽住白玉澶的袖子，"你……你不要伤他，翎儿……翎儿不恨他，翎儿只恨我自己，恨我自己为何这样爱他！恨我自己当年在开封为何不叫千树爹爹把他带回百花堂！如果那样子，他便一直和翎儿在一起了，呜呜呜呜……"

"唉！"白玉澶长声一叹，沉默了好一阵子，他的声音终于恢复了平静，"翎儿啊，这人世之间，一切情分如变幻琉璃，爱也好，恨也罢，终究不过梦幻云烟。有一些事，你千万不可太过在意，这小子即便不喜欢你，那又如何？对你来说，只不过失去个不疼爱你的人，而对这小子而言，却失去个深爱他的好姑娘！翎儿，你不必觉得难过，毕竟还有为父在你身边，总有一天……总有一天你会明白，在这个世上，只有你的父亲才是最疼爱你、对你最好的人！"

"爹爹……"花翎大哭着扑到了白玉澶的怀里。

"好女儿，好女儿。"白玉澶轻轻拍着花翎的肩头，也不知是高兴还是难过，竟忽地流下了眼泪，"翎儿，江南这个地方……这个地方不好，实在是沾染了太多苦痛，新友也好，故交也罢，从此都忘却了吧！翎儿，为父想带着你离开这里，从此遍走千山，远游四海，逍遥天下，你喜欢么？你……你愿意跟为父走吗？"

花翎哭了好一会儿，忽用袖子擦了擦眼泪，抽噎着说："爹爹……翎儿……翎儿愿意。"白玉澶哈哈大笑起来："好！好！这才是我白玉澶的女儿，这才是我白玉澶的女儿！"一把拉上花翎的衣袖："咱们走！"花翎跟着刚迈出几步，身子忽又一颤，回首看了看地上神色凄楚的李清霄，十几年前的往事瞬间拂过心头。她蹙起眉头，又抬头向南面姑孰城的方向望了望，泪珠再一次潜然滚下："清霄哥哥，以后……这个世上再也没有花翎这个人，只有……只有白翎！希望……希望纵使许久之后，你心里还能记得，曾经有个人如此深爱着你……"

话音落时，她转身跟着白玉澶离开了这座院子，渐渐没了身影。李清霄挣扎起身，心像被火烤过，空了半截。虽说如此，可他终于说出自己想说的话，倒也不觉后悔。他一个人在心里感叹："翎儿，我李清霄对你不住，可你放心，我这一生，会永远记得有你这样一个好姑娘！"今天这样的结果，是李清霄万万没有预料到的，几日的打击让他越发觉得人生无常，有一些事，若不珍惜，也许稍纵即逝。这一刻，他越发思念陆烟白："烟白，你要等着我，我这就去灵岩山找你！"

46　新掌门

深夜。

一灯如豆。

韩子逸半倚半坐在一间客栈里。

他眉头紧锁，面沉如铁。两个月前，白玉澶救走李清霄的事仍旧叫他沮丧不已，就仿佛寒冬腊月中被人泼了一大盆冷水，跟着又压了一块千钧巨石，瑟瑟发抖又透不过气来。借着烛光，他反复搓摸着手里的孤城玦，心中恨愤："等我韩子逸参透了孤城玦的神通，定叫你李清霄、白玉澶万劫不复！"越想越气，便反复念着那句口诀："孤城幻影，山海之涯。灵台方寸，可敌天下……"念着念着，忽然，脑中灵光大闪，一下想起了当初在武功城外风零玉对自己说的那句话："你们办完了事，可一定要来江南看我！我们江阴城在大山之涯、沧海之滨，可漂亮啦，等你们来了，我可以带你们去瞧一瞧无边无际的蔚蓝大海，再去瞧一瞧王摩诘笔下的红豆，还有大唐异僧留下的心经碑……好多好多，都是难得的奇妙景致……"想起这几句话，韩子逸霍然坐直身子，他盯着手里的孤城玦，语速加快："大山之涯、沧海之滨……这不就是山海之涯么？灵台者心也，方寸也是个心字，莫非……莫非与心经碑有关？"

"哈哈哈哈……找到了，哈哈哈……解开了！我解开了孤城玦的奥秘！我韩子逸解开了孤城玦的奥秘！"韩子逸捧起孤城玦，狂喜得如疯似魔，又似乎有些不大相信，唯恐是在梦中，他赶忙狠狠掐了掐自己的胳膊，钻心地痛，"不是做梦，不是做梦，哈哈哈哈！"韩子逸激动无比，抱着孤城玦仰面躺在地上，仿佛已被贺号戴花，被人尊为了天下第一，恍惚间感受到了手刃仇人之快意。正这时，忽听门外有脚步声响，他打了个激灵，当即提起警觉，腾地坐起，左手紧紧地握住晓月寒刀。

"哐当——"房门大开，凉风扑入，外面进来两人，却是白心海和沈丹青，他们手里提着四坛黄酒，还拎着几个大荷叶包，里面包着烧鸡、猪头肉、熏肘子、酱牛肉和葱油大饼。二人一见韩子逸面上愁色全无，神情却很异常，与他们出门之前判若两人，白心海、沈丹青心中诧异，却也不便细问。他们大步来到桌旁，在案上摊开黄纸，将黄酒和大荷叶包放在上面，"刺啦"撕开荷叶包，熟肉浓郁的熏香登时扑鼻而来。韩子逸一跃而起，拍了拍手，先是抄起一只酒坛，拍开封泥，扯下油纸，"咕嘟咕嘟"喝了几大口，抹了抹嘴，又连抓了几块猪头肉扔到嘴里，连连点头："嗯！嗯！好肉！香！真香！"

沈丹青呵呵一笑："韩少主，平日咱们吃许多山珍海味，也不见你这般赞扬，怎么今晚对这几口熟肉小吃竟这般中意？呵呵呵，莫不是韩少主遇到了什么大喜事？不妨与我二人说一说，叫我们也跟着高兴高兴。"

"没什么大喜事。"韩子逸摆了摆手，连着喝了几口酒，笑着说，"上次的事，咱们虽说吃了败仗，却也不算太亏，常言道，胜败乃兵家常事，何必介怀？算不得什么，还是该吃便吃，该喝便喝！"说着，扔给白心海一只烧鸡，扔给沈丹青一只酱肘子："自从咱们两家联手以来，二位先生奔波操劳，着实辛苦，你们也多吃一些。"

白心海、沈丹青久行江湖，阅人无数，隐隐察知韩子逸有几分言不由衷，定有事瞒着他们，可韩子逸身为十二刀盟的少盟主，既然不想实言相告，他二人也不能多问。与韩子逸又饮了几口酒，白心海当先开了口："韩少主，不知你下一步作何打算？"

韩子逸眼中亮芒微闪："去一趟江阴城沧海派。"白心海、沈丹青都愣了一下，白心海奇怪地问："沧海派与我们并非同道中人，韩少主去那里做什么？"韩子逸不急不缓地说："二位先生有所不知，眼下，姓赵的狗皇帝陈兵江陵，尽得地利，又在巢湖操练水军，想必要不了多久便会与江南国刀兵相见，金陵城的李国主只怕已惶惶不安，沧海派虽说不是我们盟友，但也不是我们的对头，这就是一个大大的机会。我韩子逸这回去沧海派，一来是要见一位朋友叙叙旧，二来是要趁机探一探沧海派的心思，看能否将他们拉到咱们这一边，与咱们十二刀盟、神卫军、江南阁共助李国主一臂之力。"沈丹青略一沉思，忽问："韩少主，你说的那位朋友，可是沧海派掌门风辰之女风零玉？"韩子逸心头一跳，点了点头："不错。"沈丹青哈哈笑道："据沈某听闻，那位风大小姐对韩少主你是颇为钟情，不知是也不是？"

韩子逸一怔，脸上有些发热，淡淡地说："沈先生问这个做什么？"

沈丹青道："沈某自有打算，韩少主且先说是也不是？"

韩子逸迟疑了一下，说道："是！"

沈丹青呵呵一笑："是便好。韩少主，方才你说要拉拢沧海派与神卫军、江南阁联手，但是据沈某所知，'箫剑先生'风辰与百花堂向来交好，他的师弟'伞剑先生'凌久章与花千树是莫逆之交，如今百花堂为神卫军所灭，若叫风辰、凌久章安心听我们的话，想必不大可能。所以沈某以为，欲要沧海派为我所用，须用非常手段才行！"

韩子逸抱肩点头："不错，沈先生说得有理，愿闻沈先生高见！"

沈丹青神秘地说："沈某的确想了一条一箭双雕的好计策，此计若成，不但能将沧海派顺利纳入麾下，韩少主更可以抱得美人归，成就人间美事！"

白心海哼了一声："沈老弟，你别卖关子了，有话快说！"

沈丹青说："常言道，射人先射马，擒贼先擒王！若要掌控沧海派，首先要做的，便是除掉风辰……"他刚说到这里，白心海哈哈一笑，打断了沈丹青的话："沈老弟，你说得倒是轻松，沧海派不同百花堂，沧海派久立江东，派内高手众多，况且那'箫剑先生'风辰位列丹青十三剑，功力不在你我之下，岂能说除掉便能除掉的？"

沈丹青笑道："若用寻常之法自然是不行，所以沈某才说要用非常之法——"说着，沈丹青低声将如何除掉"箫剑先生"风辰的计策，向韩子逸、白心海说了一遍。

白心海听完，凝眉沉默了半晌，忽然摇了摇手："不行，我看此计不妥！那'箫剑先生'风辰与你我虽说并无交情，可咱们与他也是无仇无怨，沈老弟此计太过狠辣，此事一旦为天下人知，将置你我二人于何地？"韩子逸在一旁面色冰冷，皱着眉头不说话，看神情似乎也不大满意这条计策。

沈丹青却不以为意："白兄，成大事者，从来不拘小节。如今这档口，正属非常之时，大宋江山日益稳固，太玄宗、南岳剑派的冤家对头也日益坐大，这个关节上，如果我等再生妇人之仁，不用雷霆手段，敢问白兄，将来我们拿什么与赵匡胤做抗衡？我沈丹青何时能赶走陈雨柳，夺得南岳掌门？而你心海兄，又何时能重返太玄宗，一雪前耻？倘若咱们错失了良机，等到最后油尽灯枯，那这一腔抱负便真成了梦幻泡影！"

白心海听着这番话，浑身仿佛被千百根针锥刺一般，不由得微微抖动。沈丹青接着说："再者一说，此等密谋也只有咱们三人知晓，只要我等依计行事，你不说，我不说，韩少主不说，天下人又从何得知呢？"白心海长叹一声，垂头不语。沈丹青扭头对韩子逸说："韩少主，大丈夫拿起千金，放下四两，你别再犹豫了，所谓量小非君子，无毒不丈夫！"韩子逸举起酒坛，仰头喝了一大口酒："也罢！就依沈先生之计！但有一样，行动之时，千万不可叫风姑娘有半点闪失！"沈丹青哈哈笑道："那是自然！那是自然！"三人又说了几句话，便彼此默然不语，吃光酒肉，各自睡去。第二日清晨，韩子逸三人收拾行囊，吟鞭东指，马踏轻尘，奔向钟灵毓秀的江阴城。

江之南曰阴，是为江阴。三人乘马到了江阴城下，韩子逸在马上手搭凉棚向远去望，江阴城北眺淮扬，南近姑苏，东望沧海，城外诸峰四面环拱，滔滔长江水从城北奔腾入海，气象蔚为大观。韩子逸高坐雕鞍，眺望山川风貌，此地果真如风零玉所说，乃是大山之涯、沧海之滨，俯仰之间有大关合，他摸着腰中的孤城玦，坚硬的手指竟有些轻轻颤抖，浑然不像个一流刀客的手。此时此刻，他有些呼吸加快，思绪像极了眼前的长江之水，起起伏伏，一浪未平，一浪又起。这时，沈丹青、白心海抖缰催马过来，沈丹青当先抱鞭拱手："韩少主，沈某与白兄先行一步，与咱们的朋友会合，待等三日之后，你我再分头依计行事。"韩子逸点头："二位先生多加小心！"

沈丹青、白心海一抱拳，扬鞭而走。韩子逸一个人在城外纵马沿江观游了一阵，将周遭地理形势做到心知肚明，直到黄昏，一轮夕阳渐渐沉入江中，眼见城门关闭，韩子逸这才催马进了江阴城，寻了一家客栈住下。

江南九月，草木未凋，秋意却浓，半枯的叶子缀满了老树枝干。韩子逸好不容易盼过了三日，正午一到，他便抱着晓月寒刀出了客栈，天上刮起一阵凉风，疏疏落落的秋草被风揪扯着，使江阴城跟着透出几分悲凉。韩子逸无心景物，他按照此前打听的路径，径直向北城大街的沧海派赶去。大约两炷香的工夫，韩子逸来到北城，离北门不远的地方，一条青石板路笔直地拓过去，青石板路的尽头耸立着一座阔大的宅第，几乎占了半条街，大宅的门楼飞檐翘角，左右两座石台上，各坐个神态威猛的大石狮子，正中朱漆大门紧闭，李子大小的铜钉闪闪发光，门楣上高悬一块镶金匾额，上写"沧海派"三个金漆大字。

这门面虽壮阔，可大天白日的，竟无一人把守。韩子逸心想："看来里面有所举动了！"他大步登阶而上，抄起青铜门环，啪——啪——啪——连拍三下，无人回应，韩子逸正要开口叫人，忽眼珠一转，闭了口，后退几步，腾身跃上门楼，飞过影壁，前院依旧无人，他又点瓦腾空，飞过垂花门，便听见前边传来了刀剑之声，跟着跃到穿堂之上，向下定神一看，讲武正堂前的一大片演武场中，黑乎乎围满了人，这些人衣着打扮大多类似，或高或矮、或胖或瘦，神色俱都仓皇焦灼，频频晃动手中长剑在外圈助威，却始终不敢靠近圈内。

人群之中，一个蒙面人长剑星飞，履步如风，正与一个身穿青绿长袍的剑客激斗。这剑客面容清癯，身形颀长，鬓髯都已斑白，他手中兵刃最为奇特，本是一管三尺长的六孔青铜洞箫，可青铜洞箫的两端，伸出一尺多长的青锋剑头，这兵刃在剑客掌中旋转开来，点扎如枪，削挑如剑，格扫如棍，穿拨如刺，真是凌厉奇谲、变化无常。韩子逸心头暗惊："这个剑客想必就是《名客图》丹青十三剑中的'箫剑先生'风辰了。"他曾听李清霄说过，"琴剑先生"雷凤桐、"箫剑先生"风辰、"伞剑先生"凌久章师出同门，并称"沧海三剑"，这三人皆已以韬藏为旨，习就藏剑于器的绝学，其中唯"箫剑先生"风辰造诣最高，并不在其师广寒子丹秋绘之下，韩子逸曾亲手斩杀风辰的大师兄雷凤桐，本以为沧海派的本事不外如是，可此时他亲眼看见了风辰"箫中藏剑"的绝学，不免暗中惊诧："风辰剑法造诣远在雷凤桐之上，难怪沧海派尊风辰为掌门，只怕我韩子逸在他面前也讨不上便宜！"如此一来，又想到当初与李清霄在白鹿论剑时的情形，韩子逸纵使心高气傲，此刻心中也有些羞惭："当时李清霄说的十三名剑，我一个人也不曾放在心上，如今看来，自己或许真的是技不如之……"

他越想越觉得怨愤不甘，暗暗发起了狠心，抬眼再瞧，背靠讲武正堂山墙还立着另一个蒙面人，那蒙面人手持精钢长剑，长剑之下，左手边仰卧着两老一少三个男子，这三人额上青筋暴起，眼目赤红，虽满是怒火，却一下也动弹不得，想是被点了穴道。韩子逸仔细一瞧，其中的一个青袍长须汉子他认得，正是在武功城外有过相识的"伞剑先生"凌久章，而在这蒙面人的右侧倚卧着一个美丽的紫衣少女，一见之下，韩子逸心头登时跳了起来，这个紫衣少女正是风零玉。

这时，圈中局势突变，原本动若风雷的"箫剑先生"风辰，忽然像被人灌醉了酒，跟跄着猛地栽晃了一下。他赶紧箫剑横扫，辟出门户，急急向后退了几步，晃了晃脑袋，只觉头重脚轻，心头又像压着一柄千钧大铁锤，憋得透不过气来。风辰大惊，只一呆的工夫，眼前的蒙面人立时剑抖如龙，漫天剑星如风吹落瓣，将风辰罩在其中。风零玉、凌久章等人在那里吓得面如土色，眼睁睁看着风辰处境危急，却又半点帮不上，风零玉急得哭出声来："爹爹，你要当心！"

风辰丹田提气，稳了稳心神，箫剑在手中旋转如飞，画着个半圈，刺向蒙面人，蒙面人抖袍侧身让过剑锋，左手疾出，"砰"地抓住后面的青铜箫管，森森一笑："箫剑先生，枉你是丹青名剑，今日要败在我的手上！"风辰不听这些，凝神沉力，急向里夺剑，哪知胸口蓦地一阵剧痛，脚下像踏上了堆棉花，手中箫剑更似嵌在铜雕铁塑中，纹丝也不动。风辰憋红了脸，强提真气，喝问："你们……你们做了什么手脚？"说话时暗用内劲打算化开粘力，却不想手臂颤颤发抖，使不出半分气力，蒙面人哼哼冷笑，喝一声："去！"右臂一振，一股劲力直撞风辰掌心，风辰"哎哟"一声，立足不住，"腾腾腾"倒退七八步，箫剑当啷落地，后心撞在廊柱之上，口吐鲜血，委然倒地。

"爹爹，爹爹……"风零玉发疯一样地哭喊。

凌久章躺在地上喘着气，使足了力气说："你们……你们对我们做了什么？下了什么毒？你们到底是谁？"身边的蒙面人一脚踏上凌久章的胸口："凌三爷，我们的话说得再清楚不过了，只要你们交出白玉螭龙鼎，我二人自当告退。"

凌久章横眉道："白玉螭龙鼎乃我沧海派掌门信物，你们要它何用？即便交给你们，难道你们还能坐我沧海掌门之位不成？我沧海掌门之位，乃是数百名沧海弟子推选出来的，绝不是捧着白玉螭龙鼎便能坐得稳当！"

那一边的蒙面人冷哼一声："这就不劳凌三爷操心了！"扭头对风辰说："风掌门，实话告诉你，他们只是中了麻药，而你中的却是我们的'无常攻心散'，若无解药，只等毒气攻心之时，你便会像无常鬼一样，将自己的舌头吐出来，然后一下咬掉。嘿嘿，到那时，舌血灌喉而死，那滋味可是不好受！"

风辰呵呵一阵惨笑："一死而已，何必多言？我风辰怀慕君子，这些年来，闯过多少大风大浪，今日纵使粉身碎骨，也不会向你们这些鬼蜮之徒屈膝讨饶！"说着费力地将手举起："沧……沧海弟子听令，沧海扬涛，掌门号令，不必管我风辰生死，速速合力，围诛此二贼！"外圈围着的百余名沧海门人神色悲愤，闻得掌门号令，纷纷挺刃，刚要近前，却见蒙面人一闪跃到了风零玉身边，将剑尖往风零玉项上一搭，厉声高喝："你们谁敢近前一步，我立马便割断你们这位风大小姐的喉管！"

"不错！"另一个蒙面人长剑一指凌久章三人，"再加上这几个来凑数！"

百余名沧海门人瞅着地上躺着的三人，一时面面相觑，没一个再敢踏足一步了。这三人对沧海派来说自是非同小可：除了凌久章之外，那个皓首苍髯、身材微胖的老者名叫苍九公，此人乃是广寒子丹秋绘的九师弟，在沧海派中辈分最高；倒在苍九公身旁的那个年轻的白皙男子叫温怀玉，乃是风辰的掌门大弟子。这三人无论武功、威望，都是沧海派的佼佼者，如若他们与风辰掌门一道被杀，那这威震江阴的沧海派登时变得群龙无首，即便不顷刻土崩瓦解，也必将会落得个名存实亡。

此时，风辰只觉得呼吸越发艰难，仿佛有人在扼住他的喉咙，他张大了嘴，吃力地说："快……快点动手！"蒙面人凛凛笑了两声："风掌门，你自是英雄不怕死，可是，你自己的宝贝女儿却不顾了吗？"话音一落，左手向下一抓。

"哧啦——"

风零玉一只袖子被当众撕下，露出白藕一般的玉臂。

"你要做什么……"风零玉大叫，她身不能动，泪水从眼角滚滚涌出，"你们……你们不是人……"蒙面人不理会风零玉，只冲风辰道："风掌门，白玉螭龙鼎你到底交不交？若再执迷不悟，我就将你女儿剥光了衣服，叫你满门弟子仔仔细细看个明白，过一回眼福，好教你的女儿艳名天下传，你看如何？"

"畜生！"风辰大吼，一口血吐在地上，险些晕过去，他颤颤地点指蒙面人，"你……你放开我的玉儿，有本事先杀了我……"蒙面人哈哈大笑："杀了你？杀了你我问谁去要白玉螭龙鼎？嘿嘿，风辰啊风辰，我看你是不见棺材不落泪！"说话时，"哧啦——"又将风零玉的另一只袖子扯了下来。沧海派门人恨得要炸了肺，可太师叔和掌门人都在敌人手上，他们投鼠忌器，不敢上前，只得扭头不去瞧看。

韩子逸在屋脊上见到这般情景，顿时热血涌上胸口，事到临头，他早忍不下心来让风零玉当众受辱，一跃而起，大喝："住手！哪来的强贼？敢在沧海派撒野！"

"锵——"晓月寒刀出鞘。

韩子逸点足飞下，如苍鹰扑向两个蒙面人。他身速极快，刀法却更快，眨眼之间便向两个蒙面人各劈出三刀，两个蒙面人急忙挥剑去格，不料韩子逸刀快力狠，"喀啦"两声，两柄精钢长剑竟被晓月寒刀齐齐斩断。两个蒙面人为这雷霆之势所震慑，怔怔发愣，韩子逸快刀又至，二人手中无了兵刃，未敢再去招架，见韩子逸发了疯似的狂劈猛砍，两个蒙面人俱都吃惊不小，好在两人身怀绝艺，左右奔突，飞身疾窜。饶是如此，韩子逸刀锋过处，两人的袍角仍旧被削掉了几块。

如此一来，风零玉、苍九公、凌久章、温怀玉四人之围顿解，凌久章一见机不可失，不能叫那两个蒙面人再有喘息之机，在地上大呼："沧海弟子，护住掌门，围住这二人！"百余名沧海弟子这时都已回醒过来，黑压压如潮水般冲了过来，蒙面二人连连后退，只听与风辰交手的那个蒙面人高声说道："也罢！今日算你沧海派走运，来了扎手的帮手，我二人便不奉陪了，改日再来登门拜会！"说着与另一个蒙面人拔足而走，奔向大门。早有六名沧海弟子扑将过来，大喝："混账的狗东西，哪里逃？"六柄剑光华纷纷刺了过来，两个蒙面人丝毫不作理会，他们足不停歇，身子闪展腾挪，四掌呼呼拍出，六名近身的沧海弟子登时被震飞出去，"扑通""扑通"撞在墙上，吐血而死。二人再一点足，跃上穿堂屋脊，点瓦腾空，顷刻间便没了踪影。

韩子逸凝眉驻足，手中的刀在微微颤抖，他缓了缓神，还刀入鞘，折回身将风零玉、苍九公、凌久章、温怀玉四人的穴道解开。此时，四人身上麻药劲已过。一个沧海门人递过袍子，韩子逸赶快将袍子给风零玉披上，风零玉遭逢此劫，原本悲恸欲绝，可是眼见到自己的念中之人忽从天降，解救了沧海派，她有些不大敢相信，激动地问："燕……燕离凌……真的……真的是你么？"

风零玉称呼自己为燕离凌，韩子逸并不奇怪，反倒放下心来，想来是风零玉对此前的相思谷之事还一无所知，韩子逸盯着风零玉的眼睛，既是怜惜又多几分愧疚，勉强露出一丝温和笑意："玉姑娘，让你受惊了！"

"离凌……你怎么会来的……"风零玉忍不住放声大哭，韩子逸拍拍她的肩头："说好的要来看你，我岂能言而无信？玉姑娘，风掌门……风掌门怕是不行了，你快过去看看他吧！"风零玉醒过神来，赶紧扑到风辰身边。此时的风辰脸色已然黑紫，瞳孔散大，想是毒气已攻入心脉，即便华佗再世也救不活了。风零玉早已哭成泪人，风辰先强打精神，颤颤巍巍地将青铜洞箫交到风零玉手上，然后吃力地伸出苍硬大手抚着风零玉脸颊："玉……玉儿……为父……为父要走了，以后……以后玉儿只能自己照顾自己了……"说着，眼角滚出两行浊泪，微弱喘息两下，又说："白……白玉螭龙鼎在为父书房东瓶后的暗格中，你……你拿出来叫……叫大家推……推选……推选……"风辰话未说完，忽地大叫一声，猛然坐起，双手死死掐住自己的脖子，两只眼球快要凸出眼眶，舌头也吐出老长，想是"无常攻心散"毒气入心。风零玉、苍九公、凌久章、温怀玉等人大惊失色，正要去救治之间，但见风辰双手霍然张开，又喷出一大口鲜血，跟着头一垂，众人一瞧，这位名扬天下的箫剑先生已然气绝身亡了。

风辰一死，风零玉、温怀玉及百余名沧海派门人顿时呼天抢地，哀声如滚滚沉雷，震动了整条北城大街。悲痛了一番，苍九公终究是一派之长，在他的主持下，沧海派大设灵堂，高悬白纱，置灵柩、灵位以供吊唁。三日后，遵时辰将风辰大殓下葬，沧海派满门挂孝，一片悲情如萧凉秋色笼罩在每个人的心头。

头七过后，治丧诸事一毕，这一日，苍九公、凌久章、温怀玉、风零玉、韩子逸外加在沧海派中分量举足轻重的五十余名出色弟子，齐齐汇聚讲武正堂。

"诸位！"苍九公当先开了口，"沧海派平地里起波澜，遭受创派以来未有之大劫，致使堂威受辱，掌门罹难，老夫自是痛心疾首！然而，古人说，沉舟侧畔千帆过，病树前头万木春。我沧海派上下门人还当振奋心神，追剿凶手，报仇雪恨！"

凌久章点头说："九叔所言极是！掌门不幸遇害，临终时未来得及指认继任掌门，如今沧海群龙无首，当务之急，便是要选贤与能，推出一位新掌门，带领我数百名沧海同门发愤图强，齐心协力，追杀凶徒，替掌门师兄报仇，替沧海派雪耻！"

温怀玉咬牙切齿地说："太师叔，三师叔，恩师遇害，沧海蒙羞，此仇此恨不共戴天！怀玉身为辰公首徒，振兴本派，为师报仇，责无旁贷！总有一天，怀玉要手刃仇人，叫他们血债血偿！"温怀玉话音一落，平日与他交好的一拨师弟各自举拳扬掌："我等愿追随大师兄，振兴本派，为师报仇！"

他们这些话明面听着是要发愤报仇，可暗中却流露出要拥立温怀玉为掌门之意。凌久章久经江湖，自然明白这里面的关节：温怀玉作为掌门大弟子，入门最久，在后辈沧海弟子中，要数温怀玉武艺最为出众，只是此人恃才傲物，心气浮躁，好为人师，平日常在外人面前卖弄，凌久章打心眼里看不惯这位师侄，并不想让他接手掌门之位。况且，凌九章也深知平素风零玉对温怀玉的行事作风也颇反感，便扭头去问："玉儿，你是掌门唯一骨血，眼下对新立掌门一事，你是何见解？"

风零玉低眉沉思片刻，淡淡说道："玉儿本是女流之辈，如今九爷爷、凌叔叔都在，掌门大事自轮不到玉儿多言，一切全凭九爷爷、凌叔叔做主。"说话之时，她回身从一个早便准备好的青缎包裹里拿出个镶金檀木匣。

"啪嗒——"

匣盖一开，风零玉从里面捧出一个润光盈盈的三足白玉圆鼎。

白玉圆鼎鼎耳有双螭龙，螭龙侧首观天，龙尾深入鼎内，宛如神龙出海，精美异常。苍九公、凌久章、温怀玉等人都认得，这正是沧海派的掌门信物——白玉螭龙鼎，风零玉将白玉螭龙鼎轻轻放在案上，蹙眉说道："这螭龙鼎，是家父临终前嘱咐我到他书房中取出来的，今日无论谁当上了沧海派的掌门，白玉螭龙鼎都要归他所有，只盼新任掌门能够鼎力图强，雪耻洗辱，早日诛杀凶徒，为我父报仇……"风零玉说到这里，满面哀伤地哽咽起来。她的言语举动，虽未明确答复凌久章，可毕竟讲出了"一切由苍九公、凌久章做主的"话，这已说明在风零玉心中，也定然不赞同温怀玉这位大师兄来出任掌门，只是顾及同门之谊未明言罢了。苍九公叹了口气："老夫年过古稀，本无力再牵扯派中事务，可是，我沧海派逢此非常之变，老夫也不能坐视不管。既然玉儿信得过九爷爷，那九爷爷便义不容辞，今日暂且主持大局，为沧海派选拔一位新掌门！"话音甫落，七八个与温怀玉交情颇深的沧海弟子齐齐站起，为首的一个精壮汉子乃是温怀玉的三师弟郑君玉，郑君玉为人急躁，当先拱手说道："太师叔，我等俱愿推举温怀玉大师兄出任掌门之位！"苍九公手拈长髯，并未立刻作答，他看了看身旁的凌久章，问："凌师侄，由怀玉出任新掌门，你认为如何？"

凌久章略一沉吟，说道："九叔，适才怀玉自告奋勇，要率领门人为掌门报仇，这份孝心，自是对得起风掌门的在天之灵，只是……怀玉在后辈中虽说出类拔萃，可他毕竟还有些年轻，我沧海派在武林七大剑派中列有一席之地，一派之长，关系重大，还须推举德高望重、老成持重的人来担当才是。"

温怀玉冷哼一声："三师叔，你这句话，可不是提携后辈之语！你老人家此话一出口不要紧，可是将我们这些后辈弟子的路活活给堵死了！"

凌久章道："温师侄多虑了，我不过是从大局来着想！"

温怀玉道："大局？哼哼，那么请问凌师叔，你认为谁才有资格出任掌门？"

凌久章向上一拱手："九叔他老人家在我派中辈分最高，凌某认为，当然由九叔亲自挂帅最为妥当！"

苍九公一听，连连摆手："不可，不可，贤侄好意九叔心领了。然而，回想二十年前，你师父广寒子遇难之时，九叔便无心接掌门之位，何况如今我苍九公已落成了一副白发苍苍的老骨头？端的万万不可，还须从你们后辈当中另择贤能！"

旁边一直未发言的风辰二弟子钱慕玉，咳了一声，忽地站起身来，朗声说道："太师叔既然这样说，慕玉倒想推荐一位德高望重的人。"

苍九公道："哦？你且说说看。"

钱慕玉道："自家师辰公蒙难，我沧海派当年名震江湖的'沧海三剑'，如今便只剩下了凌师叔一人，慕玉认为，除了太师叔，无论是武功、德行还是威望，凌师叔在我派都无人可及，由他来出任沧海派的新掌门最为合适！"

那边支持凌久章、钱慕玉的十几名沧海弟子跟着说："不错不错！凌师叔的确是新掌门的不二人选，我等拥戴凌师叔出任掌门！"

郑君玉在旁呵呵一笑："二师兄此话不妥！凌师叔固然是德高望重，可我沧海弟子谁不知晓，凌师叔为人不受拘束，最喜行走四方，交游天下，如此一来，我沧海派的诸多事务又该如何打理？所以……所以我还是赞同由温师兄出任掌门，温师兄不但武艺高，又是掌门首徒，接任掌门之位可谓名正言顺！"另几个拥护温怀玉的人纷纷附和郑君玉，听得温怀玉洋洋得意。

钱慕玉冷冷地说："若是温师兄出任掌门，只怕难以服众吧？"

郑君玉哼了一声："换作凌师叔也未必没有争议！"

两方如此你一言、我一语，七嘴八舌地论执起来，眼见分不出个强弱，苍九公霍然站起，大手一挥："好了，不要再争了！你们心系沧海派，各抒己见固然是好，可若都这般各持己见，只怕争个三天三夜，也争不出个头绪来！"说着向旁一指韩子逸，对堂内众人说，"所谓当局者迷，旁观者清，燕少侠对我沧海派有大恩，自算不得外人，关于荐选掌门一事，我等不妨听一听燕少侠的见解，你们意下如何？"

"太师叔提议甚好！"温怀玉倒是率先答应下来，他之所以赞同苍九公的话，一方面自是为了向众人展现他虚怀若谷，坦荡近人，一方面也要趁机拉拢韩子逸，当先冲韩子逸一拱手，说起了好话，"燕大侠，你武功卓绝，天下少见，堪称我辈之楷模！似燕大侠这等难得的江湖俊才，想必也是见识不凡，还请燕大侠不吝珠玉，说说你的高见，温某一定洗耳恭听。"

韩子逸还了一礼："温兄过奖了，高见实在是不敢当，只是承蒙九公老前辈看重，离凌也不敢不开诚相见。"他顿了一顿，转过头来看了看讲武正堂内众人，忽地提高了声音，一字一句地说："在下认为，就当前的情形来论，这沧海掌门一位，唯有风零玉风大小姐出任最为稳妥！"

"啊？"讲武正堂内众人大为惊诧。

温怀玉的脸色一阵灰一阵青，尴尬地坐在那儿，直翻白眼。凌久章同样深感意外，可他心中倒是向着风零玉，便问："燕少侠，不妨说说你的道理。"

韩子逸不急不慢地说："一来，风大小姐是风掌门的唯一血脉，由她接任父职，正统相续，自然名正言顺；再者，风大小姐为人聪慧，武艺不凡，又沉稳大方，是巾帼不让须眉；其三，箫剑先生遇害，沧海派元气大伤，各位都是派中基石砥柱，若是为了争一个掌门之位而损了和气，岂不雪上加霜？如若争执得厉害了，一旦祸起萧墙，只怕沧海派就真的要四分五裂了，到那时则悔之晚矣！至于其四么……"韩子逸略微一顿，含情脉脉地看着风零玉："风大小姐乃是在下的红颜知己，如若她能出任沧海派的掌门，我燕离凌定当全力以赴，助她追杀凶徒为父报仇，光大沧海剑派！"

沧海门人向来不和，这已是江南武林众所周知的事，风辰在世时常因此事苦恼不已。如今韩子逸这一番话说得掷地有声，听得堂内众人无不默然沉思。风零玉痴痴地望着韩子逸，心中既高兴又感动，倒不是因为掌门之位，而是因韩子逸夸她这般好，又为沧海派着想，叫她心中有说不出的甜美，一下子少了许多丧父之痛。

凌久章本无争夺掌门之意，听韩子逸如此一说，也觉得十分在理，当即说道："我凌久章赞同燕少侠的提议，愿举玉儿为沧海派的新掌门！"

钱慕玉、凌久章的一众拥戴者也跟着说："我等也赞同风师妹出任掌门！"

苍九公早有此意，微微点头："嗯，老夫也觉得玉儿堪当此任。"

温怀玉瞧着眼下自己与苍九公、凌久章这三方派系中，已有两方拥戴了风零玉，再加上武功极高的韩子逸，若想扳回局面已然无望，他就像整个吞了一个马蜂窝，五脏六腑都觉得刺痛，可他毕竟经历过一些世面，没有当场发作，缓了半晌，转念又想："也罢！风师妹担任掌门，总要比凌久章强。说到底，我温怀玉毕竟是风零玉的大师兄，无论怎么说，她都要给我三分薄面，想必以后遇到大事小情还要来请教我。哼哼，若是换了凌久章，那沧海派的风头便都被钱慕玉那个王八蛋夺去了！"想到这里，他虽心有不甘，也不得不勉强地说："好，呵呵，好好，我也赞同风师妹担任掌门。"

一见温怀玉吐了口，郑君玉等人也只好失落地跟着附和。

尽管风零玉是个女流之辈，可是她与寻常江南女子不同，心中颇有豪侠志向，并不逊七尺男儿，她只稍加谦让了几句，便随形就势地应承了下来。一时间，讲武正堂内，欢喜的也有，顾虑的也有，嫉妒的也有。风零玉心中略微有些激动，看着韩子逸，眼中有流不尽的感激之情。她暗稳思绪，起身向苍九公、凌久章两位前辈以及温怀玉、钱慕玉、郑君玉、董子玉、张寄玉、顾思玉、陶烈玉、吴侠玉等八大玉字辈师兄一一致谢，说了一番客套话，又在苍九公主理下，当即履行了继位之礼。风零玉将白玉螭龙鼎高举至眉前，对一众沧海门人清声说道："白玉螭龙鼎在此，各位同门细听，沧海扬涛，掌门号令，上马有规，下马有矩，从今以后，只愿我沧海派上下同心同德，力行一处，不但要为先掌门报仇雪恨，更要肝胆相照，自强不息，振作我沧海派的声威！"

众人齐齐抱拳："我等谨遵掌门号令！"

风零玉就这样成了这个声名显赫的大剑派的新掌门。

接下来，遵照苍九公的提议，经此大变的沧海派休整三天后，向四方发了通牒，将风零玉出任沧海派掌门一事，告知江南国内各大门派。牒文一出，江南武林一时为之震动，几日方才平复。这一天，韩子逸早早起来，去见风零玉。风零玉起床多时，正在讲武正堂中处理事务，一见韩子逸，她满心欢喜，放下卷宗账簿，收了一脸肃穆，笑吟吟迎过去："燕大哥，这么早你就来看我啦！唉，玉儿这几天真是忙得脚朝天，都没来得及去看你！"她说话时，眼神已柔情似水。韩子逸见她眼圈发黑，想是连续几天悲伤和操劳所至，他心中多了几分自责，安慰她说："玉姑娘，你如今已是一派之主，里里外外很多事，不忙才怪，你也不必想着我，自己多多歇息才是。"风零玉叹了口气："可是……可是我一停下来便会想起父亲，也只有忙碌起来才会好些!"

　　韩子逸心头仿佛被刺了一下,他横了横心,将话题引到正路上:"玉姑娘,前者在百花堂时,你跟我说江阴城有块大唐时遗留下来的心经碑,不知这块石碑现在何处?"风零玉一奇:"燕大哥问这个做什么?"韩子逸道:"没什么,我小时也曾诵过《心经》,既然江阴城有此李唐圣物,我很想去瞻仰瞻仰,也正好为你和沧海派祈福消灾。"风零玉十分感动:"难得燕大哥还想着玉儿,玉儿亲自陪燕大哥去吧。"

　　"不用不用。"韩子逸连连摆手,"玉姑娘初做掌门,好多事等你处置,不必为此事劳神,你只需告诉我去处,我一个人去便可。"风零玉以为韩子逸是为她好,便道:"好吧!江阴城之北有一座瞰江山,瞰江山上有一座崇圣古刹,心经碑便在古刹之内。燕大哥到了崇圣寺,只要一问便知了。"韩子逸心中大喜,赶紧说:"好好,我这就前往崇圣寺,说不定还会在寺中小住几日,等燕大哥心愿一了,便回来找你。"

47　龙象出

江阴城北，瞰江山下。

江阴城不大，瞰江山也不高，却有大气象，它隆起平畴，北枕长江，江岸诸峰四面环拱着，集众星捧月之势，堪称一方之大观。古刹崇圣寺依山而建，葱郁古木掩映琉璃殿舍，大殿小间交相呼应，依山势层层上升，由下而上依次为山门、天王殿、大雄宝殿、藏经楼，又在山顶建造观音阁，左右附设观音殿、地藏殿、罗汉堂、库房、斋堂，层落分明，沉浑悠远的钟声时时传来，警醒着世人的心中执念。可是，韩子逸却无意于此，他一心只求早一刻见到心经碑，大步流星拾级而上，闯入了山门。

崇圣寺虽地处幽静，却香火鼎盛，想来与江南国主李煜笃信佛法有莫大干系。崇圣寺的大唐心经碑，也不知在这里放了多少年，它既是唐代古物，又是佛家法迹，本就是供善男信女瞻仰的圣品，故而并不难问，韩子逸寻了个小沙弥一打听，得知心经碑就在天王殿弥勒菩萨的背后，韩子逸的心怦怦直跳，他连谢字也未说，便急匆匆赶奔天王殿。一到天王殿，韩子逸举目一瞧，大殿飞椽重檐，巍然耸立，东西外墙俱都镶嵌着大幅琉璃石雕，东侧为佛祖释迦牟尼开坛说法之场景，西侧琉璃壁上则绘刻着十方佛圣象，法相庄严，胜妙殊绝，十分壮观。

韩子逸三步并作两步，迈槛而入，迎面一尊大铁像，头戴天冠，身着菩萨装，正是三世佛中的未来佛弥勒菩萨，韩子逸虽心急难耐，可仰望这尊在未来娑婆世界度化无边众生的弥勒菩萨，也不免生了三分敬畏。他停下脚步，环顾四周，四大天王分立东西，西面穿白甲、捧琵琶的正是东方持国天王，旁边穿青甲、持慧剑的是南方增长天王，东面着红甲、持绢索是西方广目天王，而旁边穿绿色八宝庄严甲、配长刀、右手持伞、左手持银鼠的便是北方多闻天王，四大天王威严冷峻，令人望而生畏。

韩子逸转向弥勒像背后，蓦地一震，一位横眉瞪目、手执金刚杵的将军塑像威然而立，正是三眼灵光、震慑天魔、守护佛祖灵塔的韦陀菩萨，韩子逸平复了心神，暗骂："可恶，竟吓了我一跳！"他四下打量，明面处并未发现心经碑石，绕过韦陀菩萨像往后一瞧，韩子逸一下子愣住了，一座带着岁月斑驳的方形石碑霍然出现在眼前。

石碑上，横刻一幅狂怪雄崛的草书，正是全本《般若波罗蜜多心经》，通观碑文，笔势如疾风暴雨般跌宕恣肆，布局更是跳脱诡异，既无晋唐韵法，亦不合僧家禅味，然而，却独独能摄人心魄。跳跃肆意的笔法，看似狂乱、屈扭、焦躁、不安，实则恰似大千世界芸芸众生心中永无休止的贪痴、挂碍、恐怖和颠倒梦想，含藏着娑婆世界无可挣脱的生、老、病、死、怨憎会、爱别离、求不得这七种苦痛。一钩一画，皆发书者菩提之心，呈现佛家缘起性空、诸法无我的大乘般若智慧，这是禅者神机。

然而，此刻的韩子逸狂喜弥心，脑中来来回回闪动的都是那句流传百年的歌谣："孤城幻影，山海之涯。灵台方寸，可敌天下。"

他本想纵声大笑一场，可是这会儿天光正亮，天王殿时不时尚有香客进来祈福降香，韩子逸只好强忍下心头之喜，没有去声张。

韩子逸目光闪着寒芒，恨不得将这座斑驳古旧的大唐心经石碑一下穿透，看个究竟。他左瞧瞧，右瞅瞅，敲敲这儿，打打那儿，一块石碑，反反复复看了几十遍，可怎么也瞧不出端倪，不由狐疑起来："一座石碑，怎么能敌天下？这……这岂不荒唐？"他不甘罢手，转过身，又在弥勒菩萨和韦陀菩萨周围看了好一阵子，依旧毫无头绪，仿佛从高崖上栽了下来："难道……难道我猜错了？不会的！不会的！山海之涯，灵台方寸，明明就是这江阴城的瞰江山，崇圣寺的心经碑，放眼天下，再无第二处了！一定不会错！一定不会错的！"他本想再多寻几处，又唯恐动作太大，被僧人、香客误当作贼，一旦打草惊蛇便不好收场了。他权衡利弊，只能暂且忍耐，心中像压了块磨盘，出了天王殿，将大雄宝殿、观音殿、地藏殿、罗汉堂这些地方走个遍。

终于，血色的残阳坠下西山，天空暗了，崇圣寺的香客们仨一伙、俩一伴陆陆续续地散尽了，寺庙的僧人们也开始诵唱《伽蓝赞》，做起了晚课。

世上最祥和美妙的声音便是诵经之声，然而韩子逸此刻却丝毫听不下去，他纵身跃上天王殿的屋脊，暗下狠心："只等夜深人静，我再入天王殿重新仔仔细细地搜寻，若不将这里翻个千遍万遍底朝天，决不罢休！"

又过了半炷香的工夫，余晖也已溜得无影无踪，天空像个倒扣的锅底，彻底黑了。一轮圆月从瞰江山的背后升起来，映出了山的轮廓，仿佛一只趴在江边的怪兽。韩子逸见四下无人，如幽灵一般从天王殿的屋脊上飘然而下，他轻轻推开天王殿的门，大殿之内点着长明灯，空旷肃静，几尊佛菩萨的塑像依旧无声无息地注视着他。韩子逸浓眉紧锁，背上晓月寒刀，撸起袖子，挥动着手，呼呼啦啦，将佛像、香炉、宝鼎、供案、蒲团、烛檠、经幡、钟鼓、木鱼……凡是能藏物品之处，都里里外外翻了个七八遍，直忙乎得汗流浃背，也未发现有什么特殊之物。韩子逸大失所望，颤抖着双臂来到心经碑旁，颓然坐了下来，来之前的种种狂喜，此刻已是荡然无存，满腔满腹剩下的都只有怨恨和沮丧了。他攥紧拳头，"砰、砰、砰、砰……"狠捶心经碑的青石基座，口里不住地发恨："为什么！为什么！为什么！为什么！"

韩子逸连砸几下，忽觉拳上石屑四飞，坚硬如铁的青石基座上竟出了个碗大的凹坑，他心中一惊，以他的内劲，大力所致虽能开碑裂石，可血肉拳头终究不是铁锤钢凿，怎会在坚硬的青石台座上砸出碗大的凹坑？韩子逸赶紧扒拉几下坑面的石屑，不由大奇，这些东西并非石屑，乃是凹坑中日积月累的泥土尘垢，百余年下来，与青石台早已融为一体，若不是被人偶然敲碎，当真是万难发觉。

一瞬间，韩子逸提足了精神。他快速起身，取来青铜烛台，用烛台底座使劲在凹坑中刨了几下，几大块沉垢被刨了出来，扫开碎屑，借着长明灯光仔细一瞧，韩子逸当时便呆住了，台座上显露出来的并非寻常凹坑，而是与孤城玦大小、厚度、轮廓一模一样的半环坑，韩子逸好像一下子明白了什么，他激动得心快要跳到了嗓子眼，急忙从鹿皮囊中拿出孤城玦，小心翼翼地对准那个半环坑，正要往里去放，便听"咄"的一声，手中的孤城玦竟被整个吸入半环坑中，上下严丝合缝，便如钥匙与锁孔一般贴合，韩子逸大喜过望，他扣住孤城玦，试着用力左右去扭动。

"喇——"

孤城玦登时光芒大盛。

紧跟着，又听"咯咯咯咯……"一阵轻轻响动，韦陀菩萨脚下重逾几千斤的心经石碑，竟慢慢转动起来。韩子逸一动不动地盯着，过了一炷香的工夫，这块碑文原本正对韦陀像的心经石碑，转到了一旁，在石碑基座移开的地方，赫然露出一个两尺见方、好似佛塔地宫一样的方洞，只是，这个洞口盖着一块厚厚的白玉石板。韩子逸一震，赶紧清扫掉白玉石板上的浮土，再一瞧，一尊脚踏莲台、背生双翼的白象浮雕显露出来。韩子逸心跳愈发剧烈，为防洞中有机关暗器，他后踏一步，拽出晓月寒刀，伸出刀鞘，轻轻去撬那块白玉石板。

"咯嗒！"一声清响，白玉石板被撬开了，韩子逸闪目去看，方觉自己多虑了，方洞深不足两尺，也无任何机关暗器，里面只静静地放着个蜡封的书匣。韩子逸心提到了嗓子眼，连忙将书匣取出，迫不及待地打开，匣内平放一本书，这书用油纸包裹得严严实实，密不透风，韩子逸用微微颤抖的手指层层剥开油纸，泛黄的封皮出来了，六个墨字就像闪电一般惊现在韩子逸的眼前：龙象大明神功。

"龙象大明神功……龙象大明神功……哈哈哈哈，原来是龙象大明神功！哈哈哈哈，找到了！找到了！哈哈哈哈……"

他急不可耐地翻开，《龙象大明神功》卷首开宗明义写着两段话：

"龙象者，大神力也；大明者，大智慧也。智力备，神功成，化入奇经八脉、四肢百骸，至刚至阳，广大无边，神力加护之处，尔若有拳，便成神拳；尔若有掌，便成神掌；尔若有剑，便成神剑；尔若有刀，便成神刀；至于人间武学之各样器械、招法，若以神功加护，莫不如是称之为神。"

"凡习龙象大明神功者，应知因缘而生，因缘而灭，感悟佛法，破除我执。若无佛法化解戾气，则心生无明，看不真实，所行所为生发业力，业力又生发行为，循循往复，不得解脱。假使百千劫，所作业不亡，因缘会遇时，果报还自受。若得大明真妙谛，时时去向放下寻。"韩子逸读到此处，撇嘴哼哼一笑："若时时放下，干脆出家做和尚就是了，还来寻你做什么？"唰啦一下撕掉卷首两页，再向后看，韩子逸睁大了眼睛，那一行行、一句句，奇妙精微，皆是修炼龙象大明神功的法门，韩子逸如饥似渴地仔细阅下去，直看得他手舞足蹈，欣喜若狂，看着看着，忽然间，他仰面朝天，几乎用丧失理智的声音狂喊："爹爹，你瞧见了么？孩儿如今得到了孤城珙，又有了《龙象大明神功》，等孩儿练成绝学，就能为你报仇了，就能成为天下霸主了……"他一会儿泪流满面，一会儿纵声狂笑，雷鸣般的声音在天王殿里不停回荡，震得殿内浮尘四起，北方多闻天王手中的泥塑无骨宝伞也被震落在地，"喀嚓"一声，摔得寸寸而碎。

韩子逸返回沧海派时，已是第三日的午后。

他一进正门，就发现沧海弟子里里外外都在忙活，有的在洗马备辕，有的在提囊搬物，好像要出远门。风零玉正在讲武正堂外观望，一见韩子逸进来，她全然忘了自己掌门的身份，蝴蝶一样奔过来。等离得近了，风零玉一怔：眼前的韩子逸神色与三日之前大相径庭，双目极明，仿佛三冬冰雪，挂出透骨的寒冷，风零玉竟莫名打了个激灵。她心中虽奇怪，却并未仔细思量，她看着韩子逸的眼神像一泓水，温言细语地说："燕大哥，你回来得真及时，再不回来，玉儿就要派人去寻你了。"

"寻我?"韩子逸有些奇怪,问,"可是发生了什么事?"

"走,咱们到堂内细说。"风零玉带着韩子逸入了讲武正堂,苍九公、凌久章、温怀玉、钱慕玉、郑君玉等二十余名沧海剑客,都端端正正坐在堂中,韩子逸与众人一一见礼,落了座。当着沧海门人的面,韩子逸也不便称呼"玉姑娘",改口称呼起掌门来:"风掌门,方才你说要派人去找我,不知是为了何事?"

风零玉从几上拿起一封信:"这是江南阁阁主司徒禹心的亲笔信,是他派人昨天送到沧海派的。"韩子逸听了,心头为之一振,又听风零玉神色凝重地接着说:"司徒禹心在信中说,大宋皇帝赵匡胤已下了旨意,叫他们的宣徽南院使曹彬为元帅,岭南道转运使潘美为都监,大将曹翰、李汉琼、田钦祚为三路先锋,统军十万,三路分兵,正式征伐我江南国了!"大宋兵伐江南本在韩子逸意料之中,可如今听到战局提前,韩子逸仍不免有几分愕然。这时,只听风零玉微叹一声:"曹彬、王明两路人马从水路进发,顺江而下,来势汹汹,已然下了峡口寨,攻克池州,目下已破芜湖,正在向当涂进军,现在当涂、和州两地告急,金陵城也是岌岌可危,咱们江南国举朝震动,所以国主特命江南阁出面召集江南义士,一同守护国土。司徒禹心此番便是奉王命邀我沧海派赶赴金陵凤凰台,参加江南会,公推一位江南武林盟主,协同官军,对抗外敌。"

韩子逸心中一动,就像三伏天喝了碗冰水一样痛快,暗想:"天助我也!这场江南会,恰恰是我韩子逸一飞冲天的大好时机!"他心里虽是爽快,可面上却不动声色,似乎忧心忡忡地问:"此事攸关家国存亡,不容小视,不知各位同门怎么打算?"

苍九公手捋长髯:"沧海派身处江湖,与江南阁微雨楼的人本不同路,一向敬而远之,可再怎么说,时逢国家危难,我等江南子民也应摒弃隔阂,共赴时艰!"

风零玉点了点头:"九爷爷说得对,我也是这样想。"

韩子逸道:"大宋仗势欺人,强兵寇境,我燕离凌早就看不惯了!燕某不才,虽无张良、韩信之能,却也愿为江南国尽一份绵薄之力。"

风零玉一听,高兴起来:"太好了,有燕大哥相陪,零玉就放心了。此次参加江南会,虽说不是战场厮杀,却也少不了明争暗斗,燕大哥你武功卓绝,若能同行,我沧海派也算如虎添翼了。"话音甫落,温怀玉在旁哼了一声,阴阳怪气地说:"唉,我沧海派日渐式微了,师父他老人家刚走,偌大门庭便立马落得要靠外人撑腰度日了!"

风零玉脸色一沉:"大师兄,燕大哥不是外人。"

温怀玉哈哈一笑："不是外人？风师妹，你这倒把我弄糊涂了，燕大侠既不是外人，那是什么？是拜在了沧海门下，还是入赘了风家东床？"

"大师兄，你……"风零玉秀眉横立，她红着脸，本要发火，可一想此刻自己初任掌门，不宜树敌，便忍了下来，转怒为笑，"大师兄，几天前咱们公推掌门之时，九爷爷便曾说过，燕大哥对我沧海派有大恩，算不得外人，当时，零玉记得大师兄你深表赞同，还称燕大侠为我辈之楷模，怎么没过几天，你便判若云泥？大师兄若是心中还有什么解不开的结，不妨当着众人的面说一说！"

"我……"温怀玉有些语塞，他虽有些记恨韩子逸当时未推举自己做掌门，可这些话又如何能当众说出口？只好憋在心里，说道，"我哪有什么心结？掌门别多想。哼哼，如今你是掌门人，想让谁去便叫谁去，何须别人操心？不言语便是了！"

风零玉淡淡一笑，也不再多言，站起身，威凛凛地说："既如此，那本掌门再郑重说一次，燕离凌燕大哥非但是沧海派的恩人，更是我风零玉的知己，今后我沧海派上下，谁也不许说燕大哥是外人，否则，休怪本掌门不讲情面了！"这番话说出口，韩子逸倒有些感动，苍九公、凌久章等人则不免暗暗挑起了大拇指。

48　江南会

江南，金陵城。

金陵又称江宁，秦淮河穿城而过，四周山峦起伏，钟山龙盘，石头虎踞，江河湖泉相得益彰。凤凰台在金陵城南，传说上古时三鸟翔集山间，文彩五色，状如孔雀，音声谐和，众鸟群附，时人谓之凤凰，故谓之凤凰台。凤凰台四顾江山，下窥井邑，诗仙李太白曾登游此处，写下一首千古名诗："凤凰台上凤凰游，凤去台空江自流。吴宫花草埋幽径，晋代衣冠成古丘。三山半落青天外，二水中分白鹭洲。总为浮云能蔽日，长安不见使人愁。"如今的凤凰台，在李煜关照下，嵯峨压洪泉，岧峣撑碧落，画栋泥金碧，石路盘垅堄，早已不再荒凉。

江南阁作为武林门派，能将微雨楼建在凤凰台，足见李煜对司徒禹心的器重与厚爱。风零玉与韩子逸、凌久章带着温怀玉、钱慕玉、郑君玉、董子玉、张寄玉、顾思玉、陶烈玉、吴侠玉八大玉字辈高手以及五十名沧海弟子，一行数十人到了凤凰台，迎面一座三间四柱的冲天式琉璃牌楼，牌楼正中题着三个金漆大字：江南阁，字体遒劲如寒松霜竹，正是李煜名扬天下的金错刀书。眼望这些开阔宏大、金碧辉煌的楼阁建筑，怕是十个沧海派也比不得，众人无不感叹境遇之别。

正在这时，只见江南阁三先生"小轩辕"上官靖、四先生"神机秀士"苏如河，带着武元兴、滕远、唐浩、马乘、郭行六、卫金城、王茂、齐岭八大护卫一同迎出门来。上官靖身穿素罗袍，腰悬灵宝剑，依旧翩翩公子打扮，只是江南阁如今身为东道，上官靖主持迎宾，与烟雨岛时相比自然谦逊不少，他笑呵呵地向风零玉一拱手："风掌门独秀武林，乃我江东女中魁首，今日得见真容，幸何如之！"风零玉一还礼："上官先生过奖了，上官先生出师名门，年少有为，是我辈中少有的高才俊杰！"

上官靖心中得意，哈哈一笑："风掌门过誉了，如今国家危急，你我两家同在江南，还须守望相助才是。""神机秀士"苏如河接过话来："不错。常言道：人心齐，泰山移；人心散，米难搬。我家阁主此番奉诏广发英雄帖，诚邀各位齐聚凤凰台，为的便是这个道理。风掌门，司徒阁主正在微雨楼恭候大驾，请移驾微雨楼吧。"风零玉点头，带着众人跟着上官靖、苏如河进了山门，微雨楼前，有一个铺着青条石的极大广场，广场四周搭着彩棚，里面坐着六七百名从江南国各地赶来的武林人士，广场正中有个五尺高的八角莲瓣石台，石台之上，竖着一根与经幢相仿的汉白玉石柱，这汉白玉石柱约莫两丈多高，八棱形幢身雕刻着蟠龙云纹，石柱上端浮雕斗拱，最高的宝顶之上托着一枚尺径大小的圆形苍璧，倒是与众不同。

　　一进微雨楼，风零玉、凌久章都为之一愣，楼内端坐的大都是江南武林名宿，向正中主座瞧去，一人穿着月白色的袍子，身材高大，相貌却不粗俗，肤色淡白，下巴上长着一簇短须，浓密而刚硬。最特别的便是这人的眼睛——眼睛很大，眼白甚多，大有"白虹贯日"之相，让人顿觉冷冽而有威仪。

　　江南武林无人不知，这主座之人，就是名震江湖、大名鼎鼎的江南阁主司徒禹心。司徒禹心在《江湖名客图》中仅次丹青十三剑之首"江南剑"陈雨柳，他的白虹剑和天霆掌有万钧之势，其威力并不在"丹青五绝"之下，只是他本事虽大，却无法像莫羽、明心慕、师心涯等人专注一项绝学而达峰境，故而难以称个"绝"字。

　　此时，上官靖来到司徒禹心近前，垂首说道："阁主，沧海派掌门风零玉到了。"说完这句话，便与武、滕、唐、马四人规规矩矩站在司徒禹心的两侧。司徒禹心既是江南国武林魁首，又是江湖前辈，风零玉自然要多一份尊敬，她轻移婵步，上前垂首施礼："小女风零玉，见过司徒伯父！"

　　司徒禹心脸上难得露出一丝笑意，伸出双手一迎："零玉，你如今已贵为掌门，与老夫同为一派之长，不可再以伯父相称。沧海派变生肘腋，举国震惊，你初掌沧海，百事待举，难得拨冗前来，老夫在此先行谢过，快快入座。"

　　风零玉款款落座，凌久章、韩子逸、温怀玉、钱慕玉、郑君玉、董子玉、张寄玉、顾思玉、陶烈玉、吴侠玉等人分坐两旁，风零玉不紧不慢地说："此次江南危急，零玉蒙司徒阁主相邀，来凤凰台与武林同道共商大事，个人事小，国家事大，纵使辛苦也理所应当。"司徒禹心点头称赞，江南阁自四先生苏如河以下，五先生"金刚伏魔杖"伍飞虹、六先生"铁手分金"杜珂也一同与风零玉见了主客之礼，唯独不见小先生白丛的身影。

司徒禹心见风零玉举止大方，女流之辈不失大派之主的风范，不由叹道："箫剑先生也算后继有人！风掌门，令尊一代名剑，怀慕君子，寄思烈侠，此番不幸遭奸人加害，使我江南武林痛失擎天一柱，实在叫老夫悲痛！"

沧海派众人见司徒禹心说得恳切，也都跟着难过了一阵，风零玉道："有司徒阁主此心，家父在九泉之下也当欣慰了。"她不想在人前提自家苦处，就岔开话题，一指韩子逸，对司徒禹心说："司徒阁主，这位便是我沧海派的大恩人——燕离凌燕大侠，燕大侠身怀绝技，侠骨英怀，此次随零玉前来，只为同道相扶，助江南一臂之力。"风零玉有意抬举韩子逸，三言两语便将他打磨得光鲜亮丽。

其实，风零玉哪里知晓，大辽国十二刀盟与江南阁早已结成同盟，韩子逸身为十二刀盟的少盟主，其身份司徒禹心早已得知，只是不能在整个江南武林人面前宣扬。司徒禹心看了韩子逸一眼，面含微笑，微微一拱手："老夫虽在金陵，却也听了燕大侠在江阴城的壮举，可谓长江后浪推前浪，燕大侠今日来敝阁，老夫十分高兴。"韩子逸心中有数，拱手还礼："司徒阁主过誉了，阁主威名震于海内，在下仰慕已久！"

司徒禹心笑着说："燕大侠初来江南，老夫权尽地主之谊，为你引见几位江南武林名宿。"说着起身来到一位须发花白的老道长面前，对韩子逸道："这位便是饶州府龙虎山天师派掌门'紫电真人'张季尘。"韩子逸微微一惊。在当今天下，天师剑派与北岳剑派、南岳剑派、九嶷剑派、点苍剑派、太湖剑派、沧海剑派同为七大剑派，天师剑派虽然排名在最末，掌门张季尘也未被绘入《江湖名客图》，但天师派自张道陵天师六世后人在龙虎山开宗创派以来，几百年间起起落落，至今已承袭近二十代，在江湖中颇有盛名，韩子逸本就有意结交江南武林，当下恭恭敬敬一拱手："失敬失敬！紫电真人大名，晚辈早已如雷贯耳，难得今日在此相见。"

张季尘微微一笑："哪里哪里，徒有虚名耳。"

司徒禹心又将筠州清江县阁皂山灵宝派掌门一尘道长、南昌府金刀门掌门龙飞虎、抚州府百药门掌门陶百药、常州府飞鱼帮帮主吴三节、栖霞派掌门范平湖、吴钩派掌门梁登阁等江南国北江南湖三十六家武林门主，一一介绍给韩子逸。

这三十九位门派当家人与韩子逸本无交情，可眼瞧着司徒禹心不惜降阁主之尊大力抬举韩子逸，这些人各怀心思，俱都高看一眼。引见一毕，司徒禹心回到座中，双目精光四射，沉沉说道："诸位，眼下，赵匡胤贪得无厌，恃强凌弱，大举进犯我江南国，司徒不才，在微雨楼前苍璧礼天，诚邀江南武林同道齐聚江南阁，召开江南会，为的便是'护国'二字！"说着，他提高了声音："由此北上金陵，便是纸醉金迷的秦淮河，一百多年前，大唐杜牧杜樊川有诗曰：'烟笼寒水月笼沙，夜泊秦淮近酒家。商女不知亡国恨，隔江犹唱后庭花。'诸位，方今正值家国多难之秋，我江南武林中人更应心系一处，共尽守土之责，让赵宋不义之师知晓，我江南武林同道，绝不是唱'玉树后庭花'的商女，恰恰都是豪情热血、敢于舍生取义的英雄好汉！"

微雨楼内几十位门派当家人，听了司徒禹心这番慷慨陈词，竟无一人开口说话，一时间，满堂鸦雀无声。司徒禹心微微皱眉，下话不由噎在喉中。

"神机秀士"苏如河见了这情形，赶紧过来打个圆场："诸位，我家司徒阁主为了江南国的生死存亡，可是宵衣旰食，夙夜忧叹，用心良苦。然而，我江南阁一家之力毕竟有限，还须大家齐心协力、群策群力才是。"

"不错。"上官靖跟着说，"所谓蛇无头不行，龙无首不飞，今天，我江南阁奉诏举行江南会，便是要从中公推出一位江南武林盟主，率领我江南武林群豪抵御外敌，护我三千里锦绣河山！"

栖霞派掌门范平湖闻言，呵呵笑了两声："这话范某倒是有几分不解。"

上官靖淡淡地问："范掌门有何不解？"

范平湖似笑非笑地说："倘若果如上官先生所言，叫我江南武林群豪去抵御外敌，那么，我们这些舞枪弄棒的江湖莽夫，岂不是抢夺了人家朝廷官兵的饭碗？嘿嘿，却不知朝廷里的那些王公大臣届时应该做些什么？"

上官靖一滞，苏如河却在旁接过话来："范掌门此言差矣，我等虽是身在江湖，奉行的却是忠义之道，岂可不心系国家？国难岁凶之时，朝廷官军也好，江湖人士也罢，只要是江南子民，便要做个忠君护国的江南义士！"

范平湖笑而不答，不再说话。

飞鱼帮帮主吴三节则咳了一声，清了清嗓子说："苏四先生说的还是颇有道理的！江南阁的各位先生，不但武功卓绝，更是忧国忧民，我吴三节十分敬佩！适才司徒阁主的提议，我飞鱼帮双手赞成，只是，说到这江南武林盟主一位么……"他顿了顿，眼中露出几分讨好的神色："我看就不必选了吧？在座诸位谁不知道江南阁向来是领袖江淮，除了咱们的司徒阁主，谁还能担此重任呢？大家说是不是？"

金刀门掌门龙飞虎连连点头："司徒阁主出任盟主，的确名正言顺。"

司徒禹心哈哈大笑："吴帮主、龙掌门，二位好意，司徒心领了，可二位有所不知，老夫虽有结盟之心，却无做主之念，想我江南阁累受国恩，特准代天巡狩，调配江南府道，老夫一介武人得此殊荣，夫复何求？江山代有才人出，各领风骚数百年，老夫只盼江南武林能再选大才，统领江南义士，与官军一道击退入侵之敌！"

话一出口，堂下便开始了交头接耳，沧海派钱慕玉心中疑惑，附耳问凌久章："师叔，这司徒阁主当真不想坐武林盟主的宝座么？"凌久章淡淡一笑，低声道："武林盟主？呵呵，那是个什么宝座？不过是个火坑罢了。"钱慕玉一怔："火坑？师叔这话怎么讲？"凌久章冷笑着说："眼下宋军长驱直入，势不可挡，谁要坐了这江南武林盟主之位，便明摆着要与大宋为敌，从此再难洗脱干系，一旦宋军兵临城下，这位江南盟主可就要首当其冲，出生入死咯。"钱慕玉迟疑地说："即便如此，那也算得是忠肝义胆，保家卫国，有何不妥？"凌久章意味深长地说："谈什么保家卫国，嘿嘿，怕只怕我等在外舍生忘死保家卫国，而那一家之主却仍旧酒池肉林、莺歌燕舞啊！"钱慕玉"哦"了一声，似有所悟，叹了口气："怪不得司徒禹心不要这个位子，原来他是看得开了！"凌久章呵呵一笑，摇了摇头："他会看得开？他无非是想手中多握一把刀罢了。"一席话听得钱慕玉心头发凉，正这时，只听苏如河高声道："诸位静一静，静一静，适才我家阁主已阐明了拳拳报国之心，诸位也便无须猜忌了。接下来，大家仔细议一议，看看哪位英雄众望所归，能担当起这江南武林盟主之职。"

"好，那吴某先说！"飞鱼帮帮主吴三节当先喊了一句，站起来眯着眼睛一笑，"以吴某的见解，我等同道还是莫争的好，司徒阁主高风亮节，有识人之明，我看还是请司徒阁主来举荐，阁主举荐哪位，我等便奉哪位为盟主，大家以为如何？"

铜陵金沙帮帮主俞大勇道："这倒可行，咱也乐得轻省。"

司徒禹心摇了摇手："这怎么使得？恐怕不大合适。"

金刀门掌门龙飞虎道："有什么不合适？司徒阁主，你老人家本就是我江南武林的泰山北斗，由你提出盟主人选，龙某看是再合适不过了。"

司徒禹心微微一叹："也罢，既然几位掌门信得过老夫，我司徒禹心便勉为其难，为大家举荐一位武林贤才。"他目光扫了扫堂下众人，一指左侧的一位长着八字眉的短髯汉子，"老夫举荐吴钩派掌门梁登阁为江南盟主，梁掌门世居金陵，乃名门之后，他手中燕尾分金钩，名满江南，便是老夫也要敬他三分。"

见司徒禹心推举梁登阁，几位门长顿时面面相觑，他们嘴上没说，可心里却像个泄了气的皮球。江南武林谁不知道，这个梁登阁仗着祖荫，游走朝堂，攀高结贵，阳奉阴违，一向不做吃亏的买卖。大家万万没有料到司徒禹心竟然会推举这个人来做江南武林盟主，一时间，既不赞扬，也不反对，偌大的微雨楼又变得无人言语了。

梁登阁斜瞧这幅情景，脸上也不免阵阵发烫。司徒禹心摸着下巴浓密的短须，咳了一下，冷冷地问："诸位，老夫已提出盟主人选，你们以为如何啊？"

范平湖淡淡一笑："梁掌门武艺高强，燕尾分金钩固然称雄金陵，只是么，若说坐上这江南武林盟主之位，只怕咱们的梁掌门还不能胜任吧？"

"哦？"司徒禹心瞥了范平湖一眼，"那范掌门有何高见？"

范平湖道："高见么，范某并不敢当，只是范某觉得，江南盟主，统帅群伦，谁若是想坐到这个位置上，须得占上两个'高'字。"

司徒禹心扬眉问："哪两个'高'字？"

范平湖道："一，威望高；二，本领高。只怕梁掌门未必当得这两个高字！"

梁登阁从旁哈哈大笑："范掌门，你这是存心刁难！想我吴钩派，与你栖霞派并立江宁府，一口饭两家吃，金陵城谁不知你范平湖与我梁某人之间素来就有嫌隙，平时你要多几句嘴也便罢了，可今日当着司徒阁主的面，当着武林同道的面，却怎地还对梁某指手画脚？你当我梁登阁是好惹的么？"

范平湖哼了一声："范某只是据实而言罢了！"

梁登阁冷冷一笑："据实而言？说得真动听！梁某倒要向范掌门讨教讨教，你认为梁某不配两个'高'字，那范掌门觉得在座诸位谁配得上这两个'高'字？只要范掌门能说出个子午卯酉来，今天的事，便当从未发生过！"

范平湖一皱眉，他心知，梁登阁笑里藏刀，用心着实阴险，明里是在讨教，暗里则是要叫自己当着江南各派的面，公开对武林同道品头论足，这是犯江湖忌讳的。然而，自己倘若不说出个道理来，反倒叫梁登阁夺了话柄，长了威风，想到这里，范平湖振声道："好，范某不才，斗胆举荐一位高人，来当江南盟主！说起这位高人的威望和本领，遍观江南国，除了司徒阁主和已故的萧剑先生外，只怕没几个人敢说在他之上——这位高人么，便是龙虎山天师剑派的掌门人——'紫电真人'张季尘张掌门！"

范平湖话音一落，百药门掌门陶百药当即一拍巴掌，回应道："不错，不错，'紫电真人'剑法独步，威名远播，老夫也觉得'紫电真人'堪当此任。"

阁皂山灵宝派掌门一尘道长打个稽首："范、陶二位掌门言之有理。"

司徒禹心凝眉不语，梁登阁的脸色开始变得一阵灰一阵白。这时，"紫电真人"张季尘却呵呵一笑，口诵道号："无上天尊！贫道多谢范掌门、陶掌门和一尘道友抬爱，只是贫道此来，一者难辞禹心公盛情之邀；二者，几十年来，江南国历代君王对我天师剑派护佑有加，而今赶上了家国危急之时，贫道自然不能作壁上观。至于江南武林盟主一事么，贫道老朽了，实在力不从心，万万不能当此大任。"

梁登阁原本忌惮张季尘三分，可没想到张季尘竟婉言拒绝，梁登阁心头顿时像推开了一扇窗，当下冲范平湖哈哈大笑："范掌门，瞧见了吧，常言道，皇上不急太监急，你是净发的挑子一头热！'紫电真人'如同司徒阁主，高风亮节，无心于此，你还有何话说？要我看，人这一辈子什么事都做得，独独蠢事做不得！"

"你……"范平湖气得瞪起了眼珠子，"梁登阁，即便张掌门无意于此，可遍观江南武林，强于你梁登阁的也大有人在！"

梁登阁吊起八字眉，翻着白眼："说一千道一万，都是耍嘴皮子的买卖，咱们习武之人，是弱是强，是骡子是马，还得出来比画比画！"说着，朝司徒禹心一抱拳："承蒙司徒阁主器重，一心提携登阁为江南盟主，可惜偏偏有人眼红心妒，处处刁难，那好，梁某今天便自告奋勇，同有心盟主之位的朋友较量较量，倘若梁某技不如人，甘愿拱手让贤，要是侥幸赢了一招半式，那梁某就当仁不让了！"

司徒禹心用那双殊诡的眼睛，扫了扫堂内三十六家武林门派的当家人，沉声说道："好，就按梁掌门说的办，如有人自认能当此大任，尽可与梁掌门一较高下，谁最后胜出，谁便是江南武林盟主，只是要以和为贵，点到为止。"

这一番话，倒像开了扇闸门，让江南盟主这份殊荣犹如洪水一样涌入许多人心头，可他们冷静又一想，这些话也无非是做做样子罢了，司徒禹心既然率先提出让梁登阁出任江南盟主，必会全力扶助，倘若谁真打败了梁登阁，不但与吴钩派结了梁子，也会开罪江南阁，哪有好果子吃？思来想去，那些原想一试江南盟主宝座的各派掌门人，此时已去了十之七八，只剩少数几个人在点头赞同。司徒禹心瞭了瞭那几个人，哼了一下，霍然起身，面无表情地说："有人赞同，说明我江南武林济济多士，只是微雨楼过于促狭，大家若要施展本事，还是请移步堂外。"迈大步当先走出微雨楼，上官靖、苏如河、伍飞虹、杜珂等与张季尘、风零玉、韩子逸、凌久章、温怀玉、钱慕玉、梁登阁、范平湖、一尘道长、龙飞虎、陶百药、吴三节、俞大勇等数十位宾客也跟着来到广场。

梁登阁耷拉着嘴角，挎着他的独门兵器燕尾分金钩，迈方步走到场中，紧了紧护腕，泰然自若地说："哪位朋友不吝赐教？"

"罗某不才，愿与梁掌门比试比试。"

这声音洪亮得就像敲钟一样，倒是吓了梁登阁一跳——只见东南角站起个肤色赤黑油亮的魁梧大汉，手中提着两把雪花镔铁刀，走路生风，像半截黑塔来到梁登阁面前，梁登阁略一打量，心又落了地，淡淡一笑："原来是虔州府铁马帮的罗万山罗帮主，罗帮主不辞劳苦，从虔州府千里迢迢赶到金陵城，想来志向非小，既然罗帮主有此雅兴，我便陪你走几趟。"右手在腰间一晃，银光陡闪，掣出了燕尾分金钩，当胸一划，亮开架势，"罗帮主，请吧！"

罗万山的确被梁登阁说中心事。说起铁马帮，在虔州府可是大大有名。虔州府本是江南军事重镇，那里民风刚烈，骁勇好斗，本是尚武之乡，可是罗万山的铁马帮在那一片土地上却能独霸一方，虔州府的黑白两道没有不畏惧铁马帮的，罗万山跺一跺脚，虔州地面要颤上三颤，罗万山也日渐骄矜，所以，当罗万山在铁马帮收到江南阁的英雄帖时，自然打起了江南武林盟主的主意，故而梁登阁场中一叫阵，他便第一个站了出来。但见罗万山双刀交于胸前，去瞧梁登阁的燕尾分金钩，钩身呈屈翘状，单侧有刃，钩首如张开的燕尾，透着凌厉的锋芒，在江湖中算是一种奇门弯刀。罗万山不以为然，武林行家都晓得，双刀难于单刀，罗万山自认掌中一对雪花镔铁刀会高人一筹，他长啸一声，双刀盘旋，左右开弓，凭一身扛鼎之力向梁登阁劈砍。梁登阁燕尾分金钩自有独到之处，他见罗万山力大刀沉，不与其硬碰，而是左腾右闪，踏前退后，手中燕尾分金钩使将开来，亮如星闪，疾如羽箭，诡谲凌厉之处，大为寻常刀剑所不及。

转眼两人斗了五十回合，梁登阁将罗万山双刀套路摸得清了，心中早有胜算，又过了十个回合，梁登阁腾空而起，居高而下，一招"灵燕抄水"，燕尾分金钩横削罗万山双目，罗万山只觉眼前一花，心里吃了一惊，急忙举双刀向上去架，哪知梁登阁趁势用钩尖一点罗万山镔铁双刀，身子复又腾空，一个空翻，飘落在罗万山身后，燕尾分金钩反手一劈，一道劲风从罗万山的后颈直划到腰带，"哧啦——"罗万山身上袍带迎风飘散，罗万山大惊，出了一身冷汗，只好认输，满面羞愧地离开广场。

像罗万山这样天生大力的外家高手，若长枪大戟驰骋沙场，想会是员猛将，然而，高手比武并非猛将征杀，一纵一跃、一招一式都大有学问，差之毫厘，失之千里。梁登阁这一场打得漂亮，他倒提燕尾分金钩，扬扬得意，喊道："哪位朋友还想陪梁某比画比画？"连喊两遍，无人回应，梁登阁大喜，在场中转圈一拱手："既然各位如此承认，那梁某……"

"慢！"一声沉喝忽然打断了梁登阁的话。

循声去瞧，梁登阁吃了一惊，说话之人竟是沧海派的那个燕离凌。

梁登阁诧异不已："燕大侠有何指教？"

韩子逸道："指教不敢当，只是想与梁掌门一较高下。"

此话一出口，场边众人都愕住了，梁登阁愣了一阵，跟着咧嘴一笑："燕大侠，你说笑了吧？燕大侠非我江南门派中人，如何争这江南盟主之位？”

韩子逸一笑："我虽无门无派，却可代人出战。"

梁登阁道："代人出战？你指的是沧海派？"

韩子逸道："正是。"

梁登阁道："哦？那沧海派的人为何不亲自出马？"

韩子逸道："因为他们信得过我燕某。"

梁登阁扭脸问风零玉："风掌门，他说的可是实情？"

风零玉道："不错。"

原来，适才梁登阁、罗万山比武之时，韩子逸曾对风零玉言道："今日比会良机难得，要是沧海派一展身手，夺下江南盟主，何愁沧海派不发扬光大？"风零玉本无此意，听韩子逸一说，不免有些犹疑，一旁的温怀玉却大为振奋，一力赞同，郑君玉等人也纷纷点头附和。凌久章却连连摇头："不可，虚名害人，咱们不能蹚这浑水！"温怀玉冷声道："三师叔如此谨小慎微，莫非是老了不成？当初你不能辅佐辰公振兴沧海派，难道今日还要拦着我们后辈奋进不成？"凌久章横他一眼："江湖险恶，你知道几斤几两？"温怀玉哧笑一声："什么江湖险恶？不过是你固步自封的老一套罢了！怎么？难道三师叔只晓得与自家人争夺掌门之位，却不敢同外人争取分毫吗？关起门来自家横，可惜了太师父传你的一身本事！"凌久章勃然大怒，一动掌中铁骨青金伞剑，便要发作，却被韩子逸一把按住："凌先生，争夺江南盟主的主意是我出的，此番也无须你们动手，由我一人出战好了，若赢得盟主之位，咱们共进共荣，若赢不得，这败军之将的名头在下会一人承当！"凌久章哼了一句："说得好听。凌某人虽老了，可眼睛还雪亮着！江南盟主并非吉物，燕大侠一意求之，凌某只愿你是一时冲动，而非别有用心！"韩子逸听了凌久章的话，眼中闪过一阵寒光，冷冷一笑："凌大侠，我燕离凌一心为沧海派着想，你反倒猜疑我？"风零玉皱了皱眉头，她未想到大家会争执到这个地步，赶紧劝阻："好了，都别争了。凌叔叔，你也消消气，燕大哥为人我晓得，他智勇双全，老成持重，我自信任于他，依我看，由燕大哥出面，替我沧海派争一争这江南盟主也未尝不可！"凌久章闻言，长叹一声，扭头不再说话，这时，正赶上梁登阁战胜罗万山，韩子逸心头怨气未消，这才高喝而出。

韩子逸这突然之举，大出司徒禹心意料之外，但眼下江南国正指望着大辽的支援，韩子逸身为辽国十二刀盟少盟主，司徒禹心自是心怀顾及，不好当众阻拦。场上的梁登阁却心中发堵，冷言冷语道："燕大侠，你是司徒阁主的座上宾，梁某本不愿与你交手，不过你执意要与我一争，梁某也只好冒犯了。亮兵刃吧！"

韩子逸一笑："与梁掌门比斗，燕某无须亮兵刃。"

"你……"梁登阁脸上挂不住，恼羞成怒，"燕大侠这般自负得紧，梁某也不必费心劳神了！"腕子旋振，燕尾分金钩抖出一串寒星，削向韩子逸，梁登阁的燕尾分金钩凌厉迅捷，变幻无穷，左一钩，右一钩，上一钩，下一钩，前一钩，后一钩，霎时之间，便使出了七七四十九钩，四面八方银光灿灿，叫人瞧得眼花缭乱。

"厉害！厉害！"

"神乎其技！了不起！"

吴钩门弟子与梁登阁一群私交好友纷纷拍巴掌叫好。韩子逸一阵冷笑，他像猫戏老鼠一样，让了梁登阁十几个回合之后，当下运起"龙象大明神功"，霎时，龙象神力贯于周身，眼力、耳力、手力、足力，强人百倍，神力所至，雄浑威猛，劲气冲出，摧锋荡刃，纵腾之间将梁登阁裹于气团之内，梁登阁被韩子逸劲气逼得呼吸艰难，燕尾分金钩愈发滞涩，他何曾见过如此神功，心中大骇，手法脚法都乱了分寸，燕尾分金钩顿时失了光彩。眼见韩子逸又到近前，梁登阁慌忙使出一招"雨燕穿堂"，分金钩直刺韩子逸心口，韩子逸哼了一声，躲也未躲，只将双掌胸前一合，"啪"地夹住了分金钩，喝了声："走！"双掌向前一送，一道气墙推出，直撞梁登阁胸口，韩子逸并不想在这个场合杀人，已留了七分余地，饶是如此，梁登阁也经受不住，被撞出四五丈远，胸口为劲气所封，气血翻涌，一时竟说不出话来。

张季尘、范平湖、一尘道长、陶百药、吴三节、俞大勇这一众掌门人都大惊，心中均想：怪不得司徒禹心对燕离凌高看一眼，原来他功力如此惊人。上官靖、苏如河、伍飞虹、杜珂等人面面相觑，都不免有些尴尬，自己的座上宾打了自己的家奴，任谁的脸上都不怎么光彩！司徒禹心更是吃惊："难怪这韩子逸年纪轻轻便做了十二刀盟的少盟主，单凭他这份功力，莫说梁登阁，便是我江南阁的七位先生也未必都是他的敌手！"

这时，韩子逸在场上倒背双手："哪位朋友再来指教？"

"我来会会燕少侠！"

一人喊了一嗓子，纵到广场中心，正是金刀门掌门龙飞虎。龙飞虎人称"金刀镇两湖"，掌中天元金刀的功夫在南昌府首屈一指，他与梁登阁私交甚厚，眼见朋友倒地，龙飞虎心中不服，他与韩子逸各自道个"请"字，天元金刀映出一团金光，劈向韩子逸，韩子逸侧身挥掌，催动劲风拍他刀面，龙飞虎旋腕回刀，手法一变，天元金刀扫、削、劈、奈、拨、掠、斩、突，八法连环，变化虽少，威力却大，"单刀看手，双刀看走"，龙飞虎刀法上的造诣倒也不浅，韩子逸心中略加赞赏，只是韩子逸用刀是第一流高手，他手中虽无刀，心中却有刀，龙飞虎刀法虽精，在韩子逸面前却落了下乘，韩子逸与他交手二十回合，瞅准个时机，让过刀锋，一拳气波扑面，正是"龙象大明神功"一招"大海沉沙"，龙飞虎被这阵子气势所慑，暗叫不妙，赶紧推刀拦阻。

"嘭——"韩子逸这拳好似千钧大铁锤，正砸在刀面上。

"喤啷啷——"天元金刀脱手飞出，劲气所至，龙飞虎整个人像抛出去的麻包，地上滚了几圈方才停住，虎口开裂，血流如注。

龙飞虎这一倒下，场边江南各派再无人愿意入场争锋了。

司徒禹心冷冷地坐在那里，微合双目，此刻他虽有一千个不情愿，却也无可奈何，沉吟半晌，终于开口替韩子逸叫了几句场，然而满场三十余家门派，依旧无一人敢应战。韩子逸这番杀出，着实打乱了司徒禹心的计划，司徒禹心压了压怒火，冷静下来又想："韩子逸出任江南武林盟主倒也好，此人虽说不会听我摆布，可他毕竟是十二刀盟的少盟主，我若能以一个'江南武林盟主'的虚名，换来十二刀盟乃至大辽国君臣对我江南国的支助，这笔买卖倒也划算。"想到这里，当下一挥手，叫几名弟子回到微雨楼，抬出块盖着红绸子的长大匾额，司徒禹心"唰啦"掀开红绸子，一块红木金漆大匾露出，匾上，由江南国主李煜御笔亲题"江南武林盟主"六个金漆大字，在阳光下闪闪发光，司徒禹心扶着金漆大匾，高声说道："既然无人应战，那老夫便在此宣告——从即日起，'江南武林盟主'这块金字牌匾便归了沧海派，我江南国各州府武林同道，一同奉沧海派的燕离凌燕大侠为江南盟主，希望燕盟主与沧海派同门，尽忠尽力，号召江南英雄，抵御外敌，护我山河！"

司徒禹心这一开口，场下的各家门派也都无话可说，纷纷随声应和，司徒禹心随即吩咐下去，叫"神机秀士"苏如河去做安排，在凤凰台为韩子逸贺号戴花，江南各派掌门人都围拢过来，向韩子逸和风零玉行礼。一时间，凤凰台上插满了五色彩旗，鸣锣打鼓，鞭炮阵阵，好似江南国打了大胜仗一样。而沧海派，上到风零玉，下到玉字辈高手，从未有过如此殊荣，都觉大为光彩，唯独凌久章面无悦色，沉默不语。

49　悲与喜

当风零玉一行人带着"江南武林盟主"金匾回到沧海派时，苍九公大感意外，他亦喜亦忧，可是，见满门弟子都欢欣鼓舞，苍九公也不好说什么。温怀玉今天格外高兴，他招拢沧海派满门弟子，杀猪宰羊，大摆筵宴，大家一个个提壶举杯，纷纷向风零玉和韩子逸道贺，酒至酣热时，大谈起在金陵城的威风，每个人都无比畅快。苍九公、凌久章却面色凝重，他二人心藏忧虑，更兼不爱热闹，浅浅饮了几杯，便先行离开，温怀玉与其余弟子则口沫横飞，闹腾了好一阵子，直到黄昏甲夜，才各自散去。

风零玉拖着疲累的身子回到房间，回想起这些天所发生的事，大悲大喜交替而行，着实让她有些筋疲力尽，可她心中却有几分怡悦："还好有燕大哥在身边，为我分忧解难，否则我风零玉怎么会有今日呢？"想到此处，她心感动，泛出层层美意，正这时，忽听下人来报："禀掌门，凌先生有事求见。"风零玉心中一奇："凌叔叔这么晚来我这儿做什么？莫非还在为江南盟主一事耿耿于怀？"便道："快请凌叔叔进来。"不一会儿，凌久章推门而入，风零玉请他坐下，寒暄一番，微笑着说："凌叔叔，这会儿过来可有要事？"凌久章略微犹疑，叹道："玉儿，我还是为江南盟主一事而来，我……我始终觉得'江南武林盟主'这块牌子是祸非福，早晚必惹麻烦，咱们……咱们不如……"他话未说完，忽听门外有人大喊："不好了！不好了！大师兄出事了！"

夜里这一呼，惊动了沧海派，风零玉、凌久章都吃惊非小，连忙从房中出来，但见韩子逸、钱慕玉、董子玉、张寄玉、顾思玉、陶烈玉、吴侠玉等人也赶了过来，风零玉一瞧，喊话的非是旁人，正是郑君玉。

风零玉见他面色惊恐，赶紧问："三师兄，发生了什么事？"郑君玉慌慌张张奔到风零玉面前，满嘴酒气地说："掌门，大事不好了！我刚刚去找大师兄饮酒，却……却发现大师兄他……他被人打伤在地，眼见性命不保，你们快去看看！"风零玉吃了一惊，不敢耽误，带着凌久章、韩子逸及一众师兄奔到温怀玉房间，只见房门大开，温怀玉横躺在桌子底下，鼻孔、嘴角、胸前都凝着鲜血，身子在微微抽动，已然奄奄一息，饶是风零玉素来冷静，此刻也不免微微颤抖。韩子逸赶紧过去扶起温怀玉，风零玉缓了神，沉声问道："大师兄，这是怎么了？究竟是谁干的？"

温怀玉呃了一声，微微睁眼看看四周，一见凌久章，温怀玉当即双目大睁，颤颤指着凌久章："是……是这姓凌的偷袭我！"

"啊？"众人都惊得退了一步，温怀玉凸起眼睛，使足了力气说："姓凌的，没……没想到你如此狠毒！只……只因我温怀玉与你争夺掌门之位，只因我在凤凰台说了几句难听的话，你……你……你便要害我？"凌久章惊得张大了嘴巴："怀玉，你……你胡说什么？我何曾加害过你？"温怀玉断断续续地说："我……我温怀玉……岂……岂能不认得你这副面孔……姓凌的……"他忽然大叫一声，哪知用力过猛，眼珠一翻，登时气绝身亡，大家又惊又痛，围了过来，好一阵难过。

郑君玉几声哭罢，呛啷一声拔出宝剑："掌门，凌师叔为了一己私欲，加害同门晚辈，还不将他拿下！"风零玉凝眉不语，钱慕玉、董子玉、张寄玉、顾思玉、陶烈玉、吴侠玉也惊愕异常，钱慕玉将信将疑地问："三师叔……这……这究竟是怎么一回事？"凌久章眉头拧成个疙瘩，沉沉说道："我也不清楚怀玉为何咬我一口，凌某毕竟是长辈，岂会因晚辈的几句恶言恶语便下此毒手？况且，酒宴散后，凌某一直同九叔下棋，下了几局，因心中有事，便来找掌门说话，并未在此处，怎会是凌某所为？"

风零玉道："不错，方才凌叔叔确实同我在一起。"

郑君玉问："他是何时去找的掌门？"

风零玉道："大约一炷香工夫之前。"

郑君玉道："这就是了！看大师兄的伤口和气息，应当是在半个时辰前就遭遇了毒手，想来一定是姓凌的在找掌门之前下的手！"

"郑君玉！"凌久章横眉大喝："你目无尊长！怎敢口口声声诬我是凶手？"

郑君玉不甘示弱，大声说："非是我郑君玉认准了你，而是大师兄临死时当场指认你就是凶手，铁证如山，你还有何辩？"

凌久章气得胡子乱颤，扬起手说："凌某虽是刚刚到了掌门那里，可在去找掌门之前，凌某一直都在九叔房间，不曾分身别处，你们若是不信，大可去找九叔，一问便知!"风零玉点了点头:"好,等见了九爷爷,便可一证清白。"当下婵步先行,率众人赶奔苍九公住所。此时已近二更时分,苍九公的房间亮着灯,想是还未入睡,风零玉轻步来到门前,恭恭敬敬地问:"九爷爷,你休息了么?"片刻,屋内并无动静,风零玉又唤两声,敲了三下房门,依旧无声息,风零玉一奇,伸手推开房门,一迈门槛,风零玉不由"啊"地叫了一声,凌久章等人随之扑了进来,也都呆若木鸡,但见苍九公仰面躺在地上,双目紧闭,嘴唇黑紫,嘴角挂着血,呼吸微弱,想已中毒多时。风零玉顿时流下眼泪,扑过去扶着苍九公呜咽地说:"九爷爷,九爷爷,你怎么了?"苍九公睁开混浊老眼,看了看风零玉,眼角滚出两行老泪,说不出的悲哀。

凌久章如同晴天霹雳,额头的汗涔涔流下来,他几步奔到苍九公的身边,抱住苍九公的双肩:"九叔,怎么会这样?是谁下的毒?"

苍九公喉咙咕噜了两下,看着凌久章,气息奄奄地说:"久章……老夫……老夫这些年来待你不薄,你……你为何……为何……"他话未说完,嘴巴张合了几下,一时因哀伤过度,毒气骤然攻心,白头一垂,竟也死了。

"这……这不可能!不可能!"凌久章悲惑交加,用力摇了摇苍九公,"九叔,你不能死!"这时,郑君玉在旁大吼:"凌久章,到了这个地步,你还打算继续装下去么?"凌久章霍然起身:"九叔不是我杀的,一定有人陷害于我!"

"陷害你?"郑君玉一阵冷笑,"太师叔和温师兄临死时都指认你是凶手,你竟还说有人陷害你?谁陷害你?温师兄与你素来不合,大伙不相信他的话这也便罢了,可太师叔待你如同亲子侄,难道他老人家也会诬陷你不成?"

"这……这……"凌久章脑中一时迷乱浑噩,饶他久经风浪,此刻竟也有些不知所措,只是呆呆地说,"不错,九叔待我如同亲子侄一般,我……我怎么会杀他?我若是真的杀了他,又……又岂会带着你们来寻九叔?"

郑君玉高叫:"那是你以为他老人家必死无疑,却没想到老人家竟还能留下一口气,指认出你这个凶徒,不叫你凌久章逍遥法外,这就是天意!"

凌久章双目泛红,一指郑君玉:"你休血口喷人!我为何要毒害九叔?"

郑君玉厉声说道:"这还用问么?你凌久章一直觊觎掌门之位,只是嘴上不说罢了!上次师父遇害后,就是你第一个提出要选举掌门,可惜大伙都不服你,最终还是推举了风师妹出任掌门,你一定怀恨在心,想把我们一个个都除掉,只等我们都死光了,沧海派便再无人与你分庭抗礼,你凌久章便可顺理成章坐上掌门之位!"

董子玉、张寄玉、顾思玉、陶烈玉、吴侠玉等人听了郑君玉的话,都大惊失色，目光纷纷投向凌久章，风零玉心乱如麻，脸色由红变白，再由白转青，冷清清地问："凌叔叔，果真……如此么？"

凌久章浑身仿佛被雷电击了一下，阵阵发抖，他苦痛的眼神中流露出一丝失望："玉儿，难道……难道连你也不信凌叔叔了吗？我凌久章岂是丧尽天良之辈？"

风零玉略为迟疑，说道："可事实摆在眼前，你叫玉儿如何不疑？"

凌久章加快语速："难道你不认为这是有人在存心陷害我吗？"

风零玉皱着眉头说："此事的确有些蹊跷，玉儿一时半刻也不能完全查知真相，玉儿既无法相信此事是凌叔叔所为，可……可同样，我也无法证明此事不是凌叔叔所为，零玉身为掌门，不能存有私心，事实未查清之前，我不会轻易相信任何人。"

凌久章跌跌撞撞退了两步，忽然哈哈大笑："好！好！好！风掌门，你的确是变了，变得公而忘私、义正词严，好，好，既然连玉儿都不信我了，我凌久章自是百口莫辩，留在此处又有何意？你们尽管猜疑好了，凌某不奉陪了！"转身大步出门，郑君玉倏地跃了过来，仗剑一拦："姓凌的，你站住！你残害同门，说走就想走吗？"凌久章目露寒光："不走？不走留在这里任你抹黑宰割么？"郑君玉道："贼人胆虚！想走，没那么容易！"话音甫落，长剑抖出一串剑花，刺向凌久章，凌久章两指电出，"铮"地捏住郑君玉的剑尖："不自量力！我凌久章要走，你拦得住吗？"手上一用力，长剑登时被捏成两截，凌久章甩手扔掉剑尖，大步迈入夜色之中。

"站住！"郑君玉大吼，正要去追，忽听风零玉在身后喊："三师兄，别追了！"郑君玉停足愕问："为何不追？"风零玉紧蹙秀眉："凌叔叔毕竟是长辈，事情在没有最后查明之前，我们不能贸然伤害于他！"郑君玉当即发了火："简直是笑话！这还用查么？太师叔、大师兄都亲口说凌久章是凶手，哪能错得了？何况即便事未查明，你也不能放凌久章离开！我看……"郑君玉顿了顿，提高了声音，"我看你就是要存心袒护于他！"当啷甩掉断剑，卷袖而走。

"三师兄，你——"风零玉刚唤了半句，忽觉眼前一花，感到天旋地转般的头晕，这段时间，接连的伤痛打击与奔波劳碌，已叫她心力交瘁，如今急气攻心，气血失了根衡，身子一软，晕倒在地，吓得众人手忙脚乱，赶紧将风零玉抬回房间。

过了好久，等风零玉醒来时，窗外天色已然是黎明了。她抬眼，韩子逸正坐在身旁看着她，风零玉心头怦怦直跳，真想闭上眼睛就这样一直睡下去，韩子逸见她面颊粉红，起了怜爱之心，温声问她："觉得怎么样？好些了么？"风零玉缓了缓，坐起来倚在枕上，低头说："好多了。"抬眼又问，"九爷爷和温师兄的后事办了么？"

韩子逸说："放心，钱二师兄他们正在处理，已布置妥当，你就安心休养吧。"风零玉蹙起眉头，难过地说："九爷爷对玉儿疼爱有加，没想到……没想到竟落了这样的下场！玉儿既保护不了爹爹，又保护不了九爷爷，玉儿真是没用！"说到这里，呜呜地哭了起来，韩子逸心中不是滋味，他拿过一方绢帕替她擦了擦眼泪："玉姑娘，你不必自责，明枪易躲，暗箭难防，更何况……更何况还是身边的人。"风零玉噙着泪珠问："燕大哥，你也认为凌叔叔是杀九爷爷和温师兄的凶手吗？"韩子逸面色凝重："我也不愿相信凌大侠是凶手，可事实摆在眼前，又不得不信。"风零玉又垂下了头："他为何要这么做？难道就是为了这个掌门之位吗？"韩子逸淡淡地说："这我倒不敢妄下断言，不过我知道，人为了名利，什么事都做得出来，咱们以后要加小心。"

风零玉低下头，沉默了半晌，忽然抬起头，痴痴地看着韩子逸，缓缓说道："燕大哥，玉儿想过了，我终究是个女流之辈，沧海派这个掌门之位裹满了刀光，沾满了鲜血，玉儿实在下不去狠心与同门争斗，玉儿……玉儿不想再当这个掌门了。"

"什么？"韩子逸倒是吃了一惊，"玉姑娘，这掌门之位来之不易，怎能说不当便不当？你若是一时冲动，再后悔可就来不及了！"风零玉道："玉儿下定的决心，就不会后悔！"韩子逸道："可你若不当掌门，那沧海派怎么办？眼下九公死了，温师兄死了，凌久章又叛变师门，放眼沧海派，还有谁能胜任这掌门之位？难道要交给钱慕玉、郑君玉他们吗？"风零玉道："钱师兄优柔寡断，郑师兄心胸狭隘，其他师兄武艺虽佳，可心性却都飘忽不定，他们都不是做掌门的材料。"

韩子逸问："既然如此，玉姑娘打算让谁去接任这个掌门？"

风零玉顿了半晌，忽说："燕大哥，我想要你来做这个掌门！"

韩子逸啊地惊了一声，笑了笑："玉姑娘，你又来开玩笑，燕大哥又不是沧海派的人，怎么能做沧海派的掌门？"

风零玉脸颊一阵绯红，她低下头，声音有些紧张："玉儿没有开玩笑，只要你……只要你……只要你答应娶我，就可以名正言顺地当沧海派的掌门……"

韩子逸怔然坐在椅子上，一瞬间反倒不知如何是好。

风零玉见他半晌不说话，便问："燕大哥，你……你不愿意么？"

"不不……"韩子逸连连摆手，深情款款地看着风零玉，"我……我只是有些不敢相信！其实……其实你不知道，自打你我相遇之时，我……我便已对你一往情深，我……我一时一刻无不想念着你……"他越说越动情，一把抓住风零玉凝脂一样的手，眼中似乎含着泪，"玉儿，今生今世，若能娶玉儿为妻，便是苍天厚我，是我上辈子修来的福分，我岂能不愿意?!"风零玉听了韩子逸这番话，竟高兴地垂下了泪珠，她一下子倒在韩子逸的怀里，哭着说："玉儿也是一样的想你！燕大哥，玉儿已经没有爹爹了，你就是玉儿唯一的亲人，从今以后，我们永远都不要分开了好不好?"

"好！好！当然好！"韩子逸的声音也有几分哽咽，他紧紧搂着风零玉，色授魂与，心愉一侧，像栽满了春天的花朵，氤氲四溢的都是爱的香味，此时竟没有了一丝仇恨。两个人就这样紧紧地抱在一起，冰水一样的双唇轻轻碰在一起，霎时间，仿佛落入一个五彩斑斓的洪大漩涡，美妙眩晕再难分开。

两人如胶似漆地相吻着，渐渐地，柔软的双唇变得像炉火一样滚烫。一枝红艳露凝香，云雨巫山枉断肠。如此相拥缠绵，直到天光大亮。

当风零玉将自己与韩子逸情定终身的事，告知钱慕玉、郑君玉、董子玉等一众师兄弟的时候，既让人感到意料之外，又感到情理之中，大家都觉得韩子逸与风零玉能结秦晋之好，也算郎才女貌、天作之合，都纷纷向二人贺喜。可接下来，风零玉又提出要将掌门之位交给韩子逸的决定，众人却都震惊不已。虽然震惊，可是，眼下韩子逸既然成了风零玉的未婚夫，便成了沧海派的人，如今苍九公、温怀玉已死，凌九章又背负嫌疑，下落不明，余下的沧海弟子人微言轻，语不足畏，更何况，韩子逸在金陵凤凰台替沧海派夺得"江南武林盟主"之位，壮大了沧海派的声威，大多沧海门人对他也是十分信服，也实在无法开口说出什么，唯有钱慕玉、郑君玉二人脸色深沉，默然不语。风零玉何等聪明，她先是朝钱慕玉一笑："二师兄，自九爷爷、大师兄故去后，咱们沧海派只有二师兄这个主心骨了，零玉想听听二师兄对我移让掌门之位的意见。"

"这……"钱慕玉沉吟半晌，"我看……我看还需再商量。"

"不必商量了，"郑君玉当即吼了一嗓子，"我郑君玉不同意！沧海派这些年来，多劫多难，一向都是我们这些师兄弟辛辛苦苦陪着师父维系到现在。燕大侠武功固然高，却也要有个先来后到，不能前人耕来后人饵，坐享掌门之位！"

风零玉冷冰冰地瞧着郑君玉："如果零玉非要让呢?"

郑君玉一滞，哼了一声："那也不是这般让法。"

风零玉哦了一声："那该是个如何让法?"

郑君玉翻了翻眼皮："依我看，应当效法凤凰台江南会，既然燕大侠这个江南盟主是比武得来的，他若要坐沧海掌门之位，哼哼，少不得也要比上一比！"

风零玉扬眉问："比一比？难道三师兄要同燕大哥比武？"

郑君玉沉沉吐出两个字："不错！"

风零玉淡淡一笑："三师兄，你认为赢得了燕大哥么？"

郑君玉眉头一扬："哼，赢不赢是一回事，比不比是另一回事，我郑君玉身为辰公弟子，不争萝卜也要争口气，绝不像某些人，只会败家毁业，有辱家门！"

风零玉秀眉当即立了起来："三师兄，你这话说给谁听呢！"

郑君玉道："你明知故问！"

风零玉霍然站起，冷冷说道："燕离凌已是我风零玉的未婚夫君，我今日将掌门之位让与他，也算符合阴阳主次之道，有何不可？三师兄既然说我有辱家门，那我风零玉倒要固执到底了！今天，我风零玉再下最后一道掌门之令，将沧海派掌门之位，让与燕离凌燕大侠，派内谁若心存怨言，拒不听命的，就请自便，从今以后，另立门户也好，改投他派也罢，我风零玉悉听尊便，绝不阻拦！"

"你……"郑君玉勃然大怒，"好啊！好啊！风零玉，你既然将话说到这个分儿上，我郑君玉再留此地又有何义？哈哈哈哈，牝鸡司晨，可怜我沧海派威震江东数十年，如今竟败落在一个女人手里！"话一落，郑君玉一脚踢翻椅子，大步出了讲武正堂，钱慕玉、董子玉、张寄玉、顾思玉、陶烈玉、吴侠玉大惊，纷纷起身，打算追回郑君玉，可侧目瞅了瞅一脸冰霜的风零玉，这些人不禁又都坐了下来。

韩子逸此时却浓眉紧锁，他咳了一声，冲风零玉叹息地说："玉儿，三师兄这些年为沧海派出了不少力，再怎么说，他也是箫剑先生的爱徒，无功劳亦有苦劳，他这一走，我总觉于心不忍，我去看看他，倘若三师兄能回心转意，那自是皆大欢喜，倘若他执意要走，咱们也算仁至义尽了。"

风零玉想了一会儿，叹了口气："好吧！"韩子逸点头："那我这就去追他！"起身奔出正堂，向门外弟子问了郑君玉的去向，一个弟子说："三师兄方才骑了一匹快马，朝北城外去了。"韩子逸要了一匹快马，随后追了过去。

50 沧海劫

北城外，一处灰蒙蒙的山冈，那是"箫剑先生"风辰的坟茔。

从沧海派负气而走的郑君玉，此时正跪在风辰的墓前痛哭流涕，诉说种种变故和不平，他哭得正难过，忽听背后有人说话："郑兄，好好的一条阳关之路，你不想去走，又何苦在此与死人哭诉？"郑君玉大惊，连忙回头，一见这人，他登时怒火满腔，腾地拔剑起身，向前一指："燕离凌，你来这里做什么？看郑某笑话么？"

韩子逸一笑："我不明白，由燕某来做沧海掌门有何不妥？掌门之位，自是能者居之，我若做掌门，沧海派才会真正发扬光大。"郑君玉纵声长笑："姓燕的，你真是自以为是！今日郑某在家师墓前，倒要领教领教，你燕大侠如何能者居之！"话音一落，长剑破空刺来，韩子逸腾身跃开，凛凛一笑，"郑兄何苦如此？"

郑君玉点足近前："我是辰公爱徒，你一个外人，凭什么做我沧海派的掌门？郑某不服！"长剑斜削，韩子逸撩袍侧避："你不服又如何？零玉早已做了决断，下了掌门之令，谁也改变不了。"郑君玉唰唰唰又递三剑："风零玉牝鸡司晨，她的掌门之令算个狗屁？今日咱们先分个胜负！"韩子逸倒跃一丈："我不想和你比斗。"郑君玉大笑："怎么？你怕了不成？"跃起直刺，韩子逸后足微踏，左伸两指"铮"地夹住郑君玉的剑尖，狞笑一声，"我不想和你比斗，因为我要宰了你！"

"你"字一落，韩子逸运出龙象神力，"崩"的一声折断郑君玉的长剑，反手将半截剑尖向前一送，"扑——"断剑送入郑君玉胸膛，郑君玉睁大了眼睛，他没想到韩子逸会下死手："你……你敢杀我？"韩子逸冷清清地说："郑君玉，你放心，我回去会和玉儿、和你那些师兄弟说，三师兄不领我的情，不愿回沧海派，他呀，去寻凌久章报仇去了，等以后发现了你尸体，呵呵，他们只会痛恨凌久章，说不定还会感念你。"未等郑君玉眼中骇色消失，韩子逸抬起一脚将他踢落到风辰墓碑旁，郑君玉蹬了两下腿，气绝身亡，"好好在这陪你师父吧。"韩子逸说完，哧笑一声，转身离去。

傍晚，北城大街，忽然刮起一阵秋风，大风裹挟着残叶，刮得行人睁不开眼睛。风里，一个步履蹒跚、衣衫褴褛的乞丐，正仰着头，举着酒坛大口地喝着酒，溅出的酒水冲散脸上的污泥，能依稀辨别出，这个乞丐不是旁人，正是沧海派的"伞剑先生"凌九章。原来，凌久章自那日夜晚离开沧海派之后，并未远离江阴城，他受屈含恨，心有不甘，下了决心，一定要将苍九公、温怀玉这件事查个水落石出。凌久章反复思量，心生一计，买来了开花帽、破衣裳，弄乱了头发胡须，脸上胡乱涂抹了一层灰土，将自己打扮成个沿街要饭的流浪乞丐，每日盘桓在北城大街，暗中探查沧海派的动向，然而，当他得知风零玉要成亲，不但要嫁给韩子逸，还将偌大沧海派的掌门之位也交给了韩子逸，压抑了许久的凌久章，这会儿竟然痛哭流涕，不知是高兴还是难过。

这一夜，他喝了许多酒，虽有些醉意，却仍旧没有离开北城大街半步，他抱着旧布包裹的铁骨青金伞剑，拎着大酒坛，依偎在离沧海派后门不远的一处墙角边，一边喝着酒，一边回忆这些天发生的事，心头就像被一柄柄小刀子戳刺，难受至极。

天色眼见到了三更夜半，他酒气上涌，迷迷瞪瞪，正准备合眼睡上一觉，忽然，一个黑纱遮面的人影从沧海派的北墙飘纵而出，凌久章毕竟是一代武学名家，尽管这会儿有几分醉意，却仍能眼观六路耳听八方，一见这蒙面人影举动可疑，凌久章的酒意当即醒了大半，他如羽毛一般跃身而起，轻悄悄跟了过去，但见那条人影出了沧海派并未停留，径直奔到江阴城北门，沿城台马道登城而上，又如燕子掠波一般滑墙而下，向离北门不远的长江岸边驰去。凌久章倒提青金伞剑，施展轻身功夫，尾随了过去。

那条人影奔到长江岸边，在一株大柳树下，忽然停下脚步，凌久章赶紧就近伏在一块大青石后向前瞧看，大柳树之下，除了那个蒙面人影外，还站立一人，这人面对长江，背对着凌久章，可是，一瞧这人的背影，凌久章顿时一征，只觉得好生熟悉，正自冥思苦想时，只听那个后赶到的蒙面人玲玲一笑："大功告成了！"

这个人发出的竟是一个女子的声音，凌久章暗暗吃惊，却听背对着他的那人说道："很好！你可还是化作凌久章的模样去了结他的？"声音虽不大，却像惊雷一样震得凌久章脑袋嗡嗡直响，这个声音，凌久章太熟悉了，正是刚夺了江南武林盟主、又谋得沧海派掌门之位的燕离凌的声音！凌久章行走江湖多年，从未觉得有过如此般的心凉，这时，又听韩子逸身旁那个女人得意洋洋地说："当然啦，这种事对我叶别离来说，简直小菜一碟，我早就说过，你韩少主结交了我这个朋友，断然是不会错的。"

"不错！不错！哈哈哈哈，"韩子逸大笑着说，"你忘忧仙子的'三醉易容术'果然是天下一绝，上一次，苍九公、温怀玉那两个人是何等精明，叶姑娘竟丝毫没有被他们察觉出异样来，临死之时，口口声声说是凌久章杀了他们，哈哈哈，可笑，可笑！这一回，叶姑娘再以凌久章的身份诛杀了钱慕玉，不但为本少主除了一个绊脚石，更会使凌久章堕入万劫不复之地，真是又帮了我个大忙！哼哼，这样一来，不仅是在沧海派，便是在整个江湖，凌久章再也不会是什么前辈大侠，而是一个地地道道、丧心病狂的杀人恶魔，整个武林都会唾弃他，沧海一门也势必对凌久章恨之入骨，他凌久章便会步其大师兄雷枫桐的后尘，难以在江湖立足了。"

叶别离呵呵一笑："如此一来，韩少主你可就又少了一个劲敌。"

韩子逸点了点头，浅浅一拱手："这也是多亏了有你忘忧仙子鼎力相助！上回，你们姬阁主写信给家师，促成我十二刀盟与江南阁通力合作，重创太玄宗，这回你又助我搬掉几块绊脚石，我韩子逸自不会忘记叶姑娘这一份情谊！"

叶别离盈盈笑道："韩少主客气了，说到底还是韩少主智谋过人，就说在沧海派使的这招连环借刀杀人之计，当真是高明，我叶别离是自愧不如的！前者韩少主借助白先生和沈先生之手，杀了风辰，如今又不显山露水，除掉了苍九公、凌久章、温怀玉、钱慕玉、郑君玉这五人，彻底掌控沧海派，又抱得美人归，真是叫人羡慕得紧呀！我叶别离倒不是眼红韩少主，只是希望韩少主坐稳沧海掌门之后，能履行十二刀盟、江南阁与我家阁主立的约定，将大辽和江南的买卖，交给我凤鸣阁来做。"

韩子逸道："那是自然！莫说是大辽和江南，韩某料想，要不了多久，整个天下的买卖，都会是你凤鸣阁的了，到了那时，你凤鸣阁可真算得上是财源滚滚，富甲天下了！只是……"韩子逸略微一顿，"韩某倒有个疑问想请教叶姑娘。"

叶别离道："有何疑问，韩少主请说。"

韩子逸道："你们凤鸣阁这样行事，以后，当如何面对大宋？"

叶别离哼了一声，不以为然地说："如何面对不得？大宋朝建国至今，区区也不过十几年的光景，韩少主，你不妨想想，自五季以来，中原的皇帝轮流做，换得如同走马灯一般，哼哼，说不定到了哪一天，那个姓赵的皇帝也就玩儿完了，大宋朝也自然随之灰飞烟灭了，所以么，我们凤鸣阁的人，只认金子，不认皇帝！"

韩子逸哈哈大笑："叶姑娘这话说得爽快，我韩子逸爱听！"

他二人这番肆无忌惮的谈话，早被伏在大青石后头的凌久章听得一清二楚，他这回什么都明白了，原来沧海派这些时日来所发生的一切惨痛变故，都是韩子逸一手谋划的！他悲痛欲绝，恨不得将韩子逸碎尸万段，生吞活剥，哪里还能忍得住？当下大吼一声："姓燕的，王八蛋！你这个人面兽心的畜生，真是天下最阴险之人！"点足蹿起，起落之间，纵到了韩子逸近前，扑啦啦撑开布伞，铁骨青金伞剑破空而出，一招"大罗伞盖"，铮凌凌剑星飞闪，直刺韩子逸五处致命要穴，直欲一击毙他性命。

事出突然，韩子逸倒也吃了一惊，然而，他的"龙象大明神功"毕竟已渐入佳境，饶是凌久章剑法名播天下，韩子逸也全不放在心间，他袍袖一扬，一招"云漫十方"荡起层层气浪，迫得凌久章气息一滞，不由得退了两步，凌久章心中大惊："这姓燕的竟有如此神力！"青金伞剑反手抖个急旋，斜削韩子逸左肋，正是一招沧海派广寒剑法中的"急雨摧花"，气势凌厉，专破气劲，韩子逸森然一笑，旋腾而起，双袖内卷，一招"龙象翻波"，冲出的神力直撞在凌久章的青金伞剑上，凌久章只觉得好似泰山压过来一般，手臂被震得一阵钝痛，青金伞剑再也把捏不住，翻卷着飞了出去，"咕嘟"一声轻响，坠入眼前的滔滔长江之中。

凌久章大惊失色，还未缓过神来，韩子逸形如鬼魅，纵腾而至，左掌猛出，掌力气势雄浑，罩住了凌久章上盘二十八处大穴，凌久章本要纵身跳离，却不想被韩子逸左掌劲气封住气门，呼吸一滞，内力真气竟半点运转不开。凌久章大骇，连发几次力，依旧无济于事，凌久章脸憋得像个紫茄子，惊愕地说："这……这……这……"还想拼力冲突，忽见韩子逸右手化掌为爪，倏地向他左肩锁去，出手之奇之快，当世罕见，凌久章哪里躲得开，只听"砰"的一声，自己的肩头被韩子逸死死扣住。霎时间，凌久章便觉得肩头像是被猛虎咬碎了一般，寸寸骨裂，痛入心髓，他紧咬牙关，狠狠地盯着韩子逸，恨不得用目光将他刺穿："姓燕的，你……你真是天下第一的卑鄙小人！"

韩子逸不以为怒，淡淡一笑："凌久章，你现在知道得太迟了，告诉你，我不姓燕，我姓韩，我韩子逸本是十二刀盟的少盟主，既然你要来送命，本少主倒乐得做个人情，这就送你到阴曹地府，叫你们这'沧海三剑'正好来个大团圆！"话音一落，韩子逸右掌陡然发力，"啊——"凌久章当即惨叫一声，惊得岸边林中宿鸟四下飞逃，随即又听"喀喀嚓嚓……"一阵窸窣的骨骼碎裂之声，凌久章的整条左臂竟被韩子逸震得节节寸断，只剩得皮肉相连，凌久章双眼一翻，身子瘫软，疼得昏死过去。韩子逸冷笑一声，一甩手，"呼——"像扔个沙包一样，将凌久章抛入了滚滚长江。

"咕嘟嘟……"黑沉沉的江水冒了几个泡，顷刻便将凌久章吞没。

纵使叶别离见惯了生死，可这场打斗也不免令她生出冷汗："韩……韩少主……好本事！没想到威名赫赫的伞剑先生，在韩少主手上竟不堪一击！"

韩子逸阴晦着脸说："哼哼，逆我者，碎尸万段！"

韩子逸的阴狠让叶别离心底隐隐发凉，蓦然间，她有点厌恶自己的双手，心中似悲似凄，有种说不出的感受，面对韩子逸这位同舟共济的"大盟友"，她心中反倒愈加想念那位水火不容的"大敌人"——李清霄！叶别离沉默了半晌，忽然，她脑中想起一事，赶紧岔开话题："对了，韩少主，你可曾听过一个叫樊若水的人？"

韩子逸微微摇了摇头："没听过，这个人怎么了？"

叶别离说："这个樊若水本是江南池州人，因为屡试不第，不被江南国官场看重，樊若水见进取无望，便投了大宋朝廷，这个人虽是个读书人，却不是个书呆子，他之前在江南国落寞无事时，曾在采石矶的江上以钓鱼为名，暗测江面的阔狭，经常从南岸系着长绳，再用小舟引至北岸，来来回回十几次，把两岸江面距离尺寸都计算得清清楚楚，绘制成了一幅《长江图》，标明所有曲折险要之处，然后北上开封，以此为见面礼，将图献给赵匡胤。据我凤鸣阁的人从大宋传来的消息，除了《长江图》，樊若水还上陈了一份《平南策》，建议大宋以巨竹筏、大木船架起浮桥，用以渡兵，一举平定江南，赵匡胤大喜过望，如今擢升他做右参赞大夫，令他赶赴军前效用。"

韩子逸"啊"了一声，语中带了几分顾虑："不妙！樊若水《平南策》中的架设浮桥一计，是一刀切中了江南防务要害！如果宋军依了樊若水的计策，只怕金陵城就危险了，须得疾速发兵阻拦！"

叶别离道："我要说的便是这个事，可惜啊，呵呵，江南国上至君王，下至大臣，假如有一个人能有这般见地，也不会落得如今这样大碗大碗喝后悔药了。"

韩子逸惊问："怎么？难道宋军将浮桥造成了？"

叶别离一叹："樊若水跟随曹彬统帅大军进至石牌口，依照《平南策》开始规造浮桥，然后又将浮桥移置采石矶，我们凤鸣阁的人得知此事，赶紧派专人奔赴金陵城，将这条重要消息告诉李煜，李煜起初也有几分害怕，召集群臣商议应对，可是他们的大学士张洎却说：'臣不才，遍览古书，从未听过有在长江上造浮桥的故事，想来这些话一定是讹传，即便不是讹传，只怕宋军也会徒劳无功。'其他大臣也都赞同张洎的说法，李煜便放了心，得意地说：'不错不错，孤也觉得他们这样做，如同儿戏，实在不足深虑。这宋军虽说厉害，却一向以步兵见长，只要我江南大江无桥可渡，他们便难以攻取长江，过不得长江，则金陵城便可高枕无忧了。'当下便没有理会，也未曾派一兵一卒去阻挡，这一下倒叫宋军放开了手脚去布置浮桥，只不到三日，便建成了一架通连两岸的大浮桥，好似平地一般，曹彬、潘美统帅的十万大军就这样横渡了长江，反手杀了个回马枪，拿下了当涂、薛店两处重镇。"

韩子逸气得一捶拳头，骂了起来："江南国这群无用的狗东西，简直都是猪脑子！老天爷给了好端端一处长江天险，竟被他们这样白白糟蹋了！"

叶别离叹了口气："李煜听说宋军渡过长江，这才着了急，所以，当日才连夜将郑王李从善、神卫军指挥使皇甫继勋、宰相冯延己、大学士张洎、侍郎陈乔，还有司徒阁主等人一同召进宫中，紧急筹划退敌之策。"

韩子逸连忙问："他们是如何筹划的？"

叶别离道："我们的人探查说，冯延己、张洎这帮文臣一上来便老生常谈，只从加固城防、调兵勤王等处大讲特讲，可司徒阁主并不赞同，司徒说：'用兵之道与武士对决有相通之处，与强手对敌，如若只是一味被动防守，势必被对手鲸吞蚕食，终将逼得无路可退，所以适当之时应当集中兵力，主动出击，以攻为守才是上策。'张洎不以为然，说：'你这番说法，与当年的林仁肇大同小异，实在算不得高明，只会将国家推至险境！从当前来看，我江南国力有限，不宜进攻，只能自保。'司徒说：'张大人不要小看林仁肇，当初赵匡胤若不是惧怕林仁肇，又怎会使用奸计加害于他，让我主痛失擎天之将？'那李煜对当初诛杀林仁肇一事也有些后悔，便说：'过去的事莫要再提了，众位卿家快说说当前之事，如何拿个妥善的对策？'司徒说：'臣的意思不是要大举攻宋，所谓擒贼擒王，我们只需派遣武林高手，刺杀宋军主帅，如能将曹彬、潘美、王明这些人宰了，大宋军队便群龙无首，混乱不堪，届时我们再兵分三路，一路水军从江上出击，一路步兵从岸上出击，再发一路重兵镇守溧水，呈掎角之势，待机而发，如此一来，必将一举击退宋军！'"

叶别离刚说到这里，韩子逸喜得一拍手："妙策！司徒禹心不愧是大宗之主，确实颇有谋略！此计若成，一击之下，赵宋必然溃不成军！"连忙又问："李煜可否采纳了司徒阁主的这条妙策？"叶别离点头道："他这回倒是开了窍。"

韩子逸问："那他是如何遣将派兵的？"叶别离道："李煜派镇海节度使郑彦华

领一万水军，天德都虞候杜真领一万步兵，先赶往前方布置，然后快马传令，叫江南统军使李雄将军为二路元帅，从广德引大军五万坐镇溧水，只等江南阁行刺成功，郑彦华、杜真二位将军再水陆齐发，拆毁浮桥，届时李雄将军从溧水督军赶上，三路大军齐进，乘势夺回失地。"韩子逸点了点头，又问，"江南阁派谁去刺杀曹彬等人？"

叶别离道："'小轩辕'上官靖、'金刚伏魔杖'伍飞虹、'铁手分金'杜珂。"韩子逸听了这三个人的名字，沉思片刻，说道："曹彬乃当世名将，久经沙场，身边更是猛将如云，亦不乏一些江湖好手，此次刺杀曹彬，单凭上官靖这几位先生，只怕还是不够，劳烦仙子再回江南阁，向司徒阁主传个口信，就说此事干系重大，若要办成，必得再加派白心海、沈丹青这两位先生前去，如此方保万无一失！"

叶别离淡淡一笑，似有似无地说了一个字："好！"

51　将军令

当涂，采石矶。

采石矶在当涂城北，与金陵城仅百里之遥。

这个地方绝壁临空，扼据长江要冲，形势险要，自古为兵家必争之地。这个时节，时令已入深秋，天色晚得快了，黄昏之时，原本沉静如洗的采石矶上空，忽然卷来了一层层的乌云，黑压压地遮住了天边的残阳，方圆几十里像蒙了块厚厚的黑布，顿时幽晦了下来，四下里又吹起了凉风，想是有一场大秋雨要来。

风越来越紧，吹得江边峭壁上的一大片树木哗哗作响，仿佛金戈铁马吹角连营。峭壁之下，迎风站着一个凤目蚕眉、淳厚魁梧的将军，正紧锁双眉，倒背着手遥望江东，似乎在思索什么紧要的事情，风吹袍带猎猎作响，他却浑然不觉。距离这将军五丈之外，昂然站着八名挎刀的侍卫，手里都牵着马，目不转睛地盯着那位将军。眼见乌云漫来，一名随从有些担忧，牵着马来到那将军身后，垂首说道："大帅，瞧这样子要下雨，咱们未带雨具，还是早些回营吧。"那将军仿佛没听见，依旧眼望金陵方向，自言自语地说："他此行的真正意图究竟是什么呢？莫非……莫非真要回防金陵不成？"说到这里，眼中不禁流出了几分忧虑之色，那名随从不明将军话中之意，又在后面唤了一句："大帅，天要下雨了，大帅的身子要紧，咱们该回营了。"

"好。"将军平和地答应一句，回身从侍卫手里接过马缰绳，翻身上马，冲身边这八名随从军校说："走吧，咱们回白虎大营。"众侍卫纷纷上马，簇拥着那将军动身返营，一行人没走出多远，忽见左侧茂林中黑影晃动，紧跟着，嗖——嗖——嗖——如风似电般从茂林中跳出三个人来，兵刃横陈，拦在了九个人面前。一个手持宝剑的年轻人扬眉看了看中间那位魁梧将军，声音冷傲地问："你就是曹彬？"

将军的语气依旧平静："不错，我就是曹彬，你是何人？"

年轻人冷冷一笑："送你见阎王的人！"他话音一落，倏然点足而起，掌中宝剑卷起了一片寒光，向曹彬刺去，八名护卫大惊，纷纷拔刀，护住曹彬，哪知，年轻人剑法奇绝，剑花错落，恍如繁星，指东刺西，指南削北，顷刻之间便将三名侍卫刺落马下，与此同时，年轻人身后的两名同伙也如苍鹰捕兔一般飞纵过来，掌起杖落，左拍右砸，迅捷无比，另五名侍卫未接过几招，都被击落马下，当场殒命。

三个人乘势一纵，呈掎角之势围曹彬于当中。

曹彬毕竟当世名将翘楚，临此险境，依旧面色不变，他稳坐雕鞍，淡淡说道："本帅假如猜得不错，你们几个人，是江南国李煜派来的刺客吧？"

年轻人一怔："谁说的？"

曹彬笑了笑："此时要置我曹彬于死地的，舍李煜其谁？"

年轻人道："不错，你果然是个明白人。"

曹彬道："你以为杀了我曹彬一人，便能挽救江南国么？"

年轻人道："不试怎么知道。"

曹彬哈哈大笑："曹某薄命一条，若能换得江南平安，我曹国华倒也死得其所。你三人的武功，我方才见了，曹某不是你们的对手，也不作无谓之争，你们动手吧，只望三位杀了曹某后，能剥下马皮将曹某包裹起来，那曹某便在此谢过了。"说着竟朝那三人一拱手，三人为之一怔，相互看了看，心中感叹："我江南国何时能出这等视死如归的将军！"年轻人眉头微扬，宝剑一指曹彬，"姓曹的，你果然有几分大将气度，我敬你是个英雄，今日便留你个全尸。"言罢，仗剑要上，忽听身后响起个滚雷般的声音："休伤我家大帅！"声音落时，只听金风四起，飞刀、袖箭、铁蒺藜、流星镖……一大堆暗器向他三个人疾射而来，三人大惊，急旋兵刃，左右奔突格挡，"叮叮当当……"一阵清脆，这数十枚暗器尽被击落。

就趁这个间隙，远处六个人起落飞纵，已冲到了曹彬身边，这六个人呼啦一围，兵刃朝外，将曹彬护在当中，其中一个手持判官长笔、身穿麻布襕衫的长须书生，打量了一眼那个年轻人，冷冷一笑："我当是谁，原来是江南阁的上官先生，尔等胆大包天，作死也不寻个地方！"

行刺曹彬的这三人，正是江南阁的上官靖、伍飞虹和杜珂。上官靖一见曹彬身前的六个人，心头咯噔了一下，这几个人他都曾见过，那个长须书生非是旁人，正是太玄宗的太玄左师"一笔断乾坤"龙湖先生；旁边头戴莲冠、手拿银丝拂尘的却是太玄右师"神相无敌"苗训苗道长；左右四个大汉，一个满脸虬髯，手托烈火电光刀；一个身材高瘦，高举囚龙双棒；一个面色黝黑，倒提十三节水磨紫铜鞭；一个肤色淡白，手托一对子午点钢枪。上官靖一瞧这四人，竟是认得，他们正是太玄宗太玄九老中的"执火长老"窦瑻、"执土长老"阮雄、"计都长老"邓仪、"罗睺长老"姜伯英。

上官靖这一震，倒不是惧怕龙湖先生、苗道长这些人，只是后悔自己刚才为何不即刻斩杀曹彬，这回太玄宗的人一来倒是麻烦了，太玄二师、太玄九老名震江湖二十年，岂是等闲之辈？如今他们突然赶来护驾，再要杀掉曹彬想必是难上加难了！他正暗自懊悔，那边苗道长沉沉说道："上官靖，你江南阁的人专行阴事，两次三番与我中原武林为敌，当真就不计后果么？"

上官靖哼了一声："两国交兵，各为其主，谈什么后果？"

"说得好。"苗道长一甩银丝拂尘，"贫道倒要领教领教你的轩辕武学。"说话之时，银丝拂尘抖成一圈光华，向上官靖卷来，上官靖不敢轻视，弹出灵宝剑破去苗道长的攻势。拂尘本是道家法器，一旦作为兵刃，便迥异于常，可软硬兼施，舞动起来如天马行空，洒脱飘逸，灵活多变。苗道长是成名的武学大家，他的拂尘功早已练得炉火纯青，手中银丝拂尘，劈、缠、抖、扫，时而似剑，时而似刀，时而似鞭，时而似镖，开合紧凑，绵绵不断地向上官靖打来，上官靖闪展跳跃，手中宝剑进退有度，迅若飘风，与苗道长缠斗在一处。苗道长武功虽高，可上官靖身得苏慕白真传，也是一流的高手，苗道长用尽解数，一时半刻也拿不下上官靖，龙湖先生心中着急，大喝一声："道兄，不才助你擒贼！"晃动三尺多长的紫金判官笔，纵身过来，与苗道长合击上官靖。

龙湖先生江湖人称"一笔断乾坤"，判官笔这一路的功夫江湖鲜有人及，他这一来，紫金判官笔金星点点，穿、戳、挑、刺，罩住了上官靖三十六处大穴，几十个回合一过，上官靖顿时落了下风。那一边窦瑻、阮雄、邓仪、姜伯英四人一见，气势大振，各自舞动手中兵刃向"金刚伏魔杖"伍飞虹和"铁手分金"杜珂扑来。窦、阮、邓、姜四个长老本是大高手，如今合斗伍飞虹、杜珂，也是占尽了上风，眼见伍、杜二人连连后退，力不能支，上官靖心中暗急，手中灵宝剑又慢了几分，一不留神，被苗道长的拂尘扫到脸上，"刺喇"一下，登时抽了七八道血棱子。

"三先生！"

伍飞虹、杜珂大惊失色，更加乱了章法，那旁"执土长老"阮雄趁机重来，囚龙双棒左右开弓，疾打杜珂，杜珂忙躲，却正赶上"计都长老"邓仪的锋头，邓仪一招"文鸯扫阵"，十三节水磨紫铜鞭斜着拍出，一下砸在杜珂肩头，杜珂惨呼，当即摔出。上官靖方寸一乱，左衣襟又被龙湖先生戳个洞，险些伤到肋骨，上官靖惊了一身冷汗，暗叫："莫非我上官靖今日要死在这里不成？不行，我上官靖还没有做成什么大事，决不能就这样死了！"想着大吼一声，灵宝剑威力又大了几分，正在这时，忽听崖上有人高呼："三位莫忧，我们前来助你！"

声音甫落，从十几丈高的崖上，灵猿一样攀枝踏叶飞来两个人，手中两柄剑好似蛟龙出海，唰、唰、唰、唰……须臾间向龙湖先生、苗道长刺出二三十剑，金风阵阵，叮叮叮、当当当……旋转雷发之间，逼迫得龙湖先生和苗道长连连后退，上官靖大喜过望，当即提起精神，返身去解伍飞虹、杜珂危局，上官靖灵宝剑银光匝地，神出鬼没，窦瑁、阮雄、邓仪、姜伯四人登时有几分吃不消，局面瞬间被逆转。龙湖先生、苗道长一瞧崖上来的这二人，不由得一同惊呼了出来："白心海？"

崖上两人，一个眉目风流，丰神俊朗，正是"一掌震千川"白心海，而另一位便是紫霄五剑中的"白衣剑客"沈丹青。龙湖先生哀叹一声："观澜慕海，梅上花开！白先生，久违了！你毕竟是弘璧公弟子，为何一味帮着外人对付太玄宗？"

白心海一摆手："别跟我提什么太玄宗！自从当年明心慕害我出了师门，我白心海便和太玄宗一刀两断了！"苗道长叹道："事情已过去二十多年，陈怨旧恨，白先生如何念念不忘？"白心海横了苗道长一眼："笑话，怨非你苗道长之怨，恨亦非你苗道长之恨，你一句话说得倒轻松，明心慕抢走的不是你们的女人，白某不杀明心慕，难消心中这二十年的恶怨！"苗道长一滞，却听沈丹青高声说："白兄，何必与他们啰嗦，别中了缓兵之计，赶快了结姓曹的完事！"白心海恍然大悟，当下剑走如电，与沈丹青向曹彬冲去，上官靖、伍飞虹、杜珂五人反守为攻，也跟着齐齐杀向曹彬，这五人中，除了伍飞虹、杜珂功力稍逊，白心海、沈丹青、上官靖都是江湖一等一的高手，如今联起手，好似暴风骤雨、怒蟒惊龙，势不可挡，龙湖先生、苗道长、窦瑁、阮雄、邓仪、姜伯六人全然不是对手，频频苦思脱身之计，奈何白心海、沈丹青武艺太高，实不得脱，正这个关头，忽然，从长江东岸上又传来一声沉喝："喂，白心海、沈丹青，你二人阴魂不散，倒也难缠！"这一句话声如洪钟，震得十几个人耳鼓发麻。

双方回头观望，不由愣住，一时停了手。迟迟未雨的秋云，不知何时散去大半，皎洁月光从云中洒下，照亮长江，照亮青崖，如银月下，一人身背长剑，布衣长袍，眉宇清拔，正是那个在江湖上隐迹了许久的李清霄。

李清霄当初离开庐江府，一人赶奔姑苏灵岩山寻陆烟白，可惜，一来他在姑孰耽搁了时日，二来灵岩山方圆数百里，寻一个人谈何容易？他苦寻无果，折回洞庭湖君山岛，也没见陆烟白的影子，一问紫桐，才知陆烟白自上次同他离开君山后，只回来一趟，未打招呼便又走了，她们也不知陆烟白去了哪里，李清霄一听，怅然不已，不知去哪里才寻得到陆烟白，又想起百花堂的事，更觉难受，便赶去天门山相思谷祭奠花千树，返回时，有事欲寻曹彬，正好赶上眼前这一幕。

白心海、沈丹青万万没想到李清霄会突然出现，两人心头顿时凉了半截。上官靖的脸色也有几分苍白，他不是怕，而是恨，一扬手中灵宝剑，高叫："李清霄，你来得正好！我上官靖寻你不见，你倒自己送上门，很好，你我之间的恩怨正好做个了结！"刚要冲过去，却被白心海一把拉住："不要轻举妄动，你不是他的对手。"上官靖一甩手臂："大先生，何必长他人志气，灭自己威风？"白心海眉头拧成个疙瘩："我与沈先生二人联手都未曾打败此人，难道你自认为胜得过我与二先生么？"

上官靖心中不服，还要计较，忽听远处铁甲鸾鸣，有人高声喊喝："大帅勿虑，末将来了！"远处喊话的非是旁人，正是铁鞭王呼延赞。呼延赞骑着大黑马，挥舞大铁鞭，带着一千铁甲兵如风似潮地涌过来，白心海、沈丹青面色紧张，赶紧冲上官靖等人吼了一嗓子："咱们快走！"上官靖、伍飞虹、杜珂见了这情形，都知行刺曹彬彻底无望，只能心中怀恨，跟着白心海、沈丹青向外奔行撤离。这五个人都不是泛泛之辈，若要逃撤，并非难事，三闪两闪便突出重围，向崖下茂林驰去，呼延赞在后面瞧见了，气得钢髯竖起，扬手一挥："随我去追！"

"穷寇莫追！"曹彬叫住呼延赞，回身对李清霄等人说，"李大侠，各位义士，多谢救命之情！此处不便，且请移驾，随本帅回白虎大营叙话。"当下有人牵来战马，曹彬与李清霄搬鞍上马，踏着月色，赶回了十里之外的白虎大营。

远远望去，月光下，黑压压的一大片兵营，仿佛山丘连绵起伏，辕门两侧望台高筑，旌旗偃蹇，羽毛肃纷，寨墙之上高插油松火把，照得四周明如白昼，辕门之内，一排排兵帐围绕着中军大纛，犹如阴阳八卦图，应着休、生、伤、杜、景、死、惊、开八门。当值的兵士，执刀斧枪戟，一队一队往来巡营，军容肃壮，李清霄暗暗赞叹、羡慕。来到白虎营中军大帐，火光照耀之下，龙幡虎纛猎猎飞扬，青茫茫的画戟暗敛着雄风杀气，叫人一望便生敬畏之心。曹彬登阶升帐而坐，李汉琼、田钦祚、呼延赞、曹翰一众骁将威立两旁。李清霄、苗道长、龙湖先生、窦瑁、阮雄、邓仪、姜伯英等人并无军籍，只是协助兵事，故而可以分坐案前，曹彬在虎皮椅上冲李清霄道："李大侠剑不出鞘，便可震慑敌胆，实在了不起，蒙李大侠相助，本帅十分感激！"

李清霄道："区区微劳，何足挂齿，大帅客气了。"

曹彬恳切地说："晋王殿下时常与本帅讲，李大侠乃名将之后，当世豪杰，素怀豪情，心系家国，方今本帅正是用人之际，还望李大侠你能一展有为之身，助我大宋冲波踏浪，早日平定江南，一统天下。"

李清霄略一沉吟，说道："自古以来，九州之地，分则苍生苦，合则苍生幸。如今大宋天命所归，东征江南，民心所向，各方豪杰皆来相助，何愁天下不定？清霄一介布衣，虽怀报国之心，惜无可用良策，空怀武力，不过杀人剑尔，实不足道！但有一念，只盼大帅为苍生故，大军过处，善待降卒百姓，如此清霄甘为车骑，以供驱驰！"

曹彬连连摆手，叹说："李大侠，言重了！李大侠虽身在江湖，却心怀苍生社稷，实在令曹某敬佩！李大侠请放心，曹某此行，遵天命，奉王道，绝不会妄开杀伐！"

李清霄当即拱手献礼："有大帅此言，清霄铭感肺腑，敢不用命？曹大帅，其实在下此来，并非偶然经过，乃是特意赶来与大帅说一件要紧事。"

"哦？"曹彬一奇："什么要紧事？"

李清霄道："在下日前去天门山祭奠故人，返回之时，路上无意间见到一支打着江南国旗号的水军，大小战船不下三十艘，正沿江逆流而上，主舰将旗上绣着个斗大的'郑'字，驶向采石矶，想必来者不善，定有阴图。往日晋王和大帅对清霄情深义重，遇见此事，清霄不能不前来禀报，还请曹大帅早做提防。"

曹彬双眉紧锁，略一沉思，忽拈髯笑道："好！好！好极了！幸得李大侠告知，如此一来，本帅就明白了，原来李煜他们打的竟是这个如意算盘！"

李清霄与众人你瞧瞧我，我看看你，懵懵懂懂，都不大明白，只听曹彬笑着说："那将旗上绣个'郑'字，定是江南国镇海节度使郑彦华。几个时辰前，本帅曾闻探马来报，说江南国江南统军使李雄亲率五万大军从广德赶到溧水，来钳控长江，本帅此前之所以在江边观望，便是担虑这李雄到底意在何为，如今，听了李大侠带来的消息，哈哈，本帅满天乌云尽散，心中再无忧矣！"李清霄一怔，心想："敌人出兵长江，暗相来攻，这位曹大帅反倒无忧，当真奇怪。"便问："曹大帅，这是为何？"

曹彬呵呵一笑："李雄这个人骁勇善战，他手上的五万大军皆是江南国的精锐，势不在小，本帅之前最为顾虑的是，倘若这李雄将五万精锐之师派往金陵，用以巩固金陵城防，那对我东征将士来说可是大为不妙，可是，眼下依照郑彦华的这番举动来看，本帅料定，李雄他定然是毫无回防金陵之意了。"

呼延赞凝着眉头问："大帅何以见得？"

曹彬道："从布局来看，郑彦华出兵长江在前，李雄坐镇溧水在后，这用的分明便是以攻为守的策略，今晚他们派刺客刺杀本帅，为的便是想叫我大宋军中无主，将士动摇，然后他们再趁乱攻占采石矶，一举拿下当涂，李雄由此便可率大军长驱直入，挽回败局。哈哈哈哈，李煜这些君臣真是纸上谈兵，他们以为大宋少了我一个曹彬，便会军心大乱，那真是小瞧我大宋天子了！"曹彬又笑了一阵，说道，"以攻为守，固然可行，然而，此一时彼一时，如今我大宋雄师百万，上将千员，莫说区区李雄、郑彦华，便是当年江南第一名将林仁肇复生，也是无力回天！当初我大宋新朝初立之时，林仁肇将军曾上奏南唐朝廷，要趁我朝立足未稳之际挥师北进，收复两淮，可惜李煜非但未听，反倒中了咱们赵丞相的妙计，鸩杀林仁肇，诛其满门！"曹彬忍不住叹了口气，继续说道，"林将军志虽足嘉，然而谋之其臧，则具是违，实属天意，想我大宋定鼎中原，上承天命，吊民伐罪，平李筠，定淮扬，取西蜀，灭南汉，旌旗所指，所向披靡，而江南国自林仁肇一死，再也没有智勇双全的大将可用，这个时候，李煜如果不轻举妄动，只需将驻外大军尽数调回金陵严防死守，消耗时日，本帅倒会十分顾虑，可是，他们偏偏舍本逐末，以攻为守，这样一来，实在无异于以卵击石，自取灭亡。"

李清霄、苗道长、呼延赞、李汉琼、田钦祚、曹翰、龙湖先生等人见曹彬非但知兵善战，其见识谋略更尤为高远，大有周秦汉三代将帅气象，心中无不赞叹。这时，只听曹彬一字一句地说："江南军既然不请自来，本帅也不能不出门迎客。"说着，威然起身："诸将听令！"

"请大帅示下！"李汉琼、田钦祚、呼延赞、曹翰齐齐出列。

曹彬嗖地从案头掣出一支令箭："呼延赞将军听令：兵贵神速，我命你精选五千大力弓弩手，多带狼牙箭，今夜即刻起兵，向东沿岸伏行，只等撞见郑彦华的水军，便在岸上万箭齐发，打他个措手不及，叫他自在而来，铩羽而归！"

"末将得令！"呼延赞领命，大步出了白虎帐。

曹彬略微一顿，扭头对李清霄说："李大侠，本帅打算再出奇兵一支，奇袭秣陵关，切断李雄退守金陵的后路，这一战重在攻坚，至为紧要，李大侠你身怀绝技，又通韬略，本帅想劳烦李大侠随军助我将士一臂之力，不知尊意如何？"

李清霄起身拱手："清霄有言在先，愿听大帅差遣！"

"好！"曹彬一拍巴掌，掣出一支令箭，高唤："曹翰将军听令：我命你带精兵两万，随同李大侠，出奇兵，绕过采石镇，直取秣陵关！本帅料想，江南国此番必不会只派郑彦华一支水军前来，陆上定有步军随行策应，你与李大侠倘若遇见前来策应的江南兵，只需速战速决，夺得秣陵关，只要不叫李雄退回金陵，曹将军便大功一件。切记，此战断其后路，事关大局，尤为紧要，江南军虽不如我大宋铁甲兵骁勇，但你等此行毕竟孤军深入，凶险异常，凡事当多向李大侠请教，商量之后再作决断。"

"这……"曹翰缓缓接过令箭，面色竟显得十分冷淡，曹彬一怔："曹将军可是心有顾忌？"曹翰微哼了一下，淡淡道："杀几个南蛮子，有何顾虑可言？末将……末将只是有一事不明，还请大帅指教！"曹彬道："讲！"

曹翰先是翻着白眼看了一下李清霄，然后冲曹彬高声说："大帅，这位李清霄大侠武功自不必说，有两下子，不过两军交战，不是比刀试剑，李大侠虽是白马将军之子，可他却从未从军，向来只行走江湖，哪里懂得用兵打仗？随军同行唯恐不妥，又如何去请教？倘若因他拖累，反倒误了军机大事，末将请大帅还是莫叫此人随行！"

这话一出口，李清霄好像被当众扇了个大耳光，他没想到大宋军中这个百战之将，竟如此瞧不起江湖中人，李清霄虽非心胸狭隘之人，此刻也有点下不来台。

李清霄哪里知道，曹翰只是因上次在庐江府衙时，李清霄未高看他一眼，曹翰便记恨在心。曹翰这个人向来自诩智勇兼备，今晚一瞧曹彬重用李清霄这个江湖布衣，心中更加愤恨，自然一万个不乐意，曹彬见曹翰出言无状，当即沉下脸来："曹翰，你要抗令？"曹翰垂首道："末将不敢！"曹彬冷冷说："李大侠名将之后，一代高侠，莫说是本帅，便是晋王殿下也要高看三分，难道你曹翰自认为比晋王还高明不成？"曹翰心中不服，撇着嘴说："末将怎么敢同晋王去比？末将只是觉得，那些江南蛮兵都是些乌合之众，无须劳动李大侠大驾，只我一人统兵，便可拿下秣陵关，顺道将那个李雄打个屁滚尿流，到时说不定一鼓作气还能拿下金陵，将那群南蛮子杀个精光！"

"放肆！"曹彬横起了眼："你还想着屠城么？"

"屠城怎地？"曹翰梗着脖子说，"想当年，大秦白起、西楚霸王，还有那个大隋朝的韩擒虎，哪个不曾坑敌屠城？终究个个成了千古英雄……"

"住口！"曹彬拍案而起，回身从供台上掣过尚方宝剑，"本帅受命陛辞出师之时，皇上赐我尚方宝剑，面谕本帅：'行军之时，须要威信兼全，宽仁慎杀，令自归顺，入城更慎毋杀戮。副将而下如不用命，准卿先斩后奏。'似你这般轻忽军令、一心屠城之将，如何奉行得王道？本帅今日便要先斩后奏，拿你立一立军威，张我大宋的王旗！"说话时，呛啷拔出尚方宝剑，大步过去，要斩杀曹翰，李汉琼、田钦祚大惊，连忙出列跪地求情："大帅息怒，剑下留情！"李清霄拦在曹彬面前，拱手道："大帅，大军出师之前，不可轻斩大将！曹将军心直口快，在下并无见怪之处，诚望大帅剑下留情！"龙湖先生、苗道长等人也起身一再劝说。

一见曹彬动了真格，曹翰心中立马打了个寒战，扑通跪倒在地，不敢再言。曹彬本是宽仁之将，这么多人一同求情，他心中怒气便消了几分，盯着曹翰沉沉说道："念在众人为你求情的分儿上，本帅今日便饶你不死，不过，今日本帅有言在前，此后谁若敢怠慢将令，妄谈屠城，便有如此案！"话音一落，反手一剑，"喀嚓——"桌案一角被齐齐砍断。李汉琼、田钦祚无不失色，曹翰更是胆战心惊，低声道："属下知错！属下谨遵大帅之命！"曹彬沉沉道："既然如此，便赶紧下去准备！此番出兵秣陵关，许胜不许败，倘有半点差池，将你二罪归一！"曹翰赶紧领命，起身匆匆出帐调兵。

曹彬收回尚方宝剑，朝李清霄一拱手："李大侠，有劳了！"

李清霄当胸抱拳："大帅放心，定不辱命！"

52　从军行

　　铁鞭王呼延赞引五千大力弓弩手，趁着夜色沿江而行，奔出四十余里，来到三山矶子母口，这里大江滚滚，拍岸惊涛至此一折，浩荡东去，地势十分险要，又易于伏兵。呼延赞通晓用兵之法，他命令五千弓弩手在此排开阵势，布置藏伏下来，不多久，天色渐亮，呼延赞居高而望，发现江面上翻浪推波，驶过来一大队战船，主舰将旗上果然绣个斗大的"郑"字，呼延赞一见是郑彦华无疑，心中大喜，眼见着那三十余艘战船靠近子母口不足五十丈，呼延赞当即一举大铁鞭，大喝一声："擂鼓！放箭！"

　　"咚咚咚咚……"

　　一阵鼓号震天而起，紧跟着，五千大力弓弩手排立岸上，"咯吱吱"铁胎弓开如满月，"嗡——"的一声惊天鸣响，五千支狼牙箭齐射出去，如飞蝗一般漫天扑来，疾风暴雨一样射到郑彦华的战船之上，登时射得几十艘战船樯倾楫摧，旗倒帆折，船上的江南水兵也无从防备，一下子倒了大霉，个个像活靶子一样被射成了刺猬，一片一片栽落船下，鲜血染红了一大面江水，一时间死伤无数。

　　郑彦华昨夜喝了许多酒，正在主舰舱中大睡未醒，此时舱外忽然鼓声震天，羽声大作，兵士们哀号四起，船舱更是摇晃不停，郑彦华这才从醉梦中惊醒，裹着袍子趴舱门口一看，骇得眼珠子差点儿没掉出来，他饮酒过量且晨起未溺，此时一番惊吓，哩哩啦啦尿了裤子，他哪里会想到一大早便会遭遇这样的伏击？其实，在两日前，李煜兵分四路时，郑彦华引一万水军行于江上，本该早过了三山矶子母口，可他心中畏惧大宋官军，不愿头一个率部陷阵厮杀，只盼曹彬被刺后，天德都虞候杜真能从陆上早一步赶到，先与宋军拼杀一阵，他再趁机收拾残局，到时也是大功一件，然而却没想到天德都虞候杜真的那一路军也是如此想法，这水陆两支江南军都打着各自的算盘，不尽力前行，只想等着上官靖与另一路的好消息一到，再跟着来场趁火打劫。可是郑彦华哪里想到，他还未听到上官靖刺杀失败的消息，大宋官兵便已从天而降了。

此时，一见自己好多战船已被射得东歪西倒，而子母口四下无援，急切之间又无从泊岸作战，郑彦华一时不知所措，竟埋怨起老天爷：“老天啊老天，你为何偏与我江南过不去？天灭江南！天灭江南！”哀号了几声，眼瞅着情势危急，也顾不了许多，急忙唤来卫兵，支起大铁盾，将他团团护在当中，连声传令，“掉船！掉船！快撤！快退！”一时间，仅存的七八艘战船像木头刺猬一样，拼了命地倒桨退去。

呼延赞哈哈大笑，登高长啸，亲自抡起鼓槌——

“咚咚咚咚咚咚……”敲起了得胜鼓。

这边江上的郑彦华溃不成军，那边的都虞候杜真更是惨不忍睹，他刚刚领兵到了慈湖镇，便与曹翰、李清霄所带领的两万铁甲精兵迎头撞上。

杜真还未弄明白怎么回事，曹翰、李清霄已不容分说，呼啸一声，带着两万铁甲兵杀将过去，杜真的一万江南步兵，哪能敌得住李清霄、曹翰精挑细选出来的这两万虎狼之师，没过半个时辰，便被大宋铁甲兵杀得肢残腰断，血溅尘沙，七零八落，杜真一见大势已去，心想：“保命要紧！”他喝令身边仅剩的三千余名残兵抵挡宋军，自己却倒提长枪，掉转马头望东南落荒而走，曹翰见了，哪里肯放过他，纵马抡槊，从后面紧紧追赶过去。杜真毕竟沙场武将，眼见被曹翰赶得急迫，他一面催马，一面俯身拈弓搭箭，回手嗖地向曹翰疾射一箭，曹翰一直瞧不起江南兵，本以为这回杜真是吓破了胆，也没有过多防备，哪料到杜真一箭当心射来，曹翰大惊，急歪身子，一时躲避不及，左肩当即中了一箭，曹翰大叫一声，栽落马下，杜真回头一瞧，大喜过望，心想：“擒贼先擒王，我若将这领兵的斩杀了，想必还能反败为胜！”想着一拨马头，蹄纵而来，抖起长枪，望地上的曹翰心口便刺，危急之时，忽然从旁侧纵来一人，长剑青光一闪，“哧”的一声，登时将杜真手中大枪削为两截。来人正是李清霄。

杜真手握断枪，大惊失色，赶紧拨过马头，又向南逃窜，这个时候，曹翰在地上缓过气来，一跃而起，冲杜真大骂一声：“王八羔子，哪里走！”他不顾肩头疼痛，抄起马槊飞奔几步，使尽全力“呼”地掷了出去，这一下正中杜真后心，长槊穿胸而过，杜真惨呼一声，摔落马下，气绝身亡。曹翰奔了过去，拔出马槊，砰砰踢了杜真尸体几脚，又吐了口痰：“狗杂种，王八蛋！”恶狠狠地骂了一句，这才返回来，再见到李清霄的面，曹翰脸上多了几分尴尬，只是浅浅一拱手："谢了！"

这会儿，杜真一死，剩下的数千江南军顷刻没了斗志，全部抛枪弃刀，跪地投降，曹翰立刻叫铁甲兵将这些降兵围了，铁青着脸说："他娘的，全都宰了，一个不留！"李清霄当即吃了一惊，连忙在旁阻拦："曹将军，你这是做什么？曹大帅白虎帐有言在先，绝不会妄开杀伐，如今你岂可擅杀降卒？"曹翰冷笑两声："你别忘了，我此番奉帅命之行，出的是奇兵，你若不杀他们，难道还等着他们去通风报信不成？"

"可是……"李清霄刚一犹豫，那边曹翰却已下了命令："杀！"

霎时间，惨叫惊天，尸横遍野，血流成河。

李清霄无力阻拦！顷刻间，数千江南兵被杀，草木滴血，腥气冲天。残肢断体泡在血河中，令李清霄头晕目眩，他哽咽地念着师父说过的那句诗："将军夸宝剑，功在杀人多！"将军！将军！这个天下，江山沉浮，跨马称雄，宣威沙漠，驰誉丹青，到头来究竟是为了谁？为了国家？为了君王？为了百姓？还是为了自己？李清霄咬紧牙关，似乎在忍受剐心苦楚，手中的白鹿角开始颤颤发抖。

然而，那边的曹翰杀完了人，却反倒比之前更加精爽，连声高呼："弟兄们，都瞧见了吧，这些江南蛮子兵都是草扎的，不堪一击，咱们只要拿下秣陵关，就有的是银子花，有的是酒肉吃！"军士闻言，欢声雷动，曹翰志满神足，也不看李清霄，只将马槊一挥："疾速进兵秣陵关！"大军急行不久，迎面忽然横出一条蜿蜒长河，不知河水深浅，曹翰一皱眉，他率领的都是旱路之兵，既不习水战，也未准备舟楫，眼见长河拦路，不知如何是好，不得已，扭头问李清霄："李大侠，你看……这该如何？"

李清霄行走江湖，见惯江河，他瞧眼前这河虽长，却水清不浑，河面微波繁碎，不似深水沉流的大江大河，便道："将军南征北战，还惧怕区区这衣带水么？能否到岸，一试便知！"说着，拍马跃入水中，截流而渡，直蹚到对岸，回头说："看见了么？你们可以放心过河。"曹翰心里清楚，李清霄举动看似寻常，却非有大胆魄不能为之，心中不免为李清霄挑起大拇指，转身一挥手："弟兄们，随我过河！"

两万铁甲兵一过河，前行不远便是秣陵关。

可是，当大军抵到秣陵关下，曹翰却大为意外，偌大秣陵关，竟只区区不到两百个江南兵把守。原来，此前李煜一心采纳司徒禹心以攻为守之策，早将这里的守军全都调拨给了郑彦华、杜真二人。此时，这两百个江南兵一见大宋铁甲兵黑压压地围了过来，早惶恐起来，哪敢停留，全部弃关而逃。就这样，曹翰兵不血刃便夺下了秣陵关，将江南统军使李雄回防金陵的后路彻底切断。

夺得秣陵关后，曹翰一面重新布置城防，一面派人快马飞报曹彬，曹彬闻讯十分高兴，觉得时机已到，当即在白虎大营登台点兵，精挑长枪兵三万人，滚刀兵三万人，皆披铁甲；又选出一万骑兵，皆穿熟皮马甲，头戴铁头盔；所带弓箭、硫黄、焰硝不计其数，外加火炮铁炮一千余架，全部装载上车。

曹彬亲自挂帅，以李汉琼为中路先锋，呼延赞为左路先锋，田钦祚为右路先锋，起兵七万，直取溧水，不到一日，将整个溧水城围得水泄不通。

江南统军使李雄已听闻上官靖、郑彦华、杜真等人在前方失败的消息，此刻，他被困孤城，内缺粮草，外无援兵，又听说秣陵关为曹翰重兵所占，李雄不禁仰天长叹："天不助我，书生误国！书生误国啊！"然而事已至此，再难有挽回余地，李雄索性不再犹疑，他叫人摆上八碗烈酒，将七个儿子召集在一起，李雄独自饮了一大碗，随即"咣当"将酒碗摔得粉碎，悲怆地说："为父做事，向来明知不可为而为之！国家败落至此，为父身为人臣，坐镇一方，必当身死社稷，与溧水城共存亡！可是……可是你们还都年轻，如今趁曹彬大军尚未破城，你们赶快杀出重围，离开溧水，回金陵也好，去别处也罢，只是不可失却志节，辱没了我李家的名声！"

哪知，他这七个儿子却个个英雄，齐声说道："父亲能够死社稷，儿等难道不能死孝节么？"李雄纵使是铁打的好汉，这个节骨眼也不免老泪纵横："好！好！虎父无犬子，不愧是我李家的好儿孙！古人说得好，打仗亲兄弟，上阵父子兵！今日我父子八人便齐心协力，与曹彬来个决一死战。"李家七子无不激越，当即每人各饮一碗杀敌烈酒，随同父亲披挂整齐，擂起战鼓，带着五万江南兵出城反扑曹彬的大军。

曹彬盼的就是他们父子能出城决战，当下布兵大野，摆开了鹤翼长蛇阵，命呼延赞率三万长枪兵为左翼，田钦祚率三万滚刀兵为右翼，漫山遍野杀了过来，一左一右将李雄父子八人率领的江南兵包抄在阵中，与此同时，曹彬命大将李汉琼率一万铁骑为中路军，既是鹤首，又是一字长蛇阵，机动作战，纵横冲突，凌厉攻击，几场冲锋下来，李雄五万江南兵被冲得七零八落，呼延赞、田钦祚趁机率领六万人从两翼再次掩杀过来，可怜这五万江南兵，如同网中之鱼一般，任人宰杀。双方十几万大军大战溧水城外，直战到黄昏时分，连同李雄父子在内的五万江南兵，尽数被曹彬三路大军歼灭。

一时间，血色的夕阳，就像一个被烧红了的巨大铁球，无声无息地挂在天边，炙烤着每一处山野，夕阳之下，方圆十余里的广袤战场安静了下来，残破的军旗犹如幽灵一般飘零舞动，山丘下、土坑里、枯枝上、水沟旁……到处都遍布着江南官兵的滴着血的残肢断臂，还有战马的肢骸，根本分不清个数，远远望去，风吹箭羽，血染尘沙，红褐色的大地，早已辨不清哪些是被夕阳染红，哪些是被鲜血染红。

曹彬攻克溧水之后，马不停蹄，与曹翰、李清霄合兵一处，大破江南兵于白鹭洲，又拿下新林港。又过了一个月，十万大军直抵秦淮河，江南国那座名扬千古的金陵城就在眼前了。江南国内，从江阴、常州、广德三地来勤王的四万江南水陆官兵，尽皆列阵于金陵城下，在城西、城南建起了高大的水寨，这些江南兵赶上国家危难的关头，倒也是十分的英勇，拼死扼守秦淮河，竟与曹彬的大军相持了数日，未叫大宋铁甲兵向对岸推进一步，倒叫曹彬有些一筹莫展。

这一日，忽然天上风向大变，由北风转成了呼啸的西风，曹彬见了，大喜过望，即刻命大将李汉琼调来十艘巨舰，上面装满了鱼油、葭苇、束草，上面加好了硫黄、焰硝，一字排开，点着了火，趁着猛烈的西风直撞入秦淮河对岸的江南水寨，霎时间，风借火势，火趁风威，将一大片江南水寨和大小战船全行烧着，整个秦淮河烟焰弥漫，红光照天，金陵城南水寨尽数被烧毁，把守水寨的各路江南兵烧死、溺死、踩踏而死不计其数。曹彬乘势指挥大军横渡秦淮河，摧枯拉朽，势如破竹，一鼓作气攻至金陵城下，将这座虎踞龙盘、繁花似锦的千古名城层层围住。

且说江南国主李煜，正在宫中诵经念佛，忽听得城外号炮连连，鼙鼓震天敲响，吓得他赶紧抛了经书木鱼，叫上郑王李从善，带上大内护卫，亲自来到外城，李煜登上城楼扶着垛口向下一望，顿时惊呼一声，吓得差点没晕在当场，幸好李从善扶的及时才不至跌落城下——金陵城外，宋军筑栅为营，旌旗满野，攻城冲车高如山岳，列阵于城下的大宋将士更是如狼似虎，阵队之中，点钢枪、双钩枪、环子枪、拐突枪、绿沉枪、鸦角枪、青龙刀、鬼头刀、雁翎刀、斩马刀、开山斧、宣花斧、偃月斧……各样兵刃明晃晃闪烁着满天杀气！

见到这等军阵，李煜方知宋军已兵临城下，将至壕边，他回头大吼着问身边的守城军官："宋军何时到的城下？你们如何不禀报孤王？"那个军官赶紧跪了下来："是……是皇甫将军不准卑职入报！"李煜大怒，回头冲郑王李从善说："去，去将皇甫继勋绑来，孤要问问他到底是何居心！"说完急匆匆转回宫中。

郑王李从善一听，心中大喜："这口压在心里多年的恶气总算要出了！"他不动声色，一面派部下吕彦、马诚信、马承俊三人调集郑王府亲兵在宫外设伏，一面以李煜的名义召皇甫继勋、皇甫绍杰两兄弟入宫。

皇甫继勋、皇甫绍杰兄弟二人骄横惯了，自认大权在握，有恃无恐，也未带神卫军护卫，只带几个随从便来到李煜宫中，哪知他兄弟二人一到宫外，埋伏在此的吕彦、马诚信、马承俊带人猛然冲出，一顿叉棍将皇甫继勋、皇甫绍杰打翻在地，郑王府亲兵一拥而上，将皇甫继勋、皇甫绍杰二人一同绑个结实。皇甫继勋先是一惊，随即大怒："吕彦、马诚信、马承俊，你们三个吃了熊心豹子胆吗？睁开狗眼看看，我是谁？"话音刚落，却见郑王李从善从宫门里缓步走了出来，呵呵一笑："叫唤什么？抓的就是你！皇甫继勋，这些年来，你把持禁军，位高权重，本应辅佐主上励精图治，可你却飞扬骄纵，排斥忠谠，聚拢小人，辜负了国主对你的一番信任，真个是江南第一等的祸国殃民之徒！今天，你的大限到了！"说完一挥手："带走！"

李从善一声令下，郑王府亲兵像拖死狗一样，将皇甫继勋、皇甫绍杰两人押到李煜面前，李煜正在气头上，一见皇甫继勋，劈头盖脸便问："皇甫继勋，宋军都打到金陵城来了，你身为禁军统帅，为何不早报？难道……难道你想投敌不成？"

皇甫继勋大惊失色，赶紧磕头，颤颤地说："陛下，陛下，你错怪微臣了，陛下有所不知，曹彬的铁甲军实在太过厉害，他们长驱直入，无人可敌，臣……臣就是时时禀报又有何用？倒叫陛下担惊受怕，臣也是为陛下着想，如今为何反倒抓臣？"

"孤错怪你了？"李煜森森冷笑两声，"看来一切还都是孤王的错？"皇甫继勋吓得脸色比纸还白，砰砰砰又磕了几个头："不，不，微臣不是这个意思……"李煜啪地一拍龙书案，气得双目快要喷出火来，竟声嘶力竭地喊了起来："住口！皇甫继勋，你当孤王是三岁孩童么？照你说来，就算宋军入城，你也任他烧杀抢掠不来禀报是么？只叫孤坐以待毙是么？你……你简直就是卖国误君之徒，孤岂能容你？"回头冲李从善大吼，"快将他们拖下去斩了，拖下去！拖下去！"

李从善暗喜："运去金成土，时来土似金，哼哼，皇甫继勋一死，我李从善又可以重掌禁军了！"想到这里，不免有几分激动，亲自带领吕彦、马诚信、马承俊三将，将皇甫继勋、皇甫绍杰兄弟二人拖到宫外，也不等午时三刻，即刻就地正了法。

宫外的兵士和百姓，平时对皇甫继勋、皇甫绍杰的所作所为就极为不满，如今一听这二人以叛国之名被处死，登时群情振奋，一些怨恨深重的人竟堵在行刑场，争着去割皇甫继勋、皇甫绍杰的肉吃，令人触目惊心！

杀了皇甫继勋、皇甫绍杰之后，李煜虽说解了一阵子气，可十万宋军就在城下，他依旧手足无措，胆战心惊，急忙派人将李从谦、冯延己、陈乔、张洎、徐铉、司徒禹心这些心腹之人聚拢在一处，与李从善一道商议解围之法。这些人听说皇甫继勋被杀，禁军派刹那倒台，个个震惊不已，一时如履薄冰，都不敢轻易说话了。

李煜连问了几次，在朝中恩宠第一的清辉殿学士张洎才当先开口："陛下勿忧，所谓置之死地而后生！依微臣之见，当务之急，陛下应即刻下旨，调集城内一切可用的府兵、武勇、禁军登陴御守，死保金陵，然后飞书传檄各路镇帅率师勤王，只等勤王之师一到，陛下只需一道谕令，城里城外即可两面出击，届时宋军必退！"

李从善、李从谦、冯延己、陈乔、徐铉听了张洎的话，都点头赞同，纷纷陈言，要与金陵城共存亡，唯独江南阁阁主司徒禹心默默不语。

李煜见文武群臣个个慷慨激昂，一力主战，他也登时有了底气，当即下了决心，一定要破釜沉舟，背水一战，将金陵这座孤城坚守到底。

城外的曹彬却不急于下令攻城，他正想借此良机，持续围城打援，迫使李煜主动献城，纳土归降，如此一来金陵城的万千生灵便可免遭涂炭。曹彬做好了这样的打算，便亲自修书一封，遣使向东赶奔西府杭州，联手吴越王钱弘俶，一面向南阻击江南援兵，一面又分派出精兵强将，去攻克金陵以外的江南州郡。大宋军中，若论起武艺，无人可出李清霄其右，所以，曹彬自然十分期望李清霄能随军效力。然而，李清霄自那一日秣陵关前一战，虽单骑渡河，引军过岸，可两月来亲临战阵，目睹遍野残尸，他心中之河早已波浪滔天，片舟难渡，那座匹马临风的将军之岸，似乎离他越来越远。

此岸何方？彼岸何方？李清霄内心苦痛无比，他轻拂手中鹿角剑，反复念着："白鹿本仙兽，自能乐性，一身皆益于人，六十年必怀琼在角下，其鹿角者，既是武器，也属良药，能再生，人间万物何可及之？"李清霄不敢再想，他有些害怕，害怕那座崖岸顷刻坍塌，被长河之水冲得无影无踪，浮现出一个个本不想死却又肢离体碎的冤魂。他长啸着，压住泪水，整了整衣衫，背起"白鹿角"大步走进曹彬白虎帐，冲曹彬抱拳："大帅，在下出于道门，久聆恩师教化，所谓：善士者不武，善战者不怒。如能不战而屈人之兵，可谓善之善者！眼下我军奉行王道，围困金陵，发引千钧，城外一应布局，大帅自然一清二楚，可城里君民人心，却不得查知，所以，清霄打算只身潜入金陵城，为大帅探探情况，以做决策，倘若城中人心思变，我等便可乘机假以良谋，以攻其心，届时金陵城定不战而得，如此兵不血刃，既是大帅之功，亦是百姓之福！"

其实，金陵如今已是一座孤城，得与不得都在曹彬掌控之中，这本无须李清霄冒险入城打探，但是，曹彬身为主帅，韬略在怀，何等识人？李清霄这会儿虽未明言，可曹彬却已察知李清霄的本意，李清霄以退为进，不愿追随自己从军征杀，曹彬虽然疑惑惋惜，却也不好强人所难，只好微微叹了口气，他心知，对于高士，不可强求，只能顺水推舟。曹彬答应下来，随即又命人取足银两交与李清霄，以备城中不时之需。

53　金陵泪

一个早春傍晚，李清霄进了金陵城。

三月的金陵，虽被围许久，可这里百姓却浑然不以为意。

穿城而过的秦淮河，仍旧流淌着六朝的金粉与风流，两岸梨花如雪，飘着胭脂香味，一排排羊角花灯如梦如幻，映得河水斑驳陆离，画舫轻盈，在河水里自在荡漾，几乎每一舫舱里，都坐着个婷婷袅袅的美人，美人们怀里抱着琵琶，给一群公子哥儿们弹唱着吴歌，阵阵吴侬细语，听得人骨酥筋麻，丝毫感受不到夜晚的寒意，桨声灯影，纸醉金迷，似乎三千里江南国未曾丧失过一片土地。

然而，秦淮河毕竟是美丽的。李清霄手扶雕花石栏，美景在前，他却黯然神伤："在美人谷时烟白曾对我说，她家的门口也有这样一条开着梨花、飘着画舫的河，可是……可是此时烟白却在哪里呢？一年快过去了，我怎么寻不到你一点影子！"他有些心痛，目光从秦淮河上移开，四下观望，好像要从茫茫人海中寻到陆烟白清瘦的影子，然而，长长的街市上哪有她一丝行踪？尽都是麻木与喧嚣罢了。李清霄有些莫名的失望，忽然，在不远处的石桥下，他发现一个白发苍苍、瘦骨嶙峋的老妪，正佝偻着身子抠起桥下的饭渣，一口一口放在嘴里。这老妪衣裳整洁，并不像个乞丐，李清霄又惊又惑，连忙走过去扶起老妪："大娘，这些饭渣都腐臭了，吃不得的！"

"不吃这些，老婆子就没的吃咯。"

"为什么？家里断粮了么？"

"唔！"老妪点了点头，李清霄叹了一声，心头隐隐生痛："想是老人家里没钱买粮了！"当即从怀里掏出一大锭银子，塞到老妪手里，"大娘，这银子你拿着，去米店多买些粮食，千万别再吃这些东西，会害命的！"不料想，老妪没有接，将那大锭银子又推还给李清霄："我不要你的银子，老婆子这口袋里也有钱。"李清霄一怔，老妪念念叨叨地说："我有钱哩，我的两个孩儿为了国家，在城外战死了，官府已经给老婆子发了抚恤银两，还不少咧！可是……可是也不晓得为啥，老婆子拿这银两买米时，米行老板都不收的。"她一边说着，一边颤颤巍巍从怀里掏出花布口袋，解将开来，摊在李清霄面前："喏，你瞧瞧，好些银子哩！"李清霄低头一看，白花花的倒像是银子，看着足有二三十两，可再仔细去瞧，却总有些不大对劲，李清霄拿过一小块，在手里一磋磨，不由得轻轻"啊"了一声，这哪里是银子，分明就是铅块，他赶紧扒拉扒拉花布口袋里剩下的那些，竟都是铅块仿铸的！李清霄心想："这定是官府克扣了阵亡兵士的抚恤银两，拿铅块来冒充坑人！"李清霄恨得双手战抖，本想跟老妪说明事情，可张了几次口，却仍是不忍说出真相，一个失去了儿子的老人，难道还要再失去这个国家吗？他咬了咬牙，勉强一笑，对老妪说："大娘，米店的人不收你的银子，想是……想是觉着这银子成色不好，我这儿啊，倒是有一些成色极好纹银，地地道道的十成足纹，不妨与你换一换，这样一来，你便能拿去买粮食吃了。"

李清霄一边说，一边从行囊里掏出一包水丝纹银："大娘，我这是纹银三十两，不比你老人家的少，咱们换一换吧。"老妪倒是十分欢喜，连连说道："好人喔，好人喔，这回可以买米吃了，小伙子，好人啊就会有好报，观音菩萨会保佑你的！"

李清霄含笑说："多谢大娘。晚上风凉，大娘快些回家吧。"

"哦，好，好……"老妪摇晃着起身，吃吃说道，"该死的大宋兵啊，我那孩儿要是活着啊，也……也像你这般结实……我那孩儿……我那孩儿要是活着啊……"她说着说着，却说不下去了，眼角挂着泪，蹒跚地走远了，看着老妪枯枝一样的背影，李清霄心头一阵酸痛，正在这时，忽然从墙角处蹿出个干瘦老汉，扑到李清霄面前，龇牙怒目地说："不要动，打劫的！打劫的！"说话时，抢起拳头向李清霄砸来，李清霄心里一笑："原来是个见财起意的歹人。"他也不躲闪，左手一探，"啪"扣住了老汉腕上太渊穴，向下一按，老汉"啊呀"一声，大叫着跪倒在地，李清霄扬着眉冷冷地说："就你这两下还要打劫？只怕打架也不中用。"他话音刚落，不想这个干瘦老汉竟然像个孩子一样，呜呜大哭起来："大侠，你行行好，便让老汉打一下吧！"

"嗯？这是为何？"李清霄丈二和尚摸不着头脑。

"只要……只要打了人，官府就会将老汉锁进大牢。"

"你要进大牢做什么？"

"牢里……牢里总归有口饭吃……"

"什么？"李清霄惊呆了，喉咙咕噜一下，不知该说些什么，他缓缓松开手，长叹一声，又从怀里掏出一锭十两纹银，递给老汉，"拿着这钱，干些糊口的买卖，别再做这样傻事了！"老汉有些不敢相信，等回过神来，登时趴在地上砰砰磕头："大侠，你是活菩萨啊！"李清霄将他扶起："老丈，晚上风凉，你快些回家吧！"老汉千恩万谢，牢牢攥着那一锭纹银跑开了。李清霄紧锁眉头，回身又望了望秦淮河里金迷纸醉的景象，心头就像压了块大石头。天之道，损有余而补不足，人之道则不然，损不足以奉有余。孰能有余以奉天下？唯有道者。"我倒要去内廷里瞧瞧，这个李煜究竟是个什么样的君王，好好一片江南河山，在他手里竟沦落到这步田地！"李清霄暗暗说着，足下生风，施展轻功紫云腾，飞檐掠脊，一路奔向李煜的江南宫殿。

从南唐那时算起，江南国至今已开国四十年，四十年的积累，倒叫这座江南宫殿异常高大雄伟，李清霄趁着夜色，点瓦飞行，不时向下观望，宫内尽是奇花异草，树木也十分茂盛，居高而望，就像罩在烟雾里的女萝。他知道李煜是个才子皇帝，平时爱住在御书房，于是，依着宫殿格局，径直来到那里，李清霄伏在琉璃瓦上一瞧，御书房轩前青藤蔓绕，房门左右各有一大丛青竹，名花古木点缀其中，秀美幽静，李清霄撬开几片琉璃瓦，里面更是与众不同，书房里东瓶西镜，右墙下是一张雕着龙凤纹的金丝楠木罗汉榻，壁悬大理石挂屏；左墙下的红木琴桌上搁着一张玉轸灵机瑶琴；紧里头是一大张朱漆书案，上面摆放着湘妃笔、珊瑚架、松烟墨、端溪砚、秘色洗、白玉镇、蔷薇薰。这哪里像君王住的地方，浑然是个华奢的文士书房。

书案旁站着两个人，一个清眉细髯、相貌儒雅，瞧衣冠打扮是李煜无疑，另一人身量魁伟，背对着李清霄，看不见面貌。李煜正提着笔在铺好的纸上作画，勾、染、点、皴，顷刻之间便勾勒成一幅纵横瘦劲的墨竹，魁伟的汉子不住点头赞叹："妙！妙极！陛下这'铁钩锁'画竹之法，真到了炉火纯青的地步！"

李煜提着笔端详了半晌，叹了一声："皇都陆海应无数，忍剪凌云一寸心！赵匡胤贪得无厌，三分天下已有其二，却还是不愿放我江南这片修竹，早知今日，孤当初就应听从林仁肇之言，先发制人，与诸国携手，牵制大宋，如此便不会眼睁睁瞧着赵匡胤坐大，眼下宋军兵临城下，金陵城危在旦夕，孤……孤真是后悔莫及！"

魁伟汉子说："陛下千万要放宽心，咱金陵城依长江天险，钟山龙盘，石头虎踞，城内百姓也都富庶多粮，城防固若金汤，赵匡胤即使再派来十万大军，我金陵城也自会岿然不动！更何况宋军劳师袭远，供给有限，必不能在此留得长远，只等他们军心稍一疲惫，陛下便立刻派大将带一支精兵杀出城去，届时宋军必然一触即溃！"

李煜心事重重地说："可……可国中现今已无良将可用。"

魁伟汉子一拱手："陛下，莫说国中无良将可选，只要陛下一声召唤，我司徒禹心虽非龙驹凤雏，却也能为陛下肝脑涂地，在所不惜！"李清霄心中微惊："他就是司徒禹心？"只听李煜感慨地说："难得司徒先生赤胆忠心。孤知道，自皇甫继勋兄弟伏诛之后，你江南阁身上的担子就更重了，如今，朕的身边就只剩下郑王和司徒先生在支撑了，若非万不得已，孤决计不会叫司徒先生披挂涉险，凡事都要从长谋划。"

司徒禹心感动地说："陛下厚爱，司徒万死难报！陛下，若说从长计议，臣觉得须从北方大辽国、北汉国那里着手，前番行刺曹彬不成，臣便亲自赶往江阴城沧海派一趟，与沧海派掌门韩子逸商议，求他北上大辽和北汉，请大辽国君耶律贤和北汉国君刘继元，从北境约兵袭取东京，韩掌门已然答应，臣料想，一旦成功，那时东京必乱，赵匡胤势必会调曹彬大军回援开封，如此一来，我金陵城之围旋即可解！"

李煜喜得一拍巴掌："好个围魏救赵之计，司徒先生，你真是孙膑再世！只是……"李煜略为犹虑，"只是单凭那个韩掌门一言，便能搬动大辽之兵么？"

司徒禹心一笑："陛下尽管放心，这韩子逸不但是沧海派的掌门，还是大辽国师萧道通的爱徒，由他师徒亲自出面，打通大辽国上下君臣，微臣料想定会奏效。再过一段时日，这位韩掌门就会返回金陵，陛下就安心等着他的好消息吧。"

李清霄听了韩子逸三个字，不由得在屋脊上恨得牙齿紧咬，可书房内的李煜却心花怒放："甚好！甚好！如果能解了金陵之围，司徒先生便是立了奇功一件，孤定会诏告江南，加封你为护国公！"司徒禹心脑袋嗡了一下，有些不敢相信，赶忙叩拜在地，高呼："臣谢主隆恩！"李煜还未来得及对司徒禹心说平身，忽听御书房正门"咣当"一声被踢开，紧接着，闪电一样闯进一个黑衣蒙面人。

蒙面人手持宝剑直奔李煜扑来，语速极快："昏君，拿命来！"

蒙面人长剑飞花，已然刺到李煜面前。

李煜吓得双腿一软，"扑通"栽倒在椅上。

司徒禹心大惊失色，当即身形电起，使出"天霆掌"，一掌拍在蒙面刺客剑身之上，虽只一拍，却好似雷劈电击一般，"铮"的一声大响，登时将刺客震得像风筝一样在空中旋了两下，眼见便要跌落在地，可刺客的身法极是轻灵，只用剑尖一点地砖，借力一个鹞子翻身，化掉司徒禹心的天霆掌力，轻盈盈落稳了双足。

司徒禹心吃了一惊，点指喝道："哪来的凶徒？敢行刺主公！"

蒙面刺客冷声说："无道昏君，人人得而诛之！"

司徒禹心哼了一声："逆贼，有我司徒禹心在此，岂容你作乱！"

蒙面刺客道："那就要试试！"点足又刺向李煜，司徒禹心不敢大意，赶紧护住李煜，眼见刺客剑到，也不躲避，双掌向内一合，"砰——"地将蒙面刺客的剑夹在掌心，司徒禹心运起天霆劲力，大喝一声："倒下！"一道大力从剑身直撞蒙面刺客，本想当场将那刺客震倒，不料蒙面刺客翻手在剑柄上旋转了个圆圈，一下卸走司徒禹心的天霆劲力，身子只晃了一晃，长剑却并未撒手，司徒禹心微微一惊，蒙面刺客趁机纵步近前，左手五指如流星疾出，直拍司徒禹心心口"膻中""中庭""神封""灵虚"四处重穴，身法美妙绝伦，这一下大出司徒禹心所料。然而，司徒禹心终究武学大家，他分出右掌，一招"掣电驱雷"，带着刚烈劲风斜切刺客的左手腕，左手顺着剑身突然击出，唰的一下，闪电般扯下了刺客蒙在脸上的黑巾。

司徒禹心一瞧，蓦地一愣，刺客露出来竟是一张白如雪、美如画的女子脸庞。司徒禹心大感意外，喝了声："谁派你来的？"反掌一震，击在女刺客肩头，女刺客"啊"了一声，撞在琴桌之上，大力所至，灵机瑶琴摔落在地，七弦铮然崩断，白玉琴轸碎落一地，李煜心疼得直咧嘴："哎呀，孤的爱琴！"

女刺客面色苍白，用手捂着心口一时说不出话来。司徒禹心的天霆掌威力何其之大，倘若不是他有意留个活口，这一掌下去，人命早没了。可就在此时此刻，伏在屋脊之上的李清霄却忧喜交加，简直不可思议——倒地的这个女刺客，正是他天天牵挂、夜夜念想的陆烟白。李清霄哪还容半点多想，单足发力，"轰隆"一声将琉璃瓦脊踏穿个大窟窿，一时碎木乱飞，尘土飞扬，惊得李煜目瞪口呆，司徒禹心也吓了一跳，李清霄一纵而下，奔到陆烟白身前，一下将她抱在怀里："烟白，你没事吧?!"陆烟白一见李清霄，心头猛的一阵翻腾，可脸上却平平静静地说："你怎么来了？"

李清霄的目光，好似夜空明月，看着她说道："宿昔应有缘，我一想你，就来了！"说完，抱起陆烟白纵身过去，踏门而出，司徒禹心这才回过神，一个箭步追来，大喝："哪里走！"腾身而起，单掌挥出，一招"龙卷风雷"，天霆劲力撞向李清霄后背，李清霄不敢小觑，十成先天无极功使出"潇雨莲花掌"。一招"风云过境"，回手旋出，迎过去，"嘭——"两掌相交，排山倒海，荡起一层气浪。

司徒禹心倒退七八步，右臂发麻，骇然不已。

李清霄则乘势起身，抱着陆烟白腾足上字，三纵两纵，奔离李煜的御书房，等到江南大内侍卫军一群群赶来护驾时，李清霄和陆烟白早已奔离了宫殿。一出江南宫廷，陆烟白仿佛向导，教李清霄穿街绕巷，躲避官军，对金陵街巷似乎已烂熟于心，李清霄顾不得细想，遵照陆烟白的指引，一路来到一所破落衰旧的宅第跟前，陆烟白有气无力地说："就是这里，咱们进去。"李清霄进了旧宅，乘月色四下一瞧，这里实在破落不堪，颓檐长草，灰戚戚的瓦当碎落一地，堂门、廊柱朱漆剥落，粉饰无存，有的窗户已然断了轴，雕花窗棂七零八落，棂上也没了窗户纸，呼呼嗒嗒随风摆荡，厅堂里也都空空荡荡，到处落满了灰尘，好像很久没人住过，李清霄轻轻放下陆烟白，奇怪地问："烟白，这是什么地方？"

陆烟白秀眉微蹙，顿了半晌，说："这是我的家！"

"啊？"李清霄简直不敢相信，"你……你的家如何变成这样？"陆烟白咳了几声："还不是你们姓李的害的！"李清霄见她又提起这事，不由一笑，月光下，看着陆烟白，他难以抑制住内心情愫，轻声问："烟白，你这一年来都去了哪里？你……你知不知道我有多想你，我寻你寻得好苦。"陆烟白垂下了秀眉，低着头说："你寻我做什么？我不是说过了么，从今以后，咱们各走各的路，各吃各的苦，即便远隔千里万里，你不用想着我，我也不会想着你！"李清霄心头像又被刀戳了一下，怔怔地说："你还在生气？上次与你匆匆相别，的确是为了救人。"

陆烟白道："李大侠可真是个行侠仗义的好大侠！"

"我……"李清霄心中感伤，不知如何是好，过来扶陆烟白坐在石阶上，关切地问："你的伤怎么样？碍不碍事？"陆烟白扭着头说："不要你管。"李清霄呵呵一笑："不是管你，是关心你。"陆烟白道："你就爱胡说八道，谁知你说的是真是假。"李清霄叹了气："烟白，我何时骗过你？我李清霄的心，每时每刻只你一人！"他这句话一出口，陆烟白的心又跳了起来，觉得眼前月色出奇的柔美，便是这座破落宅第也不觉得荒凉了，她低下了头，不再说话，眼中流出比月色还要柔美的光。

李清霄痴了一下，嗓子有些发干，他清了清，转开话题问道："对了，烟白，今晚你为何要刺杀李煜？难道你说的那个姓李的大仇人，就是这李煜么？"

"对！"陆烟白冷冷吐出一个字，抬眼凝望深邃夜空，美目忽然泛起泪芒，"李清霄，你知道么，其实……我不姓陆，我姓林。"李清霄一下睁大了眼睛："你姓林？"陆烟白点点头，"我的父亲……我的父亲便是当年南唐的南都留守林仁肇！"李清霄轻呼一声，惊得合不拢嘴："你……你是林将军的女儿？"

陆烟白深深吸了一口气，这些年来，除了自己的师父、师姐，她从未对任何人说过自己的真实身世，今夜亲口对李清霄说出来，她心口那块大石头仿佛被挪开了半截，一束光芒打了进来，顿时叫她敞亮许多，缓缓说起了当初的事情。

　　"当年，赵匡胤夺了大周的江山，仍不知满足，他厉兵秣马，一心想要吞并南唐，可他知道，我父亲深通兵法，骁勇善战，所以一直不敢贸然进兵，于是便与赵普设下阴谋，派个画师冒充使臣，假借议和之名来金陵，那个画师在朝会中见到了我的爹爹，便暗自记下我爹爹的面貌，回去之后，绘成画像呈给赵匡胤，赵匡胤便将我爹爹的画像挂在偏殿正中，然后就对南唐提出和谈一事，李煜自然大喜过望，便派他的弟弟李从善为使来到大宋议和，当时，赵匡胤特意陪李从善来到偏殿，李从善一入殿门，便看见了我爹爹的画像，于是赵匡胤手指画像问李从善：'李将军可知这是何人？'李从善当然认得，心中起了狐疑，便说：'好像是我国林仁肇，不知陛下如何留有他的画像？'赵匡胤说：'汝兄既已上表求和，你我两国，便是一家，说与你也无妨，朕素闻林将军威名，特诏谕令他前来，林将军已欣然应诏，愿遵旨来归，只是眼下多有不便，故而先呈此画像以为信物。'说罢，又遥指一处空宅说，'那片宅子便是要赐予林仁肇的，酬赏他一片忠心！'李从善竟信以为真，回国后便将赵匡胤的话告诉了李煜。

　　"这个李煜不但生性懦弱，又猜忌多疑，他听了这事极为震怒，当时我爹爹正身染大病，好几日未曾上朝，李煜更加猜忌，便派内侍来到我家，强行将我爹爹传召到宫中，他一见了我爹爹，劈头便问：'林将军告病在家，是真有恙，还是另有他图？'我爹爹十分不解，便说：'陛下何出此言？'李煜却说：'林将军不必如此称呼，我不是你的陛下，大宋的赵匡胤才是林将军的陛下！'我爹爹当时大惊：'臣惶恐，不明陛下之意！'李煜说：'林将军，孤既已向大宋称臣，则举国之臣民，皆大宋之臣民，林将军即便应了大宋皇帝的诏谕，前往东京高官厚禄，也算理所应当！'我爹爹急忙说：'臣从未接到过赵匡胤的什么诏谕，定是有奸人在背后暗中诬陷，挑拨君臣关系，坐收渔利，望陛下明察！'李煜当时不动声色，假意地说：'孤知道林爱卿赤胆忠心，既然林爱卿说没有此事，那便没有此事，本王回头必将严查诽谤之人，此事到此为止，林爱卿与孤多日未见，本王就在宫中设宴，一同饮上几杯。'我爹爹虽身染大病，却也不得不从，喝了许多酒，御宴结束后，一回到家中，他便觉得头昏脑涨，腹中剧痛，接着便口吐鲜血，这时他才明白过来，原来李煜那昏君给他喝的都是毒酒！可是这会儿后悔已经晚了，他悲愤地跟家里人说了经过，连连大呼：'昏君杀我，国家必亡！'随后……随后……"陆烟白说到这里，再也忍不住，眼泪噼里啪啦掉了下来。

李清霄跟着她难过不已，用袖角为陆烟白擦着眼泪，心中自也翻江倒海。南唐大将林仁肇的事，他此前虽听说过一些，可是当中的细微经历，今日倒头次听得，难怪当时在烟雨岛，烟白对江南国的事知晓得那么清楚，那时提起白心海来，她又如此在意，原来她本就是江南国人，且若从林仁肇那里论，白心海还是她的叔叔。

陆烟白擦去眼泪，仿佛又变得坚强起来，平静地说："我爹爹一死，李煜当即派朱令赟带领一千神卫军，将我家围个水泄不通，以通敌叛国之罪，杀了我林家满门三十余口！我当时因身在紫霞宫，才躲过这一劫……"陆烟白哽咽了一会儿，目光又冷得像冰块一样，扭头问："李清霄，你说，这样的血海深仇，我能不报吗？"

"报！当然该报！"李清霄大声说着，他实在是觉得陆烟白比自己苦得多。陆烟白叹了口气："我得知消息后，便下了决心，一定要亲手杀掉李煜，为我全家报仇！可是，一来，因我学艺未成，再者，姓李的身边都是大内高手和神卫军的人，这两年来始终难以下手，直到从灵岩山回来时，听说大宋已开始兵发江南，我心里就想，我林家报仇的时机终于到了。"李清霄说："所以你就一个人来到了金陵？"

陆烟白点点头："因为只有这个时候，金陵城才最空虚。我刚回到金陵时，大宋、江南正起刀兵，金陵守卫依旧森严，我根本无法靠近李煜的宫殿，一直等到前些时日，曹彬大军围城，李煜才将宫中的大半禁卫军调去守城，我这才得机会接近大内禁地，今晚好不容易得了这个良机，没想到……没想到还是功亏一篑。"

李清霄叹了口气，安慰她说："烟白，其实啊，你也别难过，照我看，要不了多久，你这大仇就会得报！"

陆烟白一奇："为什么？"

李清霄说："你本是女子，凭一己之力，刺杀一国之主，毕竟太难，眼下大宋已兵临城下，大帅曹彬围城打援，金陵城破也只是早晚的事，到了那时，不用烟白你亲自动手，那个李煜自然也是难逃一死。"陆烟白说："可我只想立刻杀掉李煜，早一天祭告我的家人！"李清霄略一凝眉，朗声说道："那也好办，我这就折将回去，到宫中寻到李煜，亲自取下他的首级，为你家人报仇！"说着，扬袂起身便要出门，陆烟白一把抓住他的衣袖："干什么？谁要你去了？"

李清霄说："你不是要马上杀掉李煜吗？"

陆烟白说："我……我只想亲自手刃仇人，这才解我心头之恨！"

"唉！"李清霄长声一叹，又回坐到她身边，看着陆烟白，痴痴说道，"烟白，你知道么，我只想为你做些什么，想来也可笑，我……我只有想到你时，这心里才会好过一些。我想好了，从今以后……从今以后，无论你做什么，我都要陪你。"

陆烟白又低下头，心里一阵翻腾，不知是喜是忧，只轻轻说了声："谢谢你！"这几年来，她从未跟一个男人说过这么多的话，今晚把自己的经历都说给李清霄，陆烟白自是深思熟虑，陆烟白不知道她和李清霄前世是否有过相欠，只是觉得在这个世界上，除了自己的师父，再没有一个人像李清霄这样，让她如此安心，如此信任。夜越来越深，陆烟白已然十分疲倦，她侧身倚在李清霄的肩上，不知不觉就这样睡着了。就在这一瞬间，李清霄似乎不大相信，这个让自己牵肠挂肚了近一年之久的陆烟白，就这样如幽兰一样，依偎在自己身边，或许只有见到陆烟白，李清霄才会忘记过去的诸多痛苦，才会觉得大千世界依旧如此美妙，繁星与明月美得无以复加。

一声鸡鸣，天光亮了，鸟雀也欢叫起来。李清霄、陆烟白从鸟鸣中醒来，原来他俩这样相依相偎睡了一夜。两人为了便于出行，又各自都换了身新装束，等他们走出林宅时，天色已然大亮，金陵城的大街小巷又开始忙碌起来。

到了正午时分，天空忽然又卷起了乌云，眼见要有一场大雨要下，李清霄的肚子饿得咕咕直叫，要带着陆烟白去找吃的，陆烟白对他说："到了金陵城，你就该听我的，走，我带你去个好去处。"二人绕了几条巷子，迎面现出一间别致的面馆，店面虽不大，却布置的古色古香，门外支着个凉棚，凉棚下疏疏落落地摆着几张方桌、十几条长凳，桌凳虽说开裂陈旧，倒十分干净。李清霄怔怔地问："这就是你说的好去处么？"陆烟白点点头："是啊，你别看这店不大，可他家做的阳春面可正宗啦，保管你爱吃！几年前我还在金陵城的时候，就经常跟丛……"她刚说个丛字，忽地又停下来，神色有些不自然，转了语气，"我经常来吃他家的阳春面，待会儿你尝尝就知道啦！"拉着李清霄跑了过去，坐下来，兴高采烈地对店小二说："小二哥，两碗阳春面。"又指着旁边的李清霄说，"他的换大碗，额外加些斤两，多多加量哦。"

"好嘞，马上就来！"店小二麻利地去安排。

李清霄却哈哈一笑："多多加量？你当我是饭桶么？"

陆烟白笑盈盈地说："你救'驾'有功，劳苦功高嘛，赏你的。"

李清霄心里美滋滋，瞧着那边做面的老师傅从案板上抓起面来，沾着浮面，抖散了放进小竹篓子，再将小竹篓子浸入滚开的高汤里烫了一烫，反手倒入两只白瓷大碗，跟着又浇上了事先熬好的肉末、虾皮，撒上一小撮葱花，最后各放一枚酱香卤蛋，就这样两碗阳春面往陆烟白、李清霄桌前一放，李清霄低眉一瞧，他的白瓷碗果然是寻常的一倍还多，满满一大碗阳春面，汤清色美，香气扑鼻，李清霄胃口大开，抄起筷子大吃起来，陆烟白见他吃得起劲，满心欢喜，轻轻问："怎么样，好吃吧？"

"嗯，"李清霄连连点头，"好吃极了，你也快吃。"

陆烟白拿起筷子，刚夹了一口，忽听李清霄背后响起了一个低沉又欢喜的声音："烟白……你……你是烟白妹妹么？你终于回来了！"

陆烟白听了这个声音，心头咯噔一下，筷子当即停在半空，她顿了一下，抬头一看站在李清霄背后的那个人，"啪嗒——"陆烟白的筷子落在了桌上。

李清霄为之一怔，赶紧回头去瞧，身后木立一人，这人腰挂长剑，穿着一身绲边锦缎华服，再一瞧他的相貌，李清霄当即大吃一惊，这个人李清霄竟也认得，正是在姑孰城百花堂与李清霄交过手的江南阁大先生白心海之子白丛。

一瞧白丛与陆烟白眼中互望的神色，李清霄的心好像被猛地揪扯了一下，一片惘然，他本不愿多想，可此时还是忍不住去问："烟白，你们……认识？"

这个时候，白丛也见到了李清霄，他神色突变，退了两步，紧拧眉头，摆出一脸厌憎躁戾的样子，沉声喝道："李清霄？你……你怎么会在这里？"又连着问陆烟白，"烟白妹妹，你怎么会和这个人在一起？"

饶是陆烟白心底沉静，可遇到了这种局面，她也不免有些手足无措，赶紧起身，来到白丛身边，说道："丛哥哥，李清霄是我的好朋友，帮过我很多忙，你们……你们两个怎么会认识？"陆烟白自是十分震惊，可李清霄一听她说出"丛哥哥"三个字，猛然想起在烟雨岛参加太玄大典时，陆烟白曾神不守舍地找一个人，那个人就是她方才说的"丛哥哥"，他当时也曾问过陆烟白"丛哥哥"是谁，可陆烟白却并未告诉他，如今，这个人突然出现在眼前，李清霄好像被人当头打了一棒，一时呆立无言。

白丛在那边冷冷说道："我当然认得他，此人处处与我江南阁作对，他可是我江南武林的头号敌人！烟白，你千万不要同他搅在一起，这个人助纣为虐，面善心狠，帮着宋军杀了我无数江南好儿郎，你跟他在一起，迟早会被他所害！"

陆烟白一皱眉："丛哥哥，你不要说这种话，李清霄不是那样的人！"

白丛急切地说："烟白妹妹，我俩从小青梅竹马，一起长大，你是我白丛心中最疼爱的人，丛哥哥怎么会骗你？这个人的确狠毒，分明就是大宋的奸细！"

一阵凉风穿巷而过，吹得面馆的凉棚呼啦啦直响，紧跟着，乌云越涌越多，遮住了金陵上空，"轰隆隆"的滚雷声此起彼伏，然而，这雷声李清霄却仿佛丝毫没有听到。白丛说的那些话，他也一句不理，只顾痴痴地看着陆烟白，仿佛被咒语定住了一般。陆烟白的心在跳，她仿佛清晰地感受到李清霄心中的苦痛，可此时此地，她又不能解释太多，赶紧转开话题，去问白丛："丛哥哥，你怎么会在这里？"

白丛道："烟白妹妹，你忘了么，这里是我俩从小到大经常来的地方！自从五年前你离开金陵城，不只是这家阳春面馆，还有夫子庙、莫愁湖、灵谷寺……只要是咱们当初去过的地方，我都去过，我每隔一段时日，都会去那里看看，只盼能见到你。终究苍天不负有心人，烟白妹妹，我总算见到你了！你知道丛哥哥有多想你么？"说着，伸手去扶陆烟白的秀肩，陆烟白却微微向后一退，躲开了白丛，她面上虽平静，可心里却波澜起伏，低下头，蹙眉说道："丛哥哥，你怎么这么傻，要是我死在了外面，难道……难道你就这样等下去么？"白丛摆出一副很果断的样子："当然！我会等你一辈子！"跟着又紧拧眉头，"烟白，你既然回了金陵城，为什么不来江南阁找我？"

陆烟白低声道："我不想去江南阁，怕连累你们。"

白丛一皱眉："傻丫头，怎么会？如今时局到了这个地步，国主对当年误杀林将军一事，也是懊悔不已，过去的事不会再追究了。烟白妹妹，你这次既然回来了，说什么我也不会再叫你走，你知道么，不单是我，我爹爹他老人家也十分惦记你！"

陆烟白抬起眼睛，冷清清地说："你难道不知我与李煜有不共戴天之仇么？他不追究我，我倒要追究他呢，我这次回来，就是要刺杀李煜这个昏君！丛哥哥，你与白叔叔如今都在金陵城为江南国效力，你说说，像我这个一心要刺杀国主的人，找你们又有何益呢？我……我如何能与你们在一起！"

白丛着了急，加快了语速："烟白妹妹，我和爹爹也只是暂时栖身于此罢了。其实，自打我爹爹来到金陵的第一天，便从未想过真要为李煜卖命！"

陆烟白心头微微一颤，说道："你的心意我明白，只是……只是烟白想过了，只要我大仇一天未报，就不去你们那里，我不想让你和白叔叔难办……"

"烟白妹妹！"白丛打断了陆烟白的话，"我不是说了么，什么连累？什么难办？我根本不在乎这些，你我一别就是五年，好不容易相见，你……你难道真就忍心要再离开我么？你可知道，没有你在，我天天食不甘味，寝不安席！"他说着，呛啷一声拔出腰中宝剑，向前一立："烟白妹妹，你瞧瞧这是什么？"

陆烟白一瞧，银闪闪的剑身上，深深刻着两个小字——烟白。

"丛哥哥……"陆烟白一下感动起来，说不出话，眼泪直在眼圈打转，白丛趁机抓住陆烟白的袖子，哀求道："烟白妹妹，你知道我有多挂念你，你要是忍心一走了之，我……我当即死给你看！"说着反手将剑横在自己的脖子上，陆烟白吓得赶紧伸手夺下长剑："你别这样，大不了……大不了我不走就是了。"

刚说完这句话，她忽又觉得有些后悔，不觉扭头看了看一旁的李清霄，那个呆捏捏、木怔怔的李清霄，早已没了之前意气风发的模样。陆烟白心酸起来，她想到自己的身世，想到李清霄的处境，想到大宋和江南……一瞬间，她想了很多，终于向李清霄走去，每走一步，都沉重得像背了一座城。虽只走了短短十几步，却好像迈过整整一座大山，她用忧伤入骨的眼神凝望了李清霄半晌，方轻轻开口说："李清霄，谢谢你昨晚又救我一次，我只怕……只怕自己一生也报答不完你的情谊了！我……我已下了决定，跟丛哥哥回去，以后……再不能陪伴你，你……你自己要多保重……多……"她说着说着，竟说不下去了，低下头，紧咬双唇，生怕眼泪就这样掉下来。

"喀嚓——"

一个炸雷惊天响起。

紧跟着，"噼里啪啦"下起了大雨。

陆烟白说的这句话，在李清霄心中的震荡，却比雷雨声还要大，陆烟白说的每个字，都像一杆长枪，冰冷的枪尖不停攒刺李清霄的心头，他就这样站立在雨中，瓢泼大雨不仅淋透了他的衣袍，也浇灭了他心底最后一团火焰。往日种种涌上心头，这一年来所经历的苦痛，倒比他以往二十年所有经历的苦痛还要多，兄弟、功名、梦想、爱人……岸在何方？李清霄脸上流下的不知是泪水还是雨水，眼前一片迷蒙，已看不清这个世界，他很想放声大哭一阵、仰天大叫一场，然而却不知为何，灵魂仿佛出了壳，竟无丝毫气力哭得出来，而心就像被人用铁爪穿透，揪在一起，叫他痛得难以呼吸。

陆烟白痴痴看着李清霄这个样子，心疼得手指微微颤抖，她不知自己为何要说出这样的话，做出这样的决定，然而，她毕竟是多么在意亲人啊！在这个世界上，白丛几乎与自己亲哥哥没有两样，怎么忍心离他而去呢？可是李清霄呢？他是要做大事的人，我绝不会因我个人的仇怨去拖累他，我的事我自己会做完，可是……可是他会理解我么？他会原谅我么？难道喜欢一个人就一定要亲口说出来么？李清霄，你个大笨蛋，你可知道，一些最真最好的心底话，不是用嘴说的，而是要用眼睛！

陆烟白的内心早已泪流成河，她目不转睛地看着李清霄，声音从未有过这样的颤抖："李清霄……你……你……你不要这样……"此时的李清霄，目光早已模糊，他心头泛起一阵从未有过的苍凉，痴痴地苦笑着："呵呵呵，那你叫我该怎样呢？呵呵呵……好啊……好啊，就这样，你们多多保重，我……我李清霄再不打扰了，告辞。"扬起袖子，如白鹤一般飞奔而去。他足下飞奔着，唇角边却泛起一股咸涩的滋味，这显然不是雨水的味道，李清霄发现自己已泪流满面，这是他十几年来第一次心碎痛哭，他呜咽着，忽地仰天长啸，那声音混进狂风、大雨、滚雷中，犹自清晰可闻。

54 风尘近

这场雨一下就是十天。

这日，雨过天晴，秦淮河两岸又恢复了往日的繁华。

在秦淮河西岸的莫愁湖畔，一个衣带散漫、浑身散发酒味、长了一下巴泛青胡子茬的落拓汉子，扶着石栏，东倒西歪，蹒跚在画桥烟柳之中，时不时撞到许多路人，惹得人家一顿臭骂，那个落拓汉子却不以为意，依旧挥着酒葫芦，嘴上含含混混地吟诵着："得即高歌失即休，多愁多恨亦悠悠。今朝有酒今朝醉，明日愁来明日愁。哈哈哈哈……好酒！好酒！酒啊酒，弃我去者，昨日之日不可留；乱我心者，今日之日多烦忧。长风万里送秋雁，对此可以酣高楼。蓬莱文章建安骨，中间小谢又清发。俱怀逸兴壮思飞，欲上青天揽明月……哈哈哈哈，揽明月来揽明月……明月何灿灿，星雨落如花。一枕琉璃梦，多情桃李花。人生似飞鸟，天地谁牵挂……"

这醉歪歪的落拓汉子，嘴里哼哼唧唧，一不留神，跌倒在一幢五彩楼阁的石阶前，他索性躺在地上，抬眼去张望，这楼阁门上挂个大匾，上面写着"桃花店"三个字，落拓汉子对着葫芦嘴"咕嘟嘟"又喝了几口酒，笑嘻嘻地说："桃花店，呵呵，好名字，好名字！所谓桃花店出美酒，我该去打几角好酒喝！"他挣扎着站起身，晃悠悠朝桃花店门走去，刚到门前，一股浓甜的味道飘进鼻子，这绝不是酒香，而是勾人心魂的层层脂粉香味，又听楼里琵琶声声，朵朵樱唇唱的都是相思之曲。落拓汉子打了个酒嗝，晃了晃脑袋，骂了起来："他妈的，桃花店里不卖美酒，全他娘的卖桃花……青楼歌坊满天飞……扫兴……真他娘的扫兴！"栽栽晃晃刚要离开，忽然有人将他一拉："大爷，这一脚门里一脚门外的，你着急走什么呀？"

落拓汉子回头一瞧，竟是个浓妆艳抹、风姿柔媚的歌伎，这女人眉梢眼波尽是柔情蜜意，落拓汉子吐着酒气说："谁……谁是你大爷？我……我有名有姓，我叫李清霄，我是个大……大将军，你听过本大将军没有？李清霄，李大将军！"

　　歌伎扑哧一笑，想都未想便说："听过听过，当然听过，偌大的金陵城，谁没听过李大将军？李大将军是天下第一的大将军嘛。"

　　李清霄用手拍打拍打脑袋："不对不对！"他扳着手指数着，"第一、第二、第三……不行不行，手指头不够数，加上脚指头也不够……我……我应当……我应当还没入流，对，没入流，没入流。"

　　歌伎笑吟吟地说："什么入不入流的，来到我们桃花店，不要入流，只要风流便可，你若风流，定将你伺候得醉仙欲死，十足的天下第一，比那风流侠还快活！"

　　李清霄稀里糊涂地问："什……什么侠？"

　　歌伎道："风流侠，你没听过？这秦淮河两岸，谁不知风流侠大名。"

　　李清霄晃着手："荒……荒谬！既是风流，何以为侠？"

　　歌伎道："咱们别管什么侠不侠的，只管风流还不行么？"

　　李清霄又打了个酒嗝："拼将一生休，尽君一日欢，是吗？"

　　歌伎一笑："哟，公子可真有才华，你说出的话紫烟竟然听不懂。"说着，忽然瞧见了李清霄背后的鹿角剑，歌伎又弯着媚眼笑了笑："咦，没想到公子你还真是个文武双全的大将军，不但会念诗，还背着剑呐，叫奴家瞧一瞧你这宝剑。"伸出嫩白润滑的手指去摸李清霄的鹿角剑，一瞬间，李清霄仿佛被雷电击了一下，浑身颤抖起来。

　　"不要碰它！"李清霄大吼，抬起手，忽地将这歌伎推了个趔趄，"你……你不许碰我的剑！"歌伎吓得脸色苍白，没好气地说："你这人真是的，不就一把剑么，犯得着发这么大火吗？"跟着又抛了个媚眼，"你都要把紫烟给吓死了！"

　　李清霄紧紧抱住鹿角剑，忽然问她："你……你方才说你叫什么名字？"

　　歌伎玲玲一笑："奴家叫紫烟，怎么了，公子喜欢么？"

　　李清霄嘿嘿笑了起来："我知道你爹娘叫什么。"

　　"哦？"歌伎一怔，只听李清霄醉醺醺地说："你爹娘定……定……定是叫日照和香炉！"歌伎皱了皱眉："公子这是什么话？"

　　"'日照香炉生紫烟'么，哈哈哈哈……"李清霄摇摇晃晃地大笑，甩袖离开这间桃花店，气得那个歌伎使劲朝他啐了一口："呸，小赤佬！装什么大将军，老娘看你就是个大疯子，竟敢寻老娘开心，你他娘的还嫩点哩！"

李清霄好似一句也没听见，依旧蹒跚步行，嘴里碎碎叨叨地念着诗："两人对酌山花开，一杯一杯复一杯。我醉欲眠卿且去，明朝有意抱琴来。"他大口地喝酒，大声地吟诗，踉踉跄跄地绕了大半圈莫愁湖。

人间四月，美丽的莫愁湖畔，白悠悠的海棠刚刚绽放，袅娜的垂柳也抽出了黄绿的嫩芽，亭、榭、楼、轩映入湖泊，山、石、松、竹错落有致，然而，十里春色美景铺在眼前，李清霄葫芦里的酒却喝没了。他使劲控了控酒葫芦，果然是一滴不剩了，不由连连叫苦："没了，没了，如何是好？如何是好？"赶紧四下寻觅，岸边一角恰好有家高悬旗子的酒馆，匾额上题着"叶落酒馆"四个大字，倒也显得别致。李清霄大喜，急忙拎着酒葫芦跌跌撞撞朝叶落酒馆走去，一进门便直扑向柜台，大喊："店家，店家，打两角酒。"掌柜的翻着眼皮上下打量了李清霄一下，用一副狗眼看人低的神态说："一角酒，三百文钱，先拿六百文钱来。"

李清霄伸手在怀里一阵乱摸，空空如也，当初曹彬拿给他的银子被他连施舍带挥霍，已用得精光，李清霄也不在乎，打着酒嗝说："银子花没了，不如……不如我给你讲个故事听听，便当作酒钱，店家以为如何？"

掌柜的有些好奇，伸出脖子问："故事？什么故事？"

李清霄向外指了指："便是……便是这洛阳女儿莫愁的故事！"掌柜的差点儿闪了脖子，一下发了火，连连挥手："去去去，老子三代在这莫愁湖边开酒馆，莫愁莫不愁的，听得的故事比你不知要多到哪里去了！小赤佬，没钱还来学人家骗酒喝？你倒是让我发愁的呀！"说着，上前拽着李清霄的衣服，连推带拉往外轰："赶快出去！出去！出去！别在这闲磨牙，老子可没这工夫！"李清霄酒气上涌，撕撕扯扯不肯走："你……你少狗……狗眼看人低，我早晚会还你酒钱！五……五湖你去访，四海你去问，哪……哪……哪一个不识我李清霄……岂会差你这点酒钱？"

掌柜的一使劲，将李清霄拽个趔趄："呸，我啐死你个无赖混混，竟敢到我叶落酒馆撒野！"扬手向里一招呼，"伙计们，白吃喝的赤佬鬼捣乱来了呀，不肯走啊，快打将出去！"听见这阵喊声，从后屋风风火火蹿出几个拎烧火棍的伙计，三脚并两脚赶了过来，一顿乱棒，"砰砰砰砰"将李清霄打到店外，掌柜的嘴里朝外吐了口浓痰，还在骂着："什么东西！你这样的人我是见得多哩，都是些不三不四不仁不孝的泼皮无赖，败坏了自家祖宗！再敢进来，当即便要打断你的腿，晓不晓得嘞？"

李清霄四仰八叉躺在叶落酒馆门外，望着流云，嘴里竟吃吃苦笑："晓得，晓得，不错，不错，嘿嘿，说得真不错，大孝大爱为仁，大忠大勇为义，大规大矩为礼，大明大通为智，嘿嘿，我李清霄不仁，不义，不礼，不智，如今喝酒还不给钱，更无信字可言……"跟着，眼角流下了两行热泪，"你可知道……没你的日子，我有多苦……"他索性闭上双眼，任由街上行人指指点点。

人群还未散去，忽听一阵马蹄疾响，当街奔来两匹骏马，马上一男一女，都长得风度翩翩，围观看客赶紧让路，这男女二人刚从李清霄身边驰过，忽然，左侧那个少女紧拽缰绳，急急勒住坐骑，拨转马头又返到李清霄身边，朝地下仔细一瞧，一下子惊住了："啊呀，清霄公子，真的是你么？你……你这是做什么？"

李清霄闭着眼睛，嘴角笑着："没想到，竟还有人……认得我这个愚蠢透顶的李将军？嘿嘿……嘿嘿，莫不是和我一样有眼无珠……"

少女赶紧跳下骏马，急匆匆来到了李清霄身边，一把将他从地上扶起，皱着眉说："清霄公子，是谁把你害成这样？"一探李清霄的脉搏，并无任何受伤迹象，想来只是喝醉了酒而已，少女这才放下心来，惊讶地问："你倒是吓坏我了，怎么落成这副鬼模样？这究竟是怎么了？"

"你……你又是谁？"李清霄微睁醉眼，迷迷瞪瞪看了那少女一眼，目光一触之时，李清霄霎时神色大怔，喉咙动了两下，"你……你……叶别离，哈哈，真是冤家路窄！"话音未落时，一下子将她推开，"走……走开，你走开！"

这少女就是"忘忧仙子"叶别离。

远处的那个男人望见叶别离的举动，大感意外，也掉转马头奔了过来，想看个究竟。哪知，那人到了近前仔细一瞧李清霄，当即哈哈大笑："我当是谁，这不是李清霄李大侠么？你来我金陵城做甚勾当？是来当细作的么？"说着，忽然拔高了声音，恶狠狠地说，"李清霄，睁眼瞧瞧，认得我上官靖吗？"

李清霄眼皮撩也未撩，哧哧一笑："上官靖？上官靖是……是什么鸟？不用吃饭拉屎么？嘿嘿，本将军不……不晓得。"

"混账！"上官靖恨得眼中快要喷出火来，"姓李的，你这是作死！今天狭路相逢，我上官靖定要亲手宰了你，一雪烟雨岛之耻！"

李清霄嘴里吐着酒沫子："嘿嘿，好啊……如果宰了我，便能雪你之耻，好啊，我的心在这里，自己拿刀剜开，取走便了……呵呵……取走便了……"

上官靖呛啷一声拔出灵宝剑："你当我不敢？"他吼了一嗓子，从马上腾身而下，灵宝剑一道寒光，刺向李清霄，李清霄躺在地上，内心早已一片凄然："我的心在何处？我的心在何处？"想着想着，突然之间，他竟不想再活了，瞅着上官靖宝剑刺来，李清霄丝毫不避，只将双目一闭，等着灵宝剑刺入他的心口。

叶别离却惊出了一身冷汗，她素手一震，凤翎剑嘤鸣而出，唰啦啦几声颤响将上官靖的灵宝剑卷住，叶别离秀眉斜飞："上官靖，你干什么？"

"我要宰了他！"

"亏你还是江南阁的三先生，乘人之危，算什么本事？"

"你……你为何要一心向着他？他可是我们的敌人！"

"是又怎样？我叶别离说过了，他是我唯一看上眼的男人！"

"我看你是鬼迷心窍，我江南国大好男儿多得是，哪个比这醉鬼差？"

"哼哼，"叶别离嘴角轻蔑地一笑，"江南大好男儿？便是江南国主又如何？我叶别离要是不喜欢的男人，便是全天下的好男儿摆在我面前，也都是泥胎木塑！"

"叶别离，你……你……"上官靖的心头被狠力抽了一鞭，他额上青筋暴起，双目赤红，快要丧失了理智:，"好！好！你心爱的男人，今天我便要亲手宰了你这个心爱的男人，看你能奈我何！"右臂一用力，铮棱一声，灵宝剑崩开凤翎剑，抖手一个剑花削向李清霄的咽喉，煞是凌厉，叶别离抢前一步，反手一撩，凤翎剑的刃环套住灵宝剑剑身，与此同时，一把将李清霄拽起，向外一推，大喊："清霄公子，你快走！"

李清霄却晃晃悠悠地说："走……走什么走？他要杀，便要他来杀好了……"说着，迎面向上官靖走去，叶别离大惊，弹开灵宝剑，去拽李清霄："你疯了吗？快走啊！"话未说完，上官靖的长剑又到，叶别离凤翎剑回手格开，唰唰唰……如流星一般连刺上官靖六剑，这六剑奇谲诡异，倒将上官靖逼退了几步。

上官靖暴跳如雷："叶别离，为了这个男人，难道不顾你我两家的交情了么？白马盟约尚在，你这样做，就不怕令师苍崖子怪罪么？"

叶别离冷冷一笑："江南国朝不保夕，还有什么资格提白马盟约？你我两家的交情便是好上了天，我叶别离也不会让你伤害李清霄！"

叶别离这一句话，如大铁锤一样，击碎了上官靖心中所有幻想，他对李清霄的恨仿佛能摧毁一座大山："李清霄，我要将你碎尸万段！"灵宝剑陡然加快，使出轩辕绝学"七十二路轩辕驭龙剑法"，裹挟着万钧之势向李清霄卷来。

李清霄浑然不以为意，叶别离却从未有过的焦急，她的凤翎剑闪着满天蓝星，使出浑身解数，前后左右护住李清霄。叶别离剑法固然不凡，可与上官靖比，终究逊色几分，上官靖在那边招法一变换，叶别离当时便吃不消，左支右绌，渐渐难以为继。这时的上官靖瞧准机会，大喝一声，一招"云挂神龙"灵宝剑斜劈李清霄左肋，叶别离赶紧进身去挡，哪知，上官靖这一剑为的是引开叶别离，他身形急转，左手激雷掌运起十成功力，一招"风雷寸劲"直拍李清霄心口，叶别离知道上当，大惊失色，情急之下，回身挡在李清霄胸前，"砰——"开碑裂石的激雷掌，正击在叶别离的胸口。

"噗——"叶别离吐出一口鲜血，溅得上官靖头脸、衣襟红了一片。

上官靖惊得像块木头，他有些不相信眼前的情形。

李清霄也蓦然呆住了，他哪里会想到这样的结局呢？

叶别离强咬牙关，趁上官靖愣神的时候，素手一扬，嗖、嗖、嗖——三支雀翎针凌空飞出，齐齐射在上官靖右臂之上，上官靖登觉一阵钻心剧痛，左手捂臂，腾腾腾倒退几步，瞪圆了眼睛看着叶别离："你……你这个小贱人，为了他竟用毒针伤我？"叶别离没有答话，从怀里拿出个小瓷瓶，甩手扔入了莫愁湖，身子跟着晃了晃，向后倒去，李清霄痴痴呆呆，不由自主地张开臂膀将她抱住，没叫她摔倒，叶别离靠在李清霄怀里，气息微弱地冲上官靖说道："上官靖，你……不是不知我紫罗之毒的厉害，方才……方才我已将紫罗毒的解药扔进了湖里，呵呵，我……我劝你一个时辰之内，赶快返回去拿解药，不然……等毒气反转攻心，大罗金仙也救不得你。"

"你这个小贱人……"上官靖刚骂到这里，便觉得头脑眩晕，知道叶别离所言不虚，他又惊又怒，虽是恨怒难消，却也不敢耽误，赶紧飞身上马，扬鞭之时，回首高呼，"李清霄，我上官靖与你势不两立，你……你最好时时看好你这颗脑袋，早晚我要取走！"一鞭下去，带着恶恨与焦急，竟将马臀抽得鲜血淋漓，那匹骏马疼得嘶鸣一声，一阵烟跑得没影了。

李清霄没理会上官靖，他清眉紧皱，低头看着瘫软在自己怀里的叶别离，她秀眉平蹙，这张原本清白如雪的脸庞，此时更加惨白得吓人，眼角眉梢的冷媚灵活之气正渐渐消失，流出的是无尽哀伤。瞧着叶别离的样子，李清霄心如刀绞，他不明白叶别离为什么这样做，赶紧气提丹田，运先天真气，打算用先天无极功给叶别离疗伤。哪知啊，他此前饮酒过度，此刻手麻脚木，已近烂醉如泥，根本聚不起先天真元，急得他连嘶带吼满头大汗，这时，只听叶别离在他怀里轻轻唤了一声："清霄公子，你……别费力了，激雷掌何等威力，我……我已被他重创心脉，便是……便是我师父在这……也救不活了……让……让我再多陪你一会儿吧……"李清霄潸然泪下："你这是何苦啊？我李清霄不值得你这么做！"

叶别离吃力地笑了笑："呵呵……值得不值得……由我不由你咯，你……你可做不了主，就像……就像以前我无论怎么做，你……你都讨厌我一样，可我……我又何尝做得了自己的主？这回……这回我快死了，清霄公子，你……你可不可以不再讨厌我了……"李清霄呜咽着说："不会！你不会死的！我……我再不讨厌你了！"

叶别离眼中散出一道光亮："清霄公子，你知道么，这……这是我这辈子听到的最开心的一句话！有你这句话，我……我才真的忘忧了……呵呵……大家……都说我忘忧仙子喜欢用毒，喜欢杀人，是个坏女人，呵呵……这回……他们再不必骂我了。"李清霄流着眼泪："别这样说，没人会骂你，你……你是个好姑娘！"

叶别离呵呵一笑："好姑娘……呵呵，我听着好假……清霄公子，你别为我难过，我叶别离从不怕死，人总要死啊，我早已厌恶了自己的这双手……清霄公子，你知道么？其实……其实自从我喜欢上你那一刻，我……我便已想到这结果，可我一点儿也不悔！当初我……我喜欢上你，今天……死在你怀里，我……我好高兴，我终究没有放过你……"叶别离咳了几声，缓缓伸手入怀，掏出一只七彩金丝锦囊，解开流苏绳，捧出了一块掌心大小的紫玉圆佩，这玉佩宁谧如渊潭，佩上还雕着一朵奇特的花，似菊非菊，似葵非葵，银针似的花瓣盘旋卷曲，边缘如皱波，空灵诡秘，摄人心魄。

叶别离颤颤托着玉佩，气若游丝地说："这块紫佩……是师父送给我的，师父说它有灵性，当年……当年救过他老人家的性命，你看，上面的花多好看，师父说，它……它叫作曼珠沙华，花开一千年，花落一千年，花叶生生相错，永不相见！这紫佩曼珠沙华我……我送给你，但愿……你老的时候，看见它，还能……还能记起我……"叶别离又一阵咳嗽，李清霄赶忙握紧她的手，叶别离觉得手上暖暖的，那是从未有过的温暖，她轻轻扭过脸，看着岸上梨花，泪水滑落眼角："你看，那花开得可真美……可惜……花开……花开不见叶别离……"她声音忽寂，就这样永远闭上了眼睛。

李清霄仰天长呼："天啊！为何要这样！为何要这样！"

"唉！"叶落酒馆的人叹息着，都不说话了。

55 风流侠

十月秋凉。

紫金山上，一片郁郁葱葱。

山下的金陵城，已被困了整整七个月。这几个月来，大宋主帅曹彬联手吴越王钱弘俶，相继攻陷金陵城东面重镇润州、江阴、常州等地，偌大的金陵城陷入合围之中，彻底成了一座孤城。惊恐万状的李煜，急调驻军湖口的水军统领朱令赟，统领江南国仅剩的十五万水军回救金陵，可万没料到，如此一来，恰恰又中了曹彬的围城打援之计——那朱令赟亲率的十五万水军，原本乘巨舰自湖口顺长江东下，企图先在采石矶焚毁宋军浮桥，以绝曹彬大军后路。哪知，曹彬早已安排好大宋西路军统帅王明在此候敌，布下了疑兵之计，朱令赟中了计，驱兵行至皖口，遭到王明麾下大将刘遇的伏击，激战之时，朱令赟本想用猛火油攻击大宋战舰，却不料风向忽变，反将自己的水军战船焚毁，使得十五万江南兵不战自溃，朱令赟见大势已去，惶骇之下，投火自焚而死，宋军一战大获全胜，全歼江南国这最后一支水军主力。金陵城内，眼巴巴盼着朱令赟援军的李煜，骤闻朱令赟十五万江南兵全军覆没，当即便昏了过去，等他醒来之后，赶紧派出大臣徐铉和道士周惟简，千里驰赴东京，面见赵匡胤，打算纳贡求和，休战罢兵，却不想被赵匡胤一口拒绝，还叫徐、周二人传回话来："江南亦有何罪？但天下一家，卧榻之侧，岂容他人鼾睡？李煜早知今日，何必当初？能战即战，不能战便立刻开城投降！"李煜听了赵匡胤的这些话，一时间失魂落魄，心中彻底绝了念想。

而此时，胡须蓬乱的李清霄，同样失魂落魄地在紫金山下晃悠。

"人世几回伤往事，山形依旧枕寒流！"刘禹锡这两句诗，李清霄不知念了多少遍，就连此地的樵夫、童子都听得滚瓜烂熟了。陆烟白离去，叶别离死去，在李清霄心头划的伤口太过深重，他终日以酒为伴，痛了就饮，醉了便一睡不起，醒了又一个人在金陵城周遭转来转去，太阳落山，月亮升起，月亮隐去，太阳升起，如此周而复始，总是舍不得离去。他知道不是舍不得离开这座城，而是舍不得离开城里的人。

"何以别离苦，何以望不得，何以飘零远，何以思如河，何以洞见心，何以渡尘劫……"李清霄喝着酒，一遍又一遍念着，每念一次，心就像被刀戳了一下。

忽然，前面山路颤颤巍巍走过来个衣衫破烂成条、腰围稻草绳的乞丐，乞丐嘴歪眼斜，满脸草末子，右手挂着打狗枯木棒，左手拎着个陶瓷瓦罐，腰里挂着两个破布口袋，一步三哼地来到李清霄面前，又点头又龇牙，一副极可怜的模样："老爷，老爷行行好，赏点钱吧，赏点钱吧！"

李清霄看着这个乞丐，心头一酸，恍然间，觉得自己与这个乞丐又有什么区别呢？他哀叹一声，从怀里掏出一大锭银子，"当啷"扔进了乞丐的瓦罐里，乞丐瞧这锭银子足足有十两之多，眼睛当时光亮大盛，抿了抿嘴，哭哭啼啼地跪在李清霄的脚下："老爷，你老真是活菩萨转世，谢谢老爷！"

"活菩萨？呵呵呵……"李清霄淡淡笑了几声，"老兄，你别糟蹋菩萨了，泥菩萨还差不多，我李清霄啊，不过是个纸上谈兵、有眼无珠的废物罢了，嘿嘿，其实什么也不是。"他苦笑了两声，转身要走，就在他转身的一刹那，身后那个乞丐目光突变，忽地从枯木棒里抽出一柄刀来，一道寒光，向李清霄的后脖颈劈去。

李清霄虽说落拓失魂，可一身的绝学却并未散失，他听得脑后金风大作，心头大惊，急忙去闪，然而对这乞丐毕竟没有丝毫防范，这一下躲得不利索，避开了脖子，可后背却被劈了一刀，皮肉一开，鲜血呼地涌出来。

李清霄痛楚回头，满眼惊愕："你……你为何杀我？"

乞丐见一刀没有毙了李清霄的命，暗自叫悔，也不答话，赶紧抄起左侧腰间的那个破布口袋，"噗啦"迎空一抖，朝李清霄撒出一袋子白灰，白灰满空弥漫，呛人口鼻，李清霄大惊，抖袖急振，一半白灰依旧扑了满脸，迷进他的双眼，一时间，好比千万根针戳刺一般，李清霄扔掉酒葫芦，双手捂眼连连后退。这个时候，那个乞丐蓦地当空打了一声长哨，哨声一落，山路两旁脚步声大作，如风似电地蹿出三个衣衫各异的人来，与乞丐一起围住了李清霄，李清霄掣出鹿角剑，闭目问："你们是什么人？"

乞丐森森一笑："乞！盗！娼！伶！江东四大杀手。"

"哈哈哈哈……"李清霄反倒纵声长笑，"不错！不错！由你们这种人出手，倒是叫我李清霄防不胜防，在这金陵城中，一心想置我李清霄于死地的人并不多，我若是没猜错的话，你们都是江南阁派来的人吧？"

"哼哼，小子，你现在知道已经晚了。"乞丐狞笑一声，对那三个同伙说，"这小子功夫不浅，用暗青子招呼他！"话音落时，刹那之间，淬过毒的飞镖、袖箭、铁蒺藜，闪着一溜溜蓝绿的光芒，像雨点一样射向李清霄，李清霄双眼被迷，又受了刀伤，仅凭耳力听声辨器，身法大为受限，好在他绝技在身，鹿角剑旋转雷发，"叮叮当当"磕飞数十枚暗器，可运气一急，后背伤口血流如注，叫他不由得一阵一阵眩晕。

一拨暗青子打过，乞丐高喝："李清霄，今日便是困也要困死你，我看你到底能有多少血可流！"说话时，又一拨暗青子射来，李清霄旋打暗器，刀伤之下，两条臂膀仿佛挂了块千斤巨石，越来越沉重，他仰天长笑："李清霄啊李清霄，你真是天下第一愚昧的书呆子，我想要别人生，别人却想让我死！"

就在这时，山路上忽然响起一阵高歌："哎嗨哟——杨柳青青江水平，闻郎岸上踏歌声。东边日出西边雨，道是无情却有情。"歌声起处，一个身量魁梧的胖大和尚三纵两纵来到乞、盗、娼、伶四大杀手近前，大喝："尔等宵小之徒，敢暗害李大侠？今天和尚便要为民除害！"

乞、盗、娼、伶四个杀手正吃惊的当口，胖大和尚丝毫不给他们喘息之机，腾身而起，从袖口中闪电一般抖出一柄软剑，软剑灵蛇夭矫，眨眼连出四剑，寒星陡闪，剑花疾飞，这剑来得太快，乞、盗、娼、伶四个杀手还没理清头绪时，软剑已到面前，四人只觉颌下一凉，用手一摸，脖子上俱都中了一剑，咽喉已被斩断，四人满脸恐惧，可喉咙里的血早已从指缝中如羽箭般射了出来，四人一头栽倒，蹬了蹬腿，便都没气了。

"作死！"胖和尚哼了一句，收回软剑，上一眼下一眼打量满脸长胡子的李清霄，一时竟不敢认，怔了半晌，方问，"你果真是李清霄李大侠？"

李清霄知道有人救了他，可他双眼石灰，看不清面前救他之人，只是点了点头。胖和尚呵呵一笑："种了善因，必结善果。果不其然，果不其然！李大侠，你眼中被石灰迷了，万万不可沾了水，须得用菜油去洗方可无忧，你告诉我，方才是哪个狗东西用石灰扬的你？"李清霄闭着眼说："那个乞丐。"

胖和尚连忙来到乞丐的尸体旁，在他身上一通翻，果然从右侧破布口袋里翻出一罐菜油，一瓶金创散。这些杀手行走江湖，对江湖上的险恶手段一清二楚，他们出行之时，往往都自己带好了防范之物，以备不时之需。胖和尚拿了这些东西，先给李清霄上了金创散，包扎完毕，又撕下一条布巾，将李清霄眼中碎石粉擦掉，然后倒出菜油去擦洗，直到擦得干干净净，方拿过水壶，让李清霄重新清洗一遍，处理完毕，李清霄只觉双目不再疼痛肿胀，这才缓缓睁开眼睛，一见面前站的竟是个陌生的胖大和尚，李清霄大感意外，当下双手合十："多谢大师救命之恩！"

"哈哈哈，李大侠，我可不是什么大师和尚。"

"哦？可……可你这副容貌？"

"嘿嘿，容貌嘛，极容易改变的，红颜少女，顷刻间便会白发苍苍，当年风度翩翩的李大侠，如今不也是这般蓬须满面？"

"你认得我？"李清霄更加奇怪，胖和尚哈哈大笑："当然认得，我不但认得你，你也认得我！"说完这句话，一伸手，"李大侠，可否借你宝剑一用？"李清霄略一迟疑，还是将白鹿角递了过去，胖和尚接过白鹿角，反复瞧了瞧，忍不住一赞："好剑！真是举世无双的好剑！"咂了咂嘴，说，"李大侠，你可瞧仔细了！"话音甫落，胖大和尚右手一翻，剑刃冲着自己，"嗖"地劈了下去。

这一下惊得李清霄目瞪口呆！一剑劈过，胖大和尚从眉心到肚腹，被活生生劈开一条裂缝，然而更叫李清霄震惊的是，胖大和尚非但未流一滴血，反倒裂缝大开，从这高大肥壮的皮囊中钻出个书生来，李清霄定睛一瞧，登时舌桥不下，钻出的这个书生他果然认得，正是当初在武功白鹿楼被他从青菱子、金甲子手上救下来的江忧江子愁，只是这会儿的江忧，眉宇开阔，肤色红润，气色比从前好出许多。

"你……竟然是你？"李清霄哈哈大笑。

"嘿嘿，不错，正是江忧，叫恩公见笑了。"

"江兄，你怎么这身打扮？我哪里会认得出来！"

"哈哈哈，恩公的这副模样，江忧也是认不出来，之前若不是恩公喊那一嗓子，我还当是两伙山贼在那火并。"

"欸，"李清霄摆了摆手，"江兄，你千万别再叫我恩公了，如今你同样也救了我李清霄一命，咱们可是丝毫不相欠了，江兄叫我小弟便是。"

"这可使不得。一来么，恩公救我江子愁在先，我江子愁报答恩公在后，再者，恩公的侠名如今已传遍五湖四海，江忧怎敢以小弟相称？这样吧，我还是叫你李大侠，名又正，言又顺，听着也舒服！"一听大侠二字，李清霄心中不免惭愧，轻叹了口气，转口问道："对了，江兄，你如何会出现在这金陵城？"

"哈哈，一言难尽！"江忧仿佛很快意的样子，"自上次白鹿楼蒙李大侠相救，一番死里逃生，叫江某把那些贪妄执念看得开了，宁愿湖海漂泊，也不愿理世间的名利纷争。有一日，江某游龙虎山时，遇到个相面先生，那先生说：'你这个人啊，从面相上看，天庭亏阴，地阁足阳，天銮主酒色，地阁主财气，阴阳各具所有，久旱逢雨阴为贵，久雨成涝阳为好，你这个人命犯孤星，六亲无缘，缺少人间情事，若要破解，只有寻个红尘妙境，每天与女人相处一起，明白阴阳之道，感悟一个色字，读透一个情，方得平安一生。'我当时听了有些不快，'若照先生这般说法，我江忧岂不成了寻花问柳的酒色之徒？'那先生说：'非也非也，这酒色财气四样人事当中，说到底唯色的学问最大，孔夫子说食色性也，这色既能丧家败国，也繁衍生息、传宗接代，更是人情之发端，若是能用之以善，那可是功德无量！人生一世，倘若没了情、色二字，真是索然无味得紧了！'江某一听相面先生这番话，却也不无道理，便问：'敢问先生，哪里才是红尘妙境？'那先生说：'金陵城六朝粉黛，秦淮两岸，尽是佳妙美人，当为天下少有的红尘妙境，那里便是你的吉祥之地！'江某这才来到了这金陵城。"

这等缘由，叫李清霄既觉好笑，又有几分感叹，他说："相面先生说得倒也对，人生一世，若没了情字，这颗心该何去何从呢？不过么，"他换了语气，笑着对江忧说，"瞧江兄如今这等好气色，想必是结了许多美满情缘。"

江忧一笑："美满谈不上，情缘倒是无数。"李清霄奇怪："此话怎讲？"江忧一副悠然自得的模样："不怕李大侠笑话，江某自打到了金陵城，白日里，大多换上一副假皮囊，这样一来，别人便认不出我来，江某忙活各种生计，倒也发了财，一到晚上，江某便将这些皮囊统统脱下，一个人走遍了金陵城所有的青楼妓馆，嘿嘿，直到这个时候，江某才发现，脱下一身皮囊的江忧江子愁，才是世上最真实的江忧江子愁。"

李清霄颇感惊讶："你的情缘，莫非都是来自青楼妓馆？"

江忧笑了笑："否则江某怎会留下风流侠这个名号呢？"

李清霄一惊："你就是风流侠？"李清霄想起往事，略为一叹，说道，"江兄，我这倒有一个疑问，想请教江兄！"江忧道："李大侠请讲。"

李清霄道："风流侠，风流侠，既是风流，何以为侠？"

江忧略为沉吟，方说："江某风流侠之名，并非以武功得来！"

李清霄一奇，问："那是因何得来？"

江忧目光凝重："赎妓三百名。"

赎妓三百名，这五个字仿佛晴雷一样，让李清霄怔在当场，原本苍白的脸色，瞬间涨红了大半，他摇了摇头，喟然一叹："清霄下山之时，家师曾留书嘱托，红尘艰辛，悲欢常在，风尘时近，其梦或远，然不可不念苍生。可今时今刻，我李清霄身近风尘，每日想的只是我一个人之苦痛，而你江兄身近了风尘，行的却是扶济苍生的功德，唉，我李清霄远不如你，你江子愁才是真正的大侠客！"

江忧哈哈一笑，连连摆手："惭愧惭愧，江某不敢窃此美誉，'大侠客'三字江某自知不配。侠之一物，可大可小，大侠者，心怀天下，悲悯众生，刀剑为药，止戈为武。若论起这几样，我江子愁一样也未曾做到，我江子愁只是自求心安而已，况又常以侠名自居，所以么，我江子愁充其量只算个小侠，算个小侠。哈哈哈！"

听了江忧这番话，李清霄不觉垂下眉头，抱紧白鹿角，不住地喃喃自语："刀剑为药，止戈为武，刀剑为药，止戈为武……"江忧见李清霄这样神态，微微一愣，他之前见李清霄这份落拓打扮，便疑惑不解，此刻更加奇怪："李大侠，当年在白鹿楼时，你是何等的风发意气，为何如今竟变得这般颓靡？莫不是出了什么大事？"

李清霄苦笑一声："没有什么大事。"江忧道："那为何会这般模样？"李清霄迟疑了下来，江忧呵呵一笑："李大侠若不方便说，江某不问便是。"李清霄长叹一声："倒也没什么，只是说将出来，在下更觉惭愧。"江忧笑道："李大侠，江某瞧你这副神情，你便是不说，我也猜出个八九不离十，你信不信？"李清霄瞄了江忧一眼，淡淡一笑，江忧看他神情是不大相信，便假作一本正经地说："若我猜得不错，李大侠是为情所困，对吧？"李清霄一怔："你……你怎么知道？"

江忧哈哈大笑："李大侠，你别忘了，我江子愁可是堂堂风流侠，情场上的事倒是见得多了，还能看得出些门道。不过么，能让李大侠为之倾心颠倒的姑娘，想必也是个神仙一样的人物了，却不知是何方佳人？"

何方佳人？一阵苦楚涌上李清霄心头，是啊，他哪有一时一刻忘记过这个佳人呢？倾心颠倒又算得了什么？那简直是刻骨铭心。李清霄沉然半晌，忽抬头说道："她啊，有冰雪之表，柔善之心，静如菩萨，动如仙子，内心存着常人难有的安宁与灵性，自从……自从我见了她第一眼，她便牵动我心，我……我此刻无法对你说出她有多好，只想说，我李清霄此生此世能够与她相识一场，便是死也无憾了！"

"竟有如此佳人，却不知叫什么名字？"

"她……她叫陆烟白！"

"莫非那位陆姑娘不喜欢你？"

"我……我也不知道。"李清霄吃吃说道，江忧笑："李大侠既然不清楚，那为何不去找她？"李清霄落寞地说："我不想打扰她。"江忧一怔："这话从何说起？李大侠若真爱她，就当不惜一切去求取。所谓'关关雎鸠，在河之洲。窈窕淑女，君子好逑。'"李清霄道:"我若真爱她,必不令她顾虑不安、进退两难。"

"哦?"江忧凝眉问:"莫非……莫非陆姑娘有了心上人?"

"应该……应该是吧!"李清霄垂下头来,默然不语。

"唉!"江忧又发出了这个令李清霄久违了的哀叹之声,看着李清霄,江忧忽然笑了笑,"李大侠,有一句话,江某不知当说不当说。"

李清霄低眉说:"江兄有话尽管直说。"

江忧摆了摆手:"李大侠,你我皆七尺男儿,与生俱来血性热,有些事拿起千金,放下四两,她若喜欢你,你不求自来,她若不喜欢你,你又何必执着不放?"

李清霄怔了一下,顿了半晌,淡淡一笑:"世有三生石,便有三生情。有些事啊,前生注定,一旦深入肺腑,哪怕是走过三生三世,也不能忘怀了。"

江忧一挑大拇指,半开玩笑地说:"难得啊难得。李大侠,方今乱世,黄钟毁弃,瓦釜雷鸣,还有多少真情可言?似李大侠这般,嘿嘿,只怕世上鲜有了!"

李清霄脸一红:"江兄,我李清霄,书呆子一个,叫江兄取笑了。"江忧摆了摆手:"非也非也,江某说话向来有理有据。想必李大侠也听过大唐年间李益与霍小玉的故事,当年李益、霍小玉初见之时,一往情深,情投意合,谈论诗文也曾忘却了时光流逝,后来李益以红烛为媒,美酒为约,为霍小玉起下了'海枯石烂不变心'的誓言,以素缣著之盟约,倒也是引谕山河,指诚日月,句句闻之动人。可到后来又怎样呢?终究负心的还是那个李益,害得霍小玉一病不起,红颜殒命。所以说啊,若比起这个李益来,李大侠强他何止千倍万倍?"

江忧说话喜欢引经据典,李清霄数见不鲜,听他这些安慰的话,李清霄却没有什么欢喜之感,只是默不作声独自摇头,江忧一时猜不透,忽想起一事,开口问:"李大侠,方才你说陆姑娘有了心上人,却不知这人是谁?"

李清霄迟疑了一会儿:"他叫白丛,与烟白是青梅竹马!"

"白丛?"江忧听了这个名字,反倒哈哈大笑,"原来是这个家伙!"李清霄愣了一下:"江兄知道这人?"江忧一脸不屑地说:"江某在金陵日久,对白丛这个人,倒是颇为知晓。这白丛乃是太玄弃徒白心海与梅弘璧之女梅遥雪的私生子。当年白心海风流多情,与梅遥雪背着梅弘璧私订终身,男亲女爱,偷偷生了孩子,取名白丛,此事被同样爱慕梅遥雪的明心慕知道后,恨得咬牙切齿,便告知了梅弘璧,梅弘璧勃然大怒,当即将白心海关进峻极峰的后山,那会儿,梅弘璧已身染大病,他知道'观澜慕海'四大弟子之中,唯明心慕城府最深,是块做宗主的材料,便将太玄宗主之位传给了明心慕,与此同时,为了叫明心慕的宗主之位坐得安稳,梅弘璧又下了狠心,将白心海逐出宗门,为不使家丑外扬,又将女儿梅遥雪嫁给明心慕，梅遥雪难违父命，只得相从，因担心这个白丛被明心慕加害，梅遥雪便花钱打点下人，趁大雪之夜，偷下峻极峰，将这个孩子交给了白心海，并转告白心海带着白丛远走高飞，不要再回来。白心海虽痛心疾首，可师父梅弘璧尚在峻极峰，他依旧不敢返回宗门，只好带着白丛来到南唐，投奔他的义兄林仁肇，然而，到了金陵后，白心海对这个独子却一味顺从，极为溺爱，任其跋扈。这个白丛啊，嘿嘿，自负得紧嘞，孔孟之书没读几本，花言巧语哄女孩的本事倒是学了一大堆，江某去的那些青楼妓馆，有多少头牌姑娘没听过他的好话？这可是个地地道道的伪公子！似这等人，陆姑娘如何会喜欢他呢？"

"江兄，你说的都是实情？"李清霄愕然不已。

"这等事江某骗你做甚？"江忧笑道。

"若果真这样，我……"李清霄心下有些不安宁了，可话说了半截，忽又苦笑，"罢了，罢了，烟白与他青梅竹马，若知晓真相，一定会万分苦痛，我……我怎可叫她如此伤心？"江忧连连摇头："李大侠啊李大侠，你这个人……"他顿了顿，笑道："你这个人真是个书呆子！李大侠，你尽管放心，依江某看，陆姑娘和姓白的在一起，必是少年情分难以忘怀，倘若陆姑娘真心喜欢你，早晚必回到你身边！"

李清霄望着金陵城的方向，似乎不大相信，江忧哈哈笑道："李大侠，人生一世，草生一秋，倏忽即逝，一颗心又何苦独独执着一个情字呢？江某不才，自认为读了几本书，这些年逃逃躲躲，死死生生，也算明白几条道理，情之一物啊，求不得是苦，放不下更苦，可纵使千苦万苦，三世三生，也不过一己之烦恼罢了，倘若拿来与人世间的大悲大苦相比，又算得什么呢？你瞧瞧，空中水中林麓田野中，这些被宰杀的世间生灵若俱能发声，会有多少鸣冤悲苦凄惨号叫之声？早已震惊大千世界了！"一瞬间，李清霄仿佛一下冲出狭洞，他哈哈大笑，一拱手："江兄，走，我请你喝好酒！"

56 山河烈

　　李清霄、江忧兴高采烈，刚走到山口，就听见前面青桐林中传来一阵别样的鸟鸣，两人都为之一奇，过去一瞧，一株梧桐树上停着两只大鸟，一只画眉鸟，另一只则是白鹦鹉，个头竟比寻常画眉、鹦鹉大出十倍有余，这两只奇鸟争相鸣唱，叫声凄凄厉厉，十分哀婉，二人大为惊奇，正听得入境，忽见林子里人影一闪，李清霄、江忧当即留神起来，李清霄心中揣测："想来又是上官靖派来的杀手，看样子这个上官靖若不置我于死地，他是定不罢休了。"思及此处，怒火燃起，向江忧递了个眼色，二人闪电一样穿进青桐林，果然见到一个穿着灰布衣的人，正向深林里逃去。

　　"站住！"李清霄喝了一声，点足而起，"噌——噌——噌——"几个纵跃便冲到了那个灰衣人面前，扬臂一横鹿角剑，与江忧一前一后将灰衣人堵在中间。一瞧这灰衣人，李清霄、江忧都不由心中诧异，这人蓬头垢面，衣衫褴褛，散乱的头发贴在脸上，根本看不清容貌，而他的左袖管空空无物，想是已断了一条手臂，看上去一点儿也不像个杀手刺客，李清霄虽疑惑不已，但前车之鉴，他不能不防，冷脸问灰衣人："你是什么人？为何要在这里鬼鬼祟祟？"灰衣人沉默不语，眼神里透出一丝寒意，忽然，他盯住了李清霄的鹿角剑，不由得神色大动，用嘶哑的声音问："你……你是李大侠？"

　　李清霄一怔："我是李清霄。"灰衣人一听，忽仰天悲声长号："苍天有眼！苍天有眼啊！"这一下倒叫李清霄和江忧有些意外。

　　灰衣人号哭几声之后，当即用单手撩开乱发，又使劲搓了搓脸上的泥垢，凄惨惨地说："李大侠，你仔细瞧瞧，瞧瞧我是谁？"

　　李清霄仔细一看，啊了一声："凌剑客？你是凌久章凌剑客？"

江忧听了"凌久章"这三个字，也惊得张大了嘴巴。

灰衣人流下了眼泪："不错，我就是凌久章！"若是以往，李清霄早已奔了过去，可是，历经痛苦之后的李清霄，已然心沉如石，他慢慢还剑归鞘，走过去问："凌大侠，你怎么变成这副模样？究竟发生了什么事？"凌久章哽咽着说："李大侠，沧海派遭了劫难了！"说着又大哭开来。

李清霄扶着凌久章，来到一处青石旁坐下："凌大侠，到底怎么回事，谁把你害成这样？"凌久章眼中射出寒光，咬牙切齿地说："是韩子逸！"李清霄星目微眯："又是他！他又做了什么恶事？"凌久章含悲忍痛，将韩子逸此前在沧海派如何谋害风掌门、骗娶风零玉夺得掌门之位、设计残害沧海门人的所作所为，原原本本说给了李清霄和江忧，李清霄面沉似水，忽一抬掌，将身边一块青石击得粉碎。

这时，凌久章又说："韩子逸将我打入长江，我被江水冲出很远，本以为必死，可没想天无绝人之路，那长江之中不知从何处游来了两只大江豚，它们用脊背将我托出水面，就这样托着我一直游下去，直到将我送到了一处平沙岸上，等我醒来时，发现左臂已然废了，幸好遇到了一个好心的渔夫，他将我救回家中，还请来郎中为我医伤，我在渔夫家里养伤几个月，这条命才算保了下来。

"伤好之后，我一心想要报血海深仇，我死不足惜，可……可九叔和风师兄的大仇却不得不报！然而，一来凌某断了一臂，已成半个废人，再者那韩子逸不知为何，武功变得奇高，即便凌某身体健全，也决然不是他的对手，所以为求自保，我便将自己打扮成这个样子，不叫人认出来。前些时日，我曾暗自潜回江阴城，探一探沧海派的情况，不想因金陵城被围告急，国主四面求援，竟加封沧海派为'护国沧海派'，迁到金陵，与江南阁一道守护国都，凌某听了这些，便随后跟来，只因金陵城三面被围，入不得城，凌某这才暂居紫金山，谁料苍天有眼，遇到了李大侠。李大侠，你乃扶摇高徒，还望念我沧海一门大难，助我手刃奸贼，来世凌某结草衔环，定报大恩！"

说完这句话，凌久章起身下拜，磕起头来，李清霄连忙将他扶起："凌大侠千万不可如此，你放心，今日韩子逸早非昔日燕离凌，此人乃是天煞孤星，丧心病狂，做事不择手段，便是凌大侠不提此事，我李清霄也会找他算账！"

"太好了！"凌久章老泪纵横。

李清霄说："方才凌大侠也说过，眼下围城甚急，不宜此时入城，如今大宋曹彬元帅围城打援，颇有成效。凌大侠虽是江南国人，想必也知道自古天下分久必合，大宋攻克金陵、纳土江南、一统天下是迟早的事，有识之士应当上顺天命，下济苍生，凌大侠莫不如随我前往曹大帅那里，只等大军攻城之时，咱们再寻韩子逸报仇。”

凌久章点头答应："一切听从李大侠安排。"江忧在旁接过话来："既然如此，李大侠与凌先生便赶快去大宋兵营吧，为民除害才是正经事，咱们的酒，改日再饮也不为迟晚。"李清霄一怔："江兄不随我一同前往么？"

"我么？嘿嘿，江某好容易自在逍遥，何必还去抛头露面？李大侠、凌先生，二位多多保重。咱们便就此别过！"起身刚走几步，忽又回头说道，"对了，李大侠，江某觉着……觉着你去见曹大帅之前，还是先将胡子削去的好，要不然，以二位大侠这副尊荣，人家定会认为你们是偷营劫寨的，哈哈哈哈……"江忧大笑离去。

李清霄苦笑，拔剑，削去了胡子，当他与凌久章来到大宋兵营时，却听说大帅曹彬昨日染了重病，卧床不起，难以处理军务，众位将领们都在帅帐探视病情，李清霄敬重曹彬，听了这个消息，十分担忧，急忙奔往曹彬帅帐。

一进帅帐，李清霄不由吃了一惊，里面齐齐整整站了三十多人，除潘美、李汉琼、呼延赞、曹翰、田钦祚一众将领外，其余的都是太玄宗的英雄，为首的正是新宗主"神龙化雨"曾心澜，然后便是太玄右师苗道长、太玄左师龙湖先生、掌令使周桐、巡疆使山青，依次又是太玄九老木涯、霜均、章龄天、韦幽涧、窦瑁、阮雄、东方吉、邓仪、姜伯英，青龙堂主西门雨、白虎堂主凌寒、玄武堂主秦戬也都在场，而镇守南域的朱雀堂堂主明瑞，则带着其堂下南七宿的杜鹰三、虞路、罗大常、熊七、汪碧海、马澜沧等七位坛主恭恭敬敬地站最后面。一见李清霄进帐，太玄众人都大感意外，再见到凌久章，则更是震惊不已，只是当着曹彬的面不好问询喧哗，曹彬则满眼欢喜，从榻上半坐而起，连连招手："李大侠回来了，太好了，快这边来坐！"

李清霄瞧曹彬双目炯炯有神，气色也十分红润，并不像身染大病，不禁犯了嘀咕，曹彬拉着李清霄的手叫他坐下，对他说道："李大侠，这些天来，本帅四处派人寻你，却都未寻见，如今难得李大侠及时回返，真是天助我曹国华！"

李清霄拱了拱手："多谢大帅惦念，在下进帐之时，闻听大帅身染恶疾，可这会儿瞧大帅的精神样貌，倒是康健得很啊！"曹彬一笑："李大侠问得正好，本帅正要提及此事。"说着，望了望帐内众人，问道："诸君，你们可知本帅患何病症么？"

众将闻听，面面相觑，呼延赞当先说道："大帅近来一直操劳军务，未得休息，莫不是积劳成疾？"曹彬摇了摇头："非也！本帅的病，并非药石所能医治。"

呼延赞大惊："大帅患的究竟是什么病？"

曹彬淡淡地说："本帅患的是心病！"众人一听，你瞅我我瞅你，都有些莫名其妙，曹彬正了正颜色，说道："前日，本帅已遣人告知李煜，叫他不要逆天行事，负孤城而顽抗，只要能纳城归降，大宋天子必不亏待于他，可李煜听了之后，依旧迟疑不决，不肯归降，故而，本帅决心已下，准备限日破城，一举平定江南国。"

曹翰在旁哈哈大笑："大帅，莫非你就为这事担虑吗？这有何虑？我等众将早盼着这一日到来，只等大帅一声令下，顷刻便攻入金陵城！"

曹彬道："攻取金陵至关重要，本帅将太玄宗的英雄们尽皆请来，为的便是助我将士一臂之力，然而，本帅的心病却不在攻城夺寨。"

潘美沉吟半晌，开口道："大帅，请与我等明言吧。"

"好吧！"曹彬吐了两个字，坐直了身子，沉然说道，"只要诸公诚心立誓，攻克金陵之时，不妄杀一人，那本帅的心病便可痊愈了。"这一席话出口，众人恍然大悟，曹彬生怕将士克城之时荼害百姓，故而假意称病，以此言明心迹，像这样宽仁睿智的将军，众人心中无不敬佩。李清霄暗叹："有此良帅，大宋之幸，苍生之幸，何愁天下不平？如此，多我何多？少我何少？"这时，呼延赞接话："大帅奉行王道，心念百姓，我等自当竭力追随，大帅若心中有虑，末将等愿在大帅面前，焚香宣誓，入得金陵城，必不杀一个无辜百姓！"曹彬慨然拱手："曹彬替金陵百姓，谢过诸位了！"接着，在帅帐里设起香炉，攻城之人，俱在帐内焚香起誓：克城之时，绝不妄杀一人，如违此誓，天诛地灭！如此一来，满营将士无不畏服，再无一人敢轻举妄动了。

第二日，曹彬头戴金盔，身披金甲，骑着一匹大白马，由曾心澜、西门雨、凌寒贴身护卫，亲自督兵十万，从三面猛攻金陵城。金陵这座孤城，被困了八个月有余，曹彬接连的围城打援，已将金陵城的外援完全切断，使金陵城真真切切到了里无粮草、外无救兵的困境，区区二万守城之兵，早已强弩之末，身心俱疲，怎能挡得住十万大兵的攻势？即便有江南阁、沧海派这些武林门派相助，也是于事无补，只等大宋军的云车、云梯一架上来，金陵城防一触即溃，大宋铁甲兵像潮水一样涌进金陵城。

攻进金陵城时，宋军当真如入无人之境。

从皇甫继勋手里接过守卫京畿之责的郑王李从善，此刻早已不知去向，可他的部下吕彦、马诚信、马承俊三位将领却仍旧率领郑王府亲兵坚持巷战，但终究寡不敌众，没过一个时辰，便被神槊大将曹翰带领的先锋兵杀得干干净净。

另一路，铁鞭王呼延赞一马当先，挥舞大铁鞭，在李清霄、凌久章、龙湖先生、苗道长、周桐、山青、木涯、霜均、章龄天、韦幽涧、窦瑁、阮雄、东方吉、邓仪、姜伯英、秦戬、明瑞、杜鹰三、虞路、罗大常、熊七、汪碧海、马澜沧等二十余位江湖豪客的护从下，径直攻了李煜那座气势恢宏的宫殿。一进宫门，但见大殿四周护卫着一大群人，江南阁阁主司徒禹心、"小轩辕"上官靖、"神机秀士"苏如河、"金刚伏魔杖"伍飞虹、"铁手分金"杜珂，还有武元兴、滕远、唐浩、马乘、郭行六、卫金城、王茂、齐岭八大护卫俱都在此，除了江南阁的人，吴钩派掌门梁登阁、飞鱼帮帮主吴三节、金刀门掌门龙飞虎也都随同护驾，再往里看，丹墀之上，倒背着手威立一人。

见到这人，李清霄心底翻腾起来，这就是那个他曾经最信任而如今又最痛恨的韩子逸！在韩子逸身旁，站着个面色凝重的女人，这女人虽临战阵，犹有婉约风姿，她就是韩子逸的妻子风零玉。当韩子逸、风零玉瞅见李清霄时，他们都震惊了，上官靖瞅李清霄又恢复了往日神色，真是恨毒了，厉声说道："李清霄，你……你还活着！"

李清霄笑了笑，回想过往种种，忽一抱拳，向上官靖深深作了个大揖："上官先生，对不住了，让你们受惊，真是我李清霄的不是，可惜啊，李清霄这命又臭又硬，阎王爷厌烦我，崔判官讨厌我，阴曹地府留不得，没奈何，我又活过来了。"

上官靖直咬牙："你……你……"气得说不出话来。

韩子逸却在丹墀上冷冷一笑："清霄兄，别来无恙？"

李清霄扬眉忽问："嗯？你又是谁？"

韩子逸一怔："怎么？你不认得我？咱们可做过兄弟！"

李清霄哈哈大笑："兄弟？当初的离凌兄弟已经死了，如今，我李清霄只知有个丧心病狂、狼子野心的天煞孤星，他的名字叫韩子逸！"

苗道长在旁长叹一声，口诵道号："无上天尊！天煞孤星，残暴无义，孤克刑杀，贫道后悔当初听了扶摇真人的劝阻，没有除去你这天煞孤星，以至于留你祸害人间！你不愿自化，步步入魔，真是辜负了扶摇真人当年的一番苦心！"

"牛鼻子，你住口！"韩子逸勃然变色，"你这个攀龙附凤、沽名钓誉的臭道士，枉做出家人，有什么资格教训我？"这时，忽听李清霄身后有人大喝："韩子逸，你还认得我吗？"韩子逸举目一瞧，着实吓了一跳，出来的这个人正是当初被他捏碎臂骨、抛入长江的凌久章，但怎么看都是人非鬼，韩子逸不免心中大惊："这姓凌的怎么还活着？！"风零玉见到凌久章也是震惊不已："凌……"她顿住了，本想喊一声"凌叔叔"，可一想起之前发生的命案，风零玉不由十分恨恼，脸色立刻沉下来，"凌久章，你……你杀害长辈，残害弟子，还有脸出现在沧海门人的面前么？"

"玉儿，"凌久章大喊一声，"你知不知道，你还被蒙在鼓里！这个人，他不叫燕离凌，他的真名字叫韩子逸，乃是大辽十二刀盟的少盟主！谋害风掌门、残杀九叔、怀玉、慕玉、君玉的人，都是这韩子逸勾结江南阁做出来的，连我凌久章今天这副模样，也是拜他所赐！"说着，"哧啦——"猛地扯下左袖，露出了没有左臂的肩膀，断臂处的血肉早已结成干痂，疙疙瘩瘩，黑乎乎一片，看上去叫人毛骨悚然。

风零玉"啊"地惊呼一声，忙问，"凌师叔，你……你这是怎么弄的？"

"怎么弄的？"凌久章一指韩子逸，"就是被这个人用内劲一寸寸震断的！玉儿，这个韩子逸心狠手辣，歹毒至极，他……他就是个地地道道的恶魔，你千万不要被这个恶魔给蒙蔽了！"听了凌久章的话，风零玉仿佛被雷击一般，脑中一片空白，扭头怔怔看着韩子逸，颤颤地问："离凌……凌叔叔……凌叔叔说的是真的么？"

韩子逸凌然喝道："你信他还是信我？"

"韩子逸——"李清霄在丹墀下高喝，"你还不知悔改？难得风姑娘如此痴情待你，你却还要蒙骗于她，你配做个男子汉、大丈夫么？"

"你住口！"韩子逸勃然大怒，眼睛瞪得快要凸出眼眶。李清霄踏前一步，剑眉横飞："怎么，你怕了么？这两年你惯用阴谋，杀人无算，种种罪恶，神人共愤！你总说当年王彦昇杀你全家，可事到如今，你又杀了多少人？毁了多少家？"

这个时候，凌久章的话，风零玉或许不信，可李清霄的话，她却不得不信，刹那之间，风零玉双腿一软，仿佛一万支箭不停射进她的心头，叫她一阵痛似一阵。韩子逸脸色变了几变，随即一阵狂笑，厉声说道："不错！不错！这一切都是我干的！即便是我干的，你们又能奈我何？告诉你，李清霄，如今我韩子逸已解开了孤城玦的奥秘，练成龙象大明神功，我韩子逸才是真真正正的天下无敌。"说话之时，他沉肩聚气，反手一掌击出，"砰！"如金锤一样击在身边金柱之上，"喀嚓嚓——"那根数人合抱的蟠龙金柱轰然开裂，尘屑纷飞，柱子上又印了个两寸余深的掌印。这蟠龙金柱乃是千年金丝楠木所制，何等坚硬，韩子逸一掌将其击裂，这份功力实在骇人听闻。

众人一听韩子逸得了孤城玦，解开神通，练成龙象大明神功，包括江南阁、太玄宗在内的所有人，无不惊得目瞪口呆。李清霄更是倒吸了一口冷气，只觉得脊背森森发凉，江南阁阁主司徒禹心暗叹："难怪当日在凤凰台夺江南盟主时，我便瞧着韩子逸的功力奇高，原来……原来他练成的竟是孤城珖里的武功！"

金色廊庑之下，唯有风零玉痛不欲生，她也不知自己流了多少眼泪，只觉得自己的泪水快要干枯掉了，这时，她忽地拔出箫剑，倏然向韩子逸刺去，韩子逸见风零玉箫剑刺来，长叹一声，竟然未去躲避。

"噗——"箫剑直入韩子逸胸口，鲜血渗出来。

可刚刺进去不足半寸，风零玉忽然就下不去手了，手臂颤颤地停在那里。这时刻，旁人哪得知晓，风零玉该是有多爱韩子逸，然而，她又该是有多恨这个韩子逸。她手腕振了几振，依旧下不去手，猛地拔出箫剑，满面泪流向宫外跑去，她知道，或许从此日起，自己便一无所有了。太玄宗众人和呼延赞的铁甲兵非但未加阻拦，反不由自主地给风零玉让开了一条道路。"玉儿——"凌久章连声呼唤，跟着追了出去。

韩子逸心如刀绞，动了几步，终究没有迈出一步。

李清霄悲愤交加，当即一举鹿角剑："众位英雄将士，随我杀贼入殿！"他当先向韩子逸冲去，使出"气字诀"，鹿角剑斜撩而出，韩子逸腾身而起，闪过这一剑，反手一掌"龙象推涛"，使出十成劲力，气波出冲，直拍李清霄心口，李清霄左掌一抬，也使出十成功力，迎面接了韩子逸这一掌，"嘭——"一声沉响宛如轰雷，气浪咻咻荡开，竟将两旁的四个铁甲兵震飞出去，李清霄胸口一闷，腾腾腾腾……倒退了五六步，然而，韩子逸却在丹墀下依旧纹丝未动。李清霄这一惊非同小可，本来，他的先天无极功已入了丹道周天之境，内力沛然如海，自他下山以来，还不曾有人单凭内力将他击退，不想如今韩子逸练成了龙象大明神功，竟有如此神力，龙象大明神功果然冠绝天下，非但不在先天无极功之下，似乎还要高出三分。

李清霄正在震惊忡神之际，宫外喊杀声震耳欲聋，原来是曹彬麾下大将李汉琼、先锋曹翰统领两万铁甲兵杀进宫来。

眼见大宋兵越聚越多，到了这般地步，韩子逸情知江南国大势已去，任谁也无力回天了，他不想再为这颗没用的棋子耗费功力，拧眉高叫："李清霄，我韩子逸如今龙象大明神功已成，莫说是你，便是北扶摇、南紫霄都来了，又奈我其何？今天，我卖你个人情，李煜那个草包窝囊废随你擒走便是。可是，你要记住，好生看住你那狗皇帝赵匡胤的脑袋！"话音一落，韩子逸疾驰而出，双手左抓右抛，将挡在他面前的铁甲兵像枕头一样四下抛飞，一时间，摔死的、震死的、撞死的、劈死的……转眼便有几十人之多。李清霄再想阻拦，韩子逸早已纵过宫墙，扬长而去，李清霄一时心乱如麻。

丹墀之下，苗道长、龙湖先生等一众太玄高手，早已与江南阁的人战得血肉横飞，上官靖武艺固然出类拔萃，可太玄众人也俱是高手，再加上如潮似海的铁甲兵，乱战之下，江南阁的上官靖、苏如河、伍飞虹、杜珂、武元兴、滕远、唐浩、马乘、郭行六、卫金城、王茂、齐岭等人尽皆战死。可怜"小轩辕"上官靖，直到临死也未曾与李清霄拼上一把，只是如今国破家亡时，他的一己私恨也无足轻重了。

吴钩派掌门梁登阁、飞鱼帮帮主吴三节、金刀门掌门龙飞虎三人趁混战之时，像狸猫一样躲在角落里，眼见形势不妙，这三人连连冲着宋军高呼："我们愿降，我们愿降！"随即兵刃转向，开始纷纷大骂："司徒禹心，你……你还是投降得好！"

"司徒老贼，你不自量力，不但害了国主，还害了我们！"

"王八蛋，以卵击石，自取灭亡，你是罪有应得！"

大殿之下，司徒禹心一人仗剑独撑，须发尽乱，全身都是血污，连颔下那一簇浓密钢髯也被血染红，司徒禹心周遭，里三层、外三层都是铁甲兵和太玄群雄，围得水泄不通，司徒禹心眼见江南阁几位先生和门人都已战死，他长啸一声，却欲哭无泪，以他的本事，冲出重围也并非难事，然而，司徒禹心却扬眉昂立，冲大殿之内高呼："陛下，覆巢之下，安有完卵？城破国亡，皆臣等之罪！我司徒禹心今日虎落平阳被犬欺，没有面目再见陛下、再见国人！"司徒禹心大哭三声，震得屋宇嗡嗡直响，壮烈，悲酸。随即，司徒禹心举起白虹剑，项上一划，一股血箭射出，当场气绝。

躲在大殿里的李煜，听见殿外突然安静了，他知道最后一刻大势已去，脑中早已一片空白，拖着沉重的双腿，"咯吱——"缓缓推开殿门，殿外早被鲜血染红，他呆立丹陛上，望着横倒竖卧的尸体，哽咽了半天，方吃吃说了一句："我……我愿降！"

降字一出口，李煜已泪流满面。

过了好一阵，李煜缓缓走出宫门，袒露出一条白净净的胳膊，带着江南国一众文武百官，出了金陵城，正式向城外的曹彬元帅请降。曹彬下了白马，列出仪仗之队，以王胄之礼接待李煜，这叫李煜大为感动，他流了一通眼泪，只觉赤裸一条臂膀有辱斯文，便请求回宫换些衣物，曹彬应允，只派几个铁甲骑兵随他入宫。

李煜前脚刚走，潘美赶紧对曹彬说："大帅，你为何叫李煜回宫？倘若他回去后一时想不开，寻死自尽，那我等如何向皇上回话？"曹彬呵呵一笑："仲询勿虑，李煜这个人啊，优柔懦弱，向来没有决断，如今他既已投降，又怎肯舍得自裁？仲询且放宽心，不会有事的。"潘美道："臣子自杀，国主却投了降，倒叫潘某想起蜀汉往事。"曹彬一叹，沉沉吟道："猿鸟犹疑畏简书，风云常为护储胥。徒令上将挥神笔，终见降王走传车。管乐有才终不忝，关张无命欲何如。他年锦里经祠庙，梁父吟成恨有余！"

李煜的确没有一点想死的念头，他到了后宫，踉踉跄跄去了自己的御书房，看了看书案上那些令他无比心爱的笔、墨、纸、砚，还有镇纸、香薰、东瓶、西镜，又摸了摸那些古卷、字画，还有那张已经修补好了的瑶琴，李煜的眼泪又像雨点一样噼里啪啦落了下来，他跌跌撞撞颓然坐在龙书案前，最后研一次松烟古墨，然后，颤颤地提起笔，在这片原属于他的繁花似锦的江南国土，作了最后一阕词——《破阵子》

> 四十年来家国，
> 三千里地山河。
> 凤阁龙楼连霄汉，
> 玉树琼枝作烟萝，
> 几曾识干戈？
> 一旦归为臣虏，
> 沈腰潘鬓消磨。
> 最是仓皇辞庙日，
> 教坊犹奏别离歌，
> 垂泪对宫娥！

一阕词写罢，李煜趴在纸笺上大哭一场。

哭了好一阵，泪水早已将墨迹染得斑斑驳驳，他这才起身，失魂落魄地换上白衣白帽，跟着那几个骑兵一同去军门见曹彬。此时，曹彬派人已将金陵城的大小府库俱都封存，只等逐一运回东京，而李清霄在攻下金陵之后，担心陆烟白的安危，到处寻找，却始终没见陆烟白的影子，又打听白丛的下落，有人说，城破之时，白家人便已不知去向，李清霄心头怅然无比，只好暂返军营，等待江南之事彻底完结，再去寻找陆烟白的下落。曹彬那边一面安抚江南百姓，一面分派将领镇守，待一切准备停当，便亲率征南将士，带上李煜及四十多名江南国大臣，离开金陵，凯旋班师归京。

57　颠倒梦

东京城，崇元殿。

赵匡胤早已接到江南平定的捷报。

江南入了版图，华夏河山即将一统，赵匡胤心中反倒平静了许多，情知大宋之功远在五季之上，他日肃清寰宇，天下归心，直追汉唐风貌，也只是早晚的事。赵匡胤在崇元殿当下颁布诏谕，一面叫南征大军暂驻开封城外，以防入城扰民，一面遣晋王赵光义持天子剑，锦貂裘，载御酒，出城代天犒军，诏告天下：三日之后，皇帝要亲临宣德楼，接收江南国的降书顺表，与京城百姓同庆，以彰大宋威仪。当赵匡胤听说此番擒拿李煜之时，有个叫李清霄的年轻人立了大功，这年轻人既是白马将军李陪陵遗孤，又是扶摇真人陈图南的弟子，赵匡胤大为欢喜，随即又下道圣旨，叫李清霄亲解李煜来宣德楼献俘，他要亲自见一见李清霄这位大名鼎鼎的后起之秀、扶摇高徒。

到了第三日，李清霄按旨意带三百甲兵，押着白衣纱帽的李煜及一干江南降臣，车轮滚滚，进入开封城，百姓夹道欢呼，一直来到宣德楼下。但见赵匡胤头戴通天冠，身穿九龙绛纱袍，乘着九龙銮舆，高遮黄罗伞盖，在青鸾、雪鹃两名大内高手陪同下，带着三百名大内龙神卫出宣德楼，亲到天子御街受俘。

李煜见到赵匡胤，吓得赶紧趴在地上，浑身颤抖，叩首引咎，老老实实呈上了降书顺表，以及江南国一府三军十九州的山川地理图册。

受俘一罢，赵匡胤冲李煜威然说道："上天有好生之德，为君之心，贵乎含垢，道在包荒，你以往虽累负朕恩，朕今日仍要示以宽大，赦你愆尤，赐你列侯之号，式优待遇，今授你为光禄大夫、检校太傅右千牛卫上将军，封违命侯，希望你从今以后能诚心悔悟，感念天恩，莫要离心离德，再去负朕！"

李煜一见赵匡胤非但不杀他，还赐他官爵，虽说"违命侯"三字令他脸上发烧，可毕竟得封列侯，享受待遇，他赶紧跪倒在地，千恩万谢，一时痛哭流涕。

赵匡胤转目看了看李清霄，见这个年轻人器宇不俗，便生了爱才之意，微笑着说："李大侠，朕与令师扶摇真人机缘匪浅，当年，令师传朕王道之训，对朕有教化之功，朕始得延揽天下豪杰，开拓万里江山，朕时常感念扶摇真人的恩德！"

李清霄垂首说："陛下乃真龙天子，上应天命，自得辅佑。"

赵匡胤叹了口气，语重心长地说："朕如今虽平定江南，可北境尚有太原未顺，燕云未复，每每思来，朕时常食不暇饱，夙夜忧叹！回想起当年，那个石敬瑭，割燕云之地赂献契丹，使一方百姓孤居外境，朕常相北望，十分怜悯，因此，自朕登基以来，一直开源节流，蓄备库银，想着有朝一日，遣使与契丹商约，契丹若能归还我大宋土地百姓，朕宁愿用这些蓄存的金帛，赎回土地百姓，如果契丹不答应，那么朕便散尽这些蓄银，招募天下勇士，朕亲擐甲胄，率领这些勇士，夺回燕云十六州！"

李清霄一叹："陛下眷顾江山百姓，实在用心良苦！"

赵匡胤目光闪动："朕在宫中常听晋王言讲，说你不但身负绝学，更兼心怀将军之志，所以，值此朝廷用人之际，朕想让李大侠出任大内龙神卫都指挥使，为朕统领龙神卫，操练勇士，做朕的白马将军，一统四海，不知你意下如何？"

"这……"李清霄一怔，半晌，问道，"陛下，据我所知，大内龙神卫都指挥使一职，不是一直由呼延赞将军担任的么？"

赵匡胤微微一笑："呼延将军么，他老了，力不从心了。"

李清霄心头一颤，暗自轻叹："云台高议正纷纷，谁定当时荡寇勋。日暮灞陵原上猎，李将军是故将军。宦海沉浮，宠辱无常，又何须等到英雄末路、美人迟暮？"回想种种，李清霄不由心意灰冷，垂首说道："陛下，在下微末之人，多蒙圣眷，感激不尽。无奈何，我李清霄一介布衣，嗜酒多情，举止无行，闲云野鹤惯了，既无法管束别人，也受不得太多拘俗，往日之志，所剩无几。普天之下莫非王土，率土之滨莫非王臣，在下虽在江湖，倘国家有事，只要陛下降旨，在下自当亲至丹墀效力。"

李清霄无意入主龙神卫，令赵匡胤颇感意外，赵匡胤心中不由生出几分遗憾，可他贵为天子，自不情愿降尊纡贵恳求一个江湖人为自己卖命，沉吟半晌，呵呵一笑："李大侠，你年纪轻轻便有隐者风骨，不愧是道门高徒，也罢，人各有志，朕不强求。"说完这话，正要下谕摆驾回内城，忽然，只听宣德楼上有人高喝："赵匡胤，留下你的狗命！"

"嗖——"

"嗖——嗖——嗖……"

宣德楼上如风似电飞下来十个人。

当先一人寒刀闪闪，直扑赵匡胤。

青鸾、雪鸮就在赵匡胤身边，他二人大惊失色，连连高呼："护驾！护驾！"

李清霄一瞧这个刺客，大惊不已，这个刺客他再熟悉不过了。

这个时候，青鸾、雪鸮各自举刀斜劈："大胆刺客，你是何人？"

刺客刀风一荡："大周太尉韩通之子——韩！子！逸！"

这时，韩子逸身后一个身材高大、蚕眉鹰目的老者高喝："逸儿，别和他们废话，速战速决！"另一个须发虬结、面色赤红的中年剑客，也跳了过来，大呼："萧先生与韩少主毙掉这二人，我等去宰赵匡胤！"带着身后七人，呼啦向赵匡胤冲去。

这老者和中年剑客的兵刃、相貌都极为特别，李清霄扫了一眼，脑中闪出《江湖名客图》人像画谱，心头大惊："这二人不就是'幽云刀祖'萧道通、'乾天三阳剑'赫连明夙么？"再往后瞧另外那七个人，李清霄有的认得，有的不认得。这个时候，李清霄的心开始敲起了鼓，他倒不是担心自己的安危，而是替赵匡胤担忧——这萧道通乃是韩子逸的师父，武功盖世，赫连明夙也是北靖王府的头号剑客，非同小可，而赵匡胤此时御驾亲临宣德楼，身边未带重兵，只有青鸾、雪鸮和三百个大内龙神侍卫，萧道通、赫连明夙、韩子逸联手行刺，只怕赵匡胤凶多吉少！李清霄猜得没错，那老者和中年剑客正是名震天下的萧道通和赫连明夙，后面七人则是北靖王府的"长生剑"贺兰长缨及十二刀盟的子刀侯韩城、卯刀侯龙云飞、亥刀侯江波、巳刀侯石寰、未刀侯宇文天成、午刀侯萧天山，个个都是江湖少见的高手。

此时此刻，李清霄寸步不离赵匡胤，他深知韩子逸的武功今非昔比，是最大的劲敌，只有防住韩子逸，赵匡胤才会安然无恙，他横剑，像一座石碑，挡在赵匡胤面前，眼睛像鹰一样，盯紧韩子逸的一举一动。

正这个工夫，只听前面接连传来两声惨呼，在萧道通、韩子逸的合攻之下，青鸾、雪鸮这两大高手，一个被韩子逸震断了心脉，一个被萧道通砍断了胳膊，又削去了脑袋，俱都惨死当场。紧跟着，韩子逸、萧道通、赫连明夙、贺兰长缨、韩城、龙云飞、江波、石寰、宇文天成、萧天山十人合为一处，奔突纵跃，风电一样向赵匡胤袭来。三百名大内龙神侍卫已将赵匡胤层层护住，这些龙神侍卫武功虽不及韩子逸等人，可他们皆是忠心护主的死士，一时间，前仆后继，宁死不撒。韩子逸、萧道通这十个人虽杀得血肉横飞、全身血污，却也一时难以靠近赵匡胤身边。

韩子逸边杀边喝："赵匡胤，亏你还做过将军，原来是个孬种！听说你盘龙大棍使得不错，若真有本事，就过来与本少主走上三合！"

萧道通跟着哈哈大笑："他没这个胆量，只会叫一群猪羊来送死！"

赵匡胤鹰目横视，倒背着手，脸上虽不动声色，可拳头却攥得像个铁疙瘩。

李清霄生怕赵匡胤中了激将之计，眼见龙神卫如田间麦秸一样，一片片收割倒下，他心中忧虑，正急切筹谋对策，忽听长空中"咯"地响起一声鸣叫，紧跟着，有一人在百丈晴空中长声吟诵："一马全歼敌顽，五兵大闹王宫；杀机妙在有无中，得势寡能胜众；何故知难履险，未必成竹在胸；居平持盈欲降龙，名局千秋谁颂？"

这阵声音宛若铜钟，惊得众人都不由仰望长空。

白云之下，长翼振振，飞过来一只白羽巨鹤，白羽巨鹤的背上盘坐着一个人，这人长发披肩，形容清瘦，手持碧竹杖，身穿麻布灰袍，李清霄遥望了一眼，登时剑眉舒展，大喜过望，朝上高呼："凤老哥哥，是你吗？"

那人在空中长声说道："清霄小弟，别来无恙？凤老哥哥看你来了！"洪亮的声音，仿佛空中敲了一声震雷，接着，凤栖梧一拍白羽巨鹤的脖子，白羽巨鹤长鸣一声，振开双翼，俯身疾速冲下，翩翩落足，停落在长街附近的一幢五彩楼阁之上。

凤栖梧跳下巨鹤，足点青瓦飘然落下，宛如上仙下凡。

这一下可惊呆了所有人。

趁这个工夫，李清霄带着龙神侍卫，赶紧护着赵匡胤退到了五彩楼下，与凤栖梧合在一处，李清霄大踏步冲了过去，一把抓住凤栖梧的袖子："老哥哥，你怎么会来？"凤栖梧呵呵一笑："老哥哥前日去淮阳画卦台云游，听说你在前方立了大功，鞭敲金镫，宣楼献俘，老哥哥很高兴，要来寻你这小将军讨口酒喝，没承想美酒未饮，却赶上个大热闹，哈哈哈哈，这真是来得巧了！"说着，扭过脸，瞧了瞧韩子逸那些人，凤栖梧啧啧叹息起来："唉呀，莫非今天是黄道吉日？十二刀盟的萧盟主，北靖王府赫连首座，都聚到这里来了，莫非是觉得我大宋酿的酒好喝么？"

萧道通盯了半晌，冷冷一笑："凤栖梧，你没死啊？老夫此下中原，不是跟你扯嘴皮子的，你凤栖梧不是自诩跳出三界外、不在五行中吗？眼前的每一件事，都与你毫不相关，你还是袖手旁观的好，如果强出头，你也不是不知道老夫的手段！"

凤栖梧哈哈一笑："手段？你的手段不就是吓唬人么。"

"老家伙，住口！你算个什么东西！"韩子逸从旁大吼一嗓子，狠狠说道，"你凤栖梧不过是南岳剑派一个弃徒而已！如今我韩子逸练成龙象大明神功，莫说是你这个老东西，便是那个南紫霄来了，又能如何?!"

一听韩子逸练成龙象大明神功，凤栖梧一惊："你练成了龙象大明神功?"忽一扬眉，问那旁的萧道通，"喂，萧盟主，老夫要恭喜你呀！"

萧道通一怔："恭喜老夫什么?"

凤栖梧语气陡变："《晏子春秋》有句话：'橘生淮南则为橘，生于淮北则为枳。'哼哼，你萧道通将这个徒弟调教得狂妄自大，是非不明，满身戾气，一叶障目，不见泰山，正可成为你手中一枚大好棋子，老夫能不恭喜你么?"

萧道通大怒，蚕眉斜飞，"嗡"地一振麟灵神刀，一股森寒戾气便已扑面而来，萧道通喝道："凤栖梧，你不必在这儿挑拨离间，今天尔等挡得住我们师徒便罢，如若挡不得，莫说是你，老夫叫整个大宋都灰飞烟灭！"

凤栖梧一笑："萧道通，胡子一大把了，为何还学年轻人说大话?"

萧道通目射寒光："凤栖梧，别逞口舌之能，你我皆是武林中人，虚名背了数十年，若真有本事，咱们兵刃上见个高低！"一托乌沉沉麟灵神刀，飞纵了过来，凤栖梧不敢大意，掣出碧竹剑与萧道通斗在一起，两柄兵刃一黑一白，一沉一快，一稳一灵，刀如猛虎，剑如青龙，风雨云雷，各得其妙，眨眼便斗了七八十回合。

当今武林，若论刀法上的造诣，无人能出萧道通之右，而凤栖梧乃紫霄五剑之首，也是一等一的剑术大家。萧道通使刀，凤栖梧使剑，两人都在各自的兵刃上下足了功夫，皆谓妙到毫巅。凤栖梧曾经在灵鹤洞与李清霄切磋过剑法，领会过九真御剑诀之妙，他好剑成痴，不断钻研，早已化为己用，如今已是百尺竿头更进一步，但见他运出"九霄幻化神剑"，一时荡出满天剑影，霍如羿射九日落，矫如群帝骖龙翔，剑气纵横，光华纷纷，将萧道通圈在其中，萧道通顿时大感费力。

赫连明夙撩眼皮一看，情知这种场合绝非江湖比斗，眼见萧道通吃力，赫连明夙当即高叫："萧先生，本座来助你一臂之力！"话音一落，手中乾光剑挂着烈烈金风，如白虎下山相似，一入战团，呼啸生威。这赫连明夙人称"乾天三阳剑"，乃是北靖王府的金符堂首座，位列《名客图》丹青十三名剑，剑法刚猛，气贯长虹，是当今江湖中为数不多的使剑大家。他一上阵，萧道通登时如鱼得水，与赫连明夙刀剑并举，如沧海扬波，刚猛异常，如此一来，凤栖梧便不那么顺风顺水了。

贺兰长缨、韩城、龙云飞、江波、石寰、宇文天成、萧天山等人也深知此番行刺，事大如天，他们不敢有半点疏怠，使出浑身解数，连连吼叫着，向赵匡胤杀去，可是，这一回，没有萧道通、赫连明夙在，剩下不足二百名的龙神侍卫顿时大大松了口气，这些大内侍卫个个抖擞精神，将赵匡胤护得更加严密。

长街之上，韩子逸、李清霄刀剑对峙，就好像两座琉璃铁塔。

"李清霄，咱们的恩恩怨怨，也一并解决了吧!"

"好，早解决，早安心。"

"不错! 要么你李清霄安心，要么我韩子逸安心!"

"韩子逸，你的心，何曾安然过?"

"哈哈哈哈……"韩子逸大笑："李清霄，有你在，我岂能安?"他话音一落，晓月寒刀劲气摧风，攻向李清霄。

高手对决，稍有破绽便会一败涂地。李清霄自然深明此道，他屏气凝神，施展"九真御剑诀"，"和字诀""神字诀""气字诀""仁字诀""简字诀""易字诀""清字诀""盈字诀"……八法变幻，时而疾如雷霆，时而飘如烟沙，时而静守中平，时而大开大阖，一路下来龙吟阵阵，剑气所至，实如苍龙，有掣电拿云之妙。然而，李清霄剑法再快，却也快不过韩子逸，韩子逸的掌法、刀法在龙象大明神功催动下，快、稳、准、狠皆到极致，晓月寒刀一刀击出，龙象神力随之荡出，寒芒漫天，取尽威猛杀势，既如疾风暴雨，又似闪电流星，一刀劈来，都仿佛泰山倾倒，震得李清霄双臂发麻，气血翻涌，不由得连连后退，李清霄心中不定，苦思良策，一不留神，左臂被韩子逸一刀戳中，鲜血当时溅了出来，李清霄一招失手，满盘落了下风。韩子逸何等精明，他不给李清霄丝毫喘息之机，左手趁势疾出，一招"长鲸出海"，气浪破空而出，化成一堵无形气墙，"嘭——"气墙撞上李清霄的胸膛，李清霄先天元气经不住龙象大明神功这排山倒海一击，身子登时倒飞出七八丈，吐出血来，韩子逸极兴奋，狞声叫道："李清霄啊李清霄，只有你死，我才心安!"

"李清霄，你怎么啦?!"一声清呼从宣德楼上响起。紧跟着，从宣德楼上飞下一人，雪白的长衣逆风飞扬，宛若凌波仙子，李清霄抬头见了，当下一呆："烟白……"陆烟白一到近前，也不说话，手中紫光宝剑星移斗转，剑花纷纷，上三下四、左五右六，接连向韩子逸刺出十八剑，韩子逸不敢小觑，寒刀旋似流星，"叮叮叮叮……当当当当……"寒星纷落，将陆烟白这十八剑尽数破去，反手一刀"断海分江"劈向陆烟白，这一击犹如雷霆万钧，势不可挡，陆烟白紫光剑当即脱手，韩子逸随即当空挥出一掌，正是大明神功的一招"龙象推涛"，气波出冲，直撞在陆烟白的胸口上，陆烟白"啊"了一声，像断线的白风筝斜飞了出去。

58 辞丹墀

"烟白……"

李清霄脸色苍白。

他一边唤着，一边吃力地爬过去。

"烟白……你怎么样?"李清霄抱起陆烟白，看见这个曾经既让自己朝思暮想又让自己痛不欲生的心上人，李清霄百感交集，不知是该高兴还是该悲伤，他蹙着眉头说："陆烟白，你……不是走了么? 你说，你来这里做什么? 你怎么这么傻? 你来这里做什么! 你不该来的啊……"他颤抖的声音不住地责备，可陆烟白心里明白，李清霄看似是在埋怨，实则是对她万千怜爱，她略一苦笑："李清霄，你以为……你以为我是来寻李煜报仇的么? 呵呵……我终究是南唐人，国都亡了，家又如何呢?"说着，眼中闪出从未有过的痴慕之情："李清霄，是你说的，前世不相欠，今生不相逢，相逢了，就不要分开，你欠我的，还没还，我……我要不来，才会懊悔一辈子呢!"

李清霄呜咽着说："烟白，你说得对，我欠你的要还，不但今生，还有来世!"陆烟白眼中泛起泪花："真的么? 你可要言而有信。"说到这里，她扬起雪白的脸，脉脉地看着李清霄，眼中没了忧伤，没了怨恨，都是楚楚迷人的光亮："李清霄，你知道么? 我想了好久好久，直到你要离开我的那一刻，我才觉得，原来我……原来我……是如此爱你!"李清霄泪水决堤而出："你……你说的是心里话么?"

"呵呵，难道……难道你希望是假的么?"陆烟白微笑，"大笨蛋，枉你……枉你读了那么多诗书，你不知道么? 有些情意心底藏不住，因为眼睛会说出来。"李清霄听了这些话，一动不动地看着陆烟白的眼睛，自己早已泪流满面，这是他盼望了多久才听到的话啊，他不相信是真的，可又无比相信是真的，情之一物大抵如此，溯洄从之，道阻且长，然而，两颗心一旦合为一处，以往所有的苦痛都顷刻化作烟云。

"喂，李清霄！"韩子逸目泛凶光，拍了拍手中的晓月寒刀，狞笑着，"非我韩子逸不念旧情，只是一山不容二虎！念你我相识一场，我让你们多说几句心头话，余下的留在黄泉路上去说吧！"拖刀过去，那边凤栖梧一见不妙，不敢再与萧道通、赫连明凤纠缠，倒纵而来，碧竹剑剑花弥天，将李清霄、陆烟白二人护在当中。

韩子逸狂笑几声，一振晓月寒刀，龙象神力鼓荡而出："凤栖梧，连李清霄都不是我的对手，你这个老家伙以为挡得住我吗？今天连你一同宰了！"他话音刚落，忽听身后响起了一个清灵声音："子逸，停手吧！不要再杀人了！"一听这声音，韩子逸心头怦然一颤，回头一瞧，屋上飞下一人，韩子逸顿时惊喜不已："玉儿？是你！你回来得正好！回来得正好！今天正好让你瞧一瞧，为夫如何手刃仇人成就大业！"

风零玉消瘦的脸上没有半分欢悦之色，她的声音再也不像从前那样镇静了："你为何还要杀人？你为了报仇，杀的人还不够多么？"

韩子逸冷喝道："阻我大业者，人挡杀人，佛挡杀佛！"

萧道通听了，在那边高赞："好徒儿，有志气！"

风零玉苦笑一声："人外有人，天外有天，你这样做早晚会没了退路。离凌，你……你还是收手吧，只要你肯放下这些，我风零玉……我风零玉愿意抛弃过去一切仇恨，咱们……咱们一起好好过日子，好么？"

"你不要再说了！"韩子逸厉声高喝，"什么人外有人天外有天，我韩子逸如今龙象重生，天下无敌！我就是天外天！"说着挥手一指李清霄，"你瞧瞧那个李清霄，他纵是扶摇弟子，逸仙高徒，又有何用？什么先天无极功，什么九真御剑诀，全是狗屁，都不是我龙象大明神功的对手，还不是被我打个半死！哈哈哈哈……"他扭曲狂笑，像猿啼，像鼙鼓，像裂石，像子规长鸣，震得周围人耳鼓像针刺一样痛。

就在韩子逸狂笑时刻，盘膝打坐的李清霄忽然站了起来。

他仰起头，轻轻拂剑，望着五彩楼上停落的白羽巨鹤，长吟起当年那首诗："一望翩翩下鹤台，枫丹雪羽莫徘徊。青翎玉翅擎天宇，白马银鞍荡地埃。我骨醉言为将骨，君才咏叹是仙才。三分豪兴别愁色，彼岸荷花一竞开。"

韩子逸怔得退了一步，心中发狠："该死！他怎么又起来了？"

李清霄一步一步走到韩子逸近前，平静地说："韩子逸，当初白鹿论剑，你问我'快'字何法可破，今天，我告诉你，'弱'字可破。"说话时，长拂鹿角剑，轻悠悠斜指地面，剑身登时亮起一层淡淡光芒，光芒愈盛，渐渐将李清霄罩在其中。

韩子逸有些心绪不宁，他倏地振开晓月寒刀，冷笑两声："好！我倒要领教领教，你的'弱'字怎么破我这个'快'字！"话音落时，晓月寒刀凛然出手，好似霹雳，一瞬间便刺到了李清霄胸前，李清霄左手一划，先天无极功荡出一团真气，当即裹住晓月寒刀的刀身，晓月寒刀霎时如同被吸住一般，凝滞在半空，半点刺不进，与此同时，李清霄右臂一贯先天元气，起手拂剑，向前一送，一道冰雪剑气直穿韩子逸丹田气海。

韩子逸大惊，单掌拍出气浪，打算震散这道剑气，不料那剑气看似轻弱，却有穿石裂金之力，"哧——"一下穿过韩子逸振出的气浪。

"噗——"剑气穿透韩子逸丹田气海，气息一散，龙象大明神功当即被破。

这一惊天逆变，两边的人无不为之目瞪口呆，陆烟白则更加清楚地知道，这个让她爱入心扉的人不会被轻易打倒。一个人，只有承受住了至极的苦痛，才会真正洞见"弱"的真谛，那时，他会像流水一样，看似处在最低下的境地，实则已渐渐汇流成了汪洋大海，一旦风起，便会激起昔日从未有过的劲力。《九真御剑诀》这最后一层"弱字诀"境界，李清霄在极苦与极爱之一刹那，终于悟到了，"九真御剑诀"与"先天无极功"两大道家至上武学一旦融会贯通，先天真气随风而行，若水流转，就势而迁，一作用在鹿角剑上，威力顷刻不可阻挡！

韩子逸捂着伤口，嘴巴一张一合："这……这怎么可能……"他跌跌撞撞退了几步，"龙象大明神功，无敌天下，怎能……怎能被打败？"

李清霄叹了口气，平静地说道："韩子逸，世上从来没有一成不变的事，龙象大明神功本藏戾气，你魔心太盛，灵台不净，实在不该去练此功。"

韩子逸怔怔发愣，晓月寒刀当啷落地，鲜血从指缝汩汩流出，冒着热气，他却浑然不觉，呆呆地念着："不可能……不可能……龙象神功天下无敌！没有人能打败龙象大明神功！"风零玉早已扑过来，一边流着泪，一边撕下衣襟，手慌脚乱地给韩子逸包堵伤口，正在这时，朱雀门外马蹄疾疾，甲胄铮铮，潮水般冲过来无数铁甲禁军，为首一人高坐雕鞍，身材魁梧，肤色微黑，鹰目隆准，一副豪雄姿貌，正是在城外安置征南将士的晋王赵光义。赵光义在城外闻听天子赵匡胤在宣德楼外遇到刺客，震惊不已，连忙点齐三万铁甲禁军，火速奔进天子御街护驾。

"保护皇上！"赵光义一声高喝，第一个纵马奔来。

三万铁甲禁军手持长枪、铁盾，像流云一样围拢来，里三层、外三层将赵匡胤牢牢护在中间。赵光义到了近前，赶紧下马，小跑几步"扑通"跪拜在赵匡胤面前："陛下，臣弟救驾来迟，让陛下受惊了！臣弟罪该万死！"赵匡胤一笑，扶起赵光义："这算不得什么，朕戎马一生，驰骋沙场，什么阵仗没见过，何惧区区几个江湖蟊贼！"赵光义心想："这些哪是区区蟊贼，可都是当今江湖的顶尖高手！"他心中虽是这样想，口上却大赞："陛下处变不惊，豪气干霄，这等天子神威，自古帝王莫及！陛下稍候，臣弟这就收拾了这几个江湖蟊贼！"赵光义说着，当即一挥手，"弓弩手出列！"一指宣德楼下的萧道通等人，"格杀勿论！"

　　霎时冲出三千弓弩手，拈弓搭箭，望着萧道通那十个人劲箭疾射，铁镞嗖嗖，就像急雨飞蝗，十人中，要数萧道通、赫连明凤武艺最为精绝，他二人手中兵刃旋转如飞，拨打雕翎，一时尚能自保，可片刻之间，转眼一瞧，身边的"长生剑"贺兰长缨、子刀侯韩城、卯刀侯龙云飞、亥刀侯江波、巳刀侯石寰、未刀侯宇文天成、午刀侯萧天山这七个人，却已被射成了刺猬，血溅当街。

　　萧道通一见此番行刺非但功亏一篑，又折损了这么多好手，连他最引以为傲的韩子逸也一败涂地，当真损失惨重，萧道通的心头像挨了一记大铁锤，苦痛万分，他远远瞧着重伤倒地的韩子逸，心中虽不忍，可眼下身陷重兵之中，又能如何？萧道通禁不住长啸一声，连连高呼："逸儿，为师无法救你，莫怪为师！你是为师的好徒儿，更是我大辽国的英雄战将！为师若能冲出重围，他日必定为你报仇雪恨！"说完这句话，萧道通晃动麟灵神刀，与赫连明凤并肩一处，向外猛杀，两人俱是当今武学大家，手中刀剑上下翻飞，挡者披靡，活生生杀出一条血路，飞檐掠脊，冲过朱雀门，逃之夭夭了。

　　长长的天子御街上，风零玉抱着韩子逸就像泥塑一样，孤零零呆在那里，风零玉看着毫无血色的韩子逸，心疼得难以呼吸，她低声对他说："离凌，李大侠为人侠义，宅心仁厚，要么……要么我去求他，兴许……"

　　"不，不要求他！"

　　韩子逸打断了风零玉的话。

　　他的血不停在流，声音不再像之前那样激越："玉儿，你……你知不知道，我……我原来一直在想自己是个什么，可……可到头来，却发觉自己竟什么也不是！英雄……战将……呵呵，一年后，两年后，十年后，一百年后，这世上谁还记得我韩子逸？呵呵，谁还记得我韩子逸？哈哈哈哈……"他笑声一大，肚子上的伤口又裂开了几分，血像泉水一样咕嘟咕嘟涌出，韩子逸咬着牙忍着疼痛，抬头看看风零玉，目光忽然变得温柔了，"玉儿，我……我韩子逸对不住你！我不该……"

风零玉哽咽地摇着头："你不要说,不要说了,离凌,回头是岸!我这就去求李大侠,从此你我远走天涯,寻个没人的地方好好过日子,不再理这些纷争了,好么?"韩子逸勉力一笑:"回头是岸?呵呵……哪里是岸?回不了头了……回不了头了!走对我已不重要,我不愿走了……此……此刻我与你如此亲近,却叫你苦痛,呵呵,知此诀别,莫如……莫如当初便不相识,不如相忘于江湖!不如相忘于江湖!"

"江湖"二字再落,韩子逸忽然猛地咬破舌尖,与此同时,用最后的气力,"嗖"地从怀中抽出一物,那物如冰似雪,正是孤城玦。但见韩子逸舌尖之血瞬间吐在孤城玦的缺口之上,随即念起了诀咒:"佛告文殊师利:譬如三千大千世界,所有草木丛林、稻麻竹苇、山石微尘。一物一数、作一恒河。一恒河沙、一沙一界。一界之内、一尘一劫。一劫之内,所积尘数,尽充为劫……"

这几下电光石火猝不及防,当李清霄知道韩子逸催动孤城玦神力打算与众人同归于尽时,孤城玦神通大现,光芒已冲射出来,七彩光柱上冲苍穹,散出万道霞光,如梦似幻。光柱之外,赵匡胤、赵光义、李煜、凤栖梧……连同韩子逸、风零玉以及那数万禁卫军、龙神卫、铁甲兵,每一个人的目光都被这七彩光华吸引住了,呆呆发愣,仿佛踏入了玉虚幻境,一片光明,一片寂静,一片祥和,片刻不想移开。

"孤城玦,多美的孤城玦!"

众人呆呆地念叨着。李清霄知道这是世界上最幻美的地狱之门,七彩光芒暴射之时,便是诀灭之刻,所有看到孤城玦光芒的人,一个也活不了!他拼命大呼:"闭上眼睛!大家闭上眼睛!不要看那光柱!"然而,众人正如痴如醉,仿佛梦幻之中,竟无一人在听他的话,一时之间,李清霄心里几乎万念俱灰,他顾不了这许多,纵身飘向陆烟白,如今在李清霄的心里,宁可没了大宋天子,也不能没了陆烟白。

只是,李清霄万万没想到,他刚到陆烟白身边,却发现自己腰间霍然紫光大盛,灿灿紫光,直冲苍霄,他赶紧低头一看,发出紫光的正是"忘忧仙子"叶别离临死前送给他的那块紫佩曼珠沙华。此时此刻,更神奇的事情发生了,一道紫色光柱从紫佩曼珠沙华中冲出,与孤城玦的七彩光柱盘旋交错在一起,犹如两条巨龙,翻江倒海,顷刻之间,东京上空风云变色,光华遍布穹宇,好似龙甲飞旋、长空飘雪,每一个京城百姓都傻了眼,纷纷伏拜在地,朝天祈祷。这时,两条盘旋的光柱陡然落下来,就像被长鲸吸水一样,尽都落入小小的曼珠沙华中,紫佩上银针似的花瓣散着淡淡微光。

霎时间，光柱散尽，云舒风淡，大家也都清醒了。

"怎么会这样？怎么会这样？"韩子逸疯一样嘶吼着。

莫说是韩子逸，连同李清霄、凤栖梧在内，都不曾想到会有这般惊天景象，大家既震惊又后怕。赵匡胤的脸也是由红变白，由白转青，变了几变，经历这一番大变故，纵使赵匡胤贵为天子，此时也不由得不生出几分如释重负后的惊惧。这时，凤栖梧手捋紫髯，忽然哈哈大笑，长声说道："是非成败，一时烟花！悟已往之不谏，知来者之可追。实迷途其未远，觉今是而昨非。红尘多惑，江湖梦远，不如回头是岸，一壶酒，一卷书，乘鹤遨游，自在云天，管他什么江山如梦，美人如虹！"

"不！"韩子逸忽然一声大吼，像平空打了一个霹雳，"我不甘心——"他猛然直起身子，张开双臂伸向赵匡胤，凸起的眼珠子就像庙里的韦陀像，"赵匡胤！你！这！个！篡！贼！我……我韩子逸今日便立下诅咒，诅咒你赵匡胤不！得！好！死！咒你兄！弟！相！残！子孙……子孙……"他还想要说什么，却什么也说不出，身子忽地一塌，气绝身亡，眼睛还直直地盯着天空。此刻的风零玉，竟没有一声哭泣，她痴痴地搂着韩子逸的尸体，就像以往那样平平静静地说："子逸……你真傻……这世上怎么会没人记得你呢？你把我忘记了么？还有我啊……我会一直记得你！韩子逸，我永远记得你！我风零玉生是子逸的人，死是子逸的鬼，呵呵……"一笑时，倏然拔出箫剑，反手刺入自己心口，"呵"了一声，软倒在韩子逸身上，就这样死了。

"这……这……"众人惊愕着，无不为风零玉惋惜。

韩子逸、风零玉这一死，李清霄大是哀痛，痛得难以呼吸。

风零玉香消玉殒令人哀婉，自不必说，可韩子逸又该如何呢？他之于柴周之于大辽之于风零玉，是好？是坏？李清霄心中不停地盘问，他清眉微垂，手里攥着叶别离的紫佩曼珠沙华，瞅着地上那块如冰似雪的孤城玦，呆了半晌，过去缓缓一笑，仿佛在同它对话："孤城玦，孤城玦，你虽无过，可世人毕竟凡夫，心中皆有不可抵及之岸，却又偏想以汝为舟，扬波登岸，奈何此舟无底，谁人善驭？如何到得了岸？是到诀别的时日了！如今剪除幻梦，也让世间少些风浪，多些安宁。"

话音一落，鹿角剑骤然击了下去。

"诀！诀！诀！诀！诀！诀！诀！"

李清霄连击七剑，千年寒铁白鹿角斫研万古流星飞天石，激荡出这个江湖中从未有过的金石之声，宛如利针，刺人耳鼓，顷刻，上古孤城玦，碎于鹿角剑下。忽然间，碎裂的玦块涔涔流出殷红血来，丝丝血流，渗入砖石，煞是可怖，直到最后一丝血尽，只听"砰"的一声惊天巨响，孤城玦碎块化作满天星粉，陡然消散，无影无踪，从此人间再无此宝。宣德楼外，每个人都目瞪口呆。

五彩楼下，赵匡胤面如寒铁，韩子逸、萧道通、赫连明夙等人这一行刺，使他对李煜的降顺之心起了猜忌，他一面派人押李煜进内城，严加看守，待查明了行刺缘由后，再行处置，一面对赵光义说："御弟，你即刻带领铁甲禁军封锁京城九门，务必要挨家挨户地搜查，看看这些贼人在京城是否还有隐匿之处。此外，遣人出京，八百里加急，告知北方镇边各路节度使，时刻留意契丹和太原的动向，勿教敌军趁机偷袭！"赵光义当即领旨，也未同李清霄打招呼，带上两万铁甲禁军，急匆匆去了。

正在这时，陆烟白忽地委然倒地。

她头一侧，又吐了口血，李清霄扑过去，一把握住陆烟白的手："烟白，你……你怎么样？千万要挺住！我……我这就给你运功疗伤！"他盘膝而坐，双掌紧贴陆烟白掌心，先天元气自"少府""劳宫"两穴注入进去，哪知甫一注入，竟寻不到陆烟白的经脉，先天元气一时无路可行，竟半点也起不到效用，李清霄大惊，眼泪顷刻流下来："为何会这样？为何会这样？"陆烟白蹙眉，吃力一笑："李清霄，你别哭，这样多不好，呵呵，人家……人家会笑话你是鼻涕虫了，你看，你有多少名字啊，大懒虫、假秀才、奉承鬼、大笨驴、鼻涕虫、小……小色……"声音忽然就断了。

李清霄抱着陆烟白，呜咽着，一串泪水流入脖项，他连连摇头："烟白，我不会让你死的，我李清霄纵使走遍天涯海角，也一定救活你！一定救活你！"

大家见李清霄哭得如此伤心，也都跟着泛起阵阵哀伤。凤栖梧踏步过来，一搭陆烟白的脉，叹了口气："小兄弟，小丫头被龙象大明神功所伤，神力袭走周身，重创了她的十二经络，散去真元，伤势极为严重，无经可循，真气无法注入，若要医治好小丫头的伤，除非……"李清霄急忙抓住凤栖梧的袖子："除非什么？"凤栖梧皱着眉说："除非当年武陵摘星台'铁算神医'孙宜鹤再生，以其'药王十三针'重新分理疏通陆姑娘的十二经脉，使体内真元回聚，滋息不绝，如此，小丫头方可获救，只是……只是这铁算神医已过世多年，技法难觅，只怕小丫头这伤……"

"不……烟白不会有事！"

李清霄神色仿佛雨中青石，话刚出口，他眼忽一亮："我想起来了！这世上还

472

有一人，定晓'药王十三针'，我这就去寻她，对！寻到她，就一定能救得了烟白！"李清霄好像山头冲来的一团雪，抱起陆烟白急向前走，刚走几步，忽停下来，回头望了望赵匡胤："陛下，清霄临别，还有一言，在下曾略读史书，深知自古以来，匡国勋将少有善终，吴王杀伍员，越王杀文种，赵王杀李牧，秦王杀白起，汉高杀韩信……可怜这些曾经立过汗马功劳的忠臣名将，无不含恨而死，千古之下，冤莫大焉。清霄虽一介布衣，远处江湖，却期盼我大宋天子不让贞观风度，广施仁政，善待功臣，开辟百代昌明盛世，如此，陛下自当受万邦敬仰，饮誉千秋！"

赵匡胤听了李清霄的话，一双鹰目像夜色一样沉了下来，他稍稍静默了一会儿，淡淡笑了笑，说道："李大侠大可放心，朕当年自别华山以来，从未忘却扶摇真人的教化，朕的子子孙孙，同样会奉行王道，断不会做狡兔死、走狗烹之事。"

李清霄道："果真如此，豪杰幸甚，苍生幸甚！"

赵匡胤浓眉微扬，沉吟片刻，说了几句话："李大侠，你虽为将门之子，却无意功名，半为豪侠，半为羽客，寄通灵台之下，振翅江湖之上，白云黄鹤，羽衣逍遥，朕倒也忽然羡慕得紧！朕只恨自己福德不厚，不能留住你这位天下无双的剑客在朕身旁效命。"叹了两声，一挥手，"来人，为李大侠备车，护送李大侠出京！"

白云下，一辆松厢马车在尘沙中驰奔，风吹帷裳，半卷竹帘，依稀能看见陆烟白苍白如雪的脸，李清霄抱她坐在车中，想起她说过的每一句，既高兴又悲伤。

"烟白，咱们从此再不分别了，好吗？"

李清霄含泪，寸寸拔出鹿角剑，慢慢割掉自己的一缕头发，与陆烟白的青丝绾作个同心结，李清霄捧着同心结，嘴唇颤抖，他努力节制着眼泪，低眉轻唱："远岸烟深。渭城朝雨浥轻尘，客舍青青柳色新。劝君更尽一杯酒，西出阳关无故人。长亭柳依依。伤怀，伤怀，祖道送我故人。相别十里亭。情最深，情最深，情意最深，不忍分。不忍分……"唱着唱着，不知什么时候，怀里的陆烟白竟睁开了眼睛。夕阳如丹，照入车窗，她清白如雪的脸庞格外安详，声音却弱得像蝉翼："清霄，这歌真好听，我……我好像……好像见到了我的爹爹，还有娘亲，还有管家大叔，还有……还有好多人……"李清霄高兴得呵呵直笑，泪水呼啦啦流了下来，滴滴落在陆烟白的秀发上，他将陆烟白紧紧抱在怀里，生怕一松手陆烟白就会像云一样飞走了。

多年以后，沧海尚未变成桑田。

有人在一座不知名的山上，发现了一大片相思树苗，相思树下是漫山遍野的同心草，山风一吹，树动草摇，红彤彤的，像火一样，又像赤波大海。每天夕阳时分，成群成群的杜鹃鸟会飞到这里，在杜鹃群里，总会藏着一只白鹦鹉、一只画眉，这些美丽的鸟儿挤挤插插落满了相思树，远远看去像烟花一样，它们扇着羽翼，跟着一个老人不停地叫着："不孤，不孤，归岸，归岸……"老人的脚下，还卧着一头白鹿，它静得像睡着了一样。

　　许多路过这座山的人，都觉神奇，总要上来，围坐在老人的一间茶舍里，听他讲着似远似近的故事。茶舍里的大书架摆满了泛黄的旧书册，每一回，老人都会依着次序抽出一册书，轻轻翻开，就像今天这样，用像茶一样平和的语气对大家说："今天啊，咱们该讲这一本了，这一本书，讲的是'谢星辰三下玲珑塔，陈雨柳一剑震西川'。往事旧剑，金戈铁马，猿鹤听琴，有趣得紧呢，你们听完这些故事，会明白，一个真正的英雄，并无多少选择余地，要学会诀别，他们是最孤独的。老夫诗曰：从来世道名边剑，自古江湖酒后茶。海角洞明非海角，天涯渐远即天涯。"每当故事讲完，有人总要问一问老人的名字，老人会发下呆，然后合上书，声音依旧像沏好的一杯绿茶：

　　"我啊……我记不清了，就叫我无梦好了！"

后　记

　　五年前的一个秋天，那天我记得清楚——2014年11月11日，当时，我在北京的一家英文电视台工作。午间，秋风过境，黄澄澄的银杏叶离开枝头，铺满了创意园区的草坪，走上去沙沙直响，像音乐。我瞧着林径间金灿灿一片，颇想化作一只猫，躺上去安然沉眠。这时，一个女孩忽然在前挥挥手，腼腆地打了声招呼："你好先生，能帮我拍几张照么？"我欣然答应。拍完，她倚着银杏树，翻看那只并不时髦的手机，随后高兴地打起电话："妈！我找到工作了，这里环境可美了，我可以留在北京了！"我听了，心中感叹，这里或许有她最初的梦想，加油吧，只要走下去，最初的梦想一定会实现！

　　什么是梦想呢？司马相如《长门赋》说："忽寝寐而梦想兮，魄若君之在旁。"北宋大文人苏东坡先生《赠清凉寺和长老》诗也说："老去山林徒梦想，雨馀钟鼓更清新。"梦想，是梦中怀想，也是空想妄想，但有人更愿将它等于理想。人总该不能失去理想的，它是一种让你一想到它就会感到幸福的东西，忘却孤单，忘却恐惧。我听说，冬来之前，花栗鼠会将板栗储藏在身边，等它冬眠时，饿得醒来，会吃上几颗，而后安然睡去。花栗鼠的梦想是那些板栗，而我的梦想，是这本《将军岸》。

　　天下文章千古事，千古文人侠客梦。《将军岸》这本"梦想的板栗"，我前后一共写了六年的时间，经历了许许多多难忘的事，这些事若都写下来，想必又是几年时光。2015年9月，我写了一首《月下诗》，诗写得不够好，却可以唱一唱我的一点心曲——灯火辉煌的时候／是月亮最孤单的时刻／我分不清痛苦和喜悦／在风与云的沙沙声里／我听见彼此的问候／月光旁京胡在院中响起／想抓一把风／却醉眼迷离／残城上飘摇的蓬草／青石下避雨的苍苔／梧桐里太古的遗音／长亭外斑老的枯叶／它们是执着的观众／当妄想消失的时候／天也渐渐亮了……

佛家说，一切是缘起的。《将军岸》的完成和出版，离不开诸多先生长者、亲人朋友的关心和支持。鲁迅文学院研究员王彬先生鸿声大视，诱掖后进，对这本小说给予了极大鼓励和耐心指导；作家出版社编辑部主任、评论家兴安先生不弃末学，在小说的出版上给了很多教正和支持。还有一位长辈，原北京一家出版社的领导徐金波先生，也为这本书的写作提出了许多特别宝贵的建议，他们是我的引路人、提携者和呵护者。此外，还要感谢我的亲人刘林，没有他们的关爱和支持，此书难以问世，这些关爱和支持，足使我感遇忘身。同时，我也十分感谢此前关心本书的所有朋友以及此刻阅读本书的所有读者，相知无远近，万里尚为邻。

苏东坡还写过一首大名诗《和子由渑池怀旧》，那是我极喜爱的一首诗："人生到处知何似，应似飞鸿踏雪泥。泥上偶然留指爪，鸿飞那复计东西。老僧已死成新塔，坏壁无由见旧题。往日崎岖还记否，路长人困蹇驴嘶。"曾经发生的一些事，好似飞鸟在雪地上无意间留下的痕迹，你还记得往日的崎岖旅程吗？路又长远，人又困劳，驴子也累得直叫！我想，变幻琉璃、白驹过隙的人生，总有些东西会留下，以慰藉一代又一代人的心。

霄白城

2019 年 1 月 20 日